嘎山

GASHAN

何也/著

作家出版社

一部独特的乡村史诗

来自福建漳州的实力派作家何也经数载耕耘数易其稿的长篇小说新作《嘎山》已由《雨花·中国作家研究》2017年第8期（B）刊发，于是，一部具有丰富蕴含和鲜明艺术形象，又有闽南话独特语境和独特艺术风貌的长篇力作就呈现在广大读者面前了。我童年、少年时代生活于闽南，是个闽南人；但由于六十余年来漂泊在外，对闽南话也感到陌生，开始读这部小说时，也有一些语言障碍，可一旦进入作家用独特的闽南语境创造的丰富多彩的艺术世界时，就有无穷的乐趣和探求的兴趣了。

《嘎山》讲述的是闽南三山地区百年风云史，描摹的是作为闽南文化载体的闽南山地的风俗画。三山地区有大三山（大莽山、响廓山、鹩山崖）与小三山（嘎山、塔尖山、翠屏山）之分，充其量也就是几个乡镇，小说描写的空间不大，可它叙述的时间却跨越三个世纪百年之久。小说采用纵向展示的线型结构，并在适当时做横断切开和扇面展示，前半部以命相师凌子罯及其徒弟兼团婿缪百寻为视角，扫描了三山地区的乡民、商贩、官家、山匪、戏子、花间查某等等芸芸众生的生存状态与种种纠葛；后半部则以活过百岁的老嬷祖马缨花为视点，描述了二十世纪发生在中国的各种大事件，从土地革命、抗日战争到新中国历次运动及改革开放等在三山地区的反响与回声。正是从这一意义上，我把它作为一部具有相当思想深度而又色彩斑斓的乡村史诗来读。顾建平先生称其为“闽南地区的《百年孤独》”，是有道理的。

《嘎山》又是一部描写草根生活有温度的佳作。小说中出现的有名有姓的人物过百，大都是草根，所谓贩夫走卒者也，偶尔写到晚清、民国时代的官家，也只写到县级；写到新中国成立后的干部，汤漏子官至副地级，马缨花的曾孙子奚少强官拜省卫生厅巡视员，算是马老太太梦求的五品，但这都是点缀，作家集中笔墨刻画的三山命相师凌子罟、缪百寻师徒，还有三山地区的人瑞马缨花，都是草根。凌子罟与缪百寻，作为命相师，上通天文，下晓地理，中达人和，在那个时代，他们是作为传统文化的代表人物出现的。师徒俩不仅为人们算命，更充当了心理咨询师、人生和事业规划师和社会矛盾纠纷的调解者等角色。师徒俩奔走于山地与府城，经历山水世相，为读者掀开三山地区风土人情的各个角落，在小说的结构上起了线索人物的重要作用；同时，他们又是具有鲜明个性的“这一个”。凌子罟心地善良、学识渊博，他在缪家危难之际，收缪百寻为徒，并纳其为婿；他在行走山地中扶危济贫，广做善事；他藏书甚丰，并留下颇有见地的遗著《子罟杂记》。缪百寻继承师父之业，虽遭瘟疫之灾再度成为孤家寡人而寄身于丫叉口瓦窑，仍奔走于山地各行之间，不仅追寻并印证了《子罟杂记》中的方方面面，还为嘎山大户奚家和畲厝大户马家筹划一切，并收养孤儿汤奓，在他与花间查某花蕊的感情经历中，尤其是救助色衰病危的花蕊并同她一起被埋于崩塌的瓦窑之中，更显其具君子的本色。显然，作家是把他作为成长人物和悲剧人物来写的，在其形象中凸现成长意义和悲剧色彩。马缨花是作家着墨更多的人物，似寄托了作家更多的审美理想。她虽是一个联系着奚、马两个大家族的家庭妇女，却是三山地区的一个充满传奇色彩的重要人物。她平时为山地乡民提亲保媒、奔走帮衬；关键时刻又有大作为，诸如保护支持三山地区的地下党、游击队，抗日战争爆发时，毅然卖掉二百亩良田支持新四军出征，等等。正是这样，这个活了整整一个二十世纪的家庭妇女，一路辉煌而又充满磨难，在各个时代风潮中备受亲朋戚友和社会各界的推崇拥戴，最终熬成了一位当地人望极高的老嬷祖。

《嘎山》又是一部作为闽南文化载体的文化小说。闽南文化源于中原的河洛文化，自唐初传入闽南地区，与当地土著文化及历代传入的外来文化融合而成，可以说是中原文化的活化石，也可以说是我国各种地域文化中颇有特色和活力的一种。小说中写三山地区人们的起居饮食和种种生活习俗，无不浸染着闽南文化的色彩，而作家用浓彩重墨描绘的马缨花出嫁的壮观场面以及她寿终正寝之后出殡祭奠仪式，更是闽南文化的集中体现。至于说到用闽南话写作，也不仅仅是把“喝酒”写成“啉酒”，把“喝粥”写成“嘬糜”，把“晚上”写成“暗暝”，把女孩写成“查某团”等日常用语的方言化，以及一些偏僻地名的植入，而应看作闽南山地特有思维的应用以及闽南文化的一种表现。因此，小说中用闽南话所创造的语境，虽给阅读带来一定的障碍，但当你突破障碍进入这种新鲜的语境时，就会发现闽南文化的魅力和她给人们带来的审美愉悦。

《嘎山》还是一部用中国的叙述方法讲述中国故事、具有中国作风中国做派的佳作。我国的小说，自魏晋以降，就有志人与志怪两个体系并行发展着，诞生了从《世说新语》到新笔记体小说和从《搜神记》到《聊斋志异》等诸多传世之作。《嘎山》正是传承了志人与志怪的传统，融笔记体与传奇小说于一炉，用中国的叙述方法讲的中国故事，把被丢失的中国作风中国做派捡了回来，这正是它最为可贵之处。

如果说还有什么遗憾之处，在时间跨度长达百余年的线型叙述之中，扇形的横断展示还不够，尤其是二十世纪中期之后的六十余年中，几乎没有作必要的扇形横断展示，这就影响了作品的深度与厚度。另一方面，毛茸茸的生活原生态的描摹给作品带来鲜明的特色，但缺少更为高度的艺术概括不能不说是这部作品的另一艺术缺憾。

2017 年 8 月 21 日草成于北京亚运村之望云斋

（何镇邦，1938 年出生于福建省云霄县一个中医世家。中国作协鲁迅文学院研究员，文学评论家、散文家、文学教育家。著有《长篇小说的奥秘》《文体的自觉与抉择》等八部文学评论集，《来自天堂的药方》等六部散文集，主编若干大型文学丛书。）

激荡的小世界

——评何也的长篇小说《嘎山》

何也的长篇小说《嘎山》(《雨花·中国作家研究》2017年第8期〈B〉)为我们提供了一个前所未见的、足以刷新我们以往的阅读经验，甚至产生颠覆性作用的小说文本。对于没有闽南地区生活经验，或者不熟悉闽南地域文化的读者，这种阅读也是一次艰难的跋涉过程。读通这本书诚属不易，读懂也非易事，要认识许多冷僻的汉字，熟悉并理解许多生奥的词汇，要接触诸多新鲜的、陌生的事物，阅读的进展会很慢，故事的许多细节、对话，需要对照前后文才能明白字面的意思，以及字里行间蕴含的微言大义。

但是惊讶之后将是欣喜，艰难之后将是畅快的阅读享受。

这是一部原生态的、创新的、独特的小说，它不存在任何小说母本可以仿效，此前也没有可以用来两相比照评论的其他文本。进入它、理解它、接受它需要闯过一道道关卡，它的意义和价值需要较长的时间、曲折的过程才能让文学界认识到。

《嘎山》是一部有雄心的小说，一部试图展示闽南某一地域百年风云的小说，堪称一部闽南地区的《百年孤独》。

《嘎山》写了三山地区一百年的历史，“三山地区，指的就是嘎山身后的大莽山、响廓山、鹩山崖这三座大山周围的大片山地。还有大三山、小三山的说法。小三山，也就是脚底下的嘎山与相邻的塔尖山、翠屏山的合称。”这些山名，我没有考证真实存在，也无须考证，作者一旦设定，就像巨轮抛下了重锚，从此固定住了。

小说大体可以分为三个部分：三山地区有位著名的算命先生凌子罟，

凌子罟收了一位聪慧的少年缪百寻为徒，后来缪百寻娶了凌子罟女儿凌缨花，生了女儿缪寄奴。“在师父心目中，缪百寻身兼徒弟、囝婿、后生几重身份，还是可以切磋谈心的忘年交。那个温良贤淑的東青环成了他的师娘、丈姆甚至是阿妈；那个清纯聪慧的查某囝凌缨花，是他的小妹、查某，又是那个小小缪寄奴的阿妈。”天违人愿，缪百寻的岳母、妻子、年幼的女儿不幸死于一场鼠疫，师父兼岳父凌子罟不久也弃绝尘世。鼠疫之后，缪百寻失去了所有亲人，成为孤家寡人。至此小说告一段落。

成为孤家寡人的缪百寻收容了近乎孤儿的壮小伙汤奓，如当年师傅凌子罟一样继续行走在江湖上。三山地区的大户奚家、马家同一天生了女儿，受主家信任委托，缪百寻给她们取名奚寄奴、马缨花。两位姑娘长大成人，都很优秀出众，马家、奚家结为双份亲家，两位姑娘分别与对方的男孩定亲。可惜奚寄奴在婚礼前夕神秘去世，而马缨花则顺利嫁入奚家，成为婆家的顶梁柱。在一个风雨之日，缪百寻与他救助的色衰病残的妓女花蕊一同被埋压在倒塌的窑洞中，辞别人世。小说第二部分到此为止。

聪明能干的马缨花，活过了几个世代，见证了世事沧桑，成为奚、马两家的活祖宗，在一百一十二岁离世。直到她离世，三山地区的一些神秘现象、历史悬疑才见了分晓，这是小说的第三部分。

《嘎山》精心营造了一个小世界，或者说它为我们复原了一个小世界。这个小世界并不跟外界隔绝，历史风云、时代变迁同样会让三山地区风吹草动。但是它相对独立自足，在嘎山周围，语言、民俗、饮食都是独特的、自成一体的，迥异于外界的。

读通这本书，首先需要建立一个方言俗语与现代汉语的对照表，一个人物姓名、血缘、职业的谱系表，一个标注山岭、水系、乡镇店铺的地理位置图。

三山地区有一套独特的语言系统，具有浓重的闽南地区特性，闽南语中本身就有古汉语的遗存，所以小说使用了半文半白、半雅半俗的语言，年份都是按甲子，月份都是蒲月、桂月、瓜月这样区分。这很切合清末民初的时代氛围，在小说一开始也很符合算命先生这个行当，让小说一下子进入这一时期这一地域的氛围。在小说的后半段，到了二十世纪后期，这套语言系统渐渐地跟现代汉语靠近了。

小说里，称老年男人为老货——这个称呼最初让我很惊愕，夫妇俩称翁某，父母称爸母，新生女孩子称呼查某婴，男孩子叫查埔，老板称大头家，房屋称为厝，屁股称尻川礅；动词里，隐藏称觅园，喝酒为啉酒；时间上，暝字用得最多，日暝、夜暝、昨暝、月暝、下半暝、歇暝，下雪天的傍晚为雪暝，等等。

《嘎山》也是一部二十世纪闽南文化的小型百科全书。

小说中，对于命理、看相占卦这一行当，它的原理、知识，有非常具体的讲述。其中不仅有阴阳八卦，有中华传统文化的因素，也包含丰富的民间智慧。小说写到五行八作、三教九流，房屋建筑，衣食住行，皆是信手拈来，不仅能说出其渊源规矩，而且三言两语即能道出其中玄奥。

小说写到三山地区百姓的日常生活，都是有着明显地理坐标的闽南地域生活。其中多次写到婚嫁和丧礼，对婚丧嫁娶的过程、环节，其中的讲究和忌讳，都有极其详尽的描述。小说写到孕妇生产，接生婆与主家的关系，也是栩栩如生，如在目前。

小说的第一部分，既是江湖小说，我们也可以当作成长小说来读。

算命先生凌子罟因为常在破落的缪家老宅门口摆摊，缪家主人嗜酒嗜赌，自知家业难继，就托付凌子罟收儿子缪百寻为徒。

缪百寻跟师父凌子罟游走四方，见识各种各种人情世故，认识世间百物，学会了生存技能，包括察言观色、见微知著的本领。

师徒俩游走江湖的过程，也是启蒙和教育的过程，凌子罟不仅仅是一个命相师，他跟三教九流都打过交道，愚夫愚妇请他指点迷津，青春男女请他玉成婚姻，商贾店家请他谋事筹划，甚至打家劫舍的山林悍匪也请他参谋事务。缪百寻聪慧敏感，他在陪同师父四方游历过程中细心观察，求解疑问，老师也不惮繁难细细解释，并且放手让百寻独当一面，年轻人由此得以迅速成长。

凌子罟去世，口传身教的师徒授受结束了，但老师启蒙和教育并未终结。师父兼岳父留给缪百寻三担图书，还有记述平生经历、见闻、感想的五十七册《子罟杂记》。

缪百寻遵循老师的遗愿，继续此前的道路，并且在三山地区担当老师凌子罟当年同样的角色，甚至比老师做得更深入、更彻底。他博学而睿智，既有趋势判断力又有事务策划力，头脑清醒、条理明晰、周全得体，是奚家、马家两大户信赖乃至依赖之人，也是当地百姓心中神明一般的人物。

秉性善良、有勇气、有智谋的缪百寻，像苦行僧一样游走于世间，善待一切，经受风霜雨雪的磨炼，愈加纯粹。在生命的最后岁月，他像圣徒一样，冒着周遭世俗村巷的指点嘲笑，冒着一世清名和英明毁于一旦的风险，拯救妓女花蕊的身体，拯救她的灵魂，为她治病，收留她，带着她行走四处，会见老友，甚至因她而遇难。

对于一部涵盖百年风云的长篇小说而言，篇幅略显单薄。小说前两部分，写到人物命运转折的部分，比如砬山崖上的鼠疫，奚寄奴的神奇死亡，缪百寻殒命于坍塌的窑洞，笔墨都显得有些俭省，缺乏足够的铺垫和描述。尤其第三部分，从马缨花正当盛年主持家政的三十岁，到她逝世的一百一十二岁，经历了民国后期、新中国六十年，从人母成为人祖，有了好几代子孙，人物经历、人物关系写得不免有些简略。

《嘎山》的成就，不仅仅在于营造了三山地区这样的一个闽南小世界，从一方小天地展示了百年历史风云，塑造了凌子罟、缪百寻这样有节操、有智谋、善良侠义的民间人物，更重要的是，它贯穿始终、弥漫全篇的那种中国传统文化气息，凌子罟、缪百寻等江湖人物对家人、家庭、家族的眷顾，对他人的乐善好施，在动荡世界中对生活的执着热爱，提供给了读者一种乐观坚定的人生态度。它像一幅巨画的底色，不管画幅多么宏大、图像多么缤纷，底色始终笼罩统领着整个画面。

（顾建平，江苏张家港市人，1968 年出生，1984−1991 年就读于北京大学中文系，文学硕士。1986 年开始发表文学作品，2000 年加入中国作家协会，著有评论随笔集《无尽藏》等。曾任北京出版集团北京十月文艺出版社副总编辑、《十月》杂志副主编，中国作家协会《长篇小说选刊》杂志主编兼《中华辞赋》总编辑。现任中国作家协会《小说选刊》编辑部主任、编审。安徽省新安画院院务委员。）

目录

师徒之旅……………………………………………………01

凌子罡说:"百寻呐,一定要记住'出人头地,须用苦心'这几个字。吃了苦中苦才可能学到真本事,才能看透人世间。看透了人世间,你就知道该如何说话如何做事了。"缪百寻似懂非懂,说:"好的师父,我记下了。"

砬山崖……………………………………………………11

砬山崖是屹立在深山密林里的一座巨幅崖礅。在外头圩镇所说的"千八坎",指的就是它了。砌的、凿的、铺的磴道崎岖嵁硈,底下是危涧绝谷,稍有不慎打个滑脚翻滚下去,就会摔它个粉身碎骨。

上肆溪口……………………………………………………21

上肆溪口是行船的终点,客货上岸或下船,聚集埠头或疏散于山地村寨。远有经由牤牯岭攀爬到响廓山上的杈口坪,"千八坎"上的砬山崖,东南向十几里是三旗门,更有无数隐匿在大山皱褶里为外界所不熟知的山村小寨。

三旗门……………………………………………………27

面前这条穿过三旗门的河流叫乌河。乌河上架的木梁桥叫小姑桥,小姑桥头老榕树下的三间土墼草厝,是三旗门的地心,住着草药盖家。这盖家是世代单传、半单传的草药郎

中。当地人用“病不出三旗门”的说法，来标榜盖家用药的不传之秘与功效。

兜螺圩……………………………………………………………………33

坐在百漠关上，东边是三旗门，向西就是兜螺圩了。师徒俩离开百漠关，经过山脚下的樱茏岭，走了五六个日暝的内山，踏入兜螺圩的地面，日头当即刺眼地亮，让人有恍若隔世之感。

水路向东…………………………………………………………………41

凌子罟说：“百寻，你要跟为师出一趟山。”缪百寻不知道“出一趟山”是什么意思。凌子罟接着说：“在上肆溪口搭船，顺流而下，到丰浦县城，船再往前驶进九龙江，到蒲头溪。顺流去两日，逆水回三日，往返最少也得五六日，来不及上砬山崖过中秋节了。”

嗥头墩……………………………………………………………………46

嗥头墩是两山夹峙拱着的一座石冈。使乌河一分为二，大的还是乌河，哗哗西南；小的不过向北一条水渠，通向七八里外的焦棚寨。袁家族人的木厝，在嗥头墩上依势而筑，错落有致，看上去就像机关勾连的一座防御堡垒，住七八户大小三十来口，就地取材专做木材生理。

丰浦廊桥…………………………………………………………………53

凌子罟放慢脚步，带徒弟来到丰浦廊桥。廊桥建在钟亭与哨唇口之间。这桥好生气势，下是稳固的石礅，中是粗大的木梁，上是木瓦廊盖。往返廊桥的是形形色色的人流。站在廊桥上，身下是满满当当的伏壶河水，身后是被垫高的钟亭，从西边的哨唇口走进去，便是热闹的三角街。

蒲头溪……………………………………………………………………55

蒲头溪是通津圩镇，地头比丰浦县城小，却是个水陆交

通的要紧所在。师徒俩也不顾时已暝昏，慢腾腾溜达于人流密集的圩市，看见布庄便停下脚步剪了几样布料。到了义正街，便见一座规模巨大的厝宅被烧成废墟。

响廓山……………………………………………………………58

进入杈口坪只有一个路口，缪百寻感到似曾相识，原来此处与砬山崖一样，进入杈口坪的路口也有一道石砌山门，崖墈的护栏也是石砌墙头，左边也嵌着一间类似望哨的小厝，小厝仅容一铺小榻，开一面窗，侧卧即可俯瞰攀崖磴道；右边墙头内也堆放几百颗大小不一的砾石。

得意砬山崖……………………………………………………70

缪百寻手脚放缓，生怕楼下听见，大气也不敢喘一口。新婚暗暝要彻夜点灯，凌缨花给灯添足了火油，站起来示意新郎给自己宽衣解带。新郎想起那个暗暝凌缨花离开客房后，他才无法自己的难熬情形时，一双手便变得不听使唤。

嘎山商贾…………………………………………………………80

只要你站在对面桥上，即可望见泥坛上那口灌满水的大缸，由三十六口大缸拥簇着，日光下正在蒸腾着水气雾息。过往人流不免个个惊叹，从前破败不堪的缪家老宅，经历一番重建，竟一下有了聚拢了兜螺圩地气的作派！

在大莽山中………………………………………………………93

凌子罟说："几年来，除了嘎山奚家、畲厝马家和杈口坪，除了路过嗥头墩和觋山，去的大都是圩镇。今日咱爷俩要走它几个村寨。眼前这连着的三座大山，也就大莽山散落在坡岭沟坎中的村寨最多。"缪百寻第一次听师父用上"咱爷俩"的字眼。

最后砬山崖………………………………………………………101

多了个天真无邪的细囝牵挂，师徒俩不由地频频回首。站在崖上的三代女辈，望着师徒俩往下走"千八坎"，身影越

走越小，直到消失在谷底的溟濛雾息里。小小的缪寄奴冷不丁说：“没办法，看不见阿公、阿爸了。”

丫叉口……………………………………………………………………125

维系师父生命与深情的砬山崖，凝结师父心血的响廓山，两座山头几乎同时遭受到毁灭打击。师父在《子罟杂记》的扉页上写道：“阴阳五行之玄奥，世道人心而已。”杂记最后一句话写道：“天道如此，子罟自知无可转圜。唯愿百寻能好自为之。”

雪暝灯光…………………………………………………………………130

大地处于沉沉的睡梦之中，却见山底下奚家的“承安楼”和畲厝马家大厝的灯光在雪地里荧荧亮着。这雪地灯光，更让人感到暝时深邃的寒冷。但愿山底下的奚、马两家，可别出了什么事故才好！

畲厝马家…………………………………………………………………139

医术高明的马长溪，会在某个三更半暝被请上响廓山或鹩山崖或上青峰，来人形迹低调，态度极是恭敬，走出圩镇后，便有过山轿等在那里，由四个脚步稳扎的后生子轮流抬着上山，看了病，又会被快速送回，来人取走了药，留下的资费要么是大锭纹银、金元宝，要么就是稀罕物件。

浃溪水碓房………………………………………………………………143

昨日我与马大头家路过浃溪时，见浃溪水量适可，心里倒闪过一个念头，觉得要是在浃溪建一座水碓房，水碓房安三副木杵石臼，挑个合适人选经管看护，日暝不停为嘎山奚家、畲厝马家舂粟麦薯藕，给烧透的猪牛骨捣末作肥料，或杵细白墡土、壳灰浆用于抹墙。

俊卿先生…………………………………………………………………149

让马老先生心动的是三进挑高的阁楼。这阁楼简直就是

为他马彦调教孙子马心云所天造地设！阁楼下檀溪脉流，村舍田畴，峰峦白云，展现眼前的是一幅让人心胸坦荡的山地图。

敦仁先生……154

席间郇杞怀想起搁置心中多年的一个问题，开口说：“临川先生，七年前香城到处流行鼠疫，多地大面积波及，三山一带却最为安宁，仅砬山崖被夺去二十人口。后来我听说是你发明的特制套服起了作用，却不知具体情形如何，能否如实相告？”

嘎山……160

多年来差不多一直都是，大头家奚园暝昏前回嘎山奚家“承安楼”，打大早再赶往兜螺圩坐镇“奚记豆油庄”。奚园偶尔会在丫叉口歇脚，更多时候是步履匆匆而过。仲夏的这一日午后未时，奚园从阪陀岭上来，又翻越丫叉口下山去了。

“管升班”……169

缪百寻被自己这样不堪的情形吓出一身青清汗。摊摆不下去了，平时汤奓是一手桌一手椅送回“管升班”，不料这一日缪百寻四肢酸软得提不起力道，只好拼着劲将靠背椅扛到“管升班”的大堂，一句话没说出口，便脸色铁青踣倒在地。

畲厝马家……183

这一日时近暝昏，马缨花抹着泪跑上丫叉口，临要走下阪陀岭时被缪百寻叫住：“缨花，是不是家里出什么事了？”马缨花说：“我阿妈冷不丁仰头倒地，抽搐着翻了白眼，嘴上全是唾沫，叫也叫不醒她，吓死人了！我要快点到襄摇圩叫我阿爸赶紧回家！”

嘎山……188

“虽说这‘嫁姑换嫂’自古来都是穷人家万不得已才干的勾当。”缪百寻内心涌动，思绪万千说，“可要是奚、马两家

能做成这样的联姻，倒可造就三山一带几百年来最大的一桩美事！”

奚马嫁娶……194

从提亲、议婚到百年喜庆，需一至两年时间，双方兄妹的婚龄也正当其时。顾虑不过的是，自古来“嫁姑换嫂”为穷苦人家情非得已。但左右细想，这事若由奚、马两家联手，倒可以做出百年不遇的大好事来！

山地苍茫……210

此时山外烽烟四起，山地到处有人占山为匪。半月后，他俩又同时收到来自响廓山杈口坪“致××商总的一封信”，称兵荒马乱之际，杈口坪当为地方安宁担责，商会务必按月收取各商户费用若干上缴杈口坪，则人口财产可保无虞云云。

奚马新妇……219

十八岁不到的马缨花嫁嘎山奚家的奚柏庐，她的出嫁享受了山地从未有过的轰动场面。可抬她的花轿刚到“承安楼”门口的大埕上，她听见几步奔跑在前的缪百寻那“吉时安坟”的叫喊，所有的喜气就在那个节骨眼上停止了。

嘎山之殇……226

他抱着花蕊晃晃悠悠地朝一个无限的纵深坠落下去，交替着穿过一层层的昏暗与亮堂，在一片刺眼的白光中间停留了片刻，然后白光一点一点地黯淡，直到白光彻底在他的感觉里消失……

马缨花……242

“说实话见事态严重，连我也认定事已无可挽回。若不是缨花你及时赶到，恐怕就失去救活那个细囝的要紧关口了。”路上马心云说，“我就觉得奇怪，只要你缨花在场，事情往往就能得到转机。”

半年后与香城临近的几个沿海地区已相继沦陷，不几日兜螺、襄摇两圩街巷，随时可见倒地不起的逃难人群。临街商铺的大小头家们能做的就是捐资搭了糜棚，唯愿他们别饿死在三山的地头上。

时至月底，汤漏子带了一帮人来“承安楼”看望马缨花。“缨花阿姨！”汤漏子、邛三、组春三个，束腰皮带驳壳枪、绑腿胶鞋，都是精气神十足的军人装束，齐刷刷地敬了马缨花一个军礼。

故事里郇叔如与那个奇异的查某团尹双芊从相知相恋到珠联壁合，感人至深，听起来就像发生在国外。看了这个在短时间内就流传到小三山的浪漫曲折故事，加上汤漏子带回的消息，马缨花相信离家多年的马登承，一定是大不一样的了。

被安排在三楼、梯道口有人把守的嘎山小队的这次会议，马缨花闭口不提戴乐如，只将面临的灾难转换成她的看法告知各位。沉浸于此前形势一派大好情景里的家长们，因为一家老少生命攸关，听后个个惊得说不出话来。

等畲厝方向的六七十个查埔查某，个个扁担、锄头、劈草刀，举着火把，呼喊着穿越“红娘桥”——就快冲到嘎山奚家时，“承安楼”也楼门洞开，一样冲出举着火把、手里都有家伙的几十个查埔查某，将红卫兵紧紧夹在中间，场面才安静下来。

在暗瞑的新房里，巫映云说：“午后我到嘎山崖雾松庵，

1 师徒之旅

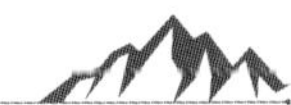

像往时一样，清光绪乙未年初秋的一个圩日[①]，凌子罟来到兜螺圩。

缪家老宅在兜螺圩桥头。赴圩客过桥，直冲缪家而来，到了门口才转向圩尾街。住桥头老宅的缪家人，多少也算是认得字的，可这家人连吃饭嘬汤也要呕呃[②]，残老病死不经事，已破落差不多了。直到前些年，圩日到兜螺圩摆命相摊的凌子罟，走进缪家老宅讨水吃，见刚料理完老查某[③]丧事的厝主缪金猴唉声叹气的，凌子罟说："金猴兄弟，若不嫌弃，过后圩日我就在你家门前摆摊。你得免收摊租，这是吃眼前亏的事，你愿意吗？"缪金猴说："可你知道，就算不收摊租，在我家门前摆摊的，赚不了钱不说，还要蚀本。"凌子罟说："这样吧，由我出钱买口大缸放在你家门前，你保证每日往大缸灌满水，我靠着水缸摆摊，你照样卖你的拉杂用具，把日子过下去。"缪金猴含混答应了。下个圩日，果然在门前出现一口大缸，缪金猴往拱桥下的檀溪缒桶打水，十几趟来去，才把大缸灌满，又从家里扛只靠背矮椅放在缸旁，不让凌子罟再坐随身携带的马

① 圩日：闽南方言，集市开市的日子。
② 呕呃：噎，呕吐。
③ 查某：女子；老婆。

扎了。凌子罡也不客气，坐在大缸旁的矮椅上闭目养神，等候客人前来算命、看相、择日、问卦、取名。从缪家老宅往外看，灌满水的大缸，在日头下淡荡雾息，桥上人头攒动的赴圩客被大缸挡了下半身，便不再直冲缪家而来，倒成了浮动的一股潮水，在缸外拐了弯向圩尾街流去。已活得四下茫然的缪金猴，便是在这个圩日恢复了些许心情，于是倒了水，命后生[1]缪百寻捧给日头下的凌先生解渴。往后的日子，缪金猴偶尔招待凌先生吃顿饭；再往后，缪金猴还为凌先生的头顶支起小小一面遮阳伞；生理[2]好的时候，从日昼拖至暝昏，也给借宿。这期间，缪家老宅拉杂用具的买卖渐见起色，已能维持生活，虽说吃紧，也勉强对付得了后生缪百寻去圩镇下学堂读书了。等后生读过三年私塾，料想供不起后生到上学堂读书的费用，缪金猴便在后生十六岁这年的一个圩日，办了一桌丰盛的酒菜，硬拉凌子罡坐上位，让后生跪地磕三个响头，行了拜师礼。凌子罡喜欢这个懂事的少年家，但拜了师自是利害攸关，在外赚吃的人最应慎重，神色免不了要迟疑一番："金猴兄弟，你这可就强人所难了。"这一日，凌子罡并不着急让缪百寻起身："百寻呐，你这一拜师，可知一日为师终身为父的道理吗？""知道，我阿爸吩咐过了。"缪百寻仍旧保持着磕头触地的姿势回话。凌子罡说："命相是风雨飘萍的江湖九流命，要吃得苦忍得辱，要看得开守得住，就怕你小小年纪堪不起这常人难以忍受的困苦。"缪百寻说："我要学先生的本事，就堪得起！"自懂事之日起，缪百寻看到发生在缪家老宅的，除了过日子的极尽艰涩，就是老残病死的横祸。自从凌子罡在门前背靠水缸摆了命相摊，虽无多大起色，缪家老宅却少见地能安宁度日，他老爸缪金猴这才有心思为后生作有关日后的种种念想。但爸囝[3]俩看得出，凌子罡在这个圩日是出奇地固执，并不想随意开例。缪金猴急了，也作势要在凌子罡跟前跪下，凌子罡拦住他说："金猴兄弟啊，你后生拜我为师，我要真带走他，缪家老宅就孤苦你一个人了。""百寻还小，要为他做长远打算。"缪金猴说，"我是土埋到脖颈的人了，你不用为我担心这个。日后百寻是你后生

① 后生：儿子。
② 生理：生意。
③ 爸囝（jiǎn）：父子；父女。

这期间，缪家老宅拉杂用具的买卖渐见起色，已能维持生活，虽说吃紧，也勉强对付得了后生缪百寻去圩镇下学堂读书了。等后生读过三年私塾，料想供不起后生到上学堂读书的费用，缪金猴便在后生十六岁这年的一个圩日，办了一桌丰盛的酒菜，硬拉凌子罡坐上位，让后生跪地磕三个响头，行了拜师礼。

是你囝婿[1]，你可自行定夺，我绝无二话！”直到此刻，凌子罟才拉起跪地的缪百寻说：“百寻呐，不相嫌弃，我可要认你当徒弟了！”缪家爸囝俩松了一口气，恭请凌子罟入座。酒席上，放在凌子罟面前的还有一个掉了漆的红桶盘，放桶盘红绸上充当拜师礼的两块银元，差不多是缪家的全部家当了。“既已收百寻为徒，就是一家人了，不用拘此俗礼。”凌子罟拈红绸布塞入包袱，算讨了吉利，然后示意缪金猴将红桶盘和两块银元一起端走。缪金猴知道凌子罟的脾气，便照着做了，开始百般虔诚地敬起拜师酒来。缪金猴夹了凌先生最爱吃的鸡肝放在他碗里，说：“能拜凌先生为师，我家百寻这小子是走鸿运了！”“百寻心地仁厚，能收他为徒，也不枉我这个当师父的了。”凌子罟说，“可百寻你要好好记着，这天底下三百六十行，行行都有行规，其中有一条最为重要：对内要恭敬，对外要口紧，切不可心狂放大话，切不可泄露为师的独家私传。”缪百寻说：“师父放心，这规矩我会牢牢记着。”

经这一拜一认，凌子罟不再客气，饭吃了小半碗，酒是啉[2]了一巡又一巡，吃啉够了，已是上灯的暝昏，便在缪家住下。这一日当师父的是澡也不洗，体相恶劣占了大床，躺下不久就响起了鼾声。尽管如此，缪家爸囝俩也是满满的温暖和期待，贴心服侍凌先生，生怕横生枝节，半点都不敢怠慢。

二

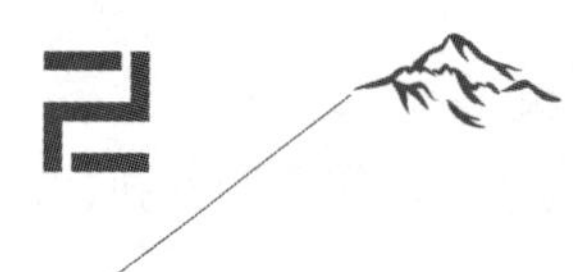

凌子罟好吃好睡，睡到顶晡[3]日上三竿才醒，起床吃的差不多已是午顿。凌子罟褡裢上肩，包袱由缪百寻背着，就要离开缪家往别处的圩市去了。短七日圩期，长或许是翻山越岭走村串户，得个把月方可去回。

① 囝婿：女婿。
② 啉（lán）：喝。
③ 顶晡：上午。

缪金猴巴望将后生交与凌先生，所有的顾虑只能沉在心底，虽有担忧却不敢打听去向，望着师徒俩远行的背影，不知为何，竟感慨万端泪眼婆娑的，一时间悲凉浸漫了全身。

凌子罟在前头温吞地走，背包袱的缪百寻在他身后随行。路上只要身边没人，“察阴阳，知灾详”六个字，凌子罟便让缪百寻一口气念了三百六十遍，这才开始敦促缪百寻默诵阴阳五行、天干地支。缪百寻读过三年私塾，对此早就熟稔于心。于是又有了天地、日月、乾坤、男女之阴阳，天干五行之所属，地支生肖之对应，逐一要缪百寻记背。师徒俩走走停停，停停走走，已有八九里地。这时候迎面走来三个查某。其中两个十七八岁的，一个双颊绯红，一个笑语嫣然。中年姆子[①]说：“凌先生，你能掐会算的，说说看，我们三个做什么去？”凌子罟说：“卦金要十钱。”中年姆子指着双颊绯红的查某团说：“算准了，付十钱卦金；算不准，你凌先生得掏十钱给她买胭脂水粉！”凌子罟对中年姆子说：“你饧弄[②]两个查某团到襄摇圩，暗地里相你外家的对象去了。”“不准不准，凌先生你这是空嘴白舌颠八戒说[③]了！”中年姆子说罢，与另两个查某团勾肩搭背快步离去。缪百寻说：“师父你还不知道她们的生辰，没有起四柱八字，算不准也难怪。”凌子罟说：“谁说不准，再走几步她就会回头给我送卦金。”果然话音未了，便见那个中年姆子已奔回头往凌子罟掌心压上十钱，说：“想想凌先生都这把年纪了，不容易，算不准也付给你钱比较好！”中年姆子说完便返身追同伴去了。“给钱了，按说是算准了。”缪百寻说，“可我就是看不明白这到底是怎么回事。”“百寻呐，这不是算命是察言观色。她们没向我要胭脂水粉钱，明摆被我说中了。”凌子罟说，“那个中年姆子神色浮浪怂恿，那个嬉笑的查某团情怀窃动跃跃欲试，那个脸红扭捏的查某团满腹心事而面有喜色，除了相亲，还能做什么？”缪百寻说：“就算被师父说中了，她们也可以不认呀！”凌子罟说：“邻近十里八乡我都熟悉，她们是担心哪天撞上了被我当众说穿不好收场，不付钱会睡不着觉的。”缪百寻说：“师父你凭什么断定，是那个姆子饧弄两个查某团到襄摇圩，暗地

---

① 姆子：婶子。

② 饧弄：哄骗，引诱。

③ 颠八戒说：胡乱说。颠八戒：不正经的。

里相她外家对象的？”凌子罟说：“断定这个，你起码要清楚当地的习惯。襄摇圩号称‘鬼子圩’，早九时发市过日昼散圩。那个居家的中年姆子，对外不可能有什么交往，了解适婚后生子的，除了外家那一头很难有别的。还有这三个查某心态激越，言语轻浮，牵动的定是男女情事。”小小年纪的缪百寻只好感叹：“既要察言观色，又要触类旁通，这有多难呀！”凌子罟说：“百寻呐，一定要记住‘出人头地，须用苦心’这几个字。吃了苦中苦才可能学到真本事，才能看透人世间。看透了人世间，你就知道该如何说话如何做事了。”缪百寻似懂非懂，说：“好的师父，我记下了。”

凌子罟说：“百寻呐，今日咱俩是往北走。顶晡日出在东，脸朝东，右是南左是北。”缪百寻说：“我知道，过了秫婆溪的徛梁桥，就是襄摇圩了。”

襄摇圩在嘎山南麓，面向秫婆溪，是沿溪墘[①]状似鱼骨的一条街道。店铺、居家夹杂在一起。赴襄摇圩就像走亲戚，赴圩客多为邻近乡民、小商贩。此刻时已过午，圩市基本散尽，遍地是被踩烂的菜帮、稻草屑，也见瓦罐、钵头、烘炉摔破的碎砾。“凌先生，吃一碗‘米筛目’吧，汤料臊油葱，散圩了，不加钱。”招客的汤佬守着一副小吃担，蹲一边只顾自己耍的，是他八岁的孙子汤奓。凌子罟说：“那就来两碗，一碗加点辣酱。”“好嘞——”汤佬的担子，一头是炉火支口温热汤水的土埚[②]，一头是食材佐料，往碗里和汤装了“米筛目”，臊了油葱，捧给缪百寻，加辣酱的一碗捧给凌子罟，说：“我看得出，这机灵的少年家，定是凌先生新收的徒弟。”凌子罟不予理会，对徒弟说：“汤佬肯下功夫，‘米筛目’特别糅韧有嚼头。”缪百寻一边扒一边点头，师徒俩很快把“米筛目”吃了。大日昼的，别处或许热浪正炽，只是秫婆溪刮风了，加上身后翠屏山、嘎山的阴影罩着，竟有了些许凉意。“阿公，我来收钱！”那个虎头虎脑的汤奓走近前来向吃客伸出手掌，凌子罟付了他两个钱，说：“汤奓，你一张嘴比狮子还大，恁[③]阿公怕养不起你了。”汤佬说：“我这孙子，是天生吃货，就算拆散我这把老骨头也不够他吃一顿饱饭！”

缪百寻感到自己的眼睛就像长在脑后，师父带他往挂有“畲厝大药

---

① 墘（qián）：旁边；附近；器物的边沿。
② 土埚：比钵头大的砂锅。
③ 恁（nìn）：你；你们。

房”牌匾的店铺走去，汤佬整理了小吃担，带着孙子，竟也在十几步外跟着。“畲厝大药房”门面大，柜台大，倚壁的大药橱占满一面墙。药房的右前方放一张诊桌，诊桌旁的交椅上坐一个面目慈祥的老货，老货身旁站一个二十来岁的后生。“百寻，快来拜见马老先生！拜见少头家[①]！”马老先生说：“真稀罕你凌子罟，什么时候带徒弟了？”凌子罟说：“我昨日收的小徒，是兜螺圩缪金猴的后生，叫缪百寻。”马老先生捻须颔首表示认可。身后的少头家说：“能让凌先生看中意的，定是可造之材。”“可造之材怕谈不上，心地仁厚倒是真的。”凌子罟说，“百寻呐，你面前这位马老先生，大名马彦，字俊卿，是畲厝马家德高望重的长辈，医术道德垂范百里杏林。少头家马长溪，字临川，是后起之秀的表率。百寻你心里可要牢牢记住恭敬这两个字。日后凡有什么急的，马老先生、少头家定会照应你。”缪百寻对师父的咬文嚼字内心茫然，却明白只有大本事才能博得师父如此的激赏。马家爸囝虽微笑着不置可否，倒也没有明显的反感。

吃了药工捧来的山楂菊花糖霜茶，拜别了马家爸囝，出药房望后山的阪陀岭走去。后面跟着的公孙俩已将小吃担寄镇上人家了，汤奒背的是一只空料桶，汤佬肩上挂扁担两端的栲栳分量也轻，想是没剩下多少食材佐料了。

三

凌子罟扭头对身后的公孙俩说：“汤佬，你这是要带孙子回丫叉口吗？”“是啊，回丫叉口。”汤佬喘得厉害，倒是背着料桶的汤奒没有多少负重的感觉。阪陀岭崁硈[②]难走，加上凌子罟温吞的脚步，情形就像他永远都不想把这山路走完一样。尽管如此，在缪百寻的眼里，一路走去师父带给他的也肯定是意外、新鲜与未知。即便脚下滞碍，凌子罟照样

① 头家：老板；一家之主。

② 崁硈（kǎn qià）：险峻的（山路）、凸凹不平的（山岩）。

要缪百寻反复温习顶晡的功课，见徒弟已熟记于心，当师父的便又讲解了五行循环相生相克的道理。在后头的汤佬顾不上喘，竟加紧脚步跟了上来，愤愤不平地说："凌先生啊，也不知道兜螺圩的缪金猴给你什么好处！"凌子罡说："汤佬你说这种话不中听。"汤佬说："凌先生你该看得出来，我这把老骨头活不长了，到时候也不知道我家汤奓怎么办才好！"凌子罡说："汤佬你想多了，汤奓身强力壮的，不出几年就会回过头来照顾你。"

说话间，丫叉口的瓦窑到了。烧窑的手持火叉不停往灶膛递送小把芼草[①]。制坯棚下的那个窑工，动作接续迅捷，但见他右手勾一坨膏土，往地上的垺板砸下，三两脚踩实，抓起板柄的同时又弦刀上手顺势割开来，一片瓦坯当即摔脱而出，依势一片片的成弧形叠齐，膏土四周于是堆起了一摞摞的瓦坯。埕[②]角的两个窑工，一个往土窟里倒黏土、不时加半瓢水；一个牵一只大脚蹄水牛，在土窟里慢腾腾绕圈擩着[③]，把膏土擩匀擩细密。窑工们见来人是凌先生，烧窑的腾出手来给师徒俩倒茶水。凌子罡说："杜四眼，你前年走丢的后生找到了吧？"杜四眼避开话题说："凌先生身边这少年家，是你新收的徒弟吧？"凌子罡便也笑而不答。脱坯的说："凌先生啊，你说我脱这瓦坯，每一片都不走样。偏人的命运古怪，有人升官发财坐高堂，有人做苦力欠债还要关入监；有人骑马坐轿搭船到处耍，有人瘸脚青盲还要挑担子走独木桥；有人吃肉嘬汤没滋味，有人野菜粗糠撑腹肚；有人绫罗绸缎嫌歹看，有人挨饿受冻遮不住羞……凌先生你倒说说看，老天爷咋就这么偏心眼呢？"凌子罡吃一口茶说："我说石狮兄弟，一样米饲百样人，任你千般都是命，自古如此，你又不是不知道。""凌先生也给我算一回命吧，看我什么时候中状元，什么时候升官发财，什么时候洞房花烛？"牵水牛擩膏土的说，"我都三十大几了，还在这土窟里牵牛擩膏土，心里想的每一件都是镜中花水中月，到底什么时候是个头呀！"凌先生说："饶大啊，人生四项最乐你想占全，你这是胡

① 芼草：铁芒萁。
② 埕：场地。
③ 擩（rǔ）着：踩着。

蝇踣落[1] 蜜缸贪心不足，有牛给你牵着擩膏土，老天爷算是待你不薄了。”凌先生的话引得瓦匠们开怀大笑。“好久不见凌先生了，”杜四眼说，“暗顿[2] 煮了米糜，焖了一大锅番薯芋艿，够你师徒俩吃的。这窑口暖和，你就留下来过暗暝吧，也好听你讲一讲这山里山外的世事。”凌子罡说：“同行四个人，多了四张嘴，吃的管够吗？”饶大说：“好你个汤佬，说不定你暝昏要宰一头猪招待凌先生哩！”汤佬张着落了齿的嘴呵呵傻笑，停了许久才说：“我那间破厝[3]，连几只山蠓[4] 都饲不饱，哪来的米粮饲猪！”

也不知道什么时候，汤奁溜到二十几步外石墙草厝的锅里拿了两块炕番薯，一块塞在缪百寻手上，说：“走，我带你去磡头看嘎山！”

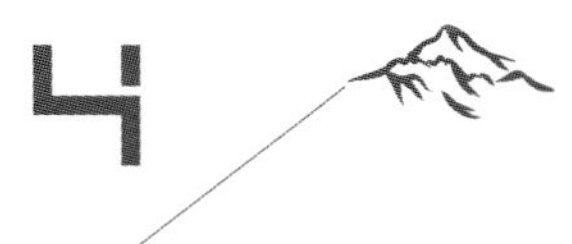

前面的塔尖山和丫叉口取平，目光越过塔尖山的豁口看得见山后的畲厝。汤奁所说的磡头，也就是嘎山崖。下几坎石磴，再往左横走一条藤蔓交织的小路百几十步，由三道壁立的崖磡[5] 撑出了半亩石埕，它就是嘎山崖了。石埕后头岩壁上长一棵松树，从远处看它总是云蒸雾集，邻近乡民习惯叫它雾松。两个少年家盘腿坐在石埕上把炕番薯吃了。山顶上是蔚蓝旷阆的苍穹，白云丝缕，既轻且淡；远处挂着就要坠入西山的日头，红彤彤的没有半点光焰；身下是百丈崖磡，坐在石埕上，底下晃荡的感觉就会轻轻袭来。汤奁说看嘎山，看的就是嘎山脚下的奚家。其时家家户户正在煮暗顿饭，奚家那座圆形的“承安楼”，和散落圆楼四周的瓦厝一时间炊烟四起，又随之消弭于空际。冷不丁从山底下响过几声鸡啼、几声狗吠，声音忽近忽远在耳畔摇荡；缪百寻闭上眼睛，身下的三道壁立

① 踣（bó）落：跌落；掉落。
② 暗顿：晚饭。
③ 厝：房子。
④ 蠓：蚊子。
⑤ 崖磡：山崖、悬崖。

崖礳，如同被他的心思所牵引，石埕在冥想中高高托起，把他举入云端。汤奓说：“阮阿公走到石埕就会吓破胆，说他的脚筋软了，迈不开脚了。你紧紧闭上眼睛，是不是也怕了？”缪百寻对汤奓说：“这么高的礳头你不怕吗？”“不怕。”汤奓说，“可我怕阮阿公半暝吊着白眼磨牙说梦话！”缪百寻说：“回瓦窑吧，要不番薯芋艿可就没得吃了。”

回到窑口，地上当真墩着一坩米糜、一大筲箕炕熟的番薯芋艿。窑工们招呼各位打圈坐地，一边吃一边张家长李家短。杜四眼不无忧虑说：“凌先生，我在丫叉口也有年头了，不知为何，近来这夹底涧的水变小了。用竹笕引到埕角的水，流量越来越小，真担心哪一日这夹底涧的水说没就没了！”“在丫叉口砌窑烧瓦，为的是附近有黏土、茅草的便利。茅草割了，隔年又长一茬。树斫了就可惜了，不像茅草，单凭树头发颖多少年也长不成树。”凌子罟说，“从嘎山往西望，几十重山外头就是大海了，从海边吹过来的风裹着水雾，吹到嘎山顶，就有水雾留在树上、茅草上，嘎山顶长年是湿的，水分就保住了。可如今你看看，树斫光了，茅草割光了，山顶被日头曝干了，水分保不住了，夹底涧的水不变小才怪！”“难怪啊！凌先生讲的道理我服气！”石狮感叹说，“到了竹笕[①]引来的水，一暗暝还放不满场角的一池子，这座瓦窑也只能废弃了。”几句话说得大家的情绪低落下来。后来有一搭没一搭闲话到了二更天，瓦匠们便安排石墙草厝里的床铺给师徒俩歇睏[②]。距离草厝十几丈外的小瓦厝就是汤家，汤佬、汤奓公孙俩回自家过暗暝。窑口原本就有一面挡风的矮墙，瓦匠四个顺墙脚披开草席，轮流睡觉轮流烧窑。过山风呼呼过往，窑口却一直是温热的。

缪百寻太睏了，躺下没多久就酣然入睡。

① 竹笕（jiǎn）：引水的长竹管。

② 歇睏：休息，睡觉。

5 砬山崖

隔日起床吃了早糜，凌子罟站在丫叉口瓦窑前，面向嘎山身后的三座大山，对徒弟说：“外界所说的三山地区，指的就是嘎山身后的大莽山、响廓山、鹩山崖这三座大山周围的大片山地。还有大三山小三山的说法。小三山，也就是脚底下的嘎山与相邻的塔尖山、翠屏山的合称。”缪百寻在地处三山地区的兜螺圩长到十六岁，要不是师父介绍，他并不知道还有这样的说法。凌子罟接着说：“爬过大莽山左侧的山鞍，再爬上砬山崖，就是为师的家了。”缪百寻望着莽莽苍苍的几重大山，也不知师父的家会在山地深处哪一旮旯。师徒俩别了丫叉口的窑工们，路过汤家小瓦厝，汤佬倚门张望，汤奓坐在门碇上等着，见师徒俩走过来便往缪百寻怀里塞一包锥栗。缪百寻看了师父一眼，凌子罟说：“汤奓真难得，可你把锥栗给百寻了，你吃什么呢？”汤奓咬着嘴唇不作声，在后面默默跟着。缪百寻说：“汤奓你回去吧，我和师父要进山了。”汤奓不管不顾，还跟着。“汤奓你别再跟了，你就是跟到暗暝，人家凌先生也不要你！”直到听见身后他阿公那样怨怼的话，汤奓这才止住脚步。

望塔尖山的方向往下走芒岭一段路，拐牤牯岭往下再走一段路，然后向左进入深坑涧道，天空被茂密的树林遮蔽，从枝叶间漏下星星点点的日光。山涧深处是汩汩清流，路顺着水圳向大莽山的脚下延伸。凌子罟要徒弟一起将脑后的发辫缠上脖子，缪百寻照着做了，说：“我好像在梦里来过丫叉口的瓦窑，来过嘎山崖，那里的情景差不多我都熟悉，真是太奇怪了。”凌子罟说：“人有前世来生，到一个完全生分的地方有熟悉的感觉，就有可能是你的前世来过，要不就是你的前世和那个地方有过某种缘分。”缪百寻说：“师父，丫叉口上头那条夹底涧当真没水了，那座瓦窑怎么办？”凌子罟说：“瓦窑和人一样也有气运，气运一过瓦窑就没用了。”缪百寻转话题提出另一个疑问：“听口气，汤佬心里可能对师父有什么看法。”“汤佬知道自己寿数将尽，孙子汤奓无人托管，”凌子罟说，“见为师收你为徒，他就心急了。”缪百寻说：“是不是汤佬也在想，要师父收他的孙子汤奓为徒？”“汤佬的后生新妇某一日突然在丫叉口消失，不知所终，只留下刚会走路的汤奓与汤佬相依为命。”凌子罟说，“汤奓年幼无知，倒有一张填不饱的嘴，十奓九呆，长大了空有蛮力，能学什么本事却未见得。”

抬头要爬大莽山了，凌子罟放缓了脚步。缪百寻揭开葫芦的软木窒，递给师父水吃。一路来阴阳五行、天干地支都没能难住缪百寻，于是当师父的便要徒弟记诵六十甲子，并交代到了师父家非但要记诵还要默写。缪百寻眉头打结嘴唇翕动有词，额头和压包袱的后背都流了汗水。缪百寻长这么大是头回进山，年过半百的师父已有龙钟步态，心里好奇的同时还有种种未知的惊惧。正码劲爬着，到了半山，路边出现一间土墼[①]厝，“记住这里叫郧头沟。”凌子罟一边对徒弟说，一边冲土墼厝喊道：“郧瘸子！”果然从土墼厝应声走出一个瘸脚的查埔[②]团：“是凌先生呐。”“日昼了，郧瘸子可有什么好吃的？”“凌先生有口福，我昨暝套了一只野猪，大早下锅，炖半日了。”郧瘸子把师徒引入土墼厝，厝内一个聋哑查某正坐在灶膛前烧火，锅里咕嘟响着，肉香满厝。身边站一个五六岁的查某团，揪住她娘妳[③]的衫裾，左边的袖管竟是空的，睁一双畏怯的眼睛看着来人。

① 墼（jī）：未烧的砖坯。
② 查埔：男性。
③ 娘妳：娘；娘亲。

瘸脚、聋哑、缺了手臂的，一家伙拢生做痃势[①]。缪百寻见了心头一凛。土墼厝简陋粗糙，外用形状不一的乱石垒了护墙；门有两层，墙外是厚重的木栅门，墙内是结实的板门。烟熏黗黗[②]的墙上挂着锄头、钢叉、铁夹、箬笠、棕蓑。床灶桌椅等一应家用全在这一间土墼厝内。师徒俩在原木垫起的床沿坐下。郧瘸子对他的查某囝说："小妍，过来和这位阿兄拉拉手。"小妍见生，垂着那条空袖管，畏涩地蹭过来拉了缪百寻的手。拉上的那一刻，缪百寻恍惚了一下，小妍反倒不怕他了，紧抿嘴唇，抬起头来定定地看着他，看他竟像在看久别重逢的一个人。不久郧瘸子的聋哑查某将野猪肉装进一口土埚，捧上松木桌。凌子罟招呼缪百寻到土墼厝外的水笕洗手，入厝后便伸手到土埚里抓肉吃。一块足有半斤重，野猪肉本来会腥臊的，这一日吃的却有一股草木香味。缪百寻牙口好，腹肚也饿了，三两下吃了两大块。郧瘸子又给师徒俩舀两碗汤。凌子罟说："野猪肉炖春根藤，嘬了这汤，关节就不患风湿痛了。"

吃了日昼顿，打呃小歇一阵，凌子罟敨[③]开包袱，量了一升鸡爪黍和一包半斤装红糖给郧瘸子，郧瘸子也不推辞，用芋叶包了两块野猪肉塞进缪百寻背的包袱。师徒俩别了土墼厝，又慢腾腾去爬大莽山。"师父，郧瘸子一家伙拢生做痃势，在这深山密林里怎么活？"路上缪百寻在替郧头沟那一家人感到担忧。凌子罟说："郧头沟早先有三户郧姓人家，打猎为生。后来一户绝亡，一户逃生，踣伤了腿的郧瘸子没处可去。六年前的初冬，打猎回来的郧瘸子看见不知道从哪里来的一个少年查某跔在土墼厝外，说不听叫不动也赶不走，费了周折才晓得原来她又聋又哑。郧

① 痃（qiè）势：有毛病；残缺的。

② 黗（tún）：黄黑色。

③ 敨（tǒu）：把包着或卷着的东西打开。

瘸子从土塥里拿出一腿山兔肉饧弄她入厝，这聋哑查某饿疯了，生生吞下一腿兔肉，几块番薯。这聋哑查某一头乱糟糟的头发，臭气熏得人直想呕呃，郧瘸子把她的头按在水笕下冲洗半天，可拉回厝里还是发臭，只好将聋哑查某关进土墼厝，两层门缠紧葛藤又打上死结，背上一只刚捕获的山獐子下山到上肆溪口换了一身衫裤回来，又把聋哑查某按到水笕下冲洗身子，不料她架不住冰凉刺骨的山泉，冲洗一阵便身子冷透，觳觫[①]着蜷缩成一团，生火是来不及了，郧瘸子只好敞怀去昫热她，就这样两个生米做成熟饭，做成了翁某[②]。一日我经过郧头沟，见郧瘸子的聋哑查某已是双身子，便带郧瘸子去畲厝与凛婆子相识，又掏腰包预付给凛婆子一串钱，交代到时由郧瘸子前来带她到郧头沟接生，不久后就顺利生下健康乖巧的小妍了。别看这一家伙拢生做痃势，原以为度日会难以为继，可我每回砬山崖路过此地，也总见郧瘸子一家都还艰涩地活着。只是几年前刚会在地上爬的小妍，叫溜进厝里的‘饭匙铳’咬了手指，这种蛇极毒，片刻黑了半截手臂，郧瘸子只好挥刀把那条手臂砍了。”这郧头沟一家的情形，让缪百寻听了好一段路闷闷不乐。经山鞍走下大莽山时，树林越走越密，凌子罟折了一把樟树枝叶，分半给缪百寻，让他学着师父的样子身前身后轻轻挥舞拍打，散发樟木的香气。很快缪百寻便看见无数蠓虫在周围密集，却不敢近前。内心一收紧脚步便有点磕绊，直到看见师父扔了樟树枝叶，这才意识到走出密林了。凌子罟从缪百寻手上要了葫芦，拨软木窒吃了一口水，也让徒弟吃一口。一路走来时不时遇上清澈的山泉，却不见师父去碰它。“日后进山出山，百寻你要记住别随便吃山泉水，万一有毒蛇恶兽死在泉口，吃了轻则浑身发痒，重则溃烂。有一种刺毛虫掉在泉口，人吃了就会中哑垢，发不出声来。”凌子罟好像猜中了徒弟的心思，开口这样教导他，“外出吃水打湿嘴巴就可以了，水吃多了流汗，身子就掏虚了。远路要匀着走，尽量少流汗。心急脚乱，路走完了人也瘫了，到底划不来。”缪百寻说：“一进山，师父便要将发辫缠上脖子，这也是有讲究的吗？”凌子罟说：“脖子是一个人的薄弱所在，缠了发辫可以挡住蠓虫的叮咬。还有在深山密林里，见身后长尾巴的，被猛

① 觳觫（hú sù）：因恐惧而发抖。

② 翁某：夫妇。

兽认作是同类，它就会伺机攻击你。”人活着，竟会有如此之多的机巧！小小年纪的缪百寻不禁为师父的见多识广所折服。

凌子罟停下脚步，缪百寻抬起头来，见到的是掩蔽在浅林芼草中的一道山脊，山脊的尽头是一座石峰。“师父，那座石峰，就是砬山崖吗？”凌子罟叹一口气说：“等爬完一千八百坎的天梯，就是为师的家了。”

砬山崖是屹立在深山密林里的一座巨幅崖磡。在外头圩镇所说的“千八坎”，指的就是它了。砌的、凿的、铺的磴道崎岖嵁碻，底下是危涧绝谷，稍有不慎打个滑脚翻滚下去，就会摔它个粉身碎骨。凌子罟说：“爬这道天梯，别老抬头望路有多远山有多陡，你只认脚下的石磴，就一步一个喘息往上登。”缪百寻相信师父，于是低头只管一个喘息一坎石磴。走几步，凌子罟指着石磴旁边的臭菊说：“下山时要记得在这里采一把臭菊，过深涧老林用于驱赶蠓虫。”缪百寻说：“这头有臭菊，那头有樟树，长得有多凑巧！”凌子罟说：“这叫天地造化，非人力所能及。”登上半山，山脊两侧出现成片水稻正在孕穗的埒子田。凌子罟说：“砬山崖人吃干嘬稀的全靠耕作这两片水田，农闲才走山打猎扒拉山货，由崖上一个叫凌长庚的族弟带到山外，去换钱换物回来补贴家用。”缪百寻寻思道，这山里山外的确是两个世界。一边觉得师父的办法当真管用，爬这“千八坎”并非有多难。沉住气一步一步来，果然顺利爬完石磴，在缪百寻面前豁然出现一间巨大的石室。石磴末端是山门，走进山门是一面石埕。当护栏的石砌墙头，左边嵌着一间类似望哨的小厝，小厝仅容一铺小榻，开一面窗，侧卧即可俯瞰“千八坎”。右边护栏内堆放百几十颗大小不一的砾石。凌子罟说：“只需一个男丁把住山门，这些石头就变成石弹、滚石，任山下有多少人马也攻不上砬山崖。”

就像一座巨幅崖磡打哈欠时张开的大嘴，砬山崖是覕囥[①]在这张大嘴里的一个小村落，六七十口人，一色凌姓宗亲。耕作的田地是半山磴道旁的两片埒子田，这就意味着所有的收成都必须肩挑脚登爬天梯往上搬，村民成年累月的苦役难以想象。可一旦登上砬山崖，缪百寻立马就服气了。砬山崖简直就是个世外桃源。崖磡底下，刚刚攀爬过的路径已隐匿于绿意浓郁的雾霭之中。砬山崖风和日丽的，目光远近，竟是别处体会

① 覕囥（miè kàng）：躲藏；隐藏。

不到的一片朗朗晴明。

推开虚掩的门，从厝里跑出一个十三四岁的查某团，冲凌子罟叫声“阿爸”，伸手取下缪百寻身上的包袱，嚷道：“阿爸，背你包袱的这个人是谁？”凌子罟说：“缨花，他是你阿兄呀，叫缪百寻，是我前天才收的徒弟。”这下叫缨花的查某团惊讶了，大声叫道：“阿妈，阿爸收徒弟了！”凌缨花将包袱放上八仙桌，转过身来竟揪住缪百寻的两只耳朵说，“阿爸的徒弟，不得了的，我可要看个详细！”揪住缪百寻耳朵的凌缨花，已有小大人身量，也不顾缪百寻满脸通红，说要看个详细，其实也就是近距离扫他一眼，说声“还好啦”，当即放开他。听见声响，从灶间走出一个姆子来：“子罟，收徒弟这么郑重的事，也不跟我商量一下！”“我这不是把他带回来了吗？”凌子罟卸下肩上的褡裢，说：“百寻你也磕个头拜见师娘，她要不认你可就麻烦了！”缪百寻当真跪下磕头，叫了一声师娘。当师娘的赶紧拉起缪百寻，说：“你叫百寻对吧？拜了师，师父、师娘就是你爸母[①]了，缨花就是你的小妹了。亲像一家人，这有多好啊！”

缨花给缪百寻搬了椅条、倒了一碗水后，便开始清点八仙桌上包袱里的物件。芋叶裹着的野猪肉，蜡纸包的肉膘，几斤白米几升鸡爪黍，一包锥栗两包红糖几封雪花糕，还有针头线脑等细件，嘴上嘀咕道：“这次带回来的物件还真不少，可苦了背包袱的阿兄了。”凌子罟从褡裢取出一支发簪递给凌缨花说：“这支银簪你再不满意，我这老爸就没法当了。”“银簪还差不多，可别弄支铅的就想糊弄我！”凌缨花喜形于色，扭头对缪百寻说，“你这阿兄不能白当，得帮我别发簪！”缪百寻更是窘迫，有点发抖的一双手，根本不晓得往她头上哪地方别合适。“看你笨手笨脚

① 爸母：父母。

的！”凌缨花从他手里夺下发簪，求她阿妈去了。师父对师娘说：“缨花她阿妈，芋叶包的是野猪肉，回锅热了，你和缨花两个吃。我和百寻在郧瘸子家吃日昼顿，就单吃一味野猪肉。”

师娘捧野猪肉下灶间去了，凌子罟冲她身后说煎一壶滚水，伸手掏褡裢取出“一枝春”茶包要泡功夫茶，对凌缨花说：“趁天色还亮堂，你带百寻去看看砬山崖。”凌缨花当即拉了缪百寻的手要走。缪百寻吃了水，又坐了片刻，猛要站起时双腿竟酸痛得发颤，一晃差点坐回椅条。凌缨花说：“阿兄请忍耐一下，你是头回爬‘千八坎’，暗暝我烧水给你浸脚。”

到了厝外，凌缨花便松开缪百寻的手。先带缪百寻到山门看“磡头厝子”。从充当哨口的那面小窗俯瞰，“千八坎”就像一道凸起的往山脚延伸的脊椎骨。凌缨花说：“崖上的男丁除了我阿爸，暗暝都要轮流守这道村口，一人一暝，一个不落。躺‘磡头厝子’守村口的人不许吃酒，床头准备三粒纸炮，也不用问是不是土匪山贼，只要石磴上有动静，就放一粒往下炸，崖上的老老少少就会点上火把，扁担、锄头全扛出来准备拼命。”凌缨花说罢，带他顺墙头护栏往另一头走。其时壮劳力还在崖外做功课，在家的要么老要么少。一个嘣着竹烟斗的老货说：“缨花，这后生子是谁？是你爸妈要招团婿了吗？”“三叔公你颠八戒妄说，也不怕舌头长疔子！”凌缨花见怪了，“他是我阿爸的徒弟，刚才还拜我阿妈叫师娘哩！”三叔公笑道：“拿你阿爸的徒弟当团婿更好，这叫肥水不流外人田。”凌缨花这下恼了，说：“阿兄你走快一点，三叔公的嘴又乱开张了。”顺墙头护栏走过各家各户的门口，来到砬山崖靠西的边角。崖磡远近峰峦叠嶂，身下是直插深涧的百丈绝壁，缪百寻没有胆量靠近护栏，不由拉住凌缨花的手说：“这崖磡又高又险，我光想脚筋就软了，再别说探头往下看了。”“怕就别看了。”凌缨花带他回头走，走几步撞见一个在厝外收衫裤的伯婆，这伯婆也是嘴上不饶人的：“缨花，你身边的后生子是谁呀？要我说，肯定是你老爸老母看中的团婿了！”凌缨花说：“伯婆你要收衫裤就赶快收衫裤，忘了煮暗顿饭，等伯公回家把你的尻川礅[1]打成大膨

① 尻川礅：臀部，屁股。

饼！”在缪百寻看来，凌缨花的口气是又气又恼又可爱。不知道为什么，来到砬山崖，见到师父师娘和凌缨花，倒像是真切地回到家里。三叔公、伯婆一张嘴胡乱牵扯，看得出凌缨花也不是真生气，竟也是发自他缪百寻心底里的喜欢。

觇园在崖磡石室里的砬山崖，顶头是悬崖，下面是崖磡，西边是如同用刀斧砍削一样的绝壁，通往外界的只有那道形同刀背的“千八坎”。崖磡上的石室旷阆开阔，临崖磡砌了一溜齐腰的墙头护栏。凌姓宗亲就在石室内起厝造舍。石室坐北朝南，光线足够日照也不短。师父家靠近“千八坎”的路口，和其他族人的瓦厝一样是二进放天井格式。天井只用于采光，除了山风呼啸的雷阵雨，雨水一般泼不进石室。每户瓦厝左边都搭有斜披，斜披后为灶间，中为饭厅，前作客房。石室的内壁长年冒汗一样絭絭渗水，底部砌了水槽，水清澈甘甜，为方便取水每户灶间都开后门。用过的水，经涵沟流到半山作灌溉埒子田的补充。经凌缨花带路讲解，这远离闹市的砬山崖到处，都让缪百寻看到了天造地设的满眼惊奇。

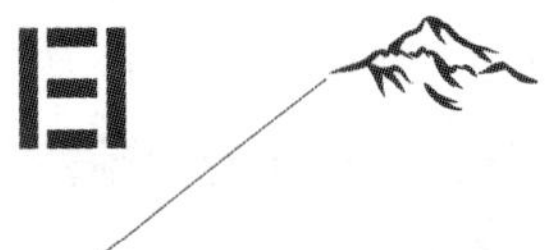

“阿妈，今日又不是初一、十五，你拜什么灶君？”凌缨花见阿妈给灶君焚香摆酒、上供肉膫和雪花糕，大加奇怪。师娘说：“你阿爸收百寻当徒弟，拜灶君求保庇哩！”

在饭厅的桌上，开封的雪花糕有八小块；回过锅的野猪肉切成薄片，半小碟蒜蓉搅拌嘎山奚家的头抽豆油；骨头煮白米糜撒黍粉又吊了碱，黏不腻口。啜糜配搵蒜蓉豆油的肉片，还有雪花糕，滋味兼顾其中。缪百寻家在圩镇上，却未曾见过如此吃法的饭菜。吃罢暗顿，陆续有族亲前来串门。三两个查某不时看了缪百寻一眼，凑堆嬉笑着。查埔的倚老卖老说：“这后生子机灵，收来当徒弟不错的！”查某的说：“收来当团婿更好！”凌子罟不作理会，笑着给老货泡茶。凌缨花看不惯他们的瞎操心，那样的闲聊太不讲理了，便要缪百寻跟她去厝后的水槽提水。等串门的老少散了，凌缨花已烧热两脚桶水，桶旁各摆一只杌子，要阿爸、阿兄两个热水浸脚。师娘去客房铺床，凌缨花给浸脚的阿爸捏肩捶背，目光却望向缪百寻：“阿兄你是少年家，睡一暝，明早起来就轻松了。”坐在杌子上低头浸脚的缪百寻不知如何应对。上砬山崖已有几个时辰，直到这时候他才晓得，这小妹凌缨花一直只管说她的，他答不答话无关紧要。

在砬山崖三日，凌子罟左邻右舍串门闲谈，用心记住族亲们要他在山外办理的事或要买的稀罕物件；或是在厝内泡“一枝春”功夫茶自斟自饮，与师娘有一句没一句说着闲话。于一路上教习的功课，竟交由查某团凌缨花负责督查。这一日吃了早顿[1]，凌缨花往客房送来《子平真诠》《三命通会》《滴天髓》几本命书，还有一道沙盘。方形的木槽放一层细沙，缪百寻手执小木棍在沙盘里写字，凌缨花拿斗概不停把细沙抹平。让缪百寻吃惊的是，没有上过学堂的凌缨花，对阴阳五行及相生相克，天干及五行所属，地支人元及对应生肖，六十甲子种种，非但倒背如流还能熟练书写。缪百寻不敢大意，认真对付凌缨花的每一道测试。凌缨花说：“阿兄你知道吗，我阿爸一天学堂没上过，全靠他自己成了砬山崖上最有学问的人。”缪百寻说：“缨花你不也一天学堂没上过，可你读书认字也丝毫不差呀。”凌缨花说：“我不一样，毕竟我阿爸可以教我呀！我阿爸要出门时教我‘天地日月雷电风雨、雾露霜雪山水土石’，回来教我‘金银铜铁铅锡锌铝、柴草竹木树叶花枝’，再下一次教我‘禾稻米粟糠粮、碗箸匙埚鼎灶、丝布衫鞋帽袜’……阿爸教的我反复记牢，我见什么物件都要问究竟，阿爸就说我死迷文字，要不是查某团就好了。我阿妈也说，我阿爸是个极聪明的人，他要是有钱上学堂读书，至少也考他个秀才。”缪百寻说：“要是你阿爸考中秀才，你就成了凌缨花小姐了。成了小姐，日后嫁的不是官老爷就是大财主。”凌缨花说：“那也好呀，我就等阿兄你当官老爷当大财主。”缪百寻说：“我家人口不安，生意冷淡，在兜螺圩是个破落户，幸亏你阿爸用法度给禳解一下，日子才算能过。我阿爸

① 早顿：早饭。

心想人活着一定要有一技之长，非要我拜你阿爸当师父不可！”“这个不怕，”凌缨花神色笃定说，“我阿爸看中你收你为徒，日后你肯定会有出息的。”缪百寻说：“要是哪天我有出息了，就带师父师娘和缨花你到兜螺圩居住。”“可我听阿爸说过，要往人生地不熟的地方迁居，得压得住地头才行。”凌缨花有点向往缪百寻的设想，却因为有某种担心而不很热衷。

内山火油金贵，点松明又烟大不耐燃，不到二更，崖上十几户人家便全都熄灯歇息。砬山崖的暝时，比山外凉得快，如同一下子便堕入深山的静寂。客房距离“磡头厝子”很近，睡客房的缪百寻听得见守护村口那个人的鼾声。苍穹里的上弦月挂在客房的窗口，缪百寻寄身崖磡，想想这些日子的行程，砬山崖距离兜螺圩的路途已是迢远得很了。

9 上肆溪口

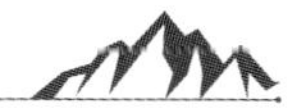

在砬山崖的三日四暝，缪百寻会在某个时刻心里忽撞一下，然后记起在兜螺圩的老爸缪金猴。他老爸有点畏避日光，趺趺撞撞在街上走着。另一次是暗暝睡在客房里的缪百寻，梦见他阿爸啉得酩酊大醉，涕泗四流的一张迷妄糊涂的脸。这日一早，师娘把淘好的米和咸菜丝、花生仁拌匀放进一只草袋子，压紧缚牢袋口，在锅里煮半个多时辰，起锅沥干水，茭荎[1]饭就做成了。师徒俩包袱、褡裢上肩时，凌缨花把缪百寻拉到一边，红着眼圈说："阿兄，你要好好照顾我阿爸！""缨花你放心，我会的。"缪百寻的诚恳发自内心。师娘、凌缨花母女俩依依不舍送至村口，目送师徒俩往下走"千八坎"。师徒俩一路下山，到了郧头沟，郧瘸子在家，便走进土墼厝歇脚，吃水，凌子罟取出那团密实的茭荎饭团，切成五份，分各人吃了。茭荎饭还温着，吃起来喷香可口。缺了条手臂的小妍吃完，竟走过来偎依在缪百寻怀里，还时不时探头看了他一眼。郧瘸子说："这查某团，有了好吃的，就跟人家好，羞不羞哇？"才五六岁的查某团，以示亲近那种纯真的样子，让大人们不免心生感慨。锅里的槟

① 茭荎（jiāo chí）：一种草织装干饭的袋子。

榔芋炕熟了，盛在钵头里捧上桌，由大家抓着吃。槟榔芋香味四溢，咬开差不多是发干的粉状，难以下咽，郧瘸子便给师徒俩倒水润喉。午顿后闲话片刻，郧瘸子要去陷阱和装了铁夹子的地方收取野物，正好与师徒俩分手各走各的路。

往上爬牤牯岭时，斜西的日影正好照在一块路石上。"仲秋季节，日影照在这块石上，是午后三时多一点。"凌子罟说，"走山地，一定要看准时间，特别是深山老林，天一黑你就寸步难行了。"缪百寻默默记下，心想到了嘎山上，汤佬、汤奓公孙俩或许没去赴圩，窑工们也还在丫叉口的瓦窑前忙碌。不料师父却说："过午后四时了，上肆溪口早该散圩了。"等爬到嘎山鞍的牤牯岭，凌子罟虽在嘴上这样说，还是带着缪百寻转向去了上肆溪口。

上肆溪口的圩市，只是临江一条百来丈长的小街。从襄摇的袱婆溪，小船溯流而上，水路缓急滞畅莫可言状，时而是两山对峙的空隙，或是行驶在悬崖间的一缝水里，即使炎夏也凉意嗖嗖，其时苍穹窎窅，白云飞絮，小船穿越青山绿水，让船上的外客体会更多的是一份天地间的纵深。上肆溪口是行船的终点，客货上岸或下船，聚集埠头或疏散于山地村寨。远有经由牤牯岭攀爬到响廓山上的杈口坪，"千八坎"上的砬山崖，东南向十几里是三旗门，更有无数隐匿在大山皱褶里为外界所不熟知的山村小寨。嘎山奚家与畲厝马家两地人的外出，他们既是上肆溪口的客源，也可选择到襄摇圩上更大一点的船只。上肆溪口虽说地盘狭窄，圩散了却也还有三三两两地在走动。时近暝昏四周山影幢幢，住户店铺及早上灯，灯光鳞鳞闪耀在水面上，或洇没于浓郁的山岚雾息之中，浮现的是不一样的魅惑幽渺。冷不丁从店铺里走出一个穿红戴绿、脸上涂抹胭脂水粉、簸颠着尻川礅的花间查某[①]，她的放任招摇也不怕引人嫉恨。砾石街道上凄惶跑过的一只夹尾狗，扯着脖子嘎嘎叫着的白鹅，或一头哼哧哼哧寻食的猪仔。不晓得从哪一家吃店传来宰鸡下酒的哀鸣，或猛可里"一魁手、五把爪"喊叫着的猜拳声，声声撞击山水，在空中萦回返响。

① 花间查某：从事娱乐业女子；娼妓。

到了上肆溪口，缪百寻发觉师父凌子罡放缓的脚步，不知道是探寻还是有点拿不定主意。在快将暝昏的天色里，凌子罡驻足四望，最终还是带徒弟向一家挂着“阿娇客店”的招牌走去。“头家娘，有客人住店来了。”进了门，凌子罡朝店里发声。“哎呀呀，不喊我‘媵扳娇’叫我‘头家娘’的，在这世上除了凌先生，我猜不出还会有谁！”循声露面的，是一个但凡来了客便会趋前动手动脚腻歪的佻挞查某，说话撒泼发嗲。却不料迎面进来的是凌子罡，她当即收敛了神色端庄起来。凌子罡：“头家娘，靠后窗的房间住客人了吗？”自称媵扳娇的头家娘说：“凌先生赏脸来了，我媵扳娇就是清客人也要让凌先生住进上房！”

上肆溪口这条小街，面街相向的两排住户店铺，一排背靠牤牯岭，一排是坐向溪流的吊脚厝。“阿娇客店”这间三进吊脚厝，前是店面，筑灶置台卖汤面、扁食，由媵扳娇的老实查埔人默默支应着；二进一半作下房，开有一面横棂侧窗，除了给三进留过道，还打了梯口，经梯口走下石磴，外是吊脚厝下的溪流，其吊脚石柱，也可用来拴住小船；旁山体的溪墘实地砌了石埕，供客货起落；埕角是仅容得一人洗澡的板围子。可以想见，若是白天，三进的上房肯定最为敞亮整洁，身下是哗哗流水的粎婆溪，窗口可见对面溪湾沙坝上的成片桃林。凌子罡说：“每逢十月小阳春，或是仲春二月，对面沙坝上的桃林悉数开花，在这道窗口望见的情景，也就是命书上所说的‘桃花照水，春心荡漾’了。”缪百寻听了似懂非懂，接不上话，心想师父每到上肆溪口，住的大概就是这间上房了。媵扳娇当下为师徒俩端了两瓯热腾腾的茶水，说：“凌先生就在这上房歇着，暗顿想要什么好吃的只管吩咐，我自去代劳。”凌子罡说：“麻烦头家娘买两个卓老耇的大红豆糯米粽，外加两小碗头家娘店里的扁食，就足够填饱腹肚了。”“凌先生你这是给徒弟吊胃口哩！”媵扳娇笑嘻嘻地偏过头来对缪百寻说，“好后生，你认我当契妈，我给你加一项稀罕菜配！”“不劳头家娘破费，”缪百寻说，“再说头家娘年轻，当我阿姊还差不多！”“哇，小小年纪便晓得见机说话，凌先生收的徒弟当真能说会道的！”媵扳娇说罢，留下后面一股香风，欢欢喜喜地摇臀摆胯去了。

10

卓老耇的大红豆粽入口绵软，当真好吃。头家娘店里的扁食倒是汤料一般，缪百寻晓得这暗顿吃的，师父怕也是有所用心。饭后师徒俩先后到吊脚厝下的板围子洗了澡。塍扳娇又到上房问凌子罟要不要浸脚，凌子罟推说天热，下次来溪口再说。塍扳娇挑亮了油灯，接着说：“凌先生，等会有人来算命，你一定要说——想转运就吃一碗塍扳娇店里的扁食，想发大财就吃两碗塍扳娇店里的汤面。”凌子罟笑道：“头家娘店里的扁食、汤面这么灵圣，倒不如你翁某两个占先吃了，发发自家的横财，也省得每日辛苦。”塍扳娇说：“凌先生你这就计较了不是，你顺便帮塍扳娇赚点钱，大不了我暗暝为先生拿捏一番筋骨！”因有后辈缪百寻在场，话说暧昧了，见凌先生不搭碴，塍扳娇连忙扮了个鬼脸，换话题说：“看我光顾说话的，倒忘了给下房铺床了！”

“阿娇客店”在街尾。出了客店，不一刻便到了起水登岸的街头。挂“卓老耇红豆粽”招牌的一家，灯光最亮，师徒俩一出现，身材高大的卓老耇当即扯下围裙不做买卖了，引凌子罟到八仙桌旁的太师椅坐下。几个过路的见了，也进厝来认角落站着。卓老耇给凌子罟泡了“凤毫八仙”：“知道凌先生来溪口，送两个红豆粽给凌先生解馋，我料想塍扳娇这个贪心查某，怕又收先生的钱了。”“老耇的好意我心领了。”凌子罟说，“妇道人家不容易，不提这个。”正说着，众人眼前一闪，冲撞入来一个十八九岁的后生子，开口说：“越活越背运越狼狈相，凌先生可要详细算一下我的命！”凌子罟慢条斯理吃了一口“凤毫八仙”，这才让他报出生年月日时。后生子说：“我爸母生我时就是个糊涂账，到死也没说清我到底是亲生的还是抱养的！”卓老耇说：“涂娄你别捣蛋，算你的命至少要五钱，你身无分文算什么命！”涂娄说：“我现在穷不等于日后也没钱，再说了凌先生又不怕我赖他！”“让我看看你的手相吧。”凌子罟要过他的左手，看了看掌纹说，“凭你一身强健的筋骨，学拳行伍最好。俗话说薄技在身不误生计，要是你能静得下心，学一门木匠手艺也不错。”“这不成，学拳学木匠少说也要三五年才出师，我可等不了！”涂娄一脸躁急说，“我要跟凌先生你学说‘纸话’，学了‘纸话’上响廓山的杈口坪找袁抹刀，到土匪窝里混口饭吃！”卓老者说：“年轻人这话可乱说不得，闹不好要人头落地的。”凌子罟对涂娄说：“‘纸话’我也说不来，哪来的能耐教你。”“欠三个日后补齐！”涂娄用力往八仙桌上拍下两个钱。看来这个涂娄是没有得到他想要的，说罢气急败坏走了。卓老者续了茶水，说：“小小年纪便嫖赌毒，他爸母说好听一点是翻船饲鱼了，要我看是被这个愣头青逼得无路可走，跳了秋婆溪一死了事才叫真！”凌子罟叹道：“碰上爸母团儿间的孽债，从来就没一个说得清道理的。”角落站着的一个痀腰老货报了一个生辰，说：“厝里的老查某气运低，近日更坏，头脑也乱了，啰哩啰嗦尽说昏话，人颇颔[①]成那样，真叫人挂心不下。”凌子罟说：“你的后生若在外地赚吃，快托人叫回来给你老查某冲喜一下，要不这个年她能不能挺过去可就难说了。”痀腰老货动作僵硬在胯间的汗巾里摸索了半日，卓老者说：“我替凌先生做一回主，你不用付钱了。”“这敢情好！卓老者你是个正派人，凌先生日后定有福报！”痀腰老货这才移动变了形的身躯，在昏暗中缓缓离去。随之又有两中年姆子入厝来，一个准备砌猪牢，向凌先生讨教动土时辰。凌子罟说：“你用竹扫将地面摒扫清楚，泥水匠寅时动工。方向坐北朝南，猪牢里砌石料做埕，石埕下挖嘣涵，方便冲洗排污。若用石凿的食槽，你当主妇的头一次饲猪，就敲响潘桶说‘石槽饲猪浡浡大’！”那姆子连连点头，用心记下。另一个姆子说她连日噩梦，暗暝一合眼就梦见她过世的大家、大家倌[②]，提棍棒菜刀要打她宰她，醒来全身青凊汗[③]，让她睡不好吃不香的，要凌先生给她一个周公开解。凌子罟说：“你要诚心实意吃一顿清汤寡水的斋饭，煮一大钵头饭菜，钵头插箸，准备冥衣两具冥鞋两双，一应放入小匾。暝昏没人时，你到村口跪地，头顶小匾，由查埔人替你点

① 颇（kǎn）颔：因饥饿面黄饥瘦的样子。

② 大家、大家倌：婆婆、公公。

③ 青凊（qìng）汗：青汗；冷汗。

乌香烧银纸，你要放声哭着乞告：‘大家、大家倌啊，恁二老活着我不孝，现如今恁二老过世了，我知道二老在阴间又饿又冷，我供了这吃的穿的恁二老好生消受，自此阴是阴阳是阳，阴阳两隔不相纠缠’！若是钵头完好，过后噩梦就没了；若是钵头破裂，拜祭要连续三次。”两个中年姆子听完各付三个钱，先后离去。卓老耇说：“半月前我腰痛，交代铁匠焦睎三替我搬弄几帖伤药，麻烦凌先生哪天到兜螺圩给他传个话。”凌子罟点头应承后说：“我撑不住了，回客店歇睏了。”

回到“阿娇客店”外叫了门，塍扳娇一边开门一边抱怨：“凌先生你这个人奸险，明明说好的要顺便帮我塍扳娇赚点钱，你倒好，跑狗贼卓老耇家去了。”凌子罟说：“卓老耇耗油点灯，还赔了‘凤毫八仙’一泡好茶——我这是在为你节省哩！”“难道我塍扳娇就点不起灯、泡不起茶？”塍扳娇说，“你凌先生贵客，眼界高看不上我塍扳娇就是了。”凌子罟打了哈欠，说：“走了一日的路，心头悿势，我想睡觉了。”听了凌子罟的话意，塍扳娇悻悻离开上房，关了店门，回对面的居家睡觉去了。“师父，刚才那个愣头青涂娄说的‘纸话’，到底怎么一回事？”在上肆溪口的这个暗暝，当徒弟的缪百寻一到客房，便着急着向师父打听。凌子罟说：“‘纸话’是土匪、山贼、海盗、剪绺仔这些黑道的暗语。三山一带的‘纸话’，说穿了其实就是《康熙字典》里认字拼读时的切口，由两个字拼读一个字音，说‘纸话’时不读出这个字，而是将这个字的两个拼读音倒过来说。比如‘阿娇’的阿字，本来拼读是‘依拉——阿’，说‘纸话’时就变成‘拉依’。为师能查《康熙字典》，说‘纸话’自是不在话下。只是可恨那个涂娄，善恶不分，狂躁莽撞难以调教，若不改变他的恶劣心性，日后定是个祸胎，跟这种人打交道自当小心，一句话没说好也会引来麻烦。”“师父给那个姆子开解噩梦，为什么是那样的拜祭？”这是缪百寻留在心中的另一个疑问。凌子罟说：“你看那个中年姆子，自私蛮横，平日里刻薄对待大家、大家倌，活着百般刁难，等大家、大家倌死了又自觉亏欠，心头难免鬼怪作祟。那样的拜祭，实则是惩罚，也好让她明白作为后辈新妇要孝敬长辈的道理。知道错有了悔改之心，这世间事也就可以泛泛而过了。”

11 三旗门

天边露了醭白，缪百寻咯噔醒了，看见师父已穿戴整齐，坐在窗口痴痴的入定了一般。缪百寻轻脚轻手衫裤上身，也站到师父身后往外观望。凌晨清越的鸟叫虫鸣，声声在耳中回荡。吊脚厝下的袱婆溪哗哗畅流，对面沙坝上萦绕雾气的桃林正在缓缓开豁。溪流发源的响廓山，其浑噩也正在一丝一缕地消弭于无形，孤绝危崖直插底下的澄碧深潭。是时溪山濛濛，放眼四野一尽承载于苍溟之中。“上肆溪口一条街，就这道窗好，最能领略山地动人心魄之处。”凌子罟说，“暗暝天地幽杳，山影森森；醒早倚窗守望，雾露浸淫青山，绿水凄迷不逮，意会勾连自不待言。”缪百寻不明白，师父连一日学堂都没有上过，这样的高深理喻究竟从何处而来？缪百寻说：“难怪师父喜欢住‘阿娇客店’，原来有这样的好处。”凌子罟说：“塍扳娇的言行讨人嫌，贪小便宜，浅显的所思所想都表露在脸上，却没有什么恶毒心机。”缪百寻听了，深以为是，便在曙色下打开随身带的命书，默记了比肩、劫财、伤官、食神、正财、偏财、正官、七杀、正印、偏印的八字十神，却一时不知其关联出处。凌子罟说：“唱戏十年功，学艺一辈子，三百六十行，行行都有大学问。凡事忘情其中，就能通变悟道。”

塍扳娇熟知凌子罟的习惯，从居家捧来白米糜和姜丝豆油煨溪鱼的菜配。“头家娘早！”缪百寻合上命书站起来打招呼。塍扳娇放下早顿，一下红了眼圈，竟将缪百寻揽入怀里说：“凌先生的徒弟又用功又识礼体，日后有出息了到上肆溪口，可别忘了住我塍扳娇的客店！”“这个自然，”缪百寻说，“只是头家娘你要松手才行呀。”塍扳娇放开缪百寻，对凌子罟说：“晓得凌先生爱吃姜丝豆油煨溪鱼，是我昨暝特意准备的。”“头家娘费心了。”凌子罟说：“我这一次来，看你家查埔人的脸色不太对，他为人心眼老实，你可要懂得珍惜他。”塍扳娇说：“他呀，闷葫芦装温吞水，饲一只狗也比他强，还好我没一脚踢死他哩！”

塍扳娇一句话把师徒俩堵在那里了。幸好白米糜配姜丝豆油煨溪鱼的确对胃口，吃早顿也没耽误工夫。填饱了腹肚，师徒俩背上包袱、褡裢，凌子罟说：“头家娘，比往时多了个人吃住，拢共给十二钱吧？”塍扳娇口气失落说凌先生给多了，眼巴巴望着师徒俩朝埠头走去的背影。到了渡口，船上已有几个人，见师徒俩上了船，撑篙的喊“开船啰”，竹篙几下插撑船便朝对岸移动。船上一个中年查埔团怂恿说：“三牯子，快唱‘十八摸’呀！”撑篙摆渡的三牯子咧嘴笑了：“你这人是花心菜头，昨暝没摸够，大早还想摸！”那人说：“孬头查某受气回外家，我昨暝摸床板了。”“真可怜！”三牯子唱道，“东边打鼓西边锣，听我三牯子来唱歌。张家李家咱拢唱过，单听我三牯子来唱十八摸。头家听了十八摸，不花银两摸不着。老货听了十八摸，浑身上下直哆嗦。后生子听了十八摸，枕头当作查某抱。一呀摸……”那人说：“三牯子你这样摸，从暝头摸到暝尾也摸不到位，干脆爽快一点，就唱第九摸、第十八摸！”三牯子唱道：“九呀摸，摸到查某的胸坎上，炊包子两粒亲像大莽山，大莽山没它柔大莽山没它软……摸呀摸，摸到恁查某直个喊阿兄……”那人又急不可耐了，催促说：“还有第十八摸哩！”三牯子唱道：“十呀十八摸，摸到恁查某的那片地，漱漱水流亲像秫婆溪，秫婆溪没它的摇秫婆溪没它个荡……摸呀摸，摸到恁查某骂你这只大呆鹅……”如此一个涎着脸嗜好、一个油腔滑调的两相打趣，时间便觉得短，船已靠近南岸，但三牯子逆流左拐，船向砀窟潭驶去。在“阿娇客店”的窗口望见的澄碧深潭，也就是此刻的砀窟潭了。到了砀窟潭，响廓山似有万丈的峭壁直入底下的深潭，船漂浮在满满当当的潭水上，搭渡客个个抬头望了一眼崖磡，大有身临险境之感。逐个要赴的是三旗门圩，到砀窟潭起水，搭渡客便可少走百来步路。三牯子收费大大咧咧的，一人一钱，两个结伙也一钱，但三个结伙就得二钱了。上了岸，那人转身喊道：“三牯子，你单个回头，孤单了就唱‘掏窝窝’！”三牯子哈哈大笑：“等恁查某哪一日来搭渡，我再唱‘掏窝窝，窝窝的掏’……”

起水上岸，就是三岔路口，一条上响廓山的杈口坪，一条前往三旗门。“上杈口坪有两条路，一条穿过牤牯岭，再攀爬响廓山，路近却艰险异常；一条从砀窟潭开始爬羊肠石磴，磴道绕来绕去，也是路远难行。”凌子罟说，“从砀窟潭到三旗门十几里地，从三旗门过百漠关，到兜螺圩也是十几里地。”这些天凌子罟带缪百寻一路走来，在徒弟充满好奇的心目中，非但陌生而且处处是不可思议。缪百寻说：“要不是走了这一趟，哪知这内山竟有这种种我意想不到的情形！”凌子罟说：“熟知邻近乡镇村社的，是那些悬壶济世的医生、穿针引线的媒婆、赴圩的小商贩、走村串户的货郎担子，还有牵猪牯配种的猪哥。可谈得上通晓这周遭百里民俗风情和山川形胜的，当属本地有名望的乡绅，而理喻最深切的是风水命相先生。”要是放在从前，凌子罟的这些见解与缪百寻或许是不相干的。时至今日就不同了，当徒弟的时时处处都能吃惊地感到师父的胸中所有。凌子罟接着说：“一只船从上肆溪口下襄摇走的是鈥婆溪，过兜螺圩时叫乌河，水路流经无数村社，到县城丰浦便是伏壶河，之后与九龙江汇合，流向蒲头溪、流向府地香城，最后流入大海。这条水路，就是三山与外界交接的血脉。山地再深，因有了这条水路就有了形形色色的往来，就有了讲不完道不尽的故事和传奇。”师徒俩走走停停，早就被步履匆匆的赴圩客远远甩在身后了。缪百寻望着凌子罟薄弱的身影，心里想，大概师父也是像他这般年纪就走下砬山崖闯荡江湖了。而师父比自己却要难得多，师父没有上过学堂，也没有像现在师父这样的名师指点，一切全靠他自己摸爬滚打。缪百寻说：“那个摆渡的三牯子唱的歌真够下流的。”凌子罟说：“话也不能这么说。大多数内山人都不认字，也没地方找乐子，不谙周公之礼，专靠这俚俗传唱放松内心，这中间也起了不少启蒙作用，多少晓得一星半点查埔查某间的情事，也算功大于过了。”一经师父说破，缪百寻便又觉得的确是这个理。

12

师徒俩到了三旗门圩，背靠一株老榕树坐下。看来不是个旺圩，赴圩客只稀稀拉拉地从各个路口朝圩场汇集。凌子罡说：“你身后不远那道山岭就是百漠关。”缪百寻说：“不过是前山后山，距离也只有十几里地，我长这么大了却对三旗门一无所知。”“三旗门这个三角地带，地盘小，却是个难得的所在。”凌子罡说，“朝东南向，响廓山和鹩山崖两座大山合力拱出一座东峤山来。这东峤山低矮却怪异得很，后山是寸草不生的劈头崖，相反前山却十分肥沃，草木繁茂，叫石晶门，住几十户的沈姓人，栽种蓍兰茶，茶有独特香气；山脚朝西北向是府西门，住几十户的赵姓人，栽种府西门抛[①]和烟叶，这抛和烟叶的滋味也为外界所无；圩场身后的邸丹门住了几十户的潘姓人，栽种牙蕉，这种牙蕉条果大，吃起来像麻糍一样柔韧甘滑。富庶的三旗门人就凭蓍兰茶、府西门抛、烟叶和牙蕉这几样作物，与各地奔走的商贩交易往来。面前这条穿过三旗门的河流叫乌河。乌河上架的木梁桥叫小姑桥，小姑桥头老榕树下的三间土壑草厝，是三旗门的地心，住着草药盖家。这盖家是世代单传、半单传的草药郎中。当地人用‘病不出三旗门’的说法，来标榜盖家用药的不传之秘与功效。畲厝马家一般不涉足三旗门，对盖家也一向毕恭毕敬，可见草药盖家的名声。”缪百寻说：“单传是单丁承继香火，可我不明白半单传是什么情形。”凌子罡说：“民间有一种叫‘半招嫁’的婚姻形式，若单传家庭生的又是个查某团，这查某团结婚后，查埔的还住男方，生的后代，大的归男姓，小的归女姓。”师父的这一番话，不知为何让缪百寻想起在兜螺圩孤守家门的老爸，想起砬山崖上伶俐可爱的缨花

① 抛：柚子，又称旦。

小妹来，眼帘也就不免扑打着潮湿。凌子罟说：“面前这条乌河小，驶不了船，流了六七里地与浃溪、秫婆溪合流，过兜螺圩它还叫乌河，流量已是三旗门乌河的几十倍大了。”

圩场上的赴圩客渐渐多了，散乱的摊点却也粗略有所类别，牲口、用具、五谷杂粮、水果蔬菜均有角落分布。看似闭目养神的凌子罟，小声对徒弟说：“百寻你细心观察一下，你对面十几步外的两个人，想想看他俩到底是什么来头。”缪百寻抬头见到的一老一小，生理人打扮，老的形姿稳实，身后的少年家肩背包袱，斜插一把收拢的油纸雨伞，在零落的地摊间走走看看，偶尔也和碰面的山民或商贩搭讪几句。不多时来到命相摊前，老的对凌子罟说：“请问这位先生，你可知道金缎子烟叶和苦蕾茶什么地方能买到？告知产地也可以，大不了辛苦点去收购就是了。”凌子罟说：“我并非当地人，也是刚刚路过此地，不太清楚有这两样物事。”老小俩又到别处打听，直到在视野中消失，缪百寻也看不出有什么名堂。更吸引缪百寻的，是师父凌子罟给一个总挨查埔人毒打的农妇算了命，怎样去开解那个农妇的无助与困厄。紧接着，是半月前为石晶门一沈姓格罗经定灶位，如今一切顺当，感谢师父来了。随后来了一个面目焦苦的老货，他放丢了水牛，要师父掐算指点他寻找的方向。虽说前后三个都满意离去，缪百寻却觉得师父有点敷衍。果然临近日昼凌子罟提前收了摊，带徒弟去场角一家“潘记”油店。“潘记”油店铺面很小，只卖麻油、生油、茶油和肉油几种。店头家是个壮健的中年查埔囝，见师徒俩进店，当即摆椅请坐，倒了大碗茶。凌子罟从褡裢里掏出一本《中壮兴发——乾造 ×× 先生八字流年详批》、一本《红妆楷模——坤造 ×× 闺秀八字流年详批》递给店头家，店头家当即付上几串钱。凌子罟说：“潘四啊，三旗门最近是不是发生什么大事了？”店头家潘四说：“恬寂寂[①]的，什么事也没有听说过。”凌子罟又问：“周围圩镇村社呢？”“我算是消息灵通的，也没听说过。”潘四的口气十分肯定。“这就奇怪了，”凌子罟说，“没什么事态，为何官府的人会乔装打扮到三旗门来暗中巡查？”潘四显然是意外地吃了一惊，说：“会不会

① 恬寂寂：恬静，没什么动静。

和蒲头溪的劫案有关？”“要是和蒲头溪的劫案有关，官府的人就是奔杈口坪来了。”凌子罟叹了一口气，示意缪百寻一起把大碗茶吃了，同时给葫芦灌了滚水，便离开潘四的油店。走不了几步，缪百寻回头看一眼油店，潘四把油店门关了，人也一闪不见了。路过万阿婆的货担，凌子罟买了万阿婆六个七草黑粿，在日头底下，师徒俩一路吃着往百漠关走去。

13 兜螺圩

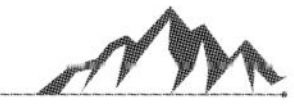

爬上百漠关坐下来小歇，师徒俩各自手上的三个七草黑粿早已落肚，缪百寻这才明白师父为何催促他吃大碗茶，给葫芦灌水，原来七草黑粿糖分足，吃了口渴。缪百寻在心里寻思，原以为师父是要考查他的，可一路上师父倒好像给忘了，便硬着头皮请教说:“在三旗门圩，师父凭什么推断老小俩是官府的人？”凌子罟说:“老小俩与山民相比是不一样的外地人。老货目光深沉，只有官家、帮会、土匪头领才会有他那样的雄视。随从步态矫健，是个在拳头馆[1]练过拳的后生子，眉宇间有历练过的机警。百寻你想想看，若是大宗商贩，重在看他所要的货物，用不着散漫打探。若是附近大户采购，管家身后跟着挑空箩担的后生子，走走看看，见物有所需又价钱合适，便会买下往箩担里装。那老小俩穿梭圩场，却什么买卖也没做成，于情于理都说不过去。”缪百寻说:“那老货不是说要买金缎子烟叶和苦蕾茶吗？”“蹊跷就在于此。”凌子罟说，“金缎子烟叶和苦蕾茶的产地就是杈口坪，产量极少，已多年不外卖。偶尔有人叫卖，让官府知道了，必定惹上通匪的嫌疑。”

① 拳头馆：武馆。

坐在百漠关上，东边是三旗门，向西就是兜螺圩了。师徒俩离开百漠关，经过山脚下的槾茏岭，走了五六个日暝的内山，踏入兜螺圩的地面，日头当即刺眼得亮，让人有恍若隔世之感。到了圩镇，天色还早，缪百寻随师父到顶圩的打铁寮找焦睎三。名如其人，铁匠焦睎三长着一双斗鸡眼，在砧子上抡锤打铁时眼睛直愣愣的，让人感到他视物的吃力与他内心憋着的一股凶狠。等焦睎三铁件入炉的间隙，凌子罟和他说明了来意，焦睎三对卓老耇要他代办伤药的事不置可否，开口说的话让师徒俩极为震惊："凌先生你这徒弟就是下圩桥头缪金猴的后生吧？"见凌子罟点头，焦睎三接着说："老缪家出事了，缪金猴原先就欠了圩底恶人鲍奅客的赌债，前天啉醉酒后又和鲍奅客赌牌九，缪金猴这一次输惨了，把抵押的缪家老宅全盘输给鲍奅客了。他酒醒后不认账，被找上门的鲍奅客一脚就给踢飞了！"

缪百寻听了，禁不住觳觫，悲怆中几欲跔脚瘫软。"百寻别慌，大难当头，你一定要沉得住气。"鲍奅客其人，凌子罟多少有所了解，人长得高大，仗着学过拳脚，身边又豢养了几个街头歹团，设局赌博放印子钱，在兜螺圩地盘上无恶不作。师徒俩慢慢朝下圩走，过了桥，往缪家门前的大缸探头一看，估计是师徒俩离开后，缪金猴就不再往大缸灌水了，大缸早已底见天。缪家大门只虚掩着，推门直入里间，缪金猴奄奄一息躺在床上，和缪百寻梦境中所见一样，他老爸是涕泗四流的一张迷妄糊涂的脸。凌子罟说："人一旦穷而挫失意志，就连丧家犬都不如了；成了酗酒的丧家犬，也就穷途末路了；若酗酒赌博再浑账在一起，便只有死路一条了。"想必多时未进滴水粒米，他老爸看起来已经不行了。缪百寻见状号啕大哭。凌子罟说："百寻别哭，你该尽一点孝道了，快去烧壶水、熬碗米汤给你老爸吃。"凌子罟到店街请来坐堂郎中，郎中诊了脉，在缪金猴睁着却没有视点的眼前拨动食指，说："痰气壅塞，是中风的症状。拖太长时间了，患者已眼不能视物，两耳焦紫，无力回天了。"送走郎中，缪百寻烧了水熬了米汤，但他老爸口不能言语，无法吞咽，只能用调羹舀几滴汤水打湿他的喉咙。"百寻你赶快去烧一大桶温水，把你老爸全身擦拭干净，翻出你老爸的所有衫裤，一应给他穿上。"凌子罟说，"鲍奅客若再上门耍蛮，你别去计较他，理清头绪做好你该做的事。一定要记住，什么事都可以放到日后从长计议。”凌子罟说罢，想去给门前的那口大缸灌水，正要提桶，快步带风的鲍奅客当即破门而入，见躺在床上的缪金猴直挺挺的，跟死人没有两样，缪家老宅已是准备后事的情形，便掏出一页写满字的毛边纸，冲缪百寻说：“听清楚了，这是典契！你老爸欠我白银十五两的债，把缪家老宅典押给我鲍奅客了，白纸黑字，限五日内交付——现如今已过去两日了！记住本利是白银十六两，到时还不上，这缪家老宅就是我鲍某的了！”鲍奅客说完离去，躺在床上的缪金猴咕嘟一声，从喉咙涌出一大口浓痰，暗淡的眼睛竟亮了一下，“阿爸，阿爸，你是不是缓过气来了？”缪百寻赶快拧了面布擦拭他老爸的那张脸，床上缪金猴的双腿猛一个扽直，眨眼间连空气也好像僵硬在那里了。“百寻，把你老爸的双眼给抹合了吧。”凌子罟说，“你想哭就放声哭，你老爸过世了。”缪百寻哽咽着发硬的喉管，浑身纠绞，直到他一声“阿爸”的叫喊，这才哭出声来。凌子罟在床前给缪金猴点了一支香，引导徒弟给他老爸磕头送终；又以自己的身份点了一支香，对尚未走远的逝者说：“金猴兄弟在天有灵，家里若还有些许积蓄，就让你后生百寻找出来办理你的丧事吧！”缪百寻拭去眼泪说：“我阿爸平时爱啉酒嗜赌，家里肯定没剩什么钱。”“那可不一定，人性未泯，你老爸还有你这个后生牵挂着哩。”凌子罟说，“百寻你试着去哪个角落翻翻看。”缪百寻也没多想，随意查找，不久便从墙角扒拉出一个废弃的酒瓮，一下板砖裂成几片，瓮里当真放着五串钱。“不用再找别了，你老爸留给你的家当就这么多了。”凌子罟说，“丧事再简办，也要八九串钱，有了这五串，为师心中就有底了。”

“世间因缘果报，缪家老宅家业破败，亲断戚疏，欠缺物力人手，没有办法了，丧事只能从简。我这就去店街杠房委托殡葬‘全包’。”凌子罟说，“百寻你要寸步不离为你老爸守灵。这辈子为你老爸尽孝，也就这个暗暝了。典契期限只剩三日，明日就出殡送你老爸上山头入土为安。”“全凭师父费心了。”缪百寻见师父有条不紊安排他老爸的身后事，内心感激，跪着守灵的缪百寻便就地转了个身，向师父行了磕拜大礼。

杠房也在下圩，走几步就到了。杠头陈窨目恰巧在场，凌子罟说明了来意。陈窨目说：“缪金猴这辈子，活着连吃水都硌牙，寒酸倒也罢了，死了还要仰仗不相干的凌先生出面周旋打理。”凌子罟说：“没有办法，谁叫金猴兄弟总是时运不济。”陈窨目叹息说：“减了出丧鼓，杠房赠送一道制煞符开魂路；自个买水立灵敲丧钟，铭旌挽幛等摆场面的拉杂全免了；不请礼生，出门前自个先行拜祭；师公唱功德吹喇叭敲铜铃一身兼顾，土公扛棺材掩土筑坟几个人拢总做去。请地师选地买地，棺材、灵轿、孝服、香纸烛，大小一堆物件，可以用次品却一件不能少——就算抠门抠到家了，连两顿饭也吃杠房的，至多也就省一点钱。若是没有八音哀乐阵给凑个热闹，就跟埋一只死狗没什么区别了。”凌子罟说：“那就要个哀乐阵。孝男只有百寻一位，孝服就免了，只需跟杠房借一面凸锣、大小各一片苎麻布。”“瞧凌先生你这师父当的，杠房都成全武行了，雇请的每个人都要长七只手八只脚才够用。”陈窅目很快列出细目，接着说，“要七串又十三钱，没办法再抠了。”“多承头家的好意了。”凌子罟说，“百寻才是个十五六岁的后生子，缪家治的可是苦丧呐，能省多少算多少。”陈窅目说：“好吧，邻里乡亲的，零头的十三钱杠房也不要了。”

一应交代齐全天就暗下来了，凌子罟出了杠房，经过面食店，叫了大碗汤面当暗顿饭吃了，又让面食店送一碗到缪家老宅。缪百寻干坐着不肯动箸，凌子罟放下凸锣和苎麻布，说：“百寻呐，为师知道你腹肚饿了，也知道你不想吃。自古孝子枵腹，为的是铭感爸母的养育之恩。可今日你却自不同，缪家老宅就剩你一个人了，你若饿倒了，明日你老爸的葬礼就无法操办了。两相比较，依我看还是吃了能撑场面更见孝心。”缪百寻听了，噙泪捧起碗来。“百寻你不必多想也别着急，天理昭昭，过后为师自有道理。”见缪百寻艰难吞咽，凌子罟继而开导说，“你老爸所要的孝心，为师相信就是你能好好地活下去。”缪百寻把汤面吃了，竟吃出了一脸的眼泪和鼻涕，悲怆之状一言难尽。凌子罟用小片苎麻布往他的头顶扎了麻帼，无查某工缝合，大片苎麻布披在他的肩背上，就权当他这个孝子穿麻戴孝了。凌子罟说：“百寻你敲丧钟吧，一巡敲一刻钟，一个喘息敲一下，敲过三巡就算了。”不久前，缪百寻为他死去的阿妈敲丧钟，当时是他的酒鬼老爸主事，缪家老宅四下惨淡，除了慌乱，就是乱糟糟的不知如何是好。

这个暝昏，在缪家老宅哐啷哐啷的凸锣声中，凌子罟用菜刀斫削枋子，制作了一个神主牌，写上“某世缪公金猴谥伯申神主，阳世孝子百寻立”两行字，与供逝者的香火一起放在床前。

翌日顶晡，师徒俩大早安排食物垫了腹肚，给逝者摆了饭菜，点上香烧了冥纸，祭拜便告完成。因没人吊丧，也没有家属为逝者买水哭灵，缪家老宅依旧恬寂寂的没什么响动。幸好有凌子罟在旁，一个暗暝未曾合眼的缪百寻挡不住疲惫，感觉迟钝，神思先自涣散不知所从，几乎像尜螺一样抽了绳才晓得转。凌子罟要缪百寻冷水泥面，他激灵一下果真醒过神来。这时杠房的一干人扛来棺材，给逝者入了殓，拉杂各件按顺序从里间到门口一溜排列，然后各就各位，执事的陈窖目交代说：“各人要经心脚下，也别忘了手头几项功课要兼顾做好——心里有个底，就起步走吧！”殡葬队伍于是在吆喝中唧唧歪歪地蠕动了起来。

八音哀乐阵从缪家老宅的大门探出头来了，背大鼓的走在前面，他右手木棍，左手三指捏音盏小指挂着个凸锣，“咣咣叮——咣咣叮——”地上下击打；擂鼓的前臂相对各绑一爿铙钹，发出“嘭嘭镵镲——嘭嘭镵镲——”的声响；吹管者横笛、洞箫嘀嘀嘟嘟不时更替；叮叮当当弹着月琴、咿咿呀呀拉着椰胡的既腾不出手，也一心两用不得，只能各管一个自己。八音哀乐阵吹吹打打的，根本凑不成曲调，没几下就全乱套了。穿长衫的师公吹了一阵喇叭，觉得那个爱啉酒嗜赌、把家当败光的人没什么功德可唱，便摇了摇铜铃，表面的歌功颂德听起来倒像在挖苦他，反而是随意发挥的几句听起来有点条理：“……也不知道你纠缠的是什么因缘，投胎到这人世间，你靠爸母福荫娶某生团住大厝[1]，谁想你没骨气也没能耐，生平艰难的日子过得百般苦，庆幸你还能咬牙忍受没做什么亏心事，还能一饭一汤孝敬爸母疼惜某团，现如今就指望天公地母保庇你的后代能有出头的那一日，来光耀你老缪家破败的门庭……”凌子罟的手臂扎了白，提篾墘

① 大厝：宅院，大宅院。

紧随其后，篾墭里放着逝者的神主牌与香火。接着是一手孝杖一手引魂幡、披麻戴麻帼的缪百寻，最后是四个抬灵柩的壮汉，没人扛的灵轿只好搁在棺材上头。这一日，一支兜螺圩有史来最为奇怪的殡葬队伍出现在街面上。因缩减了人手，就像要把戏的殡葬队伍零落稀拉，却又个个忙得不可开交，叫人看了好生可怜却又像在滑稽嬉乐。店街两旁挤满了观望的民众，各种看法各种议论都有。高大的鲍奤客也抄手抱胸站在一边，开口骂道："干恁妳，什么乱七八糟的，到底要给这废人摆弄什么古怪！"

无论如何，殡葬队伍总算一点一点地向百漠关下的槾茏岭移去。出了圩镇村社，路旁没了观望的民众，除了提篾墭的凌子罟和孝子缪百寻，其他的干脆收了家伙，一起去帮衬四个抬灵柩的土公，将装着缪金猴的灵柩送上槾茏岭。与缪百寻阿妈的墓相邻处提前挖好一道圹窟，放入棺材后，凌子罟格罗经码准分金坐向，便往圹窟填土，夯了龟背坟额，植上草皮，过午后二时坟堆就做成了。杠房一帮人收工各顾各的零散走了。凌子罟把安放逝者神主牌和香火的篾墭放在坟堆前，从褡裢里掏出小酒壶、三个瓷瓯[2]、三个馒头按序摆上，让缪百寻跪下来上香，倡话说："金猴兄弟，过了明日，缪家老宅就易手他人了。你的头七、三七、七七、周忌、三年祭就在这时刻一并供了。阳世的时日你活过了，在阴间你当另有遵循，悠游点一路走好！"说罢，将神主牌焚烧在坟堆前。

慢腾腾地回到兜螺圩桥头的缪家老宅，天快黑了，师徒俩的第一件事竟是去桥上缒桶打水，把门前那口大缸灌满。缪百寻在大厅摆了擦拭干净的逍遥椅，逍遥椅虽然破旧尚且能用，请师父靠背坐上——这几日太辛苦师父了；小桌上放着顺路买回的几样简单食物。凌子罟说："百寻你一定要

① 瓷瓯：瓷的小酒杯。

记住，所谓命相，不过是看得懂人心；所谓风水，不外乎晓谕天理、地理和人理。”“可师父你知道，这样的学问已经大到天边去了。”伺候在旁的缪百寻轻摇蒲扇，为师父赶蠓虫驱散暑气。凌子罟说：“百寻呐，从明日起，这缪家老宅就落入鲍奇客之手，你就要在这世上过漂泊日子了，你害怕吗？”“跟着师父我就不害怕。”缪百寻说，“再说我对这座老宅一点也不依恋，早就对它厌恶透了。”凌子罟说：“厝宅和人都是有运势的，人一般不知道自己前世的情形，过完了现世，后世如何也不知道。厝宅也一样，兴建、完善，随时日逐渐破旧，最终荒废。这座缪家老宅已经失去生气，没什么可惜的了。鲍奇客图谋霸占，行为有损阴骘，一定不得善终！”缪百寻不知道师父说这话到底是在宽慰他，还是天道循环报应不爽，只要他拭目以待。

翌日顶晡，日头在响廓山的杈口坪上升起。缪家老宅敞开大门，师徒俩照样打点了简便的行头走出门来，过了拱桥，在另一边桥头面对缪家老宅摆了命相摊。很少见凌子罟不是圩日在街上摆命相摊，自认识师父之日起，缪百寻第一次看见师父在竹杖竿头扯起了写着“子罟命相”的布招和一面八卦镜。凌子罟说：“百寻你走前五步，回头看八卦镜有没有照见你家老宅的窗口。”走前五步回头看的缪百寻说：“看见了。”凌子罟说：“百寻你跑到你家门前，把那口大缸砸了。”缪百寻跑了过去，双手举起像府西门抛一样大小的石头，把那口大缸砸了个四分五裂，缸里的水四下流了一地。缪百寻用力砸缸，水临流散的那一刻，他似乎感到有一道耀眼的白光从缸里跃起，也不知飞向何处。

砸了缸，师徒收拾了行头，就一前一后地朝襄摇圩的方向去了。

这一次师徒俩只在赴圩客密集的襄摇圩草草吃了午顿便直接上嘎山的丫叉口。因要修补窑洞，出瓦后停了烧，窑工们在窑埕上忙得便和往时不太一样。窑工石狮说：“想起来就有点怪了，今日襄摇圩还没有散吧，凌先生不赚算命钱了，是不是赶暝昏要回砬山崖呀？”凌子罟说：“钱是赚不完的，想在丫叉口多歇睏，暗顿又要挤占各位的口粮，心里就有点过意不去了。”杜四眼端了两碗茶给师徒俩吃，说：“凌先生哪里话，这些做粗工的隔些天能和先生拉呱几句，多少心事也就放得开，难得哩！”饶大说：“知道凌先生会来丫叉口，暗顿特意安排烩芥菜咸肉饭。”凌子罟说：“连饶大都能算准我凌某的行程，看来只好换我牵水牛擩膏土了。”没几句话，窑埕上便又有了笑声。师徒俩吃了茶，走下几坎石磴，转到嘎山崖的石埕上来。置身嘎山的崖磡，山野到处是淡淡的云蒸雾荡，已偏西的日头万丈光芒，给身后的那棵雾松涂抹了一层霞晕。师徒俩趺坐在石埕上，竟一声不响待了整一个下晡[①]时。

与窑工们一起吃了可口的芥菜咸肉饭，各人又分得半碗苦菜汤。暝昏时分，汤佬、汤奓公孙俩也回丫叉口了。看得出汤奓是想念多时，一见面便缠上缪百寻。这日暗暝，窑工们要让出石墙草厝里的床铺给师徒俩歇息，师徒俩坚持要睡窑洞过夜。过了午夜子时，师徒俩相约般醒来，起身出窑口一看，兜螺圩上空竟红了一片。“看来是缪家老宅起火了。”凌子罟说，“以那样的阵势，怕是烧成瓦砾平地了。”师徒俩回窑洞躺下，一时无话同时也无法入眠。

不知道是芥菜咸肉饭的功劳还是苦菜汤的效用，也可能是修补窑洞可以稀松的缘故，不必平时一样把功课干得环环相扣，窑工们睡到日上三竿才醒。吃过早糜，凌子罟也好像拖拉着不太想动身。直到崵硞难走的阪陀岭爬上来一个人，缪百寻这才看见师父把褡裢挂上肩。来人是兜螺圩“奚记豆油庄”的伙计。那伙计见了丫叉口的熟人，便有消息发布了：“兜螺圩桥头的缪家老宅，鲍奋客才得手当主人一日不到，昨暝就起火烧毁了。鲍奋客在缪家老宅设宴庆祝，啉了个大醉，后来不知怎么的就是一片火海了，和鲍奋客一起被烧死的还有圩镇上的两个歹团，听说三个都烧成炭棒了……”

① 下晡：下午。

17 水路向东

过两日就中秋节了，再说已经上了丫叉口，缪百寻原以为是百分百回砬山崖。岂料走到路口，凌子罡说：“百寻，你要跟为师出一趟山。”缪百寻不知道“出一趟山”是什么意思。凌子罡接着说：“在上肆溪口搭船，顺流而下，到丰浦县城，船再往前驶进九龙江，到蒲头溪。顺流去两日，逆水回三日，往返最少也得五六日，来不及上砬山崖过中秋节了。”缪百寻很想回到砬山崖，静静的在师娘和小妹凌缨花身边待几日。可他同时也很想通过水路去看一看山外的大地头。但无论如何，他最乐意的就是听从师父的安排。

缪百寻在心中诅咒那个不得好死的鲍奔客死无葬身之地，同时也希冀缪家老宅干脆被夷为平地更为省事一点。岂料转眼诅咒成真，离开不到一个日暝，缪家老宅就被烧成废墟了，同时被烧死的还有鲍奔客和圩镇上的两个歹团。他相信兜螺圩大多数人都在拍手称快，没想到师父闻讯却一下子神色萎落下来。缪百寻不知道是师父那日在缪家老宅对面桥头作法所起的作用，还是另有蹊跷，缪百寻太想弄清此中的玄奥，但见师父不愿提起，他也就一时开不了口。

这日日昼，在上肆溪口街头卓老耈的店里预订了搭船，吃了蘸蜜汁碱粽，当日昼顿，便到塍扳娇的客店歇息。午休过后，凌子罟开始教习缪百寻如何立四柱排大运，缪百寻总是听得丈二和尚摸不着头脑，当师父的也没有见怪。这一次，师徒俩来了便住下，住下便守在客房里，这让头家娘塍扳娇欢喜不尽。她愉快地自作主张安排了暗顿，除了各吃一碗店里的汤面，她还免费附加米糜配酱瓜。酱瓜是“奚记豆油庄”新推的货种，谁想竟在上肆溪口首先品尝到。饭后又有几个前来看相算命的，经凌子罟三言两语解开了心结。其中一个因五内焦躁还没有吃暗顿，另一个是释怀后有了食欲，于是在客店各吃了一碗扁食。所赚不多却把塍扳娇欢喜的，见客人离开客店，塍扳娇就又口无遮拦了:“正好没客，下房就免费供你徒弟住了。我要陪凌先生过这长长的暗暝，指不准也怀一个跟凌先生一样的聪明后生呢！”凌子罟说:“头家娘你再不正经，看日后谁来住你的客店！”“凌先生你倒真会计较，连个玩笑也开不得！”塍扳娇说，“还不如你徒弟分得清好歹！”

话虽如此，隔日大早，塍扳娇也不计较，又从对面居家捧来的，照样是凌子罟最合口的白米糜和姜丝豆油煨溪鱼的菜配。

到卓老耇店前的埠头下船，船是充当货船的乌篷船，临时搁板的座位，搭船客只有师徒俩，船头船尾各站一个撑篙的船家，看面相可能是爸团俩。“卓老耇红豆粽”的店铺是上肆溪口唯一的居家大厝，因临近埠头，平时也兼做收购囤货，加上卓老耇是个硬性人，不欺客，来上肆溪口的船家差不多个个是卓老耇的老相识。船舱里的四筐槟榔芋六七捆烟叶，不用说正是卓老耇发的货。船顺流而下，秫婆溪水路狭小，弯道多见，船家手上的竹篙左右插撑，首尾配合默契，看似不慌不忙，却是一刻也不敢消停。缪百寻初次坐船，绷紧的心是随船的摆荡而惊惧前行的。水流落差大时，便见溪墘石壁上披衣坐着几个壮汉，身边堆着数捆干柴，几串牙蕉。凌子罟说：“他们是拉纤的。船上水时，船家把系在船头的索套甩给他们，他们搭了扣，套索挂肩，吆喝着奋力拉船，和船家协力使船逆流前行。因生理不多，他们也兼顾和过往船只做点小买卖。”缪百寻想象得出逆流驶船的艰难情景。此刻的船是顺流而下，船家手上的竹篙要么撑要么顶，却不见用多少死力。一个时辰后，水势平缓多了，进入襄摇圩地段了。襄摇圩也是依山傍水一条街，和上肆溪口相比，襄摇圩的街更长更大，地场允许还接续有小巷，三进大厝也随处可见。水面阔了，摇橹的船要大些，声哨嘈杂四起。船家的心也是放缓的，将竹篙搁在篷顶，一个船头一个船尾坐下，吧嗒吧嗒嘣起柑杆烟斗来。在秋婆溪的徛梁桥下，船家竟用柑杆烟斗轻轻往桥墩顶一下，船就通过了。因船家不想使力，乌篷船便有点随波逐流悠悠晃晃的味道。凌子罟冲船家说：“看样子，午顿在兜螺圩吃，暗暝只能在嗥头墩过了。”老船家说：“嗥头墩暗暝演‘上洲蔡’的手掌戏哩。”

到了秋婆溪和浃溪合流，青山似乎为绿水拉开一点距离，水势更见平缓。一老一少船家嘣罢柑杆烟斗，竟挺直站立撩起肥大的裤管，掏家伙哗哗地朝水里各敌了一大脬尿。船到了兜螺圩外，从三旗门出来的乌河流经兜螺圩与秋婆溪合流，乌河水量猛增，船似乎变小了，靠岸时摇摆得厉害，老船家竖起竹篙从船尾的圆孔插入河床，把船稳住。各位跳上岸，一起在河边吃了“碗公粿”，船家各吃五碗，师徒各吃两碗。吃完上船拔了篙，船被撑离河岸，老船家回头冲卖“碗公粿”的中年查某说：“小葛，你的‘碗公粿’又柔又嫩，我吃了还想吃哩！”岸上的小葛说：“想吃就回头呀！”老船家说：“刚才我吃上头的，再上岸我可要吃下头的了！”小葛说：“厝里的孤漏头才吃下头，你也想当孤漏头吗？”“想呀！”老船家大笑，船已进入河道正中。坐在船头的少船家好像不太高兴，一直低着头，船也不想撑了，手上的竹篙就在水里拖着。

不一刻，水的落差大了，河道变脸拐扭着，船几次磕碰了石壁，少船家这才站起来撑篙。冷不丁老船家又公鸡一样扯脖颈唱道：“嘿——山兜兜的小阿妹，觅囥[①]树林里做啥功课哩！”歌声牵引了在岸边山坳里掏

① 觅囥（miè kàng）：隐藏。

裹摇圩也是依山傍水一条街，和上肆溪口相比，裹摇圩的街更长更大，地场允许还接续有小巷，三进大厝也随处可见。水面阔了，摇橹的船要大些，声哨嘈杂四起。船家的心也是放缓的，将竹篙搁在篷顶，一个船头一个船尾坐下，叭嗒叭嗒嘣起柑杆烟斗来。在秋婆溪的徛梁桥下，船家竟用柑杆烟斗轻轻往桥墩顶一下，船就通过了。因船家不想使力，乌篷船便有点随波逐流悠悠晃晃的味道。

山货的查某团："恁阿妈觊囥想不通哩，饲你这后生看见母猪也皮痒哩！"少船家嘀咕道："丢人现眼，又要骚包了。"听清脆的声音应是少年查某，却要扮阿妈的角色，老船家的兴致就来了："阿妈你给后生饲奶水，亲像母猪饲一堆小猪团，七八张嘴两包奶，皮不痒吃不着哩！"觊囥在岸边树林里掏山货的少年查某便宜没占上，却摆明吃了哑巴亏。凌子罟说："这里叫打硓湾，最是对山歌的好所在。"这时掏山货的少年查某歌声又起："嘿——水上头那个老查埔，脸皮亲像墙壁厚，裤头蔫蔫的亲像揉桌布……"老船家一听赶快收了声调说："今日撞上不要命的颠八戒查某了，再接唱我就要跳潭了！不唱！不唱！"师徒俩咧嘴笑了笑。少船家唱道："山坳里的阿妹真歹势呐，不要脸的夹尾狗跳深潭了呐！"少年查某唱道："船上的小阿兄心眼实呐，我十八查某团正年少呐！"少船家唱道："阿妹的好意我领会，家穷欠钱我无可奈何哩！"老船家生气了："阿妈饲后生吃大包奶，后头这新妇有啥脸皮当？！"不晓得是船驶远了，山坳里的少年查某听不见，还是发觉爷俩自个杠上了，正在得意哩！

据说也有过路船家和岸上树林里的查某对山歌对出了传闻，却不知是山妹仔心野想从中抠剥钱财，或者过路船家逢场作戏，纠缠的也不过是露水情缘。但打硓湾留给出门在外的过客，不管是水上岸边，他们的遐想总是很多很多。

19 嗥头墩

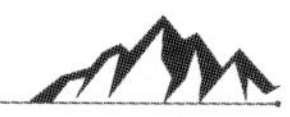

嗥头墩是两山夹峙拱着的一座石冈。使乌河一分为二，大的还是乌河，哗哗西南；小的不过向北一条水渠，通向七八里外的焦棚寨。袁家族人的木厝，在嗥头墩上依势而筑，错落有致，看上去就像机关勾连的一座防御堡垒，住七八户大小三十来口，就地取材专做木材生理。这袁家族人强悍，人少却敢作敢当，惹毛了发飙斗起狠来，即使百来人口的焦棚寨也打不过，何况在响廓山杈口坪的头领袁抹刀也是嗥头墩人？更让人心生敬畏的还有嗥头墩占了焦棚寨的水头，焦棚寨人饮用、灌溉、搬运木材都靠这条水渠，不留神稍有得罪，腐兽烂禽浮尸等拉杂污秽便都漂向水渠；略做手脚，山洪暴发时的流沙也会将七八里长的水渠填满。不过要恭敬嗥头墩的袁家族人也容易，只需在每年中秋节，由焦棚寨出资请“上洲蔡”戏班在嗥头墩连演三暝手掌戏，以此答谢山神驱除水怪，未来的一年便诸事顺遂，一应好说的了。

乌篷船到了嗥头墩，缚紧船索，师徒俩随老少船家一起上岸。嗥头墩已停着五六只船，大概也是挨着暗暝要看手掌戏的。嗥头墩下是一面不太平整的石埕，平时当了楞场[①]，因要演戏，堆积的木材被清空了。缪百

① 楞场：专用的露天仓库，是将采伐后的木材按尺寸截好然后放在一起的场地。

寻回头望一眼乌篷船，对少船家说：“不用留个人看船吗？”少船家说：“不用，在嗥头墩谁要作歹，那他可就是找死的了！”说话间，缪百寻见师父已走前去，和嗥头墩一个老货比划手势交谈着什么。老少船家还别扭着，上岸便分头找各自的畅快去了。凌子罟向缪百寻招了招手，于是师徒俩一起往上爬嗥头墩。除了石磴、栈道、崖壁、树木，七八座木厝楔在崖壁的豁口、凹坎处，光秃秃的嗥头墩已容不下其他。嗥头墩四面环水，却一滴水也留不住。袁姓族人从对面山拉了粗大的麻索，麻索下挂着水笕，将山泉接引过来。师徒俩上了嗥头墩，墩顶的形状像把交椅，建了袁姓族人的一座祖厝，祖厝前挖一口蓄水的池塘。其时已是暝昏，刚才与凌子罟说话的老货也上来了，留师徒俩在祖厝边上的护厝灶间吃暗顿。主食是焖软的捞饭，配韭菜溜黄、葱白炒回锅肉。身材魁梧硬朗的老货说：“这世道不比往时了，幸亏十多年前得到凌先生的指点，嗥头墩才有今日的样子。要不眼下这老的老少的少，小小一股外敌也抵挡不住。”凌子罟说：“嗥头墩地头小，四面是山，船只来去，绞阵兄弟无论如何也大意不得。”原来这老货叫袁绞阵。袁绞阵点头称是后说：“凌先生下墩去吧，手掌戏快开场了。石埕那边，已为先生和爱徒摆了座位。别介意看戏时我不能在先生身边作陪。祖厝边角这间小厝的床铺摒扫干净了，先生戏看累了，就上来歇睏。”“这样最好。”凌子罟说，“你看你的戏，我和百寻有个座位就可以了。”

天黑了，嗥头墩下已汇集不少看客。搭好的戏台像条几案，阔尺余、长丈许，帷幕与戏台类似一道阔幅窗口。戏台挂着两只罕见的玻璃罩风灯。手掌戏，也就是布袋傀儡戏，要手腕十指和唱腔的硬功夫。“上洲蔡”为家庭戏班，主角是爸团俩，那个当老爸的班主，叫蔡大麻，按他手掌上不同的傀儡形象唱各种生角；查某团叫蔡细麻，也按她手掌上不同的傀偏形象唱各种旦角。当娘妳的当兄长的和当团婿的三个，除了偶尔串演一下，为主便是手忙脚乱，要吹拉弹打出人世间最为合拍的曲调。戏临开演，班主蔡大麻、查某团蔡细麻作了把式，到台前抱拳行礼，蔡大麻说“各位看官前来捧场”，蔡细麻说“‘上洲蔡’戏班拜谢了”！蔡大麻说“上半暝演‘梁上君子’”，蔡细麻说“下半暝演‘飞檐侠盗’”！蔡大麻说“说笑话了，上半暝演‘黑炭猛张飞’”，蔡细麻说“下半暝演‘红脸关帝爷’”！蔡大麻说“看官若还有想头，那就演个喜庆的‘四时花似锦’”，蔡细麻说“‘上洲蔡’知道你还想看‘洞房花烛夜’”！蔡大麻说“啰里啰嗦讨人嫌——闲话少说”，蔡细麻说“八仙过海要神通——剧目开场”！蔡大麻说“打鼓——老查某”，蔡细麻说“吹弹——查埔人”！爸团俩的开场白引发场下一番笑骂。若非知道后头的精彩，这黑粗矮胖、红脸麻斑的爸团俩早就让人倒足了胃口，直想呕呃了。乐棚那边似乎并不配合，咿咿呀呀调几下弦，不小心失手掉了木槌在鼓面砸出嘭的一个声响，或往喇叭吹出一个下谷道泄气的声音。场下正在疑惑，一阵紧凑的鼓锣钹响起，却在激越之处骤停；转而一阵时快时缓的丝竹声飘来，观众的心正被牵引着又戛然而止。这大概是要开演什么戏的前奏。就在这时，场下有一个高大身影站了起来，只见那个叫袁绞阵的老货，右手一柄大刀，左手托着几具替身纸尪[①]到台前石磡上，挥刀大喝一声，火星四溅将替身纸尪劈成两半，刀口却丝毫不损。内行的见了便明了老货袁绞阵身具神力，一开口且声若洪钟，抱拳道：“在嗥头墩，恶鬼不犯、好事是各路朋友捧的场，在此拜谢了！‘踏棚头’‘跳加官’两样开台戏，我看就免了，直接正式唱戏文，把场下看官摆弄快乐了便是真本事！”“上洲蔡”戏班似乎打了个嗝，场下却高呼叫好。凌子罟小声对缪百寻说：“‘踏棚头’是为了避免凶神恶煞，戏班施法作的辟邪戏；‘跳加官’是戏班为雇主祈愿‘天官赐福’的彩头戏。袁绞阵不信邪。”

黑粗矮胖、红脸麻斑的蔡大麻、蔡细麻觇囥戏台后下方，经激越的鼓锣钹声催促，台上出现两个扯一块黄布的八寸童子，黄布上写《贼翁某》三个黑字。收了报幕，在管弦声中，台上这边出现一个身穿褐衣、

① 纸尪（wāng）：纸人、纸剪的替身。

牵一只水牛的八寸男丁，那边出现一个荆钗布裙、怀抱公鸡的八寸查某人，慌慌张张回到厝里，把水牛拴好，把公鸡关进竹箂[1]。此刻“货”已上手，转眼间这对贼翁某便哈哈哈地得意忘形笑了起来：

男：“我白贼七的美娇娘呐，你抱转来的是谁家的大公鸡呀？”

女：“我柳掠八的老不死的，你牵转来的是谁家的大水牛呀？”

男拧了一把女的尻川礅：“顶圩恶霸朱歹狗，他饲的水牛皮草光滑肥泏泏[2]，看了我这小心肝就疼不行了！”

女的扭臀送胯发嗲：“下圩媒婆焦喜桂，她家的公鸡爱踏翅欺负鸡母哩，看了我这小心肝就恨不行了！”

爸团俩在戏台后下方觑园着，傀儡的戏服里套在手掌上，通过角色耍起来的肢体动作十分夸张，富于挑逗性，姿态、唱词拿捏恰到好处，谁能想得到呢，天底下竟会有爸团俩这种似说还唱、说唱难分的戏耍，才开口纠缠着唱了几句，场下要么恬寂寂的，要么发出会心大笑。爸团俩长相难堪，唱腔却撩拨了看客的心弦，人丑声音却极是动听，看了戏，就不免让人找寻爸团俩身上的种种好处来。

白贼七唉声叹气：“我说你这臭查某，媒婆焦喜桂家的公鸡你也敢抱？咱俩能结成翁某，多亏人家焦喜桂抹了油的一张嘴哩！”

柳掠八叉腰跺脚：“看你这老不死的，恶霸朱歹狗家的水牛你也敢牵，也不怕他提刀砍死你！”

白贼七摇头摆脑地寻思，唱道：“天知、地知、你知、我知，天底下谁也不知——”

柳掠八好生抱怨：“可恨焦喜桂那张抹油的嘴，害死老娘嫁了你这个贼偷贼摸的懒尸骨呐！”

就在这时，台上出现一个提刀的黑衫大汉，嘭嘭嘭地敲响了门：“有人看见白贼七偷了我家的大水牛，快快开门吃我朱歹狗一刀！”

白贼七大惊失色，觳觫惶恐，瘫软在柳掠八怀里：“贼婆娘救命啊！”

柳掠八也是舌头不听使唤，哈欠一声冲门外唱道：“这三更半暝的，你朱歹狗在门外搞什么鬼怪啊？”

① 竹箂（lǎn）：竹笼。

② 肥泏（zhú）泏：胖嘟嘟。

朱歹狗抖着手中的刀："快开门！白贼七敢偷我朱歹狗的大水牛，我提刀来砍死他！"

白贼七一个抽搐，竟扽直吓昏过去。柳掠八唱道："我家白贼七，前日赴溪口圩卖番薯，昨日赴三旗门圩卖芋头，今日赴兜螺圩卖公鸡……出门半月不回家，哪来空闲偷你家的大水牛？"

朱歹狗贴门缝唱道："你这个贼婆娘糊弄得了谁，我明明听厝内有你查埔人的动静哩！"

柳掠八唱道："朱歹狗你听详细了——查埔人我厝内算起来有几个，一个是杈口坪上的，一个是黑鹰咀上的，一个是上青峰上的，你想砍的可得指名道姓是哪一个！"

"也罢，这贼婆娘不好惹，等明日逐个看得见再作计较！"朱歹狗心犹不甘，悻悻离去。

贼翁某正要庆幸，手持菜刀的媒婆焦喜桂出现了，门嘭嘭嘭的一阵乱敲："柳掠八你这个贼婆娘，竟敢偷我焦喜桂家的大公鸡！快开门，看我敢不敢一菜刀剁死你！"

这下轮到柳掠八大惊失色，觳觫惶恐，翻白眼瘫软在白贼七怀里："查埔人快救我！"

白贼七冲门外唱道："昨日阮翁某吵架拼死活，今日柳掠八回外家了，你家公鸡暝昏还啼着，咋打丢了呢？"

"柳掠八的外家是个贼窝，个个被官府收了监！"焦喜桂贴门缝唱道，"白贼七你糊弄得了谁，我明明听厝内有你查某的叽喳！"

白贼七唱道："觋园我厝内是花间查某仔，春桃、夏荷、秋菊、冬梅……你说这中秋月圆暝的，那她就该是秋菊了！"

"也罢，明日我带上官府老爷，再来捉拿你这个贼婆娘！"花间查某撒起泼来，她媒婆焦喜桂怕也招惹不起。

柳掠八唱道："没想到白贼七你这劣马也有一步踢哩！"

白贼七唱道："没想到你这痃势查某也有一步刁哩！"

不好的呀！贼翁某欢喜抱成一团，与此同时却又一下回过神来。

白贼七唱道："贼婆娘我问你，你查埔人到底是杈口坪上的、鹟山崖上的、上青峰上的哪一个？"

柳掠八唱道："白贼七我问你，你的花间查某仔到底是春桃、夏荷、秋菊、冬梅中的哪一个？"

"哞——""喔喔喔——"贼翁某庆幸之时又相自责难，正要追根问底，听见牛叫鸡啼的声音，顿时又乱作一团。

柳掠八："坏事了，坏事了，见天光牛叫了！"

白贼七："麻烦大了，麻烦大了，见天光鸡啼了！"

乐棚那边少了兄长的和当团婿的，原来是串演去了。只见台上出现了县官、衙役、恶霸朱歹狗、媒婆焦喜桂，人赃俱获，已将白贼七、柳掠八拿下；恶霸朱歹狗、媒婆焦喜桂正要拍手称快，县官指着恶霸朱歹狗说："你，欺凌乡里、无恶不作，给本官拿下！"指着媒婆焦喜桂说："你，巧舌如簧、拐卖人口，给本官拿下！"两个登时瘫了。县官接着说："水牛、公鸡是赃物，充公了！""你，滥用职权、鱼肉百姓，给老牛拿下！"水牛大喝一声，甩牛角将县官撩飞。公鸡也拍翅腾空而起，把衙役扑倒在地，戳瞎了他的眼睛。

戏到高潮，那个当娘妳的忙到裤腰也扎歪了，管乐棚的一双手，竟能摆弄出十几种声音来，场下看客便一眼台上一眼乐棚来回睃动，个个乐不可支。

缪百寻心想，那天出殡他老爸，下圩杠房陈窨目的八音锣鼓哀乐阵，可能就是效仿"上洲蔡"戏班乐棚的应急办法，无奈哀乐阵是动的，加上临时拼凑，没几下就乱套了。

21

看客的目光被即将出演的另一个剧目所吸引，凌子罟猫起腰来，示意缪百寻退出石埕。在埕角停留片刻的师徒俩，不声不响绕到嗥头墩后面，凌子罟搬动几块石头，豁然露出一个洞口，师徒俩猫腰进入后又将洞口堵上，洞里顿时一片漆黑，这时凌子罟不知从何处摸出两块火石，一撞击火星溅着艾绒，吹出明火后，取一片松明点燃，举着照明，一步步往上攀爬石洞。不多久，出现一个岔道，“石洞可以一直爬到墩顶，途中通往每一座木厝。”凌子罟说罢拧了开关，轻轻一推门就开了，出口处果真是山腰一座木厝。缪百寻说：“这嗥头墩不简单，比一座城堡还要奇巧！”“利所在也是弊所在。”师徒俩坐在木厝檐下的矸头上，凌子罟说，“嗥头墩四面临水，自身却是一座巨石堆垒的石冈，从风水上讲是四下透风的一座绝墩。人为给各个洞筑了门，镇以厝宅；冈顶砌一口池塘，从对面接来山泉；池塘设置水眼，经水笕将水引向各户木厝。嗥头墩绝地这才有存活的条件，供袁姓族人居住并策应安全。乍一看嗥头墩易守难攻，其实不然。如遇强敌四下围困，断了对面山的水源，只需投以火把就能将嗥头墩焚毁。”缪百寻说：“要是嗥头墩遭到围困，也不知道如何向外出的袁姓族人报知消息？”凌子罟说：“若是白日，就焚烧松针狼粪冒腾浓烟；若是暗暝，就连续点三颗天地炮，远近都能看得见。”“难怪袁绞阵用心良苦，在戏开场时摆出一副天不怕地不怕的架势。”缪百寻既惊叹嗥头墩的奇巧，同时也在惋惜它的薄弱所在。凌子罟颇为欣赏地看着徒弟在不经意间透露出来的聪慧，说：“百寻你朝下看石埕上的戏场，个个看戏图热闹，细细琢磨，实则个个心怀各异，从中可以窥见世间生存的百态。”缪百寻俯瞰石埕，目光到处，根本琢磨不出那些看客怀有什么心思，倒是注意到，哪个角落也没有见到老船家和少船家的身影。

丰浦廊桥

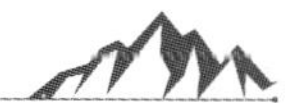

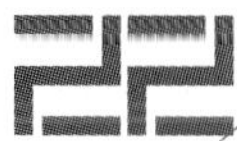

手掌戏演到四更，船家大概刚刚合眼，反而起了大早，熬了夜的眼睛红红的，打着哈欠赶路。坐在船上的师徒俩，倒是时时替老少船家担心。幸好河流变缓，已是伏壶河段壮阔的水面，船家收篙换桨，顶晡十时乌篷船就摇到丰浦县城河房街吊脚楼下的十九渡。因要起货担，又要采购装船，加上吃饭，船得过日昼才接续启程。凌子罟带徒弟急急上岸走了段路，穿过几道弯曲的小巷，场面豁然旷阆，一面石板大埕出现在面前，县衙的大门果真是敞开的，每个月半日知县王本一都会面向当地民众公开审案，中秋这一日也没有例外。师徒俩在围观的民众堆里往前挤，缪百寻探头看时吃了一惊，在公堂上审案的知县王本一，竟是五六天前在三旗门圩场上见过的那个乔装成商贩的老货！本来还要往前挤的凌子罟，立即拽一下徒弟的手，很快又悄悄退出人群。从未看过审案的缪百寻甚是遗憾，却也多少猜得到师父此行的因由所在。

凌子罟放慢脚步，带徒弟来到丰浦廊桥。廊桥建在钟亭与哨唇口之间。这桥好生气势，下是稳固的石礅，中是粗大的木梁，上是木瓦廊盖。往返廊桥的是形形色色的人。站在廊桥上，身下是满满当当的伏壶河水，身后是被垫高的钟亭，从西边的哨唇口走进去，便是热闹的三角街。往西南方向，是河房街。河房街吊脚楼下是十九渡。向东望去，是与伏壶河交汇的九龙江，九龙江畔的高佬洲，以及高佬洲上的姜太公庙。高佬洲四面临水，连接陆地的只有一座惠心桥。要抄近道，就到河房街吊脚楼下的十九渡直接搭渡上高佬洲。被这三角地带所震撼的缪百寻，不知为什么，他没来由蓦然涌起的豪情几乎将这三角地带填满。师父指东说西的话语只在他的耳畔响着，他似听非听，缥缈的目光早已翻山越岭，飘到了伏壶河上游，看见发源小三山的浃溪和发源响廓山、鷞山崖的湫婆溪，流经三旗门和兜螺镇的乌河，它们哗哗汇流来到廊桥下的伏壶河。而与之遥相呼应的大三山，却是那样恬寂寂地深隐于莽莽苍苍的山地之中。凌子罟说："午后搭船走九龙江，五六个时辰就到蒲头溪。蒲头溪再往前走十七八里，就是府地香城了。"在丰浦地面，缪百寻觉得师父带着他，似乎忘记了老本行，一直都是匆匆走着。凌子罟猜中他的心思说："在陌生之地，特别是大地头，凭为师这一点本领，为不惹麻烦，还是别逞强做没有把握的事。"实际上，缪百寻一路上感受最多的就是惊惧。若不是在师父身边，可以说他对一切都是那样的浑噩无知。

走下廊桥，师徒俩回头在河房街吃"五合糜"。"五合糜"是粒饭、芥菜、瘦肉、小脏、虾蛄放在滚水里快煮，清点可口，甚是开胃。糜里的虾蛄是海货，缪百寻第一次吃到，嘴巴差点被虾蛄的硬壳扎出血来。吃罢午顿来到埠头，四筐槟榔芋和六七捆烟叶搬上岸了，这次放船上的是两大腿牛肉，足有半只牛的份额。师徒俩一坐定，船便拨正方向启程了。此前的烟叶有呛人的辣味，生牛肉的腥臊更不好闻，幸好船上风大，牛肉的腥臊被带雾息的江风一阵阵吹散。

蒲头溪

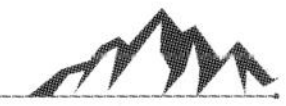

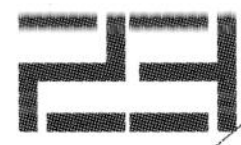

船到九龙江，水量一下子大了，坐在乌篷船上，一派烟波浩渺的感觉汹涌而至。除了老船家把住舵，少船家要么哈欠连天要么瞌睡，常常连桨也懒得摇了，任由船漂荡前行。到了蒲头溪的埠头，天已傍着暮色，临上岸时凌子罡掏褡裢要付费，老船家说：“你师徒俩只管放心上岸去找亲戚，卓老耇连明日回程的船钱也替你俩付了。”

蒲头溪是通津圩镇，地头比丰浦县城小，却是个水陆交通的要紧所在。师徒俩也不顾时已暝昏，慢腾腾溜达于人流密集的圩市，看见布庄便停下脚步剪了几样布料。到了义正街，便见一座规模巨大的厝宅被烧成废墟。师徒俩要找的，正是废墟附近一间门楣上挂着“董记豆花田草冻”的小店。店头家叫董阿才，每日到这暗顿时节，便要歇工打烊，却见这时来了客，董阿才于是舀了两小碗豆花、两小碗田草冻，又逐一淋了蜂蜜，招待师徒俩。凌子罡从包袱里取出数种圩市上难得一见的草药和一个沉甸甸的小布包，递给董阿才说：“溪口的卓老耇要我顺路捎给你的。”董阿才叹了一口气说：“卓老耇这么客套，可就生分了。”凌子罡说：“附近这座‘苏园’，可是当地大户，多好一座大厝，何至于会烧成这样？”“一提它话就长了。”董阿才说，“据传这富户‘苏园’早被各路土匪盯上了，但都迟迟不敢下手。半月前的一个四更天，化装成赴圩客的一股土匪悄悄潜入‘苏园’实施劫洗，不料苏家的后代和家丁是开馆练过拳脚的，混乱中激烈对打起来。若不是四下放火，相信那股土匪很难走得脱。”凌子罟说：“这百年‘苏园’顷刻间毁于一旦，的确可惜。”董阿才说：“‘苏园’毁了，苏家积蓄多年的财物基本化作灰烬，又有一老一少死于非命。毕竟事情闹大了，香城知府几次亲临勘查，召集邻近几个知县到现场协同办案，其中的种种考究外界不得而知，只听说甄别梳理过后，大体认定是来自丰浦内山的顽匪。苏家产业有田园山地，又经营船只航运和各种店铺，人力物力雄厚，烧了‘苏园’，无异于撕了苏家的颜面，这一下算是捋上老虎须了！大街小巷议论纷纷，认为连‘苏园’都敢下手，微末百姓就更谈不上有什么保障了，方圆几十里影响极大，这次官府是无论如何也不肯放过的了……”师徒俩听了也难受，便低下头来吃豆花和田草冻。“不好意思只进不出，当有个回礼才行。”董阿才说，“刚好前日我赶香城买了一罐消癀丸，烦劳凌先生带回上肆溪口送给卓老耇。”凌子罟说：“董头家放心，凌某一定带到！”

缓缓经过废墟，师徒俩买了几样精巧物件，一边看见这座名声显赫的厝宅，只剩下大门上一块写着“苏园”两字的匾额。这个暗暝师徒俩住的客店二楼，隔着一条街，窗户正对“苏园”废墟。据说“苏园”最初只是一座类似北方四合院的大厝，后来丁财两旺，便几番往外套建巷厝，从高处看已是极大一片。不想盗匪纵火之下，一夜之间竟成了瓦砾残垣，可谓转瞬死寂荒凉，仿佛一下便把蒲头溪的中心地带给掏空了。

此刻圆月升空，原本蒲头溪有猜灯谜的习俗，这个中秋月明之夜的义正街，店铺门前虽也挂着灯笼，零星的行人却步履匆匆，往年过节赏月猜灯谜的热闹场景不见了。中秋是团圆佳节，若非万不得已谁要漂泊外乡？店头家命伙计举着红灯笼到二楼的客房，灯笼下挂一条“中秋赏菊（打一婚姻贺词）”谜语要师徒俩解谜。凌子罟让徒弟猜，缪百寻略一寻思，说：“是‘花好月圆’吧？”那伙计大声嚷道：“花好月圆，借客官金口玉言啦！”紧接着又是一个伙计捧来月饼和滚烫的两杯“玉壶春”功夫茶。师徒俩临窗吃饼，品茗赏月，心却是落寞的，此刻砬山崖上的师娘和小妹凌缨花肯定望眼欲穿，缪百寻想起他埋在槾茏岭新坟里的阿爸，前后不过几日时间，便和他阴阳两隔了。凌子罡说：“心目中要有山才有厚重，要有水才见轻灵，要有这中秋月暝才有真正的思念。”经师父 挑破，缪百寻顿时满脸泪痕。

24 响廓山

翌日八时，师徒俩来到埠头，船家往船上装的货差不多了。货是当被芯的棉襀[1]，占位置，重量却不及寻常货物的三分之一。乌篷船里堆放了棉襀，罩上油布用以防火防水。老少船家都嘲着柑杆烟斗，万一溅上火星，非但棉襀眨眼间就会烧成灰烬，就连乌篷船怕也很难幸免。油布原本也是易燃物，在老少船家的船上倒有防火功能了。此番船赶内山是逆流，船家预备路上填腹肚的膏粿，自然也安排了师徒俩的份额。

逆行的船，老少船家咬牙拼着耐力，一刻也松懈不得。缪百寻为船家暗暗使劲，明白这便是“逆水行舟不进则退”的道理了。船家似乎把吃奶的力气都用来摇桨，走得紧凑不说，经过丰浦县城也不稍停，一直到一个叫觋山的水边村落才拴住船。觋山地头小，供船只停泊的埠头，岸上有几间茅棚草厝，分别作小吃店、茶棚、过暝的客铺。船家雇了个精壮老货守夜看船。缪百寻感到不解，悄悄对师父说：“船家不亲自守夜看船，怎么放心得下？”凌子罟说：“这老货专门为过往船只守夜看船，有经验也讲信用，是个熟知深浅的当地人，他赚的钱要抽二成

① 棉襀（jì）：棉絮、被芯。

缴交地保，一旦有什么闪失，地保就会出面为他摆平。再说船家劳苦了一整日，明日的水路更具艰险，暗暝这觉一定要睡囫囵，才恢复得了体力。”一行四人上岸走进小吃店，小吃店做的买卖似乎是定例的，不打话便在各人面前摆了一小碗米糜、一海碗咸菜烩饭，连菜配都没有，不消说是地地道道的粗吃。缪百寻看见老少船家从各自挂在腰间的小布袋里掏出一块几两重的红烧肉放在海碗上，他也就能更深体会到船家需要确保体力这一说法了。凌子罟连眼皮都没抬，先是嘬了小碗米糜，接着才去扒那海碗烩饭。吃罢暗顿擦了澡，客人既上岸吃住，便可免费吃茶棚的大碗茶。奈何河面蹿起忽忽风声，这才中秋，刮的竟是浸骨的凉意，大碗茶吃了却挨不了多久，便个个钻入草厝的床铺躺下。除了师徒俩，全是过往船家，睡梦中那翻身的或被压抑的哼哼唧唧的声音，尽是艰难困苦的呻吟。约摸睡到四更，草厝外突然爆发激烈争吵打斗的声音，而后是惨叫，再后便又复归只有哗哗流水的暗暝之中。缪百寻相信草厝内的过往船家都被吵醒了，却事不关己个个装聋作哑酣睡着。后半夜缪百寻的心是悬着的，躺到天边醭白，不晓得是谁打了个哈欠，七八张床铺躺着的过路客，于是个个起了大早。连伸懒腰也有所约束的过路客，凑堆到隔道墙的小吃店吃早顿，这才听说，不知为何后半暝有个盗贼被砍死在茅草丛中，店头家已派人报官去了。出的是人命案，过路客个个不知所措。仗义的店头家说：“我心中有数，各位不用担心，吃饱早顿只管走人，觋山这边自有人去理会担当。”

四个回到乌篷船，见船上的棉襀丝毫无损，“昨暝辛苦你老人家了。”船家松了一口气，给那个还守在船上的老货付了工钱。精壮的老货接了钱，跳上岸时顺势蹬了一脚，船便离岸前行了。“这老货功夫了得！”凌子罟大为慨叹。少船家说：“别以为这老货是个看船的，他可是觋山最有名的拳头师甄子围！他原先在丰浦收徒开馆，谁想多年后，他的徒弟有杀人放火上山当了土匪头领的，在地面有横行乡里的恶棍，在水上有无恶不作的渔舵子，在街市有欺行霸市的帮会头目……他一气之下回到觋山，连名号也不容别人提起，暝间给过往船只看夜，只收一点点度日的钱。可他的声威还在，连丰浦知县王本一当初上任，也急巴巴地先来拜望一下甄大师父的地头。觋山有他镇着，原先的地保只好背上包袱，出门赚吃去了。”这便是真人不露相了。听了少船家的推崇，缪百寻自也暗暗惊叹。

船入乌河地段，老少船家弃桨用篙，水道奔流处，船家即抛套索给岸上拉纤的几个壮汉，喊叫着打拼往上撑船拉船。顺流往下的船只，船家不由唱起《小寡妇上坟》之类的小调，一口气喘得过来，老船家也会跟着彼此附会穿插，而更多地是与拉纤的壮汉码齐一处吆喝用力。缪百寻说：“船只上行，已被拉过几回，却不见船家给那些拉纤的工钱。”“乌篷船常年走这条水路，付拉纤的工钱是按月结算。”凌子罟说，“正所谓行船走马三分命，生命攸关的事，船家一般都按行规往宽处给纤夫计算血汗钱。”

乌篷船过了嗥头墩、打硞湾，在靠近兜螺圩外围歇睏过暝，又起大早走上栿婆溪的水路，紧赶慢赶，返程的第三日午后三时半，便把师徒俩送到砀窟潭的岸上。缪百寻正在疑惑，载着棉绩的乌篷船已掉头驶向上肆溪口的埠头。

25

凌子罟说：“百寻，你我还得上一趟响廓山。”缪百寻原以为会在上肆溪口塍扳娇的客店歇夜过一暝，然后回砬山崖，不想是上响廓山。此刻已近午后四时，上山谈何容易，缪百寻不禁内心一沉，有点畏惧的目光望向响廓山路口。就在这时从草丛中跃出两个中年查埔团，快步过来接过师徒俩身上的包袱和褡裢，对凌子罟说：“天不早了，先生这就走吧。”凌子罟要了葫芦，揭了软木窒，师徒俩各吃了几口水，这才在两个中年查埔团身后跟着前行。上响廓山要走的是崖壁上的盘山磴道，往往爬高几丈就得缠绕半日。其中一个中年查埔团说：“连日赶路，凌先生肯定是累了，还是坐‘索兜’吧。”见师徒俩没有异议，另一个咬指呼哨一声，便见崖壁顶头抛下一条末端带索兜的缆索。只见凌子罡给自己的尻川礅套上索兜，双手摇一下缆索后抓牢，崖壁顶头便有人往上拉，凌子罡两膝微屈，人竟像是坐着在崖壁上行走。打呼哨的查埔团对缪百寻说："学你师父的样子，眼睛不看上也不看下，就看你双脚要踩的石壁，跟着往上移动，就像走路一样。若是你踩空打了摆荡，顶头就会住手，等你双脚蹬稳了再往上拉你。"说罢两个便健步如飞攀爬羊肠一般的石磴去了。缪百寻记住交代，坐妥"索兜"蹬着双脚被往上拉起，接而歪扭着爬了一段嵁碻难走的石磴，崖壁下便又有"索兜"等着他。如此反复多次，直到用不上"索兜"时，缪百寻这才看见先行一步的师父坐在那儿等他一起走。凌子罡对一路上轮流抛拉"索兜"的七八个查埔团说："快到杈口坪了，几位先上吧，我和百寻喘一口气再走。"缪百寻回头一看倒吸了一口气，砀窟潭已在一道道向巅峰收缩的崖磡绝壁之下，高山崖石碖硱[1]，峡谷弥漫云烟，大地莽莽苍苍，给人的感觉是深不见底的了。凌子罡说："上响廓山杈口坪坐'索兜'，上鹟山崖的黑鹰咀坐绞索吊篮，两座山都险恶无比，一向盘踞山匪，山高皇帝远，官府是拿他们一点办法都没有。"

响廓山是一座雄奇的石山。探头见到的杈口坪竟是一面旷阔的平地，坪后是双子峰。双子峰出人意料是泥山，长满了松树、芼草和杜鹃、苦茶等灌木。进入杈口坪只有一个路口，缪百寻感到似曾相识，原来此处与砬山崖一样，进入杈口坪的路口也有一道石砌山门，崖墘的护栏也是石砌墙头，左边也嵌着一间类似望哨的小厝，小厝仅容一铺小榻，开一面窗，侧卧即可俯瞰攀崖磴道；右边墙头内也堆放几百颗大小不一的砾石。杈口坪比砬山崖显然险要得多，除了攀崖的一条磴道，四底下的崖磡是万丈绝壁，一条好汉把路口已绰绰有余。凌子罡说："磴道的要紧所在都架设机关滚石，又在隐秘处安排了暗哨。无论外界是谁莽撞进山，爬不到半山腰他就死无葬身之地了。"

这样的石山磴道，位临绝顶的杈口坪，不用说是个虎狼之地。缪百寻闭上眼稍加捉摸所处的位置，脚筋便软倒了。

① 碖硱（lǔn kǔn）：石头悬垂欲落的样子。

26

身后的双子峰，让缪百寻想起这杈口坪，其实就是按嗥头墩石冈上的情形扩大的几百倍。杈口坪同样有一口蓄水的池塘，占了几亩地，水由双子峰的山涧引入，塘墈栽种果蔬。嗥头墩石冈上的池塘后，建袁家祖厝，在杈口坪池塘后建的是一座三进大厝。周围零散建造的石墙草厝，住六七十号人。这六七十号人在此落草为匪，出没三山到处。凌子罟对徒弟感叹说："我大半生都在想，要是在杈口坪见到的是一座千年古庙，而不是眼下的情形，那响廓山就是一座仙山了。"

时将暗瞑，从对面大厝走出三个壮汉。居中的特别高大，简直就是缪百寻在嗥头墩见到的年轻时节的袁绞阵，一看就知道是响廓山的头领袁抹刀了。还有几步地，袁抹刀便开口说："凌先生，这次辛苦你了！"凌子罟说："一路上山来，今日杈口坪的情形好像有点不同以往。""先生是说暗哨、路口都看不到把守的兄弟吧？"袁抹刀哈哈大笑说，"出其不意将路过的'上洲蔡'戏班劫上山来，众兄弟和戏班的查埔查某正在打闹逗乐哩！"至此凌子罟才对徒弟说："百寻，快来见过袁头领！"缪百寻有点胆怯，上前说："见过袁头领。"袁抹刀摸了一把他的头说："我看得出，你就是兜螺圩那个被鲍奇客欺负的缪百寻了。"凌子罟口气黯然说："缪家老宅那次大火，烧死的不该是三个！"袁抹刀说："神不知鬼不觉的，反正都是渣滓，多两个也无所谓。"缪百寻一听大惊，至此他才明白烧死鲍奇客的是响廓山杈口坪所为。

袁抹刀带师徒俩走大厝的边门，直接到他私下会客的里间。当即有人点上油灯、泡了茶。缪百寻在居室里没有看到刀枪剑戟之类的武器。右墙摞放木、藤、皮各种材质的箱柜，漆的、浸油的、革的大小不一，可见来自四面八方。左墙下方是单身卧榻。后墙挂着一块方形木板，上书"约法三章：方圆三十内不扰民；二分取富不伤民生；不义之财可取但不危及其身家性命。”凭那口气与字迹，默念之下，缪百寻已明白是师父的手笔。至此，缪百寻好像一下子贯通了这些天来的所见所思。在他跟随师父之前，谁能看得出一个身材薄弱的算命先生，竟与三山到处有着千丝万缕的干系！他惊叹师父行走的天地，岂是他酒里乾坤的老爸只晓得在兜螺圩跌跌撞撞地盲目生存可相比拟！

靠近房门处放八仙桌和椅条。三人坐定，吃过茶，接着有人送来饭菜和酒。“来，子罟、百寻，吃饭！”袁抹刀说，“大可放心说话，守在门外的，是我袁家的绞齐屘叔[①]。”这一日的暗顿，摆在桌上的有白斩鸡、石鳞炖罐、三层肉炒蕌荞葱、鸡汤木耳、糯米红酒、白米捞饭，在这山高风冷的峰巅，可谓丰盛至极。“蒲头溪的董阿才倒是个有心人，这次他要我捎带的，是香城郇家‘敦仁大约房’祖传秘制的消癀丸。”凌子罟从褡裢里取出一个瓷罐递给袁抹刀说，“对付发癀肿毒，不管内伤外伤，只要和水吞下一丸，就能药到病除。”缪百寻记起，当时董阿才要师父捎带的消癀丸，明明是给上肆溪口卓老耇的，此刻却转到袁抹刀手上，难道是向来心细如发的师父一时大意弄错了？

“蒲头溪那边，凌先生你是不是看出什么名堂来了？”袁抹刀接过消癀丸，夹了一块鸡肉放在缪百寻的碗上，说，“百寻用不着拘束，你身躯单薄，要多吃肉。”若是放在寻常人家，简直无法想象这态度温蔼的袁抹刀竟会是杀人越货的土匪头领！凌子罟嘬了几调羹木耳鸡汤，说：“蒲头溪是水陆交通要道，苏家是蒲头溪的百年大户。这次烧了苏家的祖业‘苏园’，一老一少葬身火海，蒲头溪的地头、人心可说是受了一次无法弥补的重创，成了影响整个香城的一桩大案。”“这些年来，山上的兄弟大体上都能遵循这墙上挂的‘约法三章’，”袁抹刀说，“只是蒲头溪那个暗暝的确有违初衷。也怪消息出了纰漏，苏家的后代和家丁开馆练过拳脚，董阿才倒好，居然只字不提！危急关头，当时若不是四下放火，我敢说没有一个兄弟走得脱。”“看来这次官府定是不肯善罢甘休的了。据董阿才说，香城知府几次亲临勘查，还召集邻近几个知县到现场协同办案，已大体认定犯案的就是来自丰浦内山的顽匪。这样的结果，也印证

① 屘（mǎn）叔：小叔。

了我的一个猜测：六七日前我和百寻在三旗门圩看见一个形迹可疑的外乡人，我就觉得不对劲，这次路过丰浦县城时，正好是县衙公开审案的月半日，我和百寻挤进公堂一看，那个外乡人果然是乔装打扮前来暗访的知县王本一！”凌子罟说，“王本一可是个厉害人物！一经他勘实，就会引来进剿的官兵，到那时你袁头领如何应对？”袁抹刀说：“官府进剿我倒不怕，任他多少兵马也攻不下杈口坪！”“这要看带兵的是谁。鹩山崖的黑鹰咀，比响廓山的杈口坪更加险要，连一条磴道都没有，上下山就靠一挂绞索吊篮。可当时遇上的对手是王阳明，他照样有办法把觋囥在黑鹰咀上的暴民一举荡尽。”凌子罟说，“再说你对手下的管束也是个隐患。来个‘上洲蔡’戏班，所有暗哨和路口就不见蹲守的人影，若是官府在山脚下抛撒大把金银，你杈口坪上的几十号人马会是怎样一种情形？”“经子罟你这样一说，我可是暴脱了一身的清汗。”袁抹刀给凌子罟的瓷瓯倒酒，说，“这可如何是好？”“今日的话是说重了，可也别扫了你手下的兴，既然‘上洲蔡’戏班来了，这个暗暝该乐还得乐。”凌子罟说，“自古以来和官府对抗的，要么你跟刘邦、朱元璋一样有本事做大自家势力，能坐拥天下；要么你就要懂得进退，懂得消解妥协。现在事已惹下，要紧的是加强警戒，恢复先前布置的‘线点’，各种沟通消息的环节都能快速串联传递。”袁抹刀说：“你看杈口坪这些查埔查某，个个只想能在山上逍遥快活，没什么雄心也没什么能耐，能保住地盘保住身家性命已属万幸，哪还有别的贪图！”“那就走消解妥协这条路。”凌子罟说，“若官兵果真来围攻响廓山，一定不要正面交锋，尽量避免造成对方的伤亡，巧用崖壁、磴道、暗哨‘索兜’、檑木滚石的便利与之周旋，杈口坪毕竟山高峰危，属苦寒之地，拖以时日，想方设法让官兵知难而退，就算大功告成了。”“凌先生你干脆落脚杈口坪好了，也省得我每个暗暝都有做不完的噩梦！”袁抹刀端瓷瓯给凌子罟敬酒说，“经你一席话，响廓山就又转危为安了。”凌子罟笑道：“我在山下游走四方，听到看到的，对杈口坪兴许还更有用些。”“师徒俩操劳太过，体格都瘦成薄板了。”袁抹刀说，“什么时候找个在力气上能帮衬的跟随在师徒俩身边，我才会省心。”“多谢袁头领的抬爱！”缪百寻站起身，端瓷瓯给袁抹刀敬酒说，“有我跟在师父身边，凭师父的能耐，帮衬的可就用不上了。”听缪百寻这样为师父开脱，袁抹刀和凌子罟都笑了起来。袁抹刀说："'上洲蔡'一家毕竟是唱戏的，在杈口坪不便和他们见面，暗暝我安排师徒俩觑园在隔屏里看手掌戏如何？"凌子罟说了"敢情最好"，一顿饭也吃得差不多了。

这个暗暝，三进大厝的练武大厅灯火通明。与别处不同，"上洲蔡"在杈口坪演出不搭戏台，后是把持乐棚的三个人，前是主演蔡大麻和蔡细麻，傀儡头下的戏服套在手掌上，黑粗矮胖、红脸麻斑的爸囝俩就那样傻站着，顾自咂摸着坏笑一下，或冷不丁眼睛贼溜起来，蔡大麻朝年轻查某的方向睃动，蔡细麻则在哆声中跺了脚，扭动手掌上的八寸花旦说："笑了，就知道你喜欢我了！"刚开口就让坐在对面的二十几号查埔查某笑翻了天。

看得出这"上洲蔡"戏班是杈口坪的常客，被劫上山怕只是说了瞒官骗鬼的话。觑园在隔屏后黑暗中的师徒俩，身边的小桌有茶和水煮花生。透过隔屏，不见袁抹刀的身影，想必他巡查山门、暗哨去了。这些人以起哄为乐，其中一个站起来走向蔡小麻，指着她的胸坎说："小麻你这两坨是什么肉？"蔡小麻说："汤稀啊，这两坨是软绵绵的白棉花，放蠓罩[1]打被都盖过你好几次了！"汤稀冲着鼓囊囊的大胸说："哪敢呀，盖一回就把我压成肉酱了！"蔡小麻趁机掏了他的口袋说："给金给银，后半暝还盖你！"汤稀捂着口袋赶紧跳开。接着上来的是坐在汤稀身边的一个查某，在蔡大麻前面站定，猛转身一个尻川礅差点将蔡大麻顶翻："好你个蔡大麻，眼睛长得像狗鼻子，就晓得跟水查某打瞧睎眼[2]！"往后趔趄的蔡大麻说："了不得，狗鼻子闻到香喷喷的红果妹子了！"这个叫红果的查某也去掏蔡大麻的口袋，说："给我珍珠玉镯，你的眼睛就是长成大茄子，我红果妹子也认了！"蔡

① 蠓罩：蚊帐。
② 瞧睎眼：斗鸡眼。

大麻听话举起套着傀儡的双手，嘿嘿笑道：“红果妹子你想搜就搜呀，摸摸看这老家伙到底觌园哪里去了！”红果自觉吃亏逃回座位，临坐下时凶神恶煞说：“正经唱戏，不准谁再捣乱！”一通打趣，又是一个笑满全场。坐在一起的汤椭和红果应是一对翁某。缪百寻总觉得他俩面熟，好像在哪里见过。就在这时，一道人影映入缪百寻的眼帘，他附在师父耳边小声说：“我看见了叉口的窑工饶大也在人堆里。”凌子罟拉了缪百寻的手，放轻脚步，从后门退出，来到杈口坪埕角的客房草厝。中秋十八的暗暝，月亮还在远处的后山底下，地面昏暗魅惑，空际却已是一片清亮。响廓山果然独占其高，双子峰前的杈口坪，此刻在缪百寻的心目中，举托出一种纠缠不清的诡异。

身后的练武大厅，鼓锣弦管之后，大概还会上演诸如《海潮珠》《双摇会》《小寡妇上坟》之类的剧目，一尽调情与逗乐。师父对此总是适可而止，避嫌一样选择离开。给客房草厝点上灯，床上的被褥铺好了，厝里还放着两桶水，师徒俩轮流擦了澡。见师父不愿说话，便分头躺下，几日来的旅程太累人了，能及早歇息，想必比看戏要惬意得多。

翌日天才蒙蒙亮，师徒俩整理行囊，打开客房草厝的门，门牵上挂一个布包，内有蕉叶裹着的二十几个包豆泥的糯米软粿、一只咸水鸭，使得缪百寻身上的包袱一下子沉重了许多。临下石磴，缪百寻回头看了一眼还沉浸在睡梦之中的杈口坪。凌子罟曲指敲了敲“磡头厝子”的窗口，从缪百寻背上的包袱取出葫芦递了进去，很快灌满水的葫芦和一个布包从窗口一起递了出来。缪百寻没能见到窗内蹲守路口那个人的脸孔，只默默记下师父曲指敲窗的次数。

增加的布包就挂在凌子罟的肩背上。走下百来坎石磴，往右朝牤牯岭方向走岩壁间的小路。不一刻连小路的痕迹也不见了，坡道近乎陡立，身下是数百丈的纵深，缪百寻一见之下小腿肚就抽筋了。“牤牯岭难走，回砬山崖却可以省下几个时辰的路程。”凌子罟转过身来，面朝山体，手抓灌木丛、菅草或藤萝，交代说，“一定要记住双手稳妥抓牢，脚底踩实了，才可往下挪移一步。”缪百寻仿效师父的样子，既不敢抬头看势将倾压的峰顶，也不敢俯瞰数百丈之下的山脚，嘱咐自己一定要沉住气，别踩空跌落崖磡，尸骨无存摔死谷底。缪百寻紧绷神经一点点地挪移而下，顾不上冷汗如注，抬头一看，刚刚在峭壁上人如蝼蚁的形迹，路径已隐没于崖磡的缝隙之中。惊惧之余正要松懈，又有深涧阻断走上牤牯岭的路。凌子罟拨开芒刺，架在深涧上的一道独木桥出现在眼前，独木桥上的一条缆索也在芒刺间隐约可见。师徒俩手抓缆索，小心翼翼过了独木桥，找了一面光洁的岩石坐下来。缪百寻浑身湿透，脸上汁渍斑斑，倒见上了年纪的师父一应如常，是一副瘦弱却极具耐受的情形。师徒俩吃了几口水，取出布包里包豆泥的糯米软粿咬着。缪百寻无论如何也预想不到会在这样的情景下吃早顿。

“不得已上了一趟杈口坪，总想越早离开越好。”凌子罟说，“本来杈口坪是多好的所在，住的却是杂七杂八的一帮人，又到处安插耳目，时时刻刻让人坐卧不得安宁。”缪百寻说：“窑工饶大除外，那对叫汤椭、红果的翁某我也好像在哪里见过。”凌子罟说：“他俩就是汤佬的后生新妇。汤椭人高马大，力大如牛，可贫穷的汤家哪塞得满他那张大嘴，他控不住饿腹到处滋事，后被袁抹刀物色上山。做山匪是刀口上舔血，为不牵涉老爸、后生，便上演了走失这一出。”缪百寻一听大加感叹：“原来汤奓的爸母并非走失，而是上杈口坪落草了！”凌子罟说：“大莽山的上青峰，响廓山的杈口坪，鹩山崖的黑鹰咀，各有一股青皮匪类占着，山上山下一向都有说不清道不明的各种干系，常常是你中有我，我中有你，盘根错节的情形，使得这方圆五十里山地时刻都处在牵连之中。”缪百寻说：“可我有一个地方想不明白，这些天师父如此尽力去帮衬杈口坪，到底好还是不好。”凌子罟说：“谷深峰危的穹远山地，地方安宁一向最成问题，官府往往鞭长莫及，有这三股势力倒也全非坏事。至少圩市的商家不敢过于大肆敛财，村社的大户不敢过于猖狂霸道。山匪窥伺在侧，商家、大户就会与邻里乡亲互为依存，形成制衡。比如鲍奓客欺凌你老缪家，若是报官，即便官府坐堂的是青天大老爷，可地偏路远的，等择日前来勘查，又依法度理据再行查办审案，早已是猴年马月的事了。像鲍奣客那样天怒人怨的恶棍，因缘果报给予重创，很快还一地安宁，就会人人有所畏惧而循规蹈矩。”缪百寻说：“董阿才要师父捎带给卓老耇的消癀丸，师父倒好，却转手给了袁抹刀。”“袁抹刀恶名远扬，岂可在蒲头溪那样的地头上随意提及！”凌子罟说，“若有所牵涉，在山外说话大都拐弯抹角为能事，再者一路行程皆由卓老耇周密安排，和董阿才的心意相同，所做一切为的都是杈口坪，直截了当也省了他转手的麻烦。”缪百寻说：“记得当初在上肆溪口，师父对三牯子唱的歌并不反感，可在嗥头磡、在杈口坪上，师父好像不太喜欢‘上洲蔡’戏班演出的剧目。”凌子罟说：“二者不尽相同，三牯子是偶尔为之，又听众个别，情怀成熟方能心领神会。‘上洲蔡’戏班的观众不分查埔查某，不分老少，依情设景而言传身教，为害则既深且巨。你要知道世态人心几千年也改变不了，人一旦放任低俗，就会心生苟且；人一旦放任苟且于时日，也就牲口无异了。”“平头百姓面对日常事项，岂晓谕得了其中的道理所在！”缪百寻听了大加感叹。“一个人能否行走于天地之间，关键就在这一点上。”凌子罟十分满意徒弟能事事经心、寻根问底。

“师父走吧，快一点回砬山崖，别坏了这糯米软粿和咸水鸭的好味道。”缪百寻憋着的心事已解，又不免为包袱里的可口美食着起急来。

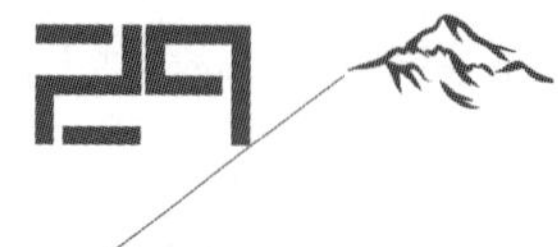

29

这一次回到砬山崖，缪百寻专心致志，在凌子罟的督促下，一边研读命学，一边理清这些天来行走山山水水所串联起来的人事。为了弥补没赶得及在家过中秋的亏欠，师徒俩这一次带回家的，自是吃的用的多样，其中就包括四色尺头。师娘端出针线管箩，除了伺候一家饮食，也抽空缝制衫裤。凌缨花则满心欢喜穿梭撺掇其间，寻机纠缠缪百寻，要听他出门在外的见闻及心得。半个月后，当师徒俩又出现在上肆溪口时，有关响廓山的消息已成为当地传奇。原来前些天有一队官兵化装成赴圩客偷袭响廓山，在攀爬石磴时，发觉既没有山匪把守也没有任何设伏，只是攀爬到山腰，便有兵丁踏翻石磴随着 声极度恐怖的惨叫跌下崖磡，接着心惊胆战攀爬几刻钟，冷不丁又有兵丁踏翻石磴随着一声极度恐怖的惨叫跌下崖磡。前也官兵后也官兵，却不知道这两个兵丁到底是如何踏翻石磴葬身绝壁的。官兵们因之大惊失色，觳觫万状，队伍一时难以约束，只好掉头下山回到砀窟潭。让官兵们吃惊的是，原以为命绝崖磡的两个兵丁，竟好好地躺在砀窟潭溪濑的担架上，一个脚断一个臂折，却无生命之虞。询问其经过，却没有一个说得清楚，只晓得自己跌下崖磡时，早已吓得魂飞魄散，等有了知觉，已经躺在砀窟潭溪濑的担架上。

那队官兵望着壁绝峰危的响廓山，个个悚惧，只好垂头丧气回府地香城去了。

三中 得意砬山崖

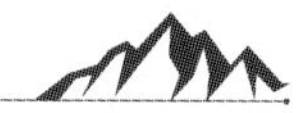

缪百寻虚岁十九那年初秋，兜螺的一个圩日，师徒俩从顶圩铁匠焦晞三的打铁寮出来，走了几十步路，被请到大头家奚园的“奚记豆油庄”。在山地已小有名气的缪百寻，这一日奚园在凌子罟下首也给这个俊朗的后生子安排了座位。品茗寒暄过后，奚园说：“这几年‘奚记豆油庄’新推了酱瓜、酱豆粒、红方腐乳几样货种，加上原先的豆腐、豆干、豆花，主营的豆油又细分了头抽、二抽、尾抽等级，生理非同往日，眼下这豆油庄已显狭小，却一时不知如何去扩大摊头，为这事特地求教见多识广的凌先生。”凌子罟说：“几年来我徒弟百寻方方面面都有所长进，要不先让他说说看，再作参详如何？”奚园说：“高足崭露头角我早有耳闻，敢情最好！”凌子罟说：“百寻你试着作个陈述，圃修先生胸怀大志，你遵循平日所学法度，不必拘谨，尽可依次道来。”

“大头家可先有个压地头的举动，从鲍奤客的遗孀手头把缪家老宅的旧址盘下来。”缪百寻欠了欠身说，“兜螺圩谁不知道缪家老宅的旧址是一块凶地？大头家以他人不敢为而为之，气势上已赢三分；既是凶地，鲍奤客遗孀一个妇道人家对此更是厌畏嫌弃，她手头又握无凭证，盘之既好商量，价钱上也肯定便宜；大头家若肯出资让凶死三家前来移阴收魂——

实则是借名给予适当补贴，在声誉上做的自是积德的好事。大摊头的生理尚未开张，早已家喻户晓深入人心了。”只开了个头，已博得奚园的赞叹：“这话在理，有见地！”缪百寻接着说：“盘下这块宅基地，便按天地人布局建造：前为店铺，后砌围墙，墙内向东三分之一为七隔间棚房，向西三分之二打大埕；大埕居中筑泥坛，坛内杵可放满六担水的大缸一口，泥坛周围先摆放可灌三担水的中缸三十六口，生理益发兴隆时就摆放七十二口，只要用心经营，大头家的豆油庄定是此前几十倍的红火。”眼前这个少年家果然筹划在胸，其建造布局巧妙精当，奚园听了激情难抑，其陈述正好和他还不甚明确的日思夜想相吻合，竟一下有了旷阆之感。凌子罟说：“缪家老宅因是一块火地，所以逞凶。烈日天火其灼焰威不可挡，百寻的见解，正好是天河水星的建造布局，重在水火相济方面作考虑，圃修先生经营的是豆油庄，可谓福德所至，据此而行定可获益最多。”“名师出高徒，今日奚某算是开了大眼界！”徒弟的铺陈，又由师父补充了理据之所在。奚园大喜过望，给了纹银二两的酬谢。师徒俩也不谦辞，笑纳离去。

见徒弟缪百寻不负平日的倾囊相授，已初窥私传，凌子罟不免心头欢喜。路过下圩的桥头时，师徒俩便在缪家老宅的遗址驻足，为老缪家曾经的辉煌与苦难、为师徒俩的过往时日凭吊了一番。“对缪家而言，这块地运势已尽，却可在奚园手里获得重生，循环往复，这也正是风水阴阳之玄妙。”凌子罟说，“百寻你今日在奚园面前初露锋芒，万不可因此而狂妄自许。学识修养可经天纬地，于微见著却应是道德人心，从来造次不得。”缪百寻说：“师父言传身教，百寻铭记于心，自会时时警醒。”这话若是出自他人之口，定有奉承之嫌，缪百寻平素言行拘谨，说的却是心里话。凌子罟说：“总算没看走眼，孺子可教也！”缪百寻一惊非小，原来师父在尚未收他为徒之前，就看出他身具可教的禀赋，道行之高深由此可见。

31

师徒俩往三旗门的方向走。凌子罟说："这个奚园，生来就福分厚重。当年他也是你这般年纪，赴完襄摇圩正要回家，在阪陀岭上遇见从北头逃难到嘎山的爸团俩。爸团俩困顿至极，老的倒地不起，脸无血色的查某团也无法撑持，恳求相救。奚园十分难得，饲了爸团俩汤水，身背老货又要搀扶查某团，一路磕碰着回到嘎山奚家，供养了十日半月，总算活转过来。这查某团就是奚园日后的查某蒲叶大姆。闽南的豆油，外地叫酱油。奚园一身豆制品的本领，都来自逃难老货的传授，不出几年奚园便由此发家，富甲嘎山。"缪百寻说："要是遇见他人，饲了爸团俩汤水已算施舍，但救人之举却有深浅之别，奚园后来的发家致富，是不是可以看作他宅心仁厚的福报？""人生起始基调不同，命运也就有所差异。"凌子罟说，"一般人只接受看得见的，无视看不见的，结果他只能得人生局面的一半。"缪百寻感叹说："师父把山地看透彻了，难怪遇事总能了然于胸。""百寻你一定要记住，睿智必先具容纳，饱读诗书而经历世情，识大小进退，知虚实盈亏，则胸怀自有。"凌子罟说，"为师虽谈不上睿智，总算有所理喻，人也就能活得明白一点。只是世事烦扰，人要活到内心安宁却很难很难。"

师徒俩一路漫聊，来到百漠关下的榎茏岭，在缪百寻爸母的两座墓前坐下，供了酒肉，点上香烛烧了纸钱，凌子罟说："老兄老嫂，遵旧礼三年大孝已过，今日子罟带恁后生百寻前来禀告：眼下百寻十九，小女缨花十七，已是适婚年龄，小辈两个心心相印，相处融洽，因缪家老宅已落入他人之手，为公平起见又要合乎礼俗，子罟给百寻和缨花安排了'半招嫁'婚姻，日后所生孙辈，长姓缪次姓凌，不争不让依此类推，若老兄老嫂没有异议，请予明示。"说罢凌子罟取出两个铜钱，让百寻磕头跋杯[1]，落地一

① 跋杯：掷筊、掷杯筊。

看果然是阴阳合卦。凌子罟说：“老兄老嫂既已应允，也算是遂了金猴兄弟在世时的心愿，十日后百寻、缨花就在砬山崖成婚。来年清明，子罟定会敦促小两口前来拜祭。老兄老嫂在天之灵要多加保庇，让百寻、缨花姻缘美满，连生贵子！”

跪在墓前的缪百寻闻毕号啕大哭，像当初拜师、料理他老爸丧葬一样，他也转过身来朝师父磕了三个响头。

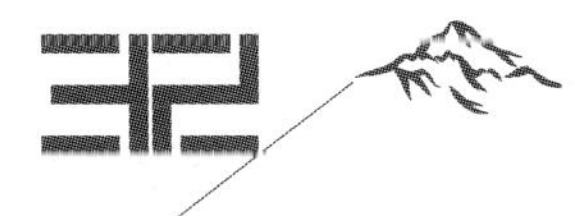

三年后的这个中秋前夕，也同样是暗瞑挂窗的明月。在砬山崖上的客房里，缪百寻睁着眼，辗转反侧难以入眠。跟随师父在山山水水间奔走了三年，他已可以在大头家奚园面前作慷慨陈述，大头家奚园给师徒俩的酬谢是价值五担稻谷的二两纹银。缪百寻心想，若是这三年，他还和整天沉迷于醉里乾坤的老爸生活在缪家老宅，他大概除了迷茫、困惑，还有的就是没有尽头的恐惧。可又因他拜师离家，他老爸才又浑噩更甚而惨遭横祸，致使缪家老宅落入他人之手并毁于一旦。为抚慰他内心的剧痛，还一个世道人心，也因此连累师父深陷自责之中。说不清道不明的人事纠结与因果牵连，让缪百寻的心绪时不时地便要惨淡莫名，无法排解不能自拔。

师父师娘腾出二楼，搬到厅房内室。二楼预备做几日后的新房。已是大姑娘的查某囝凌缨花，轻手轻脚溜下楼梯，到披间[①]钻入客房的床铺。缪百寻低声说：“要是让你阿爸阿妈知道了，非打断你的腿不可！”“我阿爸阿妈才不会像你一样死脑筋呢！”凌缨花这个暗瞑摆放的，是整个的要把她这个百寻阿兄拢在怀里的气势，“我阿爸说了，在这厝内，我缨花认为对的就没有禁忌，就可以做去。”缪百寻说：“可你这样用力，憋死我了。”“是查埔团就不该这么娇气！”凌缨花说，“要不你搂着我？”缪百

① 披间：指主屋或右边墙搭出去的单坡单层房子。一般会与主屋通道小门，用作厨房或储物间之类的。

寻说："那样不好，那样有失礼体。"凌缨花放开他，平展仰卧，说："我这样躺着总可以吧？"说罢她似乎是惬意地睡过去了。缪百寻只好侧过身来——无奈两个躺的仅是六径床，说话的嘴巴已近在对方的鬓边："求你了，你这样胡来，你阿爸阿妈知道了，不气坏了才怪！"凌缨花说："我阿爸只要回砬山崖，每个暗暝都这样和我阿妈在一起。"缪百寻说："可你我得再过几日才成亲。"凌缨花说："我就是不想等结婚那日还是糊里糊涂的。"缪百寻说："水到渠成，可急不得这几日。""我阿爸说，咱家百寻千好百好，就是爱拘泥这点腻歪人。"凌缨花说，"我阿妈也说了，只要作了翁某，内心想做的就全都是美好的，就没有不可以。"缪百寻说："你阿爸说的和你阿妈说的，明摆着不是一码事。"凌缨花笑了，也侧过身来，这样两个鼻子就碰一起了。缪百寻赶快平展仰卧，说："缨花我拿你没办法，我不知道怎么办才好。"凌缨花说："查埔查某两个一旦作了翁某，就可以很亲密。知道吗，我阿爸阿妈就一直那样。"缪百寻说："缨花你连这话都敢说，也不见你脸红害臊！"凌缨花说："这有什么，我就是暗地里看见我阿爸和阿妈那样，才感觉我阿爸肯定不会在外头干坏事。"这下缪百寻好奇了，侧过身说："原来你缨花是这样看人的。"凌缨花说："我阿妈前天就开导我说，厝内守妇道的查某，人前人后尽可温良贤淑，在床上却要有本事留住自家查埔人的心，才不会被外头不正经的花间查某勾引了去，吃了暗亏。"这一刻，说话的两张嘴巴几乎掺和在一起。清纯的气息，心思缠绵的参与，月光无语，砬山崖沉睡于恬寂寂的暗暝，就剩下两颗心的跳动了。缪百寻说："缨花你知道吗，自从我到砬山崖来拜见师娘那一刻开始，一走下砬山崖，我就开始不停地想念你。"凌缨花说："那你说说到底怎样想念我？"缪百寻说："就像你现在这样，身上的每一处都是奇妙，我都渴望能触摸到、心疼到、呵护到。"凌缨花说："我就想要阿兄你的整一个，在日间我会像阿妈一样伺候自家查埔人，在暗暝的床上，你就得由着我的胡来、由着我的不讲理。"这样说着，也就有了一个短暂静谧的期许。偶尔舌尖蛇信一样的探寻，便无一不是处处惊心的霹雳电击。缪百寻感到自己融化了，呢喃于口中的竟是"小妹缨花，我的小心肝"那样的字眼。"好坏的阿兄，你这是狗贼心思哩！"凌缨花说罢，身子便像抽掉骨头那样柔软。

缪百寻说："缨花，阿兄舍不得你，可天就快亮了。"凌缨花也不应话，就像醉了酒，是那样的漫不经心，懵懂起身便离开客房走了。缪百寻心犹不舍却明白理当如此。只是他并不知道，凌晨小妹凌缨花跌撞进去的竟是厅房卧室里的那架大床。大床上的翁某俩很快就要当爸母的同时又要兼职大家大家倌，对查某团凌缨花的一举一动，不用说心知肚明，一边默默祝愿一边担惊受怕，祈祷千万别出什么差池才好，已有几个暗暝难以入眠。长夜漫漫，心事纠缠，惊讶斗转星移年华易逝，翁某俩不自觉宽衣解带行了周公之礼，“不想日子过得这么快，转眼查某团也要成婚了。”翁某俩感慨万端，兴尽各自摆放一边，也不刻意去有所收束，但想能那样睡过去最好。不料竟有人于此刻撞进厅房的大床，不由分说的，紧紧抱住这边叫了声阿妈，又翻转过身去，紧紧抱住那边叫了声阿爸，就像醉了酒，梦游一般，懵懂起身便又离开厅房上二楼去了。查埔人说：“这查某团，怕是着了魔了。”查某人说：“当爸母的太过纵容了，你看这查某团竟敢胡作非为！”伴同臆测的种种担忧，祝愿的美好却像糨糊一般。

月没西山而去，云际已然醭白，天很快就要敞亮开来了。

白日里，查某团凌缨花的脸颊闪忽红晕，时不时走一下神，心思似乎飘到天边去了。缪百寻的目光比往时要放低些，动作和心思有时候会磕碰着没有着落。当爸母的看得出却要学会视而不见。凌子罟说：“几日后结婚，百寻你也不用改口，还叫师父师娘。”缪百寻晓得师父在照顾他的心情。凌缨花说：“婚后还叫师父师娘，外人听了成何体统！”凌子罟说：“师父师娘，阿爸阿妈，只要亲情所系，就没有多大区别。再者，师徒相称也方便在山外走动。”师娘说：“叫师父师娘，我听起来也习惯。”凌缨花说：“看来又要便宜他了。”其语气自还是站在爸母这一边。其时男方已无亲属可以把持婚事，若要强调对应，也只是为难缪百寻一个人。所以有此无可无不可的争论，自然也是为他着想。庆幸这“半招嫁”的婚姻，自古就有允许简办的习俗。一家人自始至终都是悄悄筹备，不予声张。尽管如此，山外同样来过爬“千八坎”的几拨人，谁也不知道他们捕捉到的是什么消息，反正都是大包礼物，也不说破来由，连讨一瓯喜酒吃都没有，吃了茶，放下礼物就走人。年已而立的凌长庚，为操办婚事下了四趟山，必需品基本购齐。砬山崖有两个人不可或缺，一个是主心骨凌子罟，另一个就是凌长庚。凌长庚为砬山崖专职跑买卖，崖上有什么山货外卖，需要买回的日用品，都由他经理。在砬山崖，凌长庚是不二人选。他恪尽守信，因钱物交接，务须心眼儿灵活又要不贪不占，除了大宗货物会派精壮接送，山路崺碚，一般去回都要身背肩挑，年深月久的忍耐坚持尤其可贵。

过中秋节第三日，凌家便贴出大红“囍”字，置办了三桌喜宴，供崖上的族人前来大吃大啉。叔伯姆婶、后生子査某囝个个前来援手，个个笑闹着，让缪百寻体会到砬山崖上那不一样的心情，氛围热烈而又喜庆。到了三更半暝，闹腾的亲人散尽。师娘特地唤缪百寻去灶间吃一碗鸡汤虾仁泡饭，缪百寻不解其意，却也遵从吃了。在二楼新房，新娘凌缨花没有红盖头，只眼风习习坐在床头等他这个新郎，样子就像她已经在那里等了很久。缪百寻手脚放缓，生怕楼下听见，大气也不敢喘一口。新婚暗暝要彻夜点灯，凌缨花给灯添足了火油，站起来示意新郎给自己宽衣解带。新郎想起那个暗暝凌缨花离开客房后，他在无法自已的难熬情形时，一双手便变得不听使唤。“我的亲阿兄，你的手脚可不算利落哦！”亲昵娇柔的耳语，虫子般爬遍了新郎的全身。轮到新郎，新娘却不动手，目光恰似一枚钉子，看得新郎四肢僵硬。“我的亲阿兄，你这副模样，像不像是中了邪？”说罢，新娘往床上摆放了自己。见有机可乘，新郎一下主客易势，倾前说：“缨花你冒着一阵阵的香气，我怕拢不住它给跑掉了，只想浑身上下先细细地嗅一遍你！”“你个讨债阿兄，这举止可不算地道！”新娘的口气似有怨怼，却明确不过是承着欢的。只见新郎狗一样的嘴鼻已凑近前来，心跳得像打鼓，反复不停地一阵阵绷紧又一阵阵酥放开去。在随处跳跃的激荡中，新娘娇嗔道，“你这个坏透了的阿兄，我好想拿刀子杀了你！”新郎不理会她的话语，只认他的固执，在哈呼着拖泥带水的嘴鼻里，反倒是新郎自己无力坚持，看样子是累了，也只好往床上瘫软着摆放下来。新娘借此歇了一口气，心想绝不可轻饶了他，便撬动一下自己坐起来，不

见有机可乘，新郎一下主客易势，倾前说：“缨花你冒着一阵阵的香气，我怕拢不住它给跑掉了，只想浑身上下先细细的嗅一遍你！”“你个讨债阿兄，这举止可不算地道！”新娘的口气似有怨怼，却明确不过是承着欢的。只见新郎狗一样的嘴鼻已凑近前来，心跳得像打鼓，反复不停地一阵阵绷紧又一阵阵酥放开去。

依不饶的那只手，在新郎身上戏耍着，指摘这个咒骂那个，新郎闹不明白自己到底是慌乱还是不着边际，只能在嘴上威胁说:“缨花，你胆敢如此这般欺负我，我要牢牢记着！”新娘的手指，如同鸡啄米般四下寻找下手的位置，说:“任由你记着，看你还敢不敢嘴硬！”新郎求饶道:“救一救我，我就快死了！”于是两个拥抱在一起，感到有一种说不出的甜蜜。连新郎新娘也觉得奇怪，刚刚成为小两口的一对新人，拨弄着这戏耍般的枕席之欢，恩爱呼应，竟于瞬间无师自通。在沉迷贪念之时，凌缨花却说:“我要睡了，按规矩，我天亮前便要下灶间煮早顿。”新郎不管，强行要她顺从，在新郎蛮不讲理的裹挟之下，她消受着，早已圆满地睡过去了。

因用不着回娘家或回爸母家省亲，三朝这日的卯初时分，凌缨花咯噔醒了，打着哈欠，在迷糊间翻身坐起，临要下灶间煮早顿时，她趴在新郎的耳朵上说:“你好好躺着，回头我再给你梳脑后那根麻花辫子。”缪百寻扭捏嘴唇模糊应着，等凌缨花下了灶间，也随后起床作早读功课。凌子罟嗜书如命，搜罗了数十年的杂书五花八门，其中与命理、风水相关的书最多，《滴天髓》《子平真诠》《三命通会》《万年历》《盲师命理点巧》……应有尽有;《易经》《诗经》《论语》《三字经》《千家诗》《百家姓》《增广贤文》《康熙字典》《山海经》《天工开物》《菜根谭》《三十六计》……不一而足；在简陋的书橱里，《三国演义》《红楼梦》《聊斋志异》《封神演义》《西厢记》……也都找得到。自从查某团凌缨花识得几个字后，这几百本书便由她掌管。已有不少阅历的缪百寻，在这些书籍里，似乎一下子又拥有一番新天地。更让他惊奇不已的是，他的新婚查某凌缨花，他的小可爱，除了做不多的家务农活，早就浸淫其中，读遍了被全家人视为宝贝的这堆故纸。以至于后来凌子罟想要翻阅的内容，查某团凌缨花均能迅速找到第几卷第几页。小两口私下相处的情趣，无形中也受到这堆故纸极大的影响。

吃罢早顿，凌子罟决意下一趟山。缪百寻习惯准备包袱也要跟随，凌子罟说："我去襄摇圩了却一件事，顺路赴一圈圩镇，七日内就回砬山崖。你要静下心来多读书。家里的藏书，缨花早已烂熟于心，只是不求甚解，由她作'索引'，你读来就可以省下许多功夫。切记读书但求融会贯通，却不一定非要学而致用，读来就会轻松活络得多。"

缪百寻与凌缨花婚后，当师父的便有意无意和徒弟错开出行。这是后话。七日后凌子罟回到砬山崖，见母女俩去半山的田地摘菜，便私下对缪百寻说："丫叉口的汤佬死了。我路过时，几个窑工已将他潦草出葬。我带上十一岁的汤奓到襄摇圩'旋风拳头馆'，替他交上入馆习武的费用。馆主裘大脚，教大马南拳，学起来倒是适合汤奓的秉性。你日后路过襄摇圩，去看看他，期限一到也给续上费用。这个汤奓，日后和你最是有缘。"缪百寻给师父泡了茶。凌子罟说："据蒲头溪董阿才传来消息说朝廷腐败，唯凭私利喜好走马灯撤换官员，新到任的香城知府、丰浦知县政事荒废，只顾搜刮民脂民膏，蒲头溪'苏园'一案已无人问津。"缪百寻叹道："杈口坪总算可以喘一口气，只是前番劫洗'苏园'死伤人命，种的是恶因结的自是恶果，能不能逃过此劫却难说得很。"

凌子罟说："大头家奚园已依你的法度，在缪家老宅的旧址破土动工，估计来年春末便可规模开张，到时三山一带的局面就改变了。有改变便有异动，有异动便有意外，往往结果会不得其所。"缪百寻说："木不可独秀于林，当有个制衡才好。"凌子罟说："大凡人只看见利而不知其害，百寻你要用心为当地做下这个功德。"缪百寻说："日后我设法引导'畲厝大药房'的马长溪，到兜螺圩奚园的豆油庄旧址开一家分店。豆油庄和大药房，之间互有照应，又利弊参见，世道人心也就更好将就些。"眼见这个团婿徒弟学识长进神速，凌子罟暗自得意，转个话题说："缨花自小刁蛮任性，她有没有为难你？"想起新婚之夜，缪百寻的脸红了一下，说："缨花要不是个查某囝，说不定上京赴考高中个进士回来也不是没有可能。""百寻你倒懂得抬举她。"凌子罟说，"缨花虽聪明伶俐，世面却局限在砬山崖，心思浅显可见，你要多包容她。"缪百寻说："谁能想得到缨花长在砬山崖，没上过学堂没见过世面，反倒知书识礼，强过普通男子何止百倍！"

35 嘎山商贾

大头家奚园延请兜螺圩的老地保当了中人，与鲍奔客的遗孀签订宅基地的买卖绝契，口无二价付上纹银十六两。本来靠赌博赢来的缪家老宅，在邻里乡亲眼里无异于抢夺强占，作恶者因果报应被烧死，缪家老宅转眼间成了废墟，成了孀寡心中抹之不去的梦魇。一处曾经不停病亡凶死的宅基地，他人避之唯恐不及，孀寡又手无凭证，大头家奚园却不嫌弃，还情理合度立契约花大把钱接过手去，压在孀寡心头的一块大石总算落了地。十六两纹银，在孀寡身上无疑是一笔巨款，小心计划用度已足够把细团[①]拉扯成人了。动工之时，大头家奚园再度施以援手，资助凶死三家钱各四百，当作前来移阴收魂的费用，雇请师公为其做法唱祭。大头家奚园此举，在兜螺圩大获赞誉。半年后春末的圩日，在兜螺下圩桥头缪家老宅的旧址上，“奚记豆油庄”在乡民的期待中竣工并亮相开张。

开张当日，桥头还搭了戏棚，请来“上洲蔡”戏班，彻夜上演连台好戏。

刚落成的“奚记豆油庄”形构独特，仿佛一下便站稳了地头。前为

① 细团：胎儿；婴儿；小孩子。

单层四间毗连的店面，粉刷的土墼墙，灰瓦厝盖。这四间店面，一间专门接洽批发供货，一间零售各级豆油；一间零售豆腐、豆干、酱瓜、酱豆粒、红方腐乳等制品；一间叫卖即食豆花、豆浆。朝东接续的一间砌了三层，上为大头家居室兼会客，中为账房，下为大门过道。后砌石围墙，墙内向东是七隔间棚房，一间贮豆，一间浸豆、蒸豆，一间发酵，一间酿制，一间出油，一间化酱清，一间库货；大埕用于曝缸。向西大埕居中泥坛内那口灌满水的大缸，和周围摆放三十六口中缸，在曝晒豆油之前也灌满了水。如此一来，只要你站在对面桥上，即可望见泥坛上那口灌满水的大缸，由三十六口大缸拥簇着，日光下正在蒸腾着水气雾息。过往人流不免个个惊叹，从前破败不堪的缪家老宅，经历一番重建，竟一下有了聚拢了兜螺圩地气的做派！

除了看热闹的，前来庆贺的亲朋戚友从大早到日昼都没有断过。刚刚执掌“畲厝大药房”的大头家马长溪，也从襄摇圩赶来，远远望见变成大摊头的“奚记豆油庄”，竟一改医家惯有的平和气度，不由冒起了些许恨意：这个奚园，几日不见已非昔日的刀枪棍棒，换上铁砂大炮了！见马长溪手捧红包前来道喜，奚园连忙将他迎上清静的三楼。三楼上间隔折屏，一半当卧室，一半摆了桌椅，大头家奚园在此接待重要客人以及理会豆油庄事务。这三楼可说是占尽了风光。靠东面安床不留窗，南窗一开，已将顶圩、拱桥的大半圩场收入眼底；北窗可以观顾围墙内的方方面面，尤其是大埕上的曝缸；西窗望见四间店面的门口和大片下圩。马长溪内心的艳羡恰似他一步步爬上三楼的攀升。奚园心情很好，为马长溪泡了“一枝春”功夫茶，说：“临川先生如此抬爱，给‘奚记豆油庄’壮胆来了，奚某铭感拜谢！”马长溪口气酸酸说：“我一向知道圃修先生的雄心壮志，但今日这等规模，怕是得到哪个高人的指点吧？”奚园说：“承蒙临川先生垂问，奚某岂敢隐瞒，不过指点奚某的高人，说出来临川先生肯定要大吃一惊！”这个奚园，没读几天书，知书识礼的客套倒是随口就来。马长溪只好跟着他掉书袋，说：“愿闻圃修先生赐教！”奚园说：“他就是凌子罟的爱徒缪百寻啊！”马长溪当真惊讶不小：“圃修先生的玩笑开大了，凌子罟的徒弟缪百寻我见过几面，他可还是个稚嫩的后生子！”“临川先生此言差矣。自古名师出高徒，缪百寻年纪轻不假，可

向西大埕居中泥坛内那口灌满水的大缸，和周围摆放三十六口中缸，在曝晒豆油之前也灌满了水。如此一来，只要你站在对面桥上，即可望见泥坛上那口灌满水的大缸，由三十六口大缸拥簇着，日光下正在蒸腾着水气雾息。过往人流不免个个惊叹，从前破败不堪的缪家老宅，经历一番重建，竟一下有了聚拢了兜螺圩地气的作派！

我今日这规模这气派，偏偏就是出自他的开山之作！”奚园将当日缪百寻因循法度的陈述，细细重复了一遍。这还不够，接着又感叹说：“纠缠我多日的心结，拜其所赐，我可是茅塞顿开！”深知五行生克、阴阳医理的马长溪，一听大为折服，嘴上却又有了疑问：“可我又奇怪了，值此喜庆之日，怎么不见凌子罟、缪百寻师徒俩的身影？”奚园惋惜说：“临川先生只需设身处地想想，我建这大摊头的宅基地，也就是缪家老宅的旧址，今日要师徒俩露面，岂不是成了生生的羞辱？特别是缪百寻！”马长溪说：“圃修先生说的在理。缪百寻这后生子了不得，我日后可要好好留意他！”奚园说：“此前我倒是忽略了，其实想想看也知道，凌子罟看似薄弱，却有知人知天地的心胸，他行走山地数十年，千挑百选的徒弟怎么会错！”奚园为自己的一时英明占了先机大为开怀，邀请马长溪一起用膳。马长溪也不推辞，饭后又在奚园的陪同下细细参观了豆油庄的法度安排。当年马长溪跟随阿爸马彦上门就诊，见到缪家老宅的一门老少内心仓皇凄怆，个个萎靡困顿，看到的只有缪家老宅的破败与腐朽。医生最怕遇到的，就是家无主心骨的穷途末路，一旦陷入此番境地，即便一个接一个莫名其妙地病亡，你也只能眼睁睁地无能为力。谁料乾坤逆转，那个后生子缪百寻已从缪家老宅挣脱出来，今日的“奚记豆油庄”竟是一派生机勃勃的新气象。

马彦年纪大了，感到心力不足，便只当坐堂医师，由大后生马长溪执掌“畲厝大药房”。“医者，救死扶伤为己任也。世代行医，则后有俊彦。”这是马家高祖给后人立下的家训。每逢兜螺圩，相邻的襄摇总是备受冷落。这日晡时[①]，药房里恬寂寂的，柜台伙计在瞌睡，马彦闭目养神

① 晡时：下午三时至五时。

时做了个梦，梦中他的孙子马心云，一出娘胎便为韵致儒雅的翩翩少年，功课极佳，出口吟诵的就是《黄帝内经》。声音稚嫩却清澈至纯，荡涤心室的竟有月影风荷的美感。喜不自胜的马彦，被风风火火赶回的大后生马长溪给撞醒了，这才明白是南柯一梦。原来在畲厝马家那个叫瑶姆子的新妇已怀过两胎，生的拢是查某团。他梦中的孙子马心云，取了名字而已，这次怀上的是查埔孙查某孙尚未可知。被撞破美梦的马彦甚为不悦，大后生马长溪茶也不吃，开口就说："阿爸，我左思右想，决意盘下街尾那家店面，再开一家大药房！""你没头没脑的，说的是什么昏话！"马彦说，"医家当以方便疾患为着想，却不能为多赚几个钱胡乱扩张！就沿溪墘这一条街，街头一家药房，街尾又开一家药房，药房又不是粮庄、饭店，盲目撑门面，这做大的可不是医家根基！""马家的'畲厝大药房'，是阿公开创的事业吧。到了阿爸你手头，也就是整修一番，再增加一面药橱。可马家人已增长了几倍！我时常在想，历经近百年的药房，可不能只守着祖业，老死一成不变！"话虽这么说，马长溪却也明白，在街尾再开一家药房，虽说打大了摊头，面子上好看却未必能多赚钱。可他又心犹不甘，憋着一口气，出药房朝街尾走去。

这一日午后未时，缪百寻来到襄摇圩街尾的"旋风拳头馆"。经人通报得以入内，听见从后院传来嘿嘿叫着跺地打拳的声音。坐在大厝厅堂品茗闲话的两个人，神定气闲，缪百寻一眼看出那个是教大马南拳的馆主裘大脚。至于厅堂上的另一个人，缪百寻虽只见过一面却印象深刻，这人便是三年前乘船返程时在觋山停歇，暝间为过往船只看夜的那个拳头师甄子围。甄子围虽为客人却坐主位，缪百寻旋即明白，这个馆主裘大脚，八成师从过他。裘大脚抬头问道："请问来者何人？到'旋风拳头馆'有何见教？"缪百寻说："在下缪百寻，受人所托前来看望在贵馆学拳的汤奓，为他续上下半年的费用。""郝松，喊汤奓到厅堂见客。"裘大脚话音刚落，便有后生子从后院应声而出。多时不见，此刻十一岁的汤奓已是腰圆背厚一个大家伙。他腰扎汗巾，赤裸的上身全是汗水，可见其练功的用心。汤奓愣了一下，便奔前紧紧抱住来人，说："原来是你！"看得出除了练功做功课，汤奓并没有吃不该吃的苦。"汤奓你要听师父的话，好好学拳。"缪百寻说罢，从褡裢掏出银两为汤奓续上半年费用。一边是汤奁恋恋不舍的情形，一边是裘大脚爱理不理的样子，便对汤奁许了“过后再来看你”的话，很快离开了“旋风拳头馆”。

出门几步，迎头看见站在街口发呆的马长溪。缪百寻招呼道：“大头家好兴致！”机缘巧合，竟会在此刻遇见缪百寻，马长溪自然喜出望外，拉住他说：“看来是精诚所至，马某正寻思着要请教百寻你哩！”缪百寻说：“大头家客气了。有机会为大头家效劳，开口便是。”马长溪指着与拳头馆相邻的店面说：“有意盘下这间店面，眼下买卖两可，反倒起了忧心，这相距才百来丈地又开一家药房，心想做大摊头，又怕事与愿违，内心烦扰，一时拿不定主意。”缪百寻说：“大头家是撞上时运了。要我看，你不用多想，只管尽快将这家店面盘下来！”“你这话从何说起？”马长溪不由把缪百寻的手攥紧。缪百寻说：“大头家盘下这间店面后，便与兜螺圩‘奚记豆油庄’的旧址互换，若有长短当即磋商弥补。如此一来，你去兜螺圩开分药房，圃修先生来襄摇开分庄，两家通好，互为照应，天时地利人和一举全得，何乐而不为？”“我可是想破头也没有想到这一层！”马长溪大喜，“马某从今日起就改口称百寻你为缪先生，日后碰见凌子罟，喊他凌老先生便是！”缪百寻笑道：“大头家抬举百寻，也抬举百寻的师父了。”马长溪欣喜之时，转念一想又有了担心：“想法虽好，唯恐奚园大头家只顾着兜螺圩的生理，没兴趣襄摇圩的地头，计划也就泡汤了。”缪百寻说：“这个无碍，你速与奚园大头家私下开宗明义，若是磋商不下，百寻也可帮衬说项，互惠互利的好事哪有做不成的道理！”“有缪先生鼎力相助，我还有什么可犹豫的！”马长溪果然改了口，“缪先生请随马某到药房一趟，马某另有一件事要缪先生代劳。”

一路说话来到“畲厝大药房”，缪百寻躬身给马彦行礼说：“马老先生安好。”马彦不知来者何人，马长溪说：“阿爸你忘了，他就是凌子罟先生的爱徒缪百寻。如今他崭露头角，定是日后三山一带最可倚仗的一个人！”马彦缓缓地移动目光，打量缪百寻说：“嗯，不错，果然后生可畏。”缪百寻慌忙招架说：“这可万万不敢，百寻尚未出道，临川先生的大帽子一下就把我给扣死了，日后我连行走都难，还谈何倚仗！”马长溪哈哈一笑，从楠木匣子里取出一棵老参王，用纸包好，递给缪百寻说：“凌老先生也太不讲情面了，查某囝婚嫁也不通知亲朋戚友！今天补上薄礼，这是祝贺，请他笑纳。”马长溪四下楔桩说话，一时间缪百寻接也不是不接也不是。“我后生长溪这个礼补得对。”马彦说，“我与子罟交往数十年，他倒好，连查某团的婚嫁大事他也敢隐瞒！”缪百寻说：“既然马老先生也这样说，百寻只好替师父领受了！”

这个马长溪，可谓心机缜密。他要酬谢缪百寻，怕对方一时不好意思消受，便找来师父嫁女的缘由，人情两相兼顾，又爸囝唱和，让缪百寻推辞不得。

缪百寻没在大药房多待。“今日来不及了，我明早就赶往兜螺圩。”马长溪送他到门口说，“缪先生可千万别忘了要从中斡旋的话。”缪百寻回头说“大头家放心吧”，便快步望上肆溪口赶去。

在缪家老宅的旧址上，“奚记豆油庄”竣工开张之日，缪百寻在兜螺顶圩焦晞三的打铁寮歇脚、吃午顿。过了午后未时，他远远望见刚落成的“奚记豆油庄”热闹而祥和，便抽身离开，去襄摇圩的“旋风拳头馆”为汤奎续费。在拳头馆门前他遇见大头家马长溪，几句话为奚马两家牵上线。而后他赶到上肆溪口，在卓老耇的红豆粽店里听说，那个愣头青涂娄在三旗门圩伤了人，逃到响廓山杈口坪落草了。暗暝缪百寻照例住“阿娇客店”，他和师父一样，不太去理会塍扳娇为她那小心思，没完没了地东拉西扯，次日一早便回砬山崖。

赶了圩镇，缪百寻没少购买，从褡裢、包袱里掏出一堆日常零碎物件。不消说，贵重的自然要数那棵老参王。这棵老参王的来历让凌子罟开心大笑，说：“看来百寻的三寸不烂之舌行情看涨了！”师娘说：“人家不是说给缨花的婚嫁补上薄礼吗，偏你笑得没心没肺的。”“都过去半年多了，还补什么薄礼。”凌子罟说，“分明是大头家马长溪参观了刚落成的‘奚记豆油庄’后深受刺激，心急火燎的，却不知道拿自己如何是好，恰巧遇见百寻，几句话救了他的疑难。他心生感激，却在年轻人面前下不了台面，便拉扯老夫当借口，实际上那棵老参王就是给百寻作酬谢的。”

“百寻的几句话居然这么值钱。”凌缨花怀孕五六个月，移动着有点笨拙的身形，笑意显得甜蜜而小心。缪百寻说：“话要放在关口上说才管用，也得看对谁而言，人不对，是对牛弹琴；人对了，就会石破天惊、豁然开朗。”“日后嘎山奚家、畲厝马家要发扬光大，靠的就是奚园、马长溪这两个人。”凌子罟说，“一个人成不成事，就要看决断之时有没有长远的目光，有没有规矩准绳，能否明辨是非。”缪百寻说：“师父说得对，奚园、马长溪若能联手，非但对奚、马两家，对当地乡民也是好事一桩。”后面的话，母女俩听了似懂非懂，却明白眼前这两个查埔人正在自鸣得意，看起来心情挺好。

过了两日，又有壮汉扛大包礼物爬“千八坎”上砬山崖。奚园派遣壮汉的差事，也是为凌老先生查某团的婚嫁补上薄礼。还捎了话说，隔天日昼大头家奚园想在丫叉口和缪先生会面，请缪先生务必辛苦走一趟。来人说罢吃了口水，转身走下“千八坎”，隐没于谷底的山岚雾霭之中。

沉重的一大包礼物，内有凌子罟最爱的“一枝春”茶叶，还有海产鱿鱼干、蚝干，大腿猪肉，布料等件。礼物丰厚而用心，件件都是砬山崖所需，惊得母女俩撑大了嘴。“大方送礼，定是豆油庄开张的势头看好。”凌子罟说，“可正在千头万绪的大头家奚园，却急着邀约会面，心中定有什么犹疑急需开解。”

母女俩喜滋滋地收放礼物去了。缪百寻知道师父心中有数，也就没再接话。后生子手脚好使下山轻快，隔日日昼前，缪百寻便赶到丫叉口。汤佬一死，汤奓寄居襄摇圩学艺的拳头馆，丫叉口那间土墙瓦盖小厝人亡家破，不出半年便成了残墙瓦砾。再走前几步，感觉瓦窑也比往时冷清，原来是土窟里少了那只擩膏土的水牛，埕角往土窟里倒黏土、泼水的两个窑工也不见了。此时膏土已起了底，饶大坐在窑口椅条上叹息着吃大碗茶。“原来是百寻你，你现在的名头响得都快砸破墙了，我要改口叫你缪先生了。”爱耍嘴皮的石狮停下脱坯，伸直腰说，“只是凌先生是先生，你缪先生也是先生，都叫先生，丈人团婿就成师兄弟了，听起来全乱套了。”缪百寻笑道：“雄狮是狮，你石狮也是狮，你俩就成狮兄弟了，你爸母一听吓坏了，也不知这爸母到底是怎么当的！”烧窑的杜四眼说：“你这个石狮，关公面前舞大刀，也不看看自己是谁，竟敢在缪先生头上动土！”“缪先生三年前路过丫叉口还是个细囝，不想转眼间赚足了名头。”石狮撑不住劲，嘴先自软了，说，“我心里不服气，就想当面一试他的深浅，今日看来还真不是吹大奅的！”缪百寻正在自责逞什么口舌之能，听见杜四眼喊道：“大头家，快来吃碗热茶！”在阪陀岭路口出现的大头家奚园，到窑口接过杜四眼手上的大碗茶说：“缪先生到丫叉口了，请方便几步，我有事要讨教你！”吃了茶的奚园回头对几个窑工说：“地气热透了，爬了阪陀岭，喉咙就冒火了。——吃这大碗茶真好，果然解渴！”望着奚园和缪百寻向嘎山崖走去，饶大对石狮说：“看见了吧，连大头家奚园都叫他缪先生，还有事要讨教他！”石狮有点丧气说：“人比人气死人，只怪爸母生我这个后生没本事，只知道在嘴上占便宜。”

这一日风和日丽的，雾松葱茏，在嘎山崖石埕上的两个人，只觉天空旷阔，视野远近晴朗一片，脚下的崖磡却显得比往时更深更陡。缪百寻想起当初与汤奓坐在这石埕上吃炕番薯的情景。命运或许是神奇的，回头他一定要好好研究一下自己的生辰八字，为何会在十六岁那年遇上师父凌子罟，使他缪百寻短短三年便脱胎换骨成了另一个人？

奚园说：“畲厝的马长溪找我去了，说他在襄摇圩街尾有一间闲置的店面，要和我兜螺圩豆油庄的旧址交换，各开分店。他说得有理有据的，我心动了，打大早不声不响赶他那间店面去打探究竟，虽然比起我那旧址的占地要小些，但马长溪所说不虚，店面就在圩场内，的确水陆两便，看起来相当不错。我担心的是，奚家新开张一个豆油庄不几日，已抢占了风头，交换后若再开一家分庄，岂不是太过张扬了？”缪百寻说：

“襄摇圩拳头馆旁那间店面我也注意过，后靠嘎山，前有秋婆溪的活水来财，店面风水可算理想之选。奚、马两家未加利用的店面，放着就等于闲置；若交换成功，既有赢利价值又能省下花费。从效用上看，豆油庄旧址并不比襄摇圩街尾那间店面强。圩市的便利你已然明了，重要的是，在襄摇开了分庄，只需将旧有的设置搬迁过来，这样你就等于些许花费即办了件大事，只需分出几个人手便可占有邻近几十个村寨的豆制品生理。豆制品和医药不同，只要供货方便，你奚家再多个雇工即可在上肆溪口增开一家小店。而马家在兜螺圩开了分药房，马长溪也一样占有了邻近数十个村寨的医药生理。马家的短处是不能随意增设小店，药房要有享誉乡里的坐堂医师，要有懂得炮制的配药行家；但短处也是长处，人才难得，就不容易被同行挤占。另外做生理要能镇住地头，若奚、马两家通好，有强邻照应，可免去当地的诸多麻烦。另外还有外销方面的好处。比如马家到县城、到府地进药，船上就可顺带奚家豆制品沿途发放，节省下的人力物力，长年累月下来极为可观。还有大头家所担心的，在我看来大风头都抢了，还惧怕一个小小的张扬？我相信大头家有气魄做下大摊头，也有能耐去克服各种困难。倒是坐失时机十分可惜，到时候即使花几倍力气，也不比眼下就能达到的效果。”

“钦佩之至，缪先生年纪轻轻便能如此周详中肯！今日经你一席话，我拿定主意了！”奚园一听大为叹服，发乎肺腑说，“说实话，这前后两次听了缪先生替我奚园的筹谋，我确信奚家将大大受益，已非一般酬金能表达我的谢意了。我此刻想说的，不管是眼下还是日后，缪先生但有什么需要，有什么心愿要达成，只要我奚某力所能及，便尽可开口！”“若非大头家明辨视听，福力所至推动机缘，百寻的话就不过是嘴皮功夫罢了。”缪百寻说，“大头家若能把持局面，精细打理，不出三年五载，生理定将如日中天。到那时候，大概丫叉口的瓦窑也停烧了，我建议大头家买下整座嘎山的山地，给废弃的瓦窑安一扇门，借百寻过往时歇脚居住，则心愿足矣！”奚园说：“为缪先生修整一口废弃的瓦窑，安上一扇门，只要花点银两就做得成的事，哪用得着买下整座嘎山那样费劲！”缪百寻说：“大头家有所不知，百寻这个心愿，并非全为私利。大头家你试着想想看，瓦窑之所以废弃，就是因为山头干枯留不住雨露——夹底涧水量变小的缘故。你奚家能发富乡里，是因为前望元宝峰峦，身后远有大莽山、响廓山、鹟山崖，近有塔尖山、嘎山、翠屏山推拥发力，地气汇集你奚家那座‘承安楼’之故。凭此地理形胜，奚家富甲百里指日可待，日后还有五品高官的显贵。可如今若不全力保护嘎山，任由烧窑一样的外力破坏草木，非但瓦窑要废弃，山体陡峭的嘎山一旦失水严重，山下奚家岂能幸免，只能舍弃这风水宝地，被迫搬迁别处了。”

话说至此，已过而立之年的奚园满眼是泪，哽咽着说：“缪先生恩泽嘎山奚家，日后歇脚居住丫叉口瓦窑一应日常花费用度，均包在奚某身上！”缪百寻说：“承蒙大头家的好意，能借得瓦窑歇脚居住已十分感激，日常用度但能自食其力最好。”“缪先生用心并不在财物上面，我奚某岂能袖手旁观，日后一切自有安排！”奚园取下肩上的包袱，对缪百寻说，“包里是十多个馒头、几斤卤牛肉，委屈缪先生自个应付午顿。缪先生别见笑，我忙豆油庄开张营业一个多月了，今日是务必与缪先生会上一面，心里也一刻不肯消停，就想能下山回一趟家。”“人间难得真性情，岂有可笑之理。”缪百寻说，“大头家放心下山回家，午顿我和窑工们一起吃。”

见奚园下山，缪百寻将馒头、卤牛肉提往瓦窑前的大埕，与几个窑工共享。

得到奚园救助的爸团俩结束流浪，赖在嘎山奚家不想走了。眼下的蒲叶大姆，已非昔日差点饿死在阪陀岭那个单薄的查某团了，嘎山的水奚家的米粮滋养了她，她乐呵呵的，不出几日就肥泏泏地生肉，非但大块头还又白又嫩，这个北头查某团一来到嘎山奚家的“承安楼”，很快就把整座圆楼给占满了，她不怕天不怕地的，那种与生俱来的坦荡富足，让奚园看起来浑身是劲，就像他拜了佛做了天大的一个功德。婚后蒲家爸团俩教会奚园酿造豆油的技术——从蒲记酱油到奚记豆油的转换，只用了半年时间。最初奚家兄弟肩挑刻着“奚记豆油”标记的杉木桶，奚园赴圩叫卖，小弟走村串户零售。没几年攒了大笔钱，在兜螺圩盘下一间店面，奚园也就成了“奚记豆油庄”的大头家了。这个北头查某还没有学会本地话的几年，丰富的肢体协调为翁某双方增添了无穷乐趣。蒲叶成了奚家的大姆，很快为奚家生下后生奚柏衍。这一日过午奚园回到“承安楼”，蒲叶大姆又挺着八个月大的身孕，早已做好饭菜，与后生奚柏衍坐在饭桌前等他。一桌好吃的，他看见细团柏衍吃得有滋有味，饭后又像放开笼子的小鸡跑楼埕耍去了。奚园心情饱满，催促蒲叶大姆往里间走，蒲叶大姆顺从了他，嘴上却说：“你这时候还想淘气，我用这腹肚把你顶到楼外去！”奚园说：“谁叫你每次让我看到，身上就像着了火？”入里间后闩上门，两个便是惯常的翁某作派了。但蒲叶大姆不让她的查埔人出格：“恶棍你别这样，让我的腹肚忽撞得不行！”奚园说：“我就想静静待在你身边，可一双手一张嘴就是控制不住。”蒲叶大姆说：“听二叔说，咱家的豆油庄这下算得上大摊头了！”“比原先的大了五六倍。”奚园说，“就像当初你来奚家一样，我碰着高人了。”蒲叶大姆说：“我听说你碰着的高人叫缪百寻。这个人说的，全是你爱听的话。”奚园说：“你一定不相信，前年替我筹谋的缪百寻，虽然有他师父在旁，可他才十九岁！他句句在理，每一句话都说到我的心坎上。”“说话归说话，你那双爪子别碰我。”蒲叶大姆说，“我这皮肉被你撩得直想嬉闹，可我这身子太沉，不听使唤，想想看这心惊肉跳的！”奚园滑到床的另一头，抱住查某的大腿说：“好你个蒲叶，你大得就像那座大莽山——老天爷，你可把我给憋死了！”“听二叔说，你在豆油庄站着不说话，就有大头家的派头了。”蒲叶大姆撑起沉重的身子，坐在床沿上说，“可你在里间，倒调皮得像个细团！”“说来奇怪，我可能是上辈子被你灌了迷药，只要两个相处，我就不争气了。”奚园说罢起身，下床蹲着，头扎在查某的大腿间，姿态也就那样的神迷八道。蒲叶大姆伸手抚摸着查埔人的头，说：“天呐，我可怜的小冤家！”奚园的双手捧着查某鼓一样隆起的腹肚说：“你要为我好好护着他，缪百寻说日后奚家还有五品高官的显贵，我就指望它了！”“奚园你要轻轻亲一下我。”蒲叶大姆知道查埔人又要忙生理去了，十分不舍，说，“可你别来真的，你要来真的，这腹肚里的‘五品高官’可不答应。”奚园轻轻亲一下查某，渴望着却又只能蜻蜓点水，说:“这几日我忙坏了，很快又要在襄摇圩开一家分庄！”蒲叶大姆说:“我想又是那个缪百寻指点你了。”奚园说:“前后两次都是，缪百寻把道理一摆，我就觉得眼前又有了新天地！”蒲叶大姆说:“奚园你福运到了，有那么多人帮衬着你！”

回家不到两个时辰，奚园舍不得，蒲叶大姆也舍不得，却拿自己无法可想。临走时奚园回头看一眼查某，说:“真的太奇怪了，我为什么会这样喜欢你？”蒲叶大姆说:“我也是真的太奇怪了，我竟会从北往南跑了几千里，跑到嘎山让你救了蒲家老少两条命——看到你的第一眼，我就知道碰上我的小心肝了！”

在大莽山中

“缨花，腹肚里的细团当真没有踢你？”慢慢的师娘的口气变得有点焦虑，甚至一日会追问几次。“没有啊，感觉不到。”凌缨花总是那样漫不经心地摇摇头，美滋滋的心情一直不错。看见师娘目光里闪忽而过的惊惧，以及变得焦虑的口气，这才引起师徒俩警觉：凌缨花自有六个月的身孕，时间又过几个月，她的腹肚竟再也没有往大里长。一旦意识到时间和预期竟没有同行，那样的情形就有点古怪了。除了当事人无知无觉，另三个人嘴上虽不曾说破，一颗心却无时无刻不悬着。因为路远崺碈难走，到了预产期，师徒俩便将凛婆子的徒弟阿祥请上砬山崖。阿祥碍于面子蹲守了几日，摸了几次孕妇的腹肚，最后她说：“距离产期还远着哩！”认定是凌家的几个人记错了日期，于是三两下收拾包袱下山去了。师徒俩不放心，隔几日又将凛婆子请上砬山崖，性急的凛婆子瞄了一眼孕妇的腹肚，随即倚老卖老破口大骂：“才怀孕六七个月就想生团，你这是想当阿爸阿妈的想呆了！想当阿公阿嬷[1] 的想傻了！害我这七老八十的老太婆流了一身臭汗，千辛万苦来爬你家这‘千八坎’！”

① 阿公阿嬷：爷爷奶奶。

凌子罡只好叫一个后生子护送凛婆子下崖回畲厝。经凛婆子这样一嚷，师娘到底吃不住劲了，赶快备了饯盒、香纸烛，拜了灶君，又去崖角拜了土地爷，许愿保庇。这日暗暝，在已改成觇房[1]的客房里，缪百寻说："缨花你好像什么感觉都没有。""有啊，感觉挺好的。"看得出凌缨花竟一点也觉察不到有什么不对劲。缪百寻说："按说十月怀胎，该临盆才对，可你连一点动静都没有！"凌缨花照样大大咧咧地说："这有什么可奇怪的，就像你睡醒了还想赖床一样，细囝还想在我的腹肚里待着，那我就容宠着他，让他待着。就算他不想出来，我也觉得这样挺好的！"怀孕后的凌缨花，就那样美滋滋的变得不在情理之中，变得不可思议了。几个人心都悬着，唯有她怀孕是自得其乐，天知道是谁给她那样自在的胆量！

凌子罡提议缪百寻通读一遍《江湖命相秘钥》那本书。薄薄的几页手抄本，也不知道经历多少代江湖命师的经验积累，根据对方言行举止揣度推断，是几乎与八字命理无关的一本命书。"来意殷勤，前运必非好景。言语高傲，近来必定佳途""气滞神枯，斯人现困境，于事十谋九凶""男子入门，志气轩昂，袒胸露臂，高谈雄辩，非军政之徒定是捞家之辈""寡妇询去留，定思重配"之类，差不多都是经验加揣测。缪百寻一向觉得，想要学过硬功夫就不该去接触它，一旦接触并运用它，八字命理就会流于皮相。这一日缪百寻看见师父郑重其事的，只道是为了引开他的注意力，要他心有旁骛才那样强调。不想隔日师父褡裢上肩，同时也催促他背上包袱。看来师徒俩又要结伴出门了。

下崖走完"千八坎"，就是大莽山脚。凌子罡说："几年来，除了嘎山奚家、畲厝马家和杈口坪，除了路过嗥头墩和觋山，去的大都是圩镇。今日咱爷俩要走它几个村寨。眼前这连着的三座大山，也就大莽山散落在坡岭沟坎中的村寨最多。"缪百寻第一次听师父用上"咱爷俩"的字眼。此前缪百寻觉得，做八字算命、风水地理这一行的，有人立牌坐堂圩镇府地，也有人扯了布招走村串户，两样师父都不热衷。这一日师父总算改变主意，要走一走散落在三山的小村小寨。凌子罡说："不像圩镇

[1] 觇房：供孕妇生产的房间。

市面，这些封闭内山的山民，在日复一日的粗重劳作中清苦贫穷，一辈子所面对的不外乎生养、嫁娶、造厝、病死、筑坟几件事。这些人的命算不算都差不多。观其言察其行，再运用一下《江湖命相秘钥》那本书里的套头机巧，便百不失一。只要你脑筋转得快，光耍嘴皮功夫也能骗得吃喝。——这就是为师此前不愿带你走村入寨的缘由所在。”缪百寻说：“看了《江湖命相秘钥》那样的书，命理不再纯粹，若再借此糊弄，其卑劣可就大了！”凌子罟说：“倒也不尽然。山民局限偏远所在，大都寸目短视，心思浅显单一，困扰他们的也就前面提到的人生几件事，只要意愿许可，善加开解，也是成全好事。往往命师的一句话，即便他听时将信将疑，过后也会时时警示着他。‘人人后运好，个个团孙贤’‘少年赞他寿长，老人许加福泽’，给问命者以盼头，说不定他就能度过困厄、渡过难关。”

从山脚爬大莽山，往右是经过郧头沟去上肆溪口或丫叉口方向。往左是蓬蒿小径，爬了小半日，坡道变缓时已来到成片竹林中一个叫罔山门的村落。见有人影在村里晃动，不防间蹿出一只黑狗，朝客人吠了几声。师徒俩在村中一面禾埕[①]的磨盘上放下包袱，这时有个老货认出是凌先生，搬了椅条供师徒俩坐着歇息，咳了一声喊道：“九稔，你不是整日想着要娶查某吗，快出来请凌先生给掐算一下！”这时禾埕上已围拢八九个村民。其中一个身软腰细的年轻查某，由磨盘支住她的臀胯，嘴上不停嗑着瓜子，眉眼闪烁着笑意，说：“咸九稔若是身上不长点肉，想娶查某太难了。”不多时，从埕角的那间旧厝拨颠走出一个枯瘦身形的后生子，干笑道：“也不知道凌先生掐算一下姻缘，会要我多少卦金？”“五钱。”凌子罟连目光也懒得抬。缪百寻揭了葫芦的软木窒，递水给师父水吃。叫咸九稔的后生子说：“看我那间破厝，看我这一副歹身命，红蕊嫂你说值不值五个钱？”“九稔你瘦就瘦了，还瘦成干筋，哪个查某团见了你不做噩梦？你说歹身命，出不起五个钱也就罢了，还想查某想得流口水，我说九稔你这分明是想为难算命先生哩！”叫红蕊的年轻查某掏出几个钱放在包袱上，报了生辰，说，“请凌先生给我严红蕊算算，为啥这

① 禾埕：打谷场、晒谷场。

些年我磕来碰去的，也没见一日称心！”凌子罟掐指推算小片刻，说：“夫君你不甚中意，可他凡事听你的，你跺一脚他就找不到鞋。”“凌先生把我说得这般厉害，我可就要喊冤枉了。”严红蕊说，“天地良心！我家那个，好吃懒做还说不得，叫什么事纠结上了，便黑着脸十日半月不讲话，就想活活闷死我！幸好他还要吃我煮的饭，花我腰包里的钱，死乞白赖的，就像我八辈子都欠了他！”听了严红蕊这样的调侃，禾埕上的人都笑了。凌子罟说：“你生来手段高明，晓得无本营利，不用辛苦劳作也能活水来财，时时都过得比他人饶裕，你嫁罔山门后，比先前好多了，并没有什么不称心。”严红蕊说：“我这半生运途崌砣，自幼被生爸母养爸母卖来卖去，市面圩镇容不下我，只好嫁到这鸟不拉屎的罔山门！今日借了凌先生的好话，心情到底爽快一点，却原来这也叫作称心！”咸九稔说：“凌先生厉害，罔山门哪个查埔人不想把红蕊嫂养得皮白肉嫩的？”严红蕊笑道：“咸九稔你这张臭嘴，不开口说话也不会死！”挨了骂的咸九稔也不计较，跟着掏出几个钱放在包袱上，报了生辰，说：“凌先生给掐算看看，我咸九稔到底还有没有来头可活？”凌子罟说：“百寻你来推断一下咸九稔的八字。”缪百寻连指都不用掐，开口说：“咸九稔的身命偏弱，看不起田间作式。有姻缘线索，可你总是高不成低不就的。暝间有的是想法，到了日时又眼高手低的，想的多做的少。睡到日上三竿起床一看，灶冷锅凉的，老母已下地多时，你只好感叹命运不济，咒骂老天爷不长眼，从不在你家天井掉一金半银供你花去！”“凌先生你的徒弟厉害，”刚才搬椅条的老货十分吃惊，说，“咸九稔要不这样就不是他咸九稔了！”严红蕊走近前细细打量缪百寻一番，啧啧叹道：“凌先生你这徒弟过了斗概，蛮水准的，让人一听就有那个心思了！”咸九稔打着哈欠说：“断这些话是枉费口舌，我着急的是什么时候能发富抱着金砖睡觉，什么时候能娶某成家立业！”缪百寻接着说：“咸九稔用神在木，翻过山岭到上肆溪口，顺水往下走四十里，用他一年八月的在焦棚寨学一门木匠手艺。艺成回罔山门，路上遇到心仪你的查某团，这查某团若是生得五大三粗，就娶她做查某，你赚钱养家，她为你生养、做田间功课，孝敬大家、大家倌，糊口过日便不在话下。”“你这话听起来倒还不错，容我想想再做决定。”咸九稔苦瓜着脸，若有所思又犹疑不定。严红蕊送瓜子的手指咬在唇齿间，指着她家的门口笑道：“凌先生肯不肯借你徒弟到我家里去一趟，我可是有私下的疑难要请教他的！”这话凌子罟不好搭理。只见缪百寻站起身来，收了包袱上的十个钱，对严红蕊说：“下次吧，我和师父还有几个村寨的路要赶，在罔山门不能久留。”说罢师徒俩包袱、褡裢上肩，在禾埕上走不了几步，便听见身后严红蕊嘻嘻笑道：“咸九稔你哪天若是当真娶了个五大三粗的查某，记住往我严红蕊的腰包里破点费，让我好好调教你一番，省得她日后活活地夹死你！”咸九稔说：“红蕊嫂说这话太不地道，连我咸九稔的钱你都想赚，也不怕撑死你！”

缪百寻说：“可叹罔山门的查埔团，十有四五的钱要掉进严红蕊的腰包。”凌子罟说：“罔山门可说是古今皆然，有薪火相传之风。早前是姜水仙，后是潘小桂，现如今又来了个严红蕊。据说前后三个在嫁罔山门之前，要么是圩镇市面要么是大村社人家的查某团，生得一个比一个有姿色，出嫁后守不住妇道招惹了野汉，惨遭婆家遗弃，娘家的脸算是被丢尽了，只好任由媒人牵引远嫁内山，求的只是有个落脚所在。与她再婚的，自是不趁她们意愿的那些莽汉、蠢材、懒尸骨之类的鸡零狗碎，揣着原先那颗不安分的心，破罐子破摔。小小一个村寨至多也不过几十人口，有了爱好她的六七个精壮查埔团暗中宠着她，让她撒起泼来，即便是族长也拿她束手无策。”“罔山门住的咸家族人，大多数应还是五服之内的叔伯兄弟，也不晓得村规里约如何着落。”跟在师父身后迈步的缪百寻，低头寻思着，竟一时理喻不得。“想必这严红蕊极善饧弄周旋，个个执迷其雌性又震慑其淫威，个个明白只有避让听从方能各得其所。因之许多事只是瞒了个表面，各自心知肚明挑破不得罢了。”凌子罟说，“神奇之处在于，罔山门除了伦常不堪外，竟是大莽山各村寨难得安宁的一个所在，族人不贪不赌不毒，凡遇大事也能拼力一致对外。这等人性虽为外界耻笑，但要定论姜、潘、严是淫乱祸水为害一方，倒也一时难以界定。”

41

凌缨花临盆在即，师娘提前做了中秋月饼。师徒俩冷不丁决定出门，匆促间师娘只好往包袱里塞几个夹心肉饼。离开了罔山门，师徒俩在阴凉处停下脚步，站着吃月饼做了午顿。饭后师徒俩在一条藤蔓交织的横路上迈步说话，竟不觉路途难走，不多时面前出现一道山涧，在山涧左右的巨石中，坐落几间瓦厝。凌子罟说："这山涧小村叫夹石崖，住七八户申姓人家，查埔的大都赌博成性，凶顽走险。居家查某个个忧愁劳顿，担当田地耕作、山底掏货等苦力，还要饱受赌徒的虐待凌辱。历年来查某、细囝被贩卖不在少数。日间在夹石崖连人影也难得一见，家家户户穷到用不着锁门。"缪百寻说："像夹石崖这种地方，人性恶劣至此，八字命理恐怕就不足为凭了。""在地动海啸、瘟疫灾变、兵荒马乱面前，被天灾人祸所裹挟，单薄的人力虽拗不过大势，但每个人仍旧摆脱不了在其命运中的起落沉浮。"凌子罟说，"夹石崖道德失范，公序良俗崩坏，这才会陷入迷妄疯狂的末日情景。但只要细加分辨，却也各自不同。守财奴赌赢了就会卷钱藏匿，赌棍赌赢了投注就会加码。有人倾家荡产了会金盆洗手浪子回头，死下心来埋头苦做或外出经营，赚钱补救家庭；有人败光了家当，反倒会赌红双眼，典某卖囝在所不惜。所有这些，看似各凭心性，实则命运所系，到底无可摆脱。"缪百寻说："但一个人不是生在夹石崖而是别处，或同一生辰出生在不同地方，本来应该相同的命运却不相同，就八字命理而言，当如何自圆其说？""人力、见识囿于一地一时，大智者寥若晨星，历来儒释、医家、命相风水各行其道，难以厘清的公案比比皆是，后学者如何面对又如何省思自处？为师阅历五十载，可说无时无刻不浸淫其中，若拘泥于此难免裹足不前，着眼的应是你怎样去对待它，使其更加合理更加人性，而非求全责备。"凌子罟说，"命相决断，为了不失偏颇，大致可以'十分'进行推判：起主导的命运十占三。

道德阴荫、居家风水、祖坟地理、面貌手相各项累加十占四。读书、身体、家境等人力十占三。本来，上述各项均可在命运中分析，但因境遇起落、自暴自弃、骄奢淫逸等，对命主伤害特别明显，所以读书、身体、家境三件，强调的是自主人力对一个人所起的作用，应有所区处。”缪百寻说：“如此说来，八字算命要登堂入室，方方面面无所不包，岂不是极难！”“高明的命师，哪一个不是阅历深厚、博采众长之贤才俊彦？”凌子罟说，“即便你博有声名，也时时刻刻要明白学无止境、山外有山的道理。茫茫人世间，个体的所作所为不外乎小伎俩，传承的不过是世道人心罢了！”

路过这个不起眼的夹石崖，竟会引起师父如此的浩叹！师徒俩顺山势越沟过坎，费了一个多时辰又爬上一道山岭。山岭是大莽山的支脉，在山腰出现一块平地。师徒俩立定喘息，看见坐落平地的十几间零乱凑堆的瓦厝。凌子罟在村口找石礅坐下，缪百寻的目光被身旁丈余见方的一面石壁所吸引。也不知是哪个文人墨客登临至此，在石壁上歪歪扭扭錾下这样一副对联：“年少轻狂，记得多情无情，青芊执手卿与共，浮浪多少欢场风月？老来还愿，忘却心事往事，黯淡拘足衰相对，诉说不尽风烛残年。”凌子罟说：“表面看这个叫庵寮的地方，最是死水一潭。可你要是了解这副对联的因缘所系，恬寂寂的庵寮就和山外闹市连在一起了。”缪百寻说：“这样一副对联，若是放在府地市肆倒显得一般，落迹这个叫庵寮的深山，也就免不了要叫人惊奇的很了。”凌子罟说：“这世间熙来攘往的，却少有人知道上肆溪口的‘阿娇客店’、兜螺圩的‘管升班’、丰浦县城的‘万山楼’，都是庵寮人的后生新妇经营的场所。”缪百寻以为师父会讲一个与这副对联相呼应的故事，料不及提的却是这个。原来“阿娇客店”那个默默支应着的老实查埔人和膣扳娇，竟是庵寮人的后生新妇。兜螺圩的“管升班”与缪家老宅仅百步之遥，缪百寻虽从未涉足过，但很小便知道那是有钱人灯红酒绿的地方。那种场所，原本就是闹市的事，却由庵寮人的后生新妇把持经营，听起来叫人难以置信。

师徒俩一边迈步一边探头探脑，在庵寮村里，各家各户的门，不管是敞开还是虚掩，在厝内枯坐或缓慢移动的全是男女老货。看来庵寮一地的青壮，当真全跑山外闯荡去了。剩下还有力气折腾的，要么下地要么掏山，也就有了白日庵寮这恬寂寂的情景。“门外经过的，可是凌子罟先生？”有人认出师父了。招呼师徒俩进厝的，是一个风韵依稀可见的老查某。凌子罟拱手说：“荣幸得很，都快过去二十年了，不想头家娘还记得我凌子罟！”老查某为师徒俩泡了“银盏”，捧出十分精致的雪花糕给师徒俩做茶点，说：“当年的凌先生，和眼下跟随你的徒弟差不多，身秆子虽生得薄弱，可你有板有眼的模样着实讨人喜欢，‘管升班’里的查某团个个当你是心肝宝贝，做梦也想以身相许，可惜那些天真的查某团钱被你赚走不少，偏你吝啬的，连一厘一毫也不曾在她们身上花销过！”凌子罟说：“我靠耍嘴皮过日，赚到手的几个钱，还要养家糊口，哪来胆量放任自己！”“谁不知道凌先生的能耐！你那时是装寒酸，糊弄那帮查某团也就够了，还欺瞒得了我？”老查某的心思怕是回到当时的情景了，说，“凌先生今日路过庵寮，就当你来看望我乞巧了，我就算是原谅你了！”眼前这个叫乞巧的古稀老查某，说话滴水不漏，嘴上的腾挪功夫依然了得。从老查某身上透露的淡定从容看，还有什么世面什么风浪她没见过？——想当年，这个兜螺圩“管升班”的头家娘，到底会有多少茶余饭后的谈资可供渲染！？

与老查某道了别，师徒俩伫立村口。缪百寻的目光稍一环顾便是一个不小的咋呼：只见左首是砬山崖后侧，右首也是相类似的一座山峰，与前方的山峦连在一起，竟活现一个少年查某举起双膝那承欢之形姿！凌子罟说：“庵寮人经营的行当，还有庵寮人为何会少在闹市老了归山？为师也正好在百寻你这茬年纪上，恰巧路过庵寮，驻足于此，看了便十分感叹，差不多一下子便全明白了：天底下竟有此等神奇的形胜之地，真叫人不敢相信！”缪百寻说：“令人费解的是，老了却因何要寡居在这庵寮上？并不只这个叫乞巧的老查某，而是所有庵寮的查埔查某都这样？”凌子罟说：“在瓦肆勾栏讨吃，无异于刀口舔血，年少在外打拼，老了回山颐养天年，本也在情理之中。只是所经营的行业，日暝弦管歌舞，灯红酒绿，猛可里回归这深山的孤寂，自是血肉剥离，要横得下心，挣扎很长时间的苦痛。”

42 最后砬山崖

师徒俩的这一日，其实就是逃避，结果也没能忍耐到最后，当师徒俩登上“千八坎”时，迈着的两条腿，便在不知不觉中加快节奏。气喘吁吁回到砬山崖，进家门时，感到厝内宁静如许，师徒俩这才放下心来。只是在披间后门，缪百寻分明见师娘正在汰洗衣物，胸腔里的那颗心似乎一下又要跳脱。师娘说：“百寻你当阿爸了，脚步放轻一点，快去客房看看吧！”

大床上躺着的凌缨花看样子极是耗损，似乎连睁开眼睛的力气也没有了。在大床边挂着的摇篮里，睡着她出生才几个时辰的查某婴。有些事看起来是不可能的，偏在他缪百寻离开不久后发生了。他蹭着凌缨花的脸颊说：“缨花你太争气、太了不起了！”“百寻你回来了。”产妇睁开眼睛说，“你和阿爸走后不到两个时辰，我的腹肚就揪绞大痛，正急得不知如何是好，查某婴自作主张，没为难我就顺当生出来了。阿妈只好学着接生婆的样子，把铰剪烧热了剪断脐带，扎了个结，就完事了。”“谢天谢地，师娘也能接生！”缪百寻亲一下查某的额头，又亲了一下她的嘴唇，说，“缨花你省下气力别说话，让我先好好看一眼查某婴！”

师娘给摇篮筑了个窝，幡幔[①]做底，给查某婴裹了褓衣，裆下自是垫上师娘特制的尿苴子[②]。与别的查某婴不同，她生得柔弱白净，在小窝里恬静睡着，想必十分舒适。缪百寻趴在摇篮上看得忘乎所以，感到自己是醉了心地喜欢。看得久了，熟睡的查某婴竟蓦地为他睁开了眼睛，目光柔和淡远，朝他露出一丝似有似无的笑意。缪百寻欣喜若狂，赶快转身对刚当了阿妈的人说："缨花你信吗，她朝我睁开眼睛了，还笑了一下！"凌缨花说："你别胡说，查某婴出世到现在，还没开口哭一声哩！""那就是专门冲着我的，这有多神奇啊！"缪百寻因此更感幸福，说，"缨花你知道吗，我是真想把她抱在怀里的，可我没敢伸手，她生得太柔弱、太小了！"

在客房里已站了好片刻的师父师娘，见小两口陶醉在初为人父初为人母的情景里，目光满是慈爱，便悄悄退出客房，忙他俩该忙的去了。

几日后缪百寻就心有灵犀了，每当他回想坐在嘎山崖由崖磡撑出的半亩石埕上，身后雾松葱茏，山顶白云幽幽苍穹旷远的情景时；回想攀登响廓山杈口坪时，他倒吸了一口气，只见头顶高山崖石硊硱，底下峡谷弥漫云烟，四野莽莽苍苍，人是何其渺小时；回想初到砬山崖，他就睡在窗挂上弦月的客房，湛蓝的天际白云轻移，崖磡凌空举起，其时星寒意远，恍惚间他不知寄身何处时，似乎在宁静梦乡中的查某婴就会蓦地为他睁开眼睛，目光柔和淡远，朝他露出一丝似有似无的笑。

当了阿公的凌子罟给查某婴取闺名缪寄奴。缪寄奴的性情一以贯之不温不火，和砬山崖上其他细囝不同。她说的和做的，自然而然的应对，让所有的人都觉得，她即使离谱也离谱得恰到好处。此前不曾带过细囝

① 幡幔：裹婴儿的小被。
② 尿苴子：指小儿尿布。

的小两口，只顾着欣喜和疼爱，日复一日沉醉在啧啧称奇之中，完全没有感觉到这种颖异会带给人莫名的隐忧。凌子罟说：“这查某婴，生下来竟不哭一声，也不像缨花当年刚出生时那样一团粉红，看上去极其柔弱，可她却不生病，活得比谁都稳妥。”师娘说：“这查某婴生得如此单薄，反倒不用你操什么心。当时我就在旁边紧紧盯着，却不知道她是如何离开娘胎的，没容我多想，她就滑到我手上了。一开始她就用不着依赖谁一样，她该吃的时候吃，该拉的时候拉；她是什么时候会爬，什么时候会走，什么时候会说话，根本用不着学，你正担心着，她倒好，就在你的不经意间动了动手脚，张了张嘴，你还来不及惊讶，她就全都学会了。”就在老两口无限的牵挂下，三年光阴过去了。老两口小两口开始教小小的缪奇奴读书识字，教而不求理解与记忆，过后以为忘了个精光，不想她冷不丁的应答总让全家人大出意外。老两口惊异之时，那颗心又不免要怦怦怦地乱跳一通。

这一年春季大旱，三山到处闷热死沉，火气就在棉絮中焐着，谁不小心擦了火石，三山就会连片燃起熊熊一片火海。过了仲夏，又不断水灾大涝，三山如同浸泡在水中，暴雨过处，山洪瞬间灌满沟涧，接而汹涌奔突。滑坡走山、泥石滚流势不可挡，已有几个小村小寨被掩埋于睡梦之中。田地作物在大旱枯焦或经大涝的淹没浸泡，所收不及三成。“也不知道这到底是什么年头。”缪百寻从未见过这种旷日持久的大旱大涝，心里极是瞀乱躁急。凌子罟更是郁悒烦焦，说：“罕见的大旱大涝，必然威胁各种生灵。为了生存，有的会从深渊暗藏跃出地面，休眠不醒的会受刺激活转过来，有的会吃了不该吃的而后产生疯狂变异……如此一来，物性就将失控，睁眼所见便是遍地生与死的触碰交接。从古至今均无法避免，气候特异之年，天灾过后往往也意味着人祸骤至。”

襄摇圩“畲厝大药房”的大头家马长溪修书一封，派人送上砬山崖。称：“襄摇、兜螺两圩药房，接诊疾患均数倍于往年，药材短缺已左支右绌，定于后日雇船前往府地香城批量进药，因要快去快回，沿途不作他想，凌老先生、缪先生若有兴趣可随行游玩，顺便也为三山一带民生，勘察一番山内外的民情异动，可供长溪行医参考，将不胜感激！”读信后凌子罟说：“这个临川，已非昔日的临川了！”缪百寻说：“近年来马长溪思虑缜密，图谋不亏世道，的确难得！”

师徒俩是查某团缪寄奴出生三年来第一次出远门，一家子竟有依依不舍之感。走下“千八坎”时，小小的缪寄奴也在身后跟着，凌缨花快步抓住她，紧紧抱在怀里。多了个天真无邪的细囝牵挂，师徒俩不由地频频回首。站在崖上的三代女辈，望着师徒俩往下走“千八坎”，身影越走越小，直到消失在谷底的溟濛雾息里。小小的缪寄奴冷不丁说：“没办法，看不见阿公、阿爸了。”

师徒俩先到襄摇圩“旋风拳头馆”看望汤奓。十四岁的汤奓饭量惊人，壮硕的身量已如成年。资质平常的习武者，防身健体而已，一般三年即可满师。汤奓已有离开武馆的意思。师徒俩又为汤奓续了半年费用，宽慰他期限到时再作考虑。身患痧暑、风寒、痢疾、咳嗽的求诊者，差不多时时挤满“畲厝大药房”，马长溪没有功夫接待师徒俩，只好由族侄马执时作陪去小炒店安排饭顿。暗暝住在襄摇圩“悦来客店”，次日寅时店头家就送来米糜菜配，师徒俩赶快梳洗吃了早顿，便往埠头赶去。这次远行的乌篷船比六年前的大，船家是两个身板强健的中年查埔团。估计是“畲厝大药房”抽不出人手，雇主只有马执时一个。临开船时，又有一个趁便的跃上船来。凌子罟觉得在哪里见过，缪百寻悄悄对师父说：“此人就是觋山有名的拳头师甄子围。”缪百寻是第二次在襄摇圩碰见他。看来马长溪除了邀师徒俩游玩，也有为身单力薄的马执时仗胆的想法。

因水量比往时大，水流浮荡快速，船家绷紧肌腱，手上竹篙的插撑，似乎一篙比一篙费力。在兜螺圩外的水域，师徒俩看见逆水行驶的一只船上，坐着砬山崖专职跑买卖的凌长庚。凌子罟朝他喊道：“长庚，你不是带槟榔芋到蒲头溪换大米吗，不该是这时辰赶回的呀！”凌长庚说：“外头不安宁，沿路船家少接生理，行程快了不少！”在满当当的水面上，两船很快擦肩而过。这时船篷又啪啪响着，下了一阵过云雨。怕在危险地段遭遇山洪，船一直在紧赶慢赶之中。到了嗥头墩，总算可以歇下一口气吃午顿，吃完拭了嘴就又上路。行程如此紧凑，师徒俩有一种被胁迫的不适。武功底子极好的拳头师甄子围，一路上气抱丹田目光炯炯，摆的是站如松坐如桩的感觉。跟先前给船只看夜时的情形大不一样。船过觋山时，拳头师也没有下船的意思，莫不是他也要去府地香城？船是赶得早又驶得快，到丰浦县城天色还敞亮着，本可再赶一段路，听说下游有几个村落流行鼠疫，便打消念头停在县城过这个暗暝。两个船家留在自家船上守夜，拳头师甄子围上岸找熟人投宿去了。县城的街道，行人稀稀拉拉的，显得脏乱，到处可见大旱大涝波及的痕迹。到了哨唇口的一家客店，小伙计竟将师徒俩和马执时拦在店外，听说客人来自三山，便见另一伙计端出火炉，朝客人身上薰了艾蒿，又要客人浪跳脚拍打衫裤抖落蛇蚤[1]，这才让其入内。店头家赔不是说：“近日多地流行鼠疫，不得已才这样做，三位先生切莫见怪。”年头不顺，出了门便时时处处身不由己。结伴三个内心打鼓，加上马执时怀抱银两，整个暗暝都没能睡好。天未见亮便离开客店，在街边的糜摊匆匆吃了早顿，立刻往埠头赶。船家见人已到齐，连续打了几个哈欠，乌篷船便在灰沉的天色中启程了。船经蒲头溪时，拳头师甄子围提出要下船，并向船家打听明天几时，他在蒲头溪埠头等候上船。拳头师上岸走后，马执时说：“真是奇了怪了，明明听我大伯说过，这甄姓拳头师也是要去府地香城的。”凌子罟说：“中途改变主意也在情理之中。”这时船家朝船舱喊道：“挂篷上的是一包干粮，三位将就应付一顿吧。——除了路过的，埠头那边都不留船只了，看来蒲头溪也发生鼠疫了！”船家长年跑水运，看出不同寻常了。马执时取下挂篷上的布包打开，是一堆煎饼。想想风险，在船上有煎饼可吃，也该惜口福了。

① 蛇蚤：跳蚤。

45

因船被雇了回程，停妥后，在埠头航运处领了看护牌签，船家也起水踅府地去了。师徒俩和马执时做伴，一直护送他到门面古色古香的“敦仁大药房”，约了明日几时在埠头汇合，这才分开。缪百寻说：“香城郇家的‘敦仁大药房’，门面看似古旧，反倒耐看而又气派。”凌子罟说：“能世代衣钵相传，定是以医术仁德为首要，而不在门面奢华。”缪百寻说：“这次同行的拳头师甄子围，一身上下透着霸气，跟传闻中高深的修为好像是两码事。”“拳头师使的是气力，连外行也看得懂他是拳头师，就说明他的功夫远未达到应有的境界。”凌子罟说，“算命也一样。初学时似懂非懂，为自圆其说连蒙带骗，容易走上歪道；学入门了单凭命理推断，又发觉失之偏颇不在少数，左右很难称心。”缪百寻说：“师父说过，高明的命师应能以‘十分’来评断一个人，起主导的命运十占三；道德阴荫、居家风水、祖坟地理、面貌手相各项十占四；读书、身体、家境等人力十占三。”凌子罟说：“命理绝学，最终一定是参得透人心、理喻得了世情、看得懂大小局势。”缪百寻说：“要做到这三点，在百寻看来比登天还要难。”

几百年来因坐拥“东接诸倭国，南连百粤疆”的港口，通番出洋如赴圩适市，素三彩陶瓷和茶叶大量出口销往域外各国，白银、黄铜、海产、象牙、大米、毛织品、棉花、皮货、香料、药材等货物又经此港口不断流入，经理事务的富商巨贾咸聚于此，边远香城于是成了闽地的一大都会。虽屡遭重创，其市肆风情却流传有序，不减繁荣。此刻虽是暗暝，因家家店铺内外均挂大灯，似乎比白日更见亮丽。起初师徒俩的脚步有点畏怯，又无外乎走走停停，随处看新鲜开眼界，只需留意回头路，再不必挂心其他，不多久被阵阵的锣鼓管弦声所吸引，来到府衙西南向的一座文庙，庙前大埕恍若白昼。师徒俩远远便稀罕见到戏棚上挂着的番货汽灯，这灯居然能发出雪白的日光，一盏即照亮了整片大埕。其时文庙前正在上演唱官腔的正音大戏。台上的生旦戏服华丽，唱腔老生高亢，花旦缠绵，一招一式有板有眼。台下挤满了观众。个别懂行的市民低声对其品头论足，但其戏文让师徒俩听得懂的却三不及一。棚角贴有红纸“倡议”，“倡议”下方八仙桌上放着“义捐”木箱。原来近期香城府所辖多地鼠疫流行，市区的歌仔阵、车鼓弄、潮剧、北腔正音轮番义演，募捐钱物为瘟疫地头延医派药所用。师徒俩一则因旅途劳累，心头愘势；一则府地市民已为各地流行鼠疫发动“义捐”，看来山地所要面临的劫难已无法幸免，一时胸口堵得发慌。师徒俩再无心踅街，原路返回埠头邻近，找了家客店住下。躺在床上也无法安生，似睡非睡中的某个时刻，凌子罟梦见一队缁衣夜叉，蹈空闪忽疾走，收罗山地上的死尸。死者生前多是旧相识，被夜叉捕获时面目狰狞，情状恶酷。惊吓中梦醒坐起，见到的是客房里的一团黑暗，好久才凭借窗口的漏夜弱光，看清躺在邻铺的爱徒缪百寻。谁想缪百寻也正好在此时发出压抑已久的惨厉呻吟。凌子罟料定他是被梦魇锁住了。暝深更残，一阵阵的不祥无法排解，慌乱间凌子罟摸出两枚钱，临黑在草席上卜了三卦，通过手感摸到的竟是大凶之象！凌子罟一下心如死灰，枯坐着待到天见微明，才将缪百寻摇醒。摇醒了徒弟，他自己反倒躺回床铺，垂下眼皮小睡片刻。缪百寻从未见过师父的心神会如此恍惚，想起自己梦见被恶鬼捉拿时难以挣脱的恐惧，也一下子浑身发软，天似乎要坍塌下来了。

吃罢早顿的顶晡，师徒俩先到香城郇家的“敦仁大药房”，看马执时进药是否顺当。见了师徒，正在着急的马执时说：“幸好二位赶来。大药房的郇先生说，眼下鼠疫四处流行，想必三山一带也将波及，难得来一趟府地，他认为应该多进些有防效的药材回去。我说所费都用于急需，已无余额。郇先生又说救人要紧，嘎山畲厝的俊卿先生他认得，不妨先行赊欠，日后方便再补足款项不迟。我不知如何是好，请凌老先生帮忙拿个主意。”凌子罟说：“郇先生医者仁心，说的正是济世救急的话，你还有什么好迟疑的，赶快照办就是！”马执时说：“这样一来，所进药材，到下晡也不知道能否配齐。”“既然来了，也不急在半日。”凌子罟说，“执时你只管认真办理，该延缓几个时辰，船家那边由我和百寻前去通知。”马执时说：“难怪我大伯常说，到了紧要关口，凌老先生和缪先生最有主见！”马执时说罢便释怀忙去了。

这一日，师徒俩先是搭船过渡去城南游览了南山寺。历时千余年的南山寺金碧辉煌，香火鼎盛，师徒俩见了大为惊叹。据说该寺原是唐开元年间，为一陈姓太子太傅的住宅，因建筑规模类似宫廷，遭人密告犯僭越之罪，他的查某团急中生智削发为尼，舍宅为寺，这才免去一场浩劫。

师徒俩原路返回府衙西南向的文庙，昨暝喧闹的场面消失了，此刻见到的只有戏棚和棚角贴着的那张“倡议”，以及几个不相干的闲散在走动。文庙向西数十丈地是“百里弦歌”一条街。这条几度弯曲的狭隘街道，店面一色两层建筑，在此间嘈杂着的形形色色，耳目所及最是迷离所在。有坐在马扎上，为蹲地者作卜算的青盲老货。有面相、手相、骨相一统包的，开馆挂的招牌叫“玉览”。在街上游走的“啄鸟卦”，只见那人左手上停一只麻雀，右手托盘，盘槅里放着写有断语的纸片，问者点香报上生辰，麻雀当即飞到托盘上啄一片纸从盘槅中抽出，卜者据此为来人推断吉凶。扶乩测字的门面，挂着“指点明人去路，提醒久困英雄”的对联。门面阔气的要数“天外天”，是专供人抽大烟、吃金丹的鸦片烟馆。在弹三弦、唱乞食歌的“弦歌馆”内，只要往响盘丢两个钱，便可听残疾翁某的一番弹唱，一唱一和的，其哭调歌喉哀伤凄凉，勾得动听者衷肠时，说不定还会多打赏他俩一两个钱。

在“百里弦歌”这条街上，张灯结彩的是那些花场粉肆。“坑头茶坊”“青音社”“萧家小班”“怡红院”……名头叫得响的就有十几家。大胸细腰翘臀的花间查某，个个紧身旗袍，把一头青丝梳得油光水滑，涂脂抹粉洒香露，轻摇苏绣团扇在门口拉扯过客，嘴上唉哟发嗲，喊着大头家、官老爷，嗔怪着八竿子打不着的往事，除了此间常客晓得与之周旋逗乐，若是良家子弟，被纠缠上的即使走得脱也会狼狈不堪。在二楼临街阳台上倚栏作态的花间查某，樱桃口小蛮腰，朝着讨她喜的路人抛媚眼、摆弄风骚。在院内的过道上，甚至在大街上，花间查某手捏粉色丝绢，迈着小脚夸张地扭臀送胯，摇曳身姿回头销魂地朝你一笑，招惹的自是客官们渐次入港的心思。

花样百出的这些行当，大都是山地圩镇看不到的。让缪百寻尤其讶异的是那些龇牙咧嘴看神奇的番客，有的肤白胜雪，有的黑似墨炭；有的发如金丝，有的是猫一样的蓝眼睛。凌子罡低声对徒弟说：“‘百里弦歌’这条街，在百姓眼里就是下九流，就是销金窟，寻常人家大都望而生畏，不敢涉足。”说罢带缪百寻朝一家叫“金吊桶”的命馆走去。这家“金吊桶”十分奇特。上二楼梯口那道门被一把铜锁扣死。一楼墙壁写着“金吊桶八字论命不议价，一命三十钱”，固定位置放两张靠背椅，便空荡荡的别无他物。师徒俩面窗在靠背椅上坐定，一只金漆木桶便徐徐从二楼缒到问命者面前，桶里有墨有笔有纸。凌子罡执笔醮墨，在纸上写了性别、四柱，往桶里放了三十钱，金漆木桶随之徐徐吊回二楼。师徒俩坐等不到一刻钟，再次缒下的木桶里，用那三十钱压着一张字条。这张字条当然就是问命的结果了。“阁下精通命理，心已自知，又何故相烦动问？身边随行若为至亲晚辈，祸与君同，几日后即验。同行不必拘礼，卦金奉还。切记节哀顺应天时。”真可谓山外有山，缪百寻看了从师父手上传过来的字条，便止不住自己的筛糠惶悚。耷然颓废的凌子罡朝楼上行了礼，即与缪百寻慢吞吞离开，望埠头赶去。路上凌子罡说：“听说这个‘金吊桶’命馆开业不久，有一日香城新任知府穿上平民便服前来试探问命，谁想这个知府与‘金吊桶’竟是同年同月同日同时生人，金漆木桶随即缒落，判命的字条写道：‘客官若生在北方，现为五品知府；若生在南方，此刻阁下不过一命师耳’。新任知府一看大惊，仓皇离去，‘金吊桶’因此声名大震。”缪百寻说：“该命造定是初限初运均火强为忌、金水为喜用。”凌子罡说：“百寻你一定要明白，辨识命理泄露玄机自是有违天意，悖逆的是阴阳五行的循环往复，这就是为何命相师大都结局孤苦之所在。”看来师徒俩均无法摆脱阴霾般纠缠的心绪。缪百寻哽咽说：“师父放心，百寻知道天有不测风云，人有旦夕祸福。”

师徒俩在府埕的老街选购了砬山崖难得一见的几样食品、玩具。到

了埠头，船家已吃过午顿等在船上。听说配货原因要延迟归程，船家说：“没事，就算暗暝能赶到蒲头溪也不敢上岸，船能走多远算多远，反正沿途都可停歇。”回头在岸上找了家炒面店，师徒俩破例各吃一杯浓烈的米酒，慢腾腾地用餐歇晌。到了申时三刻，马执时这才与“敦仁大药房”的伙计赶着马车将十几麻袋的药材送上船。草药分量虽轻，但船还要承载五个成年人，逆水行驶的乌篷船难免吃力。船到沙河坝，已是暝昏时节，却见岸上有人扛着棺材出葬。马执时说：“冒黑出葬，是我头一回见到！”“零星几个送葬亲属，扛棺材的还是披麻的孝男，”缪百寻说，“看来沙河坝这地方也起瘟疫了，为防传染，一旦死人不管何时都要快速深埋，当地杠房要么是缺乏人手，要么就是怕传染推脱了。”船家说：“沙河坝停不得了。”船又走了一段水路，在船家也叫不出地名的河湾上停泊。前不见村后不着店的，师徒俩与马执时正在疑惑，只见走惯水路的船家，一个去挪开麻袋，揭了几片甲板，从舱底取出铁锅、大米，在河滩上避风处支锅准备烧火熬糜。另一个跑到河边竹林里刨了几条蚯蚓，坐在船头往水里抛钩，不多时钓到七八尾乌仔鱼，副鳞剖肚后丢进锅里和着糜煮，手上的煎匙不停在锅里搅动，等乌仔鱼成了鱼头连刺的骨架子被挑出锅外，船家又往糜里放了盐和蒜瓣，生腥的香味立即溢出锅外。凌子罟掏包袱取出一包油炸鸡丁加到锅里，一行五人便在荒野上吃一顿鸡丁鱼糜。

趁天未黑尽，船家朝舱底塞了四五包药材，取出一张油布挡住风口，各自腾挪麻袋摆放习惯的姿势过夜。有靠着的，有趴着的，有斜躺着的，有抱着麻袋的，有的干脆就坐着打盹。船在水上摇晃，这个暗暝，除了船家，另三个人都在似睡非睡之中。幸好船家有所准备，翌日大早每人分得一个大饼充当早顿。两个时辰后船到蒲头溪，在埠头上不见拳头师甄子围的身影，跃上船的竟是上肆溪口那个愣头青涂娄。涂娄对船家说：“我和甄师傅互换，他搭我坐的那只船先走了。”涂娄应不至于不认得凌子罟，在船舱里就那样目中无人坐着。师徒俩心里犯嘀咕，也不去说破，只感到有什么地方不太对劲。

师徒俩憋着说不出来的心事，也顾不上去多想这个愣头青涂娄为什么会在蒲头溪出现。马执时大概是第一次单独出远门打理事务，他紧绷着脑筋，虽困顿不堪却也时时留意。一路上船舱里的话很少，似乎每个人的呼吸和心跳都和船家一样铆着劲。船到洪濑口吃了午顿，夜宿丰浦县城，船家在觋山收桨换篙，又随时由拉纤的助力牵引，逆水的船才没有耽误行程。水路上的最后一个暗暝停在嗥头墩，师徒俩在老货袁绞阵的安排下吃了可口饭菜，并在嗥头墩上的客房舒适地睡了一觉，直到隔日天亮用过早顿登上船，人似乎还在睡梦中。

接着坐了一日船，上灯时节回到襄摇圩。那个愣头青涂娄抢先离船，在岸上一晃不见了人影。药材已有人接应，师徒俩终于按捺不住焦急，不作稍停便往“畬厝大药房”赶。

在“畬厝大药房”，大头家马长溪捧上两碗香菇肉丝糜、两碗药汤，敦促师徒俩吃喝，万难开口却也只能开口说：“凌老先生，这次我马长溪是犯下不可饶恕的人错了！”看来连日来的预感成了现实，肯定是出大事了。凌子罟的胸口狠狠地堵了一下，说：“临川先生有什么话但说无妨。”马长溪说：“凌老先生走后第三日，砬山崖上便有四五个人同时发了急症，短短一日时间，先是皮肤长了血斑，高热寒战，继而是谵妄、昏迷，等全身血斑变紫变黑，患者就无力回天了。根据症状我查阅了医案，果然是最为凶险的一类鼠疫。我草草准备了药物和行头，连夜赶上砬山崖，眼睁睁看着又有十几个人被传染，病情根本无法控制……从来没有见过的症状吓得我手忙脚乱，能做的就是煎煮了浓稠的一大锅药汤，让没染上病的手脚、头部涂抹药汤，衫裤也经药汤浸泡焗干后再穿。接着把逝者集中在石埕中央，壳灰垫底，再用大量的草灰覆盖……”师徒俩一听呆在椅上，干坐着半日不能言语。至后凌子罟说：“百寻，咱爷俩回去吧。”缪百寻应了个回字，便见泪水于瞬间糊涂了他的整张脸。“先生的急切是人之常情，但事已至此，也不急在一时。旅途劳累，又惊闻噩耗，哪还有力气冒夜走嵑硈的山路回砬山崖？”马长溪说，“你俩刚才吃的，是我事先煎煮的镇静安神的药汤——这个暗暝务必好好歇睏，明日打大早就让先生回砬山崖，到时我自有安排。”说罢招呼伙计搀扶师徒俩去客房安歇。

这个暗暝，困顿不堪的师徒俩躺在客房的床上，分不清是梦境还是醒着，但见天地间浑噩灰沉，砬山崖没入云端，陡似天梯的“千八坎”似乎没有尽头，头上乌云压顶，师徒俩耗尽气力，却无论如何也攀爬不上去……

47

天未亮透，已有人将糯米桂圆糜送到客房。转眼马长溪与一个背着大包的精壮后生子也出现在客房里。“看我马长溪一张薄脸，求二位能吃饱早顿。砬山崖上有一大堆后事等着二位回去处理。空腹走路，途中瘫软，要上崖可就难了。”马长溪说，“我侄子马援身强力壮，护送二位回去。他背的包里，有两身套服、两领床单。套服用丝质洋布缝制，从脚底至腰部的套裤，从手指到肩胛的臂套，只留双眼视物的头套。套服、床单前后多次喂了药汤，一遍遍曝干，穿在身上，蠓虫、虼蚤、蟑螂、蚂蚁各类毒物都不敢近前……时至今日我还有非说不可的话，那就是嘎山远近数十里，虽说也缺不得我马长溪，可更缺不得的是凌老先生和缪先生，万望能珍重爱惜！”师徒俩含泪吃了早顿，马援又将师徒俩的包袱、褡裢收入他的双肩大背包，当下往砬山崖出发。

师徒俩的身秆子如同虚脱，失水的两条腿越来越不听使唤，却也只能不管不顾在嵯硈的山岭上拼力攀爬。到了丫叉口，三个窑工各捧一碗茶水站在路边。饶大说：“几位慢走，再吃一碗烧窑的茶吧。过了今日，窑工几个就到别处赚吃了。大头家奚园已买下整座嘎山，交代要留下这口瓦窑，安上门，供日后二位先生路过歇脚，为这个还特地打赏每个窑工一百钱哩！”师徒俩与马援吃了窑工的大碗茶，道了声谢，接着赶路。杜四眼望着师徒俩的背影喊道：“凌老先生、缪先生，这世间大着哩，可千万别想不开啊！”又走几个时辰的路，在郳头沟引颈张望的郳瘸子哽咽喊道：“凌先生，你怎么到这个时候才回来呀！”时过晌午，一行三人被郳瘸子拦进土墼厝，差不多是强行要各位吃水、吃了番薯糜才让走。

噩梦中的“千八坎”，此刻就在师徒俩的脚下。凌子罟脸色发灰，几次坐在石磴上走不动，缪百寻正要上前搀扶，却见他又吃力站了起来。走到石磴尽头的山门，凌子罟说：“马援你就到此为止吧，崖上已是危险所在，你放下包就回头下山。”马援几步进入山门，放下包，取出套服穿上，说：“前几日我随同大伯上过一次砬山崖，知道怎样防护自己。天色已晚，我身边没带火把，走不得了。再说我大伯派我上山，用意也是能帮先生做些事。”“那你自个千万小心！”凌子罟心想也是，便不再强调。在“磡头厝子”旁，马援要师徒俩也穿上套服：“我大伯郑重交代过的，不穿可不行！”

听见说话声，见师徒俩回到砬山崖，崖上的族亲在无法可想的恐惧中再次恸哭。听从大头家马长溪的劝导，崖上四处已摒扫干净，族亲涂抹了药汤的手脚、头面呈棕褐色，浸泡药汤焗干[①]后穿上的衫裤再没脱下过，但仍然有两个染病身亡。至此崖上病故已达十九个。因为师徒俩不在家，此刻还在石埕中央那堆草灰下躺着的，是缪百寻的师娘、凌缨花和查某团缪寄奴，其他均已草草深埋。缪百寻一听顿时天旋地转，昏厥在地。马援连忙趋前，抱起缪百寻放在靠背椅上，有的掐他的人中、合谷，有的捏他的脚后筋，有的往他嘴里灌水。渐渐缓过神来的缪百寻，听见师父正在向族亲们询问瘟疫发生的经过。

族亲们七嘴八舌的，但基本不和外界接触的砬山崖，很快话题就渐渐集中。师徒俩离开砬山崖的第二日，也就是那天在兜螺圩外相向行驶的船上坐着专职经理买卖的凌长庚——他带槟榔芋到蒲头溪换大米回到砬山崖。当他敨开米袋时，竟发现米袋里觑囥着三只老鼠，闷死的一只被他扔下崖去，两只活的蹿出袋口哧溜跑了。还有隔日大早笪姆子到半山田地去摘菜，意外捕捉到两只肥大的禾鼠。这两只禾鼠一改平日见人逃窜的品性，竟慵懒地任由捕捉，回家她就动手宰杀，炖汤做了午顿的菜配。第三日五个人同时发病，当中就有凌长庚和笪姆子。第四日又有十二个被传染。幸好大头家马长溪连夜赶到，快速采取了措施，可还是有两个接着染病身亡……

大概的情形应该是，四日前砬山崖上的凌家，午后凌缨花看见一只年迈的老鼠中了毒一般，竟任由三岁的查某婴缪寄奴追打着玩耍。凌缨花见了心里恶劣，抓过火钳将老鼠夹了扔下砬山崖。过片刻小小缪寄奴便说她身上痒，没抓几下就见红斑了。当阿嬷的当阿妈的心里疼惜，替她捉虼蚤，替她挠着，给她涂青草汁止痒。不想大人也随之出现同样的

① 焗（bì）干：用火烘干。

症状，至暗暝戌时，一家伙三个便一起烘烘发热怕冷，觳觫着看见不该看的，说了连篇的胡话，也就不知道谁照顾谁的了。等隔日族人发觉，已是近前不得的大限光景了……

天黑透一个时辰后，襄摇圩杠房的两个土公举着火把来到砬山崖。两个土公自带饮食，光着膀子在“磡头厝子”啉酒吃肉。用心良苦的马长溪，想得可真周到！凌子罟对马援说：“劳烦你用箩筐把楼上的书籍打扎成三副担子。”凌子罟请族里的木匠制作一面神主牌，写上“束氏凌妈青环、妻缨花、女寄奴神主，阳世百寻立”，放在草灰堆前，烧香点上长明灯。又在石埕上支张小桌，与缪百寻泡茶守夜。这个暗暝晴空杳渺，挂的是这年立秋后的第一轮圆月。

老天为何要恶狠狠将横祸砸向砬山崖？砸向凌家？连小小的缪寄奴也不肯放过？缪百寻心里被一团沉闷的郁痓堵着，双眼发蒙，无论如何也想不通这惩罚来自何处。凌子罟说：“一百五十年前，有个老货带全家十余口人，为躲避战乱，一直往深山密林里走，最后看中了砬山崖。当时崖上已住有一家三口，这家人与大户结仇，隐居在砬山崖。这下好了，崖上又来了大户，日积月累难免抵触，觉得时时受到排挤，便主动搬走了。这家人的后代就是眼下郧头沟的郧瘸子。虽说郧头沟一旦有什么急难，独占了砬山崖的凌姓族人都会前去救援，可在内心深处却总觉得是一种亏欠。”缪百寻给草灰堆前的神主添油续香。这时候从崖下谷底传来了咯咕咯咕几声眯鹗的啼叫，整座砬山崖也就在恍惚间摇摆开来。

时至四更，师徒俩歪在椅子上睡过去了。恬寂寂的砬山崖，除了从穹远蓝天那头照过来的月光，石埕上就亮着一盏油灯，香头上的那一点红似乎也时不时地亮一下，延绵不绝的一缕青烟，经周遭墨黛山峦的映衬，在湛蓝天际的月光中，飘出砬山崖，飘向九霄云外。只见一只白鹤驮着身穿白衣的凌缨花、缪寄奴母女俩，展翅驾风飞出砬山崖，沐浴清光渐远渐小，这时候几重山外的嘎山临空擎起，迎接白鹤的歇落。看不见白鹤及白衣母女俩了，嘎山也隐没了，站在石埕上惜别的师娘束青环便化作一缕青烟，被一阵山风轻轻一刮，也远远飘走了……

同时从梦境中醒来的师徒俩，目光不由地往四底下搜寻，为刚刚在梦境中看到的一切感到不可思议。凌子罟说：“缨花和寄奴骑白鹤走了。”“驮着缨花和寄奴的白鹤歇落在嘎山上，看不见了。”缪百寻说，“师娘也化作一缕青烟被风刮走了。”没想到师徒俩做的竟是同一个梦。凌子罟说：“百寻你要好好活着，为师觉得，总有一天你还会见到缨花和寄奴。”缪百寻说：“师父还有我呢，你也要好好活着。”凌子罟说：“师父遭报应了，即便活着也是行尸走肉了……”

43

这个暗暝，师徒俩身处梦境的四更时分，也就是白鹤驮着凌缨花和缪寄奴歇落嘎山的时刻，从嗥头墩连续升起三门照亮夜空的天地炮。响廓山杈口坪的岗哨望见警报，袁抹刀派了二十个精壮，坐索兜溜下山，到上肆溪口强征了三只船，月暝奔袭救援。救援到达时，围攻的人马刚刚坐船往下游撤走。嗥头墩已有两死三伤，老货袁绞阵的后背吃了一棍，幸好没有击中要害。救援的二十个精壮听后即刻上船往下游追赶，到了河道深缓处，三只船同时被缆索绊翻，围攻的人马水性极好又功夫了得，袁抹刀的手下个个被缚成粽子扔进船舱，破布堵嘴，堆叠成肉垛，上罩油布，伪装为货船。三只船六个船家，顺水载俘虏朝丰浦县城驶去。余下几十号人马悄悄潜回嗥头墩，分散觎园在周围草木丛中。其时天已放亮，备受嗥头墩欺凌的焦棚寨闻讯也蒙面赶来增援。这一次围攻变本加厉，首先切断了嗥头墩利用缆索悬挂水笕从对面山接引山泉的设施，再就轮番呐喊，此起彼伏朝嗥头墩投火把、掷砾石。见墩上宗亲已乱成一团，袁绞阵只好点燃狼粪向杈口坪再度告急。望见嗥头墩冒起的狼烟，袁抹刀留下屘叔袁绞齐和老弱病残一干人看守杈口坪，率二十多个剩余的“家当”奔赴嗥头墩。到上肆溪口仅有一只船，便又兵分两路。袁抹刀五个坐船不到一刻钟，在一道河湾上船同样被缆索绊翻。袁抹刀熟习水性，但在翻船时受到船家的重击，埋伏的人马手起刀落，一个活口不留，鲜血瞬间染红了河湾深潭。三个时辰后，这帮人马攻上杈口坪，袁抹刀

余下几十号人马悄悄潜回嗥头墩，分散颂园在周围草木丛中。其时天已放亮，备受嗥头墩欺凌的焦棚寨闻讯也蒙面赶来增援。这一次围攻变本加厉，首先切断了嗥头墩利用缆索悬挂水笕从对面山接引山泉的设施，再就轮番呐喊，此起彼伏朝嗥头墩投火把、掷砾石。

的屘叔袁绞齐被活捉，正感奇怪为什么响廓山崖磡上的暗哨机关均不起作用时，这才发现在对方队伍里觋园着叛徒涂娄。这个愣头青涂娄，不知因何负气，已经在杈口坪消失七八日了。

嗥头墩的木厝过半被烧毁，又增加了几个死伤。等抄小路的一拨人晌午前赶到时，围攻的人马早已撤离。询问之下才知道，第一批前去追赶的二十个精壮一去不知所终，和头领袁抹刀一起坐船的五个人也没有到达。老货袁绞阵感到大事不好，便把抄小路的十六个人分成两拨，一拨往下寻找二十个精壮，一拨沿河墘往上寻找袁抹刀。往下寻找的一直到丰浦县城，听见街上议论纷纷，说是天亮时在县衙府埕前，挂肉一样串着二十个被剥光的壮汉，身上用黑漆写着“响廓山匪徒”几个字。原先那个知县土本一调离已久，现任知县吴揆宝，肥胖滞碍，平日嚷着要清剿山匪，当真二十个山匪从天而降，挂肉一样串在县衙府埕前时，他却愁苦着不知如何下手，只好命衙役把一串匪徒暂行收监，等他理清头绪再作区处。

沿溪墘往上寻找袁抹刀的一拨，在襄摇圩上游的河道里，发现了漂浮在水面上的断臂、脚掌之类的尸块，见之个个悚栗。情知大势已去，一心只想能赶快回到响廓山。日暝狂奔的八个人在响廓山的磴道上攀爬，下半暝的十六圆月已坠西山，又累又饿的躯体无法收拢神志，朦胧间壁立的崖磡陡得几近倾压。暗哨空无一人，机关全程失效，发出的信号收不到任何回应，谁也没有气力去拉缆索吊兜了，剩下一丝丝口气，只能各顾各的命，从来不曾有过的，往上的每一步都是艰难与绝望，攀爬到了杈口坪的“磡头厝子”前，便个个瘫软在地撑不起身架子了。委地奄奄一息的八个人，很快发现杈口坪静得不同寻常。天透亮了，练武大厅还点着灯火。八个人的神经一下绷紧，虚脱了一层青清汗后又活转了过来，猫腰向目标包抄过去。在死静的练武大厅里，上头坐着两个人，一个是袁抹刀的屘叔袁绞齐，被牢牢捆绑在靠背椅上；一个是愣头青涂娄，摆着头领的架势坐在太师椅上，却又犯不住睏睡着了。底下七倒八歪坐着二十几个老弱病残，一左一右看场的是两个与涂娄搭伙的后生子，手里横着劈刀，想必维持紧张局势的时间太长，竟以雕像的站姿进入梦乡。手持利刃的八个壮汉金刚怒目出现在练武大厅，谁也没有觉察。袁绞齐毕竟老到，兀自醒了，朝无声无息回山的壮汉左右使了眼色。人高马大的汤桸顾不了许多，大喝一声扑上前去，抓起涂娄举在空中。两个与涂娄搭伙的后生子，见势不妙弃刀夺路要逃，没几步即被扒翻，当下拖入练武大厅。敨开了捆绑身上的麻索，袁绞齐说："涂娄为了当上头领，出卖了杈口坪的机密，一路排除暗哨、机关滚石，带蒲头溪'苏园'的人马上山，当了叛徒！"汤桸一听，将涂娄重重摔在地上，与另两个后生子捆作一团。不给吃喝，被集中煎熬了十几个时辰的老弱病残，解除控制后情难自禁屎尿四流，有的昏倒，有的号啕大哭，也有懵懂里不知道到底发生了什么事的，跟傻掉没有两样。汤桸在人堆里找不到查某红果，袁绞齐说："'苏园'那帮人马下山前，将杈口坪所有人口集中在练武大厅，声称袁抹刀作恶多端已被处死，当下宣布涂娄为新任头领，这才离去。红果不服管束，顶撞了涂娄，便被涂娄拖出去搡下崖磡摔死了！"涂娄直到此刻才知道自己罪孽深重，哀求道："汤桸兄长，只要你放过我，我就缒下崖磡把红果大嫂的尸骨给找回来！"汤桸愤怒至极，咬崩了几颗牙齿，敨开麻索，也不知是从哪来的力气，只见他右手涂娄左手一个后生子，拎着向崖磡大步走去，随着两声惨厉的哀嚎，大概在绝壁下已被砸成肉浆。回到练武大厅，见另一个已被活活吓死，汤桸这才往后趔趄，一堵墙似的倒在地上。

过了三日，往下游寻找的八个人，也从丰浦县城回到杈口坪。汤桸恢复气力后，被推举为新任头领，袁绞齐为军师。袁绞齐一边命人下山，敦促嗥头墩的袁姓宗亲一并上山，以免留下后患；一边凑足七个身手敏捷头脑好使的人选，由头领汤桸带下山，奔赴丰浦县城实施劫牢计划，营救二十个被收监的同伙。

49

这日寅末卯初，师徒俩便与族亲、两个土公还有马援到半山挖圹窟，天亮不久，突然望见嗥头墩方向有一柱浓烟腾空而起。师徒俩回想几日前游玩府地香城途中，拳头师甄子围和那个愣头青涂娄的奇怪行踪，当时就感到情形不对，奈何砬山崖家中大祸临头，无法分心兼顾，如今果然出了大事！此刻见到嗥头墩冒了狼烟，师徒俩知道已于事无补，有的只能是崩塌了内心那样的慨叹。——看来一旦恶因种下，就连老天爷也左右不肯轻饶的了！

被凌子罟看中的墓地，挥锄扒开草皮，搬掉几颗石头，清空泥土后，竟是三长一短的四道石槽。众人啧啧讶异。缪百寻见了脸色大变，已被熬得虚薄的身体差点踣倒[①]。师徒俩心中最爱的三个人，出葬时没有任何仪式，只给逝者裹上洁净的被单，安放在三道石槽里，开始掩土时，坟堆未起，凌子罟便叫歇手收工，说："就先这样吧。各位要趁早才赶得及下山。"众人疑惑不解，缪百寻看着那道放空的石槽，心情一下坠入谷底。回到砬山崖吃了饭，凌子罟付了杠房两个土公的工钱，后加上马援，又分别给了四十钱。"另加的四十钱，劳烦三位将六箩筐书籍挑到丫叉口的瓦窑。"凌子罟说，"此刻巳时刚过，只要路上不多耽搁，暝昏前就能赶到丫叉口。"马援不接，凌子罟说："你别推辞，这不是你大伯交代的分内功课，收受这工钱理所应当的。"

马援与两个土公挑箩筐担子下山去了，族亲们也忙自家的事去了，砬山崖的家空荡荡的就剩下师徒俩。缪百寻说："要是任凭师父的用意安排，那我也不想活了！"凌子罟说："三十年前半山那四道石槽是露天的，我第一眼看到时就觉得它是归宿之地了。为了占有它，我特意给它掩土填石。我只是没有想到会是眼下这样的结局。"凌子罟接着说："百寻你明天就到丫叉口，安顿好瓦窑；再到襄摇圩把汤奎接回丫叉口，让他住那间石墙草厝，与你做个伴。为师在砬山崖多待些时日，等哪天下山才有个住处。——砬山崖这伤心之地，日后是住不得了。"

缪百寻晓得自己无法在师父身上用心思，便直白说："我知道往后的日子，活着是什么滋味。可我反倒没了死的勇气。""因为你只有失去和想念，没有别的负担，不用有别的多少承受。"凌子罟说，"为师不像百

① 踣倒：摔倒。

寻你，为师在三十五岁之前，年轻气盛任凭自己，为达到目的不计后果，可说是耗尽了自我。在这一点上，为师和袁抹刀并没有太大的区别。”缪百寻说：“师父时时善念，为什么要和袁抹刀相比？”“百寻你看到的只是为师的现在。”凌子罟说，“还有善恶可有形无形，旁人眼睛看不见，不等于自己的内心也能放得下。”师父的话，让徒弟多出几分疑虑，同时也多出几分凄怆。缪百寻说：“命相一途，每有言行必定牵涉他人福祸，那又如何是好？”

凌子罟说：“山、医、命、卜、相道门五术，出自黄帝的《金篆玉函》。山指的是仙学，炼丹为龙虎胎息、吐故纳新，符箓为通上天而役神鬼，修典为览承继而知未来。医家透彻经络，精通导引、祝由与方剂。命学依凭八字、星辰、神数推断命运。占卜预测吉凶，太乙、奇门、六壬为式卜；梅易、六爻为卦卜；测字、占梦、抽签为杂卜；蓍筮、掷钱为易占。相学最是博大精深，星相是相天术，风水是相地术，面相、手相、体相、音相、摸骨、痣相是相人术。五术百艺，寻常禀赋终其一生也难通一途，能兼容并包者万不及一。如姜太公、王禅老祖、诸葛孔明、刘伯温这些通天彻地集大成者，则往往为世所罕见。四五日前在‘百里弦歌’见到的‘金吊桶’，即为精通一途又略有兼顾，但也仅为‘神断’而已，并不能作用其他。为师年少时轻狂，急于功利，又贪图大事，到老才知道，一是禀赋所限，二是把所学当作衣食爸母，本身就注定是三流的勾当了。这是往大处着想。往小处着想，你所说的‘牵涉他人福祸’，免不了的也就在‘权衡’二字。”缪百寻说：“我明白了，师父单凭自学，没有师承，就因为胸怀广博，才有了天地间相应的容纳。”“百寻你这是在吹捧师父。”凌子罟说，“在学问上为师一向孤独困苦，平时连个真正能说话的人都没有。值得宽慰的是收了百寻你这个可造之材，才有了这样的切磋，才有了所学的寄托。”

“百寻有两个不解，也请师父明示。”缪百寻说，“一个是四五日前‘百里弦歌’的‘金吊桶’，为何会做到那样的铁嘴神断？还有，师父凭什么认定百寻是可造之材？”凌子罟说：“在‘百里弦歌’那日，先是为师疏漏了，在纸上写的性别是‘乾造’，生辰是四柱干支八个字，外行极少会有这样的习惯；再者为师八字偏神多又带太极。据此断为师精通命理便十不失一。精通命理者前来问命，情形不外两种。若为探究命师的深浅，则应有挑衅的意气，只是那日‘金吊桶’在二楼上通过‘望孔’看见你我两个面目灰沉、印堂晦暗，也就明白是带着巨大的困惑前来索解一件了。你我那日脸上挂的已是劫难将至的神色，‘金吊桶’如此批复，见来者意诚又是同行不收卦金，可说是机巧高明之处。”凌子罡接着说：“兜螺圩缪家老宅灾难不断，百寻你心地仁厚，小小年纪深陷恐惧之中，内心渴求开解，却不曾颓废绝望。这就是可造之材必具的资质。”

缪百寻说：“师父是不是早就预知会有今日？”凌子罡说：“原本在砬山崖上，以为是大旱大涝的灾年带来的寝食难安。在襄摇圩临要出行时，又有那个拳头师甄子围跃上船来；到了兜螺圩外，遇见匆促往回赶的凌长庚；在丰浦县城歇暝时又听见到处流行鼠疫的传闻，当时为师已恐惧萦怀难以自持。回程到了浦头溪，上船的不是拳头师甄子围，而是那个愣头青涂娄，我又在替响廓山上的杈口坪放心不下……凡人做事总是灯下黑，为师也不能例外。惶惶不可终日，竟是砬山崖和响廓山同时遭了劫难……”

凌子罡叹道：“昨暝四更奇异的托梦，那样的情景，一下就让我超脱了……可百寻你因缘未了，一定要好好活着……”

翌日缪百寻起了大早，晡时即赶到襄摇圩“旋风拳头馆”。拳头馆已于昨日匆促锁门闭馆，馆主裘大脚随师父甄子围搭船走了，学拳的徒弟一哄而散。汤奓的阿公死了，丫叉口那间瓦盖小厝也倒塌了，除了隔道墙“奚记豆油庄”的伙计叫他去吃过两顿饭，无处可去的汤奓，就那样呆呆坐在拳头馆的门碇上，度过他无家可归的第一个日暝。见拳头馆大门扣着一把铜锁，汤奓坐在门碇上头靠门框瞌睡，缪百寻明白响廓山杈口坪出大事已成定局。这一刻他从天而降，汤奓喜出望外，又是哭又是笑。缪百寻说：“汤奓走吧，回丫叉口，我和师父住瓦窑，你住那间石墙草厝。”汤奓说：“烧窑的几个人呢？”缪百寻说：“窑不烧了，他们散伙了。”恰巧在“奚记豆油庄”巡查的大头家奚园，见是缪百寻，赶快把他俩迎进店里，说：“发生在砬山崖上的事我听说了，正为凌老先生和缪先生你放心不下哩！”“劳烦奚大头家记挂。”缪百寻说，“奚大头家金口玉言，修整了丫叉口的瓦窑和那间草厝，百寻感激不尽。”“应该的，应该的，缪先生用不着客气！”奚园招呼伙计伺候茶水及米糕，当下打点了大米、黄豆、盐、豆油、腐乳各项的一副担子，由汤奓挑上丫叉口暂时支应时日。

眼见日头就快落山，缪百寻有意避开“畲厝大药房”。还好近百斤的担子，压在汤奓身上竟没碍多少事，不怎么费力就被他挑上山。“缪先生你终于来了。”别的窑工早已离散，留守在丫叉口要与缪百寻当面交付的杜四眼说。缪百寻深表歉意接过两把钥匙，杜四眼这才带了随身物件回家去了。瓦窑果然安了一道门，门上还挂一把铜锁。窑外的制坯棚不见了，拆下的茅草扎成窑顶上的草盖。被掏空的土窟蓄了一池水，窑前场地整出一面平坦的土埕。看得见的几丘菜园也还绿油油地长着芥菜、萝卜、紫背天葵。缪百寻给了汤奓另一把钥匙，打开那间石墙草厝，草厝里的床铺、锅灶厨具原封不动，一并留着。回头打开瓦窑的门，六筐书籍就在窑洞的墙角摞着，窑工们利用拆下制坯棚的粗壮木料打了简易架子床，还为他留下一铺草席棉被。缪百寻差不多时时处处都能感到窑工们为他和师父留在丫叉口的好意。在“旋风拳头馆”三年，零杂功课汤奓一件也没少做，烧火煮饭自然也不在话下。“先生吃暗顿了。”就连大头家奚园也称呼缪百寻为先生，三年后再次见面，缪百寻自然成了汤奓理所当然的先生。这个暝昏，缪百寻只吃了小半碗粒饭，余下的七八碗饭和剩菜被汤奓一扫而光。饭后缪百寻到嘎山崖的磡头上坐了几个时辰，任由呼呼山风刮着，直到残月升上天空。

离开缪家老宅六年了，到了栖息窑洞的这个暗暝，他所经历的山水世态，回忆起来恍若梦境。孤苦无助的爸囝俩四顾茫然的某一日，师父凌子罟出现在缪家老宅，使他的命运从死水一潭变得丰富多样。师父悉心的言传身教，带他盘桓于三山一带的山地，走水路游历了丰浦县城和府地香城，几年之间为他掀开了风土人情的各个角落。在师父的心目中，他大概兼有多重身份，徒弟、囝婿、后生，还有可以说话的忘年交。那个温良贤淑的束青环成了他的师娘、丈姆[1] 甚至是阿妈；那个清纯聪慧的查某团凌缨花，成了他的小妹，成了他的查某，又成了那个小小缪寄奴的阿妈。记得第一眼见到他的查某团——那个小小缪寄奴时，他感到自己是醉了心的那种喜欢，然后蓦地为他睁开眼睛，目光柔和淡远，朝他露出一丝似有似无的笑意——那是与他有着无尽默契牵连的笑意，是专门为他展现的难以捕捉的一种表露……栖息窑洞的这个暗暝，缪百寻恍惚间进入的，依旧是那个四更天的梦境，师娘束青环化作一缕青烟，被轻轻一阵山风刮走了。那只白鹤驮着身穿白衣的凌缨花、缪寄奴母女俩，展翅驾风飞出砬山崖，沐浴清光渐远渐小，歇落在嘎山上……这个暗暝梦境的不同之处在于，此刻的嘎山变得高可擎天，驮着母女俩的白鹤在嘎山上停了片刻，便又往深不见底的山下飞去，越来越小，很快就什么也见不到了……

缪百寻放心不下师父，天现醭色他就被惊醒，起身去敲了石墙草厝的门，要汤奓起床煮糜。吃了早顿，又要汤奓带上一小袋米和几升黄豆，随他赶路。经过郧头沟时，缪百寻只吃几口水，郧瘸子塞给汤奓几块藕粉煎饼，让他边走边吃，午后未时便回到砬山崖。缪百寻见师父一应如常，这才松了一口气。凌子罟说:“百寻你离开砬山崖才一个日暝，又何苦费力爬‘千八坎’！”汤奓放下大米黄豆，凑近前说:“凌老先生，我是汤奓。”凌子罟说:“我知道是百寻把你接回丫叉口了。”缪百寻向师父讲述了丫叉口现有的情形:“幸亏奚园大头家的妥当安排，已暂可居住，百寻也就上崖接师父来了。”“锅里有你和汤奓吃的饭，吃饱饭就带上火把快步下山，还来得及赶回丫叉口。”凌子罟说，“你五日后回来，等为师把《子罟杂记》整理好，到那时一并带走。”

砬山崖的床铺早就请族亲帮忙清空了。缪百寻与汤奓转身下山住丫叉口。可缪百寻等不到五日就又坐不住了，第四日他带上汤奓再次赶往砬山崖，上崖时天已黑透。师父没有点灯，厝前厝后、楼上楼下都找不到师父了。黑暗中，缪百寻和汤奓坐在门口的石埕上，他明白在意料之中同时也在意料之外的事终于发生了。随后凌姓族亲前来为他俩点上灯，

① 丈姆：岳母。

又为他俩送来汤水吃食，告诉他师父已经作古，昨日出殡了。油灯下，缪百寻读了师父留给他的一封信，即使血气方刚的汤奓伴随在侧，读信时也感到师父就站在他身边。

百寻：

其实你心底清楚，只是不肯承认罢了。为师生意全无，已没有活着的理由了。为师去填那道放空的石槽了，只想和你师娘、缨花和寄奴在一起。等你读这封信时，我委托族亲处理的后事大概早已办妥，你就到半山的坟堆给添把土吧。除了三担书籍，为师生前整理的《子罢杂记》五十七册，你也带回丫叉口瓦窑存放。这些‘杂记’无所拘束，但岁次、月令、节气、时序对应精准，记录的言行牵涉及所见所闻的风土世情，为师父一生的经历与作为从中也略可窥见。唯望百寻你得闲翻阅，有所参照，或可领悟心得，为师则于愿足矣。

隔日一早，缪百寻便到半山捧土把坟额添满，随后趴在坟堆上痛哭失声。逝者已矣，生者的哀号在呼啸劫掠的过山风中飘散。

51 丫叉口

汤奓对天地间的食物天生好感，他胃口超常，大头家奚园每个圩期送来的米粮，总是很快吃光。汤奓隔三分岔五跑襄摇圩购买补充，丫叉口也到处被他开园种上菜蔬杂粮。石墙草厝前扒开一面土埕，汤奓准时煮三顿饭外，他还把土埕当成练武场。他拳脚虎虎生风，过路人见他沉似铁锤的拳头，砸拳足可打死一只牛犺。这段时间，缪百寻茶饭不思，夜以继日翻阅《子罟杂记》，随同师父在三山一带跋山涉水，把曾经的人事逐一印证在心中。细细读完他才理解，此前师父带他流连各地的用心，当时不知所以，此刻回想却意蕴深长。起初师父广结人缘，这其中也包括与几个适龄查某的牵连。后来师父渐渐约束自己，心仪所向珍惜日深，对师娘束青环、对查某团凌缨花倾注了全部的爱惜，与他缪百寻此刻对纯朴机灵的查某凌缨花、查某团缪寄奴的思念十分相像。所不同的是，师父一生的历程是既漫长而又嶙硞，他“耗尽了自我”，生命已到尽头，自觉无路可走了。缪百寻浸淫在《子罟杂记》之中，知道自己真正独立的生活，此刻只是个开始。

一个月后缪百寻出现在上肆溪口，特别是和壮硕的汤奓走在一起，他单薄的身量差不多就剩下一副骨架子了。到了“卓老耈红豆粽”店，卓

老耇打量一下汤奓的个头，便从挂钩上取下六个红豆粽，由他送到“阿娇客店”，要塍扳娇用滚水煮透，等缪先生回店和汤奓一起做暗顿吃。汤奓走后，卓老耇讲了杈口坪遭受劫难的经过，口气自是痛憾十分：“袁抹刀那样一条好汉，怕是忘了凌老先生当初的奉劝，没有好好约束手下！还有他大概是活到头了，像涂娄那样无法无天的败类他也敢收上山！”

六年前就在“卓老耇红豆粽”店，师父给涂娄看了相，过后在杂记里写道：“涂娄心无敬畏，躁狂独占，日后定然浅壑兴波为祸乡里。”缪百寻说：“汤稀能率人奔赴县城搭救二十个被收监的同伙，可说是大功一件了。”卓老耇说：“汤稀身有蛮力，认准理就会拼死不顾。这次劫狱成功，靠的是袁抹刀的歴叔袁绞齐巧用妙计，还有现任知县吴撲宝长的是一副猪脑子。”

维系师父生命与深情的砬山崖，凝结师父心血的响廓山，两座山头几乎同时遭受到毁灭打击。师父在《子罟杂记》的扉页上写道：“阴阳五行之玄奥，世道人心而已。”杂记最后一句话写道：“天道如此，子罟自知无可转圜。唯愿百寻能好自为之。”

“清光绪戊寅蒲月[①]初九。袁绞阵、袁抹刀叔侄等五人在嗥头墩楞场做木材起水下船的生理已有年头，拖家带口至此，生活至为不便；船只过往，又时有滋事争端。袁家叔侄问及如何安家，于是为之勘探嗥头墩石冈，依势设计图纸，在豁口、凹坎处建造木厝，内连暗道，外盘绕石磴、栈道，用麻索挂竹笕接引近山清泉，冈顶挖池塘蓄之，再分流至各户木厝……石冈于是绝处逢生，既宜室宜家又可抵挡山洪匪盗，成了机关勾连的一座防御堡垒。”

① 蒲月：农历五月。

“清光绪壬午桂月[1]，木材贩子许某在楞场寻衅滋事，被滚落的原木砸死，引发人命官司。许某系丰浦大姓富户，嫌犯袁绞齐、袁抹刀叔侄带户上响廓山杈口坪落草避祸，又舍不得嗥头墩的活水生理，潜至砬山崖问计，凌某又为嗥头墩设计了遇险时日烧狼烟、暗暝放天地炮的报警办法，与响廓山杈口坪两头相连兼顾，以策应万一；为能快速上下山，为其设计了缆索索兜的‘交替作业法’；在线路上安插接引站点，形成消息传递网络……”

“……袁抹刀利用上肆溪口卓老耇、蒲头溪董阿才那样的站点耳听八路眼观六路，在杈口坪日渐坐大，对手下麻痹放任，疏忽了当初的‘约法三章’，致使掠夺蒲头溪‘苏园’时发生了命案，匆促间只好与百寻奔赴蒲头溪、攀爬响廓山，以期在无可挽回之际，也能由此引起足够的警戒……”

“清光绪辛丑瓜月[2]九日乘船舶前往府地香城，在襄摇启程时拳头师甄子围上船次日于蒲头溪下船，在兜螺圩外遇见匆匆赶回的凌长庚，途中风传各地流行鼠疫，在府地客店的噩梦中惊醒，黑暗中卜了钱卦竟是大凶之兆！回程经蒲头溪时，上船的已非甄子围而是涂娄，便知道响廓山杈口坪已陷入危险之地，袁抹刀生命难保！奈何砬山崖罹患大祸，子罟心神已乱，自顾不暇矣……”

看见红豆粽放进铁锅，咕嘟咕嘟响着，随即香味四溢，汤奓的两条腿就再也迈不动了。一个红豆粽半斤重，汤奓咽下口水说：“我家缪先生吃一个足够了。”滕扳娇说：“那我也凑合吃两个。”汤奓说：“可我要六七个才吃得饱！”滕扳娇说：“汤奓你这是孽债吃，转世投胎你就是个饿死

① 桂月：农历八月。

② 瓜月：农历七月。

鬼！”汤奓也不计较日后会当什么角色。塍扳娇便让那个闷声不响的查埔人给汤奓煮一碗扁食一碗汤面先垫一垫肚子。红豆粽煮透后，剥了箬叶，汤奓又一口气吃了四个，还舌头舔着嘴唇意犹未尽。塍扳娇说：“汤奓你先到楼下的板围子里冲澡，要不等猷婆溪风大了，天可就凉了。”汤奓冲完澡，塍扳娇又在二进的下房给汤奓料理了床铺。见缪百寻回到客店，汤奓打了哈欠，就等着要上床睡觉了。

在三进上房的桌上，摆的是冒着热气的两个红豆粽、两碗糜，菜配是酱瓜、酱豆。“‘奚记豆油庄’在上肆溪口开了家小店，吃这酱瓜、酱豆开胃口。”塍扳娇说，“百寻，我塍扳娇暗顿要和你一道吃。”缪百寻一副心思不属的样子，不置可否任由她。“六年了，凌先生变成缪先生了。”塍扳娇说了这话，眼圈就红了，“可你师父那个犟老货，到死也不肯认理！”“头家娘你这样怨恨我师父，又从何说起？”缪百寻本来就不太想吃，听了这话又将碗筷放回桌上。塍扳娇抹了泪说：“什么你师父，凌子罟还是我老爸呢！”“我师父是你老爸，你还跟他纠缠什么真假？”缪百寻听了大吃一惊。塍扳娇说：“‘年少轻狂，记得多情无情，青芊执手卿与共，浮浪多少欢场风月；老来还愿，忘却心事往事，黯淡拘足衰相对，诉说不尽风烛残年。’——百寻你知道吗，小时候我在兜螺圩的‘管升班’，经常遭人起哄说凌子罟就是我老爸，我不信，他们便说有庵寮村口石壁上的对联为证。以后我自个拼命认字，为的就是能读懂这副对联。”“你别胡乱又牵扯上我师父！”缪百寻已多少能想到此中的隐情。“凌子罟在庵寮村口石壁上錾下这副对联，你说是为什么？你师父当时年纪轻轻的，发的是什么无聊感叹！”塍扳娇说，“可他倒好，发了感叹就修身养性了，回砬山崖娶某生团了，害得我阿妈左右想不开，只好寻死去了！”“我搞不懂你这样无理编排我师父是何用意！”缪百寻一时不明白她在什么地方受到刺激。塍扳娇说：“长大后还有知情者说我长得像凌子罟的查某团，就他死活不肯认我！”缪百寻说：“头家娘你这是死皮赖脸，我怎么不觉得你是我师父的查某团？要是你见过缨花，就不会这样想了。”“我上过砬山崖，缨花随她阿妈的性情，我随我阿妈的性情，就相貌长得像不行吗？”塍扳娇说，“可话又说回来，那个犟老货其实是心疼我的，他后来开了这家‘阿娇客店’，让我摆脱‘管升班’那龌龊所在，每次到上肆溪都来关顾我的生理……那个卓老耇也听他的话，谁敢欺负我，卓老耇就将谁拎起来往秋婆溪扔……”缪百寻感到自己已是一团糨糊，嘴上说：“你跟我说这些，又何苦来着！”塍扳娇说：“我阿妈死了，不肯认我的那个犟老货也死了，我没有别的亲人了，你百寻是我塍扳娇同父异母的妹婿，别说你也不想认我吧？”缪百寻听后就不想再理会塍扳娇了。世间多少事，原本就是一团乱麻。

说来奇怪，左侧是孤绝危崖直插澄碧深潭的响廓山，正中是对岸溪湾沙坝上的成片桃林，在房间下是秋婆溪哗哗的流水声。在那样的情景中，让缪百寻进入的却是有生以来最为深沉的、没有任何知觉的一次睡眠。醒的时候，他看见塍扳娇就那样深情地坐在床头，痴痴守候他整一个暗暝。塍扳娇说：“天可怜见的，百寻你连睡觉也那样难熬，就像在油锅里炸着翻滚……”

……

54 雪暝灯光

清光绪辛丑良月[①]十四日暝昏，地处亚热带的闽南山地气温骤降，红红的炭火还烧着，寄身窑洞竟冷似冰窖。在丫叉口瓦窑里煏火的缪百寻，起身开门往外望时吃了一惊，只见广袤的山地上空正下着一场罕见的鹅毛大雪。他在窑口拉动麻索，二十几步外麻索另一端的铜铃响了，不多时汤奒走出石墙草厝，从厝檐下捥[②]了两捆干柴快步来到窑洞，丢在火窟旁说："先生拉铃，怕是天冷了，要我捥两捆干柴过来。"缪百寻对他说："汤奒，你草厝里也烧上火，虽说你身体壮旺，可这天寒地冻的。"汤奒回到草厝，边搓手边撩拨柴爿，嘴上呵着雾气埋怨说这冷死人的天，也往厝内捥了两捆干柴，把火烧旺。草厝外的大雪，是汤奒长这么大没见过的。幸亏几个月前，汤奒自作主张将砬山崖凌家日常用得上的物件全都打捆成担，分几趟挑到丫叉口。

添了柴，窑洞里的火熊熊烧着，身子总算暖和一些。缪百寻穿了棉裘，走出窑口。在风雪月暝的朦胧中，远处的大莽山、响廓山、鹅山崖大三山，已被白雪覆盖，构成顶天立地一个笨拙厚重的"山"字；

① 良月：农历十月。
② 捥（wǎn）：取。

近前的嘎山、翠屏山、塔尖山小三山，也构成一个小几号的“山”字，似乎是身后三座大山推搡出来的一个晚辈。缪百寻不由自主在嘎山上移步，俯伏响廓山身下的牤牯岭被雪覆盖了；嘎山左首，翠屏山身后的襄摇圩、过秋婆溪一段路的兜螺圩也被雪覆盖了；嘎山前方横亘的山岭、嘎山脚下的奚家、塔尖山身后的畲厝马家也全在大雪覆盖之下。如若晴天，已是暝时圆月，此刻鹅毛大雪纷纷扬扬，天地混沌不堪，只是一派浑噩飘荡的醭白。缪百寻挡不住冰冷，抱头回到窑洞，一气往火炉添了几块柴爿。

窑洞不大，除了一铺六径架床，一张松木小桌，便是掘地一窟炉火了。缪百寻在火旁驱除寒意，熇热全身。冬季严寒，蠓虫要么深藏要么冻死，不用放蠓罩了，钻入的被窝，是被褥、棉袄簇拥的一堆。即便如此，眯到四更天他还是给冻醒了，于是穿了棉袄，忍不住又走出窑洞。也不晓得什么时候雪停了，天地间转眼廓清静寂，铺陈四野的是茫茫白雪，天幕的几点寒星，还有比平时少了温婉的月光，似乎都沾了青清凉的雪气一般。大地处于沉沉的睡梦之中，却见山底下奚家的“承安楼”和畲厝马家大厝的灯光在雪地里荧荧亮着。这雪地灯光，更让人感到暝时深邃的寒冷。但愿山底下的奚、马两家，可别出了什么事故才好！缪百寻叹息一声，回窑洞熇火去了。

在前所未见的冷天里，缪百寻的心绪飘忽不定，见天边露白，他再次裹紧棉袄走出窑洞。不出所料，奚家老二奚和正从山下的石坎路呵雾喘息往上爬。缪百寻冲来人说：“奚和，大雪封山，都看不见路了，你这打大早的，着的是什么急呀？”“缪先生早哩，”奚和抬头答道，“大嫂生了查某婴，我赶兜螺圩接替长兄几日，让他回家看看。”难怪雪暝四更天山下的奚家亮着灯。缪百寻问道：“你大嫂是啥时辰生产的？”“我记得时辰是四更。”奚和说，“要不是大雪天，我早举火赶往兜螺圩给长兄报喜去了。”

奚和说罢往兜螺圩的方向下山。年辛丑月己亥日丁未时辛丑，缪百寻掐指念念有词，心中已有奚家查某婴的四柱八字。丁日元命主，运且盘剥，又天不与时，还撞上大雪天！这奚家查某婴是极寒从弱命格，幸亏生在奚家大户，若生在贫贱人家，能否养得活都很难说。

“先生，吃早糜了。”汤奃在草厝里叫他。汤奃用前天带回来的鱿鱼干铰了丝熬籼米糜，这冷极了的天，自是热腾腾的补血暖胃。“多吓人的大雪天，先生今日别出门了。”汤奃说，“先生若要出门，我拄拐走前头为先生探路。”缪百寻不予理睬，吃罢早糜离开草厝，看见畲厝后生子马执时从塔尖山的芒岭冒出头来，他又禁不住打听：“执时，昨暝四更天恁畲厝马家大厝还亮着灯，你这又蹽雪赶早的，莫不是有什么急事呀？”马执时说：“我家瑶姆子生查某婴了，我赶襄摇圩给大伯说一声。”缪百寻连忙打听：“你家瑶姆子是啥时辰生产的？”马执时说：“我吃饱饭候在觋房外，只等细囝一落地，我扯开腿就往上爬芒岭了——先生认为该是什么时辰？”

“如此说来应是甲辰时。奚、马两家拢生查某婴，前后相差四个时辰，格局便一个极弱一个趋强。”望着去远的马执时，缪百寻自言自语。

除了躲在窑洞熰火，好像也干不了别的。临近日昼，雪地上的日影竟也畏畏缩缩的时有时无。走出窑口透气的缪百寻，看见从襄摇圩方向的阪陀岭一前一后朝丫叉口走上两个人来，这大雪天没事谁出门，不用看缪百寻也知道是“奚记豆油庄”的头家奚园、“畲厝大药房”的头家马长溪。“嘎山奚家、畲厝马家都喜得千金，百寻在此道喜了！”缪百寻走前去抢先开了口。奚园说：“正愁着呢，我二弟听接生的凛婆子说，查某婴被拉出产门时，凛婆子还道是胞衣哩，柔弱得就像不长筋骨的水母，也不啼哭，气息游丝一般细，恬寂寂的只管睡着。我听了心里不得安生，原本就要邀上临川先生，却不想先生娘也同时生产，可我不管不顾了，事有缓急，临川先生一定要先去看看我家的查某婴才使得！缪先生你若是今日得闲，也烦请下一趟山，给查某婴取一个日后养得大的名字吧！”马长溪说：“圃修先生说的是，缪先生不可推辞，给嘎山的查某婴取了名字，便随同我去畲厝，也给我家查某婴排一下生辰八字，也好心里有个依凭。”

“我听二位大头家的。”不用说缪百寻乐意作陪。

原本就崤碻的石坎路，被白雪掩埋了路径，三个不敢大意，落足处比上坡更具险情，一路下山都绷紧神经。

气温骤降，山地上的雪花临空飘落。嘎山奚家的头家娘蒲叶大姆高高隆起的腹肚开始隐隐作痛。高大肥硕的蒲叶大姆斜卧在床上，她撕心裂肺的呻吟如同楼外的雪越来越大。奚家的功课早就分派开了，几个查埔团在外间准备随时应急，觇房由查某人守候，壮旺的后生子奚原到畲厝请接生的凛婆子，弟妇取彩起大锅烧滚水。瘦小的凛婆子年近古稀，风雪中迈不开腿，奚原索性背起她走了几里地，“承安楼”早已有人开大门迎接，进入偏间觇房放下凛婆子。查埔的不宜在这觇房久停，奚原即刻转身离去。在奚原背上被颠得七荤八素的凛婆子，双脚落地时竟不明就里，听了蒲叶大姆的呻吟才回过神来。弟妇取彩端来热气腾腾的姜糖茶要凛婆子吃了御寒。凛婆子接过碗慢慢呷着，一边吩咐取彩在床前再生一大炉炭火，一边掀开盖在蒲叶大姆身上的大被。蒲叶大姆已是第三胎，她倒八字举起双膝，腹肚滚雷一样阵痛，产门却未见开启，凛婆子摸一把山一样隆起的腹肚，说：“看把我急的，还不见一点动静，就要什么娇气大呼小叫的！”蒲叶大姆不高兴了：“凛婆子你这是什么话，我都痛半日了。”凛婆子说：“你呀，成天吃倒灶的，养分都赶你这大牛腿、赶这肥泏泏的皮肉了，由我看呐，你腹肚里的查某婴还没一只猫大哩！”蒲叶大姆听后更不高兴：“好你个凛婆子，凭什么说我腹肚里是查某的不是查埔的？”“你这腹肚不尖不翘，平得够铺谷笪曝粟了，还敢想生公的！”凛婆子的口气说狠了，头便玲珑鼓一样摇几下，大大的金耳环就会敲着她的腮帮。取彩扛了只交椅放在火炉边，让凛婆子抱件小被，坐在交椅上眯着，等蒲叶大姆的腹肚发出消息。蒲叶大姆说：“凛婆子求你了，看有什么办法让我快点把团生了——这腹肚都痛死我了！”“我没办法，瓜熟蒂落你懂不懂？十个月前你翁某两个做伙，你情我意的，要说多爽就有多爽！那时候怎么不想想今日这苦痛？要我说这是自找的，天公地道，你就咬牙忍着吧！”凛婆子说，“天底下就做查某的贱，生了囝，过不了几天这苦痛丢脑后了，就又皮痒骚包，想查埔人又想到不知道日暝了！”蒲叶大姆说：“凛婆子你说话不公道，这世间的翁某，总是做查埔的爽做查某的痛！我头胎生柏衍，大囝度晬[①]过了再生柏庐，隔了几年才有了这身孕，我都快成豚母了！再说左邻右舍年生母多的是，你凭什么偏要这样编排我！”蒲叶大姆说的是实情，她算是节制的，凛婆子不再接她的茬。这时奚家二叔奚和在外间晃一下身影，取彩会意去灶间端了两碗汤圆，小碗递给凛婆子，大碗放在床头的高凳上，由蒲叶大姆自个舀着吃。蒲叶大姆说：“我一定要吃饱，攒力气到时压腹肚！”凛婆子一听，汤圆差点从嘴里吐出来：“你只管吃你的，我让取彩给你准备一只粗桶，别半暝生囝还放一脬屎敌一脬尿的，不知道的人还以为你生了三胞胎哩！”没想蒲叶大姆这下居然不恼：“凛婆子你别想气苦我，腹肚就是痛到刀割我也能吃！我就这一点好，天塌地陷了我也能吃！”在查埔人厌畏涉足的觋房里，凛婆子是老不羞，她不管不顾的粗嘴，嘎山、畲厝的查某反倒个个喜欢。毕竟怀孕太苦了，生囝太痛了，坐月子太闷了，一股股怨气无从发泄，幸好借由凛婆子那张没有遮拦的嘴好歹给冲淡一点。

外头的雪下大了，可能填满楼埕了，听得见奚家的查埔囝吆喝着往土楼外搬雪的声音。

取彩抱怨说：“我大锅水烧了冷，冷了烧，都烧好几回了！”“你大嫂怕是吃坏了痛腹肚，还以为是动胎气要生囝了，害得我三更半暝也没得闲，赶这大雪天！”凛婆子说，“你取彩给我找床铺，我尽惊势想歇睏了！”蒲叶大姆说：“好你个凛婆子，我不许你歇睏，你不在身边我的腹肚会更痛。”“细囝是当娘妳割下的一团肉，不痛算什么生囝！”凛婆子说，“畲厝的头家娘瑶姆子，哪像你这个大食婆养得皮胀肉厚的，她瘦得皮包骨头，十月身孕就赶那个大腹肚，我的徒弟阿祥都守候她好几天了，怕也是这大雪暝要生囝了，我想瑶姆子生囝肯定是只管自己撑力气，不像你鸡母子一样哭爸喊母的光叫着不下蛋！”这下蒲叶大姆撑不住气了，说：“取彩，我想吃一大碗猪蹄面！”取彩有点为难，望一眼凛婆子。凛

① 度晬（zuì）：婴儿周岁。

婆子说:“这点心你都吃第三巡了!”实际上外间的奚和早有准备,让查某取彩端进来的猪蹄面,照旧是凛婆子一小碗、蒲叶大姆一大碗。蒲叶大姆哧溜吃了面条,那张啮猪蹄的牙齿力道管够,三两下就吃进腹肚里了。取彩递面布给大嫂拭嘴,蒲叶大姆便哎哟喊道:“凛婆了,真是作侥幸,我这叫什么痛啊,都痛入骨髓了!”凛婆子一听放下面碗,从布包里拿出一块手掌大的印满牙痕的杉木板,塞入蒲叶大姆的牙口:“痛就咬着!”凛婆子扭过头来,掀一把被角,正好产门滋的一声响动,已有一摊水涌将出来,连忙招呼取彩抽走蒲叶大姆靠背的棉褍,与此同时右手握拳顶一下蒲叶大姆后背的腰椎,说:“大食婆别只顾痛,吸饱一口气,快往下压腹肚!”“啊——!娘妳呀,我这是作什么孽呐,太痛了!”蒲叶大姆大声哭喊,咬板从她牙口掉落。凛婆子也顾不上了,对取彩说:“你快去掮一桶热水!”觌房的动静一大,等在外间的奚和就将一桶热水递给取彩接了。此一刻两道炉火烧得正旺,取彩放下热水,正好看见站到产门前方的凛婆子愣住了,取彩探了个头也暗叫不好,从产门那边窟出来的不是细囝的头而是尻川礅,还不只尻川礅那样简单,依情形这细囝在娘胎里的摆设还是“观音坐莲”!“阿弥陀佛!”凛婆子保养得像少年查某一样的那双小手明显有点抖,捧了事先准备的碎布,在产门下做了布苴子,而后递给取彩一支羽毛,附耳交代一番。等凛婆子在产门前站稳身子,双手预备好不知是托还是抓的姿势,取彩跑到蒲叶大姆的头前,左手码住蒲叶大姆的头发,说:“大嫂,踘[①]力呀!”右手的羽毛看准蒲叶大姆的鼻腔冷不防的一撩,又急速跳开,蒲叶大姆在取彩的身后打了一个喷嚏,跳开的取彩扭头一看,细囝已露出小半,凛婆子下意识借势往外一拉——那时候给取彩的感觉是,明明是难产,此刻细囝却像一道白绫般被带离产门。凛婆子更为意外,心想原本要千难万难的,用拳给孕妇顶一个腰椎、撩拨一个喷嚏,不想细囝便柔弱得不长筋骨一般滑脱产门。果如所料,是查某婴!与以往不同的是,凛婆子并没有抓住查某婴的双脚倒挂起来拍打后背,这查某婴好生奇怪,在胞胎里趺坐着,出了产门却是平展的,剪断脐带扎紧创口,不粘黏血污,小小身体如同刚刚出浴

① 踘:往下或往外用力。

那样白净柔软，不哭不闹的。查某婴离开母体，过得其实就是一道鬼门关，她却浑然不觉，好像一直都是睡着的，细微的呼吸似有似无，睡姿宁静祥和。凛婆子把查某婴放在披开的幡幔上，用不着擦拭，便给她穿了几件褓衣，查某婴在母体内早已练就了抗挤压的能耐，为了免受寒冻，按说要用幡幔紧紧包裹的，临了凛婆子却不敢像对付别的细囝那样使力。凛婆子的接生是家传手艺，十七八岁就随她娘妳学接生本事，四五十年来在小三山一带接生无数，奚家头家娘生的这个查某婴，第一次让她感到失去她的经验依据，是那样的无法捉摸、不可理喻。取彩卷走被血污了的草席、衣物、被套，又拧了热面布，先擦拭大嫂流满汗的头额再擦拭下身，铺上棉褛盖上大被，这才发现耗尽气力的蒲叶大姆，虚弱得差不多要睡过去了。取彩近前附在她的耳边说："大嫂，你知道吗，生的正是你心心念念想要的查某婴哩！"蒲叶大姆连眼睛也懒得睁开，说："我十月怀胎，辛辛苦苦生下她，她倒好，连哭一声给我这个歹命人她都不肯！""大嫂你呀，贪心不足！"取彩戳了蒲叶大姆的额门说，"我去捧烫嘴的鸡蛋酒给你吃，吃了再睡也不晚！"

觌房太安静了。凛婆子往包里收拾她的接生家伙。蒲叶大姆有气无力说："凛婆子，你生我的气了？"凛婆子说："我没生你的气，我不知道怎么说自己的好，我好像把自己给搞丢了。"见取彩捧来冒着热气的鸡蛋酒，凛婆子便拎了她的布包，临出觌房时对蒲叶大姆说："好了头家娘，三朝我会过来给查某婴洗浴，吃你的麻油炒鸡酒。""凛婆子，我胯骨酸倒了，起不了身送你，这大雪天的，你要走好。"蒲叶大姆感觉自己太虚耗了，无心思去理会凛婆子一下子掉到根底的失落。她这当娘妳的也失落，生这个查某婴，竟可以这样无声无息的，什么动静也没有。

奚和见凛婆子从觌房出来，接了包，把她引去灶间吃红圆。灶间的饭桌上放一块碎银，还有"奚记豆油庄"头抽一等豆油一瓮。趁凛婆子吃红圆的空隙，奚和转身取来二十个一筒的红封钱，和那块碎银放在一起，说："凛婆子，这大雪天的就不带这沉重的豆油瓮子了，等三朝给查某婴洗浴再说。"凛婆子说："奚和，你大嫂生这个查某婴，我接生了四五十年也是头一回碰到的。"奚和一听急了："是不是有什么毛病？""我要是能说出什么毛病就好了。"凛婆子说，"本来胎位是倒着的，还是抄了腿的'观音坐莲’，这种情况生下来的细团个个都要窝腿搭产门的，别说顺产，不搭上母子两条命就算好了！谁想全不是那回事，给蒲叶大姆撩了鸡毛打个喷嚏，团就顺利生了。还有更想不通的，生出来的查某婴，清清爽爽的，半点不像从血盆里扒拉出来的！别的细团头会被产门挤扁，过的是一道生死关，偏她奇怪，我接她出产门时竟滑溜得很，还道是胞衣哩，柔弱得不长筋骨一样，也不啼哭，细细的气息比游丝还小，从头到尾都是恬寂寂的只管睡着。”奚和说：“我天一亮就赶往兜螺圩，要长兄赶快回一趟家。”

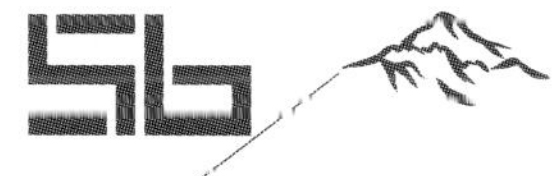

大概是雪在融化，天更冷了，牙齿笃笃乱跳，身体时不时的都会引发一股寒战。提心吊胆走下石坎路，扭头朝山顶上看了一眼的缪百寻，脚下到底踏实多了。嘎山奚家的“承安楼”，在大雪中显得特别稳固。这座圆楼，住的是眼下丰浦县境最负盛名的豆油奚家。只要走进“承安楼”，无论是谁，都会为建造它的奚家老祖深感骄傲。厚逾丈的外墙坚不可摧，往生土搅匀石灰、细砂、糯米饭、红糖，内牵竹片、藤条作筋骨，在墙匣中反复舂压而成。圆楼三层七十二间房，又在圆楼中央大埕建了大厝，大厝顶厅为祖厝，供奉奚家祖宗的神主。下厅为学堂，请私塾先生教奚家子弟读书。大厝左右各一口井，泉水清澈充盈，探手可得。每次走进“承安楼”，缪百寻都将自己幻化为两个人，一个是试图成为这聚族而居的奚家人——这土楼通风采光，冬暖夏凉，只要关上大门，就可以抵御匪盗野兽；一个是站在嘎山崖上，放眼周遭而无所归属的一个外来人。

大头家奚园自不用说，畲厝的马长溪、住嘎山上丫叉口瓦窑的算命先生缪百寻，奚家人都熟悉，不管查埔查某撞见了都会招呼一声先生。三个径直走入炉火熊熊的正房外间，取彩抱来刚出生的查某婴，说：“她不哭不闹的，就这样一直睡着。”马长溪要取彩坐杌子，把查某婴平放在大腿上，打开幡幔、褓衣，暴露在众人眼光底下的查某婴，臂掔腿长，清爽匀称不染世尘，缪百寻一下惊呆了：这细团分明就是他的查某婴缪寄奴，投胎转世的果然是这嘎山奚家！马长溪直起身腰，示意取彩赶快包裹查某婴以免受寒，一边叹口气对奚园说："圃修啊，爱女太过虚弱，除了加强母体的营养，就看丰足的奶水能不能给她造化了。"奚园说："拙荆哪会缺少营养，只是营养全跑去长她的皮肉了！"缪百寻不由自主蹲下来，在奚园与马长溪说话当口，他看见那双一直在沉睡的眼睛，竟悠然睁开，对他会心地浅浅一笑。缪百寻大加震撼，尚未琢磨又转瞬即逝，恢复她恬寂寂的睡姿。可能是走神了，要么就是出现了梦境，缪百寻揉搓双眼难以置信，担心自己是虚妄所见产生的幻觉，可这情形，竟和他第一眼见到他的查某婴缪寄奴时一模一样！马长溪说："缪先生何不给推演一下四柱八字，看看圃修先生的爱女取什么名字合适。"四柱八字早在心中，缪百寻说："名字已经有了，大头家的爱女就叫奚寄奴吧！""奚寄奴，"奚园正要接口，倒是弟妇取彩抢先叫了起来："大伯快看，查某婴给吵醒了，眼睛睁开了！"几个人见了，查某婴果然睡醒，睁开眼睛了。缪百寻感到自己的那颗心生生碎了。查某婴睁的是一双清澈平和的眼睛，淡淡的眼神温蔼而远离世情，无欲而具大容纳，又因其纤尘不染让人感到遥不可及的那一种。马长溪说："凭爱女的体质，三朝能睁开眼睛已属庆幸！缪先生神奇，名字一取，爱女就惊醒了！奚寄奴，可见是因缘巧合的好名字！""多谢缪先生给查某婴赐名！"一时间奚园欢喜无限，只是见查某婴的眼神有异于别的细团，心头不免忽撞了一下。"大头家客气了。"查某婴的眼睛适时开启，莫非真的是因缘巧合？缪百寻口头敷衍，又不免神色涣散，揣上过往那幽香的心思，久久难以自持。

时过日昼，奚园满心欢喜，招待了马长溪、缪百寻一桌丰盛的宴席，这才放客人离去。

57 畲厝马家

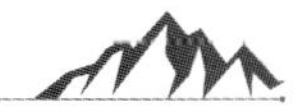

年近四十的阿祥，是当了娘妳的人，深切体验过生养的种种艰险，跟凛婆子摸爬滚打多年，按说早该出师了，无奈师父凛婆子霸道，硬是捂着压着不让出头，除非像砬山崖那样的磡砖远途，除非畲厝、嘎山同时有孕妇临盆，她才被分派，否则她想都别想搞单干。大头家的查某瑶姆子看上去皮包骨头，好歹已生过二女一男，本应鸡母一样顺利生蛋，谁料腹肚的阵痛时紧时缓，让阿祥守候多日都不现准信。阿祥明白心急如焚没有用，恨不得咬牙跺脚咒骂，又自知辈分低未曾出师独立，哪有资格可摆！——老天爷呀，这细团恋胎，未出生先畏世，长大了就怕是个操劳命哩！阿祥暗自嘀咕纠结，叫苦不迭。瑶姆子是一个颠八戒查某，腹肚小痛就大呼小叫，大痛就惨绝人寰。有时还会变花样，刚刚像哼歌一样呻吟，眨个眼就四肢扽直，嘴角喎斜翻白眼。刚刚还恬寂寂歇睏着，不防间呼天抢地起来，原来她的腹肚不痛了，猛一想可能闷坏细团了，又结实地唬了她一家伙。如此反反复复，无疑把年轻的接生婆阿祥给折腾个颠倒黑白。一直熬到大雪暝卯时天光，瑶姆子这才哀叫剧痛，阿祥又去捉摸她鼓一样浑圆的腹肚，叫道：“胎位正着哩，是时候了，瑶姆子，往裆底踟力啊！”瑶姆子说：“我痛了几日，精神虚耗尽了，踟不了力了。”阿祥说：“可瑶姆子你知道，瓜熟就该蒂落，你把蒂落了的细团憋在腹肚里，憋出个三长两短，看你还敢不敢说这话！”瑶姆子说：“谁说不敢，我前头已生三个，还生不生这个已碍不了大事！”这话把阿祥气冒了烟：“好啊，你瑶姆子怕痛就憋着！你前头生的三个都能自理，不怕没娘妳了！半月后任由大头家再续个又白又嫩的佻挞小姨，也好让你三个细团消受一下后母娘的酷毒！你瑶姆子想躲懒就给憋着，也不管是稠的稀的，也不管是地上走的水里游的空中飞的你都消受够了！光懂得裆下兜着个骚膣跟查埔人在床上翻滚畅快，也不想想就得有今日这刻骨的苦痛！你想憋着就憋着吧，憋死你自己不算，还要憋死你腹肚里未见世面的细团！一尸两命，看你敢不敢作这个孽！”查某人就那样，只要事关细团，就会用拼死命的力气。这瑶姆子自然受不了刺激：“好啊，阿祥你这个害死人精！”果然阿祥话音刚落，便听到一道撕裂皮肉的声音，在瑶姆子狼嚎之下，产门竟被撑破，阿祥吓了一跳，也不知道这干瘦的瑶姆子哪来的一股劲，慌忙接住血团团滚将出来的细团：是好壮实一个查某婴！那一声清澈透亮的啼哭，一下便把雪暝给哭晴了！特别是结了脐，擦拭干净，穿了褪衣裹上幡幔，这查某婴睁开的一双眼睛，简直令人难以置信，竟是那样的明亮沉静！惨烈狼嚎的瑶姆子本来力道用尽，被查某婴那清澈透亮的啼哭，一声就哭返了魂。“好你个瑶姆子，大头家的补药给你吃多了，刚落地的查某婴已晓得睁开眼睛，这样的精英气，满月的查某婴也赶不上！”正在给瑶姆子外阴擦拭用药的阿祥，跟凛婆子一样能耍嘴皮子功夫。瑶姆子产门爆裂出血，生了两个火炉的产房暖洋洋的，阿祥手忙脚乱的并不担心她痛，而是怕她昏睡过去。几个打下手的女辈，一个去揉瑶姆子的鬓边，一个端来烫口的红糖蛋酒饲她：“瑶姆子快吃几口热身子！——瑶姆子你这个犟查某，你到底怀的是什么胎，查某婴一出生，睁开眼睛就像是见过大世面，真叫人不敢相信！”吃了几口红糖蛋酒的瑶姆子说：“我为了生这查某婴，十二条心魂痛丢了七八条，你还故意说笑。”阿祥说：“她说得不错，你生这查某婴不得了的，又壮又精英气，日后肯定是个娘娘命！”瑶姆子有气无力说：“还说呢，生查某婴就是送人的货，养大了嫁得出去就算好了，还指望什么娘娘命！”“瑶姆子你产门破裂，流了一摊血，可千万别得‘月内风’才好！”阿祥又担心起来说，“这天也亮了，快派个人到襄摇圩请大头家给开一帖药，用药水清洗一下伤口，这事要做保险才行！”瑶姆子微弱地叹了一说：“我才刚刚想活着，又被你这个害死人阿祥一句话给吓死了！”

在查埔人厌畏的觇房内，孕妇临盆分娩其实就是个生死场。这是个局促的空间，没有辈分贵贱，管不了顾虑忌讳，平日里的斯文、害臊全见鬼去了，只有血腥，只有指靠粗嘴野俚来释放命悬一线的恐惧，只有豁出去生下来才能保证母子平安。在面对生死关口，那把冷不丁出现在凛婆子手上的铰剪会突然将产妇的会阴咔嚓剪开，恶狠狠的动作快得无法形容，产妇的惨叫会让全村人连做好几个暗暝的噩梦。心疼自家查某趴门缝偷窥的查埔人会先自吓死过去。在觇房内，因为干系母子两条命，孕妇和接生婆子的压力比天还大，新生命一旦诞生，产妇和接生婆子的体力一起耗尽，瘫软下来不省人事也属平常。畲厝马家世代为医，接生却一直是一脉单传，没人有胆量抢占，凛婆子在族内媳妇中挑来挑去，最终就挑中一个阿祥。当接生婆子的，往往拼的就是一股心劲。

等一应处置完毕，雪早停了，晨曦初现，山地上寒风忽忽，畲厝马家的大厝却在一派祥和之中。

58

在匪患不断的山地，只有世代行医的畲厝马家建的不是土楼而是大厝。山匪一般不为难教书先生和医生。当山匪情非得已，心中还是希望自己的后代能科举成名，教书先生岂可得罪！医生的行规是只认患者，不管其身份来历。身无分文的患者可以记账，无论如何也不至于强行索还。富户多付诊金药资也不必拒绝，在山民的眼中那是花钱免灾。医术高明的马长溪，会在某个三更半暝被请上响廓山或鹩山崖或上青峰，来人形迹低调，态度极是恭敬，走出圩镇后，便有过山轿等在那里，由四个脚步稳扎的后生子轮流抬着上山，看了病，又会被快速送回，来人取走了药，留下的资费要么是大锭纹银、金元宝，要么就是稀罕物件。官府有时候想从中摸得底细，当医生的便会说当时前后有利器胁迫，被捆绑后蒙住双眼抬着上下山，见到的只有一个患者，别说留下什么线索，事后连去回的情形都说不清楚……

午后缪百寻和大头家马长溪过了浃溪，往马家大厝赶。大头家回到家，后面还跟了个算命先生缪百寻，便有当弟妇的把查某婴抱出觌房给大头家过目。马长溪的脑袋里还是此前在嘎山奚家见到的极度虚弱的查某婴奚寄奴，这一刻抱在自己怀里的查某婴却长得既壮实又饱满，那双眼睛气定神闲的，让他这个当老爸的喜出望外，对缪百寻说：“请缪先生详细推敲一下查某婴的命理，也给取个好名字！”缪百寻也不推辞，说：“贵千金的时辰生得比奚家的查某婴得力，芳名就叫马缨花好了！”“马缨花，”马长溪冲自己怀抱里的查某婴说，“马缨花这名字好哇！”怀里的查某婴似乎已有感应，听了这名字好像也不反对。马长溪只顾高兴，竟没有觉察为他查某婴取名的缪先生别过脸去，几乎哽咽。大头家马长溪岂知“缨花”二字在他缪百寻心中占有的分量！马长溪欢喜无限，记挂起查某瑶姆子生团的辛苦，便要一个族叔招待缪先生吃茶，对他道了声歉意，闪了身进觌房去了。

缪百寻茶也不吃，趁机别了马家大厝——他要去爬塔尖山的芒岭，回嘎山上的丫叉口。让他惊惶的日暝总算过去了。他要回丫叉口给窑洞烧上火，把窑洞烧暖和，然后放下身心挂碍，稳稳当当睡他一觉。

59 浃溪水碓房

大头家奚园难得回家，前两胎是柏衍、柏庐两个后生，这次蒲叶大姆生了查某婴，可说是正中下怀。只是查某婴奚寄奴看起来虚弱得很，他高兴之余又在隐隐担心。送走马长溪、缪百寻后，他便诸事不管，到觌房与查某蒲叶、查某婴奚寄奴相伴，满满当当的竟全是喜悦。看得出生团的蒲叶大姆不怎么耗损身体，乐呵呵的跟平时没啥两样。奚园喜滋滋的，摇篮里的查某婴奚寄奴，还是那样宁静祥和，还是那样恬寂寂睡着，让他看得久了，身心便如饮清露般舒畅开来。这下好了，他躺上床来便伸手去拧查某结实的腰身，说："你这大食婆贪心不足，营养全长这一身肥肉了，连自己的细团也舍不得匀一点！""说得倒轻巧，你也怀孕试试！"蒲叶大姆说，"我听说马长溪的查某瑶姆子，怀孕后瘦了个皮包骨头，就长大腹肚里那个细团！""光养细团也不好，母体皮包骨头，听起来怪吓人的。"奚园说，"要是不能把查某养胖，我即便赚了大钱也算不上发财！"这世间少见的查埔人，迷恋的就是她白白胖胖的壮旺身体。蒲叶大姆摩挲着他的头说："花心贼你能赶回来真好！"奚园的手摸向查某的胸口说："我就想能多赚钱，养足这两包奶，让查某婴快快长大！""你这没良心的，说的是什么话，看看柏衍、柏庐长得有多壮旺！"查某蒲叶也在他身上抓了一把。“是是是，你的功劳比天都大！”奚园说，“可查某婴就那样痴痴睡着，好像没得多少母体给她的营养……”觇房暖洋洋的，查某刚生产出格不得，奚园在说话间放松了自己，不一刻便响起鼾声睡了过去。这个高大的查埔人一回来，嗅到她的气味，通常就会像细团一样耍调皮捣蛋。只是天可怜见的，查埔人开豆油庄忙得连轴转，十二分的兴致回到家，反倒只有㤘到发睏的份儿。

雪后第三日是大晴天。要赶兜螺圩的大头家奚园，有意在丫叉口停留，看了几眼石墙草厝，这才走进窑洞。吃茶时奚园说：“得到缪先生的指点，豆油庄在襄摇圩开了分庄，在上肆溪口、三旗门开了小卖店，一应豆制品又随马家进货的船沿途发放销售，营业比先前扩大了十几二十倍，进账自然也是十几倍增加。”“大头家运入佳境，百寻说的只是心里想得到的几句话。这话若是放在他人身上，就起不了任何作用了。”缪百寻说，“倒是百寻遭了大难，活着已心灰意冷，若非大头家方方面面的照顾，连立锥之地也没有了。”奚园说：“缪先生心地仁义，诚挚做事，虽磨难在前，好时日定在后头。”缪百寻说：“多谢大头家的宽慰。”“几年来我滚滚财源，这次又遂心愿生了查某婴。老天爷如此厚待我，我一直在想，得为乡亲们做点好事才行。”奚园说，“缪先生若有这方面的倡议，不妨赐教一二！”说话至此，恰好“畲厝大药房”的马长溪敲门走进窑洞，说：“圃修先生发财不忘乡亲，可敬可敬！”给马长溪倒过茶水后，缪百寻说：“说来也巧，昨日我与马大头家路过浃溪时，见浃溪水量适可，心里倒闪过一个念头，觉得要是在浃溪建一座水碓房，水碓房安三副木杵石臼，挑个合适人选经管看护，日暝不停为嘎山奚家、畲厝马家舂粟麦薯藕，给烧透的猪牛骨捣末作肥料，或杵细白墡土、壳灰浆用于抹墙。浃溪又恰好在嘎山与畲厝的界线上，各距一里半地，舂臼日暝不停的哐啷声也滋扰不到乡亲。两头分别修一条直通便道，各配置一辆鸡公车用于来回运送，长年累月就能为嘎山、畲厝两地节省可观的人力，做了便是造福一方的大好事。”马长溪抢先说：“这事功在桑梓，马某岂能袖手旁观！”“若有临川先生加入，此刻即可定论。只是又要劳烦缪先生给设计个图纸式样！”奚园哈哈大笑道，“经管看护水碓房的合适人选，在座三位都来留意。我的看法是找个耐得住寂寞的外姓人，不是马家人也不是奚家人，为日后免得闲话作长远计。”缪百寻说：“放心吧，二位大头家百事繁忙，水碓房的图纸式样，还有寻找看护人选就交给百寻好了。”

一个月后，水碓房的图纸设计一式两份分别交到奚园、马长溪手上。过浃溪要踏十几道的马跳石，水碓房建造地点就在马跳石下方。勘定地点几日后，木匠、泥水匠在溪垅搭了草棚，迅速进入工期。嘎山奚家、畲厝马家利用春节后的半月农闲，也很快抢修了各自的直通便道。

缺了左臂的小妍从十岁开始，就跟随老爸郧瘸子出门打猎扒拉山货。一年半载后默契配合，一个手快一个脚便，获取的猎物山货比先前多出不少。这一日郧瘸子爸囝俩走山回来，一看吓坏了，只见那间土墼厝的两层门竟罕见敞开着——难不成是野兽报复来了？爸囝俩暗叫不好，果然郧瘸子的聋哑查某不见了，地上、山道上留下凌乱的脚印和几摊血泊，不知尸骨是被野兽生吞活剥了，还是生生地被拖进谷底密林。这个聋哑查某，就像当初出现时说不清来源一样，消失时也无踪迹可寻，她除了对查埔人郧瘸子的依赖、对查某囝小妍的百般疼爱外，她甚至连名字都没留下。爸囝俩顿时暗无天日，哭绝于地。曾经是生存的依据、一家人艰难却温馨的土墼厝，转眼成了弥漫血腥、与噩梦相连的所在。遭受鼠疫重创的砬山崖，已无法像以前一样安排十几个青壮为他排忧解难。前来探望的老弱，大都摇头表示无可挽回。据过路人说，爸囝俩叫天天不应叫地地不灵，悲怆之状难以形容。缪百寻闻讯后派汤夌赶到郧头沟。十五岁的后生子汤夌，身量已差不多是郧瘸子的两倍，他二话不说就动手把要紧物件捆扎成担，拼了板，牢固封住土墼厝的门，说了“缪先生交代的，要你和小妍到丫叉口暂住几日”，便担子上肩，将爸囝俩带离大莽山。在石墙草厝里，缪百寻没有任何安慰的话，让爸团俩喝了水后，当即与汤奓挪了大床，利用废弃板料隔出仅放得下一架小床的里间，将爸团俩暂时安顿下来。

看了缪百寻一眼后，郧瘸子一下子就回过神来了。眼前这个十几年来一直在失去他身边的亲人、失去他亦亲亦友的师父、失去他至爱的查某、失去他最疼爱的查某团——这个惨痛比他郧瘸子更深更大的缪百寻，听闻噩耗后即刻对郧头沟一家伸出援手的也正好是他。到了丫叉口，小妍的惊惧与惨痛明显有所缓解。但在石墙草厝里的暗暝，小妍时不时地就会被噩梦惊醒，摸索着跑到外间的大床上，意识到大人在身边才能平息。在大床上的汤奓、郧瘸子不作声给她挪了位置，等她入睡后，因郧瘸子腿脚不便，只得由汤奓小心将她抱回里间的小床。幸好几日后无路可走的爸团俩便有了栖身之地——浃溪上的水碓房如期完工，缪百寻向嘎山、畲厝两家推荐了郧头沟爸团俩。能远离郧头沟的土墼厝，还是个邻近村社的去处，缪百寻一经提起，爸团俩二话不说就收拾物件，由汤奓挑着，来到浃溪的水碓房。水碓房用原木支起瓦盖，只砌三道半墙，四面透着嗖嗖冷风。在水碓房的墙角用土墼砌了房间，房间分内外，里半间小，一铺小床可供小妍歇息过暝；外半间大些，一铺床一张饭桌，还有空地放几只杌子。汤奓带上小妍，又专程跑了两趟郧头沟，把爸团俩用得着的物件全部搬到浃溪水碓房。

爸团俩作为看护水碓房的人选，很快得到嘎山、畲厝两地乡民的认可。走路一踮一踮的郧瘸子硬性认死理，小妍勤快单纯，爸团俩从不敷衍偷懒，在木杵下均匀翻搅，起落臼，清扫，归笼，定额守时，从不失责。奚、马族人用鸡公车推来稻谷舂米，十斗抽二升；小麦、鸡爪黍舂面粉或捣末，五斗抽二升；其中一副木杵石臼，专门用于给猪牛骨捣末，或杵细白墡土、壳灰，舂百斤白米三升，充当爸团俩的工钱。本来山深林密皇帝远，为生存可以撇清世事。在山外却要剃发梳辫，这让郧瘸子一时大感不适。但生存环境毕竟好多了。浃溪上的水碓房邻无人家，对此孤寂与郧头沟相比并无二致。水碓房日暝不停哐唧哐唧的舂臼声，声声冲撞大地震颤心房，换了他人无法忍受得了的，倒成了填实爸团俩心中无限悲伤的空洞，一老一少很快就适应了。

61

从丫叉口赶襄摇圩，到兜螺圩找客店住下，隔日在槾茏岭爸母的坟前站片刻，翻过百漠关来到三旗门，暗暝落脚上肆溪口的“阿娇客店”。第三日吃过午顿，汤奆跟缪百寻要钱买了卓老耇的四个红豆粽，回丫叉口放下包袱后，手上提着四个红豆粽的汤奆，转个身就不见人影了。

午后晡时，外貌长得极像汤奆的一个大汉穿行牤牯岭，悄悄来到丫叉口窑洞。缪百寻给他倒了茶。汤稀说：“缪先生几年来一直在尽心照顾我后生汤奆，我汤稀的感激不用说先生也知道。”“住在丫叉口，我和汤奆是相互间有个依靠，谈不上是尽心照顾。”缪百寻说，“我听说袁抹刀出事后，你当上杈口坪的头领了。”汤稀说：“我也就是在那把交椅上坐着，议事的时候，最终都由袁抹刀的屘叔袁绞齐拍板定夺。”缪百寻说：“你带七八个人到丰浦县衙去搭救同伙，劫的是大狱，这可是有勇有谋够义气的一件大事！”汤稀说：“这事说来可就话长了。”

汤稀的功劳在于他二话没说就率众下山，赶在堂审之前到达。原来被收监的同伙中有一个叫邱抟的，他在沙河坝石场做过工。下山前袁绞齐设计，先让邱抟的老母前去探监透露消息，买通沙河坝石场的工头窦某到县衙要人，称有人图谋霸占石场，暗中下药将石场的工人麻翻，诬陷为“响廓山匪徒”，人事不省被捆绑到县衙来，以达到石场延误工期的目的。知县吴揆宝事前已收受工头的三十两纹银，审讯时假意质疑，工头便指出五大三粗的石场工人若真是“响廓山匪徒”的话，试问谁有此本事，能神不知鬼不觉将响廓山上的二十个顽匪擒拿下山送到县衙来？还有，为何暗中搞鬼的人不敢露面作证？知县大人若还有疑义，亲临沙河坝石场查访核实不就全明白了吗？其时沙河坝正在闹鼠疫，县城丰浦已现疑似病例，知县、差役个个畏之如虎，岂敢轻言前往，便推说查无实据，由工头窦某质押作保，把人带走便草草结案了。

身在响廓山，竟能设计百里之外，足见这个深藏不露的袁绞齐有他不一般的胆识。缪百寻说：“你来得有点不巧，汤奓刚回到丫叉口就又提粽子去了浃溪的水碓房，你要见他怕要等上几个时辰才行。”“最近我远远见过汤奓几次。幸亏缪先生了，他才在丫叉口有个落脚之地。”汤桸说，“说实话我不想和汤奓打照面相认，不想让汤奓知道他老爸当了山匪，还活在世上；更不想让汤奓知道他阿妈已坠崖惨死。今日来丫叉口，只想缪先生能继续照顾他，就把他当作你的后生来管教也行。汤奓过这个年就十七岁了，也请缪先生能留意操心他的终身大事。”汤桸在桌上放下一个沉甸甸的小布袋，接着说：“想起凌先生十来年的好处，袁绞齐和我说过几次，要是袁抹刀能记住凌老先生的话，也不至于会命丧畎婆溪。当时杈口坪和砬山崖同时遭了大难，无法为凌老先生为你缪先生帮上什么忙，这十几两碎银算是一点心意。日后汤奓娶查生团的花费，我还会暗中送来。我就汤奓一个后生，只愿缪先生能为我守住这个秘密。”“放心吧，我和汤奓是缘分交集，自会和他相依为命的。”缪百寻说，“只是我和汤奓能在丫叉口安身立命，仰仗的是奚园、马长溪两个大头家的关照。你如今当了杈口坪的头领，能暗中保护最好，不能的话，也别轻易去碰‘奚记豆油庄’和‘畲厝大药房’。”汤桸说：“这个不用说，杈口坪上谁都知道奚、马两个大头家是嘎山这一带的主心骨。迫不得已有那一天，也会经缪先生你点过头才动手……”

见日头就快下山，担心天黑回不了杈口坪，汤桸说完便匆匆告别，与隐蔽在不远处的同伙消失在山深林密的牤牯岭。

俊卿先生

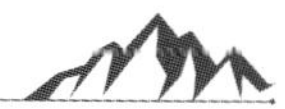

兜螺圩就一条大街，上半段叫顶圩，过了拱桥的下半段叫下圩。“奚记豆油庄”旧址就在焦晞三打铁寮的下方，与“畲厝大药房”在襄摇圩街尾那家店面作了差补置换，经过彻底的摒扫擦洗，又薰艾草洒雄黄水，消除豆油庄遗留的气味与虫害，马彦雇了二抬小轿来到兜螺顶圩，一看他就喜欢上了。畲厝即将开业的兜螺圩分药房，位于地势稍高的上坡处，店面临街，摆设了药橱、柜台和坐堂诊桌，还有宽敞的余地容患者候诊歇息。制药、库房在二进，三进还有挑高的阁楼，阁楼下是檀溪。檀溪流经缪家老宅门前的拱桥，流过下圩与水量丰盈的乌河合流。

让马老先生心动的是三进挑高的阁楼。这阁楼简直就是为他马彦调教孙子马心云所天造地设！阁楼下檀溪脉流，村舍田畴，峰峦白云，展现眼前的是一幅让人心胸坦荡的山地图。马老先生把襄摇圩的“畲厝大药房”丢给大后生马长溪，他带上二后生马慎源、长房查埔孙马心云，坐堂兜螺圩的“畲厝大药房”来了。自从那日下晡，马老先生在恬寂寂的药房里闭目养神时梦见他的孙子马心云，一出娘胎就是一个韵致儒雅的翩翩少年，功课极佳，口诵《黄帝内经》，声音稚嫩却清澈至纯，情形是月影风荷那样的超尘脱俗。心心念念的几个月后，大房新妇瑶姆子为他生下的还真是孙子！他忙不迭赶回畲厝一看，这孙子百分百就是他心目中的孙子马心云！不可理喻的是，马老先生就偏爱这个长房大孙。举族欢庆之时，马老先生即日开始为当地乡民义诊到孙子满月。这次兜螺圩“畲厝大药房”开市，马老先生再次为当地乡民义诊一个月，内心所祈祷的，并非将兜螺圩的“畲厝大药房”开成旺市，而是为调教孙子马心云得到一个好所在。

阁楼归公孙俩专用。阁楼敞亮的西北向，马心云便在那里拥有书桌、书橱以及文房四宝的一个角落。不出两年，马心云非但能抑扬顿挫诵读《三字经》《百家姓》《千字文》，还能准确无误指读橱架上几百种药物标签。到了马心云入私塾前的七岁上，他的书橱又增添了《弟子规》《幼学琼林》《增广贤文》《唐诗三百首》《千家诗》等书籍。马心云把自己已能倒背如流的几本书，悄悄带回畲厝，传教给小妹马缨花。小妹马缨花不像他，她学得随心率性，想学就学，不想学放下书本便跑去帮阿妈做功课料理家务。她那双小小的巧手，总是帮得恰到好处，把她力所能及的家务干脆利落做到位。

立冬后的二十七日圩，虽是个凛冽霜天，但农忙刚过，赴圩客反倒巴巴地赶圩市来了。师父去世六年来，缪百寻觉得自己还是不能随意在兜螺圩摆摊，他既不想摆在“奚记豆油庄”前，也不想摆在“畲厝大药房”附近。焦晞三的打铁寮已是顶圩街尾，除了要打铁件，赴圩客一般极少光顾。豆油庄对面的桥头是闹市，人流量大声音嘈杂，非但拥挤踩踏也不方便说话。最合适的摊点，竟是距离大街几丈地的“管升班”大门前。汤奓取马扎放在地上，缪百寻正要坐下，便有大药房的伙计跑过来对他说：“缪先生，我家马老先生说有要事相商，请你赏个脸到大药房一起吃午顿。”药房伙计说完就走了。也是这一日，“管升班”的伙计为缪百寻搬出一副配套的小桌和靠背椅，刚坐定，便有老货前来为后生求算合婚八字，又有个查埔团要择日放梁。等来客事毕离去，缪百寻便让汤奁把小桌和靠背椅送还“管升班”大堂，趁早往“畲厝大药房”走去。

到了大药房，只见椅条上坐着几个候诊的，似乎每个人都在下意识保证安静和耐心。一个婆子坐在诊桌旁伸手给马彦摸脉。估计马家二后生马慎源出诊去了。马彦身后站着一个俊朗的少年，想必就是那个正在读私塾的马心云了。缪百寻与汤奁也悄悄在少年身后站着。马彦垂睫咂摸片刻，说：“你没啥事呀。”婆子说：“还没啥事，我就快躺倒了……浑身哪里都痛，脖子都扭不动了！”“这是季节转换，地气凉透了，你一下没能适应过来，才这痛那痛的。”马彦说，“不用开药，你回家穿暖和些，吃清淡一点，过几天就没事了。”婆子走后，马彦这才对缪百寻说：“等会香城府地‘敦仁大药房’的大头家郇杞怀要来，我怕招待不周，特地请百寻你来做个伴。”缪百寻行了个礼说：“承蒙老先生看得起。”“这个郇杞怀，字敦仁，刚过知天命之年。四五岁时其祖父见他聪颖过人，喜不自胜，竟将‘郇氏大药房’更名为‘敦仁大药房’，他不负长辈厚望，而立之后便成了香城方圆几百里地名头最响的医生。”马彦说，“敦仁先生这次来是巡诊乡下。百寻你若方便，替我这老货辛苦一番，带他去三旗门拜访老盖陶，带他去上肆溪口、襄摇圩，让长溪见识一下什么样子才叫真正的医生。然后送他上船回香城，就算尽了地主之谊了。”缪百寻说：“老先生放心，百寻一定好好带路作陪。”

一直不作声的马心云突然开口说：“阿公，客人到了！”果然有一个穿戴朴素的中年人，身后跟着背包袱的一个随从出现在店门口。缪百寻随马彦起身迎客，客人抢一步进店，拱手说：“郇杞怀拜见马老先生。”马彦连忙说：“敦仁先生快请！”原本要将客人直接引上阁楼的，见四五个患者坐在椅条上候诊，客人便在店铺里不肯移步了——“实不相瞒，近期杞怀遇到不少困扰，今日有现成的病例，正想当场向马老先生讨教！”郇杞怀说，“知道这样做十分无礼，怎奈求证心切，只愿马老先生能容许杞怀这样的无理取闹。”马彦说：“敦仁先生但请无妨。活到老学到老，能与敦仁先生切磋探讨，老朽求之不得哩！只可惜砀头社有乡民病急，我二后生慎源出诊去了，错过这么一个临场学习的大好机会！”郇杞怀便不再客气，从候诊患者中挑出一个四十来岁的查某，引到马慎源日常坐诊桌子前，由他“望闻问切”后，又让妇人伸手给马彦摸了脉，然后各自拟了药方。药方交换之前，马彦试探孙子说：“心云，你觉得阿公会开什么汤头？”九岁的马心云说：“我想阿公会开‘参麦饮’。”马彦追问：“这是为何？”马心云说：“这位大姆子睡不着觉、干咳，虚喘面赤，这么冷的天，反倒冒热蒸汗，虽难受却无大碍，开‘参麦饮’清凉退火、生津解渴即可。”郁杞怀吃了一惊，说：“马老先生有此造福当地人之家教，当真可喜可贺啊！”马彦说：“在三山一带山地，这是常见症状，我孙子心云不过是平日里耳濡目染得此印象，在敦仁先生面前卖弄，惭愧之至！”说罢交换了药方，果然都是“参麦饮”：

郁杞怀拟药方：人参、五味子各两钱，麦冬四钱。

马彦拟药方：党参、南五味子各三钱，麦冬四钱。

郁杞怀说：“半月前有个内山查某到府地走亲戚，得了马老先生贤孙所说的症状，我开的药方也正是这道‘参麦饮’，不想服药后咳嗽加剧。今见马老先生开‘参麦饮’里的党参、南五味子，除了为患者省钱，是否有别的考虑？”马彦说：“山民较之市民体质寒薄，有的一辈子也没有吃过人参，‘参麦饮’里的人参量虽小，却也是猛可里进了大补，情形就像热铁在冷水中淬火一样。”郁杞怀起身朝马彦行礼说：“多谢马老先生不吝赐教！不想医与药，竟就在这毫厘之间！”马彦说：“敦仁先生学冠香城大地，还能虚怀若谷如此，我孙子心云定将终身获益于今日的幸会！”

午顿前，两医家切磋着为几个候诊的患者开方、配药。缪百寻身临当场，体会行家里手那种洞察入微的高深境界。随后由伙计带汤姿与郁家随从去灶间吃饭。马彦携孙子心云引郁杞怀、缪百寻上阁楼用膳。这一日午顿除了焖得绵软的米饭外，清一色用几只鸡僆子熬制的汤料，炖芥菜、红菇、淮山，煲芸豆和槟榔芋，各人面前还放着一瓯龙眼酒。在饭桌上，马彦向郁杞怀郑重介绍缪百寻说：“别看百寻年纪轻轻，他可是本地一名通晓阴阳五行的难得才俊，三山一带缺医少药，乡民患了病就找‘畲厝大药房’；乡民问命测运、建坟造舍求教的便是他缪百寻了。嘎山奚家、畲厝马家一旦疑难也都找他指点排解。百寻是地地道道的本地通，此后几日由他为敦仁先生带路，称得上不二人选。”郁杞怀说：“天赐机缘，我也有不少问题正好在路上请教百寻先生。”缪百寻连称不敢。马彦手指饭桌说：“今日招待的是内山粗食，让敦仁先生见笑了！”郇杞怀举箸试吃，竟一下胃口大开，说：“桌上这五样内山粗食，吃了便知道深蕴奥妙，马老先生可千万别藏掖着，一定要告知杞怀才行！”马彦说：“那老朽只好献丑了：炖、煲这几样菜的汤料，由几只鸡樾子熬制而成。敦仁先生旅途辛苦，开胃一瓯龙眼酒，吃米饭配这几样素菜，既能祛除痧暑又耐得了体力。这是乡下人的讨巧做法，只愿能合敦仁先生的胃口。”郇杞怀感叹说：“马老先生你这是招待我一顿饭，便要走了我下半辈子的想念哩！”

64 敦仁先生

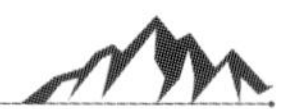

马彦雇了过山轿，郁杞怀不肯乘坐，说到三山为的就是要了解山地生态，攀爬嵯硞路途牛喘流汗，任凭呼呼山风凛冽刮卷，经受危崖深涧幽寒烟瘴，体验山民艰难奔走时的粗吃冷喝……神农尝了百草，这才创建医学；李时珍远涉深山旷野、遍访名医宿儒、搜求民间验方，这才有他的《本草纲目》。医家要的就是亲历五味，岂可坐轿走马观花流于形式！马彦便不再坚持，笑着由他了。

午顿后歇了片刻，郁杞怀与随从、缪百寻与汤奎一行四人向百漠关进发。走到樓茏岭下，汤奎力大，将郁家随从的包袱也要过来背在身上。郁家随从正好腾出手来时不时地去搀扶一下自家主人。到了百漠关，已望得见前方的三旗门，以及远处奇峰嵯峨的响廓山和鹩山崖。郁杞怀说："来到山地，想要拜访的是马家爸团，还有三旗门的草药郎中老盖陶。不想今日还结识了年纪轻轻的百寻先生！"缪百寻说："七年前我随师父与马家堂侄马执时做伴，到府地'敦仁大药房'进药，恰逢香城各地流行鼠疫，瘟疫时节药材紧缺自不待言，先生非但预见，还允许赊欠，动员马家多进些有防效的药材回山地用于急需。当时师父和我站在'敦仁大药房'门前，想到的就是郁家医者仁心那种难得的胸怀。"郁杞怀说："你这是在标榜郁家了。我倒觉得，寻常百姓一旦心存善念，这世间就会变得柔和；一个人一旦业精一技又能心存善念，这世间就会变得友善而天高地广。”

一路说话来到三旗门的小姑桥头，见盖家院子的门锁着，过路人说，老盖陶若不在家，要么是上山采药，要么就是给人看病去了。郁杞怀便要四下走走，缪百寻带他去“潘记”油店小坐，差汤奓去买几个万阿婆的七草黑粿，给客人品尝新鲜口味。万阿婆虽然老了，她的七草黑粿反而做得更为精细。七草黑粿是这户农家的衣食爸母，万阿婆把手艺传给下辈，但必须在她严苛的监督下一丝不苟完成各个环节。这七草黑粿口感柔韧，草味清鲜，甜而不腻，让客人吃了回味其中。吃后找家客店住下，缪百寻吩咐店家只管准备当地的可口小吃，不用担心饭钱。简单的几样饭菜，名医郁杞怀吃了竟又连声叫好。见天色已暗，缪百寻提议说：“此刻去小姑桥头，老盖陶肯定在家。”“老人家上山采药劳累了日时，暗暝就不便叨扰他了。”郁杞怀说，“还是明日赶大早去拜访他比较好。”

挨了一个透暝的霜冻天，凌晨起来更是冷人，郁杞怀感到自己似乎被冻僵了，也不顾烫嘴的早糜嚗起来哧溜作响，一直嚗到他鼻头冒汗。当地乡民大都衣衫单薄，冷得涕泗四流，反而禁得住冻，仍旧赤脚踩着霜花，赶大早的，查某的到溪里漂洗衫裤，查埔的挑着粗桶下地沃菜。郁杞怀十分感叹，大概自己是久居香城府地娇养了，才会变得如此羸弱。他搁下碗箸抹一把嘴，便往小姑桥头的盖家跑，让身后三个觉得他不再是德高望重的名医，而是一个顽皮的少年家在意气用事。到了盖家院子门口，正好撞见老盖陶和一个后生子小跑着要出门，看样子事情挺急的，顾不上来客人了。一行四人也跟在老盖陶身后跑着，来到邸丹门一户孕妇家。原来这家孕妇半暝临产，见产门微启便撤走被褥，在床板上撒了草灰，接生的姆子不停催促孕妇往下腹踘力，不多久产门血流如注，等老盖陶清早赶到时，孕妇已血凝紫结，昏厥过去了。接生的姆子惊惶失措，用力去抠她的人中，钳她的脚后跟，均未见回应。老盖陶拨开接生的姆子，拧汗巾热敷了孕妇，垫高她的肩背，唤主人取出棉被盖上，又撬了她嘴巴灌几口温滚水，不一刻血复流注，从鬼门关回头的孕妇悠忽醒了，嚗下半碗热糜后产门舒张，血团团的细囝竟顺利滑脱出来。直到细团发出一声啼哭，那些在生命危急关头没顾上避嫌的查埔团，这才赶忙退出觇房。老盖陶洗了手，叹了一口气，趺撞着回到小姑桥的盖家小院。外来的一行四人，也随后而至。缪百寻对老盖陶介绍说：“盖老伯，这位是香城府地‘敦仁大药房’的大头家敦仁先生。他路过三旗门，特地来看望你。”老盖陶说：“刚才事急，怠慢敦仁先生了！”郁杞怀说：“若不是盖老先生，那母子两命休矣！”老盖陶给客人泡了大碗茶，说：“这样的大冷天，穷人家怕血污了棉被衫裤，便着急着让孕妇赤裸在草灰上，无知的接生姆子不晓得事要应时，拼命催促她长时间花气力压腹肚，胞衣破裂大出血也不管，等气血耗损过头了才知道危急，孕妇自身难保，哪来力气生团！”“幸好三旗门这地头，有一个能体贴人情的盖老先生！”郁杞怀说罢不再言语，起身去参观盖家种满草药的院子。院子里的草药近百种，他这边拨动枝头嗅嗅，那边摘一片叶子放进嘴里咂摸，全身心沉浸其中。能辨识这些草药的特性且培育得了它们，要有多么了不起的性情！一想至此，郁杞怀又忍不住对老盖陶说：“盖老先生你的仁德比山地还要厚重，让杞怀好生敬佩！”

恋恋不舍离开了盖家小院。路上郁杞怀说：“老盖陶抢救那家人的母子俩，就像在管自家的事一样。”缪百寻说：“老盖陶很清楚那家人付不起诊金，但过后会请他吃一顿‘鸡酒’，在那家人的能力之内，逢年过节说不定还会送他一块肉膫或一两个粽子、月饼、一片年糕那样的礼品。即便付不起诊金，甚至不请不送，老盖陶也从不计较。草药是自家院子里栽的、山上采的，老盖陶就那样乐此不疲为三旗门人忙碌着。据说三旗门小姑桥头的盖家代代单传，尽心施治却不求回报，一直都是盖家几百年来不变的宿命。”郁杞怀说：“在我看来，这盖家是三山一带最难得的乡间风骨。”缪百寻说：“三旗门人习惯了老盖陶的守护，只有到他死的那一天，才会感到剜心的痛惜。”郇杞怀说：“切身遭受便会铭记于心，可久而久之视而不见，却也是人之常情。”走了十几步地，郇杞怀说：“百寻先生你刚才提及的‘鸡酒’，是怎么回事？”缪百寻说：“乡下谁家生团，等产妇产门一收即宰了鸡，去头去爪去翅尖，剁成肉块，拌两片调味鲜姜在麻油锅里热炒，加半斤泡红糊的米酒，放进土坞的滚水里慢火熬透——如此烹调的一道‘鸡酒’，向来是产妇最不可少的一种滋补食物。寻常人岂容与哺乳期的产妇分食，唯有请老盖陶前来吃一顿，谁也不持异议。”郇杞怀说：“这道‘鸡酒’，可说是食补食疗兼有之。”说话间，已走了十余里，来到响廓山下的砀窟潭，缪百寻指着危磡叠起的崖幛说：“攀爬了羊肠磴道，上头就是响廓山了。”郇杞怀的目光从碧蓝的砀窟潭抬起头来，望了一眼直插云霄的响廓山，放低目光轻移左前方，便是逼仄的上肆溪口。缪百寻朝对岸喊了一声，撑篙摆渡的三牯子很快将船摆过来抵在岸边，等一行四人上了渡船，缪百寻说：“三牯子不急，船慢慢绕砀窟潭一周，唱几支歌来听听！”三牯子唱道：“少年家想要出头天，打拼读书考功名，当大官赚大钱，用的是金银器，吃的是山珍共海味……最好活是当三公，最销魂是当新郎，最好死是马上风……等你两眼发昏老掉了牙，存钱不花有啥用？……却原来，人生到头全是空……”缪百寻对郇杞怀说：“三旗门盖家有医治马上风的灵药，是老盖陶绝不外传的‘独门秘技’。”郇杞怀说：“上天保佑，可千万别失传了才好！”三牯子歇一口气，接着唱道：“少年家别轻狂，二十更、三十暝、四十圩期由你浪，五十半月六十摸，七十想得失心神，眼花气喘两茫茫……”三牯子意犹未了，变腔调又耍了个说唱：“猪哥查埔趿趿趖，趖顶村趖下社，趖来趖去做干爹……一样米饲百样人，黑个紧来红个润，白个松来黄个滥，阔嘴大来马脸拱，大麻子查某挺叉叉……猪哥查埔趿趿趖，趖顶村趖下社，趖来趖去当干爹……”汤奓听了烦躁，说：“三牯子你唱什么乱七八糟的，我可是一句也没听懂！”三牯子笑道：“汤奓你什么时候娶了查某，就什么时候懂了！”没想到这一日三牯子一张嘴唱的全是浑话。缪百寻说：“三牯子你今日颠八戒唱了！”三牯子哈哈大笑说：“你们这帮斯文，都是听了心里畅快嘴上偏不饶人！”三牯子唱罢歌，手上的竹篙用力一个插撑，船离开砀窟潭，顺水向几篙外的对岸驶去。

到了上肆溪口的小街上，缪百寻带郇杞怀去品尝卓老耇的红豆粽，又去“阿娇客店”吃了肉丝汤面，马虎应付了午顿。临离开时，缪百寻指着嘎山上说：“我和汤奓就住丫叉口的那口瓦窑和一间草厝，单家独户的，可以望得邻近村社圩镇。”郇杞怀说：“以百寻先生的才学蜗居丫叉口，定见玄机所在。”缪百寻说：“百寻本性放浪形骸，德行浅薄，居住废弃瓦窑，图个心安而已。”

到了襄摇圩，已是郇杞怀山地巡游的最后一站。缪百寻把客人交给“畲厝大药房”的大头家马长溪，便和郇杞怀告别，与汤奓一前一后回丫叉口去了。

香城名医郇杞怀在襄摇圩“畲厝大药房”马长溪处受到热情接待。席间郇杞怀想起搁置心中多年的一个问题，开口说：“临川先生，七年前香城到处流行鼠疫，多地大面积波及，三山一带却最为安宁，仅碇山崖被夺去二十人口。后来我听说是你发明的特制套服起了作用，却不知具体情形如何，能否如实相告？”马长溪说：“实不相瞒，我当时也是事急从权，鼠疫病毒传染极速，得病则无治，当医生的不能袖手旁观又要避免传染，无奈之下想到以毒攻毒的办法，便用石胆、丹砂、雄黄、矾石、慈石研合‘五毒散’，用泡药汤几度浸染几度曝干的薄布缝制套服，让接触患者的医生和人员穿上——为免于中毒，同时特别交代千万别打湿这喂过‘五毒散’的套服，又动员碇山崖各户撒石灰消毒隔离，不想竟收到意外的效果。”郇杞怀感叹说：“这一次山地之行，我有幸结识了马老先生、临川先生，还有那个聪颖的马心云，一个地方最不可缺的品格，你马家祖孙三代人都占全了。”“多谢敦仁先生的嘉勉。”马长溪说，“三山一带让我服膺的有三位。一个是守护医德近乎迂腐的家父，一个是行事豁达大度的‘奚记豆油庄’大头家奚园，还有一个是年纪轻轻的缪百寻先生。”郇杞怀说：“再加上你的后生马心云，将来他的医术必定在你我之上。”“敦仁先生如此看好犬子，等他上完学堂，就送他到府地香城拜先生为师，先生可一定要收留他！”马长溪大为开心，说，“我正担心家父溺爱孙子，任由祖孙俩相处久了，不迂腐也会是个书呆子。”“只要马老先生不想自己调教，日后收马心云为徒不在话下！”果然郇杞怀爽快答应了。马长溪忙不迭给郇杞怀敬酒，先行谢过后接着说：“在三山一带，我和奚园内心敬佩的是同一个缪百寻先生。奚、马两家能有今日的局面，多亏他当时的点拨。敦仁先生你一定不相信，点拨之时他只有十九岁！”郇杞怀说：“这一次山地之行，马老先生邀请缪百寻当了杞怀的向导，兜螺、三旗门、上肆溪口、襄摇一路走来，他言行得体，其举止无不透露着对世事人情的洞察，的确是个可多得的一个人才。”马长溪遂将缪百寻这十来年的形迹作了铺陈。郇杞怀说：“难怪缪百寻心怀悲戚，原来小时便饱经缪家老宅的不幸，那次鼠疫又夺去他砬山崖上所有的亲人，上天真可谓不公！”马长溪说：“我一旦有什么疑难，都爱和缪百寻参商讨教，唯有一件事他一向不置言辞。”郇杞怀说：“杞怀愿闻其详。”马长溪说：“六年前山地下了罕见大雪，那个雪暝生下两个查某婴，一个是查某团马缨花，另一个是奚园的查某团奚寄奴。小女缨花生就壮健，奚园的查某团奚寄奴是肉眼看不到血气的虚弱。可奇就奇在，这些年来两个查某团竟一次也不曾生过病。更奇怪的还有，我每次回家见了自家的查某团，都是好心情，每次回了一趟家，回头做事就会劲头十足。一日与奚园提起，他竟也有同感！”“可喜可贺，各种迹象表明，奚、马两家将迎来全新的兴盛时期！”郇杞怀说，“强极而弱，弱极而强，阴阳五行的消长也蕴含着最精微的医理。”马长溪再次拜服，与郇杞怀相见恨晚。

香城名医郇杞怀在襄摇圩“畲厝大药房”与马长溪促膝长谈。有关“特制套服”的玄机，马长溪向郇杞怀坦诚相告。礼尚往来，郇杞怀也向马长溪透露了蜡封药丸，以及定制装药丸的小瓷瓶，加木窒蜡封的系列做法，既利患者也利面市。马长溪听了心动不已，经半月研制出货，不久后几种药丸都成了“畲厝大药房”颇被看好的新行情，为来往困难、煎药总是失当的乡民提供了极大的便利。

67 嘎山

多年来差不多一直都是，大头家奚园暝昏前回嘎山奚家“承安楼”，打大早再赶往兜螺圩坐镇“奚记豆油庄”。奚园偶尔会在丫叉口歇脚，更多时候是步履匆匆而过。仲夏的这一日午后未时，奚园从阪陀岭上来，又翻越丫叉口下山去了。缪百寻遂将红封雪糕、糖包、生仁饼、“一枝春”茶叶放进墭篮，由汤奓提着一起下山。在山脚下，缪百寻让汤奓提墭篮到浃溪水碓房等着，他一个人向“承安楼”走去。

奚园很少大白天回家，嘎山奚家有的下地做功课，有的外出摆弄生理，整座“承安楼”恬寂寂的，却在冷不防间从楼中大厝的下厅蓦地传出了响亮的读书声。奚园想起自己读了几年书，小小年纪就为生计奔波，时至今日已打拼下一片天地，回头听了读书声竟十分享受，便从大厝边门悄悄进入顶厅，循着“天命之谓性，率性之谓道，修道之谓教。道也者，不可须臾离也，可离非道也……”的琅琅读书声，觇园在柱子后看柏衍、柏庐兄弟俩在学堂上大声诵读的情景。让奚园浑身充盈幸福感的，是随着目光的轻移，他还看到自家七岁的查某团奚寄奴和三岁的细团奚柏生，坐在末尾一排书桌后面的杌子上，杌子一高一低，神态端庄的查某团前头坐着细团，姊弟俩只凝神听着，前头的学生似乎正在为姊弟俩清越发声。那荡涤心室的声音在圆楼里萦绕着，然后飘向晴明湛远的太空。奚园回到家中，蒲叶大姆正在里间缝制褓衣，她的腹肚又高高隆起——她总是一次次的在悄无声息中为奚家怀上身孕。蒲叶大姆抬头看了他一眼说："你这大白天的，咻醉了酒一般，到底招惹上什么好事了？"奚园美滋滋说："好事多了：你腹肚里的细团大得有多快！寄奴和柏生也上学堂了！""姊弟俩自备杌子，到学堂摆样子作耍，你还当真哩！"蒲叶大姆说，"倒是奇怪得很，柏生由寄奴带着，就不再调皮捣蛋，耿先生竟准许姊弟俩觇园在后头旁听！"奚园说："你哪里知道，寄奴不单拢住柏生，我看是只要她坐在学堂里，整个学堂的气氛就是不一样了。""你这是偏爱她，横看竖看都是个好。"蒲叶大姆说，"昨日我听耿先生说了，寄奴坐在学堂里，耿先生会觉得她什么也没听进去，可又觉得她好像不用学就什么都懂了，说这就叫心中'空无而万有'。反正后半句话我没听懂。""这个耿先生有学问，不简单呐！"奚园暗自咂摸，以为耿先生说的正是自己的感觉，只是他不像教私塾的耿先生那样说得出来。

来到"承安楼"，循着琅琅的读书声，也从大厝边门悄悄进入顶厅、觇园在柱子后的缪百寻，他和奚园看到的是同样情景。奚寄奴七岁了。此刻奚寄奴的神态，和他梦中的缪寄奴形象重叠在一起，恍惚间他又置身于砬山崖，时空的界限便在瞬间幻化了，师娘束青环、查某凌缨花似乎就在他身边。缪百寻将自己强拉硬拽回现实，赶忙退出大厝，找奚园来了。听动静奚园从里间走出，有点意外地说："没想是缪先生大驾光临！"缪百寻说："午后见大头家经过丫叉口，有件事想请你帮忙，便随后跟过来了。"奚园给缪百寻泡了茶，说："有什么事我能帮上忙的，直说无妨。"缪百寻说："汤奓小时，爸母便不知所终，汤佬过世后他成了名副其实的孤儿，如今二十岁了。在浃溪看护水碓房的郧瘸子，他家的查某团小妍十九岁。年轻人情投意合的，丫叉口到水碓房不过三里路，日常也相互照应得到，亲事若说得成也算得上门当户对了，大头家不知道肯不肯给这对年轻人保个媒？""我也觉得双方十分般配，保这个媒也是积一次德，何乐而不为？"奚园当下表示愿意走一趟水碓房。

68

汤奓和小妍守着水碓房，在不停起落的木杵下间或翻搅一下石臼里的稻谷、鸡爪黍和壳灰。小桌上放着汤奓提来的礼墭。难得偷闲的郧瘸子正在外半间吃水，见奚园和缪百寻结伴而至，他站起身，手足无措说：“是大头家和缪先生呐！”奚园说：“郧兄弟还好吧？”“托大头家的福，没有什么不好的。”木讷的郧瘸子搓着手，也不知道如何表示谢意。缪百寻对郧瘸子说：“你先把水笕移开，省得哐啷哐啷的不好说话。”郧瘸子拨颠着步子跑过去将拨离水笕，水车停了转，震颤地面的哐啷声当即消失。奚园喊道：“汤奓、小妍你俩过来。”站在三个长辈面前，汤奓显得有点傻大个。缺了左臂的小妍衣衫破旧，却已是害羞的大姑娘，她迟迟疑疑，只在众人面前晃了个身影便躲里半间去了。奚园说：“郧兄弟，小妍已是个认事理的大姑娘，今日我和缪先生替汤奓提亲来了。汤奓身边已无亲人，缪先生一向把汤奓看作晚辈。汤奓入过馆学得好功夫，壮得像头牛，寻常十几个后生子也打不过他，这些年跟缪先生东奔西走也算是见了世面。他没有别的多少牵挂，丫叉口到水碓房也就一段路，两头兼顾得到，你嫁查某囝得到一个囝婿，同时也得到一个后生，这桩姻缘怕就是老天爷从中促成的，在我看来是极好的，却不知道郧兄弟心里是怎样想的？”郧瘸子在郧头沟时是单家独户，那个聋哑查某似乎从天而降，人际关系就是面对那个依赖他的聋哑查某，和一天天长大的查某囝郧小妍，这一日猛地要他决断嫁女这样重大的问题，一时间窘得说不出话来。缪百寻说：“郧兄长你若是同意这门亲，等我找个黄道吉日，婚事简办即可，新娘嫁妆各种物件，到时在水碓房办一道喜宴、在丫叉口办一道喜宴，一应由我操持，尽可放心不用费你的事。”缪百寻明白在深山密林里打野兽捞山货，最推崇的就是力道，郧瘸子在内心上特别看好汤奓的强壮，又见汤奓与小妍合得来，并没有反对的道理，终于挤出一句话说：“那敢情好！只是不知道汤奁和小妍有什么想法。”缪百寻当即把小妍喊出里半间，两个年轻人羞赧地勾着头，接受来自长辈的质询。看单个小妍已是大姑娘，可站在一起时身量还不到汤奁的一半。奚园说：“此刻议的是你俩的婚姻，若同意不用作声；若心里有别的想法，就要开口说话，免得把终身大事给耽误了！”两个年轻人咬着唇把头勾得更低，不言自明是向往已久的。几个人松了一口气，大体上这门亲就算说成了。缪百寻打开礼墭，将红封雪糕、糖包、生仁饼、“一枝春”茶叶堆放在小桌上。郧瘸子两眼发潮，流了百感交集的泪水，却不知道如何感谢奚园和缪百寻两个。

汤奁涨红着脸，紧随缪百寻与奚园离开浃溪。水碓房很快响起哐啷哐啷那直捣心房的声响。走了几步路，远远望见嘎山奚家“承安楼”门前的一颗巨石上，与学堂里所见一样，坐着一大一小的两个细团。就在这时候，斜西的日光掠过山脉与嘎山的雾霭山岚交接，竟迸射出一个五彩斑斓的光环。光环大如巨匾，在两个细团的身后闪现着紫光。此刻的塔尖山、嘎山、翠屏山，远处的大莽山、响廓山、鹩山崖，郁郁葱葱，寂寥苍茫于无尽的行藏之中。一行三人不禁讶异地停下脚步，奚园惊叹道：“今日我奚园保的这个媒，此刻看来当真是做了一件大好事了！”缪百寻说：“大头家的爱女奚寄奴宝光相随，这情景世间少见，日后定有不凡的因应！”奚园说：“偏就这么巧，若非亲眼所见，岂敢相信！”不知道为什么，缪百寻只希望走近前时，能听到奚寄奴叫奚园一声阿爸——奚寄奴七岁了，缪百寻对奚寄奴的印象，一直停留在给她取名的那一刻，竟无缘听一次她的声音。只是在他转念之时，在那颗巨石上，已不见姊弟俩的身影，奚寄奴携小弟奚柏生回“承安楼”去了。随着奚寄奴的离开，那道奇景又于转瞬之间化为乌有。

天色将暗，缪百寻在路口与奚园作别，带汤奁爬石坎路赶丫叉口去了。奚园觉得自己有点急，几步便回到“承安楼”。学堂放学了，在里间不见到姊弟俩。蒲叶大姆说：“看把你高兴的，做成大媒了？”“缪百寻遇事总是四下妥当了才做的，保这媒也就是提个话头给郧瘸子一个面子，哪来成不成的。”奚园说罢，又将回来路上见到的神奇渲染了一番。蒲叶大姆笑道：“我晓得这是你内心作怪，我前后为你奚家生了四个，如今又怀上一个，三个是后生，在腹肚里的还不知道，只有寄奴一个查某团，还生得乖巧，不像后生娇惯，她争占抢都不沾——耿先生就标榜她‘空无而万有’了，不就是你这个生理人眼中最缺少的‘与世无争’嘛，值得你整日放在心上、挂在嘴边吗？”奚园不高兴了：“你这个犟婆子说浑话了，我在兜螺、襄摇面对圩市，什么样的人没见过？你倒好，只认我是偏心眼儿的了！”“好了，好了，谁也编排不得你的心肝肉！”这一日蒲叶大姆发觉自己再不服软，当真查埔人要生气了，她说完赶快开溜，下灶间煮暗顿去了。在蒲叶大姆的眼里，看不出奚寄奴是自家的查某团，恍惚间她就是见风长的，每日里不但吃得少，还偏于素食，扛起碗箸吃几调羹米糜，夹几下青菜便作罢，哪里是这俗世人家养的！

“阿爸，”姊弟俩恰在这时来到里间，刚被惹恼的奚园经查某团的一声阿爸便叫得烟消云散了。奚园说：“寄奴，你刚才在楼门口的大石上做什么？”奚寄奴说：“阿妈要我到门口看看阿爸回来了没有。”奚园说：“可你和柏生又从大石上下来，跑得不见影子了。”奚寄奴说：“我望见阿爸从水碓房那边往回走了。”奚园叹了一口气，他的查某团可是一点也没有觉察到那一时刻的神奇。

69

过了三个月，畲厝马家、嘎山奚家的停车棚分别贴出一纸告示：“因郧家嫁女，浃溪水碓房将歇业三日，若有粟粮物料要杵作，请提前或延后送达，以免误时。郧撵恳望谅解。”直到为郧瘸子拟写告示的这一日，缪百寻这才知道郧瘸子的学名叫郧撵。畲厝、嘎山两地民众，有粟粮物料急需杵作的，用鸡公车推来之时，觉得歉意，也顺便捎来少许诸如糯米、红糖、茶叶之类喜事用得着的随礼物品。这样的额外收受，让郧瘸子十分惶恐。仲秋初八，郧瘸子移离水笕，水车停转了。缪百寻与汤奓带来了红嫁衣、酒肉菜，压红墘的聘金是新近在山地流通的两块锃亮银元。郧癞子一直木讷着无以应对。茶具是新添置的，他笨拙地学着默默泡茶。茶呷过一巡，又见嘎山奚家、畲厝马家两族各差人送来布料六尺、手掌大一面玻璃镜子的贺仪。缪百寻用红封雪糕、生仁饼替郧癞子派发了回礼。花色布料、玻璃镜子是经广州、香城港口进来的番货，山地圩市难得看到，郧小妍何时见过这种稀罕物件，内心极是喜爱却怯于触碰，便手脚慌乱配合汤奓去摆弄那道简单的宴席。这对年轻人不像就要成婚，倒像在山野上开过路吃店的小两口。仲秋时序，地气早已凉透，这对年轻人却免不了要忙个满头大汗。肉菜摆上那张粗糙的松木桌，斟了酒，做亲双方四个于是落座开宴。缪百寻说："郧兄长肯定有话要开导汤奓、小妍。"郧癞子说："我心里想的缪先生都知道，就由缪先生说吧。"缪百寻说："郧兄长放心，到丫叉口也就短短一段路，小妍嫁了，她几日即可回一趟水碓房缝补浆洗、掮扫里外。我与汤奓出门时，小妍就回水碓房与你做伴。你也别顾虑重功课，汤奓隔三岔五就会前来帮衬；有什么急的，你只需停下杵作或烧几把松针，丫叉口听不见哐啷声或望见浃溪冒起浓烟，汤奓、小妍都会随时赶到。"嫁查某团或娶新妇，就算在乡间其礼数也极其繁复极其郑重的，郧癞子一直束手无策。幸亏有缪百寻替他操持，简办却不离范式。郧癞子把那瓯酒挪一边，倒了满一碗，捧到头顶说："我郧癞子也不知道上辈子积什么阴德，能得到缪先生这样的看顾！缪先生对汤奓、对小妍，比他俩的生身爸母还要尽心周到、还要做得多！我郧癞子生来颟顸，就敬缪先生这一碗酒吧！"口舌纠结的郧癞子，几日来一直在心里翻来覆去默念这几句话，说罢吃下那一碗酒，双眼顿时汪满了泪水。"郧兄长说生分话了。"缪百寻把一瓯酒啉了，"汤奓自幼没了爸母，人长得高大，实际还是细囝性情，即便内心十分疼惜小妍，也会做事莽撞耍蛮脾气，小妍你凡事一定要多担待他。"小妍红着脸，说不出话。"缪先生的话，小妍你要记牢。"郧癞子灌下那碗酒，舌头就有点大了。缪百寻说："今日是大喜事，为汤奓、小妍婚姻美满一起干了这瓯酒！"各人于是把瓷瓯里的酒啉了。郧癞子为缪百寻夹肉菜，也为汤奓、小妍夹了肉菜。郧癞子想起他的聋哑查某，哽咽说："小妍你多有福气！你阿妈到了郧头沟，生下你，十多年了，我连她的名字都不知道！"小妍放下碗箸，跑内半间抹泪去了，可她也知道这一日是不应该这样子的，转个身便又回到桌边默默坐下。客气一过，接下来就是填腹肚了，饭饱酒足后，缪百寻与汤亥踏着半月的清光回丫叉口歇息去了。小妍这才把花色布料、玻璃镜子拿在手上反复看个不够。她以前只在水面上看到自己并不十分清晰的容貌，除了缺一条手臂，这一日在玻璃镜子里她看到一个生动多样的自己。可惜天很快黑了，小妍便打开花色布料，布料非但细密，还十分柔滑，试着裹在身上，也不晓得穿了花布衫自己会是怎样漂亮。郧瘸子说：“小妍你做啥哩，天黑得看不见五指了。”小妍说：“讨厌阿爸了，就你臭嘴一说天就当真黑了！”郧瘸子说：“人家明早才来迎娶，谁想你这么快就讨厌老爸了。”小妍说：“那我不嫁可以了吧？”郧瘸子说：“不嫁就把布料、玻璃镜扔下浃溪，让水冲走。”“这么好的物件，扔了我会心疼死的。”小妍说，“就算嫁了，我也要住在水碓房。”郧瘸子说：“憨查某团哩，哪有嫁了还住娘家的道理。”小妍的一颗心乱撞，她挺喜欢汤亥的，最要紧的是，缪先生就在她身边，她也可以三天两头回水碓房与阿爸做伴，那样的日子要说多好就有多好。

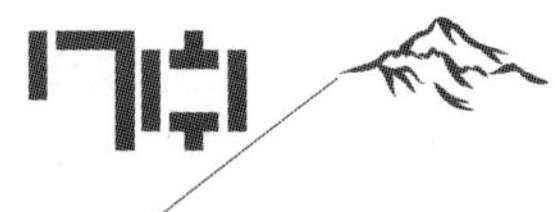

回到丫叉口，打开瓦窑的门，脚踢到一个沉沉的小布包，缪百寻没有声张，因明日要准点嫁娶，交代汤亥几句，便让他到石墙草厝洗澡歇息。缪百寻点了油灯，不出所料小布包里是五六两碎银。上了锁的门不留缝隙，小布包是通过门扇下挖的土窟塞进窑洞，再把土窟填实。响廓山杈口坪的消息还能保持如此通畅，看来袁抹刀的屘叔袁绞齐当真不是等闲之辈。

按规矩，翌日天蒙蒙亮缪百寻便与汤亥赶到水碓房吃早顿，郧瘸子给房间上锁，放了一挂鞭炮。缪百寻手提红墟，红墟贴一张开路灵符，走在前头领路。小妍穿上新嫁衣，举着鸳鸯戏水的油纸花伞，胸前结着红花的汤亥手搀新娘，思绪万千的郧瘸子押后跟着，一路往丫叉口出发。经过嘎山奚家，几个老货、姆子和细团跑到村口看热闹。姆子说：“缪先生，你给汤夌娶新妇了？”“是啊，是啊。”缪百寻掏红墭给他们撒糖果。老货说：“郧瘸子你嫁查某团，还亲自送上门呐！”“是啊，是啊。”虽话里有话，郧瘸子却不去计较，他也是有准备的，掏口袋也撒了一遍糖果。“汤夌不撒糖果可不成！”细团们不高兴了，唱道，“汤夌娶查某，娶了母老虎！母老虎真霸道，汤夌着火烧燎！”小妍听了扑哧一笑，汤夌冲细团跺脚吼道：“再唱，把糖果要回来！”细团们便嬉乐着一哄而散。

将新娘迎上丫叉口，给灶君上供烧香，又放了一挂鞭炮。被布置一番的石墙草厝，贴着缪百寻写的对联：门对青山小日子，窗邀星辰大月郎；横批：意谓许可。草厝分内外，内为婚房，大床上被褥全新。外为灶间，添置一张小八仙、一副碗箸，那口旧铁锅被刷洗出亮度来，桩桩件件收拾得十分整洁。郧瘸子甚是满意，便随缪百寻到窑洞吃茶去了。因为没有亲友帮手，小两口昨暝忙了娘家的酒席，此时又要忙一道婆家的婚宴。小妍怕弄脏了新嫁衣，换上平日穿的粗布衫；仲秋的白日气温上升，汤夌除去绊手绊脚的长衫，扎上汗巾，立马又是小褂短裤一个壮健大汉。小妍羞赧一笑，她觉得这样挺好。汤夌见了心动，等不及了，便一把将小妍拢在怀里，拥入里间大床，小妍挣扎说：“汤夌你胡闹了，要等暗暝才行！”“我顾不得了！”几年来汤夌千百遍想的就是在大床上捕捉瘦弱的小妍，是何等令人销魂的情形。可小妍却说：“汤夌不行的，我听见有人叫喊了！”出草厝一看，果然有两个挑着轻便担子的人站在门外。其中一个说：“汤夌你娶查某，‘奚记豆油庄’‘畲厝大药房’两个大头家派了‘添丁’‘进财’两个送来酒席权当贺礼，你汤夌有多大的面子！”另一个说：“你这是怎么说的，人家这面子是给缪先生的，汤夌不过沾了光！”在山地逢上结婚或寿庆，听差的会临时给自己用上一个讨喜的名字。汤夌抱拳行礼说：“二位说得对，渴了就请到窑洞那边吃大碗茶。”两个听差的便到窑洞讨回礼去了。来人一走，汤夌又等不及了，小妍推拒说：“两个大头家送来酒席，先生和我阿爸定会到草厝来看看，你这样胡闹，被撞见了多不好！”汤夌觉得无趣，还当真听见了脚步声。

切香肠、卤牛肉，猛火炒韭菜，醋熘粉肝，煮肉丝粉条，又把素菜春卷、包豆泥膏粿蒸软，温热那盅枸杞鸡汤，外加白斩鸡、香芋猪蹄煲、炸的肉泥香酥及一瓮红酒，将这些经过精细做工的食材略加烹饪即可摆上小八仙，日昼喜宴很快开席。做亲双方，除了缪百寻，其余三个从所未见如此丰盛的佳肴。酒过三巡，缪百寻要各位不拘礼数放开吃。女方爸团举箸品尝各道菜色，吃得内心十分荣耀。等先生、老丈人和新娘吃饱，也就便宜了汤奓，席上剩余全都收归他的腹肚了。由于饱呃不停，汤奓移步躲到嘎山崖礅上，果然控制不住被压出几股肠气。这日他还是新郎官，自觉丢死人了。可过了午后晡时，缪百寻吩咐小两口将自备的那些食材也依次烹饪，晚顿再开宴席，到酉时吃毕才放郥瘸子回水碓房。送走了老丈人，汤奓就又回小八仙风卷残云了。因吃得太撑，他走不动路了，小妍只好叠了棉被，在大床上给汤奓垫背。为不至于太难受，汤奓鼻头哼哼，连呼吸他也只能小心吞吐。忙前忙后伺候的小妍骂道：“真没礼体，嫁了你这个大吃懒尸货！”

17 “管升班”

两日后的清晨，时令已是草虫敛藏的肃杀深秋，天气冷飕飕的，却见一只黑蝶飞进窑洞，看样子不像迷路，而是躲避戕害的惶恐，在窑洞里四处撞壁飞不出去，让人看了跟着心焦烦恼。这一日是小妍婚后“三朝”，吃罢早顿，小妍准备回浃溪的水碓房省亲，缪百寻交代小两口要早去晚归，他则褡裢上肩，往相反方向走下阪陀岭。缪百寻没有在襄摇歇脚，路过粎婆溪的徛梁桥时，不经意天地间下起秋凉冻雨来，走半里地就将他淋湿了，让他浑身上下觳觳抖颤噤着寒气。平日缪百寻出门，会为自己准备一套替换衫裤放在汤奁背的包袱里，这一日走得匆促给忘了。幸好稍后雨便由小转停，等他走到兜螺圩“管升班”大门前，除了还刮着冷风，所见已是晴天。“管升班”的伙计见了，照例为缪百寻搬出一副配套的小桌和靠背椅。缪百寻刚坐定，就来生理了，可他的心绪竟是飘忽的，捉摸不到说话的由头，勉强挤出几句话，也干巴巴的言不由衷，客人听了，也觉得狐疑。缪百寻被自己这样不堪的情形吓出一身青清汗。摊摆不下去了，平时汤奁是一手桌一手椅送回“管升班”，不料这一日缪百寻四肢酸软得提不起力道，只好拼着劲将靠背椅扛到“管升班”的大堂，一句话没说出口，便脸色铁青踣倒在地。这下惊动了“管升班”的头家娘甘宛如，伙计们七手八脚将缪百寻抬上“醉莲”间，又火速派人去“畲厝大药房”请医生。听说患者是缪百寻，一溜小跑赶来的是马彦老先生。见缪百寻不省人事躺在床上，马彦也不着急，伸食指靠近他的鼻子探了呼吸，接着翻一下他的眼皮，又用手掌去贴、握他的额头、四肢，对甘宛如说：“缪先生患的是‘痰厥’症，这病十分凶险，应避免户外再感风寒，即便对症下药也要有四五日时间完全不能自理，尽心治疗调理半月方能康复。”甘宛如笑道：“只要马老先生肯下药医治，人不死在‘管升班’便诸事好说。”马彦说：“缪先生患了这种病，怕是要给头家娘添麻烦了。”“这个马老先生放心，我甘宛如正想好好调教他一番哩！”甘宛如说，“他圩日就在‘管升班’门前摆摊，倒好意思和他师父一样自命清高！现如今他好不容易落入‘管升班’的温柔乡，定要他领教一番姑娘们的好手段！”马彦忧心忡忡说：“可怜奄奄一息的缪先生，如何经得起‘管升班’姑娘们的又一番盘剥！”“等养白养胖他也就经得起了！”甘宛如哈哈大笑，派人紧跟马彦去药房取药，回头招呼私下对缪百寻心仪已久的一个千娇百媚的姑娘家花蕊、一个铅华几尽的乔姆子小心照看缪百寻。

伙计在身后跟着，一进“畲厝大药房”马彦便冲着一个正在给橱屉添药的少年家说：“心云，患者痰盛气闭、四肢厥冷至于昏厥，如何辩证？”马心云说：“此病当断‘痰厥’无疑。”马彦说：“如何下药？”“温中散寒四逆汤，附子甘草与干姜，脉微欲绝可复元，四肢厥逆可回阳。”治疗“痰厥”的汤头歌诀马心云脱口而出。马彦说：“缪先生体格单薄，用药又当如何？”马心云说：“用药可以大剂量五分减二：生用附子一枚，干姜一两半，炙甘草二两，水两碗煎八分服之。”“好孙子，缪先生病急，快依此方剂量配药！”马彦暗自庆幸之余，叹道，“畲厝马家后继有人矣！”“阿公此言差矣，畲厝马家具备医生资质者不乏其人，岂可厚此薄彼！”马心云代药房学徒很快配了药。“心云呐，你老爸那道小心思阿公还能看不明白，他是担心你与阿公做伴久了，就变成只懂耍嘴皮的书呆子了！”马彦说，“阿公只等心云长满十六岁，就送你到香城府地跟敦仁先生学医！”“阿公你早该放手了。”马心云说，“我很喜欢敦仁先生，更渴望能到香城府地去见一见大世面。“这个马心云，人小心倒不小，既不想厚此薄彼，又要我这个当阿公的偏袒，分明是占了便宜还卖乖嘛！”

马彦哈哈大笑。四逆汤药剂加上自行研制的古方猴枣散，“每隔四个时辰日暝六次交替服用，若病情平稳，明日每隔五个时辰五次交替服用，后日每隔六个时辰四次交替服用。过三日缪先生便心智开窍，待我复诊后再做道理。”马彦吩咐完毕，便让“管升班”的伙计赶快将药提回去救人。

听了花蕊嗲里嗲气的告急，头家娘甘宛如破例给“醉莲”间生了火炉，备了马桶，特意给那架大床加了一领蓬松暖和的棉被。煎好了药，由乔姆子端着，花蕊坐在床头，将缪百寻抱稳在怀里，然后手捏调羹一点一点给他饲药汤。起初缪百寻是配合的，不想又突然抽搐，扽直了身子，一小口药汤洒在胸前围巾上，又将吃下的药汤尽数呃逆吐出，黏糊糊弄得到处都是。缪百寻声音小得几乎听不见，说:“我要尿。”此刻患者表现的，正是马彦、马心云公孙俩在讨论的——“四肢厥逆，恶寒蜷卧，神衰欲寐，腹肚压痛下利，舌苔白滑，脉微细”的症状，马彦对孙子说:“患者吃药汤后，即使不着腹呕呃出来，定是黏稠涎液，已起化痰作用。”为了方便缪百寻不讲理的排泄，只好给他溜光了下身。两个花间查某搀起缪百寻站在马桶旁，见他裆下器物已缩成婴孩那般的大小，不免掩嘴窃笑。“还畏事害羞哩，小得都不像个样子了！”花蕊伸手去抬高了它，以免尿在马桶外。而后缪百寻又费了九牛二虎之力暗示他要拉屎，两个花间查某于是撑着由他坐在马桶上。两次三番，缪百寻排泄的屎尿已极少，只是水、谷二道每次松禁，人又即刻僵硬昏厥过去。两个花间查某力所不逮，手忙脚乱之际草纸随便抹拭一下，即将缪百寻拖回大床。几次折腾下来，原本就不想避嫌而贴近的花蕊，浑身也是跟着臭膜膜的了。大床上的缪百寻，稍有知觉则“恶寒蜷卧”，如同遭到摔打的一只小鸡，在抽搐中行将死去的情形，让花蕊母性发作，干脆也除却衣裙，一身清气钻入被窝紧紧抱住缪百寻，嘴上便又是不肯轻饶的:“作孽呐，往时总是臭查埔的溜光身子想抱我，如今我倒好，溜光了身子去抱这个快要死了的人！”乔姆子说：“花蕊你这不叫作孽，叫发春情。”头家娘甘宛如恰好走入“醉莲”间，笑道：“花蕊你总想有情人前来赎你，嚷着要嫁就嫁缪百寻。这番巧了，我看你今日就遂了心愿了！”觇园在被窝里的花蕊说：“这个查埔人可怜，都死了九条命了，头家娘还有心耍笑他！”“缪百寻还可怜？你这个发了烧的骚膣花蕊，都拿他当宝贝了！”甘宛如哈哈大笑，“你说这日子偏就怪，前日来了个死不羞的，今日又有了花蕊你抬举的这个羞不死的！”

原来前日“管升班”来了一个叫焦离子的老货，住进隔道墙的“青舍”间。这焦离子早前是兜螺圩没爸没母的孤儿，自小四方漂泊，最后流落到郃市，在凄苦伶仃中打拼，洁身自好又省吃俭用，日积月累终于发了家，等焦离子年及古稀身家万贯的时候，医生却判了他身患绝症将不久于人世。坠入绝望深渊的焦离子，带上心腹随从和金银细软，别了某团踏上寻根路途——回生身之地来了。只是兜螺圩已无焦离子的亲朋故旧，他在圩市踅了几个来回，便走进了他此生一直训诫自己不能涉足的销金场所“管升班”。回到故土焦离子就看破红尘了，他的这辈子太过苛求自己，却不料一切都只是个虚幻，临死之时他一定要放开自我，不来个花天酒地、醉生梦死便不肯罢休！当然这焦离子首先是个生理人，他打发心腹随从在“管升班”附近租房住下，看管金银细软负责付账。他自己则要了天字号“青舍”间，上足供暖的炉火，保证最好的伙食，挑拣身姿婀娜的两个骚查某，要求日暝伺候已经十分出格，还必须不着丝缕寸步不离裸陪他。老要风流，头家娘甘宛如也不是没见过，可这个衰疲的老货除了财大气粗，涉足烟花之地却是个生手，怕他癫狂猝死温柔乡，为免生祸端，押了足额的金元宝，甘宛如还与焦离子签了生死契，这才让他筛选两个摇曳身姿的妖狐子由客方认领，生理当即做成。

甘宛如说：“花蒂、花瓣两个妖狐子，赤裸了身子，自是上下的皮肉都会说话，一在‘青舍’间现身，焦离子那副老皮囊架不住哆嗦，当即昏死过去，可他既然花了大价钱，便又心犹不甘活转过来，见自己在昏死前双手竟搭落在两个妖狐子柔软的腰肢上，一张皱巴巴的老脸就夹在四堆嫩豆腐一般的胸坎中间，双眼立马发直，再度昏死过去。花蒂、花瓣心想这下坏了，出人命了，赶快放开焦离子，让他躺着盖上棉被，伸手试他的鼻子，阿弥陀佛，多亏他还有一口气！这焦离子，没死成反倒美滋滋睡了一觉，醒了便讨要吃的喝的，‘青舍’间暖洋洋的，两个光鲜的妖狐子千依百顺由他支使，便觉得他已不在凡间，将钱财看作粪土，原来活着可以这么美好！”觍园在被窝里的花蕊说：“可我伺候的这个人是个假清高，又穷酸又死要面子，还把‘醉莲’间弄得臭膙膙的，我花蕊可算是白丢了往时的情分了！”“找罪受也是你花蕊心甘情愿的呀！谁叫你先前远远望见门外的算命先生，就那样跟我要死要活的？”头家娘甘宛如说罢，把乔姆子也带走了，只留花蕊一个好生照看缪百寻，说是要让她死活个够。见“醉莲”间没有旁人，花蕊便又说：“其实我这是自己作践，心里想高攀缪先生，嘴上不肯服输，我这才是死要面子哩！”

除了病情发作时短暂的昏厥，缪百寻神思恍惚，支持他意识的气力差不多全跑光了，虚弱得他就剩下昏沉嗜睡的能耐了。伴在他身畔度过劫难的，是花蕊那副毫无芥蒂的勇敢付出的粉露肉体，和她似乎在嬉闹的对他的偏爱。两日后马彦再度来到“管升班”的“醉莲”间，缪百寻已不再昏厥。“花蕊，我马某要对你刮目相看了，缪先生的神志恢复差不多了。”马彦说，“只要不横生枝节，小心留意，缪先生再调养十日半月就没事了。”花蕊羞怯笑道：“我花蕊是什么人，能得到马老先生的夸奖？”马彦说：“能照顾好患者，要有体贴患者的好心肠，爱心是最不可缺少的。”被说中了心事，花蕊顿时泪眼婆娑。马彦走后，花蕊故伎重演溜光了自己，钻入被窝后也蛮不讲理地剥脱了缪百寻，嘴上说：“明明知道缪先生连说话的气力都没有，可我就想这样与你有个肌肤之亲，要不等你病好了，别说亲近，就怕你又不肯认我了，连正眼也不瞧一个我了！”花蕊说罢，竟悲从中来，嘤嘤咽咽哭着。还在生死边缘的缪百寻，听了眼角流下两行泪水，却没有气力做出别的回应。花蕊说：“伺候缪先生，是我花蕊巴不得的，我也不要你什么感激。你的腌臜衫裤，我让老妈子浆洗曝干了，我知道等你病好穿上就离开了。我有一小包物件放你褡裢里，等什么时候你到大莽山的罔山门，就替我交给我阿姊严红蕊。我和她是同胞姊妹，也是冤家对头。我不想见她，心里反倒日日牵挂着她……”花蕊觍园在被窝里絮絮叨叨的，缪百寻发觉自己已能集中心神听她诉说了，同时也慢慢感觉到，花蕊肌肤的腻滑和形体的柔软。

在“青舍”间，花蒂、花瓣一边有意无意渲染缪百寻在三山一带是如何的神机妙算，一边心思不属，被撺掇的焦离子常常望着隔道墙的“醉莲”间，目光里涌动的也不知道是赌气还是热切。见穿戴暴露的花蒂、花瓣领焦离子在“醉莲”间露面时，花蕊明白这两个妖狐子意在缪先生，便噘了嘴老大不高兴。老货焦离子见了，生理人的精明劲儿就又回来了，声称放花蒂、花瓣一个时辰的假，让她俩回“青舍”间歇着。两个妖狐子临离开时，花蒂说：“花蕊你这尾蝶精，有种你给我等着！”花瓣说：“花蕊，想都别想缪先生会像几十年前的凌先生那样痴情！”“痴情了又怎么样？可惜你俩说错了，是我对缪先生痴情哩！”姊妹间杠上了，却看得出花蕊的心情更好些。花蒂、花瓣走后，焦离子报了生辰，在缪百寻面前放了一块银元，说：“听说缪先生本领非凡，也给焦某算一算八字运途吧。”缪百寻掐指默推，见是一个“财旺忌官，富而不贵”命造，开口说：“大头家的命注定是个生理人。你自小双亲无靠，若向东北流浪，自会获奇缘而发家致富。”焦离子说：“这奇缘两字可有什么说法？”缪百寻说：“你能身家万贯，皆因两个查某而来。这两个查某不但随嫁巨资，还为你各生一个后生。”焦离子说：“请先生为我开解眼下的情形。”“大头家后运驿马桃花，老入花丛，本不是什么好事，却也是命里该有的际遇。”缪百寻说，“实际上大头家身体并无大碍，而是受你家人蛊惑的术士设套诓了你。你命数如此，也用不着去责怪谁。大头家两个后生的能耐都不及你自己，任哪一个也撑不起大局面。眼下你所要做的，就是赶快回家，把适宜行当及资产切分为二，由你两个后生各自去经营守护，趁你还活着在其间调停担待，偌大家当或能保他个十之八九。否则你一旦倒下，就一切难说得很了。”“多谢缪先生一语惊醒了梦中人！”焦离子缄默片刻，又掏出七块银元放在缪百寻面前，起身快速离去。

在“青舍”间，焦离子让“管升班”的伙计去通知他的心腹随从，即刻收拾行旅准备回家。在账房结账时，头家娘甘宛如随花蕊现身账房说：“焦先生不是要长住‘管升班’吗，咋就变卦了呢？还走得这么仓促！”焦离子说：“我来告知头家娘一声，家里有急事，我要走了。”“又没有谁为你通风报信，你是如何知道家里有急事的？”头家娘甘宛如说，“我手下就花蕊、花蒂、花瓣三个是头牌，练坐缸一坐就三个时辰，可别推脱‘管升班’没有招待好你——你干脆说想要回金元宝得了！”焦离子说：“头家娘的好意安排，焦某万分感激！看在缪先生的面子上，押的两个金元宝，就当是我这十几日的所费了；每日支付的费用，就当是花蒂、花瓣的赏钱吧。等我回家安排妥当，说不定就又想念老家兜螺圩的‘管升班’了。”“多谢焦先生慷慨，给缪先生这么大的面子！”头家娘甘宛如说，“祝愿焦先生一路顺风！日后想念‘管升班’了，就只管前来！”

望着焦离子匆匆离去的背影，花蕊回到“醉莲”间，看着这个才从阴曹地府脱身的缪百寻，病歪歪的，原本只是听说中的一个算命先生，不想在她的眼皮底下，凭他的几句话，就又活演了一回传奇。花蕊说：“缪先生你知道吗，还说那个老货焦离子患了什么绝症，任你几句话，便把他说成脚不着地的少年家了，刮一阵风就走了！”缪百寻说：“焦离子一辈子在生理场上拼杀，晓得厉害要紧处维系身家性命，一旦意识到岂容他含糊！”花蕊说：“这个焦离子也看得开，你算他的命，摞一起不过七八句话，给的卦金竟是八块银元！他还说看在你缪先生的面子上，把押在账房的两个金元宝也送给‘管升班’了！”缪百寻说：“这点钱和焦离子的家当相比，也就九牛一毛罢了。”花蕊说：“缪先生看在这几日伺候你的份儿上，也给我花蕊算个命吧！”“同一个时辰生的人，臭头洪武朱元璋当了皇帝，另一个却是荒野上的蜂农。命运全无定数，平时你可别去相信它，只有到了像焦离子那样的关键时刻，他自己浑噩迷惘，这才需要指点。”缪百寻说，“花蕊的命不用算，你心存善念，日后定有福报。”“也对呀，你几句话，就让焦离子急跳脚了；你也给我几句话，我就怕从此睡不着觉了！”花蕊那点浅显的心思，也不晓得缪百寻说的是不是在搪塞她。缪百寻说：“这八块银元，花蕊你留四个，你自己再添两三个，足够买一亩良田了。另四块，等我离开‘管升班’后，你替我交两块给头家娘，交两块给‘畲厝大药房’。”“真好，不是日后，现时就有福报了！”花蕊将八个银元拿在手上，喇喇作响耍着，说，“我在猜想，一定有不少查某团看上缪先生，可缪先生你这个人就是不动心，好像都是前世欠了你的孽债！”这样说着，也不晓得是什么心情，花蕊的眼圈又红了。缪百寻说：“我知道花蕊你的好。可你却不知道我缪百寻饭是吃了这一顿再找下一顿，只是个飘萍浪子。”花蕊生气了：“我花蕊的好，缪先生是太小看了！头家娘为要挽留那个老货焦离子，刚刚才夸了花字辈三姊妹，小时练坐缸一口气已能坐上几个时辰！”“坐缸”是花间查某练秘术绝技最见难度的一项。坚持每日能在缸墘坐上几个时辰，被夹紧用力的部位就将肥厚绵实，佐以声色，能让饧弄入港者百倍回味其中。游走四方已有年头的缪百寻，对此岂能不知！缪百寻说：“花蕊你也不看看我的身体，不怕一阵风就把我给吹没了？”花蕊说：“也罢，明白缪先生只是嫌弃我是花间查某，我还有什么话可说，只怪自己命薄就是了！”

“三朝”日从浃溪的水碓房省亲归来，小妍便时不时地要叨念一下先生。七八日过去了，日益烦躁的汤奓再也等不及了，估摸一下先生走的路线，他与小妍起了大早，第一站在襄摇圩寻找，接着扭头去了上肆溪口，卓老耇和滕扳娇都说不曾见缪百寻来过。汤奓、小妍搭渡过粇婆溪赶往三旗门，也没有打听到先生的踪迹。路上啃着万阿婆的七草黑粿，心里着急的汤奓大步流星的，小妍只好跟着一溜小跑，虽说伴同她老爸走山时练就的脚劲，她跑起来并不吃力，还是让她跑出了一身热汗。翻越了百漠关，汤奓、小妍直奔兜螺圩“管升班”的门前，小两口见不到摆摊的缪先生，转而去了建在缪家老宅旧址上的“奚记豆油庄”，也得不到任何消息。汤奓敲了敲脑壳，来到“畲厝大药房”。这下他找对了，马彦对汤奓说：“缪先生病了，寄养在‘管升班’二楼的‘醉莲’间。”汤奓转身走得飞快，莽撞直入“管升班”，上楼闯进“醉莲”间，缪百寻果然由一个花间查某伺候着，正在小心地吃着药汤。汤奓一看就来气了：“先生你怎么可以住在‘管升班’！”“汤奓，不许你随口胡说！”缪百寻把碗递给花蕊，等咳嗽完，说话的口气更见虚弱，“我得了重病，幸亏头家娘和你这个花蕊阿姊尽心照料，才捡回一条命。”汤奓一时拐不了弯，说：

“无论如何，先生还是回丫叉口比较好！”缪百寻抬起眼睛看了一眼花蕊，说:“要不我还是回丫叉口吧。我再不走，花蕊你也太遭罪了！”花蕊说:“可缪先生你身秆子还虚弱，根本走不了路。”汤奓说:“这不要紧，就由我背先生回丫叉口！”“我听说丫叉口有个力大如牛的汤奓，想必就是你了。我知道你心里顾着先生的名声，可也要想得周到才行。”汤奓说:“什么周不周到，我背先生一口气就回到丫叉口！”花蕊见汤奓挂脸上的照样是牛脾气，只好叹息道，“汤奓你要背就背吧，先将你先生背到‘畲厝大药房’，跟马老先生取足了药，再将先生背回丫叉口。一路上可别又有什么三长两短的，到时候看你还逞不逞能……”“花蕊你别担心，我与汤奓搭伴多年，他的力气大着哩！”缪百寻穿了衫裤，由汤奓背下楼，早已等在大堂的头家娘甘宛如拦住他说:“汤奓你疯了，缪先生又不是细团，任由你背着，这面子丢得起吗？”吆喝完，当即将候在门外的一顶过山轿招呼过来，花蕊给过山轿铺上薄毯，待缪百寻坐上再把他的身子裹严实。甘宛如对轿夫说:“把缪先生抬上丫叉口，回头再跟我要两串钱！”两个轿夫应声“头家娘打赏了”，稳妥抬起过山轿，往丫叉口赶去。

缪百寻让过山轿先到“畲厝大药房”，向马老先生谢了救命之恩，马彦让伙计很快配齐药剂，由汤奓带走。暝昏前，缪百寻即被抬回丫叉口的窑洞。汤奓、小妍小两口殷勤照料着缪先生，日子总算又安定下来了。有了宁静的内心，浃溪水碓房的舂臼声，又隐隐约约的在丫叉口几个人的耳朵里哐啷哐啷地响了起来。

半个月后，畲厝马长溪的查某人瑶姆子特意赶了早，带上查某团马缨花和细团马心言，赴兜螺圩去了。心想大后生马心云经大家倌精心培养，小小年纪便非常出息。细团马心言五岁了，要是也能留在大家倌身边严加管教，成材也是指日可待的事。不料马心言顽皮贪耍，半个时辰不到就惹了大家倌一脸的嫌恶，即便是多看一眼也会让他老人家心烦。倒是对端庄懂事的查某孙马缨花呵护有加，认定她将是日后畲厝马家女辈中功德最大的一个查某团。瑶姆子内心悻悻的，只好带细团马心言回畲厝读私塾。路过丫叉口时，她倒记挂着大家倌的交代，顺道问候了缪百寻的病情，捎来几帖滋补药剂。缪百寻把母子仨请进窑洞，细团马心言转身跑到草厝前的练武埕上耍去了，马缨花进了窑洞，当即对瑶姆子说：“阿妈，我好像在什么地方见过缪先生。”瑶姆子不以为然说：“你当然见过了，你马缨花这名字还是缪先生给取的呢。”“那时候缨花刚出生，人事不识，见过却未必能留下记忆。”缪百寻说，“此后我再没见过缨花。一晃过了六七年，我真不敢相信，今日一见，缨花都长这么大了。”马缨花说：“从未见过，就更奇怪了。”瑶姆子歉意说：“这查某囝，平时实打实说话做事，今日倒懂得在缪先生面前颠八戒妄说了！”大概瑶姆子是强词夺理惯了，马缨花不作理会，却对缪百寻说：“那我就是在梦里见过缪先生了！”缪百寻笑着点头。客意已到，瑶姆子便说要回畲厝了。缪百寻目送母子仨走下石坎路，半日没有回过神来。

74

这一日小妍寅时起早，从锅里捞起茭茎饭，沥干水，裹了蕉叶塞入包袱。缪百寻让小妍锁上门回水碓房，郧瘸子二十几日没见到她这个出嫁的查某囝了。他与汤奓过午就到了砬山崖半山那四道石槽筑起的墓前，汤奓陪他呆呆坐着。坟堆杂草丛生，在秋风中枯黄，瑟瑟摇曳着。汤奓并不清楚这座坟堆里的情形，他就那样在缪百寻身边静静等待，永远也搞不明白先生头脑里到底想的是什么。郧头沟那间土墼厝在风雨中坍塌，厝基已被掩盖在草木底下。此刻山地苍茫，望见侧面的“千八坎”，如同弓弦一样险峻。经受了鼠疫的重创，失去了凌子罟和那个专职跑买卖的凌长庚，灰头垢面的砬山崖恬寂寂的，已生气全无。刚刚逃离鬼门关的缪百寻，在窑洞静养的半个月，伴随他日暝的依旧是师父所著五十七卷的《子罟杂记》和被挑选出来参照披阅的藏书。这一次，缪百寻在内容庞杂的杂记里，在繁简失序中读到了师父诸多的隐晦与无奈。

汤奓饿了，从包袱里取出茭茎饭，用丝线割下四分之一，递给先生。缪百寻只咬了几口，便把掰下的饭团全都撒在墓前。汤奓吃完四分之三的茭茎饭，对缪百寻说：“先生，该走了。”他俩于是从半山走下“千八坎”，又从山脚往大莽山攀爬，午后他俩往左走蓬蒿小径，来到山腰成片竹林中的罔山门。深秋最是走山季节，手脚能动的全都掏山货去了。多年前缪百寻来时见到的那只大黑狗不见了，觃园在深山密林里的罔山门似乎是被放空了的，恬寂寂的不见一丝声响。缪百寻伸手去敲了敲严红蕊家的门，不一刻门吱呀开了。估摸是午睡才起，严红蕊的头发和穿戴都有点凌乱，缪百寻不禁惊叹，这査某除了略显丰满，其风韵似乎更胜从前。“当真是凌先生的徒弟——那个叫百寻的！”严红蕊笑语嫣然，竟一眼认出是他。“正是在下缪百寻。”缪百寻自觉有点尴尬，说，“幸亏你还记得我。”严红蕊将他俩请进厝里，笑道：“你当时说‘下一次吧’，可这下一次让我等了足足七八年，等得我眼都花了！”这间放大井的二进瓦厝，和寻常农家没有什么区别，可一旦客人入内，严红蕊当即关上门，感觉就大不一样了。“是呀，时间总是过得很快。”缪百寻说，“我这次是受人之托，给你带物件来的。”“能带物件来到底也不错呀，”严红蕊招呼他俩入座，一边倒大碗茶一边说，“可我更喜欢你是专程看望红蕊来的。”缪百寻从褡裢里掏出一个精致的纸包递了过去，说：“是你小妹花蕊委托我的。”“我那个小妹呐，肯定没安什么好心！”打开纸包，是一挂红艳艳的绣着一只奔鹿的肚兜。严红蕊取出一串钱，拍在汤夌肥厚的掌上说：“簩簩大[①]的，你去爬厝后那道山岭，看见岭头一间肉寮，用这串钱给那个狗贼咸九稔，买他猪肝、猪心、大块腿肉。晚顿饭我要炖猪心、炒红酒溜猪肝、水煮腿肉切片……好好招待稀客一番！”说到搞吃的，汤夌就来劲了。严红蕊跑到砛头上，探身望汤夌走远，返身闩了门，上顶厅在缪百寻面前站定，说：“没想到吧，你算过命的那个咸九稔，有我撑他的腰，在三个村寨的交叉点搭草寮宰猪卖肉。先前他身上长不了二两肉，眼下油水足，胖多了。”严红蕊说罢脱下夹袄，缪百寻说：“你家查埔人回家了。”“缪先生是因为害怕，耳朵出毛病了吧？我家查埔人做功课不到天黑不敢回家，掏不满一背篓山货不敢回家。我家查埔人啉酒不醉回不了家，赌博不把口袋里的钱输光回不了家。”严红蕊接着解了布纽，抖个

① 簩簩（lào dào）大：身材超常的高大。

肩，剥落那件使她鼓胸翘臀的弯裾衫，又一扽腰带，叠腰扫裤当即滑到脚踝，只剩下遮不住羞的短裤衩。“红肚兜已经送到，合不合适也不在这一时。”忙乱中缪百寻把目光移开。严红蕊说：“这挂红艳艳的肚兜我喜欢，可我穿了先生却看不上，那我可就要退货了！”只穿裤衩和肚兜的严红蕊，身体白皙鲜活。“红肚兜穿在你身上，的确会要了每个查埔团的命。”缪百寻起身要走。严红蕊说：“你要走我不拦你，我也不穿回衫裤，身上就这一挂红肚兜，浪跳着脚追你到村口，在你身后喊‘这挂红肚兜真好，啥时想我了你可要再来呀’！”缪百寻只好坐回靠背椅，说：“严红蕊你和花蕊小妹不一样。”严红蕊说：“花蕊婊子都当了，只要给钱，查埔的见多少接纳多少！”缪百寻不再作声，只等汤衮把肉买回就离开。严红蕊说：“缪先生你知道吗，罔山门先前的潘小桂，她是我姨妈，我小时候跟着她，她身边总有查埔的来来去去，个个对她百依百顺，唯独拿不下你师父凌子罟，让我姨妈气得要命。”缪百寻说：“强人所难本来就没有什么好说的。”严红蕊笑道：“记得那年冬日，你师父路过罔山门，隔壁一个老货付不起算命钱，便留你师父吃午顿，我姨妈暗中做了手脚，你师父吃后腹肚翻搅，几十下就把他给泻瘫了。我姨妈喊来查埔人，把你那个软塌塌的师父背回家，给他擦拭，给他吃盐水饲米汤，他浑身凉透了，我姨妈还热烘烘的去晌热他……我想我姨妈可能是疯了。”想起自己在“管升班”经历，缪百寻说：“你姨妈耍了我师父，再倒过来可怜他。”“阔气的穷酸的，远的近的，跪的爬的，什么样的查埔团我姨妈没见过？可她就是想见识一下你师父，偏你师父装聋作哑不给情面！”严红蕊说，“这下好了，你师父就在我那个不中用的姨丈眼皮底下，乖得猫一样窝在我姨妈怀里，半点力气也使不上。那时候我姨妈年轻貌美，就那样宠着疼爱你师父。我猜你师父心里肯定是打翻了五味瓶，想得很多很多。”缪百寻正想着要不要替师父辩解，门口响起了汤衮沉重的脚步声，严红蕊就那样子奔去开门，把提着肉的汤衮引向灶间，朝他后背喊道：“我和你师父说话，你手上有肉，灶间的陶缸里有米，我要你放胆煮一顿好吃的。”严红蕊话音未落，就又有人拨开门闩，进厝的是一个眼睛只看自己脚尖的查埔团。他身上没有背篓，却冒着难闻的酒气。严红蕊抓了一把钱放进他的口袋，说：“咸狗目你给我听着，跟咸九稔买肉花了我一串钱，你这就去给我赢回来！"不用说咸狗目是仗着酒胆回家讨饶的，因有客人免了查某的呵斥，口袋里还意外揣上一把钱。不想咸狗目才离去，门外又是一个声响，在严红蕊闪快开门关门的瞬间，已见她手上提着韭菜和冬笋，几步送往灶间。只穿红肚兜的严红蕊就那样走来走去，受凉打了喷嚏，皮肤上顿时拱出密密麻麻的鸡皮疙瘩。缪百寻说："再不穿上衫裤，就要着凉生病了。"严红蕊穿回夹袄、弯裾衫，说："你看你，心疼我了对不对？"

等厝里点了灯，汤奓才煮熟饭菜。严红蕊非常惊讶汤奓的食量，说："难怪缪先生单薄，就你这个艕艜大的能吃！""走吧。"缪百寻知道没让汤奓吃饱，他便迈不动腿。"天黑了。"汤奓打了饱嗝，撑得眼睛有点往外凸。"缪先生明白空腹肚走不了路，却不晓得暗暝也出不了山。"严红蕊说，"离开罔山门，走横路是夹石崖，夹石崖早就破败没人、黑灯瞎火的了。更不用说再往上爬山岭去庵寮了。若是下山，郧家爸囝俩走后，那间土墼厝就倒塌成荒地了。这黑天暗地的，又是崖磡沟涧，又是树啊藤啊虫啊蛇啊，任你怎样固执也回不了丫叉口。缪先生你也真是的，明明心里是喜欢我严红蕊的，偏要看重什么名声！我那小妹让你往我的掌心送，就想歹看一下你的身份，耍了个小样心思，打算日后要嫁给你，还以为我看不出来！缪先生我可告诉你，用不着端你那不近人情的臭架子，你今日进了严红蕊的家门再出去，守不守得住自己有什么区别？还不如放下心来，暗暝就住我严红蕊家，就算我有一张大嘴也吃不了你！""红蕊你的好意我心领了。"缪百寻还是坚持要走。严红蕊抹着泪为他准备一小捆松明，点一片由汤奓举着上路，对缪百寻说："像你这种人，栽落崖磡沟涧踣你个半死，那才叫好！"

路上汤奓说："我知道先生心里是喜欢红蕊姊的。"缪百寻说："你呢，你喜欢吗？"汤奓说："我喜欢。红蕊姊是真心对先生好。"缪百寻没有想到暗暝的深山密林会难走至此，凄厉的过山风，谷底深涧阴风忽忽，松明一旦熄灭费尽了劲也点不上，几次汤奓为了挡护先生，抢身滚成肉墩子。还好他皮厚肉实，没有伤及筋骨。原本三个时辰的路，跌跌撞撞的竟走到四更天，一路上惨不堪言地回到丫叉口，两个都成了野人。撞入石墙草厝，汤奓倒头便睡。缪百寻惵成一摊烂泥，反而睡意全无，挑灯翻阅《子罟杂记》，却读不进去一个字，直到曙色初现，他这才打了哈欠发睏，趴在桌上睡了，梦见《子罟杂记》写道：“情分二字，最是亏不得人。该珍惜时错过，悔之晚矣。”缪百寻一惊醒觉，暴脱了一身青清汗。其时天已敞亮，隐隐传来水碓房的舂臼声。缪百寻走出窑洞，走下几坎石磴，再往左百几十步，就来到由三道壁立的崖砌撑出的半亩石埕。深秋的清晨，雾松白露，嘎山崖上刮的已是霜冻的寒气。

畲厝马家

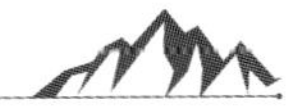

175

每次回嘎山，汤奓第一件事就是跑水碓房把小妍接上丫叉口。汤奓似乎越来越霸道，黏着他的小妍早就一副面黄肌瘦的模样，不管见谁性情都有点畏畏缩缩的。清宣统三年，山外发生了辛亥革命，有头脸的查某团陆续到剃头店剪了辫子，出店时都讪讪地摸了一把大背头说：“改朝换代，不剪也不行了！”缪百寻剪了脑后辫子，在窑洞里觋园了几日，恰巧凛婆子路过丫叉口，缪百寻喊她到窑洞吃茶，请教说：“汤奓与小妍结婚几年了，咋不见抱细囝呢？”凛婆子说：“汤奓壮得像头牛，没把小妍压成肉酱算万幸了，还抱什么细囝！”缪百寻与凛婆子来到汤奓面前说：“想抱细囝，就好好记住凛婆子的话！”说罢将小妍暂时带离草厝。见身边已无旁人，凛婆子立即变得面目狰狞，戳着汤奓的大肚皮连声臭骂：“一挨暗暝你就扒拉小妍，想想看你这一头牛在上面又是压又是掏的，身下的小妍都被你砸成肉酱了，腹肚里哪留得住细囝！”汤奓听了只能蠢蠢发笑。凛婆子更是蛮不讲理：“还好意思笑，都是你造的孽！明日就送小妍到水碓房，住一两个月后接回，万万不可凭你的猪牯性子又不停要摆弄她，连猪狗也晓得弓着身子，可别为了图自己畅快一竿子到底、黑天暗地去挤压她！哪日小妍呕呃着想吃酸了，就送她回水碓房养胎，再过他八个月，你就等着当老爸吧！”这个皱巴巴的老查某，还不够他汤奓一把扔的，他的手心攥汗，可又着实惧怕她，只能一边恼火一边唯唯诺诺。不料缪百寻也赞成凛婆子的说法，汤奓虽不情愿却也只得遵循。过了六七个月，小妍挂的已是一个凸出的腹肚。和几年前一样，缪百寻出了一趟门摸黑回来，又在窑洞里踢到沉甸甸的几串钱。不久后小妍顺利生下细团汤漏子，赶来接生的凛婆子十分激赏，拧了一把汤奓的尻川礅说：“你这一头大蠢牛，还好长记性，听话就把老爸当上了！”汤奓嘿嘿笑着，看着刚生下的汤漏子小得像只猫，他张开的手掌足够当这小家伙的草席了。谁想度晬过后汤漏子能说能跑的，体形仍然很小，却顽皮得让丫叉口上的三个成年人头痛不已。

这一日时近暝昏，马缨花抹着泪跑上丫叉口，临要走下阪陀岭时被缪百寻叫住：“缨花，是不是家里出什么事了？”马缨花说：“我阿妈冷不丁仰头倒地，抽搐着翻了白眼，嘴上全是唾沫，叫也叫不醒她，吓死人了！我要快点到襄摇圩叫阿爸赶紧回家！”缪百寻说：“就要暗暝看不见路了，你掉头回畲厝照顾你阿妈，叫你阿爸的事，让汤奓跑一趟！”正与后生纠缠的汤奓，将汤漏子塞给马缨花，已大步跑下阪陀岭。在草厝里煮暗顿的小妍闻声出来，要抱走后生，让马缨花回畲厝，汤漏子挣扎着滑到地上，绕马缨花躲闪，还挑逗着得意大笑。那个当阿妈的只有一只手，急巴巴地可怜，却拿他毫无办法。马缨花抱起汤漏子，将他礅在杌子上，说：“听话坐着，再调皮就叫你吃板子！”汤漏子呆了一下听话坐在那里，马缨花给缪百寻行礼致谢，便急匆匆地朝塔尖山的芒岭走去。

马家大厝住着十余户，大厝外散居的已有几倍。人丁要么在外头忙生理要么下田地做功课，年纪小的在学堂读书。马家大房前头的两个查某团出嫁了，这一日马慎源的查某珊姆子回娘家，从未有过的，马家大厝会碰巧冷清到只剩下几个老货、瑶姆子和马缨花母女俩。瑶姆子偏在这时癫痫发作。十四岁的马缨花已见姑娘家身形，她将阿妈抱上床安顿好，一口气跑上丫叉口。缪先生真好，让她两头都不误事。大头家马长溪连夜赶回畲厝，瑶姆子的病情很快稳定下来，正愁后头这家庭谁来管顾，查某团马缨花已一桩桩一件件有条不紊做了下来，煮好的饭菜正是他熟悉的味道。瑶姆子常年拖着唧唧歪歪的病体，小时马缨花只是帮衬她料理家务，几年来饭菜比从前好吃，门户内外光鲜多了，族亲间也热络不少，却不想是查某团马缨花的功劳。马长溪有意为难一下查某团，谎称他没有胃口，只想吃一碗白粿条。马缨花转身泡米、磨浆，用平底的煎盘蒸了米膜，卷了切成条状，浇上适量的油葱花、奚记豆油，前后左右环节在她手中相当合理地兼顾穿插，两个时辰不到，一碗味道很好的白粿条便捧到他这个当老爸的面前。马长溪看在眼里竟感动莫名，偷偷滚下的几滴泪，和白粿条一起吃了。次日一早路过丫叉口，马长溪有意跟缪百寻讨茶吃。问及瑶姆子的病情，马长溪说："拙荆落下的怕是宿疾了，平时并无异样，每次发作却极具风险，即便是世代行医的马家，遇上这种病能不能治好也要看她的造化。"然后他话锋一转说，"马家男丁人都在外头打拼生理，这几年来，幸亏后头还有这个善于张罗的查某团缨花！小小年纪照料起家庭来竟是一把好手，还懂得调和邻里关系。缨花和她阿兄的关系好得很，心云回畲厝就教她读书认字，她专拣实用的，只一年半载就学会了算数理账。我那个囝团心言是个浑球，也只有经缨花的吆喝才能服帖一时半刻……"马长溪的话，让缪百寻瞬接前缘，想起砬山崖上的凌缨花；想起在砬山崖上守灵的暗暝，一只白鹤驮着身穿白衣的凌缨花、缪寄奴母女俩，展翅驾风飞出砬山崖、歇落嘎山的那个梦；想起昨日暝昏前马缨花调教汤漏子的情形，缪百寻说："大头家的这个查某团，日后定为畲厝马家赢得百年名声。"马长溪报以叹息说："此话岂是说着耍的。"缪百寻说："这就要看大头家日后如何为她找到一个好婆家了。""缨花年纪也不小了，这自然是我要用心的一件事！"马长溪说，"为缨花留意婆家的事，也要多劳缪先生费心神！"

这一次马心云回畲厝多住，不光是他阿妈急病发作，还因为他已满十六岁，不久后他就要远赴府地香城当"敦仁大约房"郇杞怀的徒弟了。马心云一边伺候阿妈汤药，一边追寻小妹缨花正在忙家务的身影，要检查她读书识字。马缨花随口应着，像是在敷衍了事，马心云也不恼，马缨花被问住了，他便不厌其烦反复讲解，急了还会抓来她的手，在她的掌心上直观写字。马缨花反过来考他：“书呆子阿兄，为什么‘吃’是口加乞字？”“为什么？”马心云没有考虑过这个问题。马缨花说：“不做功课光会耍嘴皮子，跟乞食有什么两样！”等小妹将可口的饭菜捧上桌，马心云吃得开心，觉得小妹对吃字的歪解也并非全无道理。马缨花说：“书呆子阿兄，你去府地香城当徒弟学医，到时候顺便也带一个好看查某回来！”马心云说：“这话要是被阿公听了，非掌掴不可。”马缨花说：“阿公多开明啊，他才不会你这样顽固不化！”马心云说：“我是去学本事的。敦仁先生学问广博，我若轻狂旁骛，只学个皮毛，这面子我可丢不起！”没等马心云掉完书袋，马缨花早已吃饱放下碗箸，又忙功课去了。

几日后已看不出躺床的瑶姆子有什么不适，她嘴里不停叨念着，催促查某团做功课。手脚不停的马缨花好像并不听她的，只管有序将家务一件件做好。马慎源的查某珊姆子提前归来，看见缸里的白米所剩不多，次日便与缨花合力推鸡公车去浃溪水碓房舂米，后面还跟着有心帮忙却使不上劲的马心云。缪百寻与汤奎出门去了，小妍带汤漏子回到水碓房她老爸郧瘸子身边。正在撒野的汤漏子再次见到马缨花，先是躲开，后又迟迟疑疑地挤到马缨花身边，看她和珊姆子、外公一起忙活，开口说：“我没调皮！”马缨花看了他一眼笑了：“今日我看到漏子，可是懂事得很！”郧瘸子意外看到这个捣蛋成性的外孙这一日竟会乖觉至此，说话的认真态度也从未有过。小妍更是惊讶，她这个没头没脑的后生居然能记事了，而且记得是前日的事！让她这个当阿妈的，对马缨花的好感一下子涌现全身。这样的情景马心云自然看在眼里，不觉大为惊奇。如若天下百姓都赶上他小妹缨花那样忘我，与身边的关系密切而和谐，医生这行当就怕要失业了。而他阿妈瑶姆子恰好相反，身上似乎装满了说不清道不明的难受和病痛。马心云不禁蹲下身来，把汤漏子搂在怀里，握住他的两只小手。让马心云没有想到的是，这个小小的汤漏子竟长得甚为壮旺，身上透露出桀骜不羁的强悍。

马心云多少知道浃溪这座水碓房，是他老爸和奚园大头家合力，根据缪先生的倡议设计建造的。如今看来，当真给畲厝、嘎山两地带来方便和联系。马心云这样想着，感到在这和煦的日影里，心头不觉又有了一片温蔼的敞亮，抬头一看，原来从嘎山方向走来一个神仙般的查某团，身后还跟着一个漂亮的丫环。马心云忙不迭对小妹说："缨花，我猜来人肯定是和你同年同月同日生的那个奚寄奴！"众人抬眼看去，见到的是一个浑身上下不惹半点尘埃的清纯美人。马缨花站起身，抓住奚寄奴的双手说："猜猜看我是谁。"奚寄奴说："马缨花呀。"马心云无法形容奚寄奴恰到好处的语调发自何处，不知道她到底是不假思索，还是其心神就漫荡在天地间，用不着栖息体内而隐现于眉宇。马缨花说："我听说你这位阿姊仅大我四个时辰，可今日看起来你更像是我的小妹。"奚寄奴说："谁不知道你马缨花用心做事，比大人还要逞能？"马心云听说，奚寄奴生下来就不沾荤腥，吃的也很少，可她非但从不生病，反而生出一副轻盈清雅的体态。

水碓房里几个人，只有郧瘸子随众人看了一眼，便又接着照看他的功课。小妍远远站着，看见自己的后生汤漏子再次挤前去，仰起头，眼睛一眨不眨看着这位神仙小阿姨。珊姆子说："连小小的汤漏子也晓得寄奴阿姨长得漂亮了！"奚寄奴蹲下来，手掌罩住他的天灵盖说："汤漏子你长大了可不许使坏，特别不许你向这位缨花阿姨使坏！"汤漏子郑重想了一下，点头说："我没使坏。"远远看着的小妍，眼窝里满是泪水。奚寄奴说完就和丫环紫菊往嘎山回奚家去了。和煦的日光似乎也是跟着奚寄奴轻移的，她走到哪里哪里便见一片清辉。

嘎山 78

民国四年隆冬，缪百寻赴完襄摇圩，暗暝前赶回窑洞，天地间随即风雨交加。汤奓捥来柴爿生了炉火，关紧门，窑洞这才有了些许暖意。天黑后听见有人敲门，缪百寻开门一看，是两个被雨淋湿了的沤糟查某，冷得笃笃乱战。见门开了，一个当即敲响了拍板，另一个正要开唱，“大冷天的，放心进来吧。窑洞安身，不必有什么忌嫌。”这是两个卖唱乞食。按规矩要先在门外唱个喜庆，得到主人邀请方可入内。缪百寻顾不上了，赶快把她俩让进窑洞。“原来是‘上洲蔡’戏班的头家娘和唱主角的蔡细麻呐。”在火光中，缪百寻看清这两个沤糟查某后吓得不轻。蔡细麻说：“我认得凌子罟老先生，知道凌老先生有个响当当的徒弟叫缪百寻，住在丫叉口的瓦窑，想必就是你了。”缪百寻到窑口拉动麻索摇响了石墙草厝的铜铃，对几步赶到的汤奓说：“煮几大碗热糜给客人暖身子。”汤奓应声而去。窑洞外是凄风苦雨，在户外淋了雨加上刺骨的冰冷，已是山地最难抵挡的严寒。缪百寻反身把门关紧。蔡细麻说：“缪先生，我和阿妈已是行尸走肉，可这身子都快冻僵了，太想脱下衫裤拧掉雨水，焐干了再穿回身上，又怕先生见了恶心，是涎着脸央求你恩准的。”缪百寻递给她俩脚桶，说：“快把身上的雨水拧了，这样的恶酷天气流落在外，若是生病可就要吃大亏了。”母女俩三两下脱了衫裤，往脚桶啪嗒啪嗒拧了雨水，在炉火上焐热了才穿回身上。很快窑洞里弥漫着从衫裤烘烤出来的难闻气味。人是不一样的，缪百寻并没有刻意避开目光，砬山崖上凌缨花的纯洁灵慧，是拥抱于怀让他忘我爱惜的查某团。“管升班”的花蕊，身处勾栏所在，可她年轻率性，是那样的柔软妖娆。罔山门的严红蕊，她怨怼无奈，敞开的是敢恨敢爱那种露骨的风骚。眼前的母女俩，即便不在落魄穷途，泛滥的皮肉也免不了是一尽污浊。

汤奓撑了伞，用菜篮提来一坩热腾腾的香油咸糜，碗、箸和瓠桸。饥寒交迫的母女俩顾不上礼体，忘了主人在侧，盛了糜，那张嘴便不再离开碗口，咕嘟咕嘟不停地往腹肚里吞咽。不一刻母女俩便将那一坩咸糜吃光，汤奓收起餐具，提石墙阜厝去了。热量回到母女俩身上，涕泪流满了一脸。“这后生子的体形可真够艜艕大的。”望着汤奓的背影，蔡小麻说，“我觉得他面熟，好像在哪里见过。”“他是我一个爸母双亡的侄子。”缪百寻赶快接口绕开话头，“几年不见，你母女俩何至于落到今日这般田地？”“都怪我老爸一时起了侥幸心理，贪那十几两碎银！如今报应过了，这事也不用隐瞒缪先生了。”蔡细麻说，“十五年前，‘上洲蔡’来到襄摇圩，觇山的拳头师甄子围和‘上洲蔡’谁也不相识，可他提着十几两碎银找我阿爸来了，想冒充‘上洲蔡’一个新招的伙计，说是为了圆他这辈子能上一趟响廓山的心愿。看在十几两碎银的份儿上，我老爸忘了十多年来杈口坪对‘上洲蔡’的约定和礼遇，稀里糊涂就答应了。这一次甄子围上山，暗中串通了一个叫涂娄的后生子，许诺要帮他当上响廓山的大头领。过几个月便因嗥头墩出事，害死了杈口坪上好多人！一年后甄子围回觇山看老母时给麻翻了，绑成粽子，连夜被抬上杈口坪。看清这个狗杂种竟是前番随‘上洲蔡’上山的新招伙计，事情就无法掩盖了。甄子围被杈口坪那帮人剁成几十块扔下崖磡饲了野兽。我老爸还蒙在鼓里，以为发了一笔横财，事做得神不知鬼不觉的，路过邻近照样被请上杈口坪，招待还是那样热诚，但演出后再没有人护送下山，而是由戏班走自己的。到了半山，我查埔人踏翻了一坎石磴惨叫一声跌下崖磡，然后是我阿兄，他俩大概和行头担子一起在崖磡下摔成碎渣子了。我阿爸回头望了一眼响廓山，扭歪的一张脸难看至极，‘作了孽，遭报应了！’

说完他也踏翻了一坎石磴惨叫着跌下崖磡……我阿妈当场被吓哑了，从此说不了话；我傻在那里，一条腿给吓抽了筋，从此落下走路一步高一步低的毛病。杈口坪虽说留下阿妈和我两条命，可‘上洲蔡’的瓦厝也被一把‘无名火’烧了，老家回不去了。这些年来我和阿妈一直在响廓山附近几十个村寨卖唱乞食，多少也算搞清了个中的恩怨纠结。原来蒲头溪的‘苏园’遭了劫难，苏姓男丁和襄摇拳头馆的裘大脚一样，大都跟甄子围学过拳。甄子围发过毒誓，只要入他的眼学过他的拳，就没有谁敢轻易招惹。可到头来却害了多少人家的败亡呀！……”缪百寻叹道：“一念之差，万劫不复，谁也摆脱不了其中的因果。”缪百寻打消了让客人去石墙草厝过这个暗暝的初衷，由母女俩在火炉旁熘火直到天亮。天见晴了，又供上一顿早糜。临走时，母女俩在门外朝缪百寻深深行礼，拍板敲了起来，蔡细麻唱道：“暗暝寒冬兼风雨，丫叉口的缪先生来收留——窑洞里炉火热咸糜，救了可怜母女两条命……”唱完蔡细麻搀着老母向阪陀岭走去。天可怜见的，游走山地的“上洲蔡”戏班，就剩下一哑一瘸的母女俩了。

身在郐市的老货焦离子派了心腹随从，礼至丫叉口。原来那一年因老货焦离子在“管升班”得到缪百寻的警醒，及时赶回给两个后生分割了财产，避免了身家倾覆的风险。而后被讹病的焦离子耐不住寂寞，老当益壮重开炉灶，不几年生理又被他做得风生水起。可他毕竟年逾古稀，近日他越发想念故土兜螺圩，越发想念丫叉口的缪先生了。缪百寻对来人说：“看来大头家打算将生理做回兜螺圩了。”该心腹随从表示他还不知道大头家有这个心事，便匆匆告别离去。

缪百寻把吃的和粗布料留在丫叉口。赴兜螺圩日，他送给“畲厝大药房”马彦老先生一包武夷岩茶。接着来到“管升班”，给头家娘递上丝绸布料。甘宛如笑道：“看不出那个焦离子还念着旧情，厚礼我也收到一份呀！”缪百寻说：“那我可要把布料转送给花蕊小妹了。”甘宛如说：“缪先生来得巧，花蕊生病了，你真该去看看她。”当下由一个伙计引路，进房间也不陌生，一尻川礅坐上花蕊的床头。“缪先生你好狠心，你这些年多少次在‘管升班’门口摆摊，也不肯进来看我一眼！”花蕊翻过身来抱住缪百寻说，“可你今日送我丝绸布料，我想想就算了，原谅你的薄情了。”缪百寻说：“这‘管升班’可不是谁都进得来又出得去的。”花蕊说：“我说过要收你的钱吗？”缪百寻说：“行有行规，岂容我缪百寻轻易去打破。”花蕊说：“可你今日又何苦来？”缪百寻说：“谁叫你花蕊是我缪百寻的救命恩人呢？”花蕊说：“我年前去罔山门找阿姊了，红蕊说你是个不识好歹的人。”缪百寻说：“花蕊你没什么病随便赖床，头家娘难道不怪你？”花蕊说：“‘管升班’上下都知道我花蕊得了相思病，没法治的。偏偏我想念的人有很多顾忌、很多借口。”缪百寻说：“花蕊你可还记得那个老货焦离子？这段丝绸就是他送的。”“本以为缪先生肯为花蕊大方破费一次，谁想只是个转手人情！”花蕊说，“可这转手人情也是人情，更何况还是稀罕一段丝绸！”缪百寻说：“花蕊你好好歇着，我忙别的事去了。”花蕊说：“我知道，是花蕊缺心少肺的话惹缪先生不高兴了。”缪百寻说：“花蕊你什么时候想离开‘管升班’，赎你的钱我来想办法。”花蕊说：“用不着缪先生想办法，我手头有足够的钱赎自己。”缪百寻说：“那我为你留心个好人家。”花蕊说：“用不着缪先生留心，那个好人家我早就有了——偏他心里认定我下贱就是了！”缪百寻说不过花蕊，只好叹息告辞。身后的花蕊也不起身相送，只狠狠地将自己裹进被窝。

在大堂上，几个花间查某轮流给汤奓送一块红糖米糕，或一把水煮花生、一把瓜子。见汤奓生得厚重如牛，觉得好耍拧他一把、打他一拳，他也乐呵呵受用，任由她们挑逗有关缪先生的话头。只可惜他光有力气用不了脑子，说半日也没有几句中听的。缪百寻下楼到了大堂，甘宛如见他比刚来时多了些许心事，笑道：“瞧缪先生的脸色，肯定是生了花蕊那个小蹄子的气了。”缪百寻有点口不应心说：“是我欠‘管升班’的人情没法还呐。”“缪先生清高，‘管升班’爱财，花蕊那个小两片肉的爱上中意的查埔人，这人情你的确没法还呐！”甘宛如的话真真假假，话音未落几个花间查某也跟着起哄。这样一来，缪百寻和汤奓便有点落荒而逃的味道了。

过了桥，来到缪家老宅旧址上的“奚记豆油庄”。面街的四间店面，每逢圩日均有让利，熙熙攘攘拥挤着选购豆制品的赴圩客。大头家奚园见缪百寻来了，吩咐身边的伙计带汤奓去吃大碗茶。他则将缪百寻引上三楼居室，说：“正盼着，一阵风就将缪先生刮来了。”缪百寻递上一包武夷岩茶作见面礼。奚园不客气敌包，取适可泡了，两个吃了当即喉舌温软，醇厚回甘。“改朝换代了，山外的县衙叫县公署，县官不叫知县叫县知事了，还设了专管税捐的厘金局。”奚园说，“去年底一个自称楼姓县知事与厘金局长，乔装成生理人专程到兜螺圩找上我，要我在兜螺、襄摇一带组织商会，由我出任商总。事出突然，我自然是推托的。后来听说，那两个人回丰浦不久便来了粤军，将县公署自上到下悉数罢免，换上另一批人。上半年来了个熊姓县知事，这次是威风八面骑了高头大马，身后还有四条枪跟着，提的还是年前那档子事。我见其样子显摆却躁急着一股恶气，便想拖延些时日再行定夺。不料熊知事回县衙不久赣军南下，也被一锅端了。前日轿子抬来的倒是个斯文，是省军率部平复丰浦后任命的县知事，可他在豆油庄刚要张口说话，一个骑马的快报赶到，想是什么坏消息吧，仓皇间一溜烟跑了，我连这个县知事姓甚名谁都没搞清楚。”缪百寻说：“这事可千万急不得。地方官频繁变换，视同儿戏，可见时局动荡成什么样子！”奚园说：“三山一带，我这豆油庄算是耳目最灵通的了。外出采购、放货的伙计都会捎回消息，山外来了粤军，街坊、村社到处掳掠；来了赣军，又是一番劫洗；省军率部前来平复，更是卷地三尺地派捐。时时遭殃的，都是无辜商户和平头百姓。”缪百寻说：“怕只怕很快殃及山地。”“我愁的也正是这个。”奚园说，“不瞒缪先生说，拙荆蒲叶看上去是傻乎乎的大个，实则为奇女子。她娘家早前坐商行商兼做，可惜行事张扬，后遭黑白两道串通夹击，仅她伴随老爸一路南下才幸免于难。平日她最强调的是良贾深藏，张扬显富必招劫难。可我自从听了缪先生的话，经营的收益已不是先前的十倍而是百几十倍，看看豆油庄热闹非凡的圩日，深藏二字再难做到，两年不到几任县知事嗅上门来就是个例证。时局混乱至此，一旦蔓延三山，奚家攒下的这点家底，肯定也堪不起几番抠剥。既如此，倒不如腾出手来把该做的事给张扬个排场，即便日后破落，也算为团孙后代博个名声。”缪百寻说：“却不知道大头家有何打算？”奚园说：“我后生柏庐年十九、查某团寄奴年十六，说亲、议婚、嫁娶又要耗时，若再摊上时局不稳耽搁了，岂不误了大事！前日暗暝猛可里想来，便一宿都没能睡得着觉。”缪百寻笑道：“这有何难，响当当的嘎山奚家要娶亲、嫁女，央个能说会道的媒婆，用不了几天便可人功告成，却不晓得大头家为何要愁得睡不着觉？”奚园说：“让人万难的是，我为后生柏庐看中的是畲厝马家的马缨花，为查某团寄奴看中的也是畲厝马家的马心云，两个都是万中挑一，我贪心想着，却不好去开这个口。”“虽说这‘嫁姑换嫂’自古来都是穷人家万不得已才干的勾当。”缪百寻内心涌动，思绪万千说，“可要是奚、马两家能做成这样的联姻，倒可造就三山一带几百年来最大的一桩美事！”奚园说：“这桩美事要做得成，无论如何花费我奚园也在所不惜！”缪百寻说：“我来从中斡旋，但愿事能达成！”奚园说：“拜托了，缪先生应允帮忙，这事就十之七八了！”缪百寻说：“这事也是急不来的，得有方便说话的机会才行！”

这一日缪百寻、汤奓刚回到丫叉口，奚园便派脚力挑来担子，担子里装有白米六十斤，鸡鸭各一只，还有奚记豆制品若干。

31 奚马嫁娶

“俊卿先生均鉴：贤孙心云负笈香城近两载，秉聪慧之质而求知不倦，为杞怀所得意，也为大药房上下人等所喜爱。是年心云已二九婚龄，窃以为当适时回嘎山许以人伦，晓谕男女天性，身心经历人世必具之环节，于医家成熟应进益更大。过后心云若有必要，‘敦仁大药房’自不论时日供其出入，共勉所学。杞怀失礼问询，不知先生首肯不才之倡议乎？”

这一日，兜螺圩“畲厝大药房”马彦收到来自香城府地的一封信，读后他老人家就有点坐不住了。迟几个时辰，他后生马长溪也在襄摇收到郁杞怀的一封信——

“临川先生：香城之水源自响廓山，能与畲厝马家祖孙三代同道友好，实为杞怀平生一大幸事！心云学习‘敦仁大药房’，历时虽短，涉及均可精到，杞怀技穷窘迫再无可教矣。加之近期城头频繁易帜，枪炮四起，市面不得安生。思之良久，让心云回‘畲厝大药房’磨砺实践，又可暂避乱世。此议但请先生准许。

杞怀愿与君同，唯望心云成就可期！”

隔日一早马彦坐上过山轿赶到襄摇圩的“畲厝大药房”，爸团俩互换信件，总算读透了敦仁先生的好意。至此爸团俩至少明确两点，一个是时局动乱，务须于旬日之内接回马心云；再一个是心云年满十八，婚事已拖延不起。爸团俩免不了还想到心云身下的小妹缨花，也年已十六，一时更觉刻不容缓。“你这老爸倒当得舒坦，团儿婚期逼近，竟没见你急过！”马老先生恼了，把棘手的难题一脚踢给后生，气呼呼回兜螺圩去了。马长溪清楚一旦涉及婚姻，便诸事纷繁耗时，他倒吸了一口气，哪敢怠慢，怀揣两封信爬丫叉口找缪百寻来了。缪百寻读了信，说：“敦仁先生说得冉清楚不过，将心云接回婚娶，理会人道有助医家修为，安身立命两相兼得，可谓用心至深。”马长溪叹道：“药房的业务几倍于从前，加上后头拙荆不谙人情，若非敦仁先生修书提醒，团儿的终身大事倒叫我给大意疏忽了！”缪百寻说：“奚园大头家跟你也是一样的苦衷，他只顾忙豆油庄，把家事给忘了。发觉后生奚柏庐年满十九时，查某团奚寄奴也年已十六，只怕办妥后生的婚事，又把查某团的出嫁给耽误了。”自觉与奚园同病相怜之时，马长溪还有他的另一层犯难：“这些年家业做大了，心云、缨花又是家父最为心爱的孙辈男女，岂能草率，若不操办出个气派场面，家父那里首先就过不了关！”缪百寻说：“这些年奚园大头家的豆油庄，其经营也是几十倍扩大，后生奚柏庐、查某团奚寄奴同样是百里挑一，我想让他操办起嫁娶来，自也不甘人后！”用情过急的马长溪，似乎没有听进缪百寻的话，没多寻思便起身告辞，他大概要回畲厝去理论、埋怨查某瑶姆子了。

“你这个老母是怎么当的，心云、缨花一个要娶一个要嫁，水都漫上鼻子要淹死人了，你倒好，时至今日也没见你提个头，也没见你着急过！”果然马长溪一回到马家大厝，瞅准瑶姆子便大光其火。瑶姆子不肯服软，为自己争辩道：“说话要凭良心！我病歪歪的你又不是不知道，能活着喘口气都不容易！再说我大门不出小门不迈的，外姓后生子、查某团我一个也没见过！”一听这话，马长溪到底按捺不住了：“自娶你进马家，你长年累月就知道病！五六年来要不是缨花大小事都替你撑门面，我看你没病死也得饿死！”“阿爸你别发脾气了。”马缨花赶快给阿爸泡茶，说，“你和阿妈就专心操办阿兄的婚事吧。我才十六岁，再说我还知道出嫁就是去受苦受累，我心里连个念头都没有！”马长溪说：“谁说缨花出嫁要受苦受累？阿爸要嫁缨花你，就嫁最好的人家，嫁妆也要畲厝几百年来最风光的！”说完饭也不吃，就又气呼呼走了。

上下走了芒岭，又是急又是气的，等马长溪爬到丫叉口，被凉风一吹他打了个激灵，再次走进瓦窑。缪百寻给他泡了难得的“凤毫八仙”。马长溪说：“眼下后生、查某团的婚事已逼在眼前。三山一带，没有谁能比缪先生更看得透，今日缪先生切不可推托，定要替我开解一二！”缪百寻说：“我倒有个周全的想法，但要看双方的意愿和因缘造化。”“那就快请赐教呀！”可怜天下爸母心，马长溪一扫平时思定而后动的稳当。缪百寻说：“畲厝马家有勤学聪敏的马心云、贤惠得力的马缨花，嘎山奚家有敦厚纯良的奚柏庐、慧中秀外的奚寄奴，且双方财势相当，都应对得起大场面。如此对等的家庭，我想遍方圆五十里也找不出第二家！从提亲、议婚到百年喜庆，需一至两年时间，双方兄妹的婚龄也正当其时。顾虑不过的是，自古来‘嫁姑换嫂’为穷苦人家情非得已。但左右细想，这事若由奚、马两家联手，倒可以做出百年不遇的大好事来！”“却不知道奚园会怎么考虑这件事？”马长溪冷静下来，也觉得缪百寻的想法是最好的选择。缪百寻说：“由我居中挑起，两大头家会面时好好商谈一番如何？”“那就事不宜迟，”马长溪说，“唯望缪先生鼎力相助！”

吃了早糜，小妍带上五岁的汤漏子，到浃溪水碓房与她阿爸郧瘸子做伴去了。缪百寻与汤奓爬上砬山崖半山，在四道石槽筑起的墓前坐下。时近日昼，山地风和日暖。午顿缪百寻只吃几口水，整块饭团吞进汤奓的腹肚。缪百寻闭目坐着，脑海所现的情景是他第一次到砬山崖的那个暗暝，苍穹里的上弦月挂在客房的窗口，是其时天地杳渺，砬山崖托起他悬浮于寂寥清溟的空际。他息念轻移，置身的已是丫叉口的窑洞以及窑洞后面的嘎山崖，似有似无地从远处传来水碓房哐啷哐啷的舂臼声。在汤奓的眼里，此刻的先生是不可思议的，他竟能揳桩一样饿腹肚坐半日不用动弹，直至日影斜西才起身下山。一路上磕磕碰碰的，天黑便点火把，到上肆溪口的“阿娇客店”已近戌时。灯光下，塍扳娇大惊：“可怜的妹婿，你的脸色咋这么难看！”缪百寻暗顿只嘬了半碗米汤，便在上房的床上躺下来。“你这不争气的样子，叫我这个当阿姊看了有多心酸！”塍扳娇把他搂在怀里万分痛惜。片刻后她又用调羹给缪百寻饲几调羹米汤，骂道：“这世间就我这个当阿姊的心疼你，可恨你还不知道深浅，勾搭严红蕊还迷乎上花蕊，这下好了，就剩下你的半条命了！”塍扳娇自作主张伺候着缪百寻不想离开，缪百寻觉得自己是如同掉进深渊那样无力地困顿，任由塍扳娇坐在床头说东道西，迷迷糊糊的直到窗现晨曦，缪百寻这才活转来，嘬了半碗糜，搭船渡过秫婆溪，经三旗门上百漠关，在槾龙岭他爸母的坟堆前停住，汤奓以为他定会在那里坐半日，不想他只站立片刻便迈开双腿。接下来在兜螺圩“奚记豆油庄”、襄摇圩“畲厝大药房”，缪百寻前后与两个大头家也是一句话说完便告辞。回到丫叉口时，他已把自己给累瘫了。

三三

雇船到香城进药，同时把马心云接回。马心云在兜螺圩外的埠头起水，与阿公彻夜长谈求学心得。隔日马心云到襄摇圩大药房对马长溪叫了一声“阿爸”，停留片刻就又往畲厝赶。一脚踏入马家大厝，马心云心安了，他阿妈瑶姆子和他小妹马缨花好好的，一见到他都欢喜无限。大人们在暗中紧锣密鼓，马心云回畲厝次日便安排了相亲。面上双方都不说破，暗中却是把话挑明了的。嘎山奚家是蒲叶大姆、奚柏庐、奚寄奴与丫环紫菊簇拥着推半鸡公车的稻谷到水碓房舂糯米。畲厝马家也由瑶姆子、珊姆子、马心云与马缨花簇拥着推半鸡公车的稻谷到水碓房舂糯米。双方准备糯米，是定亲时要做红粿分发各户的。郧瘸子何时见过一下来了两拨花花绿绿的查埔查某，当即慌了手脚。马缨花说："郧叔你不用顾及大家，先放一臼舂奚家的稻谷、再放一臼舂马家的稻谷就行了。"众人心眼并用，却只有马缨花开口说了话。蒲叶大姆见了喜在心头，对自家的查某团说："寄奴你看看人家缨花多懂礼体！"奚寄奴将马缨花拉到一边说："缨花你看出来了吧，我阿妈、我阿兄有多喜欢你！"马缨花说："这下马家可要吃亏了，我阿妈没心没肺的，我阿兄还是个书呆子！"奚寄奴说："缨花你不是小妹，你拿得起放得下，倒像是一个当阿姊的。"马缨花说："我知道寄奴你心里放的是大功德，个个把你当观音菩萨看待，用不着去理会身边的拉杂事。"奚寄奴说："经你这一说，才明白我只是摆设着，实际没什么效用。"马缨花说："才不是呢。只要你奚寄奴在那一站，大家的心情就会很好，腹肚也不饿了，也不用着急去做功课了。可要我马缨花呢，这功课那功课好像永远也做不完。"

马心云与奚柏庐也搭上话。纯朴是共通的，用不着半点浮夸。交谈什么内容也不重要，只觉得双方都很好。"奚家倒真会生养，把查某团供得神仙一般！"瑶姆子一开口就有点冒失了。蒲叶大姆也不介意，说："可我喜欢你家缨花的懂事乖巧！"瑶姆子说："我后生心云是个规规矩矩的读书人，你看他大大咧咧的心思，分明就是个书呆子！""你家心云名声在外，学问大着哩！"蒲叶大姆说，"不像柏庐只晓得埋头做功课，情长意短的都不晓得去理会。"瑶姆子说："这有多好呀，你后生柏庐踏踏实实的，让人放心得下！"

各自看到的，差不多都是对方的优点。

在府地香城的近两年，敦仁先生规定学徒要有记事的习惯，将每日里所见、所思、所做的点滴付诸笔墨，留存日后参照。这一日回到畲厝，其观感便自然而然落在马心云清秀的小楷上："此姝花名奚寄奴，嘎山大户奚园之女也。奚寄奴眉远青山，目含慈慧，唇似点染；面丰不满，体盈不腴，有世人所艳羡一双肥美小脚，心云惊为天人矣！其身心静谧，清怀虚缈，隐约有宝光相伴随，岂凡间一女子乎？心云乃一介书生，俗骨皮囊，可望而不可即矣！不若小妹缨花烟火心性，踏实性情，为寻常人家可依托也……”马心云在激赏中惋惜，把此等观感流于笔端而藏掖于心。嘎山奚家的情形，却是母子间的试探。奚柏庐见过马缨花后大喜过望。在“承安楼”里，奚柏庐缠住蒲叶大姆说：“不知道阿妈对马缨花的印象如何？”蒲叶大姆故意说：“不好。若是娶那个犟查某过门，我可怜的后生奚柏庐婚后就暗无天日了！”奚柏庐说：“阿妈你今日说话好不讲理！”蒲叶大姆说：“看看，还没有娶过门呢，我后生就偏袒马缨花，心里就没有我这个当阿妈的了！”奚柏庐说：“阿妈你想歪了，要是能娶上马缨花，奚家在外头经营豆油庄，后头有马缨花料理，我奚柏庐就有好日子过了！”蒲叶大姆甚是不悦说：“那你阿妈呢，你阿妈就不中用了？”奚柏庐说：“不是不中用，阿妈年纪大了，做功课呀、烦恼呀有人顶着，你操劳了大半生，也该享受享受清闲了。”蒲叶大姆叹了一口气说：“也合该我这个傻后生有福气，平时三脚踢不出一个屁来，可今日见了马缨花一眼，就狗咬疯了，晓得跟阿妈软磨硬泡了！”奚柏庐喜不自禁：“这么说阿妈你也是看中啰！”蒲叶大姆说：“岂止是看中，我后生能娶上马缨花，可是八辈子修来的福分！”奚柏庐一听，竟三岁细囝一样扎进蒲叶大姆的怀里，一味蹭着他的甜蜜。“好了好了，肉麻死了！”蒲叶大姆说，“要是亲事不成，马缨花被别家娶走，我后生奚柏庐可就要大晴天炸旱雷了！”奚柏庐说：“要是马缨花被别家娶走，我就建一座庵庙，庵庙里就住我奚柏庐一个和尚！”

几日后，两个大头家备足酒菜，前往丫叉口瓦窑。因各自心知肚明，加上财大气粗，交换的意见基本默契合拍。酒过几巡，奚园说：“趁身体、财力许可，也是后辈们赶上好时节，我就在想，这喜事真该依循古礼大办特办一番！”马长溪说：“却不知道依循古礼该如何做法？”缪百寻翻出师父注释的《闽地〈玉匣记〉增补条目》，打开逐条讲述。若依循古礼，那嫁娶当日的排场堪称空前绝后。奚、马两大头家当下拍了板。并约定其古礼规制，由缪先生所定法度为准。嫁娶古礼之繁复，难免千头万绪，便以此日会面为喜事实施的起始。奚园端起酒瓯说:“缪先生身体薄弱，可奚、马两家遇事总要劳烦缪先生，今日先行谢过！”缪百寻说:“大头家客气了。能做这百年不遇的大喜事，天时地利人和缺一不可，可是多少人渴望不到的荣幸！”马长溪说:“自此刻起凡涉及马家实施的一应调度，以缪先生签字为效用。”奚园说:“奚家也一样，但见缪先生笔墨所指就一定要分毫不差照着做！”“好意百寻心领了。”缪百寻说，“奚、马两方各应指定一名精干的执事，负责管理做实。若有什么重要动议与事项，二位大头家务必会面再行定夺。”奚、马两大头家均表示若有必要，随时听候通知。见大事敲定，三个都为行将到来的巨大喜庆所激奋，多啉了几瓯酒，在微醺中，为人生有此际遇而得意欣慰。

会面后不久，缪百寻便将定亲、嫁妆各件、喜庆安排次序开具成册，送往奚马两家的执事手中。名册在手，执事便心中有数了。凡木作家私，布料缝制，即日开始置办。后头要赶的，也要备下相应材料。紧接着，缪百寻又勘定了双方送嫁路线。古礼倡导逢山开路遇水搭桥，也算是为造福当地留个见证，出嫁一般推崇唯我独尊的浩荡阵势，则鬼神闪避。遵照让左走右的乡俗，奚家送嫁走芒岭官道，由奚家出资的一座供行人歇脚乘凉的过山亭，很快在塔尖山鞍破土动工，未见规模，便被邻近村社称它为“小姑亭”了。马家送嫁要过一条浃溪，一架几丈长的石墩瓦盖木廊桥，也在距离水碓房十几步远的地方赶工开建。马家为此要多耗费几倍钱财，其用意却也十分明显，既是亭又是桥，已比奚家风光不少。马家千金尚未嫁出，这座还未成型的廊桥已被当地受益乡民昵称为“红娘桥”，在三山一带添油加醋传了个遍。

不管是日时还是暗暝，缪百寻总爱不由自主走到嘎山崖的半亩石埕上，望向浃溪和塔尖山鞍，在两地的简易草棚里，有木工、瓦匠不停劳作的身影；或是体会一番奚家“承安楼”、畲厝的马家大厝那些查某工做针黹的灯火。这段时间缪百寻一直都在心中默默许愿，奚、马两家的事做得太大了，可千万不要横生出什么枝节才好！世人所见是操持之大花销之巨，动用的实则未及奚、马两家的筋骨。缪百寻建议能否弄个花样示个弱，以免太过招惹乡民的耳目，奚、马两家于是卖了几处山地田亩。如此一来，外界便又有了另外的说法，意欲大肆铺张的奚、马两家骑虎难下，快支撑不住了。

15

历时一年半，奚马两家力事俱备。黄道吉日也由缪百寻择定，亲朋戚友不管远近均放了喜帖。临近儿女婚期，奚马两大头家都回到家中坐阵主事。这一日“承安楼”恬寂寂的，奚园、蒲叶翁某俩又拿了名册，与陈列物事详细对照一遍，设想着到时两边嫁娶的场面会是何等的宏大。偏就在这时，巡山的奚和满头大汗回来禀告，称他看见侄女寄奴趺坐在嘎山崖雾松下的石埕上，头顶七彩霞光，任凭他如何叫喊，也不见她有何回应。这是不可能的事，无缘无故的查某团跑到嘎山崖去做什么？翁某俩正疑惑着，在兜螺圩临时主管豆油庄的长子奚柏衍，正好步履匆匆踏入家门，也称他途经丫叉口时，看见小妹寄奴趺坐在嘎山崖的石埕上。当时日正斜西，山岚夕照，晴空青冥，绚丽的日光下呈现出一派化外般的情景。奚柏衍言之凿凿说他是无论如何也不至于看走眼的。只是小妹寄奴奇怪得很，奚柏衍连声叫喊，她居然不予理睬，站起来头也不回地身影轻移，就像是走进日光里，更像是风一样飘走了。一听至此，翁某俩预感大事不好，连忙吩咐家人四底下寻找。“哪来这些奇的怪的？”丫环紫菊若无其事说，“寄奴阿姊午睡未起哩！”一干人于是直奔查某团的闺房，奚寄奴果然熟睡在绣榻上。奚园伸手试探，查某团脉动鼻息全无，已然离世矣！当时的情形，奚寄奴如同是睡着了一般，气象温蔼平和，清婉容颜隐现霞彩。在场的人谁也不敢相信，一向无病无灾的，咋就无声无息死了呢？蒲叶大姆、丫环紫菊顿时哭作一团，她俩就那样守在床边，再不许谁去烦扰她。

老年丧女，其哀已巨，更何况还有摆在奚家面前一个天大的难题？悲痛欲绝之时，奚园也还没有丧失理智，当下派快轿前往畲厝抬来亲家马长溪。奚园就当查某团还活着，只是病情危急，让亲家马长溪前来诊治，然后如实奉告这个在极短时间里发生的离奇噩耗。在闺房里见了奚寄奴的遗容，马长溪也惊骇不已。这个尚未过门的新妇，非但没有任何症状，相反她的形体栩栩如生，淡淡的霞彩曦光萦绕其间，形神比生前还要鲜活，为马长溪行医数十载从所未见。奚园痛失心爱的查某团，一时间天塌地陷。马长溪原本想要对亲家的责难，话到嘴边却又咽了回去。不用说马长溪内心的纠结显而易见，虽未迎娶，可行聘既定，依乡约里俗，即便死了也是畲厝马家的新妇啊！可怜两亲家，相对无语很长时间。最后奚园撑半日才说出话来："查某团无疾亡故，对奚某可谓最为残酷的当头一击，这也太为难奚、马两家了！""世间生死我见得多了，可令爱遗容的生动清丽却不曾见过。从各种迹象看来，令爱前生定非凡响，难说不是观世音投胎转世哩！"马长溪感到自己心中隐隐已有一股敬畏，转而慨叹说，"畲厝那边地薄水浅，唯恐容不下令爱了。""这个还不至于要亲家劳心费力，我自会挑选供查某团容身的最好一块地。"奚园说，"只是如此一来，令郎心云身上便空挂了一个名头，奚家也太过亏欠马家的了。""犬子与令爱无缘，就怪他福薄吧，过后另行贱配也就罢了。"马长溪说，"倒是你二弟和令郎在嘎山崖上所见，我想前后定有因果关联，亲家何妨以嫁妆之资，在嘎山崖上修一座庵庙，供着世人的香火，岂不更好？"前头马长溪长时间发呆，实则内心翻滚。后生马心云正当年华，便有一门阴亲纠葛，这可是不得了的。他的一席话，明着是架梯子供奚家往上爬，私下却是在如何为自己的后生摆脱个中因缘。"亲家的倡议我岂有不依之理。"奚园说，"只是令爱缨花与我儿柏庐的婚事，亲家可别另有所论才好！""行聘既定，依约嫁娶，并没有什么不妥呀！"马长溪果然是个守信之人，对奚家既没有悔婚也觉得没有多加责难的必要了。"多谢亲家的宽容大度！"如此一来便还可转圜，一应事务便还可继续做去。奚园为此感激滴零，差点滑下太师椅，向马长溪行了跪磕大礼。

36

塔尖山鞍的“小姑亭”、浃溪的“红娘桥”已描绘上漆，光鲜华丽。嘎山奚家、畲厝马家堆山似的物事，也已检点几遍，确认桩桩件件并无疏漏，过几日双方便要同时出嫁迎娶了。这一日晌午缪百寻终于觉得自己松懈了下来，关上门，在窑洞里睡了一觉。晒日昼时他作了梦，梦里他看见远处的砬山崖、大莽山、响廓山、鹩山崖，和身边的嘎山、塔尖山、翠屏山一起凌空擎起，前呼后拥着换位轻移，他寄身的瓦窑却不停在往下坠落，直到在嘎山崖那棵雾松前的石埕上闪耀出万道光芒，梦里的一切这才静止，复原于午后和煦的日光之中。缪百寻醒了，出窑洞去了石墙草厝，他想起汤奓跑水碓房接小妍和汤漏子了，便转身到嘎山崖石埕上来。其时斜西的日光与远处的山脉撞出一个巨大的光环，笼罩在嘎山崖石埕后方的那棵雾松上，让他一时近前不得。缪百寻回到窑洞，泡茶吃了，仍然觉得自己在似我非我的情景之中。缪百寻攥拳挤压双鬓，让自己恢复心智，再度来到嘎山崖石埕上。这时他望见“承安楼”出来一顶快轿，往畲厝马家直奔而去。缪百寻不自觉在石埕上坐下来，又见快轿从浃溪方向冒出头，不多时抬进“承安楼”。缪百寻直感嘎山奚家可能发生了什么重大变故。接下来的暗暝，缪百寻为此一直在坐立不安中度过。

次日大早，奚园便派人将缪百寻请到“承安楼”。奚园先是带他去查某团的闺房看了奚寄奴的遗容。缪百寻无论如何也想不到，嘎山奚家的变故无异于晴天霹雳，竟是奚寄奴的猝然离世！此刻的奚寄奴只是安详地睡着了一般。缪百寻站在那里，期待奚寄奴能像刚出生时一样蓦地朝他睁开眼睛，这种心领神会唯他能理喻彼此，未曾第三者知晓。不用说这一日缪百寻很清楚自己只是心存侥幸，奇迹无法再现。他随主人回到厅堂，奚园将巡山的奚和与他的大后生奚柏衍在嘎山崖所见讲述了一遍。

缪百寻回想起来，奚家巡山的奚和和奚柏衍在嘎山崖所见，应发生在他午睡醒来前后。接着奚园又将查某团离世后，亲家间的应对讲述了一遍。“还好马长溪肚量宽宏。”缪百寻就像在自言自语。奚园第一次对这个缪百寻有点生气，他从头到尾都不敢肯定缪百寻是否听清楚他的话。“马长溪肚量宽宏没错。”奚园忧心如焚说，“因我后生柏庐的婚事在即，奚家上下强忍悲痛——这喜丧掺和在一起，到底把我给难住了。”“令爱的后事我来处理。我先到畲厝一趟，下晡就到附近山头找一门风水宝地，明日即可寄圹在外。你只要调拨给我两个人手，加上汤奓，足够了。”缪百寻说完，见奚园懵懂着，不曾告辞便往浃溪的水碓房去了。“这个人既能将简单的事情复杂化，也能将无限繁复的事情简单化。”奚园望着缪百寻的背影，就那样无关自己一样忖度着。缪百寻到了水碓房，郧瘸子给他倒了水，说：“缪先生，这事可怎么办才好呐！”“红娘桥”就在距离水碓房不足两丈地的上方建造，瓦工、木匠一边做手脚功课一边嘴上也没闲着，一年多来郧瘸子听最多的就是对奚、马双方嫁娶的渲染，他所指的“这事”，也就是放不到一起的喜丧纠缠。“外人着急也没有用，奚、马两亲家自会周全此事。”缪百寻说罢，踏上“红娘桥”，向畲厝马家走去。

马长溪就像给一记闷棍打住了，面对缪百寻却不知如何说起。马缨花赶快替老爸给缪先生泡茶。缪百寻问：“你后生心云呢？”马长溪说：“心云打早就被他阿公派人接到兜螺圩大药房去了。”

马心云将记事本落在家里了。马缨花翻开相亲那日她阿兄记下的观感，和昨日听到未婚查某奚寄奴猝然亡故后记下的话，递给缪先生看。

“此姝花名奚寄奴，嘎山大户奚园之女也。奚寄奴眉远青山，目含慈慧，唇似点染；面丰不满，体盈不腴，有世人所艳羡一双肥美小脚，心云惊为天人矣！其身心静谧，清怀虚缈，隐约有宝光相伴随，岂凡间一女子乎？心云乃一介书生，俗骨皮囊，可望而不可即矣！不若小妹缨花烟火心性，踏实性情，为寻常人家可依托也……”

“斯人远去，心云痛彻至深！虽自知其只可膜拜，却依然心向往之，为鄙劣之贪占也。或其离世正是仙家羽化、恰成正果亦未可料定，心云唯祈愿如此，澄澈心神即可达成矣。”

“缨花你将记事本严密打包，派人直接送到兜螺圩大药房你阿兄心云手中。”缪百寻交代说，“记住本子所记内容，也千万不可外传。”马缨花听后，当即做去了。直到缪百寻起身告辞，马长溪这才开口说：“善后的事，也只有依赖缪先生多加操劳了。”

在二十世纪二十年代的闽南山地，最丰盛的嫁妆俗称“全厅面”[①]。所谓“全厅面”，宽泛地说，也就是嫁出的查某囝，日后其衣食住行及至终老的一切用度均由娘家一次性供给，一辈子也用不着吃婆家一粒米、穿婆家一寸布、吃婆家一滴水。

出嫁这一日，离开娘家时是个阴天，随之又细雨溦溦。被盛大排场所烘托，马缨花并不觉得花轿外的风雨有什么滞碍，她心怀感激，在花轿里一直泪光闪闪。邻近乡民更是开了百年不遇的大眼界，沿路不断有人高呼与啧啧称奇，许多物事他们别说没见过，连听都没听说过。

这一日在送嫁迎亲队伍中，打头的喜乐八音阵拱着走在最前面一名十一二岁的英俊男童，男童手提小巧精美的春墭，墭中放《三字经》《颜氏家训》《增广贤文》《论语》各一卷。次为田亩茶水担：供种茶粮的六亩良田按时价折合银元若干，打井款若干，外加精选种子八斗，常种菜籽十六种，红绸打封，捆扎成担，由两个壮汉挑着。三是牲畜，由牧童牵着走的公母牛犊各一只；猪狗兔羊鸡鸭鹅公母各一对，分大小笼子抬的抬挑的挑。四是穿戴，现成的衣鞋帽袜，按四时八节式样各四套，另有供日后裁剪的各色面料十二匹。中为女红用品，纺车、筛匾、笸箩、剪、尺、针头线脑等；摆放厅堂的桌椅杌几、茶水具；厨具有升、斗、秤、笼床、锅、碗、桸、盆、筷、匙等；配备新房的床、柜、踏枋[②]、脚桶及四季被褥、蠓罩，装满了手镯、紫金钗、耳钩子、项链、金戒指、玉如意等

① “全厅面”：闽南乡俗，指一个人一辈子居家生存所需。

② 踏枋：踏板。

出嫁这一日，离开娘家时是个阴天，随之又细雨淅淅。被盛大排场所烘托，马缨花并不觉得花轿外的风雨有什么滞碍，她心怀感激，在花轿里一直泪光闪闪。邻近乡民更是开了百年不遇的大眼界，沿路不断有人高呼与啧啧称奇，许多物事他们别说没见过，连听都没听说过。

件的首饰盒，抽屉里放着梳、篦、镜、胭脂扑粉的梳妆台。接着是便轿一顶，由两名轿夫斜扛在肩上，表明还不曾启用过。使唤丫环墨荷在花轿后碎步相随，紧跟花轿的是新郎奚柏庐和媒人的两顶轿子。再后便是供日后分娩用的精选草灰担。草灰由没有病虫害的干鲜稻草烧制，轻飘飘的，可为了免于压成粉末，装了六肩十二箩筐。最后是棺材一副。棺材是竖着抬的，上结红缎，贴红纸写福禄寿，以示一生吉利美满。另有八门喜铳开道、护中、押后，每过山门水口、村寨、桥梁、土地庙，定要点炮隆隆放响。至于畲厝马家没有给查某团选送坟地，自也有说法。因百年之后，刻在墓碑上的是“×× 世显妣奚妈马氏缨花之墓”，其归宿已属奚家后代的事了，与畲厝娘家的职责再无牵涉。

迎娶沿路站满了从各地赶来看热闹的乡民，经过“红娘桥”时，百八十挂鞭炮争相鸣放。蓦地塔尖山鞍的“小姑亭”也有回应，放的是天地炮，因是阴雨天，竟看得见在那里闪现的绚丽焰火。场面十分火爆，众人的目光又被塔尖山鞍“小姑亭”上的焰火所吸引，六岁的汤漏子几下闪忽溜进花轿，伸手挑开新娘的红盖头说：“我不许缨花阿姨嫁给奚柏庐！”马缨花一听乐了，把他搂在怀里，小声说：“场面这么铺张，阿姨我哪能不嫁啊？”汤漏子听了不高兴，挣脱着要下轿。马缨花说：“漏子先别跑，你要给阿姨壮胆，陪阿姨到‘承安楼’门口。你不作声，等轿子放一边了，你才偷偷溜走。”这一日汤漏子出奇地听话，以致谁也没有觉察到这个小小的插曲。

与此同时，缪百寻带的另一路人马，为猝然亡故的奚寄奴选址造坟，他找过几个山头，最终墓址定在翠屏山上。缪百寻先说风石地貌难以挖掘，转身又说依仙命看来务须延缓些时日，将遗体暂且寄圹在墓地旁，派人日暝看护。三日后他跑回奚家对奚园说可喜可贺，挖到五色彩壤了。备受尊崇的缪百寻，几日来在奚园的眼里，却总在敷衍塞责，拖延的迹象明显。一直想避开喜与丧纠缠的奚园，甚至怀疑向来磊落的缪百寻有点心存不良，故意要看奚家的难堪。果然不出所料，缪百寻推三阻四的，原来就是为了完坟时节正好与奚家迎亲之日冲撞在一起！谁也没想到的是，送嫁迎亲队伍到了嘎山奚家“承安楼”门口时，缪百寻几步奔跑在前，高呼道：“恭喜大头家，吉时安坟，已告落成，奚家祥光普照啊！”

经此一闹，打头的八音喜乐骤停，等在门前接引的姆婶们首先慌了手脚，送嫁迎亲队伍只好止步等候，一时半刻谁也不知道如何是好。就在这时候，细雨不见了，天空随之拨开阴云，日头出来了。奚园正要恼怒，人群中突然有人高呼：“快看呐，嘎山上架着两道彩虹！”众人一看，果然有两道绚丽夺目的彩虹起自嘎山崖那棵雾松，另两头分别落在塔尖山的“小姑亭”和翠屏山“小姑坟”选址上。——这也太奇怪了！周遭依然是灰蒙蒙的天色，唯独嘎山宛若仙境般一片明丽放晴。被这壮观景象所震慑的送嫁迎亲队伍和围观人群顿即鸦雀无声。良久后有人挑头说：“起乐呀！”一时间鞭炮放响，八音阵喜乐齐鸣。六七日来嘎山奚家的种种担惊受怕，就在这意外的喜庆声色中被冲刷个一干二净。

奚柏庐成亲这一日，奚园特意安排一桌丰盛酒菜宴请缪百寻。席间缪百寻说：“大头家难道看不出来，你几日前去世的查某囝奚寄奴和刚娶进门的新妇马缨花有着极深的渊源？”“你这话从何说起？”奚园表示不明白他说的话，“务请缪先生照实说来！”缪百寻说：“马家查某囝出嫁有如重生，奚家嫁女没嫁成而仙逝。一生一死共享祥瑞，这中间定非无缘无故。再者，令爱离世时曾神游嘎山崖，为你小弟奚和和大后生奚柏衍所见，也所言不虚吧？”奚园回想起那日的情景，的确属实。“此等奇异，也为缪某几十余年来仅此一见。”缪百寻说，“还有一件事，我想该向大头家如实相告：翠屏山‘小姑坟’是一处难得的荫身地，令爱深埋地穴定然百年不朽，可这对家人来说却不见得是好事。日后择定‘捡骨葬’时间，怕是免不了要让家人大费周章的。”“这又是为何？！”奚园一听面色大变。闽南一带所谓的“捡骨葬”，是指人死若干年后，又请风水师择日发墓开棺，将骨殖按人形摆放在草席上，朱笔点批以明其神，然后自脚始依序放进一种叫“金斗”的加盖陶缸，再选址筑坟二次安葬，这才功德完满。逝者被点化成神，葬以风水宝地，方能保庇后人。如果前头葬的是荫身地，发墓开棺时看到的并非骨殖而是完好如初的尸体，只好采取“即刻化肉法”，往棺内倒进足量的灰石，再灌水加盖，便见棺内热浪翻滚，白烟直冒，半个时辰后复又打开，便化肉完毕，只剩下骨骸。采取这种方法要请高明的风水师，灰石的分量和时间把握均要恰到好处。火候不够，则筋骨相连，有如野狗啃食过的惨状；掌握恰当，暴露在后人眼下的也是一副森森白骨；过头了，又往往致使先人骨殖化为乌有，而留下憾恨。总之是不管何种情形，对后人而言都极不吉利。

“还好奚家福德深厚。”缪百寻接着说，“照今日的情形看来，将来能维护奚家人的，怕就是你奚家刚娶进门的这个新妇马缨花了！”“你这又从何说起？”奚园被缪百寻的一番话唬住了。“吉人自有天相，看得出共享祥瑞的奚家新妇马缨花，她的一生定将不同凡响。”缪百寻说，“大头家最好能立个规矩，交代后辈一定等到新妇马缨花百年之后，才是令爱奚寄奴‘捡骨葬’的发墓开棺之时。塔尖山的‘小姑坟’也将福荫奚家后代。”“难道这也有什么说法不成？”这一日的大头家奚园越听越是云遮雾罩。“四五代人以后的事，你我都看不到了。”缪百寻说，“只是为了奚家后代，大头家一定要相信这种说法才好。”

紧绷心神多日，听缪百寻话说至此，奚园感到自己就快累倒了。他为缪百寻倒满一瓯酒，把一包银元推到缪百寻面前说：“这一年多来，缪先生为奚、马两家日暝不分，至今方告稍停，少许薄礼请缪先生笑纳。”缪百寻挡回说：“红包请收回，就算缪某为你过后在嘎山崖建造庵庙出一份力吧。”说罢缪百寻吃了那瓯酒，脚步踉跄，冒着小雨回丫叉口去了。

139

山地苍茫

民国七年，国民党在闽南建立以香城为中心的护法区，覆盖周围二十几个县。民国八年初夏，丰浦县知事王略铎亲赴兜螺、襄摇，历时三日，动员奚园、马长溪组织商会，并分别出任兜螺、襄摇商总。两大头家推诿不过，勉强将街面上经商的大小头家集拢在一起，会上造了名册，王知事给奚园、马长溪签发了委任奖，讲了一大通时局，认为国之大计首先在于教育，宣称要尽其所能为丰浦筹建一所县公学，遴选各地品学俱优的学子免费就读，为将来丰浦各地培育栋梁之才。因之他倡议在座各位乡贤慷慨解囊，但有捐献者，其姓名将在县公学嵌墙石碑錾字留存作永久纪念，日后团孙入学亦权利优先。一日会议下来，县知事王略铎共在兜螺、襄摇两圩筹措大洋五百块，与四个扛枪随从心满意足奔赴别处去了。时值秋末，丰浦县府又找上奚园、马长溪。这一次县知事叫余操候，六个腰挎驳壳枪的随从前后护卫，他带着商会的募捐花名册，讨要五百块大洋的筹款来了。奚园、马长溪忙说该款项已于当日被前知事王略铎带走。但余操候出示的花名册下方却注明：“此募捐由奚园、马长溪二位商总经手筹措，将于本月末送达丰浦县府。”县知事余操候说：“当时尚未月末，王略铎就卸职走了，县知事由我接任，可我自始至终就没有收到这笔筹款。此募捐一旦筹措即属公款，贪污或侵占一经查实，即可将当事者拘捕下狱！现只作拖延处置，但需另交滞纳金一百块大洋！”对各商户实收并有回执，官方出示了证据确凿的“注明”。奚园、马长溪有口难辩，只好苦着脸凑齐六百块大洋让县知事余操候带走。

如此行径与抠剥何异？奚园、马长溪大惊之余，深感落入官家的圈套。此时山外烽烟四起，山地到处有人占山为匪。半月后，他俩又同时收到来自响廓山杈口坪“致 ×× 商总的一封信”，称兵荒马乱之际，杈口坪当为地方安宁担责，商会务必按月收取各商户费用若干上缴杈口坪，则人口财产可保无虞云云。两头胁迫之下，奚园、马长溪苦不堪言，相约到丫叉口瓦窑与缪百寻商量对策。缪百寻说：“对付县知事，两位大头家可分别向丰浦县府递交辞呈，一说前年痛失爱女，思念日深，已无心世事；一说岁数已大，耳目昏聩体力不支，请另择贤明加以推脱。奚家两地豆油庄由柏衍、柏庐执掌台面，大头家隐身其后主事定夺。马家两地大药房由马慎源、马心云坐堂行医，马老先生和大头家暗中操控，解决疑难，又可致力于蜡封药丸的制作。倒是杈口坪那边搪塞不得。眼下遍地为匪，官府鞭长莫及，难免引起哄抢掠夺，到时山地将通体遭殃，圩市一旦凋敝，损失尤为深巨。二位大头家若不挑头，一旦杈口坪与山下歹团恶棍勾结，对当地造成双重戕害，到时惨痛的局面就无法收拾了。”马长溪说：“缪先生前面说要递交辞呈退隐避祸，后面又说要挑头担待，岂不是前后矛盾不好圆场？万一给官府逮住把柄，就成为通匪重罪了。”奚园说：“是呀，这前后为难的，烦请缪先生给想个好计策。”马长溪说：“前面的退隐，我与亲家做来容易。后面的挑头担待，缪先生可否上一趟响廓山斡旋其间，商议一个妥当可行的办法来？”“好吧，三日后我上一趟杈口坪。”缪百寻说，“只是依眼下的情形看，靠单一势力的确很难周全，也该有一定的自保能力才行。”奚园、马长溪都表示将族里先前毁弃的拳头馆恢复起来。缪百寻说：“过完这个年，就让汤奓的后生汤漏子上奚家的学堂吧。奚、马两家也用不着再请拳头师，就由汤奓得闲时去教习几个套路，只要族人凝聚一处，吆喝着舞得动刀枪掘棒，遇上小股匪盗能保家护院就行了。”奚园、马长溪自然赞同。

缪百寻说罢将两大头家带到嘎山崖参观。其时搭在丫叉口的临时工棚悉数拆除，三个雕塑观音金身的师傅，以及两个为廊柱门窗一应木作描绘上漆的工匠均搬入庵堂过夜。奚园、马长溪见庵庙建造已现规模，估计再过六七个月即可落成开光。

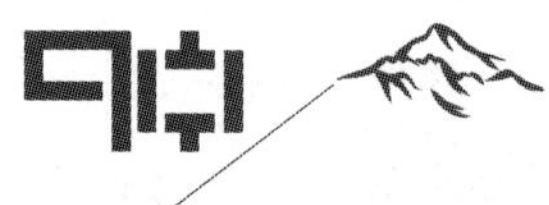

次日汤奓带小妍、汤漏子前往水碓房后，便去查看奚、马两家的拳头馆欠缺什么器材需要增补。缪百寻自个到上肆溪口找卓老耇，“阿娇客店”的塍扳娇留他吃饭。午睡后缪百寻搭渡过秋婆溪，等三牯子撑船转身，从砀窟潭路口的草丛中跃出两个查埔囝，与缪百寻一起爬了几百坎石磴，随后一站站坐索兜攀上杈口坪。过了二十年，也是时近暝昏，缪百寻再次登上这座雄奇险峻的响廓山。旷阔的杈口坪，蓄满水的大池塘，坪后云遮雾绕的双子峰……情形还是那样恬寂寂的，似乎一切都没有改变。带缪百寻走的还是大厝的边门，直接到头领会客的居室。居室的一切照旧，只是床头多挂了一支驳壳枪。汤桸和袁抹刀的厖叔袁绞齐出面招待缪百寻。袁抹刀横尸秋婆溪，几年后其叔袁绞阵也在下游嗥头墩溪里泡澡时无故溺亡，而后自感危机四伏的袁姓族人十余口全部上山。眼前腰扎汗巾的两个人，看样子勇武，实则迟暮苍老，已非同往昔。客套一番三人在八仙桌旁坐定，吃过茶，随即酒菜上桌。袁绞齐说：“现今世道败坏透顶，到处抢山头占地盘。眼下除了汤桸，杈口坪上个个拖家带口。先前是刀斧棍棒，现在却要养十几条枪的弹药。山上的负担几倍加重，不得已才和奚园、马长溪两个商总写了信。”缪百寻说：“奚园、马长溪将大头家的位置传给小弟、后生，不再抛头露面。又向县府递了辞呈，不当商总了。”汤桸说：“两大头家空闲下来，正好为杈口坪串门收取保护费。”缪百寻说：“他俩并非不为杈口坪出力，只怕官府查办抓住把柄，处以通匪大罪连坐满门。”袁绞齐叹息说：“邻里乡亲的，武不得文也不得，软不得硬也不得，杈口坪只好眼睁睁一个个饿死了。”汤椭说：“是啊，这也不行那也不行，到底怎么办才好？”“想要保住兜螺、襄摇两圩，两全其美的办法也不是没有，只是做下来要依赖二位多费心思就是了。”缪百寻将想法细细说开，杈口坪上的头领与军师听了，都恭恭敬敬向缪百寻敬了酒。

过了暗暝，汤椭亲自护送缪百寻下山，途中悄悄塞给他几块大洋说：“眼见我汤家孙子七岁了，拜托缪先生费心让他上学读书。”缪百寻说：“汤漏子生性顽皮，虽说上学读书也就是认几个字。可你这个孙子的八字却是个草莽出身的当官命，等他走印运的晚景就风光得很了。——只可惜你我都看不到了。”“汤家祖辈要么乞食要么当山匪，生命比草芥还要贱。”身形拙重的汤椭一听至此，竟扑通跪地朝缪百寻磕头说，“别说日后我孙子能当官，就算认得几个字，我也要多谢缪先生的大恩大德！”缪百寻连忙搀起汤椭说：“不过是个缘分，哪堪得起你行这大礼！”年过半百的汤椭，早已涕泗四流。瞬间勾动缪百寻的思绪，想起祖先的尊贵，到了爸母辈却卑贱如蚁，想起师父师娘，想起查某凌缨花和查某团缪寄奴，竟也一下子满脸泪痕，不能自已。

这一日缪百寻下山后由卓老耇安排，在梂婆溪上船到襄摇圩见了马长溪，午顿后歇睏个把时辰，当即赶往兜螺圩“奚记豆油庄”。说完话想离开，奚园雇了过山轿要抬他回丫叉口，不想有个伙计跑来对他说：“‘管升班’来了个贵客要见你。”缪百寻便让轿子先抬他去“管升班”，心中已猜中八九分，到二楼的“青舍”间一看，果然是老货焦离子。过了五六年，连喘气都吃力的焦离子糟老得不行了，花蒂、花瓣一个撑持一个饲他汤水，动作粗鲁还不停骂他臭不要脸，不想垂死的焦离子反而受用得很，两个色衰戾气的花间查某气坏了，嚷着说与其伺候焦离子，还不如替他去死来得痛快！“两个妖狐子把我给骂活了。”焦离子嘿嘿笑着坐起来，招呼缪百寻说，“我知道这一次老焦死定了，特地赶回故土与你缪先生，还有头家娘甘宛如道个别。”缪百寻说：“大头家不简单呐，知道要死了还跑这么远的路。”焦离子说：“我死前想见的人，在‘管升班’都见得到。再说花蒂、花瓣恼着哩，要不给她俩出出气，我就怕死不瞑目了。”花蒂、花瓣左右去掏焦离子的口袋，说：“给金子就让你舒舒服服死几回！”焦离子说：“份子钱我放在头家娘那里，到时一分一厘也不会少给。”在隔壁的花蕊听声后跑过来，一把将缪百寻拉到“醉莲”间说：“我花蕊也快死了，只因没有金子，缪先生就横竖不过问了。”缪百寻说：“活得好好的，说死还为时尚早。”花蕊说：“我老了，没有客人想要我了，缪先生你可要收留我！”缪百寻说：“我上无片瓦，下无立锥之地，如何收留得了你？”花蕊说：“听说嘎山崖建了一座‘雾松庵’，我干脆到‘雾松庵’出家当尼姑，那我就每日可以见到缪先生了。”缪百寻说：“‘雾松庵’是清静之地，岂容你胡思乱想！”花蕊不高兴了：“收留我你不肯，出家念佛你又不高兴，你当真是世上最难伺候的一个人！”“花蕊你保重。”缪百寻说，“过山轿子就在门口等着，我今日快累瘫了，回丫叉口歇睏了。”

三日后焦离子咯噔一下死在花蒂、花瓣的怀里，享年七十八岁。焦离子当真死了，花蒂、花瓣追魂似的为他放声悲啼，也不知道是哭焦离子还是哭自己。她俩在头家娘甘宛如手上领到差不多可以赎身的份子钱。焦离子死前寄存足够的金银，还留话不让郤市那边的亲人知道他的死讯。根据遗嘱，“管升班”请地保及几个老货作证，为焦离子操办了丧礼。要给缪百寻的酬谢转到花蕊的名下，花蕊便雇伙计到丫叉口缠缪先生拟挽联，缪百寻写道：“生来匆忙，为囝孙堆金积玉；死去清闲，回故土寻亲认朋。”义务为焦离子穿白的花蒂、花瓣，听见街面上对她俩的指指戳戳，竟没几句是中听的。她俩平素唱惯了当地的杂碎调，于是再次唱腔凄婉哭开来，花蒂唱：“焦离子你自小日暝来打拼，赚钱赚下一座山，囝儿后代哪有人看管你——一个个睁大眼睛只认得金与银……”花瓣唱：“人生原本没什么好怨叹，可焦离子自小离家去流浪；不管路途崎岖多困苦，心里头都觋园一个小心愿……”花蒂唱：“走了一世人回兜螺，天公地母啊，个个摇头不相识，只有‘管升班’来收留……”花瓣唱：“花蒂、花瓣两个哭着穿白来送葬，可怜人啊送可怜人……”哀乐阵不奏哀乐，转过来为她俩伴奏，一路生生地把围观民众给唱出眼泪来。

奚园、马长溪分别派人向县府递交了请免商总的辞呈，一边将豆油庄、大药房交付后辈经营。十几日后兜螺、襄摇两圩近百商户，不分大小，包括“奚记豆油庄”“畲厝大药房”“管升班”在内，旋风式地被一股不知来历的土匪劫洗了一遍。两圩地保分头赶往丰浦县府报官。县知事派巡警教训所咸所长及所丁三人前来勘查。勘查很快得出结果：一是三山一带大小山头几十个，各为土匪抢占；二是此股蒙面啸聚的劫匪，闪电般来去，转眼消失于深山老林，踪迹难寻；三是商户被掠夺钱财额度不大，被砸物件多不紧要，其痛不及筋骨，当日即可恢复经营。两地保见咸所长勤勉政事，按小户二中户五大户十收了一千二百个例钱，交给咸所长及所丁三人作茶水辛苦费。咸所长临下船时表态：“等我回丰浦向县知事汇报后，再请示上峰派兵前来进剿。”其时恰好有鸭贩子上岸，两地保便将六只一阉的鸭子往船上抛去，说：“内山吃鱼虾养大的鸭子，带回家炖汤，味道最是清纯！”从兜螺、襄摇两圩商户被土匪劫洗，到县府派员前来勘查，如此这般折腾一番，总算告了一个段落。

嘎山崖的庵庙动工不久，邻近村社远远望见就认它叫雾松庵。由于嘎山奚家接连发生的诡异，建造雾松庵的工匠个个都有足够的好奇与耐心。清理庵后岩壁时，左边岩壁往外长一根天然石笋，钎凿錾啄的居然奇迹般没有受到丁点儿损害。这根石笋，有好事者攥住它，竟被他攥出水滴来。右边岩壁上裂了一道尺把长的石缝，从石缝中流出一股时断时续的清泉。对庵后岩石鬼斧神工的形态，在工匠们心目中被不停地渲染想象，不几日便传遍了方圆几十里。两个为廊柱门窗一应木作及内外粉壁描绘上漆的工匠，留在最后做的功课是，用瓷片给庙脊两端贴了上翘的燕尾；庙脊中间上贴了脚踏云彩的送子观音，下贴“八仙过海各显神通”。由各色瓷片构成的剪瓷雕，在日光下熠熠生辉。据说雕塑师傅在开工前的暗暝做了个梦，开光之日一揭开庵堂里蒙着红绸的观音金身时，那种惟妙惟肖的姿容，让前来瞻仰的信众大惑不解。因为这几个从百里外延聘的雕塑师傅，根本就不可能见过嘎山奚家的查某囝奚寄奴，那他心目中的神像，只能归结于托梦中得来的了。随着信众的啧啧称奇，不久后雾松庵的灵圣便被传得神乎其神。凡怀孕查某攥住那根石笋能渗出水滴，她生下的细囝一定是查埔的；后生子凑近的嘴巴刚好能接住那道石缝间歇流出的清泉，他便姻缘在望了。

雾松庵建造完工、开光明神之后，嘎山奚家、畲厝马家上了年纪的，特别是奚园与蒲叶、马长溪与瑶姆子两对翁某，便都不再涉足嘎山崖。雾松庵的香火之盛让奚园措手不及，他在自家查某团的肉体凡胎与被世人信仰的神明之间，每每寻思其心智便要恍惚涣散开来。虽只在身后百几十步外，寄身丫叉口瓦窑的缪百寻也极少前往。倒是汤奓、小妍如同庙祝，日日暝昏前都要去捙扫清理。汤漏子一日跑几次将座前香案上的供品搬回石墙草厝。此后缪百寻外出减少，他为雾松庵制作了签筒、签诗和杯筊，让信众问询或许愿时跋杯；过不久又安置一口功德箱，给信众投放香油钱。功德箱的钥匙交汤奓掌管，香油钱一分不花，留作日后修葺庵庙的费用。到雾松庵许愿的多半是未婚男女、孕妇和初一十五前来清心朝供的中老年查某。他们烧香上供，掔了签，许愿或答谢完毕，也有不少顺便到瓦窑算命问前程看姻缘、择日巡家运的，找上门的生理跟赴圩摆摊差不多。要是缪百寻去赴圩市，香客们就找不到他了。

这一日，窑洞来了一个没有爸母陪伴、虎虎生气的查某团。缪百寻见了，连忙开口说："我想先知道你的名字。""邵红珠。"叫邵红珠的查某团将一纸签诗递给他说，"我在雾松庵掔了签，还跋了圣杯。可我只认得几个字，签诗的意思读不来，想请缪先生给辨别一下。"缪百寻说："'嘎山崖上红日现，阪陀岭下说因缘。'这一句是说，日头当空，你来得正是时候。阪陀岭下——你知道是什么地方吗？""襄摇圩。"邵红珠答这三字时是一脸的畏涩羞赧。缪百寻说："前一句说你所求的因缘就在襄摇圩。'指证相逢今诚至，春愿芳菲二月间。'这句是说，只要你是心诚意坚，明年二月你就能达成心愿了。"看得出邵红珠心思已动，她给了缪百寻三个钱。钱大概在她身放得久了，莹莹锃亮的是岁月的包浆。缪百寻说：

“你路过襄摇圩时，不知道肯不肯替我捎一封信？”揣着心思的邵红珠满口答应。

马慎源、马心云叔侄分别执掌兜螺、襄摇两圩的“畲厝大药房”。是时马心云冠礼刚过。起初马彦、马长溪担心马心云能否独当一面，不久后发现他不但儒雅博学，还有医家最为紧要的果断却又不失稳妥的个性。周遭几十里，心仪马心云的查某团，装病前来就诊的不在少数。可怜天下当爸母的，有默许也有变法子怂恿的。羞怯的要阿爸阿妈陪伴，扭捏着呼吸短促，脸红到脖颈。这样的情形，马心云摸到的脉搏自然跳得很快，通常他也不问诊就给断症：“你这病不用开药，回家吃点清淡，便身心无碍了。”泼辣的自告奋勇，这查某团哪是看病，分明拿了绣球要抛的，说话前言不搭后语，恨不得将马心云一口吞下。马心云说：“你这病要回家吃几日菜头汤，才能压下心头的火气。”泼辣查某团说：“菜头汤我经常吃，没用的。我有心病，可你这个当医生没能诊断得出来！”恰好就在这时候，站在一边的邵红珠，将缪百寻的书信递给这个“畲厝大药房”的大头家。揭了信封，马心云读到签诗上的二十八个字和后面的附注：“送信查某团芳名邵红珠。缪百寻当日。”马心云招呼伙计给来人奉茶、看座，说：“红珠小妹辛苦你了。”邵红珠立即明白缪先生在信里提到她的名字，笑道：“没想到缪先生欺负我不认字哩！”前来看病的泼辣查某团不痛快了：“谁稀罕红珠白珠，你没事横插一杠做什么？！”邵红珠笑笑不作声。马心云给患者开了“杭菊、山楂”两味药，回家煮水加少许冰糖饮服。“都说马心云医术高明，可你连我的心思也看不出来！”泼辣查某团取了那帖基本不花钱的药剂，红着眼圈离去。邵红珠对马心云说：“你不温不火的，刺痛人家的心了！”马心云转了话题说：“红珠小妹你姓邵，家是不是在兜螺圩邵厝巷？”邵红珠说：“对呀，我阿爸就是那个迂夫子邵行简。”马心云说:“这个我倒没想到。你阿爸是我读私塾的先生，可我却从未见过红珠小妹你！”邵红珠说:“其实我早该认识你了。可我阿爸说畲厝马家世代行医，是名门大户，就别去高攀人家了。”马心云说:“这是我马心云的失礼所在了。改天我就登门请罪，到时红珠小妹你一定要在场才行！”邵红珠说:“那我就在家里等着你，可别让人家等得心凉了！”“嘎山崖上红日现，阪陀岭下说因缘。”邵红珠想起前半首签诗，知道自己的心愿已实现一半。

马心云翻了皇历，隔日便提礼物到兜螺圩邵厝巷，行礼拜见师尊。马心云是邵行简的得意门生，见他登门极是欢喜，连忙招呼他师娘泡茶，平时低眉下眼的师娘这一日不干了，说:“查某团也长大了，为何还要宠着，连泡茶也不肯？”话音未落，邵红珠已奉茶出来。邵行简只好介绍说:“这查某团是你小师妹邵红珠。”“我阿爸整天骂我粗野不识礼体，正愁着嫁不出去哩！”邵红珠笑着对马心云说了这句话，便觑园隔间去了。马心云对邵行简说:“我见了师妹红珠，心里就有一句话想说，却不好意思向老师开这个口。”邵行简说:“心云你不用拘礼，有什么话但说无妨。”马心云说:“我看中师妹红珠了，要是老师同意，隔几日畲厝马家就会央请媒人前来提亲。要是老师嫌弃，这话就当学生不曾说过。”邵行简说:“心云你也不想想看，一年前你畲厝马家与嘎山奚家那样轰动山地的嫁娶，老师迂腐寒酸了一辈子，哪配对得起！”“我阿爸和奚园亲家这些年来赚了不少钱，不给闹一闹心里不是滋味。如今也倒腾过了，早就风平浪静了。”马心云说，“我从一开始就是不想再张扬的。若双方意向许可，到时候嫁娶规格自然由老师你来定夺。”邵行简没想到多时未见，学生已练达至此，不禁大喜，连忙招呼查某、查某团与马心云见面。邵红珠对马心云说:“看把你急的，我还以为你是说着耍呢！”直到这时候，迂夫子邵行简才知道人家年轻人早就串通过了，要蒙蔽的也就是他这个老古董。

几个月后马心云、邵红珠低调结婚。受双方长辈无限疼爱，压箱底的细软自然不少。按俗礼，婚后马心云带邵红珠去奚家认奚园、蒲叶当契爸母。奚家翁某俩替这对新人欢喜，给了一个大大的红包，但契爸母他俩就不想当了，说小两口只需到雾松庵上一炷香就可以了。

93 奚马新妇

那一日在嘎山崖庵堂里，邵红珠不像别的香客跪蒲墩参拜，而是站着上香，也不像别的香客默念观音菩萨或九天玄女，或干脆称之为仙姑，然后陈述祈求，许下答谢心愿。那一日邵红珠在心里默默祷告的是："座上的观音阿姊，邵红珠的心意你一定知道，就请你给个指引吧！"随后邵红珠摇签筒掣下那支诗签。婚后小两口提了香墟到雾松庵，也是站着上香，邵红珠嘴里念念有词，让马心云大为好奇。往回走到塔尖山鞍的"小姑亭"，马心云打听她刚才在雾松庵默念的是什么话，邵红珠说："我在感谢那个观音阿姊的指引，如今我如愿嫁给马心云了。"马心云说："原来你先前到雾松庵是有贪图的。"邵红珠说："什么话，我求观音阿姊指引是贪图，你第二日就急巴巴地赶到我家，算不算也是贪图？"马心云回到家里，翻记事本给邵红珠看他与奚寄奴相亲后记下的观感，以及当他听到未婚查某奚寄奴猝然亡故时记下的话。"奚马两家'嫁姑换嫂'有多少传闻啊，前前后后我可都是了如指掌的。"邵红珠读后说，"幸好你还有自知之明，对那个奚寄奴只是爱慕恭敬。"马心云说："连爱慕恭敬你都看得出来，还敢欺骗缪先生说你认不了几个字！"邵红珠说："我当时也是福至心灵，在丫叉口见窑洞的门开着，就借口解不了签诗，进去请缪先生开解。”“红珠你是遂了心愿。可你知道吗，你所求的说不定偏偏是个孽债姻缘，后悔可就晚了。”马心云叹道，“畲厝马家有我那个时不时发病、神经兮兮的阿妈，还有那个心胸狭窄的珊姆子，两个都不经事。我那个无法无天的小弟马心言更加难缠。以前都是我那个豁达勤快的小妹缨花照应料理内外，眼下你进了这个婆家，所有的辛苦只怕要你一个人承受了。”邵红珠说：“我老爸也说大户人家不好摆弄，在婆家不像在娘家，吃千辛万苦还要有一副好心性。”“有你阿爸提醒在前挺好的。可我担心到时候你会烦恼个没完，难受到要了你的命。”马心云说，“我阿爸向县府递了辞呈，不能露面坐堂太久，我明日就得主事药房去了。我不放心丢你一个人在家里面对困难，可又是没有办法的事。”邵红珠说：“家里有我呢，就好好当你的大头家吧！”

话虽如此，当邵红珠看着马心云离去的背影，她的心就绷紧了。瑶姆子、珊姆子并不知道那个当阿公的马彦、那个当大家倌的马长溪，还有亲家邵行简，到底给眼前这个低调娶进门的新妇多少压箱底的金银细软，这次一反马缨花出嫁时的奢华张扬，邵红珠除了几款衫裤，跟平时没啥两样，给她这个当大家的和当姆婶的珊姆子，送的见面礼是模样相同的一副玉镯，她和珊姆子回的红包分别是四串钱和两串钱，邵红珠同样兴奋得满脸通红，看来女方当真是个寒酸透顶的家庭！这样的新妇自然是配不起畲厝马家、配不起她响当当的后生马心云的。嘎山奚家那个奚寄奴美得仙女一般，见到她除了激赏就是肃然起敬。自家的查某团马缨花气度非凡，样样拿得起放得下。摊上眼前这个新妇，贫贱且不说，还大大咧咧的不知轻重！要是她这个当大家的想吃糜又想吃粒饭，自家查某团马缨花，她就会糜锅一滚就先罟几笊篱饭，放在饭坩焐软就行了。可这个不着调的新妇就笨得煮糜焖饭两样都来，费时费劲费料还忙得满身大汗。要推稻谷去水碓房舂米，懒尸骨的珊姆子便借口着痧。若是查某团马缨花，她就会学着她阿爸，给她摸脉说当真病得不轻，转身就要找人去兜螺圩请回二叔给她诊治吃药，珊姆子只好赶快说：“我没那么娇气，吃碗凉茶就好了。”说完吃一口凉茶，就一起推鸡公车赶水碓房去了。可这个硬性新妇不晓得变通，吃力推了半鸡公车的稻谷，完了又拼命地将米和糠推回，一双手磨破泡血淋淋地叫痛，只好觋囥房间里把眼睛哭红了！在学堂里读书的小后生马心言腹肚饿了，吵闹着要吃这吃那，让她这个不开窍的阿嫂忙得像打了绞螺一般。等起锅了，偏这个小祸害又嘴刁想吃别的了。这个愣头青新妇有气没处出，只好淤青焗血捂着痛。若是查某团马缨花，她就会说先背一篇文章给她听听，背不出来非但吃不到好物件，还要罚站！那个混账小子只好乖乖躲开不作声了……总之是，她瑶姆子就是想等着看看，这个犟头新妇敢不敢在她后生马心云面前告她这个当大家的状！她还要等着看看，在她后生马心云眼里，到底是查某重要还是他当老母的重要！……

十八岁不到的马缨花嫁嘎山奚家的奚柏庐，她的出嫁享受了山地从未有过的轰动场面。可抬她的花轿刚到“承安楼”门口的大埕上，她听见几步奔跑在前的缪百寻那“吉时安坟”的叫喊，所有的喜气就在那个节骨眼儿上停止了。没想到就在这时候，细雨不见了，天空随之拨开阴云，日头出来了，人群中突然有人高呼：“快看呐，嘎山上架着两道彩虹！”只见两道绚丽夺目的彩虹起自嘎山崖那棵雾松，另两头则分别落在塔尖山的“小姑亭”和翠屏山“小姑坟”的选址上。一时间鞭炮、喜铳放响，八音阵喜乐齐鸣，几日来所有的担惊受怕就一下子烟消云散了。马缨花脱下新娘装，无可比拟的热闹和喜庆，很快就被无声无息的山地沉寂代替了。

新婚的暗暝，奚柏庐吃了蜜糖一样躺在马缨花身边。马缨花说：“柏庐，你就这样躺着等天亮吗？”奚柏庐挪近身来，细团一样偎依着她说：“从此以后，我就听缨花你的，你叫我向东我绝不敢西。”马缨花说：“可你忘了，我嫁的是查埔人呀！”奚柏庐说：“我的感觉错不了的，我就想一辈子听缨花你的话。”出嫁前，马缨花连续几次得过凛婆子的暗授机宜。可在嘎山奚家，大概是小姑子奚寄奴猝亡之故，奚家长辈竟忘了对奚柏庐有所调教。马缨花说：“睏死了，柏庐你要帮我脱掉衫裤。”在新房里，马缨花所指的衫裤，就是身上一挂红肚兜和一条短至腿根的衬裤。奚柏庐见了却下不了手。马缨花说：“才说一辈子要听我的话呢，嘴还没合上就反悔了。”等奚柏庐动手时，马缨花当即怕痒一样躲闪了，就在她的衣事被拉扯下的瞬间，奚柏庐的震撼便天崩地裂了：“缨花，你真好！”这个敦厚纯良的新郎也就要忘我耍蛮的了。过后奚柏庐穿戴整齐，偷偷到灶间捧来一碗肉丸汤面，要马缨花吃下。马缨花就坐在床上将那碗汤面吃了，说：“柏庐你不怕被阿爸、阿妈撞上了，面子上不好看？”奚柏庐说：“不怕，我阿爸对我阿妈也这样。”马缨花说：“你不怕传外头去了，话会很难听？”奚柏庐说：“不怕。缨花你若是腹肚饿了，哪来力气为奚家生细囝？”“你倒真懂得盘算！”马缨花打了个呃，将碗箸递还奚柏庐。

过了半年，奚、马两家同时突发大事。大概一个是当阿妈的太过纵容，不知天高地厚；一个是太过依赖的阿姊奚寄奴突兀离世，管不住自己的心性了：畲厝马家的马心言、嘎山奚家的奚柏生，两个同是十五岁的少年家，前者偷了兄嫂邵红珠出嫁时压箱底的细软，后者偷了兄嫂娘家陪嫁的按时价折合成银元的田亩钱，相约出走了。留下的信也一样：“我远走他乡了，家中缺失的财物，就当作我的盘缠了。我这一次是一去不回头，不用找了！当真要找，还不如随便认领一具水流尸来得值当！”当阿公的马彦健在，还要隐瞒不让知道。所幸两家的新妇通情达理，都不作计较。奚、马族人派出各路寻找的人马，近是翻遍了三山的边边角角，远及香城、郃市，大费周章都没有结果。两个大头家极其费力爬了阪陀岭，揣着信到丫叉口找缪百寻来了。缪百寻看了信，又给两个歹团排了八字，缄默半日才开口说：“看了信，又根据家中缺失的财物，可见两个小家伙是串通密谋已久。”马长溪说：“在我阿爸眼里，对他这个孙子的顽劣早就看不上眼了。这一次，相信是我那个不争气的歹团带坏柏生了。”奚园说：“哪能只怪心言。我查某团寄奴生前，指望她能拢得住柏生的坏脾气，她死后，柏生暴戾的心性就彻底暴露了。如今你看看，连留下的信都这样歹毒，分明是自个找死路去了！”马长溪生气了：“算了，既是孽障，只能生死由他了！”缪百寻说：“耗了大量的人力财力，人事已尽，结果只能看这两个小家伙自身的造化了。”两个大头家听后长叹离去。马长溪转眼间双鬓斑白，一下子苍老了十年。奚园经受不了这血肉剥离的再次打击，将兜螺、襄摇两圩的“奚记豆油庄”尽数交给大后生奚柏衍和二后生奚柏庐主事经营。奚园累了，想放担子了，能做到的也就是时不时地在兜螺、襄摇、“承安楼”三地走走看看。特别是雾松庵建成后，在攀爬阪陀岭或石坎路的时候，他大概一直渴望着能到嘎山崖去看看那座庵庙，去看看那座观音金身，可他偏偏一次也没有去过。出人意料的是雾松庵的香火竟会如此鼎盛，很快其灵圣就被传遍山地到处。马缨花注意到，大家倌奚园大概在自家查某团的肉身和神明之间恍惚了，他时不时地就会因此出现一副懵懂的表情。自从查某团奚寄奴猝然亡故，后生奚柏生出走不知所终，马缨花嫁过门后，能干的新妇太对蒲叶大姆这个当大家的胃口了，她放下所有的家事，取出从前供在佛龛上的串珠，两耳窒豆无关世事，只晓得吃斋念佛了。不想翁某俩有的是空闲，反倒生分了，日间或暗暝在里间私下相处，查某蒲叶或许是顺从的，却像另有一个蒲叶悬浮在奚园的头顶上，几次下来，非但先前的情调不见了，他熟悉的体味也越来越淡，里间渐渐变得清爽，甚至弥漫着似有似无的一股清香。再后来奚园一旦靠近查某蒲叶，他就觉得自己分明就在冒犯，看见的是自己浑身上下令人不堪的污浊。在马缨花眼里，大家、大家倌曾经的水乳交融，眼下却变成不怎么相干的一对翁某。这与马缨花嫁入奚家之前，她所知道的、她亲眼看到的，可说是半点也衔接不上了。

大伯奚柏衍的查某石阿弇，她老爸石羹是奚、马两家长期雇用的那个船家的帮工。这个名分上是阿嫂的石阿弇，时时刻刻表露的都是避开担当的畏怯，与马缨花一碰面便低眉下眼，连大气也不喘一口。马缨花倒是尊重她，凡事商量在先，可只要马缨花开口，她都没有二话便遵照顺从，余下的情形更像在支使她。大伯奚柏衍回到“承安楼”，见马缨花把偌大家庭料理得清气有序，把他三天两头生病的后生和查某团，养得白白胖胖，少见地连头烧额热都没有。欣慰之余，大伯奚柏衍望向这个弟妇更多的是感激与敬佩。

十个月后，马缨花为奚家生下查埔孙奚松，间隔一年生下查埔孙奚堂，第四年生下查埔孙奚筐。凛婆子接生完奚筐不久，就病倒过世了。五十多年来，在三山经凛婆子接生的查埔查某有几百之众，得她指点而受孕、因她手法奇特使难产孕妇生下团来的也不在少数。所以到了凛婆子出葬这一日，杠房、哀乐队不收钱，感念凛婆子那双手将他接到世间，许多人赶来为她抚棺送行，场面虽不壮观却极为感人。

马缨花生后生奚筐刚满月，族亲奚原是襄摇“奚记豆油庄”大头家奚柏庐的得力帮手，他怀孕八个月的查某饶客仔摘菜时一脚踩空掉落陂头，蹅破了胞胎，血流了一地，母体抢救无效，早产的查某婴活了下来，反倒是她没有顶住打击的老爸奚原在浑浑噩噩间，一不留神溜入䄂婆溪溺亡了。这个叫奚麻要的查某婴不祥，一出世就克死爸母，外人一打听谁还敢要她？！当时族内在哺乳期的只有马缨花，猫一样小的奚麻要于是落入马缨花的怀里，和她的后生奚筐争奶吃。奚麻要刚出生就有怪癖了，被她一口吸上的那包奶从此成了她的独占，包括马缨花的查埔人奚柏庐、细团奚筐，谁碰都不行，一碰她就号啕大哭，一直哭到小脸铁青、四肢抽搐、口吐白沫为止。为了守住那包奶，奚麻要从此死缠马缨花，片刻也不肯离开。这一段时间要供两个细团奶水的马缨花，身体里的养分差不多被吸干了，情形就像一张薄纸，随时都想飘起来。稍大点，和奚筐一起断奶的奚麻要，见谁都认生，反而更缠人。“偏你是个小冤孽呐！”本以为可以歇一口气的马缨花，被支开的只有后生奚筐，无奈之下只好再度把奚麻要拢入自己的怀抱。奚麻要魔神兮兮的，她的一张脸猴瘦变形，眼睛里满是恐惧，加上她的种种怪癖，奚家人大都对她横加厌恶。奚麻要吃马缨花的奶水长大，只有马缨花对她发自内心地爱惜。每当她为周围嫌弃的目光而惶恐时，马缨花总是把她拥在怀里说：“麻要不怕，有阿妈我呢！”时至后生奚筐、养女奚麻要三岁，原先奚寄奴的丫环紫菊、马缨花的随嫁丫环墨荷年纪已大，不该再留人了，适时有人央媒说项，便各备了一份礼，送还她爸母身边出嫁去了。这一年初秋，畲厝娘家的阿嫂邵红珠生了胖嘟嘟的查埔孙马登承，虎头虎脑的，横看竖看都可爱。马缨花替阿兄马心云欢喜不尽，一有空闲就往娘家跑。这期间马缨花要料理家庭，要照看包括侄子在内的八九个细团，要喂养一群群的家禽牲畜，在外头打拼的查埔团，往往回家一看便心烦意乱。马缨花埋头认做，从天打醭光忙到大暗暝，日日都那样熬着。

奚麻要在他人目光注视之下的笨拙、惊惧与无助，在马缨花身边则变得聪慧而心灵手巧。她跟马缨花识字，比读私塾还要快。从奚麻要懂事之日起，对性格豁达、处事沉稳有度的马缨花，其崇拜就是五体投地、无以复加那一种。马缨花耗着心血怀孕奶细团，有日没暝操持大家庭，担当的只不过是一个乡间查某极尽艰辛的角色。所幸她身边自始至终有一个贴心的奚麻要。母女俩配合默契，奚麻要这个养女在马缨花跟前，一言一行无不熨帖，久而久之，就像是她意识与体力的延伸。

96 嘎山之殇

汤漏子在奚家学堂读书，他一个字也读不进去，尻川礅橄榄核一样坐不稳，两年不到他就憋够了。离开学堂后，他跑嘎山奚家拳头馆，跑畲厝马家拳头馆，无奈拳头馆组织松散，练武时间以农闲、暗暝为主，只有汤奓到场教新招式，手把手试招演练时，才会彼此通气集中一次。汤漏子长得是他老母郧小妍走山的体形，身手闪忽敏捷。他随意学招拆式，直截了当，通常几个学拳的查埔团也惹不起他。说不清小小年纪的汤漏子是不是不务正业，反正他来去自由，到他外公郧瘸子的水碓房，除了睡觉就是找吃的。常常是郧瘸子刚转个身，汤漏子就又一口气爬上丫叉口的石墙草厝翻锅倒灶了。不解瘾时，他又跑到雾松庵拿香客遗留的供品，挑好吃的三两下塞进腹肚，拭一把嘴就又在丫叉口消失。如此折腾到汤漏子十五岁这年仲夏的一日，他到雾松庵观音座前看见一个穿戴漂亮的查某正坐在香案下，又像是吃又像是在消遣那些供品。汤漏子生气了，问她是谁，为什么要糟蹋他的物件？漂亮查某不搭理他，只晓得失神冷笑。想要轰走她时，汤漏子闻到发自她身上一股刺鼻的恶臭，呛得他差点呕呃。汤漏子停住手，赶快跑窑洞告知缪老先生去了。缪百寻听后几远脚来到嘎山崖庵庙里，看清后几乎悲怆踣倒：“花蕊，怎么会是你！”汤漏子很奇怪缪老先生居然没有闻到那股恶臭，还去搀扶她：“花蕊，快，到窑洞去！”

花蕊似乎不认得他缪百寻了，幸好还算听从他的话。吃了水，吃过午顿，缪百寻带花蕊到襄摇圩，在“畲厝大药房”的库房找到马长溪。缪百寻说：“花蕊在‘管升班’接客二十多年，今日突然出现在丫叉口，已不认得人了。”花蕊愣怔着，始终一言不发。马长溪给她摸脉，诊断后开的药方是“花柳败毒丸”。赠送缪百寻一罐蜡封药丸六十粒，蜂蜜一坛，甘草一斤。辅助药方是药王孙思邈《千金要方》中的一句话：“治阴恶疮，以蜜煎甘草末涂之。”马长溪接着交代：要花蕊每日一粒药丸，温水送服；蜜煎甘草末也是每日一次，涂抹后就不再清洗。内服外敷，要坚持一个半月。能否治愈，就看花蕊的造化了。回到丫叉口窑洞，缪百寻当下敦促花蕊吃了一粒药丸。又去石墙草厝蜜煎甘草，放进小石臼舂成细末。接着提了几桶温水，关上窑洞的门，动手几遍清洗花蕊的下体，拭干水渍后均匀撒上药末。“花蕊，百寻向你保证，你一定会好起来！”在污秽恶臭中，花蕊就像傀儡一样任凭缪百寻的摆弄。缪百寻叹了一口气，想起多年前在“管升班”自己病重时节，大概也就是这样的情形了。

几日后缪百寻带花蕊前往兜螺圩，回了一趟“管升班”。“这是花蕊二十多年来的积蓄。”头家娘甘宛如递给缪百寻一包细软，说，“缪先生你看我，也是老皮老肉的了，再过几年我就要退居庵寮了。”缪百寻说：“看花蕊无知无识的样子，这包积蓄若不是存放在头家娘手上，就怕早被她虚耗没了。”甘宛如说：“花蕊不听我的话，我劝她要照料好身体，日后再不济，最多和我做伴到庵寮养老。可她一心要寻死，有病也不去医治，等一身臭膑膑的，内外见不得人，就失心疯了。‘管升班’还没赶她离开，她倒自己走丢了。”缪百寻说：“也不见头家娘派个伙计去找她。”甘宛如说：“我明白缪先生在为花蕊打抱不平，可这话不地道！我甘宛如一向做的是你情我愿的事。我通知她爸母了，可她的亲人没谁想接纳她。那时没赶走花蕊，是我一直记着花蕊的好。缪先生也不替我这个头家娘想想，我有一窝妖蛾子要伺候，有八九个做轻可功课的伙计和老妈子要养活，他们要吃要喝，要胭脂水粉，要寄钱回家饲爸母饲弟妹。花蕊失心疯了，身上臭得谁也吃不下饭，非但没客人要她，还影响‘管升班’的生理，派伙计找花蕊回来就等于祸害了几十个人的生计，我不掂量一下轻重哪使得！再说了，看花蕊的情形，横竖是个死，能摸到丫叉口找到你缪先生，就算是花蕊积了阴德撞大运了！这世上除了缪先生，我想不出还有谁能救得了花蕊！”那一日，花蕊好奇地盯着甘宛如看，说的似乎都与她无关。缪百寻将那包细软塞进褡裢，带花蕊离开。过几日，隔三差五就经过丫叉口的奚园，听说一个当过婊子的花间查某寄居在清净的雾松庵，不禁脸红脖子粗，特地起了个大早赶往嘎山崖，可他在庵堂墙角见到的，却是蜷缩在被席上熟睡的缪百寻。这是落成开光后奚园第一次来到雾松庵，他在那里站了片刻，就又不声不响下山去了。从此后奚园拄上一支竹拐，奚家族内一应事务均交由马缨花料理，谁有异议，他一点情分不留，抡起竹拐就往狠里打。幸好马缨花的言行举止合情合理，族内没有不服气的，否则的话他也太过偏袒了。

丰浦县边地九寨乡，一个从广州农民运动讲习所毕业归来的褚姓特派员，秘密发展党组织，以贫苦农民为主，团结部分手工业者、教书先生和小商户，成立农民协会，一年半载发展周边十几个乡镇数千个会员，喊着“一切权力归农会”的口号，发起减租、减息、减捐、减税、减役运动，抵制贪官污吏、土豪劣绅、不法地主、宗族等恶势力。民国十七年正月，国民党粤军入闽途经九寨乡，早已怀恨在心的县府与土豪劣绅联手，数倍征派，恶意抽调挑夫，引发以褚姓特派员任总指挥的农民武装暴动，并很快占领了县城。暴动失败后，除了部分死伤，参加暴动的会员四下逃散，其中五个带着枪支弹药跑到响廓山杈口坪。不想消息走漏，国民党军配备了短枪和手雷为主的一个精锐连兵分乜牯岭，偷袭上山。山上民匪难分，碰巧外出躲过一劫和被击毙外，二十几个十七八岁到六十岁的匪徒，悉数被俘下山。这一日是襄摇圩日，被串联捆绑的队伍中，最老是袁抹刀的瘂叔袁绞齐，最显眼是那个身量高大的汤棌。带汤漏子到襄摇赴圩的汤奓，在围观人群里被认出，如若不论年龄老少，汤棌、汤奓简直就是同一个人。长得太像了，人群里啊了一声错愕的同时，只见一群持枪士兵扑向汤奓，一个枪口抵住他的脑门，另几个将他扒倒捆成粽子，串入捆绑行列。汤漏子正要发作，有人将他拽到围观外头，示意他赶快走开。

缪百寻闻讯大惊，立即带小妍和汤漏子赶往水碓房。郧瘸子见三个情形不对，也没容他开口，便听缪百寻说：“郧兄长你不用有什么疑问，后头的事我自会安排妥当，你带小妍和汤漏子上砬山崖暂避，越快越好！”郧瘸子何曾见过沉稳的缪先生如此惊慌过？听后与查某团和外孙各背上几十斤平日积攒的米粮，很快抄小路潜入大莽山中。缪百寻回到窑洞喘息刚定，便有十几个兵丁与襄摇圩地保出现在丫叉口。石墙草厝上锁的门被踹开，接着搜了窑洞，领头的排长问缪百寻：“汤奓的查某和后生呢？”缪百寻说：“大早就不见人了，大概是进山掏山货去了。”排长短枪一指，十几个兵丁与地保又一阵风向浃溪水碓房卷去。缪百寻知道事情没完，果然过了一个时辰，喘得厉害的小队兵丁再度回到丫叉口。这一次无法交差的排长要以窝藏罪捉拿缪百寻。缪百寻说：“我只是个算命先生，为了糊口游走四方，累了才回这口瓦窑借住歇脚，与周围并无多少干系。”兵丁们不听他的辩解，正要捆绑，襄摇圩的两大头家奚柏庐、马心云适时赶到，一起要为缪百寻质押作保，分别向排长缴交十块大洋，兵丁们这才收队离去。

缪百寻让畲厝马家的执事找了个孤寡老货临时看管水碓房，身上已无异味的花蕊借住石墙草厝。过几日缪百寻到襄摇圩登门拜谢救命之恩，送还奚、马两大头家各十块大洋后，顺道来到上肆溪口“卓老耉红豆粽”店。卓老耉生理也不做了，待客之道也免了，不咸不淡说：“袁绞齐和汤棌被丰浦县军事科和警察局公审，裁决枭首，头被挂在赤草埔刑场的杉篙上曝日示众。其余二十几个，加上汤奓，听到的消息是一并押送郤市尾山煤矿做苦力，途中企图逃走，遭到机枪扫射，无一生还。”缪百寻听后沉闷了半日，一句话没说便起身离去。因为要给花蕊内服外敷，近期缪百寻外出都是匆匆去回。这个暗暝的四更，小妍、汤漏子母子俩摸黑潜回丫叉口，“有什么话，半月后我上砬山崖再说！”缪百寻早已备好日常衫裤、米粮等件，唯恐意外，让母子俩背上即催促赶路。

93

经过悉心的调治，花蕊的身体好了。可花蕊除了听话就是不认得缪百寻，若无看管敦促，她甚至连自理也会忘得一点不剩。在外界看来，缪百寻收留的是花间查某，收留的是臭婊子。嘎山奚家、畲厝马家有点头面的，内心对缪百寻依旧恭敬，只是经过丫叉口时一般都不到窑洞问候、歇脚了。缪百寻并不放在心上，他在意的是如何才能使花蕊终身有靠。要送走花蕊的这一日早起，缪百寻发现自己身边又一个人没有了，清净得只有与身后的雾松庵为伴了。他和花蕊进了山，慢腾腾走着，渴了就一人一口吃点葫芦里的水，饿了就吃包袱里的茭茎饭，来到罔山门严红蕊家已经过午。和当初一样，罔山门恬寂寂的，大小劳力全下地种作、进山掏山货去了。“缪先生你带花蕊到我家是什么意思？”严红蕊一边不高兴，一边为来人泡了茶。缪百寻说：“花蕊病了一场。身体医治好了，可头脑还不清楚。今日带她来，就是想你这个当阿姊的，能为她找户人家，只要查埔人真心对她好，我就用花蕊二十几年的积蓄，为他买几亩上等田地、起一间阔气大厝。”严红蕊说：“她想嫁人倒有现成的，正好咸九稔还光棍一条。”缪百寻说：“咸九稔生就一副懒尸骨，又穷又不着家，照顾不了花蕊，这可不行！”严红蕊说：“都当婊子了，头脑也糟蹋坏了，还看自己是未破瓜的黄花女呀？肯收留她就该谢天谢地了，还有什么资格挑三拣四的？”缪百寻说：“无论如何留在你这个当阿姊的身边，我才放心得下。若花蕊今后有了依靠，至多十日半月我就会来兑现今日说过的话。”严红蕊笑了：“缪先生一拍尻川礅又要走了，可你对我说的话，什么时候兑现过？”说罢趋前又要耍老一套的亲昵做派。一直诸事无关的花蕊这下不让了，竟一脸凶恶地挡住她。严红蕊说：“这就稀奇了，头脑灌了屎尿，咋就这节骨眼儿上倒还晓得霸道了？！”“红蕊你别那样，你我都老了。”缪百寻这样说着，山地的天色，似乎转眼间就又变黯淡了。严红蕊说:“我凭什么要听你的,你俩分明是合起伙前来欺负我的!”

辞别了姊妹俩,缪百寻快步走下大莽山,又一步一个喘息去攀登“千八坎”。在半山那四道石槽筑起的墓前,也不知道有多久,缪百寻都感到自己坐在那里起不来身了。其时暮色已降,山风一个劲儿地刮,缪百寻只好手脚并用去攀爬剩下的石磴,冒黑摸上砬山崖。这个暗暝砬山崖仅有几盏黄豆大小的灯都没有点亮,崖上死寂一片。听见是缪百寻的声音,郧瘸子走出望哨小厝,移开拦路的杉篙。小妍、汤漏子在惊惧中听到响动,分别从凌家旧宅的客户和二楼来到石埕。点了松明,然后引缪百寻到灶间坐下吃水。见郧瘸子生火熬糜,缪百寻这才开口说了那日祖孙仨离开丫叉口、水碓房后,就有十几个兵丁前来搜捕。看得出祖孙仨并不明白暴民、匪属连坐的可怕。缪白寻只好挑明了匪首汤椭与汤奓、汤漏子爸团,系祖孙三代的关系,接着告知了汤椭、汤奓爸团俩的噩耗。郧瘸子一听呆住了。小妍压抑着哭小了的身形,汤漏子咬着唇,无声的两行泪簌簌直流。缪百寻看了心酸无状,可为了保住祖孙仨的命,他又不得不说。许久后郧瘸子哆嗦着捧糜给缪百寻吃,说:“这汤家日后可怎么办才好呐!”缪百寻说:“不怕。眼下时局混乱。你三个觇园崖上一段时间,等过了风头,小妍、汤漏子回丫叉口,你还回浃溪看管水碓房。”“要不是听先生说漏子日后有好前程,我都不想活了。”郧瘸子想起汤奓人高大马大的,在水碓房帮他做功课根本不费力气,末了提走他抽做工钱的米粮,然后望着山一样远去的这个团婿,给他的总是福气满满的感觉。只是仅这几日时间,他好好的这个团婿说没就没了……

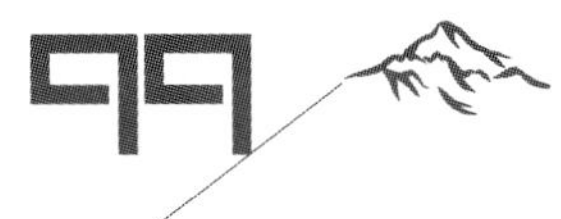

隔日午后回丫叉口,缪百寻不放心跑到嘎山崖雾松庵看看,也不知道是什么时候,花蕊就又坐在庵堂里放供品的香案底下了。缪百寻说:“花蕊回草厝吧,你阿姊不肯收留,你暂住丫叉口也行。”到了草厝,缪百寻给花蕊摆弄吃的。只是缪百寻一不留神，花蕊就又跑嘎山崖去了。这一次香案底下没有花蕊，她坐在崖磡墈上，两腿悬空控着。站在身后的缪百寻脚筋发软，只怕他一声张，花蕊就会跌落数十丈高的崖磡，别说活命，连尸骨也很难保全。缪百寻找来麻索，一头系在庵庙的柱础上，扯另一头向花蕊悄悄靠近。“大家倌踣倒起不来了。”这是花蕊到丫叉口后，缪百寻听到她正经开口说的第一句话。放平时缪百寻定会惊喜万分，此刻他正在救人，等麻索缠上花蕊的腰，便死命往石埕里拽。花蕊很沉，还好她竟可以没有任何意识，薄弱的缪百寻差不多绝望了，才把她拽离险境。在窑洞里两个默对无话，时至二更，花蕊被缪百寻锁进石墙草厝。缪百寻在窑洞里翻来覆去难以成眠，迷糊间一尊观音腾云驾雾地停在窑口上空，无论他如何努力，都分辨不清莲座上的观音到底是奚寄奴还是缪寄奴，随着那道佛光远去，他这才收心敛神睡过去。等天色放亮，缪百寻开门一看，也不知道整个暗暝花蕊是如何倒腾的，草厝的石墙有几颗松动的石块，竟被她悉数拆下。吃过早顿，缪百寻动手拌了黏土，将石块原样砌回。这时有道人影从丫叉口经过走下阪陀岭，随后是马缨花，她走进石墙草厝，对缪百寻说：“缪先生，我大家倌早起洗脸时，没站稳踣倒了，便直挺挺地躺着起不来，也说不了话，请你掐算看看他命里有没有什么冲犯的。”缪百寻听了，想起花蕊坐在崖磡墈上难得说的一句话，不由大惊说：“我这就到‘承安楼’去看圃修先生，可最紧要的是赶快请你阿爸前来医治！”马缨花说：“早派人叫我阿爸去了。”这一次缪百寻将花蕊锁进窑洞，急匆匆地跟在马缨花身后，朝山下的奚家走去。

直挺挺躺着的奚园，脸色晦暗，睁着的眼睛无法视物，动弹不了也说不了话。“圃修先生，百寻看你来了。”缪百寻抓住奚园的手说，便见他眼角有了两行泪流，别的表示却做不出来。蒲叶大姆给他拭了泪，就又坐到一旁默默念着佛珠。随后赶到的马长溪给奚园摸了脉，问是否受到什么刺激，查某团马缨花说：“半年前兜螺圩又有一家丰浦人开的豆油庄，生理做得不好，便时时盯着奚家的豆油庄不放，暗底下都成死对头了。事就出在露天大埕那七十二口大缸上。大缸里用熟水和盐卤浸泡的黄豆，日照时缸上戴尖顶笠盖，到暝间揭去笠盖承接露水，几天后就会发出好闻的香味，招来了周围无数的老鼠。前天怕是一时疏忽，暝间忘了给缸口盖上筛匾，大伯柏衍起早查看，捞出一大堆掉进酱缸里淹死的老鼠，为能按时供货他没敢做声，捞了往围墙后一扔了事。那对头叫上几个人，当众将围墙后泡了奚家特有酱香的死老鼠，带到奚家豆油庄门前摆出“黑心豆油”四个大字。大伯柏衍知道闯大祸了，赶快派奚喜回来报知。人家倌一听闷沉住了，啥话不说。原想顶晡我便到丫叉口，请缪先生来‘承安楼’和大家倌说说话，开解一下，谁料他早起洗脸时就踣倒起不来，还这么严重！”“亲家中风瘫痪了。”马长溪说，“幸好头脑还算清醒，只是想要康复得长期吃药调理，伺候他的人会很辛苦。”马长溪说罢，目光怜惜看了一眼查某团马缨花，叫上奚喜，急忙给亲家奚园配药去了。

大家蒲叶、阿爸马长溪、缪百寻先生都在场，大家倌奚园的病只能慢慢医治，马缨花便没冉请缪先生为大家倌掐算命里有什么冲犯。缪百寻也没多加停留，回丫叉口打开窑洞的门，果然看见花蕊把龟裂的窑壁抠下了一大片。缪百寻叹了一口气动手摒扫，往土埕外倒了几畚箕渣土才算清理干净。“我知道花蕊你是想活埋我缪百寻的了。”花蕊事不关己坐在一边，吃缪百寻从奚家捎带的午顿。只要缪百寻在场，花蕊自会那样温顺坐着，如同在想她根本不可能有的心事。这情形让缪百寻蓦然记起，已有个把月时间不见谁前来，要他排解什么疑难了。让他时刻牵挂的，竟是这个没心没肺的花间查某。

100

马彦捎来话要与缪百寻见面，缪百寻、花蕊来到兜螺圩，被马老先生引至药房的阁楼。多时未见，马老先生爬楼梯已十分费力，气喘难抑，缪百寻给这个可敬的老人轻轻捶背，过了好一阵他才敢落座：“我年已九旬，不中用了。唯一放心不下的，是我二后生慎源。只望缪先生日后能多提点他，若有什么变故，也请多帮一把他。”缪百寻说：“慎源身后有你这老爸和兄长两座靠山，哪用得着我这个外人操心？”“我没多少日子活了。长溪和慎源一向貌合心不合的。”马彦发了一个无可奈何的叹息，接着对客人说：“百寻你带花蕊去找我的长孙心云吧。对付花蕊这种病，心云比他阿公、老爸都强。”说完马彦示意缪百寻搀他缓缓下楼。这马老先生有多不容易啊，可他连待客的气力都没有了。缪百寻带花蕊掉头从兜螺到襄摇，见到正在“畲厝大药房”里坐诊的马心云，当下说明来意。马心云除了老式的望闻问切，还用上刚从香城带回的听诊器，以及刺激测试。详细检查后马心云说：“按老式判断，她应是心窍蒙蔽，能药石兼治最好。受国外医学的影响，眼下香城正时行新医。若依新医诊断，可能是病毒入脑造成的功能性缺失所致，只是眼下还没有特效药。”当下马心云开了药方，手法熟练给花蕊针灸，在头顶、鬓边、肩胛处插了七八支银针。缪百寻提了药，路上他心想但愿马心云的方法能奏效，牵着花蕊的手回到丫叉口。

三日后起早，马老先生在坐诊时打了个呃，头钩下来，便睡过去一样溘然长逝。马慎源连声叫喊，没能唤醒老爸，一慌不知如何面对。幸好近邻的十几二十个人，自愿发起要护送肉身还温着的马老先生回畲厝。路过丫叉口时，缪百寻抓一把马老先生的手算是道别：“马老先生，你要回家了！”望着马先生被背回畲厝，缪百寻竟一时间难以自制，泪流满脸。恰好这时传来丰浦驻军换防的消息，缪百寻当下派人到砬山崖，让郧瘸子赶快带小妍和汤漏子下山。暝昏时节郧瘸子一口气没歇，就又看管水碓房去了。不用说此后几日畲厝马家定要大量舂米。在丫叉口花蕊有小妍、汤漏子做伴，缪百寻抽出身来，几日都在山岭间穿行，最终为马老先生找到的墓地在牜牯岭头，后靠大莽山，左右是响廓山、嘎山，远看凶险无比，近前一站却是个安稳和煦之地。马家族人个个觉得可行，却又说不清道不明的有着某种担忧。马长溪、马心云爸团脑海里也时不时的浮现疑虑，缪百寻说：“放心吧，只要妥帖遵循安排，便一应可行。”缪百寻的安排是，前面的都按礼俗进行，哀乐阵及孝男孝女止于牜牯岭头的路口，送葬队伍只留八个杠房的土公和马长溪、马慎源两个后生，悄悄扶灵至圹窟落葬，安放时也不放落地铳。在大山环抱之中，几个人在缪百寻无声的示意下，正在紧张进行。谁想大莽山有户人家嫁女，恰好在放灵填土时，有三门地动山摇的喜铳响起。缪百寻面色大变，却强作镇定，筑好坟堆时，他的身体几乎委地软倒。

还在回程路上，缪百寻获知，马长溪的查某瑶姆子听到那三声铳响，便牙关咬紧，倒地口吐白沫，她后生马心云就在身边，也来不及救治。瑶姆子如同被打了一闷棍，抽搐着的四肢一个扽直，当即闭眼去了。马彦遐龄，四代同堂，原属喜丧，却因风水先生一着险棋，招致接连的丧事，成了大祸临头的民间大忌，畲厝马家顿时乱作一团。回到丫叉口，缪百寻只啜了半碗糜就躺床病倒。他的身体死沉，与“管升班”那次不同，这一次他得的并非“痰厥”症，而是中了恶痧。身边依然是花蕊陪着他，可花蕊连窑洞的门也不懂得关，幸好小妍心细，时不时从石墙草厝跑来照看。门关上天就黑了，花蕊安静不到一刻又开始摸索。就像蜘蛛爬着的一双手，说不好是游离的还是急不可耐的，摸到缪百寻的裆间，花蕊竟口气幽幽说:“还畏事害羞哩，小得都不像个样子了！”说的是同样一句话，那情形就又像是在“管升班”的“醉莲”间，缪百寻是由不得自己的。花蕊没多耽搁，接着去抠窑壁。缪百寻发觉自己如同在噩梦里，既发不出声也提不起力道，只能任由花蕊魔神乱来。隔日大早开门，小妍见了，赶快叫后生漏子去三旗门请草药盖家。见了光，花蕊就又安静了。可怜缪先生的脸上蒙满了粉尘，小妍先掮扫渣土，把缪先生的脸擦拭干净，这才给他饲了几调羹放温了的滚水。

三旗门小姑桥头的老盖陶已去世几年。老盖陶的查某囝盖双凌与石晶门的沈良达成男住婆家女住娘家、后代各半的“半招嫁”婚姻。老盖陶死时孙子小盖九才八岁，盖家草药便由查某囝传授给孙子。老盖陶出葬当日，马彦特地寄话“承安楼”，要查某孙马缨花跟后生马长溪前往吊唁，奚、马两家均送上一份丧礼。其时正赶上圩日的三旗门自行罢市，人山人海将老盖陶送上山头。站在外围的缪百寻感叹草药盖家在乡民的分量，记起陪同香城名医郇杞怀路过三旗门时，目睹老盖陶抢救贫寒孕妇之举，顿时情难自抑，差点失声。

这一日汤漏子到了小姑桥头，据汤漏子说的情形，盖双凌已猜了个大概，她与后生小盖九一道，将带来的三脚虎、积雪草、铺地锦、马蹄金、龙胆草五味草药，放进小石臼加少许米酒捣烂，倒在碗里炖热后，挤汁让缪百寻吃下。接着她又取一块布，药渣倒在布上抹匀，由小盖九拉下缪百寻的裤腰，将这帖青草膏药敷在他憋闷的腹肚上。缪百寻阵阵发冷的身体这才开始冒汗，五脏六腑似乎得到引动而通畅。小盖九说：“缪先生好好睡一觉，醒了嘬碗米糜，就不碍事了。”“多谢盖家的好手段，百寻好多了。”缪百寻知道自己太过薄弱，要是换上他人早就神速见效了。他一时起不了身道谢，便付了药资，要汤漏子一定送盖双凌与小盖九过秫婆溪。

101

看见汤漏子来去如风，自己却连一副躯壳也支撑不起。缪百寻在床上沉沉地睡了一日两暝，终于从奈何桥头返了魂。这日近午他又能下床了，与花蕊前后走着，一个体空魄幻一个心杳神渺的，来到嘎山崖的庵堂坐下。从顶晡开始便从畲厝马家传来了阵阵的哀乐，八音锣鼓阵是原班人马，但飘上山来却让人备觉凄凉。缪百寻病倒了，畲厝马家没再请他给瑶姆子找墓地了。大家倌刚去世，德高望重的，邻里乡亲的都赶来吊唁。瑶姆子属后辈，丧事一而再，只能简办，畲厝马家已没有气力讲什么排场了。

出了“黑心豆油”这件事，只几日“奚记豆油庄”批发的退货，零卖的门前冷清，顷刻间濒临关门倒户。奚家的主心骨奚园瘫痪在床，加上这一年嘎山秋成歉收，佃户多数拖租，奚家一下子局面全乱。轮流回家看望阿爸的奚柏衍、奚柏庐听从马缨花建议，兄弟俩互换了兜螺、襄摇的位置，“由人说去，只管尽心做好自家豆油庄的功课”。奚柏庐到了兜螺圩的豆油庄，与伙计们将一口口大缸抬到檀溪，无论泡没泡过老鼠的酱豆，统统倒掉，大缸在流水中反复刷净，抬回放进大锅的滚水里煮透，才再启用。没过多久怀念奚家豆油香味的顾客，就又陆续回头，总算保住“奚家豆油庄”生存下去的一口气。后头的“承安楼”有马缨花把持阵势，又可安稳度日了。岂料畲厝的阿公、阿妈接连去世，婆家这一头只好交由同姒[1]石阿弇为主摆弄，大家蒲叶、二叔奚和二姆子取彩从旁协助。

① 同姒：妯娌。

马缨花背上出生不久的细囝，左手奚筐右手奚麻要，身后跟着后生奚松、奚堂，前往畲厝的娘家奔丧去了。这样纷繁苦楚的日子，无疑要让每个人活成糨糊了。原以为马缨花带一堆细囝添麻烦来了，谁想她与邵红珠姑嫂俩默契配合，往往因她的一句话、一个牵头、一个认定，便使得杂乱的事态得到扭转而变得有序，细囝们在她身边反倒成了得力帮手和小跑腿。按说乡间治丧，大小事都交由执事安排处置，孝男孝女只管守灵与悲戚行孝。有倚老卖老的婆子指责马缨花说："不见你伤心，倒爱管起事体来了！"马缨花说："我阿公高寿，四世同堂，他是死得安乐。我阿妈怕麻烦，想躲清闲，落下的大小事自然要有人料理才行。"马长溪被马缨花的这番话提醒了，竟眼窝一热，把查某囝拉到一边说："等忙完这阵，你要记着去丫叉口看望一下缪先生。"

接连的丧事，马缨花在娘家住了十几日，当查某孙当查某囝行孝，又百事繁忙，完了带上那一堆细囝回嘎山奚家。"承安楼"果然被她的同姒石阿弃搞得又脏又乱，她埋头打理几日才恢复原状。马缨花记起老爸的交代，带了礼物到丫叉口看望缪先生来了。其时窑洞已破旧得不像样，家私上面落满灰尘，入眼的已是末日光景。缪百寻说："我总算把缨花你等来了。你一露面，我就知道你阿爸他肯原谅我了。"马缨花说："我娘家畲厝，都知道缪先生是好意，我阿妈过世是天意，并没有谁责怪先生。"缪百寻把马缨花要坐的杌子拭干净，说："没有办法，到了不见光的暗暝，花蕊就不安分了，摸着黑不停去抠窑壁，我感觉得到，却死沉沉的没有半点力气起床去阻止她。"三山一带，谁都听说过缪先生和花蕊的故事。马缨花看了静静坐在一边的花蕊，心想缪先生也有被难住的一日。开口把来意说了："娘家不幸，我阿爸提不起精神，特地要我来拜望一下先生。""难得你阿爸还能记挂着我！"缪百寻说，"你阿爸自小磨炼，又有家学渊源，这才有处变不惊的风度。你大家倌也胸怀大志，可毕竟还是有所欠缺，遇到坎迈不过去，人就懵懂了。"马缨花说："我大家倌近来好了些，左边撑在我大家身上，右边拄着拐，总算能下床学步了。"缪百寻说："你大家倌的意志一向是我敬佩的，他的身体肯定会康复。"马缨花又环顾一眼窑洞说："窑壁都被抠坏了，明后日我就雇几个泥水匠挑砖来修砌窑壁。""已有多半年不曾远行了，等我这次外出十日半月回来再说吧。"

缪百寻说，“小妍、汤漏子都不经事，正好我有一包物件想暂时寄存在缨花身边，不知道可不可以？包里有三个小袋，各有各的用途，我标有打开的顺序，你觉得有必要打开时就打开……”“那就等十日半月后先生回来再修砌窑壁。”马缨花自然是应允的，便从缪百寻手上接过包，下山去了。

马缨花刚走，便见一个叫邛二的后生子走进窑洞。这后生子是专程到雾松庵求签的。他凑近前的那张嘴，既接不到庵堂后那道石缝间歇流出的清泉，烧香点烛磕拜后，掣到的签也是“心愿难成枉此行”。进窑洞是想请教缪先生有没有什么开解的办法。“开解的办法也不是没有，可这也要看你有没有这个好运气。”缪百寻说，“你知道嘎山奚家的新妇马缨花吧？”后生子说：“她谁不知道啊，畲厝马家的查某团、嘎山奚家的新妇马缨花！听说她当年出嫁的场面，娘家给的嫁妆她一辈子也吃用不完！”缪百寻说：“回家与爸母商量来奚家央求马缨花，只要说得动她去替你提亲保媒，婚事没准就有指望了。”后生子说：“可签诗明明说‘心愿难成枉此行’，难道说这观音菩萨不灵了？”缪百寻说：“你爸母只要央求得动马缨花，回头再来许愿抽签看看，不就明白了吗？”后生子听后高高兴兴走了。不多时又有一个后生子怀揣同样的问题走进窑洞。缪百寻要他“听香”试试。那个后生子按缪百寻教他的方法，返身雾松庵，在观音座前点了一支香，手持那支香离开嘎山崖，在香被燃尽之前，路上听到能对上他心事或于他所求有所暗示的话，再到庵堂观音座前跋杯核准，即获开解。不久后生子复又现身窑洞，因山路偏僻，香燃尽前他只听到远远传来“放下就好”这样一句话，回庵堂观音座前跋了杯，是阴阳合卦的圣杯。缪百寻说：“你要放得下眼前所想所求，过后自会遇上更好的姻缘。”

102

这一日顶晡，缪百寻与花蕊赴兜螺圩，圩场是人挤人的热闹。在“管升班”大堂，招呼缪进寻的头家娘已是一个他不认得的花间查某，原来甘宛如半月前归隐庵寮了。马彦仙逝，奚园病瘫了。缪百寻不觉间来到顶圩的打铁寮，焦晞三倒是见着了，只是他把打铁寮盘给徒弟，昨日交割完毕，此刻他收拾了行旅，就要回内山去了。“我做不动功课了。吃力抡起铁锤，打不准砧子，倒砸中自己的大腿，砸的要是膝盖，我至少十日半月回不了老家。”所幸徒弟还认可师父，见缪百寻来了，就劝师父缓一口气，陪缪先生吃顿饭咻几口酒，明日大早再走不迟。目光里焦晞三对打铁寮还是依恋的，他迟疑一下就答应了。五六个人一起吃了午顿，说了几句宽慰的话，焦晞三涕泪双流，当师父时说一不二的威严，转眼间竟变成哽咽。当师父的焦晞三，家在几十里地之外，得翻过鹩山崖一个叫诸暨的小村，往时他的老查某每七日圩期都会翻山越岭巴望着赶来，满心欢喜把米肉和少许所费带回家去，以后她就用不上再赶这样的路了。当徒弟的是不可能有多少积蓄的，虽尽心盘了打铁寮，给的资费也极有限，这就差不多说明焦晞三歇业后生活来源就断了。说来说去全都是哀声短叹，人一旦活到年老，便免不了要堕入这末世光景。焦晞三情不自禁灌了几瓯酒，又是泪流满面。饭后缪百寻觉得不宜再担待这样的气氛，便与花蕊往百漠关出发，至槾笼岭爸母的墓前坐下。多年前连续有几个清明，他与查某凌缨花冒着溦溦细雨给爸母扫墓，那样的情景至今想起来仍在眼前。只是此刻间随他坐下的花蕊，她却用不着去理会这是什么地方。看来人事的差别，其实也就在心里寄愿的不同罢了。

爬了百漠关，暗暝住三旗门一家小客店，吃过早糜走十几里地就是响廓山下的砀窟潭了。响廓山已物是人非，漫说还跟着一个花蕊，就算他自己也没有气力再攀爬磴道上杈口坪了。“三牯子呢？”此刻在粇婆溪撑渡的后生子眼生，缪百寻忍不住打听。后生子说：“三牯子老了，脚下没撑稳掉水里去了，等捞出来时全身凉透，回家裹了几领棉被也没有眴热他，挨不了几日他就不行了。”“你会唱歌吗？”缪百寻又忍不住问撑渡的。后生子表示不会，但认为他能把船撑得很好。想想三牯子唱的浑歌，缪百寻望了眼砀窟潭，望了哗哗清流的粇婆溪，一时间愣了神。还好有个花蕊要他照顾。上岸数十步，发现卓老耇把门前卖红豆粽的招牌摘了，门只虚掩着，推开便看见坐在靠背椅上打瞌睡的卓老耇。卓老耇是个老光棍，他逃过杈口坪的牵连，被吓住的心际困乏了，已无力替人囤货发船，眼下又关了店面，他也就没有任何生活来源了。缪百寻轻轻拉上门，来到“阿娇客店”，要滕扳娇打三碗扁食、三碗汤面，随他和花蕊送往卓老耇家。卓老耇说：“刚才推一下门就走，没想是你百寻呐。”缪百寻说：“一起趁热把扁食、汤面吃了吧。”滕扳娇说：“卓老耇你也用不着磨不开脸，饿了就到我店里吃一顿，羞不死你的。”卓老耇说：“滕扳娇你也做不动了，干脆关门，投靠我卓老耇算了。”滕扳娇不高兴了：“过些日子我把店面转手了，就和那个半死不活的回庵寮等死，也比投靠你卓老耇强！”缪百寻说：“我明日要爬砬山崖的‘千八坎’，去看望我师父、师娘，还有缨花、寄奴。头家娘你总说是我师父的查某囝，明日一起去吗？”滕扳娇见缪百寻身边跟着花蕊，如今又说了风凉话，不免大为抵触，说：“从前是你师父欠了我阿妈的情债，他还了就还了。凭这些年的过往情分，当真是看不出有什么干系的了，我还去爬什么‘千八坎’？！”大概是这几日天气太过燠热死沉之故，滕扳娇说的居然全都是赌气话。缪百寻不再理会，见卓老耇的胃口还好，多拨了半碗扁食给他。吃罢付了钱，碗箸便由滕扳娇收走了。卓老耇说：“滕扳娇这个讨债查某，亏你师父生前还那样容宠着她！”“有很多事情是由不得人的。”缪百寻说，“这两日我从兜螺圩走到你这里，深有感触的就是曾经的人情大多不见了，世道变陌生了。”卓老耇说：“百寻你还年轻，这话可千万说不得！”缪百寻叹了一口气说：“这也是没有办法的事，毕竟一代人过去了。”

要去攀爬“千八坎”，多半日时间也无法去回，加上燠热死沉的天气似乎要把生灵的意气闷死一般，一路走一路停歇的缪百寻，不知为何时时都是气力不济的迟疑与畏惧。只得带花蕊回丫叉口。丫叉口的热竟也是罕见的密不透风，洗脸擦身，又泡茶吃了，人也不觉得清爽。与小妍、汤漏子四个吃了暗顿，缪百寻将窑洞里的书籍收拾整齐，又看了几页书，熄灯睡下时，便听到洒落在门外粗大的雨点，随即整座嘎山处于狂风暴雨的激荡之中。大地弥漫着泥腥的气息，蒸笼似的堙郁被狂风暴雨刮卷而去，转凉的窑洞似乎处于一道空悬涡流的回旋之中。此前的花蕊让人无法理喻，一旦进入黑暗她就会鬼使神差，不停摸索着去抠落窑壁，缪百寻明白，花蕊要逃离的是束缚着她的幽闭。只是这个暴风雨的暗暝把花蕊吓住了，觳觫着一种没有来由的恐惧。“花蕊你应该庆幸才对，还好你我不是从‘千八坎’回来的路上。”这个季节的山地，连续下几个时辰的暴风雨并不多见。缪百寻只好把花蕊搂在怀里，用棉被紧紧裹住她也裹住自己，不让她听见窑洞外那骇人的声浪。缪百寻这个举动正是花蕊所期待的，但她只恬寂了片刻，一双手就又不安分了，那情形就又像是在“管升班”的“醉莲”间，缪百寻当时是管束不了自己，此刻却是要他包容的，便任由花蕊迫不及待地溜光了彼此，直到在他的怀里安稳地睡了过去。无论窑洞外有多大的风雨，缪百寻都能真切地感受到花蕊轻微的鼾声。听着听着，便发觉他自己如同处于沉疴宿疾的不尽耗损，困顿已无以复加。其时风雨声和花蕊的鼾声在他的耳畔响着，如同天幕倒了过来，他抱着花蕊晃晃悠悠地朝一个无限的纵深坠落下去，交替着穿过一层层的昏暗与亮堂，在一片刺眼的白光中间停留了片刻，然后白光一点一点地黯淡，直到白光彻底在他的感觉里消失……

暴风雨下到三更才停。翌日是个大晴天，汤漏子走出石墙草厝，过来请缪先生吃早顿。只是汤漏子被吓坏了，眼前他所熟悉的、住着缪先生的瓦窑不见了。——也不知道瓦窑什么时候坍塌了，上方的山体又崩裂了一块，把瓦窑覆盖了，出现在他眼前的是偌大一堆正在日光下蒸腾水气的黄土。“窑洞塌了！”十七岁的汤漏子第一个反应就是往山下的“承安楼”跑。小妍听了从石墙草厝出来，见了扑向那堆黄土，抽搐着变形了的一张脸，大哭无声昏厥在地。

瓦窑坍塌了，黄土把缪先生给埋了。

103 马缨花

小弟奚和、弟妇取彩翁某俩，在奚园发家之前就分开过。后奚园家业渐大，经营两家豆油庄、给数十家小店供货，百余亩良田供族亲及邻近乡民租种，嘎山山地便交由他俩看管，吃住用一应花销都在兄长家随意支取。翁某俩无后，奚园划了三亩上等水田供其出租，收入作日后养老费用。随着年纪渐大，马缨花尊二叔二姆子为长辈，劝其回归大家庭，节约了用度又能冷热周全；三亩水田交给大家庭调配出租，把租金定为例钱，归他俩存为养老的积蓄，既省事又能旱涝保收。半年后奚园恢复自如行走，跟奚和两口子日子过得舒心也有莫大的关系。长兄如父，懦弱的两口子对奚园自是一种充满亲情的贴近。大后生奚柏衍给豆油庄惹下了大祸，也因马缨花的几句点拨，在无声无息中度过了劫难。畲厝马家连遭丧痛，奚家自顾不暇，马缨花带了一大堆细团回娘家奔丧，纷繁杂沓之时她与马家新妇邵红珠会意互动，亲家不但没有非议，还暗自庆幸，因有了这个查某团临阵不乱的操持，避免了畲厝马家的诸多失当与难堪。养女麻要很快成了马缨花心细较真的小账房，加上大家大家倌、二叔二姆子，一起给马缨花打下手，马缨花像她阿爸经营药房、大家倌经营豆油庄一样，记下每一笔收入、支出、囤积、用度，月、年予以清点结算。

这一日吃罢早顿，催促细团上学后，马缨花回想起，不知何故暗暝她在暴雨中难以入眠，一颗心忽撞得厉害，凌晨起床四肢无力，心神一直是恍惚的。就在这时汤漏子气喘吁吁赶到，尚未站定就开口说："丫叉口的瓦窑塌了，山头也崩裂了一块，先生公和花蕊婆子都埋在里头了！"奚园就像那次"老鼠事件"，听了便闷住了。不同的是这一次他只困顿了一下，便抬头望向奚家新妇马缨花。马缨花也蒙了，片刻后她去房间打开缪先生寄存的那个包。回到饭厅，有气无力对汤漏子说："漏子你赶快回丫叉口，看好塌了的窑洞，不许谁去动它！"血气正盛的汤漏子转身飞奔，他还没吃早顿，回到丫叉口，便从石墙草厝舀了一大海碗糜到大埕，看着那堆黄土一口一口地吃。

汤漏子走后，马缨花打开大包里标示"一"小袋，取出一片纸页念道："花蕊日间浑噩，罔不自知。夜则游魂差役，视幽暗为罗网，不停抠墙破壁意图逾越，阴阳失据之甚无可逆转矣。多年前缪百寻命悬一线，系俊卿老先生用药、花蕊用心得以活命。此番花蕊现身丫叉口，冥冥中因循果报，想必是追索缪百寻的一条命来了。缪百寻明白窑洞坍塌之日，正是深埋皮囊之时。生于天地间，死后回归黄土，得其所矣，生前友好也无须怜叹。若圃修先生允许窑洞为缪百寻的归宿之地，则不挖掘移葬也不立墓碑，本小袋银两为资费，几张符咒可制各路恶煞，劳烦缨花雇请劳力做个坟堆，则缪百寻此生圆满无缺矣。"马缨花读罢痛切流泪，等大家倌做出决断。"那就、就按缪先生的遗言办吧。"大家倌奚园口齿不清，舌头滞碍说，"不、不立墓碑就省事了，对、对外不提花蕊也埋在里头。"马缨花把簌簌流下的泪水拭干，便去安排族内的几个查某团，赶早吃了午顿，带了锄头畚箕，到丫叉口做坟堆去了。隔日近午坟堆做成，由人搀扶着的奚园，还有奚柏庐、马缨花，马长溪、马心云、邵红珠，上肆溪口的卓老耇、塍扳娇，几路赶来给缪百寻上香祭奠。郧瘸子让小妍和汤漏子在墓前跪下，给缪先生磕头戴孝。马缨花上香时流泪默念："先生不用挂心，寄存包中的事项，马缨花会一一尽力做好。"邵红珠在墓前烧了纸钱，说："先生功德，邵红珠内心感激，愿先生一路走好！"塍扳娇双手叉腰，却不晓得要说点什么才能排遣心头的那一股不适，竟在墓前跺了一脚，这才哽咽着掩面走开。这山地间总有不少离奇，站在外围的人群中，就有一个是来自罔山门的严红蕊，她知道小妹花蕊肯定也埋在坟堆里头，便膝盖一软坐到地上去，回罔山门后一病不起，不久便追随小妹花蕊去了。

104

一件事做毕，内心空落落的马缨花回到“承安楼”，仍然记挂着去打开标示“二”的小袋。“此袋银两，烦请缨花为汤漏子说亲、操办婚事。”缪先生已故，马缨花心想也应是打开最后那一个小袋的时候了。标示“三”的小袋里，交办的有两件事：“郧小妍心地敬畏无私，可由她日常摒扫庵堂，收取的香油钱，合本小袋金银细软，供日后作价修葺雾松庵的资费。另具书信一封，切记缨花年及八十方可开启；《凌子罟建构图例》一册，供日后有缘人阅览。”是年马缨花三十岁，缪先生要她五十年后才能开启这封信，马缨花便苦笑着将它压入箱底。

过后的五年间，缪先生交代的事，马缨花自然时时上心，可她却一直用不上力。这年季春初九，马长溪打发伙计前往嘎山奚家。原来有个患者因误诊致死，对方报官要马慎源偿命。马缨花丢下手头功课，一口气跑到兜螺圩，“畲厝大药房”里果然有百几十个近邻在围观，只见一个当老母的坐地叫侥幸，怀抱细囝的尸体在药房里哭闹。二叔马慎源阴沉着脸闷声不响，时不时被几个查埔囝拉扯着指责。马缨花将早一步赶到的阿兄马心云叫到外围问了根由，之后挤过人墙，在怀抱细囝的阿妈跟前蹲下。人群中有人说“马缨花来了”，那个当老母的抬头看了她一眼，继续惨痛大哭。马缨花见其细囝面貌如常，伸手扒开他的眼皮，握住他柔软的小手，大声说：“我觉得细囝还有气息，只是太虚弱了……阿兄你快点，看能不能让他醒过来！”当老母的则连哭带骂：“说什么疯话，人都死两天了，有你这样寻开心的吗？！”“二叔快准备半碗米汤！”马心云也不计较对方的话，接过细团平放在诊桌上，松开胸衣，取出细如毫发的银针扎进人中、合谷，又揉按了“神庭”和“印堂”两穴，细团的呼吸虽似有似无，但见嘴巴微张，幽幽地醒过神来。马心云拔了银针，将细团送还当阿妈的怀抱，并要她缓缓地给细团饲点米汤，说：“我二叔热症用白虎汤并没有错，只是你后生体质太过虚弱了。记住半月内禁忌进补，回家后细心调养，不日即可复原。”

见细团起死回生，围观的近邻在惊叹声中散去。马慎源送患者上好人参十钱，供患者一个月后分几次炖肉汤服用。这几年兄妹俩难得来一趟兜螺圩，便一前一后往下圩的“奚记豆油庄”走去。“说实话见事态严重，连我也认定事已无可挽回。若不是缨花你及时赶到，恐怕就失去救活那个细团的要紧关口了。”路上马心云说，“我就觉得奇怪，只要你缨花在场，事情往往就能得到转机。”马缨花说：“阿兄你别忘了，我一把屎一把尿养过五六个细团，特别是养女麻要，我什么症状没见过？”马心云说：“救人并不一定非用药不可，关键时刻一调羹米汤就能活人性命。”马缨花说：“我倒觉得二叔可能真的用错药了。”至此马心云只好说：“那个细团太过虚弱了，的确不适用白虎汤。”说话间，兄妹俩已过桥走到“奚记豆油庄”。奚柏庐见查某马缨花和妻舅马心云不约而至，竟高兴得手足无措，赶紧将他俩迎上会客的三楼。听马心云说了经过，奚柏庐说：“‘畲厝大药房’的麻烦事，我一听头就大了，不想一经兄长和缨花的手，轻易便得到化解，当真是离奇得很！”马心云说：“豆油庄人挤人的，看来妹夫的生理全恢复了。”奚柏庐说：“出了‘老鼠事件’，当时奚家上下全乱了套。幸亏缨花一点不慌，最有主见。”马缨花笑道：“柏庐做生理，赢在守时勤快，难得回一趟‘承安楼’也往往要二更过后，第二日又早起走人。”“缨花的想法，柏庐的小心在意，二者缺一不可。”翁某俩融洽至此，马心云看在眼里竟十分欣慰。就在这时候，楼下的账房好像拦住谁，不让他上楼。马缨花也听见了，朝二楼喊道：“没关系的，让他上来吧。”

上楼的中年汉子身后跟一个十七八岁查某团。奚柏庐说：“是邛师傅您呐，我吩咐过供货间了，邛师傅前来出货可以赊欠，等下次交接时再还上次钱款。”“多谢大头家的信任！”邛师傅打了个拱说，“可我这次是另有所求，见头家娘来了，想请她帮个忙。”性急的查某囝抢了话头说：“我二兄看上鹟山崖俎家寨的查某囝俎春了，便到雾松庵抽签，请丫叉口的缪先生开解，缪先生说要是我阿爸请得动头家娘马缨花去说媒提亲，婚事便没准能成。可我家是外来户，人生地不熟的，我阿爸又总是有别的事忙，一晃就过去了四五年，如今缪先生已不在人世。还好半个月前得到大头家的关照，挑奚记豆油担子做上买卖了。可这会又要央求头家娘为邛家说媒提亲，我阿爸觉得太过分了，一直没好意思开这个口。”被查某囝抢了话头的邛师傅跟着尴尬笑笑。马缨花将快人快语的查某囝拉近前，问道：“你叫什么名字？”“邛三。”这下叫邛三的查某囝倒有点羞涩了。马缨花说：“为你二兄我倒愿意走一趟。只是我从未去过鹟山崖下的俎家寨，也从未替人提过亲说过媒，你怎么就认定婚事没准能成？”邛三说：“方圆几十里，谁不相信丫叉口缪先生的开解？再说凭头家娘的名声，要是邛家请得动你，我阿爸、我二兄多有面子啊！”“被邛三你戴了高帽子，看来我是不去也不行了。”马缨花说，“爸囝俩这就回家准备，只要是晴天，邛家挑个日子，邛三你和二兄就打大早来嘎山奚家，给我带路一起去俎家寨提亲如何？”爸囝俩没有想这么快就得到马缨花的应允，道了声谢，便到供货间出货去了。

奚柏庐说：“爸囝俩的话都没说完，缨花你就爽快答应人家了。”“缪先生过世了，还能预知身后人事，太了不起了！”马缨花说，“拉了查某囝邛三的手，让我想起那个顽皮的汤漏子，我就知道缪先生交办的事有着落了。”马缨花在她最信任的阿兄和查埔人面前，透露了缪百寻生前的嘱托。两个听了，十分吃惊。马心云说：“这个邛师傅沉得住气，又把得准时机，外表看起来憨厚，却是一个厉害角色。”奚柏庐说：“十多日前邛师傅找到豆油庄，说要挑奚记豆油担子走村入户去叫卖。我暗地里差人去了解这个人。回报说，五年前邛家从郤市来到鹟山崖下，落脚在三个村寨的交界处乌石埔，几月间便由简易的草寮变成土墼草厝，看来是认定要落籍于此了。当地人排外，可不管是无理取闹也好，棍棒招呼也好，邛家爸囝都忍耐到家，行便躲闪，躲闪不了便挨受，绝不还手。后来才知道，这邛家爸囝都有铁打的好功夫，轻易三五十个也近身不得。原以为只是为了买卖，不想还有别的盘算，要缨花保他后生的大媒哩！”马心云说：“我奇怪的是，缨花你甚至连一面相识都谈不上，便要热心帮邛家的了。”马缨花说：“不知怎么的，我见了爸团俩，就喜欢上邛家人了，特别是那个查某团邛三。”

第三日吃罢早顿，邛家兄妹就赶到“承安楼”。因为来回要走五六十里路，马缨花预先准备，塞给兄妹俩几个菜包路上吃，包袱由邛二背上肩，即刻启程。爬上丫叉口，马缨花要邛家兄妹在缪先生的墓前合掌行个礼。汤漏子听声音从石墙草厝跑了出来，马缨花说：“漏子，肯不肯与阿姨做伴去一趟俎家寨？”汤漏子巴不得，何况是与年龄相仿的邛家兄妹在一起。一行四个抄近道经上肆溪口，搭渡过秋婆溪时，马缨花说：“漏子你那三脚猫功夫，以后要多跟邛三小妹学一学真本领。”汤漏子一听来劲了，在溪濑上便与邛三搭上手，平时迅猛快捷的拳脚竟占不了半点便宜，没几下就被邛三扒倒在地。摔了尻川礅的汤漏子爬起来几步跟上，讪讪地说：“我认栽了，连邛三小妹打的是什么拳都没看懂！”邛三说：“那你打的是什么拳？”汤漏子说：“按说我打的是本地大马拳，可我偷懒，只认输赢不讲路数，在嘎山找不到对手，谁想没几下就败给了你。”马缨花笑道：“漏子怎么样，要认师父了吧？”汤漏子脸红不作声。邛三说：“汤漏子心里憋屈，还不肯认输。”邛二说：“就三妹你那花拳绣腿，还敢显摆！”邛三对跟在身后的汤漏子说：“我二兄从没赢过我，倒教训起我来了！”汤漏子说：“我想是你二兄让的你吧？”邛三鼻头哼哼。马缨花说：“邛二、邛三，我猜兄妹俩肯定还有个阿兄叫邛大。”邛三说：“我兄长邛大娶某生团了，翁某俩凑成铁匠行头，游走四方去了。”

路上汤漏子一直是不服气的，到了乌石埔邛家的草厝门前，说了声“再来”，两个快身手就又纠缠在一起。迎出门来的邛师傅说：“两个淘气对阵，肯定是邛三逞强惹的。”“后生子是嘎山丫叉口的汤漏子。”马缨花说，“两个合得来，多较量几次，让漏子晓得自己的斤两。”邛三听了，说了“今日有要事，不想跟你耍了”，便要收招，汤漏子性起，抢身拳到，被邛三顺势带了一把，当即跌了个翻滚，这才作罢。其时已过日昼，吃了邛师傅做好的饭顿，马缨花将她与邛家准备的礼品合在一起，说：“我和邛三先到爼家去提个话头。漏子留在乌石埔，跟邛师傅和邛二学几招，回头再领教邛三小妹的厉害，看能不能打个平手。”

两个接着往上爬一刻多钟，就是爼家寨了。邛三带马缨花找到爼家寨东北角一间破旧逼仄的瓦厝。这家人穷苦，厅堂和灶间合在一起，来几个客人就显得挤不下了。爼春的爸母正在奇怪来的是什么人，爼春说：“我认得你是住乌石埔的邛三。昨日暝昏我路过乌石埔，你二兄叫住我说，要请嘎山奚家的头家娘到我家提亲，想来这位高贵的阿姨就是马缨花了！”马缨花笑笑。“头家娘赶大早走三十里路了，咱俩先烧壶水吧！”邛三一听拉住爼春的手说。提起畲厝马家的查某团、嘎山奚家的新妇马缨花，谁人不知哪个不识？即使事过多年，她当年出嫁的大场面仍是山地到处最可添油加醋的谈资，更何况还有她出嫁后种种贤惠能干的传闻？早先只是听说，此刻就真真切切站在面前，爼春的爸母岁数已大，一时间更是木讷笨拙，不知道怎么办才好。“我今日是替邛家老二提亲来的。”马缨花边说边从包袱里取出红封雪糕、茶叶、红糖包、酥饼几样礼品放在桌上。“这些礼品可不敢当。”爼春妈作势推辞说，“爼家想都不敢想前来提亲的，真的会是头家娘你！”“也就是个简单的见面礼，爼春妈别客气。”马缨花说，“我今日肯替乌石埔的邛家来提亲有两个原因，一个是我喜欢争气的邛家人，特别是邛二、邛三兄妹俩，都有一身真本事，待人接物反倒能忍让；一个是邛家挑了奚记豆油担子，能踏实吃苦做买卖，勤勉讲信誉。想想看这样的邛家，不出几年就该是鹟山崖下的殷实人家了。”爼春老爸说：“我和爼春她妈没有见过世面，头家娘看得上的人家，那就肯定不会错。”说话间水烧滚了，爼春打开桌上的茶叶包，热腾腾地泡了几大碗茶。爼春妈说：“乌石埔的邛家是外来户，还有头家娘你看看这爼家穷的，就算双方同意，这亲事也难办啊。”“这个不用担心，容我与邛师傅细加参详。”马缨花拉住爼春的手说，“爼春你爸母开明，疼爱你哩！爼春意气年少，这就是最大的盼头。要是亲事能成嫁到邛家，凭爼春的能耐，习武识字生养细团、照顾爸母都不在话下。”“我已二十多岁，当爸母的也就急着要将查某团嫁出去了。”俎春说，“头家娘肯为邛、俎两家说亲，就算以后的日子过得再穷再苦，我也乐意！”“有了当爸母认可的好开头，事情就好办。”马缨花吃了几口茶，对俎春爸母说，“路途远，我该往回走了。我想让俎春送我到乌石埔，二老同意吗？”

俎春的爸母自然是满口答应。往回走片刻乌石埔便到。见一起走的还有俎春，几个脸上都洋溢着喜气，邛师傅便知道事情有着落了。马缨花向俎春介绍汤漏子说：“来的路上，这个汤漏子几次被邛三打趴在地，可他就是不肯服输。”汤漏子说：“再打一次，若是输了日后遇见就听你的！”邛三说：“你学邛家的拳打我邛三，谁稀罕！”两个是冤家路窄，话音未了就又打成一团，虽然多打了几个回合，汤漏子照样被邛三掀翻在地。邛师傅说：“漏子你求胜心切，给邛三留空当了。”“俎春你找个日子，让邛三陪你到嘎山奚家做客好不好？”见俎春点头，马缨花接着说，“你先回家去吧，省得你爸母担心。”俎春走后，马缨花说：“俎春这查某团挺好的，可惜俎家太穷负担又重。”邛师傅说：“再穷也就穷成俎、邛两家眼下这样子，还有什么困难撑不过去？”马缨花说：“眼前这个汤漏子，与邛三年龄相仿，两个倒也是一对，邛师傅你说呢？”邛师傅笑道：“两个是冤家，见面就打。”马缨花说：“就算是冤家也是欢喜冤家，不打不相识。”邛二说：“摊上我三妹，汤漏子可就有苦头吃了。”邛三说：“等汤漏子哪日打赢我再说！”汤漏子脸红说不上话。“邛三你这可就为难漏子了。漏子爱惜你，跟你打他下不了重手，他就是一辈子也打不赢你。”马缨花笑了，转头对邛师傅说，“过后我再跑几趟俎家寨，你后生这门亲事就差不多了。俎家穷，哪日邛三你带俎春来嘎山找我，我来为俎春设法添置嫁妆。”邛师傅说：“嫁妆的事不能再麻烦头家娘。邛家出不起聘礼，自然也不要对方什么嫁妆，道理上才说得过去。”“查埔团操不了这个心，这事由我来张罗。”马缨花说，“马的鞍人的装，查某团出嫁不添点行头，面子就丢大了。”邛家人为马缨花想得周到内心感激。邛师傅把早已准备好的糯米甜糜捧上来作点心。吃后邛家爸团要送马缨花回嘎山，马缨花说：“不用。路上我有漏子陪着，暗暝我住在兜螺圩，漏子年轻赶回丫叉口，都误不了事。”

106

暝昏前马缨花来到兜螺圩“奚记豆油庄”大头家卧室兼会客的三楼。“我的观音菩萨，正想念着，你就到了！”仅隔几日查某马缨花就又现身，奚柏庐欢喜无限，知道她跑了远途，连忙提热水给她浸脚，为她拿捏筋骨，转而又将饭菜提上楼，看着她夹菜扒饭吃。旁无他人，查埔人便不停变法子要腻歪亲昵，马缨花说：“真不知道伙计们会怎样议论我，大概是想我在家里耐不住邪火，专程跑兜螺圩找你来了。”奚柏庐说：“管他呢，暗暝缨花你能来真好！”这个有头有脸的大头家轻狂了，撩起查某的衫裾伸进头去，就那样一张嘴，活像一只寻食的猪仔。马缨花哭笑不得、叫不得，吃不住劲时就狠狠抓住自家查埔人，骂道：“离了家，你就学坏狗咬疯了！”奚柏庐不知道他那样蛮缠，自家查某是怎样把一顿饭吃饱的。他的声音从查某的腹肚里发出：“邛家是外来户，底细没摸清楚你就保大媒，若有什么差错你哪应付得了？”“清楚对方的为人就行了。”马缨花说，“再说这次是缪先生留下一句话牵的线。我替邛家保大媒，顺带也给漏子说了亲！”奚柏庐说：“要我看，双方都穷，又没有亲友帮衬，这嫁娶很难摆弄。”马缨花想起缪先生生前留下那一小袋为汤漏子说亲操办婚事的银两，说：“只要双方踏实人情，周详计划用度，邛家和汤漏子认我马缨花这门亲戚就足够了。”奚柏庐说：“缨花你跟天公地母借胆了。”马缨花说：“又不像你做生理，提亲保大媒要看现时，也要看日后有没有盼头。”

奚柏庐说：“我听说附近几座山头都有游击队出没，匪盗也比以前猖獗。国民政府坐不住了，决心在山地成立区署。区公所就在兜螺顶圩，与‘管升班’相距只有几丈地，建了一年多，青砖砌墙，占地不大，倒牢固得像座城堡。长官叫区长，上头很快就要派员上任。区长手下有区员、办事人员、保安队。在三山的兜螺、襄摇、上肆溪口、三旗门四个圩镇成立联保办事处，领头的叫联保主任，手下有协办、乡丁。联保下设保甲，管十户为甲长，管十甲为保长，收取各种捐税，实施‘连坐法’。”马缨花说：“搞这些名堂，要不要紧？”“说穿了无非盘剥、管制。倒是与陌生人交往要多个心眼，以免遭受无妄之灾。”奚柏庐说，“市面上都在议论，到时候药房、豆油庄、布店、粮行要上缴利税，成年是人头税，养猪是猪头税，就连‘管升班’也一样要缴花捐。‘连坐法’更是不得了，一人犯事，全家同罪；匪盗、地下党的亲属等凡有牵连者，同罪坐实。”“看来官府这一次是当真了。”马缨花说，“以前没有过的，这次山地怕是要鸡飞狗跳不得安生了。”奚柏庐说：“我倒不怎么担心，豆油庄按规矩该交的交该缴的缴，最多收紧花销就是了。”

结婚十余年，马缨花难得在豆油庄过暗暝。豆油庄真是个好地段！天微亮她就开三面窗望顶圩、下圩、后院曝缸的大埕，还有潺潺流过的檀溪。随她起床的查埔人又要贪嘴，马缨花说：“你不是要巡查隔间、曝缸吗？伙计们早忙开了，你倒好！”奚柏庐死皮赖脸地蹲下来，脸埋进查某的两腿之间。马缨花任由他淘气，一边吩咐要他代为置办的物件，说：“这笔花销我会另行记账，我估计不用奚家垫几个钱，只是这话说开不得。”

马缨花顺道到襄摇圩大药房，看望老爸马长溪和阿兄马心云，吃了午顿才回嘎山奚家的“承安楼”。次日年过花甲的郧瘸子忙完水碓房的功课，暗暝躺下闭上眼睛就不再睁开，安详地睡着了。查某团郧小妍见了只晓得哭，外孙汤漏子虽已成年却未经世事，不知如何是好。缪百寻去世后，奚山嘎家、畲厝马家都认可的只有马缨花，她一露面，两边的执事随即赶到。乌石埔邛家爸团俩恰巧来到丫叉口，听消息也前来帮忙。在众人眼下，翻遍水碓房的角落，除了平日抵工钱抽头的几斗白米，郧瘸子只有十几个手尾钱。死在嘎山地域，身后的积蓄管一顿饭都不够，两边执事很快在如何派工、捐助财物上有了参详。过两日便由杠房打理一口简易棺材，小妍、汤漏子母子俩戴孝，郧瘸子就近落葬。因马缨花在场，看起来丧事虽简，却办得圆满。几个日暝下来，也不知道邛家爸团俩在水碓房到底如何度过，总见爸团俩精神饱满在妥帖做事。等杠房、帮工离去后，马缨花将邛家爸团俩叫到一旁说："戴了孝的漏子若不在'三七'内结婚，就得等三年后除丧了。"邛师傅说："我是外地人理会不了当地乡俗，这事听头家娘的。"马缨花说："俎家寨俎家、乌石埔邛家、丫叉口汤家手头都紧，准备的时间又短，还要挑个黄道吉日，我觉得婚嫁能就势简办最好。"邛师傅说："只是俎春爸母不晓得会怎么想？""我再跑一趟俎家寨劝说一番，大概问题不大。"邛师傅说："又要劳累头家娘跑腿，太辛苦你了。"马缨花对邛三说："邛三你几日后带俎春到'承安楼'找我。记得路过丫叉口也叫上汤漏子。"邛三说："我就强行拉扯也将俎春带到。"站七八步外的郧小妍终于忍不住了，走过来对马缨花说："头家娘，我阿爸过世了，由我守水碓房行不？"妇道人家的，还缺了一条手臂，等不到马缨花开口，便身子虚晃差点踣倒。邛三连忙撑住她说："我看行的，不是还有个汤漏子吗，他也也会来帮衬的对不对？"郧小妍说："让我守水碓房，至少一家人糜就有得吃了。""马家、奚家正愁着没人看护水碓房呢，哪有什么不行的？"马缨花说，"站身后扶你小妍的查某团叫邛三，想说给汤家当新妇，小妍你中意吗？""漏子不务正业的，就怕委屈这么好的一个查某团。"郧小妍听了欢喜，膝盖一软便要跪下来。邛三撑住她说："要感激头家娘，放在心里就可以了。""才说呢，就像一家人了！"马缨花笑道，"漏子不务正业，正好娶这个邛三看住他！"

吩咐奚柏庐置办的物件很快送回"承安楼"。马缨花与姆婶、同姒们也加紧了针凿缝制，简单备齐了必需品。这日邛三、俎春天刚亮透就出现在奚家，身后跟着个汤漏子。马缨花吓了一跳："两个查某团打暗暝赶路，也不怕有什么闪失！"邛三说："我阿爸举火把送我和俎春到秫婆溪徛梁桥，看得见路了还不放心，一直送到丫叉口他才往回走。"马缨花招待三个吃了早糜，汤漏子背了大包，邛三、俎春分别提了小件，经乌石埔时包袱减半，走了二十五六里地，巳时便到鹟山崖下的俎家。俎春爸母及早准备了午顿，吃的时候马缨花说："事有点不巧，漏子的外公过世了，要赶在'三七'内结婚——也算给他与邛三婚事简办一个由头。我在想四个年轻人都不小了，等不起三年后除孝了，来不及前来参详，我就先拿主意了，二老要是同意邛家同时嫁娶，几样简单的嫁妆我都替俎春准备好了。"马缨花说罢放下碗箸，打开包袱，红盖头、新娘衫、红肚兜、鸳鸯绣鞋、玉镯子、胭脂水粉，还有压红墭的四块大洋，一一摆开给俎春的爸母过目。俎春说："头家娘想得真周到，还置办了胭脂水粉！"马缨花说："大多乡下的查某囝，一辈子也就出嫁时用一次胭脂水粉。正因为只有一次，才稀罕呐，不准备可不成！"俎春的老母抹泪说："俎、邛两家的嫁娶，劳烦头家娘牵线搭桥不说，还要头家娘大把破费，这怎么说得过去！"邛三说："不是还有日后吗？一辈子长着哩！""关键是俎春看得上邛二，邛二容得下汤漏子。"马缨花说，"再说人在这世间活着，谁不是相互帮衬过日子的？老人家不必有什么顾虑，当年漏子外公一家、漏子爸母的婚姻，也都是并不相干的缪先生照应操办的。再说我也就两头走动，要是真能促成眼前这两对年轻人的婚事，那是多好的情形啊！"俎春老爸说："听头家娘的准没错。内山到处，传的都是头家娘的好。只要是头家娘经手的，就算是坏事也会变成好事！""老人家夸耀我了。"马缨花说："看个日子，俎春嫁到乌石埔的邛家；最好是同时，邛三嫁到丫叉口的汤家。这样一来省了多少事又节约花费。乌石埔这一头，出嫁的邛三给邛二和俎春结婚腾出房间，也时时照应得到邻近的俎家二老。邛三嫁到丫叉口，有石墙草厝居住，一家人兼顾看护雾松庵、水碓房，日子也暂时能过。"双方都感到棘手的事，经马缨花几句话，便说得在场几个心里有底，过日子有了着落。话说至此，马缨花已比当家的想得更周到，还有什么不满意的可就有失分寸了。离开俎家寨时，俎春的老爸将压红墭的四块大洋塞还马缨花说："别的已经花费了，穷人家还压什么红墭，这四块大洋是断不敢再要头家娘的。"马缨花推回说："二老放心收下，几块大洋压红墭到了邛家，邛家也压红墭到了丫叉口的汤家——哪一天真的要还，由漏子还我就行了！"俎春爸母一辈子也没见过这么多钱，四块大洋掂在手上，含着泪目送马缨花、邛三和汤漏子离去。

在乌石埔停歇，与邛师傅参详后，马缨花说："看了日子，到时候我带漏子赶过来给俎春接嫁。等吃了喜酒，男方是我和漏子，女方就由邛师傅你给查某团邛三送嫁丫叉口。"这样做显然不符乡俗，可一旦有了既守规矩又任凭自己的马缨花在场，事情做起来就会十分简便，邛师傅哪有不应允的道理。过了七八日，俎、邛、汤三家的嫁娶便按事先安排进行。将俎春娶到乌石埔，接着又将邛三送嫁到了丫叉口，吃了喜宴，邛师傅连夜赶回乌石埔。汤漏子取红墟里四块大洋要还头家娘，马缨花说："漏子你还当真哩！你和邛三很快就要当阿爸阿妈了，这几块大洋留着给邛三坐月子，记住这可是个要紧的大用途！"

108

由四个圩镇组成的丰浦四区，东北到砬山崖，顺流到嗥头墩为止，辖大三山五六百个村社。区公所设在兜螺圩"管升班"旁边，与"奚记豆油庄"隔溪相望。乡民们大感意外，区长竟是曾在襄摇圩开"旋风拳头馆"的裘大脚。当师父的坐镇四区，先前的不少徒弟汇集兜螺，当了区员、办事人员和保安队员。区长裘大脚腰挎驳壳枪，出行坐轿。山地匪盗横行，特许配备给他二十条长枪的一支保安队，队长是他的徒弟郝松。据说裘大脚与师父甄子围和蒲头溪大户"苏园"暗中串通，重创了杈口坪的顽匪。后甄子围死于非命，到处觋园的裘大脚经"苏园"一个当了香城地署副专员子弟的举荐，威风八面回到山地。汤漏子恨得咬崩了牙，可在他丈人邛师傅的授意下，结婚快一年的汤漏子也应征来了。裘大脚明确汤漏子的身份后，亲自对他进行了盘查："不对啊，你老爸汤奓五大三粗的，可你汤漏子却生得瘦小！"汤漏子说："我的体形像我阿妈。"裘大脚说："漏子知道你阿爸是怎么死的吗？"裘大脚果然提到这个问题。汤漏子说："听说我那个弄丢了十多年的阿公，原来是跑到响廓山杈口坪当了土匪的汤棆，有一日被官府打败活捉了，路过襄摇圩时，我阿爸和我阿公长得太像了，挤在人群里看热闹的阿爸被认出，也就被官府一起带走了……”裘大脚说：“漏子你恨官府吗？”汤漏子说：“恨。可官府一茬茬换人，我也不知道到底要恨谁了。”裘大脚说：“要是收你这个徒孙当保安队员，你要怎么称呼我？”汤漏子说：“你是我阿爸的师父，小时候他教我打拳，算起来我要叫你师祖。”裘大脚说：“师祖就免了，漏子你还是叫我裘区长吧，省得外界以为我裘区长用的都是自己人。”汤漏子说：“好的，裘区长。”

汤漏子顺利当上保安队员的四个月后，裘大脚坐镇的四区发生了震惊丰浦国民政府的一件大事，区署保安大队的二十条长枪和汤漏子在一夜之间不见了，抓狂的裘大脚坐上由四个轿夫轮流抬的过山轿，带保安队到处捉拿，这才发现乌石埔邛家、丫叉口汤家，连同俎春的爸母也一并不见了人影。在洑溪水碓房找不到汤漏子的老母鄌小妍，保安队转身扑向“承安楼”。日近西山时马缨花淘了米正要下锅，听见楼外传来急骤杂沓的脚步声，没等她回过神来，她已被保安队捆了五花大绑，奚麻要抱住马缨花的腰身不肯松开，保安队员死命掰开奚麻要的手臂，队长郝松左右掴她的嘴巴，一脚将她踹翻。马缨花在奚麻要尖厉的哭声中被带走。等奚、马两族男丁们闻讯手持刀枪棍棒赶到，押送马缨花的队伍已过丫叉口。在被带走的路上，马缨花听见保安队员的议论，这才知道乌石埔的邛师傅大名邛康，竟是丰浦县红军独立营营长、党支书记。涉及的三个家庭，包括挺着大腹肚的邛三，全都上山打游击去了。这一次马缨花把祸惹大了，她犯的是“通匪罪”，通的还是“共匪”。马缨花被关进区公所的土牢。区长裘大脚放出风声，重案犯邛康、汤漏子若不主动投案自首，马缨花不日将被公审枪毙！

邵红珠一听她向来钦佩的小姑子出大事，将出生才五个月的细囝往姆婶的怀里一放，没容她多想便举火爬上嘎山崖雾松庵，烧香祷告道：“座上的观音阿姊，你在尘世的阿嫂被官府捉走，事情万分危急，性命就快没了！请你给个指引吧！”这一次，邵红珠在蒲墩上跪下，捧签筒掣了一支签，邵红珠读了签诗却不解其意。缪先生过世了，已无人开解得了，只好揣着签诗，先到丫叉口窑址上的墓前，祷告说：“缪先生请大显灵圣，帮帮我的小姑子！”说罢往山脚下的“承安楼”赶去。

寒冬时令，冷得刺骨的这个暗暝，可山地似乎到处都是走动的人影。老爸马长溪、二叔马慎源、大伯奚柏衍，亲家邵行简，马缨花帮过的乡民，与奚、马两家往来的生理人，暗暝天寒地冻的，只要听到消息，也一个个举火直奔区公所而来，探监不成，又一个个黑着脸离去。畲厝马家顶得上台面的，也就大头家马心云没到。他听到小妹马缨花被捉拿，关进土牢，可他还是出急诊去了。风烛残年的大家倌奚园，心情一急便又颤巍巍的，由过山轿抬着前来探监，同样被拒门外，临走时他发狠说："要、要、要拆我这把老骨头了，回、回、回嘎山想办法去！""奚记豆油庄"的大头家奚柏庐探监不成，与养女奚麻要一起死守在区公所门前不走。三更时，伙计们先后送来点心和厚棉袭；过了半暝，几个陪伴的伙计干脆挑两捆柴爿到区公所前烧火堆取暖。把守大门的四个保安队员，尽管功夫在身，可不停轮流入内向裘大脚报告谁要求探监、谁前来求情，不多时便跑得双腿发沉。

这个暗暝，嘎山奚家、畲厝马家彻夜灯火。族里几个姆婶在灶间不停忙碌，让来议事的随时都有点心吃。奚、马两族的壮丁和说得上话的，从四方赶来的亲朋戚友，百几十个查埔查某齐集"承安楼"。有人主张带一帮人到丰浦县衙评理，将裘大脚告倒。持反对意见的说，别说官官相护告输人家，就算告赢了来回四五日，裘大脚早下毒手了。有的说干脆召集百八十个不要命的砸了区公所，将马缨花从土牢里抢出来。思前想后的人说，砸了区公所抢出人来，明摆着对抗官府，引来了警察和驻军，到时候骑虎难下可就难办了。就在这时候邵红珠赶到，出示了她抽到的签诗。畲厝马家的执事接过签诗念道："斜阳圆楼凄迷影，幽冥深处苦煎熬。起早抬头见晴日，晡时放却凰归巢。"多数人听了签诗不解其意，几个觉得能理喻的，依眼下的形势，哪有这么便宜的事，随意辨别无异于是侥幸心理，也一时不好说破。这时有人慨叹说，要是缪先生在世就好了，他非但能开解，还有的是好办法！马长溪终于开口说："还是忍一忍为上策。区公所真敢公审问斩，到时挑选几个好身手的，设法一下控制住裘大脚身上那把驳壳枪，几百个人拥上去劫法场，乱哄哄的个个拼命，只要不死人，就算将裘大脚打残了也不要紧！"显然这个办法相对可行。奚园听后拍桌子站了起来，大着舌头说："亲、亲、亲人们听好了，就、就、就等着劫法场！到、到、到时候为奚家救人，不、不、不管谁受伤了，奚、奚、奚家都奉送大洋二十，残了，奚、奚、奚家奉送两亩良田！”见亲家为救他查某团马缨花不惜血本，马长溪老泪纵横，也拍了桌子站起来说：“伤了、残了，畲厝马家医药全包，另外赔补调养费大洋五块！”主意既定，事主奚园、马长溪吩咐各位负责发动三五个亲近，明后几日，自带家伙，在区公所邻近觇园待命。直到凌晨时分参详周密，百几十个查埔查某这才分散回家歇睏。

十四岁的奚麻要正在变声，她黑瘦的脸扭曲了，眼睛一眨不眨的，自暝昏开始，她每隔半个时辰就跑近区公所大门，声嘶力竭叫几声“阿妈”。第二日，丰浦四区的几个圩镇，药房、豆油庄及小卖店全部关门罢市。兜螺圩邻近区公所的街巷、住户，很快便无声无息地到处觇园着带家伙的查埔查某。面街经营的头家们，有不少精明的，便轮番跑到区公所门前大声喊冤：“裘区长大人，圩市全乱套了，区公所再不出来主持公道，生理没法做了！”然后转到死守门外的奚柏庐面前，说：“我不相信裘大脚敢动头家娘分毫！”回头也跟着把店铺关了。从大三山小三山前来赴圩的乡民，买卖不成，出山一趟不容易，也纷纷拥到区公所门前讨说法。

几乎与裘大脚接到丰浦警察局发来密函的同时，流了青清汗的裘大脚，发现他已经把保安队的二十条长枪和徒孙汤漏子给弄丢了。五六年前从郐市潜入鹞山崖，落脚乌石埔的邛康，竟是“共匪”头目！而他的徒孙汤漏子就是他的囝婿！裘大脚坐上由四个轿夫轮流抬他的过山轿，到处奔袭都扑了个空，他气急败坏把怒火射向与俎、邛、汤三家都有牵连的马缨花。当裘大脚被过山轿颠簸着抬进嘎山奚家时，他从未想过恬寂寂的“承安楼”竟会如此祥和，被五花大绑的马缨花一点也不见惊慌。那个抱住马缨花不肯松开，被掴得满嘴是血后踹翻在地的查某团奚麻要，她身材单薄，尖厉的哭声就像她的生命被撕裂，连滚带爬的，一直追赶在保安队后面。路过丫叉口，奚麻要跑到雾松庵，跪在蒲墩上祷告道：“座上的观音阿姑，我阿妈给坏人捆缚捉走了，你要保庇她平安，保庇她脱险回家！”返身跑到窑址上的坟堆前，也跪下磕头道：“缪老先生，刚才你也见到了，我阿妈给坏人捆缚捉走了！你交代的事，我阿妈还没做完哩，你可要想办法解救她啊！”说罢她又站起来追赶保安队去了。

裘大脚几次回头张望，原以为那个声嘶力竭的查某团奚麻要，被郝松掴嘴巴还重重踹了一脚，大概在丫叉口累吐血走不动了。谁想片刻后，裘大脚又看见她在哀号着踣倒滚爬中跟了上来。暝昏时分，接近在山地上掠走了一个白日的保安队个个困顿不堪，只知道不停有蹿前去给豆油庄、药房报信的乡民。见捆缚捉拿的是马缨花，途中撞着的乡民忘了手头功课和脚下的路，也忘了时近暗暝，竟一个个跟在末尾随行，队伍也时时在加大。裘大脚头皮发胀，紧绷的后背竟生生地抽了几个冷摆子。

裘大脚率保安队突然闯进原本安宁的“承安楼”，将马缨花五花大绑押走，一路上前拖后搡的，到了区公所，敨了捆缚，便带她走下一条狭窄的地道，当即关入土牢。土牢就在区公所灶间的地底下，与丫叉口缪先生住的窑洞差不多大小。即便是日时，从地道口木栅门透进来的光线也十分微弱。在暗暝昏黄的油灯下，土牢里除了放一口供便溺的粗桶，看见的就是地面上的一铺干稻草。一个保安队员送来水和米糜，等马缨花吃喝完，取走碗、钵头，临锁上木栅门时也把油灯给吹灭了，土牢转眼坠入黑暗。“邛家是外来户，底细没摸清楚你就保大媒，若有什么差错你哪应付得了？”在黑暗中马缨花想起查埔人奚柏庐说过的这句话。这个叫邛康的邛师傅居然是丰浦县红军独立营营长，还是党支部书记！马缨花为邛、俎、汤三家的联姻奔走出力，添油加醋的话题，早就在山地传开了。这次招来的祸端，岂是她推脱得了的。在干稻草上，马缨花坐也不是，蜷缩着躺也不是。刚挖掘不久的土牢，充满阴湿的泥腥。干稻草就像有无数虫子，让她厌畏、发痒还有浑身的烦躁。刚才吃的可能是半生不熟的水，没过多久就胀腹翻滚，马缨花摸索到粗桶上排泄，回头抓了小把干稻草抹拭了下谷道后又远远扔开，味道很快在土牢里发酵，臭膨膨的越来越为浓烈难闻，她只好把干稻草捥到地道口，铺在木栅门边，这才让她稍许好受一点。当年下体溃烂的花蕊与缪先生在窑洞同住，也不知是怎样一种让人难以忍耐的情形。此刻的马缨花真希望将她提到公堂上去拷问，也好让她透一口气，要死也死个痛快。可外头也不知道是怎么回事，似乎把土牢里的案犯给忘脑后了。若是按裘大脚在押送路上说的，不日即将她公审枪毙，就算土牢再难熬她也活不了几日了。至此马缨花也看开了。她已经活过三十五个年头，该风光的她风光了，该享的福她享了。她膝下细团成群，上有老下有小，终日辛苦操劳。她体贴人情凭良心做事，谈不上有什么跟人家过不去的地方，活着有人捧场，死了有人不舍有人感念，桩桩件件她都占全，没有什么可憾恨的了。以前除了睡觉，在黑暗中这样总结自己，马缨花是头一回。她想着想着就睡过去了，睡梦中她置身的竟是丫叉口的窑洞，缪先生就坐在眠床边守候她。听见缪先生说："缨花你能认可这个劫难，太难得了。"马缨花猛可里醒了，发现自己被关在黑暗冰冷的土牢。她记住缪先生说的话，眼泪簌簌流下，丝毫不知土牢外正在涌动的潜流。

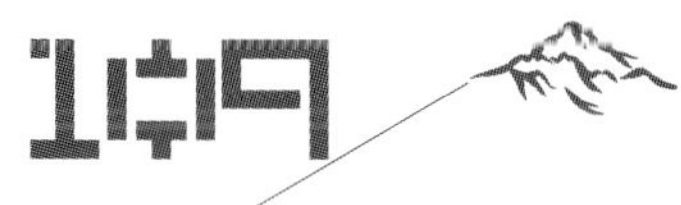

依"连坐法"，单捉拿一个马缨花，本来算轻的了，不想却在山地掀起了风暴。把马缨花关进土牢后，由徒弟郝松安排轮值，吩咐伙头多煮饭菜点心，别让几十个队员饿了腹肚。裘大脚觇园在大门顶上的暗哨，这才几个时辰，他便看见一批批前来求情、要求探监不成的人流，看见死守门外的大头家奚柏庐，还有那个蓬头垢面的查某团奚麻要。天气寒冻，反倒让裘大脚冒了一身的青清汗。就在这时，把守大门的队员收到由一个细团转交的一封匿名信，信封写的正是他裘大脚收。"听着：区公所一干人若敢动马缨花一根指头，区长裘大脚的爸母定将缺胳膊少腿！"在暗哨的灯光下，裘大脚读罢大惊，当下将驳壳枪递给徒弟，要郝松带两个队员，冒夜前往鹩山崖下的裘舍里，快速将他的爸母接到区公所。郝松几个赶到时，裘大脚爸母已被掳走，打听左邻右舍也无踪迹可寻，归程途中又被麻索绊倒，十几个壮汉一拥而上，夺下驳壳枪后便快速离去。回到区公所，郝松讲了经过。本想连夜拷问案犯的裘大脚，听后内心黯淡，与郝松一起灌闷酒，直到次日，他也还是满脑子的迷糊。时至日昼，裘大脚收到门外玩耍的另一个细团转交的第二封匿名信："裘大脚：若明日晌午前不见马缨花回到'承安楼'，你就到响廓山崖磡下给你爸母收尸吧！"裘大脚被匿名信惊醒，读罢肝肠寸断，哭道：“阿爸阿妈，后生不孝作孽，二老受连累了！”第三日凌晨五时，裘大脚去了土牢，带马缨花到饭厅。见马缨花对满桌饭菜不为所动，只好赔罪说：“裘某一时糊涂，错捉头家娘了。等天亮透，便放头家娘回嘎山。”马缨花说：“我替两对年轻人提亲做媒，见过乌石埔的邛师傅四五次，说的也就是寻常的几句话，别的我一概不知，他的额头上也没有贴‘共匪’二字，你裘区长凭什么认定我马缨花通匪？”裘大脚说：“情报有误，情报有误。世道难为，请头家娘原谅裘某这一次误断吧！”裘大脚态度逆转，此中定有缘由。马缨花闭目养神，不再开口说话。裘大脚仍不放心，独自一个走出区公所，对死守在门外的奚柏庐说：“盘查清楚了，发生在区公所的事件与头家娘并无牵连，天亮透就放她回家。裘某领教马缨花的厉害了，她在土牢里吃喝极少，刚才区公所的伙头煮了满桌饭菜，她连碰都不肯碰一下碗箸。这大冷天的，大头家去准备一碗热糜给你查某垫腹肚吧。”

天一敞亮，走出区公所的马缨花，看见门外放一具炭火烧得正旺的烘炉，奚麻要叫道：“阿妈快跨烘炉消除一下晦气！”马缨花迈过炉火，奚麻要从奚柏庐手上接过碗递给马缨花说：“阿妈，吃了这碗热糜，咱就回家！”“好你个奚麻要，你又要惹阿妈生气，都腌臜成毛猴子了！”马缨花几口嘬了那一碗蛋羹热糜。“又挨阿妈的骂了！”奚麻要竟是满脸受用的神气。奚柏庐已准备两顶过山轿在区公所外等着，说：“麻要随缨花你饿腹肚，几个日暝也没有什么吃喝。今日就破个例，也让她坐轿回去吧。”母女俩坐上过山轿要走的时候，看见裘大脚带了一队人马，后面还跟着两顶过山轿，往襄摇圩的方向一阵风似的抢前去了。

这日大早，保安队经襄摇圩、上肆溪口，搭渡秫婆溪，往响廓山攀爬砀窟潭上的石磴，绕行一面石壁，便见崖磡外挂着两套索兜。裘大脚

朝崖磡喊道：“索兜挂的可是阿爸阿妈？大脚来晚一步，害阿爸阿妈受苦了！”几个队员冲到磡顶，稳住缆索缓缓将索兜縋落。原来捆缚在索兜上的二老穿了棉袭、棉裤，又分别用棉被裹了个密实，只留嘴鼻喘气。可山上天寒风劲，二老还是给冻麻木了。等敨了捆缚，二老坐上过山轿，盖严了棉被，裘大脚这才咬牙跺脚道：“此仇不报非君子！”他老爸说：“不知天高地厚的东西，你跟甄子围好的不学，就学他的犟脾气！人家的功夫强你十倍不止，你还不懂得收心！”他老母说：“年轻二十岁，我和你阿爸搭手，看能不能和那个人拼个死活！”他老爸说：“大脚你也就是一介武夫，投靠官府从来就没有一个好下场的，你怎么就不懂这个道理？”他老母说：“爸母不用你管了，大脚你还是远走高飞吧，山地没有你的容身之地了，不走可就来不及了！”裘大脚听了，当即由郝松儿个护送过山轿，将爸母直接抬往裘舍里。裘大脚回到区公所，便有兜螺圩的一个老相识到所里告知他裘大脚：“我说裘区长，还好你及时把马缨花放了。要是你知道昨日区公所附近的街巷、住户，觇囥着几百个带家伙的查埔查某，看你还能不能吃得下饭、睡得着觉！”裘大脚说：“这话你为何不早说？”老相识说：“说得倒轻巧，你裘大脚当你的官，贪占够了就走人。让我得罪当地，我一家老小还要不要在兜螺圩活下去？”裘大脚听了不再言语，等老相识走后便研墨提笔写了辞呈，连同印鉴，当日差人送往丰浦县国民政府。后头与徒弟们敞开腹肚，酒肉饱餐了一顿，发足几个月的饷银，就把四区的人员遣散了。丢了枪，花了税捐，害怕被国民政府追究的裘大脚，关了区公所的门，带上徒弟郝松，叹一口气远走他乡去了。

马缨花毫发无损回到“承安楼”，半月时间还是不停有人前来看望她。马缨花虎口脱险，又在三山传了个遍。查埔的认为，几百个带家伙的查埔查某觇囥在区公所附近准备劫法场，裘大脚的狼子野心生生被那阵势吓破胆了。查某的觉得，幸亏奚麻要和邵红珠去拜了嘎山崖的雾松庵和丫叉口的缪先生，各显神通，裘大脚才会那样鬼使神差。邵红珠求到的签诗，事后便个个理喻得了其中的奥妙。马缨花抽空去了一趟襄摇圩，到大药房便拉扯马心云上楼说话。居室里就兄妹俩，马缨花说：“当时我被裘大脚关进土牢，不日公审问斩，阿兄为何还沉得住气，反而暗暝出急诊去了？”马心云说：“我就知道奚、马两家，瞒不过的只有小妹你。”马缨花说：“阿兄你第二日才去探监，还对柏庐说我福大命大，不用太过担心的话，是什么意思？”马心云说：“我当时一听缨花你被区公所抓了，正想去探监，便有人要我到小坑头看急诊。那人见我不肯，就说只要把他亲戚的病看好了，小妹缨花你自然也会没事。很明显话里有话，我也就跟他走了。到小坑头见到的正是那个叫邛康的邛师傅和汤漏子。真叫人不敢相信，这个邛康岂止是厉害！三山游击大队已改称独立营，营长就是邛康。作战勇敢的汤漏子也当上排长了。邛康说他连累小妹你了，不过独立营正在全力组织营救，要我耐心等几个时辰就有好消息。等到二更，果然有游击队员回来报告说，裘大脚的爸母已被捉拿到指定地点，裘大脚身上的驳壳枪也缴到手了。邛康听后松了一口气说，区公所一应枪支已悉数缴械，他让我放心，按计划小妹你后日顶晡就可以回家了。作为交换条件，游击队自然也不会伤害裘大脚的爸母。邛康要我不动声色回嘎山稳住阵脚，这才有了对你查埔人说小妹你福大命大的话。”马缨花说：“难怪裘大脚会对我发那善心！”马心云说：“刚才的话事关各方的身家性命，小妹你对此要严加保密，就连你查埔人也不许透露半点风声！”“这话还用得着你说！”马缨花默不作声回到嘎山奚家，让此中秘密埋在内心深处。

过几个月县政府又派了个游姓官员赴任四区。游区长带两个短枪随从，所收税捐仅为原来三成。平时也不强征，谁缴纳谁拖欠，但到月尾都会在区公所门外例行张榜公布一次。他身着长衫，轻摇折扇，像个读书人，喜欢四处串门，走走看看。商户见他友善，税捐也低，推脱拖欠的反而极少。风平浪静过了几个月，也不晓得是谁在塔尖山鞍的“小姑亭”题了一副对联，再次把清水搅浑：

有山有水有田有地有庙有亭，却不及那畲厝一弱女子！

无法无天无德无行无仁无义，谁曾想是嘎山大好家庭？

题这样一副对联显然不安好心。嘎山奚家除了“老鼠事件”，并没有什么明显的劣迹让乡民们特别记恨，却不知为何会有人下笔作了这样的评判。有人猜测出自姓游的区长之手。若果真是他，这个斯文书生也太狠毒了。凑巧的是，奚园正好猝死在此期间的一个暗暝，这副对联也就无形中成了一道诅咒。奚园是长期病号，他留了遗嘱要效仿缪百寻，就在丫叉口汤家小瓦厝的旧址上给他筑个坟堆，方便他在阴间随时和缪百寻一起吃茶闲谈。嘎山奚家遵从遗嘱简便殡葬，很快就入土为安了。筑完坟堆奚家人这才明白，汤家小瓦厝的旧址不但看得见缪先生的墓，同时也看得见雾松庵。马长溪为刚过世的亲家着想，出资给过山亭涂了一遍漆，总算把墨迹掩盖了。可那副对联的字眼却在山地口口相传，时不时就会让嘎山奚家感到有一种说不出来的憋屈。

111 三山风云

四五年前，中共丰浦县委根据省临委指示，把所属工农武装整编为工农红军丰浦县独立营和特务营。独立营由邛康任营长，为了保存实力扩大革命成果，将队伍带进三山，与西北方向的郃市山区连成一片。民国二十六年抗战爆发，独立营改称人民抗日义勇军，民国二十七年年初又奉命改编为新四军第二支队四团一营，邛康任营长兼政委。半年后与香城临近的几个沿海地区已相继沦陷，不几日兜螺、襄摇两圩街巷，随时可见倒地不起的逃难人群。临街商铺的大小头家们能做的就是捐资搭了糜棚，唯愿他们别饿死在三山的地头上。不少十五到四十的查某，不管贫富、年纪，随便找个对象就嫁了，为的只是有个落脚处活命。一时间，家境贫寒的后生子、老光棍、死了查某的查埔团，都凭空掉下一个新妇来。可这种好事也没带来多少喜气。山地到处都是外来逃难的百姓，无论地多僻远都能感到国将不存的那种恐慌。

三山上的新四军奉命开赴抗日前线前夕，有个后生子找到嘎山奚家的马缨花说：“马阿姨，你有个相识希望能在丫叉口见一面！”马缨花赶到丫叉口快要坍塌的石墙草厝一看，是身穿便装的邛康、汤漏子爷俩。从阪陀岭上来的阿兄马心云也几乎同时到达。“缨花阿姨你好吗？”已是副连长的汤漏子说，“我后生汤保三岁了！”“看看，我都当上阿婆了！”见了故人，马缨花喜不自禁说，“怎么不把邛三和小汤保带过来给我看一眼！”“带细团奔走不太方便，只能等日后了。”邛康说，“队伍很快就要开拔，邛三、俎春他们也同时要转移驻地。”直到这时马缨花才对邛康说：“几年前若不是邛营长出手搭救，我早就变成裘大脚的刀下鬼了！”邛康说：“裘大脚在山地的影响力，与缨花你相比十不及一。就算当时没有独立营搭救，裘大脚也奈何不了你。”马心云说：“我想邛营长今日召见我和小妹缨花，肯定有什么要紧事才对。”邛康说：“实不相瞒，几年来上级党组织一直指示要在山地掀起‘打土豪、分田地’的农民运动。运动一旦开展，拥有大量田地的奚、马两家肯定首当其冲。但我很清楚奚、马两家是三山最重要的稳定力量之一，便以不利山地安定局面为由，向上级党组织打了调查研究报告，这才得到暂缓的批复。谁想小日本打进来了。眼下国难当头，奔赴前线的部队需要大量的粮食、枪支弹药和被褥、蠓罩、背包、面布等日常用品，党组织准备在山地发起一次支援抗战的大型募捐，不知道可不可以请兄妹俩带头帮个忙？”“国破家何在，看看逃难的人群就知道了。”马心云说，“邛营长放心，只要是华夏子孙，为抗战捐资义不容辞！”马缨花说：“邛营长有见识也看得远，奚、马两家该怎么做，邛营长心里一定有数，有什么话只管明说。”邛康说：“时间紧逼，短期发动自然效果不佳，奚、马两家若能低价出让大批良田，将所得悉数捐献，有了这样的带头，氛围就完全不一样了。”这事太大了，兄妹俩一时闷住，不知道怎么说好。邛康说：“形势危在旦夕，若香城直至丰浦再被日寇侵占，山地就会充塞逃难百姓，到时候就连树叶也会被啃光。”马心云拉了小妹缨花的手，将她带到缪先生的墓前，说：“小妹你平时最有主见，说说该怎么办才好？”“我觉得邛康说得对。”马缨花说，“就算日寇没有打进来，过后‘打土豪、分田地’了，那些田地同样不保，还不如带个头保家卫国来得理直气壮！”“四区区长就该小妹你来当！”马心云惊叹小妹一开口就能抓住要害。兄妹俩回到石墙草厝，马心云说，“想必邛营长你也看得出，田地一向是山地人家的心头肉，要出让捐献，这事比天都大。我和小妹这就各自回去与家人参详，最迟明早就会有结果。”“难得兄妹俩如此深明大义。”邛康说，“我随时派人到‘承安楼'和襄摇圩听候好消息！"

时至三更，奚、马两家发出家人一致通过的消息。隔天日昼，兜螺、襄摇两圩便到处有如下布告贴出："日寇铁蹄蹂躏我神州大地，民族危难，山河已然破碎，国将倾覆民岂有完卵乎？三山到处是外来难民、饿殍遍野即可见一斑！保家卫国，匹夫有责！今有嘎山奚家、畲厝马家深明大义，决定为抗日低价出让良田两百亩，将所得悉数捐献给抗战前线！有钱出钱，有力出力，愿社会各界争相效仿；从速认购奚、马两家良田者，亦算为抗战出一份力！无钱无力，吆喝鼓呼也算壮我声威！"据说这文绉绉的布告就出自丰浦四区的游区长之手。三山乡民多数文盲，这道布告反而极具渲染色彩。奚、马两家出让两百亩良田，只设下限，上不封顶，很快便被认购一空，共募得大洋一千三百多块。邛康带着新四军一营从兜螺圩列队出发时，当地无数乡民在路边摆上米酒、茶水，放鞭炮为队伍送行。队伍在邛康的口令下向后转，整齐朝三山乡民行了一个悲壮的军礼，再转身往前线进发。奚、马两家在山地的声望，在这一日达到顶峰。

112

几年间，马缨花不分亲疏贵贱为三山的乡民牵红线保大媒。缪百寻生前涉足过的圩镇街巷，村寨旮旯，她甚至走了多遍。看了双方家庭，见了要联姻的查埔查某，心中有了大概，经由马缨花嘴里说出各自的长短，双方都能接受，亲事就促成了。三山的乡民家家户户吃奚记豆油，除了放不下奚记豆油的滋味，还有的就是念着马缨花的好。马缨花为大后生奚松、二后生奚堂操办完婚事，发现三后生奚筐和养女奚麻要的岁数也不小了。长大的奚麻要后背稍许曲痀，外形有点瘪塌。可她由马缨花一手拉扯大，有关马缨花的各种传奇，几次身边都伴随她的身影，不少后生子因此觉得她挺好的。马缨花四十岁时，奚麻要十九岁。等央媒说项的正式上门提亲的时候，奚麻要一听，竟脸色大变，来人刚走她就病倒了。马缨花以为她碰巧着了恶痧。奚麻要说：“阿妈你别让人来提亲了，我一点也不想嫁！”“天底下哪有查某囝不想嫁个查埔人过日子的道理！”马缨花说，“再说趁阿妈年轻，还使得上力气为你准备嫁妆，多好的事啊！”奚麻要说：“我不想就是不想！我更不稀罕什么嫁妆！若是阿妈真要把我嫁了，我干脆死掉算了！”马缨花以为奚麻要在撒娇，便笑着依她说：“你不嫁更好，等你带大了几个小妹，接着再带大侄子，你就成老妈子了，到时候可别诬赖我这个当阿妈的偏心！”谁想过后几年奚麻要都怪象作祟，只要有人上门提亲，她便要大病一场。每次大病，症状都是噎食、心志丧失——也就是说她的灵魂出窍了：在不停噎食的同时，于她瘪塌的躯体上，似乎连一点生机也见不到了。奚麻要的病是让人无法可想的，神明不灵，药石失效，连马长溪、马心云爸囝俩也束手无策。眼见她大限将至，马缨花这才松口说：“好了好了，谁也别提要嫁麻要了！麻要想留在我身边，要我从小养老，那我就把她养成老姑婆好了！”这话一说出口，麻要早已吃力撑起，叫了声阿妈，深深依偎在马缨花的怀里，其身心转眼活泛开来，在很短的时间内恢复了健康。方圆数十里，谁都晓得嘎山奚家总要出些匪夷所思的事。奚麻要的好坏居然全在念想之间。对此琢磨久了，马心云得出的结论是，奚麻要大概是一个用生命表达意见的人，顺着她的心性便诸事好说，任何粗暴或强加，都等于要了她的命。奚麻要与马缨花似乎是前生便注定的缘分。只要在马缨花跟前，她便一百个顺从。要是换上他人，让她固执、忤逆起来，她就会不管不顾，别说支使她，能不能保住她的一条命都很难说。过后马缨花只好叹口气说：“麻要你可能是上辈子偷了阿妈三百两金子，现世投胎给阿妈当奴才来了。”奚麻要说：“阿妈你可能是前世吃穷了我家的山珍海味，投胎现世，辛苦把我养大还不行，还得把我养老！”

幸好有个奚麻要在身边。大新妇娶上门几个月就怀孕了。事又凑巧得很，四十一岁的马缨花要当阿嬷了，可她同时也要当自己腹肚里细囝的阿妈。奚麻要仿效阿妈操持家庭，在两个即将临盆的大肚查某中间忙个不停。马缨花拍着肚皮说：“真是没脸见人，就要当阿嬷的人了，还争着要当阿妈！”奚麻要说：“谁说的，这叫双喜临门，我当老姑的同时还当老姊，这种好事别说小三山，就是翻遍大三山也找不到！”马缨花说：“这一次当真要辛苦麻要你了！”奚麻要说：“有阿妈当靠山，阿妈的本事我已经学上三成，还有什么事不能应付？”马缨花说：“你身下的三个小妹由你使唤，需要指派姆婶、阿嫂做什么事，就传是我说的。”“只要阿妈在身边，什么事我都不怕。”奚麻要说，“别的不提，长辈一层，二叔公二姆婆对阿妈只有感激和顺从；就说大伯的两个后生新妇，哪一个不是阿妈看大、给他们娶某生团的？”马缨花说：“好你个麻要，好的不学，倒记着抓人家的把柄！”奚麻要说：“阿妈你可生气不得，当心腹肚里的细团踢你！”奚麻要的话成谶了，话音未落便听她阿妈说腹肚隐隐作痛。偏在这时大新妇也喊腹肚里有动静了，为了稳妥麻要急忙派两个后生子去畲厝请阿祥。两个后生子急出办法来，竟用鸡公车快速将阿祥推到“承安楼”。阿祥见奚家婆媳的腹肚同时痛得大呼小叫，哈哈笑道：“老的不羞小的不让，争着要生团，倒省了我不少事！”马缨花说：“阿祥你再说风凉话，我只好憋着不好意思生了！”阿祥急了：“我的姑奶奶别不讲理，你都生第六胎了，生团跟落一脬屎差不多！你大新妇可是头胎，要踘力撑开产门，比掏心摘肺还痛，你可要省点时间给她！”阿祥说完两头奔忙，还好老少顺利，马缨花生下的是查某婴；又过几个时辰，大新妇给她生下的是查埔孙。马缨花内心欢喜，只在眠床上消停十几日，就下眠床服侍大新妇坐月子。奚麻要急了，看住她不让流汗、沾冷水，看住她吃下足量的粒饭、鸡酒。除了饲奶，马缨花干脆把查某婴塞给麻要，她自己则喜滋滋地带孙子去了。大新妇不养奶，奚麻要时不时看见她阿妈躲一边去，偷偷地撩起衫裾掏出奶来饲孙子。抱着小妹的奚麻要不免要时时嘀咕：“天呐，这阿妈当得也太偏心了！”

二新妇迟迟没有身孕倒让马缨花歇了一口气。只是两年后马缨花怀上第七胎时，她便把自己给吓坏了。马缨花与大新妇、二新妇竟同时怀孕！两年前查某团、孙子同时出世，已传为三山一带的美谈。世所罕见，奚家一窝查某居然挺大腹肚争着要生团！这一次马缨花可算把脸给丢大了。就连侄子马登承远赴香城，跟“敦仁大药房”大头家郇杞怀留洋的后生郇叔如学医，她也没赶去畲厝送行。马缨花打了退堂鼓，准备堕胎。“奚家又不是养不起，人丁兴旺有什么不好！”好心性的奚柏庐第一次对马缨花发火。畲厝娘家更是个个反对，堕胎损身体，也有违阴骘。奚麻要暗暗得意，总算把阿妈腹肚里的细囝保住了。也就是前后几日，年已花甲的阿祥一直往“承安楼”跑，红包没少拿，可也把她给累趴了。马缨花与大新妇生的是查某婴，二新妇又给她添了一个孙子。前后几年，奚家大房一口气添了二男三女，热闹杂乱没得说，把奚家的七八个查某忙得够呛，就连那个一心念佛的当了嬷太的蒲叶，也不时要搭手抱一抱细囝。奚家在外做生理的查埔囝们，既盼着回家看新生细囝，可回家片刻便把眼看花，心烦意乱的只想走开。奚麻要几乎不怎么睡觉，她瘪塌的身形居然没有被拖垮。这段时间若有人要央请马缨花提亲说媒，体贴的乡民都会自觉来几个查某为奚家的细囝们饲食、洗汰，摒扫楼内楼外；来的若是后生子，便下地帮忙耕作。

113

邛康带领几百个新四军，奔赴抗日前线后就听不到有任何消息。四五年过去了，日寇终是没有打进香城的地界。但三山照样乱得不行。小股游击队时有行动，却不知道觋囥在何处。苛捐杂税名目繁多，圩市已凋敝得不行了。国民党丰浦县政府撤三区为兜螺乡，区公所变成乡公所。游区长调走了，乡长竟是卷土重来的裘大脚。还配备了一个排的乡兵，排长还是裘大脚的徒弟郝松。这个时期的三山，土匪、国军随处可见，清剿、捉拿、拷打、枪毙成了经常听到的字眼。细囝们不停被突然响起的枪声吓哭。嘎山、畲厝两地除了棍棒还买了枪支，双方约定消息，一旦遇险就派人跑到浃溪的水碓房敲响铜锣，另一方的几十个武力就会片刻间赶来救援。民国三十三年初春，连日阴雨绵绵，还不时夹杂着雪花。不少贫困家庭的老货，撑不住极寒天气，暗暝蜷缩在发硬的棉襀里，次日一看就死翘翘了。七八十户人家低价买进奚、马两家出让的良田，在为奚、马两家的壮举深为感激的同时，也借此勉强度过了几个最为难熬的年头。

某个雨暝的三更时分，奚家族人通过哨眼的详细盘查，“承安楼”厚实的大门打开了。来人包裹严密，要求见的人是马缨花。摘下箬笠棕蓑一看，竟是腰佩驳壳枪的邛三和俎春！马缨花既意外又吃惊：“天呐，谁会想到是你俩！”说完赶快让奚麻要下灶间给她俩弄吃的热乎身子。邛三说：“我阿爸率部队赶赴前线，留我二兄带领游击小队，保护老小军属转移到郤市靠近砬山崖的内山。有一次与民团遭遇战，我二兄中弹牺牲了。”俎春说：“根据上级指示，我们又悄悄潜回杈口坪。眼下邛三是杈口坪这支游击小队的队长。我跟小姑子学拳头、认字，也能放枪，战斗时不怕死冲锋在前，也当上副队长了。”见邛三、俎春一口气吃了几碗肉丝热糜，过的是什么日子可想而知。“也不知道这是什么年头，让两个查某团练成了雄赳赳的铁汉子！”马缨花说，“还当了游击小队的队长、副队长，这不明摆着要管一个山头的吃喝吗？”虽然马缨花说得有点外道，把游击队看作一个家庭。可经她这么一说，俎春的眼圈就红了。马缨花说：“邛三你说说，已经好几年了，有没有你阿爸的消息？”邛三说：“我阿爸带的是正规军，一日奔袭百里地都属寻常，也可能是相隔太远，也可能是战事太紧……再说游击小队老是转移驻地，与当地党组织也经常失去联系，更别说得到我阿爸的消息了。”马缨花听后叹了一口气，说：“俎春你有细囝了吗？”俎春说：“细囝叫邛山，度晬过了。”马缨花说：“身边有了细囝，活着就有盼头。”邛三说：“一下子添了几十号人，又是青黄不接的季节，杈口坪就快断口粮了。这次三更半暝登门，就是想缨花阿姨能不能设法借给一批粮食，游击小队会留下借条，日后时机允许自会悉数归还。缨花阿姨为三山的革命已做过很大的贡献，按说不能再麻烦你了，可这一次也是不得已。杈口坪上多是老小，上级指示不能擅自行动。”“说的是什么话，还留借条！就是为了汤保、邛山那两个小孙子有饭吃，我也要出一把力气！”马缨花想了想，接着说，“要不这样吧，卓老耇死后，他在上肆溪口的房子转过几手，最近被豆油庄盘下了，两日后邛三你派个精明的后生子下山来接手这家豆制品店，暗中为杈口坪中转粮食，——有个长期打算，总比你时时担心要好多了。”邛三含泪说：“我就知道，只有找缨花阿姨才能真正解决问题！”俎春说：“我没想到缨花阿姨会有这样高的觉悟！”马缨花说：“我这不叫觉悟。我做事是看一个人对不对，人对了，他做的事就对。看看那个裘大脚，当了区长、当了乡长，可他还是裘大脚，只晓得恶霸乡里！”说到裘大脚，邛三、俎春就觉得她俩该走了。要是走漏风声，裘大脚肯定不会放过马缨花。马缨花也不再留人，往包袱里塞了糕点、咸肉膟，要邛三、俎春带上山给汤保、邛山那两个小孙子吃。这个暗暝的嘎山，在几声犬吠声中，望着邛三、俎春的身影消失在漆黑的阴雨天里，马缨花不由悲从中来，也不明白这是什么世道，寻常的查埔团也做不到，却要两个查某团三更半暝地去冒这样的艰险！

114

小日本无条件投降，抗战胜利的消息传到三山，人流从山地四处聚拢到兜螺、襄摇、上肆溪口、三旗门几个圩镇，在沸腾的欢呼声中，管弦锣鼓甚至脚桶面盆能响的，都拿到街面上去吹拉敲打，杂货店的鞭炮、天地炮免费奉送，拿到场地上点放一空。远在香城的改良戏班，自发下乡义演临时改编的抗战剧目，由乡公所供其吃住，在兜螺圩连演三场，看得乡民们大呼过瘾。马缨花听说邛三、俎春带后生汤保、邛山在襄摇圩出现过，还听说那个起初叫邛师傅的邛康，左臂被炸飞了，肩胛骨里还停留一颗子弹，他身经数十战，立功多次，是个响当当的抗日英雄，已当上新四军第二支队四团政治处主任。抗战胜利了，也有喜忧参半的，当初从沦陷区逃难到三山的查埔查某，查埔的一甩手就想走人了，毕竟故乡是平洋城市，亲人、故旧都在那一头；查某的已有查埔人、细囝、家庭，一想到要走，撕心裂肺的，两头都割舍不下，眼睛流的便是血而不是泪了。

谁料欢庆也好忧愁也好，不几日内战爆发，三山的气氛又骤然紧张起来。几个月后，乡公所强征邻近几家店铺充当驻防营房，配备一个连的武力，隶属国民党丰浦县自卫大队，有特派员和县税捐稽征处的科长随行，在三山的四个圩镇设立烟、茶、木料等大宗特产附加国教基金捐税，另外收取每人头五斤每间店铺五十斤的劳师大米；周边地方民团分批到乡公所接受正规集训，随时集结兵力准备清剿三山地区的匪患“基点村”和游击队。原以为可以喘一口气，指望过上安生日子的山地乡民，转眼情形大变，遭受拳打脚踢事小，稍有不从，则冠以“串通共匪”之名大肆烧杀抢。由于叛徒出卖，只有八九户的小坑头基点村被放火烧毁，来不及转移的地下党、家属及无辜民众十余口死在枪弹之下。“凯旋”路上见到的家禽牲畜都成了清剿队的战利品，带回乡公所宰杀，摆宴庆功。狂吞滥饮后，挎枪的一伙人敲开附近店铺的门，派单索要劳师酒肉；衫裤不整的一伙人闯入“管升班”，见到花间查某便分头捕捉，顿时遍地是惨叫声。一番忘形发泄，留下身后凄厉的悲啼，这才拎着裤腰兴尽离去。见乡公所仓库里堆满了从各个圩镇、村寨搜刮来的粮食，特别是“奚记豆油庄”的黄豆和头抽豆油、红封腐乳瓮子，以及“畲厝大药房”的珍贵药品，当年裘大脚在区长任上的憋屈，总算在这个暗暝透出一口恶气！

民国三十七年九月，解放军丰浦县独立大队在三山成立，邛三是第一小队长。两个月后的中旬，五路民团悄悄向兜螺圩乡公所集结。而在此前几个时辰，汤漏子率解放军闽粤赣边总队闽南支队尖刀连，绕行砬山崖，爬过大莽山鞍，到牤牯岭与独立大队汇合，在浃溪、阪陀岭和兜螺圩陈兵设伏。邛三带精干小队潜入嘎山奚家“承安楼”。预先得到消息的马缨花，一边派几个后生子送粒饭肉菜到浃溪和阪陀岭，关大门前把散居楼外的奚家族人全部接入“承安楼”，一边吩咐奚麻要与小妹们一道，打开二楼三楼的所有房门，保证圆楼内环廊道的通畅。马缨花与姆婶、姑嫂们挑水、挑沙将楼门上的水柜、沙柜灌满，一旦楼门被火攻就放水、放沙灭火。邛三布置战士守候二楼的三角望眼和三楼的窗口，架枪准备作战。

这个暗暝是个天寒地冻的北风天，一轮满月升上山头，山地洒满了冰凉的清辉。乡公所留裘大脚与十来个民团队员驻守，郝松带一个排和一路民团到上肆溪口的渡口，意欲阻断从杈口坪和鹩山崖方向赶来救援的游击队。自卫连长和特派员率两个排和三路民团前往嘎山，分一路民团把守红娘桥，迎击从畲厝马家赶来的救援，集中两个排两路民团的兵力将奚家的“承安楼”团团围住。摆定架势后，在一齐点亮火把的亮堂里，对准楼门的几十步外，赫然出现 门小型山地炮。特派员举起一支马口铁喇叭，扯开喉咙喊道：“楼里的人听着：‘承安楼’已被包围，大炮正对着楼门，限一刻钟内将串通‘共匪’的要犯马缨花交给国军，事便完结！否则的话一旦开炮攻楼，必定楼毁人亡，后悔可就晚了！”马缨花对邛三说：“怎么办，没想到国民党兵还带了一门大炮！”“缨花阿姨不怕，看我的！”邛三要过战士的步枪，架在窗口上瞄准，一扣扳机几十步外的炮手应声倒下。邛三又喊了声“打”，架在窗口、望眼上的几十条步枪一齐射击，一口气撂倒对方七八个。自卫连长命令趴在地上的兵丁熄灭火把，正要发起进攻，便见一个民团队员自丫叉口方向飞奔而至：“报告连长、特派员，乡公所被一股不明来历的共军猛烈围攻，已经撑不住了，裘乡长请求回师救援！”就在这时，身后响起了解放军尖刀连的冲锋号，队伍顿时大乱，仓皇往来路撤退。邛三所带小队集中了投降的兵丁，命令他们将伤亡的兵丁和山地炮抬往兜螺圩。自卫队与民团跑到阪陀岭，被紧随其后的解放军与伏兵合力夹击，早已溃不成军，到襄摇圩与郝松的队伍汇合后，刚走上秫婆溪的徛梁桥，后头追兵赶到，于此同时发觉对岸的火光中，也有一批人马架着两挺机枪堵住去路。这下自卫队与民团只有哭爹喊娘的份儿了，置身进退两难的绝地，不少兵丁干脆丢弃枪支、火把，抱着头跪地投降。

原来乡公所很快被攻破，企图逃跑的裘大脚死于乱枪射杀。解放军将缴械投降的民团队员暂时关进土牢，留四个看守，其余战士迅速转战秫婆溪桥头，给溃败回师的自卫队与民团以迎头痛击。

除几个潜逃外，这一役歼敌过百，击毙乡长裘大脚、排长郝松，俘虏自卫连长、特派员及兵丁两百多个。缴获枪支动弹药无数，并于次日开仓济贫。至此三山成了香城大地第一个解放区。“管升班”被取缔，花间查某们被遣散回家。因“管升班”和乡公所连在一起，改建后成了中共丰浦县委机关临时驻地。

115 马缨花

幸亏邛三得到情报，裘大脚企图以配备精良的自卫连加上五路民团，约定中旬月夜围攻嘎山奚家的“承安楼”，捉拿马缨花当人质，引诱独立大队下山，一举端掉三山的“共匪”主力。邛三犟脾气上来了，星夜赶往郐市向上级求援，这才有了后来提前解放三山地区的周密作战计划。解放军闽南支队派熟悉地形的汤漏子带尖刀连与邛三并肩作战。为了确保奚家族人特别是马缨花的安全，邛三来到“承安楼”，与外围的汤漏子默契配合，将主战场引向鈥婆溪的徛梁桥。“缨花阿姨不怕，看我的！”邛三硬是了得，她要过战士的步枪，架在窗口上瞄准，一扣扳机几十步外的炮手便应声倒下。马缨花大为惊叹，经过十几年来的摸爬滚打，刚认识时的急躁与顽皮不见了，如今的邛三就像铁打的，已是一个开枪就能将敌人击倒的神枪手！

时至月底，汤漏子带了一帮人来“承安楼”看望马缨花。“缨花阿姨！”汤漏子、邛三、俎春三个，束腰皮带驳壳枪、绑腿胶鞋，都是精气神十足的军人装束，齐刷刷地给马缨花敬了一个军礼。身后站着两个好奇的少年，晃摆一只空袖管、年已花甲的郧小妍更显瘦小，走近前恭恭敬敬说：“头家娘，汤家连累你了！”马缨花抓住郧小妍的一只手说：

"你看眼前漏子、邛三还有俎春的能耐，汤、邛两家都出了抗日英雄，一个裘大脚翻不了天！"汤漏子将两个少年推到马缨花面前说："汤保、邛山快叫阿嬷！"这下可不得了，眼前这两个俊朗的少年就是马缨花经常叨念的汤保、邛山："十几年了，直到今日才见到你俩——都长成当年的漏子、邛二了！"俎春说："若不是缨花阿姨，哪有今日的汤保、邛山，快叫阿嬷！"两个少年终于羞涩地叫了一声。马缨花说："俎春，你阿爸阿妈身体还好吗？"邛三替俎春答道："二老精力旺盛，还一直为部队当后勤哩。"奚麻要见各人对她阿妈除了恭敬就是亲热，赶快泡了大碗茶，捧糕点分给客人吃。"麻要小妹你有多好啊，可以天天陪在缨花阿姨的身边！"俎春说，"我在三山听最多的就是缨花阿姨的故事，故事里头也有不少地方会提到麻要小妹你！""几个阿兄、阿姊这么出息，看把我阿妈高兴的！"奚麻要赶快移到郧小妍身边，说，"只是小妍姆子要跟着奔波，可就要受苦受累了。"

"麻要小妹就你体贴我阿妈，我听邛三、俎春说，每次行军、转移她都吃不消，她就特别想念丫叉口，特别想念浃溪的水碓房。"汤漏子说，"我今日带一家人来看望缨花阿姨，另有一件事我考虑很久，觉得还是麻烦缨花阿姨最可靠。"马缨花说："漏子你有话快说，我听着哩！""我想在水碓房边上建一所学校，就叫嘎山小学。我将报请上级同意，尖刀连有一对叫戴乐如、沈虹的翁某是读书人，抽调过来当先生，先生的薪金和课本由新政府供给。部队里和汤保、邛山一样的细团有十几个，再不入学就超龄了，我想将他们留下来和畲厝马家、嘎山奚家的细团们一起读这所学校，由我阿妈为先生和十几个细团煮饭、洗汰。"汤漏子说，"学校选择建在水碓房边上，浃溪是畲厝马家、嘎山奚家的中心地带，两边细团上学方便；新式学校男女平等，畲厝、嘎山风气纯正，有利细团们的成长；还有解放军虽然将敌人打败，防范意识却不能无，反动势力特别是邻近的民团随时都有可能捣鬼、反扑，万一有个紧急，缨花阿姨你就快速把先生、细团们接入'承安楼'暂避，至少可以为解放军到来争取点时间。"郧小妍怕马缨花有想法，抢先说："我家漏子生了后生、当上老爸就知道重视读书了。当年头家娘看缪先生的面子供他在奚家学堂读书，他就知道懒尸贪耍！"汤漏子说："我还不是用了才知道，当初不懂事没有好好读书认字，如今后悔也晚了！”马缨花说：“这有什么可顾虑的，对奚家、马家都是天大的好事呀！”汤漏子说：“要建校舍、添置桌椅，要给留下的细团打床铺，多半年时间又浪费了！”马缨花说：“也就打个地平，垒一半石墙，往上再垒一半土墼墙，前后留三个大窗，葺个草盖厝顶，一间大课室就起来了。随建的平房住厝、灶间，半月二十日也差不多了。垒墙的石块就在浃溪取用，土墼、木料由嘎山、畲厝两地各户摊派；将奚、马学堂里原有的桌椅一应搬来足够了。再说有了木料，要给先生、细团们打七八架床铺还不容易？”汤漏子一听，说：“邛三，我想拥抱一下缨花阿姨！”邛三说：“你叫她阿妈，我就让你拥抱。”汤漏子回想起小时候觑囥在花轿里，偎依在马缨花怀里的情景，于是紧紧拥抱一下马缨花说：“缨花阿妈！”马缨花说：“没想到漏子都当大官了，还是怕邛三。”汤漏子说：“打仗时邛三听我指挥，在家里我还是打不过她。”“这样好，这样才是查埔团大丈夫。”马缨花说罢，拉住郧小妍的手说：“认漏子、邛三当后生新妇，这阿嬷可不能白当，我得给汤保、邛山俩孙子放红包才行！”这一日马缨花取出来的竟是两块大洋，在汤保、邛山的手上各压上一块说：“汤保、邛山就要上学了，做一身新衫裤，好好读书，将来比你阿爸有出息！”汤漏子说：“很快就要解放全中国、建立新政权了，部队半年前开始要求战士既能打胜仗，又会搞建设。这下好了，尖刀连要在三山休整半个月，正好拉过来修建学校！”马缨花说：“放心吧，学校建成，有我和你阿妈照看着，汤保、邛山就留下来与我的大孙子，还有三查某团一起上学，保准他俩日后是个顶呱呱的后生子！”

说话间，灶间那边喊开饭了，马缨花招待了客人一顿美味饭菜，汤漏子一行这才告辞去爬石坎路往兜螺圩走。到了丫叉口，石墙草厝倒塌了，五个来到旧窑址的墓前，郧小妍跪了下来，磕头说：“缪先生，你先前跟我阿爸说过漏子长大会当大官，你说的话如今显谶，今日替我老爸拜谢你来了！”汤保问道：“阿爸，我阿嬷的阿爸是谁？”“就是我的外公啊，他在浃溪那边看护水碓房，死后埋在水碓房附近的荒地里了。”汤漏子指着石墙草厝和坟堆说，“从前你阿公、阿嬷就在这间草厝结婚，生下我。我和你阿妈也是在这间草厝结婚后才离开。一直照顾我们汤家的，除了你那个缨花阿嬷，还有睡在这坟堆里的缪老先生。”“想想这嘎山，到底有多神奇啊！”邛三将身后几个引到雾松庵，说，“当年我二兄到这座庙里拜了这尊观音阿姊，掣签请缪老先生开解，这才有了后来缨花阿姨的出场，才有了后来汤、邛、俎三家的姻缘，说起来这缪老先生就跟神仙似的，未卜先知哩！”郧小妍流着泪对孙子说：“那时候我才六岁，还住在郧头沟，第一次见到缪先生，就觉得他特别可亲！后来他把郧家带出山来，要不你阿嬷早就被野兽吃了，尸骨不存了！”大人的话让两个少年家摸不着头脑。汤漏子说：“这些故事说来话长。汤保、邛山你俩过不久就要在嘎山小学读书，过后再慢慢了解。”

从部队抽调来的翁某俩绘制了图纸，要建造的校舍坐北朝南，泥水匠校了方位，在水碓房对岸的“红娘桥”桥头，指定各人的功课后就忙开了。马缨花安排族内的姆婶、查某囝煮饭、烧茶送水。解放军尖刀连分成两拨，由连长汤漏子及指导员轮流带队，加上泥水匠和当地奚、马族人，每日投入七十五个以上的劳力。马缨花将奚、马两家的执事叫到一起，提前登记各户捐献的土墼、木料数目，打了地平后，各家各户均按登记的数目自行送达。拿不出土墼、木料的人家，负责割茅草、收集、曝晒。浃溪里适用的石块，用络索、杠子抬上溪墘。几日间，工地上便堆满了建材，进度比预期快得多。

马缨花每日去一趟工地。远远见了，汤漏子就对众人说：“缨花阿妈来了！”有战士说：“汤连长真幸福，阿妈又年轻又漂亮！”汤漏子说：“当年她出嫁时的漂亮和气派，你是没见着，活把三山乡民都看傻眼了。最难得的是，她还没有富家小姐的脾气，为家庭、为乡民、为山地的革命日暝操心奔走，三山百姓都敬佩她，没有一个不服气的。”连指导员说：“他娘的汤漏子，见阿姊漂亮就认作阿妈，那个带汤保、邛山的老娘可怎么办才好？”战士们在三山一段时间，马缨花的故事听得多了。其中一个说:“指导员这样说可就小气了，人家连长心里装的，一个生养他的阿妈，一个是支持他革命的阿妈，阿妈不一样不行吗？”“我这不是眼红汤连长有那样的缨花阿妈吗？”指导员说，“这个马大姊不简单，她心中没有革命信念，偏她可以几次为革命豁出命去，从容得就像过平常日子一样！”等马缨花到了，不少战士会立正敬礼，随汤连长叫她一声“缨花阿妈好”，外来泥水匠会恭恭敬敬招呼她一声“头家娘来了”，指导员说:“我一定要称呼头家娘为马大姊，这样汤连长就被我压低一辈，看他还敢不敢在我面前摆谱！”“依我看各位是拿我这个老太婆逗开心了。”马缨花被充满活力和成效的工地所感染，那些战士力往一处使，眼里没有困难的乐观，一直让马缨花心生向往。

谁想这一日马缨花从工地回到恬寂寂的“承安楼”，不知道为什么，总觉得楼里空荡荡的，与以往大不相同。马缨花内心隐隐不安，上下巡查一遍，这才大吃一惊意识到，原来是大家蒲叶不见了。就连心细如发的奚麻要也说:“刚刚还看她坐在那里捻着佛珠，咋就不见了呢？”马缨花知道，麻要所说的“刚刚还看她坐在那里捻着佛珠”，实际只是奚家上下对大家蒲叶一惯的印象，当不得真的。自马缨花嫁进奚家，大家蒲叶就双睫低垂，手里捻着佛珠，口味清淡吃得很少，日常基本上处于静默状态。她置身事外，心无挂碍的，奚家老少都不去烦扰她，时间久了，她就渐渐变成一个可以忽略的存在了。奇怪的是这样一个可以忽略的存在，“承安楼”里一旦见不到她的身影，竟一下子变得空空荡荡的。向来沉稳有度的马缨花手忙脚乱的，立即派人赶往襄摇、兜螺两地的豆油庄通知大伯奚柏衍、查埔人奚柏庐。身边的八九个查某又反复几次四底下分头寻找。平时最有主见的马缨花，这一日她却感到自己的头脑有点不管用。若是缪先生还活着就好了，说不定他掐算一下就会有结果，至少他也会在你惶乱时给个指点。还好在这关口上想到缪先生，马缨花激灵了一下，当即叫上奚麻要，快步往丫叉口爬石坎路去了。母女俩到了嘎山崖的雾松庵，当真看到大家蒲叶趺坐观音座前的香案下面。这一日的蒲叶大姆，一身梳洗清气素洁，双睫低垂，佛珠就挂在她胸前合十的手上，已然坐化了。人在临终前，一般气血已衰，却不知道已七十五岁高龄的蒲叶大姆，用的是什么力道爬上石坎路来到雾松庵的。“麻要你这就到丫叉口，把你大伯、阿爸拦到这里来！”马缨花接着双手合十对逝者说：“大家你一心向佛修成正果了，我绝不会让谁冲撞了你。”

二叔奚和二姆子取彩随后赶到，叫声“大嫂”就要上前，马缨花拦住他俩，说：“大家过世了。你看她一脸安详的，切不可随便去惊动她。”话音未落，奚柏衍、奚柏庐兄弟赶到，也是一声“阿妈”便要上前，马缨花同样拦住他俩说：“阿妈过世了。可你看她自在满足的面容，要我说她是跑到雾松庵得道成佛来了。”兄弟俩心神稍定，正如马缨花说的，老母蒲叶如同得了道，是一副圆寂的法相。嘎山奚家上了辈分的，从不曾有谁到雾松庵跪拜过。这一日六个人，有叫“大嫂”的，有叫“阿妈”的，面朝香案下面的蒲叶大姆跪下。却不知从何处刮来一阵大风，卷起座上观音的霞帔，将面部遮盖了。各人见了赶快起立，风当即远去，霞帔就又款款落回观音的肩背上。这样的一番情景，更是让在场所有人暗暗惊奇。马缨花说：“我小时候听阿公说过，像阿妈这样无疾而终、形体坐化的，生前功业要十分清修才做得到，佛家一般会采取‘瓮棺葬’，来保证她夙愿的圆满。”

有悟性的，觉得大半生斋戒向佛的蒲叶大姆，清静的雾松庵的确是她的归宿之地。可堂堂嘎山奚家的老祖嬷，就这样不声不响作古了，亲朋戚友私下会怎样议论？心存俗念的想，蒲叶大姆用最后一口气跑到嘎山崖雾松庵，非但能与查某团奚寄奴做伴，与墓地在丫叉口汤家旧址上的查埔人奚园也近可相守；身在山顶既可以时时看护山下的团孙后代，还可远望她出走多年的三后生奚柏生，说不定哪天回来，她远远就看到了。若轻率按乡俗做出改变，只怕悖逆她老人家的初衷。这一日嘎山奚家能主事的都在场，一时间个个犯难，就连马缨花也不知如何是好，倒是奚麻要替她出了一个主意，说：“要不到缪先生墓前跋杯开解，又在阿嬷面前跋杯证实，意愿遵从，事情就顺当了。”依这样的说法，留取彩与麻要在雾松庵守护，另四个来到缪先生的坟前，马缨花合掌凝神，倡言道：“缪先生在天有灵，嘎山奚家的祖嬷今日来到雾松庵坐地仙逝，是一副得道圆寂的法相。奚家后辈担心违背她老人家的心愿，到底是依佛家的‘瓮棺葬’好，还是依乡俗拜祭风光大葬好，我跋杯两次作前后准证，请缪先生给一个开解！”马缨花用雾松庵带过来的竹筊，跋了两次，前是阴阳圣杯，后是全阳笑卦。四个几步转回雾松庵，马缨花在大家蒲叶面前跪下，倡言道：“奚家祖嬷心魂所在，前头请缪先生开解，是依佛家的‘瓮棺葬’，嬷祖[1]若同意请示圣杯。”跋了杯，果然是显谶的阴阳合卦。有了定夺，奚家人松了一口气。当下点上长明灯，安排轮流守护，由奚喜带着伙计雇了船只，直奔香城的南山寺延请师太、选购陶制瓮棺。七日后，免去所有丧葬礼俗，奚家上下淋浴更衣后来到嘎山崖，想流泪的也只哽咽着不让哭出声来，注视师太指示奚柏衍、奚柏庐，依坐化时的形状，将蒲叶大姆抱进陶瓮，随即填充了木炭、石灰、香料后弇上瓮盖。在雾松庵右侧，内灰泥外青砖砌了一座坛台，将瓮棺密封其中。这时师太说了声“天地开泰”，让奚柏衍抽掉坛台侧壁的一根细绳，原来这根细绳内通瓮棺，是为灵魂出入留一个孔窍。奚家后辈这才供奉花果，在无声无息中跪下磕头。几百个赶来参加葬礼的，也只是站一旁默默观礼，最后鞠躬一个默哀。至此“瓮棺葬”仪式便告完毕。

以往长辈亡故，繁复的丧葬过后，还要守孝拜饭，忌“七”哭祭，平时没有笑容、没有喜庆节日，穿灰旧衫裤，直到三年除丧，孝男孝女个个都哭丧着脸。蒲叶大姆佛道升天，倒给了家人极大的简便，“瓮棺葬”一完，往“承安楼”走下石坎路，竟看不到谁灰头土脸，也感觉不到谁心怀悽戚。奚麻要悄悄对马缨花说：“阿妈你的想法总跟人家不一样，事情做下来又合情合理的，哪个也不敢不服你！”马缨花说：“还不是你这个小鬼头出的主意！”

117

嘎山小学的校舍提前建成。平整了活动场地，在灶间打了一口加盖的水井，校园四周砌了围墙，在围墙内留了活动场地、开了菜园。过完年，转眼到了春季开学时间，不想汤漏子、邛三连夜赶往“承安楼”，只带来老母郧小妍，细团汤保和邛山。“缨花阿妈保重！”邛三抢先拥抱了

① 嬷祖：曾祖母。

马缨花，偏过头来对汤漏子说，“不准你拥抱缨花阿妈！”马缨花说：“好你个邛三，漏子都当尖刀连的连长了，你还欺负他！”邛三说：“谁让他明明睡在我身边，梦里喊的还是‘缨花阿妈’！”“邛三你别无理取闹，”汤漏子讪讪笑了一下，对马缨花说，“形势发展很快，部队和县委机关明日就开赴觋山，马上就要解放丰浦全境了，家属都想带上细团随部队转移。只有我阿妈和汤保、邛山不想走，要留在嘎山。没有办法，又要让缨花阿妈你受累了。”马缨花说：“累什么呀，不是还有你阿妈和先生吗？”汤漏子用力拥抱她一下，不再说什么，就与邛三匆匆回驻地去了。

中共丰浦县委机关临时驻地，换上了三山区人民政府的牌子。隔日解放军闽南支队、独立大队、丰浦临时县委及家属一起开拔走了。

据说汤漏子、邛三翁某俩为了报答小三山特别是马缨花的恩情，奔走争取，报上级批准的领导又恰好是邛康书记，特许喜欢上嘎山的戴乐如、沈虹翁某俩转业，带着年幼的细团戴少钦，留下来当嘎山小学的教书先生。戴乐如教国语、体育、画画，沈虹教算术、音乐、手工，一概新式课程。上课放学几声清亮的铜钟，朗朗的读书声，从嘎山与畲厝交界那所叫嘎山小学的地方传来。马缨花叫来奚、马两边的执事，与戴乐如、沈虹、郧小妍约定，遇上什么紧急情况，只要敲响一连串急促的钟声，奚、马族人就会快速赶到。平时马缨花与奚麻要母女俩，也常常有意无意跑到校园的围墙外聆听先生讲课、学生答题，还有课间的嬉闹。与旧学堂不同，先生不用戒尺，与细团们打成一片。戴乐如、沈虹翁某俩拥有此前山地见不到的丰富学识，比如自力更生、解放全中国、无产者、男女平等之类，细团们每日都带着新观念回“承安楼”，先生不叫先生叫老师，连孙子也称呼查某团为“同学”，而不是以前的小阿姑，都让马缨花觉得新鲜有趣。建了学校，新政权选派先生，还提供薪金送课本，奚、马两地乡民十分荣耀，平时会让自家细团随手为先生捎带少许蔬菜、柴火，逢年过节送点米粿糕饼。戴乐如、沈虹翁某俩经常带汤保、邛山、戴少钦到畲厝、嘎山家访。到了“承安楼”，叽叽喳喳的细团围住先生，沈虹抚摸着细团的头说：“这嘎山真是个好所在，细团们又健康又活泼！”戴乐如对马缨花说：“我敢保证，几十年后这小三山定会人才辈出！”马缨花听了十分受用，说：“戴先生、沈先生了不起哩！”

113

正如汤漏子说的，形势发展太快了。半年后丰浦县军事管制委员会成立。九月中旬独立大队接管县城，丰浦全境解放。月底首批南下干部数十人抵达丰浦，重新组建中共丰浦县委员会。十月一日，全县各界人民集会、游行，热烈庆祝中华人民共和国成立。几日后丰浦县人民政府成立，邛康任县长。各地废除保甲制，建立区、乡人民政府，县独立大队整编为军分区丰浦县警备营。随即县政府举行公审大会，枪决一批罪大恶极的要犯。成立县剿匪指挥部，由警备营、县大队、区中队指战员和民兵组成一支几千人的剿匪队伍。翌年秋天，第一批土改工作队进驻几个区乡实行土地改革试点工作。

三山区以畲厝、嘎山作“土改”试点，工作开展十分顺当，为抗战捐资时奚、马两家卖掉两百亩良田，各家各户的田亩基本均衡，“土改”只需登记理顺就结束了。以至划分家庭成分时，别说地主，连富农都没有。在外做生理的，为工商业者。也有当医生的，被定为自由职业者。奚、马两家的广阔山地，拥有期间并无营利，只是为了看护水土保持，连入册登记都不用，交给区山林管理委员会，看管山地的奚和、取彩翁某还能领到部分补贴。马缨花不禁暗暗感激当时那个叫邛师傅的邛康，还好他目光高远，救了奚、马两家，还让奚、马两家留下好名声！

一九五一年七月底，三山区派人到嘎山“承安楼”，送来一份盖有丰浦县委组织部大红印章的通知，马缨花经相关部门核准，被推举为三山区妇女代表，要她参加八月五至十日丰浦县第一次妇女代表大会。马缨花把奚家临时交给养女奚麻要料理，四日天刚亮便赶到兜螺圩，与区妇女主席吕佩芝一起戴上大红花，区政府敲锣打鼓地将她俩送上了乌篷船。路上吕佩芝说：“马大姊你好大的面子，上级说是提议，其实是直接指定你为三山区妇女代表！”马缨花说：“吕主席说笑话了，我一个大门不出二门不迈的查某能有什么面子？”吕佩芝说：“到三山区工作后我才知道，好可怜哦，我这个妇女主席，说话、做事的影响力还不及你马大姊的三分之一哩！”“看吕主席你这话说的，成心让我马缨花无地自容了！”身形壮硕的吕佩芝大大咧咧的，马缨花对她谈不上喜欢也谈不上不喜欢。船家一听她就是马缨花，顿时来精神说：“我后生老大不小的了，哪一天也请马大姊去提亲保个大媒，不知道肯还是不肯？”马缨花说：“这要看你家在哪里，出了三山地界，对方又不认得我，就算我去了也没有用啊。”“那就太可惜了。”看来船家是外地人，心情当即失落。马缨花说：“要是你后生看中的对象在三山区，说不定我就能帮上说话了。”船家听了马缨花体贴人情的话，心里舒服，途经打碚湾、嗥头墩、砚山各处，了解和听说的，都经他的嘴作了简略的介绍。顺流加上专程，暝昏前船靠岸后，吕佩芝熟门熟路的，径直带马缨花到县招待所报到。安排她俩住的202房间，内有两张整洁的床铺，圆式吊顶的蠓罩。吕佩芝说：“半月前我来开预备会时，组织部长说，革命胜利了，为广大妇女争取到平等的权利，这也是伟大的成果之一！”马缨花点头感叹说：“我第一次出这么远的门，又是陌生又是新鲜的，情形就像在做梦！”放下包袱，两个带脸盆、面布下楼，在院子里打井水洗完脸，就到一楼的大众餐厅吃饭。餐厅里有十五六张圆桌，每桌凑足八个人，服务员就送上一坩粒饭和菜头汤、咸菜竹笋、红烧肉、清蒸溪鱼四样菜。有认识的相互间点头招呼一下，感觉个个像主人，盛了饭便实实在在吃着，三两下就吃饱了。恰在这时招待所的查某团在餐厅外喊道：“哪位叫马缨花？有人在202房间找你！”

两个跑到二楼一看，吕佩芝抢先叫道：“原来是邛队长！”马缨花说：“邛三，你怎么知道我来县城开会？”“缨花阿妈光荣赴会，我敢不知道吗？”邛三说，“我阿爸他总是忙得走不开，只好委托我来看望他的缨花小妹；漏子执行任务去了，他‘命令’我要在缨花阿妈开会之余，带你去踅街路看县城！”“马大姊你知道吗，邛队长的老爸就是那个邛康县长！”吕佩芝已经激动得不行了，说，“不过想想马大姊认识邛县长也不奇怪，他在三山地区打过游击哩！”邛三说：“这位吕同志，我想借你的舍友出去散散步谈谈心，你同意吗？”“马大姊难得来一趟县城，正好一边谈心一边带她到处看看。我呢，各区乡都来妇女代表，我去会会姊妹们。”吕佩芝本想一起去踅街路看县城，见邛三有意支开她，只好将她俩送出招待所。路上邛三从马缨花的口中听了汤保、邛山在嘎山读书的情形，说：“戴乐如、沈虹翁某俩就是当先生的料！”“旧学堂太古板了。”马缨花说，“翁某俩上的课又生动又实用，适合细囝们的心性，都喜欢得不得了！”邛三带马缨花来到丰浦廊桥，站在钟亭与哨唇口之间的廊桥上环顾四周，视野的繁复有让人招架不住的感觉。身下滚雷般激荡的伏壶河水，即便大热天也同样浸漫蒸凉的雾息。邛三说：“每次站在廊桥上，看着身下发源于三山的伏壶河，总要想得很多很多。”马缨花说：“邛三你可是没说的，有那么多难忘的经历可以回忆。”邛三笑了：“是啊，有点文化的人就会成天挂在嘴边，标榜那些经历是血与火的洗礼！”过桥走入哨唇口，是挤满各色经营的三角街。马缨花欣喜地看到几家食杂店都销售来自三山的奚记豆油。回头走西南向，是河房街一溜吊脚楼下的十九渡。船往下再走一段，是伏壶河与九龙江合流处的高佬洲，还有高佬洲上的姜太公庙。时时处处都能见到热闹走动的人流，江面上的风和流水声灌满了过往人流的身心，让人体会到大地方的喧嚣与容纳。马缨花说：“当初认识邛家，也就是乌石埔孤零零一家外来户，谁想得到你老爸会是今日的邛县长？那个爱逞强的邛三会是邛队长？”邛三说：“那时候我阿爸已经干了十几年的革命。我两个阿兄都是共产党员。可长年累月枪林弹雨的，又居无定所，也不知道革命还要坚持多久，我阿爸担心耽误我二兄的婚姻，幸亏有一个热心的缨妈阿妈肯帮大忙。否则的话，我两个阿兄都牺牲了，哪来一个接替邛家香火的邛山侄子！”这样一说，两个查某的眼帘便又扑闪了泪花。

因明早要开会，邛三怕累着缨花阿妈，走了一个多时辰就将她送回招待所。吕佩芝当真会朋友去了，房间里见不到她的人影。“俎春转地方工作了。她也一样要来开妇代会。”临走时邛三说，“明日开完会的暝昏，由俎春的爸母作陪，我和俎春要好好设宴款待一次缨花阿妈！”“凭什么落下我一个人？邛三你这想法有偏见！”就在这时202房间进来一个穿中山装、空着一条袖管的查埔团。“邛县长不是已经委托我了吗，怎么又有时间来看望你的缨花小妹了？”邛三说着赶快退后稳住马缨花。“看来缨花小妹是认不出我是谁了。”邛康的精神状态不错，可他晃着一条空袖管，一张几次受伤的脸已变形得厉害，样子的确有点吓人。紧紧握过手后，马缨花说：“一个县几十万人，我想也知道邛县长会忙成什么样子，你还费心来看望我，真是过意不去！”“在缨花小妹面前，我可不是什么邛县长，我还是乌石埔那个邛师傅！”邛康说，“于公于私，看望进城开会的缨花小妹，都是我邛康今日最重要的一件事。”“话虽这么说，只是邛县长大事小事千头万绪的，可千万别累坏了身体。”马缨花这边说了，又转头对邛三说，“邛三你可淘气不得，你阿爸多不容易啊，你要多费点心思照顾好他才行！”“邛三你听见了吗，缨花阿妈要你多费点心思照顾我！”邛康哈哈大笑说，“这一趟我真没白来，得了尚方宝剑了！”邛三说：“你都当县老爷了，身边有通讯员，有开车的师傅，还惦记着我干吗？”邛康说：“共产党人哪能当县老爷，倒是自家的查某囝孝敬老爸这一条没有禁止！”邛三说：“再说了，谁不忙，我还是警备营一名副连长呢！”邛康说：“缨花小妹看见了吧，我邛康现在有多可怜啊，要是不上食堂，我只能到姐春家、到漏子家蹭饭了。”马缨花正要开口，站在门外已有一段时间的吕佩芝忍不住了，走进房间对邛康说：“邛县长你好！我叫吕佩芝，和马大姊一起来自三山区，同住这个房间。”邛康跟她握了握手说：“小吕同志你好，你这位马大姊头次出远门，一路上让你多费心了。”吕佩芝说：“为妇代会代表服务应该的，请邛县长放心！”“不影响你俩歇睏了。有什么困难，有什么需要就向会议组反映，他们都会妥善解决。这个暗暝要养足精神，你俩明日开的是丰浦县有史以来第一个妇女会议，可一定要开好才行！”邛康说罢，与查某囝邛三离开招待所，一前一后走了。

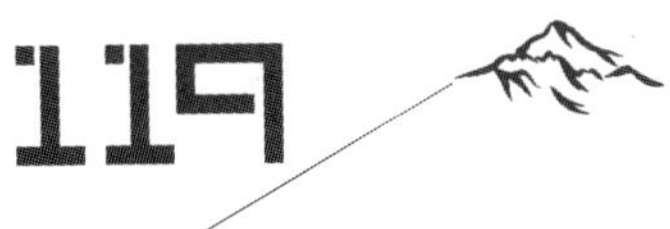

妇代会就在招待所百几十步外的大礼堂召开。会场挂“丰浦县第一次妇女代表大会”的红布条幅，在鞭炮、锣鼓声中代表们列队入场，主席

台上的领导站起来鼓掌欢迎。俎春眼尖，走过来紧挨着马缨花坐下，“缨花阿姨！”在这种场合重逢，俎春的喜悦溢于言表，抓住马缨花的手久久不想松开。马缨花说：“正找你呢。昨晚邛三说了，你也要来开这个会！”“还好我记住缨花阿姨的话，用心跟邛三认字，”俎春指着礼堂四周的墙壁对马缨花说，“要不进了城我就成睁眼瞎了！”“团结全国各阶层各民族妇女大众！”“废除对妇女的一切封建传统习俗！”“保护妇女权益、儿童福利！”“实现男女平等、妇女解放！”马缨花看了会场里张贴的标语，全是给世间查某撑腰的话，让人看了既解气又有点担心。马缨花说：“俎春没想到吧，你都进城当上市民了！”俎春将缨花阿姨的手拉过去，贴在她的胸口上说：“以前我哪敢想啊！”

会议开始时全体起立唱了国歌。坐主席台中间的除了邛康县长，还有来自香城地区的一个女领导。邛康简单介绍了共产党成立后妇女解放运动的历史，以及在各个阶段妇女组织发挥的作用，还有成立丰浦县妇女民主联合会的重要性。女性，女同志，男同志，强调了俗语说的“妇女是半边天”，以及新中国的妇女就应该勇敢地站出来反对男权，争取、捍卫妇女平等权利等字眼，都出自那位上级女领导之口。马缨花不时瞅一眼主席台上的几个“男同志”，觉得他们脸色如常，也没有什么不高兴的。这时邛康和几位男性，还有那位上级女领导先行离席走了，主席台重新调整了座位，也就跟着鼓掌了好几回。俎春小声对马缨花说：“这次会议，就选举坐主席台中间那个女的当妇女民主联合会主席。”接下来，会议主持开始以姓氏笔画为序介绍妇女代表的来历，念过几个丁姓王姓之后，马缨花就听到念到她了：“马缨花，女，汉族，现年四十九岁，三山区嘎山人。她虽然只是一个普通家庭妇女，但她不为利益所动，有较高的阶级觉悟，肯替当地穷苦百姓着想、奔走，在三山区享有相当高的威望。在残酷的革命战争时期，她多次冒着家族被株连、个人被杀头的危险，掩护过当地党组织、驻扎在三山的新四军、游击队，以及革命家属，多批次为游击队组织提供物资。为此她坐过反动势力的土牢，她所在的‘承安楼’曾遭到国民党军和民团炮火的围攻。抗日战争爆发后，马缨花发动婆家、娘家，卖掉全部两百亩良田，所得款项全部捐献给奔赴抗日前线的新四军……”俎春提醒她站起来给大家点头致意时，得到与会两百个妇女代表的热烈鼓掌。马缨花坐下来时，正好介绍到吕佩芝，竟只有简短的一两句话。她有点放心不下，小声对俎春说：“我真的像台上说所的那么好吗？”俎春说：“台上说的只是个大概。若是让我俎春来介绍缨花阿姨的话，就怕日连暝也说不完了！”

妇女代表中，有部门领导，有战斗英雄，有知识分子，有行业带头人，普通的家庭妇女却如此光彩夺目的只有马缨花一个。过后的几日会议，马缨花成了各位妇女代表心目中的英雄，称她是“我们的马大姊”。

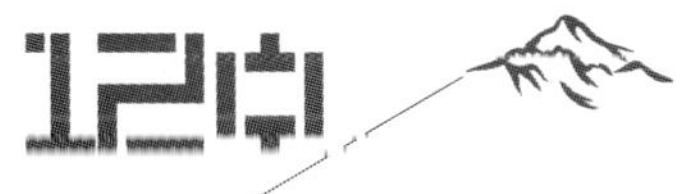

后生奚堂雇船沿途放货，马缨花开完会的这个暗暝，奚堂就住在丰浦县城，知道老母想家了，回程特意不安排载货，次日寅时便将老母和吕佩芝接上船。赶这样的大早，还有三个老货到埠头送行，放船上的是两大包礼物。马缨花往埠头方向喊道：“邛县长、俎春爸母，保重！”其时天还是黑的，船头挂着马灯，船在晃着微弱光影的水面上前行。吕佩芝说：“马大姊，邛县长看你就像看亲小妹一样！”马缨花说：“邛县长是个讲情分的人。其实我以前拢共也就见过他几次，连熟悉都谈不上。”吕佩芝说：“马大姊你真不简单，我在三山区工作才几个月，听到你的故事比谁都多，还一个比一个神奇，真叫人不敢相信，那些故事居然会发生在你身上！”

奚堂准备了不少水果、零食，时不时地剥去皮壳、包裹，递给阿妈、吕佩芝和船家吃着消遣。三个船家两把桨，从县城到觋山这段路水势平缓，便轮流替手。过觋山天已敞亮，船家便收了桨，三个都换竹篙撑船。水流湍急时，又时时甩索套给岸边拉纤的助力牵引，使上溯的船一路前行。除了靠岸解手，点心、午顿、吃水都在船上，船走两头黑，戌时末便赶到兜螺圩。吕佩芝顾自回区公所去了，奚堂胸前背后挂两个大包，带阿妈到“奚记豆油庄”。马缨花拭完脸，奚堂引她上了三楼居室，见阿兄马心云和查埔人奚柏庐正在吃茶，说："舅子、妹夫俩在嘀咕啥？"奚柏庐起身揭开八仙桌上的筛盖说："你阿兄专门赶来给新政权的大红人接风洗尘哩！"马缨花见桌上有她爱吃的蜂蜜豆花、米糜、白斩鸡五六样可口饭菜，身边是她的至亲阿兄、查埔人和后生，坐下来就拿调羹舀着吃了。马心云说："缨花你倒好，坐了十五六个时辰的船，还精神饱满。""世道翻新了，百七八十个查某叽叽喳喳的，兴奋得不得了，我也给感染了，好几个暗暝都不怎么睡觉。"马缨花将五六天来的经历讲了一遍。马心云说;"听说邛康读香城师范时就是地下党，他带头组织罢课、上街游行、造香城官府的反。官府要捉拿他，他就跑到郐市打游击去了。"马缨花说："邛康浑身是伤，要是不熟悉的见到他，会被他吓得不轻。""山区也大不一样了。年头全县集中枪决了十几二十个地主恶霸、匪特分子，乡民分到田地，过几个月又出现了农业生产互助组。还有代耕队，帮忙劳力欠缺的军烈属耕种。"奚柏庐说，"听说不久后马家的大药房，奚家的豆油庄也都要改造——怕只怕一改造就全搞没了。"马缨花说："开完会的暗暝，邛三和俎春办了一桌酒菜宴请我。正要动箸，邛三和俎春接到紧急通知，换了服装就走了，剩下邛康和俎春爸母与我一起吃。我问邛康过后'畲厝大药房'和'奚记豆油庄'怎么办，他说新时代的历史趋势不可逆转，一定要配合当地政府执行中央政策。"马心云说："缨花你怎么看待邛康说的话？"马缨花说："我觉得邛康说得对。别的不说，眼下山地不见土匪民间没有地主恶霸，不管是三山区还是县城的百姓，个个扬眉吐气的，看得出来新政权很得民心。"话说至此，马心云和奚柏庐算是得到答案了。奚柏庐说："缨花你这五六日的会真没有白开。"

翌日天未透亮，奚麻要就到兜螺圩迎接阿妈来了。马缨花说："麻要你赶这大早的，也不怕被狼叼走了。"奚麻要说："这太平世界朗朗乾坤，谁敢胡来！"经过襄摇圩时，马缨花顺道去看望老爸马长溪。马缨花说了到县城开会的见闻，她阿爸除了颔首微笑，目光里有的就是对她的疼爱了。马缨花的内心忽撞了一下，她阿爸言语极少，跟当年的阿公相像，已是多一事不如少一事的耄耋之年。到了丫叉口，马缨花站在旧窑址的墓前，默默给缪先生上了一炷香，这才往山脚下的"承安楼"走去。

121

回到“承安楼”，赶上做午顿。放学回来的细囝们，叫阿妈的，叫阿嬷的，叫姆子的，叫姆婆的，争着来亲近马缨花。她与奚麻要将礼物各项，对半分为两份，一份发给吵吵闹闹的细囝们。另一份又打了包，加上各种奚家豆制品，和奚麻要一起送往嘎山小学。放学了，校园清静下来，戴乐如、沈虹翕某，郧小妍和细囝汤保、邛山、戴少钦，正围着一张桌吃饭。细囝们见是县城长辈送来的礼物，便争着去翻看，挑喜欢的往嘴里送。为不影响先生午间歇睏，只简单说了几句话，马缨花便和奚麻要告辞走了。

在“承安楼”里，从午顿开始到初夜，自有小的捧茶、捶背，老老少少都缠着要听马缨花的见闻，让马缨花兴奋的心情一时也平静不下来。暝昏时浸了脚，便呵欠连连，也就及早歇睏了。谁想过了四五个时辰，蓦地从浃溪校园的方向传来一阵钟声，在恬寂寂的暗暝，显得既急促而又刺耳。出大事了！睏眠中被惊醒的马缨花跑到楼埕中央，朝整座“承安楼”喊道：“浃溪那边的小学出大事了，大人都拿家伙一起去救援！”回头吩咐奚麻要：“你关紧楼门，别让细囝乱跑！”片刻间楼内楼外六七十个，加上畲厝方向的五六十个查埔查某，形成夹攻的阵势，各人扁担、锄头、劈草刀，举着火把，叫喊着往小学校园冲过去。

原来沈虹腹肚闹腾，半暝起夜，在朦胧的天光下，看见几道正在攀爬墙头的黑影，没多想便拉响了钟声。听见砰砰砰的几道枪响，院门已被撞开，慌乱间戴乐如朝外轰的放了一门鸟铳，很快又听见嘎山、畲厝两拨来人的呼喊声。也不知道是哪路土匪还是民团的残余，见占不到什么便宜，就放弃报复计划仓皇逃走了。沈虹救了查埔人、郧小妍和三个细囝，她自己却中了敌人三枪，倒在血泊中牺牲了。戴乐如、戴少钦爸囝俩抱头大哭，随后赶到的细囝们见了也放声大哭。郧小妍用她仅有的一条手臂，将汤保、邛山搂在怀里，可她仍然控制不住发抖。马缨花赶快派人去区政府报告。五个全副武装的侦察员连夜前来，来去的路径、脚印追踪、沿途调查、子弹的型号，任何蛛丝马迹都不放过。几日后奚、马两姓乡亲为沈虹举办了新式墓葬，墓与学园只有七八丈距离，戴乐如、戴少钦爸团俩只在胳膊上系了白布条，与数十个学生一起站在墓前给沈虹默哀。

让奚、马两姓人感动的是，办毕葬礼的第二日，就又从嘎山小学传来了钟声和读书声，戴乐如忍住巨大的悲痛担负起数十个学生的所有课程。这一日，三山区派人悄悄将马缨花请到兜螺圩的区政府。马缨花在区政府办公室意外地见到身穿军装的汤漏子。“暗暝偷袭嘎山小学的九个匪徒已全部捉拿归案。他们是几年前围攻‘承安楼’时，败走到稣婆溪后潜逃的那帮人，其中有五个是裘大脚的徒弟。在剿匪形势的威慑下无处觋园了，就来这么一个垂死的反扑！”眼前的汤漏子，是丰浦县剿匪前线的大队长。马缨花说：“事情有了结果，戴老师也会好过一点。”汤漏子说：“还有一个好消息：你侄子马登承到香城‘敦仁大药房’学医，新中国成立后他成了香城地区医院的内科医生。为了组建县医院，他从香城调回丰浦。马登承中西兼修，和你当年的阿兄一样，年纪轻轻医术便十分了得，我敢说不出几年院长就是他当的了。”“这对我阿爸、兄嫂可真是个好消息！”马缨花说，“可惜我在县城没有见到他。”汤漏子说：“你侄子离家多年，十分想念阿公、爸母，还有你这个阿姑，可他太忙了，一时抽不开身，便央我替他先带个消息。”马缨花说：“我打小就看好这个侄子，不想他还真的很争气！”汤漏子说：“我阿妈和细团们都还好吧？”马缨花说：“嘎山小学被偷袭，你阿妈和三个细团都受到不小的惊吓。我真担心要是再出现什么歹徒来这么一下子，有个三长两短怎么办？沈虹老师牺牲了，损失够大的了。漏子你真该把你阿妈和汤保、邛山带到县城。县城我也去过了，大地方的环境肯定比嘎山要好得多。”汤漏子说：“好吧，邛三的阿爸，还有俎春的爸母年纪都大了，也时常在叨念汤保、邛山，过两日我就把他们带走。”说话间，有人敲了办公室的门，一个后生子被推搡着跌撞进来。被捆缚的后生子抬头见马缨花在场，当即哭道：“缨花姆子，救我！”马缨花说：“觉得有点面熟，可我真想不起你是谁了。”后生子说：“我叫石海。你的同姒石阿弇是我的亲阿姑。”原来这个叫石海的后生子，是同姒石阿弇的侄子。汤漏子说：“这家伙是几日前偷袭嘎山小学的从犯。”石海说：“我只是收了钱，暗暝撑船将他们送到秋婆溪和浃溪的交界处。”汤漏子说：“本来要将这家伙和匪徒一起押往县城的，审问时说和缨花阿妈你是亲戚，我这才请你过来辨认一下。”马缨花叹道：“我同姒的阿爸石羹又老实又本分，怎么会有你这样的孙子？”后生子说：“我知道这样做犯法，是他们用枪逼迫我的……”

两日后，肃清三山区匪患的汤漏子，到嘎山和缨花阿妈告别。年已花甲的郧小妍失声大哭，她要汤保给缨花阿嬷跪下，说：“我知道这一去我是回不来了，央求头家娘每年清明能给丫叉口的缪先生、浃溪边上我阿爸祭扫一下。”“放心吧，祭扫缪先生、你阿爸，就算你没交代也是我会做的事。”马缨花说，“眼下你亲家邛康是县长，你家漏子是剿匪大队长，这次带你去县城，是享福呐！”郧小妍还是止不住泪流，说：“我的福分，在浃溪水碓房、在丫叉口草厝享完了，日后只求别让我提心吊胆就行了。”汤漏子说：“缨花阿妈，记住一旦有什么事就到县城找我！”“外头大世面，人多事杂，漏子你也要小心。”马缨花突然想起现如今邛康身上挂的也是一条空袖管，便又交代了一句，“邛三犟脾气，你更要懂得疼爱她。”汤漏子一一点头后，带上他阿妈和细团汤保、邛山一起回县城去了。戴乐如与后生戴少钦要扎根嘎山，留了下来陪已长眠地下的沈老师。

几个月后，沈虹被追认为烈士。

122 郇、尹两家

当初要马登承赴香城学医，实是郇家要挑个年纪相仿、可靠好学的人选，伴随留洋回来却不谙世事人情的后辈郇叔如。郇叔如出身香城郇家，还留了洋，岂是等闲人才可比的？嘎山畲厝马家不肯，坚持要执以拜师入室之礼，大不了多少的郇叔如也就成了马登承传道授业解惑的师父了。马登承远赴香城多年，除了三五个月一封信，便是“畲厝大药房”谁到香城进药时去看望他一眼。带回来的消息，都说他在香城郇家“敦仁大药房”学医，是如何甘之如饴痴迷其中的情形，还发宏愿说要心无旁骛在“敦仁大药房”学医十年！他与师父郇叔如的年纪相差也就七八岁，却在信中称之为师尊，可见其恭敬。侄子马登承的心劲，正是马缨花喜欢的。这一日意外听说他调回丰浦县医院了，马缨花想着这个年纪的马登承一定长得体面、意态饱满、目光炯炯的，说话爱露风头，无论何事都有他可以旁征博引的一套话题，他见地标异，心里头执念新式，只是当医生好像不该是他这个样子，相比之下他的阿公和阿爸一下子就萎暗糟老多了。马缨花之所以有这样想，源于不久前她看到一本有关他师父郇叔如故事。据说这个新式的故事由一个感恩郇家医德的读书人整理，还印成小册子在市面分发，在香城地面广为流传。故事里郇叔如与那个奇异的查某团尹双芊从相知相恋到珠联璧合，感人至深，听起来就像发生在国外。看了这个在短时间内就流传到小三山的浪漫曲折故事，加上汤漏子带回的消息，马缨花相信离家多年的马登承，一定是大不一样的了。

据时间推测，那是马登承赴香城郇家学医两年后，也就是一九四五年深秋的一日，香城银钩胡同的“钓月居”大厝来了一个叫齐干的人。这个人马褂长衫、毛呢礼帽，戴美式墨镜，修八字胡，胸前口袋垂挂德国怀表，拄暹罗拐棍，一副从大地方武装回来的派头。迎他进门的查某团尹双芊年纪不小了，她打理自己的依旧是“文明新装”，脑后盘空心髻，前额梳燕尾式刘海，穿高领衫袄、黑色长裙，一双温柔大眼，容貌端庄温蔼。见了故人，她也没有波澜惊起。

这个齐干，他的出现和十年前的消失一样让人意外。

反手关了那座老宅的门，齐干走在前头，径直去了西厢房。事隔多年也还是旧相识，走进不事奢华的香闺雅阁，就又像回到十年前的光景了。齐干拥抱了尹双芊，接着又吻了她的手背，是把持着一番风度的。尹双芊说：“齐先生别来无恙？”“戎马倥偬，一言难尽。”齐干一边应着，一边情怀涌动：尹双芊果然十年不变，在等他齐干的到来。尹双芊说：“抗战胜利了，你在外面打拼了十年，眼下是什么来头？”齐干扶了扶墨镜说：“小小一个香城专署副专员，都不好意思说了。”尹双芊侧身敛衽行礼说：“原来是父母官驾临，双芊有失远迎，得罪了！”

一个行走官场，虚情假式，久经风月场所，以灯红酒绿、迎来送往为能事。一个是纯情素怀、闺秀风范依存的深宅淑女。齐干目光热辣，尹双芊思绪万千，蒸发了十年的人，一朝从天而降，试问这是不是梦？尹双芊正这样想着，便觉大腿边上有一只像蜘蛛扒网的手，她的裙脚正一点一点往上缩起，感觉那只手就从缩起的裙底伸进来了。——唐突而又贪婪，这大概就不是梦了。尹双芊说："先前的齐先生彬彬有礼，可不是今日这样子！"齐千说："你我远隔万水千山，相自守望了十余载，今日一见之下，我情难自禁矣！"尹双芊说："远隔了万水千山，又是漫长的十年，你难道不觉得这界限已是逾越不得的？"齐千说："年少无知轻别离，眼下双芊你已是三十女郎，但情怀如我所期；不像我这个浮浪子弟，混到四十仍居无定所，还不晓得根在何处，此番双芊你再不收留我，我齐千就又要四方飘零的了！"可恨齐千那只吃准她的手一刻不停，还是不依不饶地得寸进尺。

所幸彼此烛照度过这十年光阴的，另有一个叫郇叔如的西医。郇叔如身材瘦削，面容苍白，曾留洋读医，因性情孤僻，回香城不入"敦仁大药房"，另立门户开了一家"叔如诊所"。十年前齐千不告而别，尹双芊天塌地陷，僵尸一般流连病榻之上。郇尹两家是世交，郇叔如受远在外地当官的尹双权之托，前往银钩胡同"钓月居"大厝诊治尹双芊小姐。

那时候的"钓月居"大厝死沉一片。当老爸的尹思源瘫痪在床，缚小脚的老太太吃斋念佛不问世事，都是死活不离故土的主。二后生尹双元旅欧求学，敌不住洋小姐的羁绊，定居意大利。尹宅上下能吆喝又拍得了板的，也就只有查某囝尹双芊一个了。还好大后生尹双权是国民党高官，地方岂敢怠慢，尹宅应有的门面自能保全。郇叔如对尹双芊心仪多年，但依他的性情，有的也只是内里煎熬、隔岸相望的份儿。但这一回不同的了，这一回是冠冕堂皇的医患关系。郇叔如离开诊所，叫了人力车，不多时便到银钩胡同的"钓月居"。敲开大厝的门，由老家奴骆石引路前行，往西厢的香闺直奔而来。

西厢是个雅致清气的去处。室内薰了香草，纱门窗把蠓虫摒挡在外。郇叔如性情孤僻，却是逛过西方世界的。他道了一声"双芊，叔如看你来了"。见床上尹双芊不作声，又主动上前，朝两边挽起蠓罩——郇叔如为这一日拥有这样一个特权，感到自己冰凉的气血滚烫了起来。此刻的尹双芊只盖一层薄薄的纱巾被，双睫交并，看样子是睡着了。郇叔如看病是西式的，他伸手摸了摸尹双芊的额头，听心音时听诊器触及她高高耸起的胸脯，便一边暗叫罪过，一边手在微微颤抖。尹双芊脸色如常，除了心跳迟缓些，并不见得有什么大不了的疾苦。郇叔如说："双芊你睁开眼睛，坐起来可好？”尹双芊听后坐起来，愣怔着伸出她的舌头。郇叔如说：“哀莫过于心死，你的脸色本应发灰才对。”尹双芊说：“请问郇博士，你读过《素问·移精变气论》吗？”郇叔如说：“《黄帝内经》为中医必读，我学的是西医，读它却未必能有所裨益。”尹双芊说：“我早就心如死灰、病入膏肓的了。可你却看不出有什么病。你学的西医不过是肌体解剖，晓谕物理而不用体察人情，把患者内里的精神给忽略了。”郇叔如表示愿闻其详。尹双芊说：“等你读通《黄帝内经》，再回过头来看我的病吧。”

124

“敦仁大药房”在香城声名显赫。郇氏一门系悬壶世家，不用说藏书卷帙浩繁。长辈们送团孙赴洋学医，意在兼收并蓄，发扬光大。无奈郇叔如学成归来，便一味鄙薄家传。西医的解剖学，器械的应用，化验，对病理细致入微的分析比对，理据明确充分，对症下药，收立竿见影之效。而中医的望闻问切，经验不足者，仅靠三指摸脉诊断，模棱两可的揣度居多。特别是奇经八脉，纯属虚拟，简直子虚乌有，岂可轻信。彰显不了药效，便对患者托言标本兼治，说了病来如山倒、病去如抽丝之类的欺瞒理论，轻则对患者敷衍塞责，重则贻误了治疗的最佳时机。郇叔如私会尹双芊之前，基本上把中西医视为空洞与务实、理据与臆测的对立。只是这一回不同了，郇叔如至少要读一回《黄帝内经》，才能应对尹双芊。或者说，他至少要参透《素问·移精变气论》，才能获得再见尹双芊一面的机缘。

黄帝问岐伯说：“我听说古时候治病，只需对患者移易精神和改变气的运行，用上‘祝由’的方法，病就好了。可眼下治病，却要用药物治其内，针石治其外，有的疾病甚至还治不好它，这是什么缘故呢？”岐伯回答说：“古人生活简单，以渔猎为务，为了生存周旋于禽兽之间，冬天利用活动驱除寒冷，炎夏就到阴凉之地避免暑气，内没有眷恋爱慕的情志牵挂，外没有奔走求官的劳累形役，置身安静淡薄、不谋势利、精神内守的环境，邪气也就不可能入侵的了。所以既不必药物治其内，也不必针石治其外，即使疾病发生，用上‘祝由’的方法，病就好了。眼下的人就不同了，内为忧患所牵累，外为劳苦所形役，又不能顺应四时气候的变化，每时每刻都可能受到虚邪的侵袭，正所谓正气先馁，外邪乘虚而入，内侵五脏骨髓，外伤孔窍肌肤；这样一来轻病必重，重病必死，用‘祝由’的方法也就不灵验了。”

黄帝和岐伯的这段对话，就是《素问·移精变气论》的精华部分。

自海外回到香城，郇叔如第一次怀揣《黄帝内经》去向他阿公讨教。他阿公郇杞怀，字敦仁，年已耄耋依然神清目朗，行止如常。在内心深处，郇叔如对德高望重的阿公极其钦佩。他阿公人如其名，胸无沟壑，心怀博爱，香城人待他如神明一般。但道不同不相为谋，反而是孙子郇叔如对他敬而远之。这一天郇叔如躬身叫了一声阿公，算是正儿八经地在郇杞怀面前露了脸。他阿公郇杞怀说：“好孙子，你回过神来了。”郇叔如递上《黄帝内经》说：“阿公，我遇难题了。”郇杞怀说：“你是指尹家查某团的病吗？”郇叔如说：“尹双芊身体完好无损，却说自己心如死灰、病入膏肓，长年流连在病榻之上。”“尹家查某团与香城破落子弟齐干相恋，正在兴头上，齐干突然不告而别，阅世尚浅的尹小姐难免伤心欲绝，这到底是人之常情呀。”郇杞怀说，“对付尹家查某团的病，你读《黄帝内经》就算读对了。”郇叔如说：“《黄帝内经》是尹双芊要我读的，还特别指出要我读《素问·移精变气论》。”郇杞怀说：“如此说来这查某团已渡过难关，没什么事了。”郇叔如说：“阿公你这是怎么说的？”郇杞怀说：“为情失志者，能自我理喻病因，已不劳外人医治了。这尹家查某团不简单呐！”

郁叔如无声无息关掉“叔如诊所”，半年见不到他的人影。半年后一日，郁叔如前往“钓月居”大厝求见尹双芊。开门的老家奴骆石记得他，带他到西厢门前，就又远远地避开去。郁叔如轻轻推开了那扇虚掩的门。这一日晡时，尹双芊活似一尊观世音菩萨，正盘腿坐在床上诵经。她读《大悲咒》，也就是《千手千眼无碍大悲心陀罗尼》，接着又读了《大医工佛》。说是读，其实是唱诵。发自心神合　的唱诵清音温婉，令人如饮醍醐，顿时把郁叔如给听呆了。

尹双芊诵完经下床来，对如痴如醉的郁叔如说：“郁博士久等了。”郁叔如说：“你不削发也能修行？”尹双芊说：“谈不上修行，只是每日里得闲诵诵经，打扫打扫心室，了无挂碍的，人也就觉得轻松多了。”郁叔如由衷感叹说：“双芊你当真是一个奇女子，每时每刻都能让人大开眼界！”“能得郁博士的赞赏，在香城我怕是头一个吧？”在尹双芊脸上，她虔诚的意态仍隐约可见。郁叔如说：“我在国外生活了几年，回到香城，便觉得和家人和世人都隔着摸不着的一堵墙。直到见了双芊你，就像我内心深处的那盏灯被点亮了，这才真切地感到自己回来了。”尹双芊说：“叔如你又高抬我了。其实我是身陷困厄不能自拔，偶得因缘，若有所思罢了。”郁叔如说：“可在我的心目中，世外高人也未必能高过你！”

尹双芊说：“前些日子我苦闷透顶，听了母亲她老人家的劝，去紫云崖寺上香。我明白的，当时我是差不多连一副臭皮囊也不能撑持的了。一路上除了跌撞便是懵懂，也不知道是怎样一种情形登上山顶的。其时天已见暝昏，正是晚课时间，紫云崖寺响起了僧众唱诵经文的声音。那是一种直捣心室没有丝毫牵念的声音。我一下子就被那种声音吸引了，忘我之时也由着自己化为无形。唱诵经文我以前也听过，只因自己无所胸臆忽略了。这一日听入心的那种声音用不着去理喻，却让我听懂了它的玄奥：声音本身是没有意义的，重要的是发出那种声音。这种声音不要你的任何自觉，也不要你的任何认知。它是把一个人的肉身和灵魂捆绑在一起，击打发出来的和谐音韵。我在那种声音中，感到自己的身心正在渐渐集拢，而后合而为一，浑茫的自我也就慢慢地一点一点地清澈了下来……”“双芊，此时此刻我只想拥抱一下你，”热泪夺眶而出的郇叔如说，“在国外，我从不和异性拥抱，看见查埔查某动不动就拥抱，我是极不以为然的。可我今日就想能和你拥抱在一起，就想能在你的怀里倾听一回你的心籁之音……——双芊你知道吗，我要引你为师、为知己！”尹双芊将敏感到神经质的郇叔如拥入怀里说：“叔如，你的眼界太高、太苛求自己了。”

男女关系有时候就是那样奇特。尹双芊由衷感到这时候的郇叔如是纯粹的，也是忘我的，既没有任何蓄意也没有丝毫的他想，他就像在寻找一件奇珍异宝，在迫切的慌乱之中，翻遍了她的身体。尹双芊不忍心去打断他——这也许是他成年以后唯一的一次调皮。“叔如你都把我当成一部书了。”尹双芊终于看见肆无忌惮的郇叔如，在心满意足中平静了下来。郇叔如说：“双芊，你是我永远的爱。”尹双芊笑道：“这么肉麻的话，也只有留过洋的人才说得出来吧？”

126

郇叔如接着又是半年不见人影。这一次失踪的郇叔如，凭他瘦弱的双腿，走遍了闽西南大地。这是一次身体力行、耳目声色、备尝艰辛之旅。行走在荒山白水之间，耳闻溪涧泉流、风雨啸聚、暮鼓晨钟；目染了河海浪激，朝霞夕露，雾霭山岚。与贩夫走卒结伴同行，与耕樵渔猎为伍，拜会庙宇宫观、梨园学堂，涉足茶楼酒肆、钱庄票号、典当牙行。农家的耕牛与犁铧，纤夫肩背上的绳索与勒痕，巫医的布招与符咒，乞食的草囊与打狗棍。醉里乾坤，偷情堕胎。处女的守宫砂，善男信女的虔诚，赌徒的迷妄。磨房的小叫驴，舂米的水碓房……一路走过，人生况味尽在其中，见到的是一幅幅芸芸众生为生计呼号奔走的俗世图。

回到香城，郇叔如请求翻阅他阿公放在“敦仁藏书阁”里的家传典籍。至此郇杞怀只能感叹说：“叔如你知道吗，郇家上下能打开藏书阁这扇门的怕也只有你了。”香城郇家的藏书楼藏书无数，其精要却在“敦仁藏书阁”。所谓“敦仁藏书阁”，不过是他阿公书房里的一只红木大橱。橱门镌刻“学医宜慎”四字。满怀希冀的郇叔如打开大橱，却看不到什么家传典籍，橱中放的只有薄薄三卷绢本笔录：一为《医训》，一为《心得》，一为《过失录》。

《医训》只录一条：“夫医者，非仁爱不可托也，非聪明理达不可任也，非廉洁淳良不可信也。是以古之用医，必选名姓之后，其德能仁恕博爱，其智能宣畅曲解，能知天地神祇之次，能明生命吉凶之数，处虚实之分，定逆顺之节，原疾疹之轻重，而量约剂之多少，贯微达幽，不失细小，如此乃良医。”

《心得》只有一句话：“医者立天地间，须知医理病理存乎世态人情之中。”

《得失录》记了十几则：

——“丰浦乡下一婆子鼻衄不止，请往诊治。患者右鼻腔渗血，间歇滴落。知为燥湿失调所致，当用宣泄法，令其气血下行即可。岂料用药多日并不见效，几番折腾竟无计可施。后经当地乡医取蒜五瓣捣盐为泥，敷左足底，不日即愈。敦仁愧疚无状矣！”

……

——“三旗门一足月孕妇产门流血如注，敦仁随乡医老盖陶清早赶到时已血凝紫结，心跳脉息全无，回天乏力矣。老盖陶急呼热敷孕妇，并垫高其肩背，不一刻血复流注，孕妇竟悠忽醒了，喝下半碗米糜后产门开启，顺利产婴。原来时系严冬，依乡俗产妇赤裸于草灰之上，无知稳婆又命其长时间往腹肚蹈力，体热气血耗损过甚，致心跳骤停之故。敦仁警醒，学医岂可偏离世态人情乎！”

……

郇杞怀教导孙子郇叔如说："我一生致力读书行医。起初是满厝的书籍，后来读通一本就清走一本，直到清空。现在想起要读的书，只好叫人到藏书楼去查找了。如履薄冰行医七十载，多得百姓嘉许，所幸还没有铸过大错。——叔如啊，医家讲究学以致用，这才是一部读不完的大书呐。"郇叔如默默叨念道："要是此前我就打开藏书阁的这扇门，就算开也是白开。"

从这一日开始，郇叔如搬回"敦仁大药房"。也是从这一日开始，"敦仁大药房"兼营西药。郇叔如在药房诊室搭一张小桌子，当了阿公、老爸的副手。所拟处方，过老爸、阿公两道法眼；若西医诊治，或兼用西药，也均能在阿公、老爸跟前阐明医理。不管昼夜寒暑还是刮风下雨，他都有求必应跑出诊。郇叔如中西合璧，体贴人情，很快拔了香城医界的头筹。

127

……

可恨齐干那只吃准她的手一刻不停，还是不依不饶地得寸进尺。尹双芊只觉得自己的身子要软了。只是不防间被抱上床的尹双芊无疑是费解的，睁眼看见这个盯着她看的这个查埔囝，其目光早生怯意，竟畏避地止步于床前。十年前破落子弟齐干，有一天他接到尹双权的一封引荐信。担心割舍不下尹双芊的齐干不告而别，星夜兼程奔赴重庆当差。抗战爆发几年后，感到前途无望的齐干转道江西赣州，终于得到某要员的赏识，获一纸任命回到香城。齐干回香城首先要见的人就是尹双芊。但他在日夜想念的尹双芊面前，却看到了一败涂地的自己。齐干心犹不甘离开了银钩胡同"钓月居"大厝。他知道留在自己身后的，肯定是尹双芊那道射向他的万分悲怆的目光。

齐干命人将香城名医郇叔如请到守卫森严的专员公署。然后屏退左右，让郇叔如对他检查诊断。郇叔如挂了听诊器，听了他的心音，摸了他的脉，还看了他的舌苔，说："专员的下身溃烂差不多了。"齐干说："能不能根治？”郁叔如给齐干打了一针青霉素，说：“我会连续五天给你打针，还让小张子每天前来给你清洗消毒一次，你的病很快就痊愈了。但痊愈不等于根治，切记必须三年不近女色，以免交叉感染，导致旧病复发。”郁叔如加重语气接着说：“若是旧病复发，就是扁鹊再世也无济于事了。”齐干说：“也必须把严小张子他那张嘴！”郁叔如说：“放心吧，对患者的隐私，医家自会三缄其口的。”

齐干回到香城后，干的第一件大事就是用计剿灭了盘踞丰浦县城、燕儿兜、上青峰和凤梦山猫眼洞的四股顽匪，缴获无数财物和枪机弹药，呈报上峰后被通令嘉奖，很快升任香城地署专员。

在香城地区少见的一个风雪暗暝，赶出诊的郁叔如被一团黑乎乎的物件绊倒在地。绊倒郁叔如的是一个瘦弱的少年家。这少年家就是孤儿小张子。设若这一天饥寒交迫的小张子没有绊倒郁叔如，还发出一声若有若无的呻吟，他离死亡大概只有咫尺之遥了。郁叔如脱下皮袄给小张子穿上，又往他的嘴里塞了一小把参片，冒黑搀着他走了七八里地。小张子时刻都能感到搀扶他的那个好心人太瘦弱了。但他自己更是命悬一线，如果没人搀扶，他只能瘫软在雪地里，在饥寒中死去。结果是回到“敦仁大药房”，吃饱穿暖的小张子迅速恢复健康，倒是郁叔如因此病了一场。

香城郁家收留了死活不走、同时也无家可归的小张子，他成了不离郁叔如左右的小跟班。除非患者是富家大户派得起车轿，否则的话“敦仁大药房”都遵循步行出诊的规矩，免得增加患者的负担。郁叔如谈不上有病，但身体的确太过瘦弱了。每次出诊回来，背药箱的小张子都会在他阿公郁杞怀面前夸大郁叔如在路上的种种艰辛。“敦仁大药房”终于破例给郁叔如配了一只小毛驴。自此后便有一只小毛驴驮着一个瘦弱的查埔囝，身边还伴随一个背药箱的小张子，不停地在香城大地上翻山越岭，走村串巷。老老少少的香城人看到这道熟悉的风景，便知道又有谁要得到他的救助了。慢慢地，这个言语不多、看上去不堪一击的郇叔如，随着他医道越来越精、香城人对他越来越为依赖时，就不再只是小张子的救命恩人，而是被他顶礼膜拜的神明了。这个表面冰冷内心温热的郇叔如，对小张子也是爱护备至。小张子感受最多的是他待人的坦诚和童叟无欺。小张子时常在想，这个人要是自己的老爸该有多好啊！也许因为瘦弱，或者太过劳累，郇叔如多次从毛驴上栽下来，本以为会摔个头破血流，不想都因小张子的机敏，抢扑过来垫在身下而使他免受灾难。并且，往往是摔得血肉模糊的小张子，反要紧张地询问郇先生摔疼了没有。给小张子上药的郇叔如说："生命是平等的，往后不许又抢在我前面当肉垫子了。"小张子说："生命是平等的，但作用不一样，香城人可以没有小张子，却不可以没有郇先生。"这个小张子，除了服侍郇叔如，还跟他认字、学医。长年累月的耳濡目染，加上无可比拟的热诚与勤奋，他的学识和业务实践能力，很快得到患者和郇叔如的认可，成了他不可或缺的得力助手。

郇叔如表现出罕见的耐心，走动银钩胡同"钓月居"大厝的次数比往时少多了。相反齐干却去得很勤，并且越来越显摆场面，每次都耀武扬威开着轿车招摇过市。尹双芊对谁都不失热情，日子倒也过得相当平静。

转眼到了一九四九年仲春，局势骤然紧张了起来。尹双权在谁也没有想到的情况下，带着家眷回到香城。在书房里，尹双权和地署专员齐干密谋的时间一次比一次长。除了"钓月居"老宅外，尹双权变卖了所有的田地房产以及值钱的家当。忙完白天公务的齐干来了。这个暗暝尹双权在老宅设了一道丰盛的家宴，吃斋念佛的小脚老太太为躲清静照样不肯露面，其余则破了惯例，老老少少一并上席胡吃海喝。齐干也不见外，频频敞怀畅饮。尹双芊大概是喝醉了，由丫环搀着回闺房歇睏。宴席一直吃到下半暝四更天，齐干招来的车辆已停在门外，尹双权对齐干说：“时间差不多了，走吧。”于是命人赶快架阿妈和小妹尹双芊上车。此话一出，整座老宅顿时乱作一团。等把几十箱金银细软抬上汽车，这才有人回报说找遍老宅的每一个角落也没有看见小脚老太太和尹双芊。齐干听后，一下子吃不住了。尹双权对齐干说：“看来我阿妈和小妹觉察到你我的意图，觇园起来了。”齐干说：“双芊不走，我也不想走了。”尹双权说：“你这又是何苦，我小妹不愿离开香城，多少说明她的心已不在你身上，你留下来又有何用？再说你此刻不走，过后就是想走也走不成了。”

尹双权看见齐干把心留在香城，没有知觉的身体跟着他上车，向十几里外的码头驶去。站在岸上隐蔽处的老家奴骆石，一见船朝台湾的方向开动，便返身报信去了。历练过大世面的尹家母女，此刻正在“敦仁大药房”的“思邈斋”里品茗。“一枝春”乌龙茶香气氤氲，郇叔如殷勤伺候左右。小脚老太太合目静坐，念珠在她的手中缓缓地传动。尹双芊芳颜微醺，家庭遭此变故仍能淡定面对，神态是那样无语的丰满。这情景，无疑让郇叔如看得心旌摇荡、感慨万千。

平时尹双芊已从齐干的口里捕捉到不少外界的消息。还有连老爸过世都没有奔丧的大兄尹双权，突然带着家眷回到香城，并且紧锣密鼓变卖祖业，便知道大兄除了夹着尾巴逃窜，还能有什么作为？举家迁徙，正是小脚老太太极力反对的。母女俩于是联手上演了临阵脱逃这一出。

尹双权、齐干走后，郇叔如一落空闲便往银钩胡同的“钓月居”大厝跑，高兴得像个细囝说：“我就知道他们哪是你双芊的对手！”尹双芊说：“你怕死躲起来，还当马后炮，羞不羞呀？”郇叔如说：“他们平时只懂把百姓的疾苦玩弄于股掌之上，所为不过小伎俩，哪比得上双芊你的大智慧！”尹双芊不免伤感说：“再怎么说也只剩下孤儿寡母和这座老宅了。”郇叔如说：“此言差矣，渴望效犬马之劳的不是还有我郇某吗？再说了，能不动声色把持香城尹氏家业多达十几年之久，没有韬晦谋略哪成！”尹双芊笑道：“平时看你是书呆子，没想到孔窍连心，城府这么深！”郇叔如说：“我爷爷说过，医者立天地间，须知医理病理存乎世俗人情之中。”

尹双芊说：“齐干回到香城，对我也是动乎情而止乎礼的，照理我不该把花招玩到我大哥和齐干身上。可他俩心怀鬼胎，不过为一己私利，并没有顾及其他，我也不能一味成了他们的俎上肉吧？”郇叔如说：“为了保全双芊你，我借治疗齐干身上的梅毒之机，唬他必须三年禁绝女色，否则病毒交叉感染，病又复发，就是扁鹊再世也无济于事了。”尹双芊说：“原来是你暗地里楔桩，我还以为齐干收心养性了呢。”郇叔如说：“双芊你知道吗，郇叔如因为有了你，就是一辈子给香城百姓当牛做马也无怨无悔，毕竟老天对我太过厚待了。”

香城郇、尹两家的谈婚论嫁出人意外地顺利。一是郇叔如声望如日中天，香城人已把他和尹双芊的珠联璧合，当作是最美好的愿望来实现。二是他阿公郇杞怀是个豁达老人，他认为郇家能娶尹家查某团当新妇，是好几辈人积德修来的好事，就连尹双芊要求婚后她还住在“钓月居”大厝照顾老母，郇家人也觉得此举为尽孝道，理当如此。一对婚龄男女，既受双方家庭的宠爱，也受所有的香城人的宠爱，这幸福大过天了。感恩良缘许可的郇叔如，他对患者无一例外是有求必应。给贫苦患者诊治时，在驴子上来回颠簸几十里路赶出诊的郇叔如，他总是责备小张子把医药费给算贵了。小张子只好低声再次报了一遍药价。小张子并没有算错，而是相对于贫病交加的家庭来说，医药费显得贵了。每当这个时候，郇叔如都不假思索便把诊费给免了。

婚后仍旧住在钓月居大厝的尹双芊，一边照顾老母，一边平静地准备为郇叔如生男育女。小张子一直理喻不了，身材薄弱的主人为何会有用不尽的精气神？当小张子第一次见到尹双芊的仪容时就服气了，他跑到一个没人看见的旮旯号啕大哭起来。小张子的这一次纵情痛哭，奠定了他对香城郇家永远的忠诚。其时正值香城解放前夕，过后尹双芊对郇叔如说，真该和小张子一起吃顿饭。设在“钓月居”大厝里的这一道小型家宴，翁某俩邀请的只有小张子一个。在宴席上尹双芊说："局势很明显，一个新政权就要诞生了。"郇叔如以激赏的目光望向自己心爱的查某说："双芊，你又有什么高见？"尹双芊说："我想给小张子起个大名。小张子，你就叫张当好不好？"小张子一听赶快离座，说多谢师娘赐名的同时，还朝郇叔如和尹双芊行了跪拜大礼。尹双芊说："叔如，你该让小张子出师了。自古以来师出有名，所以我才给小张子取了大名，有了大名才能另立门户。"小张子一听大惊滚下座位，再次跪在地上说："师娘这样说，就怕小张子有失检点的地方了。只愿师娘不计前嫌，千万别把无处着落的小张子赶出门去！""对啊双芊，为何要无缘无故让小张子离开郇家？"对此郇叔如更是摸不着头脑。尹双芊说："小张子你不必多心，事实上你件件桩桩都做得好，叔如也是片刻都离不开你。可你俩想过没有，局势大致明朗，这一次是穷人得天下，也就是共产党说的无产者。在香城，郇家、尹家都不是穷人，而是站在穷人对立面的大户人家。小张子呢，你只要离开郇家就恢复穷人身份了。另立门户后，凭小张子掌握的医术，很快就会在穷人堆里冒出尖来，成为他们所说的'代表'，到时候小张子也就有说话的机会，也就有可能回过头来照应郇家了。"想想风起云涌的外界，情形确乎如此，一时间郇叔如青清汗都冒出来了。

131

就在小张子含泪离开香城郇家，四方流浪几个月后，香城解放了。"赶走"了小张子，差不多就像失去了左臂右膀，郇叔如时刻都感到自己在惶恐之中。处乱不惊的尹双芊，她的怀抱再次成了郇叔如寻求心灵庇护之所。一年后开展镇压反革命运动时，十几个江湖游医暗中串联，设下死套，给刚成立不久的香城肃清反革命委员会递了黑状，揭露郇叔如犯下三大桩罪：一是郇叔如系国民党潜伏在大陆的特务，他的内兄就是溃逃台湾的国民党高官尹双权；二是郇叔如雇用长工不付工钱，榨干血汗后再赶打出门，张当（原名小张子）就是最好的例子；三是郇家系香城医霸，郇叔如是个披着洋权威外衣、杀人不偿命的刽子手，被他治死的患者不在少数，如三礅门的苦妹、坨岭的春牙仔……混迹江湖游医中的小张子悄悄潜回银钩胡同“钓月居”大厝报信，并主张由他向新政府澄清事实。尹双芊坚决不让。郇叔如表示不解。尹双芊说：“小张子再怎么澄清也只是一面之词。他们是有备而来，这三桩罪都是要你命的，能不能逃过这一劫，就看你的造化了。”郇叔如意识到事态的严重性。他第一次看见尹双芊束手无策时表露在脸上的戚容。

对此香城公安处展开了全面深入的侦查。在郇家虽没有找到郇叔如充当潜伏特务的任何证据，其内兄尹双权确系国民党高官；香城郇家对学徒工历来不付工钱，也是众所周知的事实；公安人员奔赴三礅门、坨岭等地取证，苦妹、春伢仔等人确系郇叔如用药后死掉的。郇叔如显然是个案。为了慎重起见，肃清反革命委员会公布了郇叔如的三大桩罪，是否属实，欢迎广大市民检举揭发。时至一九五一年二月，公审大会在香城如期举行。在公审大会上，数万群众愤怒如潮，不少证据确凿的匪特分子、土豪劣绅、恶霸及现行反革命被当场宣判处以极刑。轮到郇叔如时，公审大会似乎打了个嗝，然后出现了惊天大逆转，不停涌动沸腾的会场于瞬间静寂，数十名老人从不同方向慢慢聚拢，走到台前跪了下来，紧接着又哗啦跪倒了一大片。——这一次是不分男女老少的上千人：他们请愿担保郇叔如医生无罪。

此刻春雨刚晴，地上满是泥泞。这种不约而同不可能是谁挑起的。在场的人都被这种气氛所震慑，许多人到死都会记住这一天自己所目睹的情景。整个会场处于静寂之中，以至谁都能感到有三个人同时松了一口气而后瘫软在地。广泛的群众基础洗刷了郇叔如的冤情。公审大会当场开释，郇叔如、尹双芊、小张子被七手八脚的群众抬着送回银钩胡同的“钓月居”去了。

等护送的人一走，起死回生的郇叔如窝在尹双芊的怀里，感觉自己就像做了一场梦。尹双芊抚摸着他的背说：“叔如你知道吗，人家见患者病情濒危都避嫌，只有你还要不计得失下药去抢救！还好公道自在人心，老天爷眷顾着你！”

132

读了也听了这个新式故事，写的人极尽体贴人情为能事，马缨花对那个尹双芊竟极为喜欢，对郁叔如和小张子更是心生崇敬。但她相信，故事中的小张子一定不是她的侄子马登承。也就是说，伴随郁叔如的是那个尹双芊和小张子，绝非侄子马登承，只是见他痴迷的样子，他师从的应该还是那个郁叔如。马缨花的心情热乎着，几次寄话到丰浦县城要马登承回趟嘎山，只想见他面说说话。岂料几次三番马登承都推托工作忙。故土难离，何况至亲都还在小三山？马缨花也就觉得她寄予厚望的这个侄子有点不近人情了，她的热乎也就慢慢放凉，转而为他捏一把汗，担起心来。阿兄马心云心头也憋着怨怼，为此他去了一趟丰浦县城，回来在小妹马缨花面前叹息说：“在县医院工作是拿月工资的。只是登承和另一个老中医的门诊人挤着人热闹，患者是看也看不完。其他门诊的医生，有跷着脚修指甲的，有喝着茶翻白眼的，不是街头卖艺就是江湖游医的样子。”马缨花叹了一口气说：“摆明是妨碍别人的了，登承怎么不明白天下饭碗这个理呢？”奚麻要说：“真可惜，登承表弟只学了他师父郁叔如的执迷，身边却缺一个能引导他变通的人。”马缨花说：“按说登承也不该是个不懂感念的人。只是改朝换代了，各人都要找各人的活法。”奚麻要说：“看登承表弟的样子，怕只怕阿妈的畲厝娘家与香城郁家的缘分就要尽了。”只是无论如何，奚麻要清楚，已无法接续的这个故事，一定成了她阿妈心头一个永远的悬念。

133 饥荒年月

解放初期给所有人的感觉就是，新社会被裹进改造、变革，又不断在归类、定性之中。忙乱中日子变得飞快，往往前面的还没有理出头绪，便又有纲领性的新政策正在贯彻下达。马缨花感到头脑不管用了，连看都看不过来。在嘎山、畲厝务农的这一头，先是在互助组的基础上成立初级社，接着是高级社，到了一九五八年八月便取消了区、乡设置，进入公社化。在兜螺、襄摇做生理的，过了一九五一年，私营粮商误判形势，到处抢购粮食，贸易秩序被严重搅乱，引起市场恐慌。县粮食局便在各圩市开设粮食交易所，禁止私商在圩市上购销粮食，实行粮食统购统销，而后又将粮食定产、定购、定销落实到具体户头。经过政府所属部门对主要生产资料的管控，货源受限的大小头家们为求生存不择手段。由政府主导的，在私营的、公私合营的工商业中开展了反行贿、反偷税漏税、反盗窃国家财产、反偷工减料和反盗窃国家经济情报的“五反运动”。兜螺与三旗门、襄摇与上肆溪口的大小药房也顺应形势凑合成联合诊所。以前比生命还要宝贵的声誉，因是集体算不到个人头上，为牟利以次充好、以假乱真的现象不时发生，联合诊所因之被撤销。一场贯彻“利用、限制、改造”政策，对私营工商业进行社会主义改造的运动不久后全面展开。三山区四个圩镇的商户，要么歇业要么并入供销合作社。兜螺、襄摇的“奚记豆油庄”并入供销合作社后，变成“三山豆油厂”和“襄摇豆制品厂”，奚柏庐、奚喜成了专职制作豆油的师傅，奚松、奚筐成了豆制品厂和供销社的员工，各领相差无几的一份工资。“畲厝大药房”并入三山区公共卫生所，马长溪、马慎源告老回家，马心云成了领工资的门诊医生。国家机关工作人员开始享受公费医疗。与此同时丰浦县区乡发起反对官僚主义、主观主义和宗派主义为内容的整风运动。五六年间，县广播站试行后正式成立，开始向全县农村广播。

新社会干什么事似乎都是全国性的，都和山外紧密相连。像当初捐卖良田支持抗日一样，像侄子马登承的师父郇叔如一样，马缨花咬定要先国计而后民生，先民生而后才能顾好小家。虽然她也一直感到查埔人和后生们、畲厝经营药房的娘家人都在不断掀起的运动中惶乱着，她心里头也不停忽撞着，却又时刻不忘交代嘎山婆家、畲厝娘家两头的族亲，新社会一定是对的，即便想不通也先给忍着，无论如何都得摒弃各种想法去顺应它，要相信一切都会好起来的。

与此同时，马缨花的担心应验了。她从广播里听到，自一九五七年七月的“反右运动”开始，历时一年全县有近百人被划为右派分子。现年三十三岁、已是丰浦县医院副院长的马登承被打成右派分子，名堂是“反动学术权威”。马缨花差后生奚堂悄悄跑了一趟丰浦。奚堂没能找到表弟马登承，据说是被送到郜市山区劳动改造去了。倒是听了背后一些人对他的评价，称他是一个“目空一切的医霸”。见了汤漏子、邛三和组春几个，也都摇头表示爱莫能助。侄子马登承终是没能躲过这一劫。马缨花听后暗自伤心，不由地想起缪百寻来。由故事里的尹双芊，或者遇到难题了，马缨花便想起缪先生。这时候想起缪先生，并非要他的办法，反而平添了她的不少伤心，觉得他要是还活着，别说替人出主意了，就怕他自身难保，连容身之地也没有了。

让马缨花想不通的是，三山区也划了两个右派，其中一个是“不相信革命能取得胜利、长期与党若即若离的革命逃跑主义者”戴乐如。嘎山小学的老师由三山区另派。马缨花以其查某沈虹是烈士、后生戴少钦年纪还小为由据理力争，最终戴乐如没有被送去“劳动教养”，而是开除教职，就地接受贫下中农的再教育。马缨花暗中说通了奚、马族人，由戴乐如看护水碓房。马缨花说：“戴先生你是读书人，我知道让你看护水碓房是辱没了你的学问。”戴乐如说：“要不是马大姊从中帮忙，眼下我没田没地没职业，和后生能不能活命都很难说。”跟当初郧瘸子看护水碓房一样，至少爸囝俩能抽头到一份口粮。

时至一九五八年夏天，全县总动员，敲锣打鼓宣传贯彻“鼓足干劲，力争上游，多快好省地建设社会主义”总路线，各行各业涌现“大跃进”高潮。无论做什么事，都让百姓看到大集体拧成一股绳那种势不可挡的力量。轰轰烈烈开展消灭老鼠、麻雀、苍蝇、蚊子运动。短时间架设丰浦至香城的铜线电路，通上长途电话。为普及新法接生，要求新生细囝凭出生证申报户口。各地“大办民兵师”，将丰浦县六七万名民兵编为一个师、十三个团、一百五十个营、五百六十个连。下半年全县实现人民公社化，三山区变成三山人民公社，下设生产大队、生产小队。以大队、小队为单位，兴办“公共食堂”。畲厝生产小队，嘎山生产小队，分别建了大灶间，老老少少挤在一起吃“大食堂”。睁眼见到的，便是到处砍树烧硬炭，除了大灶间的几口大铁锅，各家各户都将铁锅砸为铁片，和其他废旧铁器一起，投入砌在村口的土炉，炼成铁砣子交给国家。随时抽调民工组成民工团，支援各地诸如水库、厂矿等工农业大型建设项目。农业生产争相“放卫星”，移苗并丘喊出水稻亩产五千公斤、番薯亩产五万公斤的高产。有人提出质疑，立即引起公愤，问话上纲上线，深挖到祖宗十八代，原来这人是攻击总路线、反党反社会主义的漏网右派分子，或觊囥在百姓中的反革命分子！这是个全民激情高涨的时代，面对土地空前丰产，大集体的粮食放在一起都堆出山来，多数人都担心粮食吃不完腐烂掉，提倡公共食堂吃精粮，稀的不要了，一日三顿都吃粒饭。平时的番薯、槟榔芋、树薯、葛根、藕粉等辅粮大都用于饲养牲畜。从前令人抑郁的精打细算，被翻身当主人的豪阔所取代。几年前入党的奚堂，当了小三山大队的支部书记兼嘎山生产队长。奚堂没有什么主见，遇事就和阿妈马缨花商量。奚堂经常跑三山公社开会，加上马缨花每日听广播，上级颁布的政策竟能一件不落跟着做。

改造社会的事是一件件一桩桩地紧凑，往往没容你多想，便要你卷入或参与其中。这个时期的马缨花，一边心里踏实不下，一边顺应潮流，只想着别让时代落下。

“照这样吃下去，全年的粮食只能吃四个月。”戴乐如找时机悄悄提醒马缨花。马缨花说:“我日日听广播，一连几年全国性大丰收，那么高的亩产，粮食多得都没地方放，‘承安楼’的米粟也塞满了粮仓。”“有些话，我这个‘右派’分子只能跟你马大姊一个人说，要是被第三只耳朵听到，我马上就成为现行反革命蹲监狱去了。”戴乐如说，“我在水碓房舂米时反复琢磨过了，就以嘎山奚家为例，实际耕作的土地并没有增加，收成也没有增加，人口倒是增加了，耗费口粮更是以前的几倍。不知道马大姊你想过没有，将六七丘的水稻并到一丘收割，一丘增产，五六丘零产，不但不增收，搬弄过程还要耗损。眼下‘承安楼’的粮仓还是满的，可你若将粮仓里的米粟分到各户、分到每个人头上，即便从现在开始三顿吃糜，顶多也就吃一个多月！各地一样高烧发热，粮食要不是猛吃就是被糟蹋掉，饥荒一旦发生就是全面性的，到时候借也借不到，政府也无处调拨，叫天天不应叫地地不灵的时候就到了！”马缨花听后吓坏了，也不管一身的青清汗，先是跑了一趟畲厝娘家，召集几个管事的说明要害，交代如何应对，就又匆匆赶回到“承安楼”，来不及吃一口水便将各户家长叫在一起。被安排在三楼、梯道口有人把守的嘎山小队的这次会议，马缨花闭口不提戴乐如，只将面临的灾难转换成她的看法告知各位。沉浸于此前形势一派大好情景里的家长们，因为一家老少生命攸关，听后个个惊得说不出话来。嘎山奚家、畲厝马家当下给粮仓上了锁，粮仓前安了床铺，各派两个可靠的老货日暝看守。吃完仓外的米粟就对外宣布断粮，安排壮劳力到大莽山、牤牯岭掏山货。老弱妇幼也分头搜寻野外，把能吃的带回调配用度。几乎是一日之间，奚山、畲厝对外不作声张，内部立即勒紧裤带，比外地提前一个半月实行前所未见的节俭。同时开源节流，综合利用所有可以充饥的辅粮。

果然新年春耕刚过，粮食便全面告急。各地的公共食堂粮尽解散，各家各户不但断粮连铁锅也没有了。白天大莽山、牤牯岭、鹟山崖拥入大批掏山客，直到多数人饿得走不了路才冷落下来。先是米糠、麦麸、番薯藤、野菜，接着芋梗、蕉杆、树皮都成了争抢的食材，饿狠了甚至眼睛翻白吞食鸳鸯土。导致通不了便互抠尻川、腹水浮肿者到处可见。路上摇摇晃晃走着的一个人，一旦软倒委地，就怕永远也站不起来了。这期间只有嘎山、畲厝两地坚持大灶间伙食。奚、马两姓的族亲跑三山公社保健院的人多了，自然都是体质虚弱、营养不良引发的毛病，带回“承安楼”的滋补药剂立即进行分拣，淮山、茯苓、薏仁研成粉末，在稀得像水一样的野菜糜里，时不时地闪忽一道红枣或枸杞的影子，咂摸着吃出草药的味道来。年头不顺，节气也极反常，一九六〇年的春夏之交竟冷回年初去了，县、区领导为了高产希望水稻能长成灌木丛，要求农民尽力深耕，开春秧苗就插在还没有熟化的生土上，经火埒烧制的草灰土粪、屎尿沤凼的水肥，农民都饿得肚皮贴脊梁骨了，即便烧制、沤凼了也无力送往田间，加上大旱，水稻都长得叶黄秆瘦蔫头蔫脑的，过五月又开始暴雨山洪水灾不断，嘎山、畲厝两地算是最好的，夏末秋初的收成也还不到往年的六成，交了征购粮，本来要吃半年的粮食，不到两个月就吃光了。

政府发行了购货证，肥皂、香烟、红糖、布料、煤油等均凭票供应。为了得到紧缺物资，不少人削尖脑袋，“批条子”“走后门”之风从开始到盛行只有短短个把月时间。随着反“共产”风、浮夸风、强迫命令风、生产瞎指挥、干部特殊化的整风运动在全县展开，开始了对地主、富农、反革命分子、坏分子、右派分子——“五类分子”的甄别评审，分轻重给予“撤、摘、带、斗、管”处理。戴乐如是全县三个被摘了右派帽子中的一个，恢复了他在嘎山小学的教职。他干一行爱一行了，和后生一道还兼顾着看护水碓房的工作。丰浦县委召开县、公社、大队、小队四级干部会议，部署纠正主观主义、命令主义、瞎指挥等错误作风。开展了整风算账，进行了经济退赔，号召群众生产自救，冬种“自由一季”，不计产，不统购，谁种谁收。只是这样的政策似乎来得有点晚，土地有土地的脾气，不可能今日耕种明日就能生出白花花的米饭来。不用说有点头脑的谁都意识得到，更可怕的饥荒还在后头。果然到了这一年初冬，饿得看见日头就感到自己被曝蔫了的社员，不得不向正在灌浆的稻穗开刀。奚筐是襄摇供销社普通员工，一日三顿已减为日昼一顿，这一日他难得分到一个半斤重的大饼，他努力克制着不去碰它，他怕一张嘴，这个大饼就会在很短时间内被吞进自己的腹肚，而是和所有的同事一样，用纸包好带回家给爸母和细囝们吃。可他从昨日午后到此刻都不曾有粒米沾牙，爬阪陀岭比爬响廓山崖磡的磴道还要艰难，费尽吃奶的力气爬上丫叉口，走下石坎路时，他的手一松，大饼挣脱了纸包，在石坎路上跌成碎块，日头给了他一个极为刺眼的亮光，脚底就像踩上一团棉花，便一头往陡坡栽了下去。等马缨花带十几个奚家人赶到，奚筐已经死几个时辰了。有人从草丛里找到那个大饼大概五分之一碎块，马缨花递给奚麻要说:“你吃下它，赶紧跑一趟兜螺圩，叫你阿爸赶快回家！”奚麻要听话吃了，又趴在水沟上吃了几口水，便起身飞快去了。

“三山豆油厂”其实就是原来“奚记豆油庄”，只是换了块牌子，一应资产充为大集体，旧班底解散，安排到别的岗位，除了留下的师傅奚柏庐，包括厂长、财务在内所有人事均由供销合作社委派。由于连年饥荒，物资实行统一调配，原材料早就清空了，豆油厂陷于停产，大多数人都告假回家，到野外或进山找吃的去了。仓管员也不知道从什么地方打扫到几十斤黄豆，正在装包时被奚柏庐看见了。仓管员也不说话，把黄豆一分为二，递一包给奚柏庐，他的那一包往围墙外扔，人很快出厂门绕围墙捡去了。豆油厂空荡荡的已无他人，奚柏庐抱着那包黄豆，脑袋一片空白，他估摸着近二十斤的这包黄豆，若送回嘎山“承安楼”，至少可以让家人多活三五日。奚柏庐扛着那包黄豆，正要走出在他内心深处还是“奚记豆油庄”的豆油厂，被迎面走来的厂长撞了个正着。“奚师傅盗窃国家物资，这事闹大了，我可不敢包庇你，在向供销社领导汇报之前，我只能先委屈你奚师傅了！”厂长将奚柏庐反锁在三楼厂长办公室，他扛起那包黄豆就走了。厂长原想回到家放下那包黄豆，转过身来便把奚柏庐放了，就说让奚柏庐回家等候主管部门处理他的消息，他根本就不想向供销社领导汇什么报，肚皮都贴脊梁骨了，谁还管鸡毛蒜皮的小事！谁想厂长到了家，他每日只有小半碗吃食的老母，暗中倒给孙子了，终于撑不住虚弱的病体，身子一歪便闭目而殁。那样的噩耗让他这个当后生的一见霎时天旋地转，踣倒坐地。查某见状给他灌了几口水，便和细囝们到灶间忙着倒腾那包黄豆。过片刻细囝给他塞了一把炒黄豆，他一颗一颗送进嘴里慢慢咀嚼咽下，等身上有点力气了，才开始打水给他阿妈擦拭身子，尽量穿戴整齐，然后静静守护在她身边，等次日入殓、出葬……豆油厂这一头被反锁在三楼上的奚柏庐，就那样被厂长抛到脑后去了。

已过花甲之年的奚柏庐坐在他住过几十年的三楼办公室里反省，四五个时辰后他就趴在八仙桌上，开始产生飘飘欲仙的幻觉。幻觉里，他走向一片没有尽头的白茫茫的雪野……走着走着，雪野便渐渐变成炫目的亮光，他掉进亮光里，形体也化开了，衍变为朝四周弥漫的亮光……

次日暝昏前，养女奚麻要发出原始体能赶到兜螺圩。豆油厂的门是虚掩的，厂里已空无一人，她要上三楼的大头家居室，但梯道口的门上锁了。任凭她怎样叫喊也没有人应答。四底下找不到老爸的奚麻要，只好到三山保健院叫来母舅马心云，砸了锁开门一看，她阿爸以趴在八仙桌上姿势，全身冷却僵硬，也不知道死去多久了……

134

马缨花一听消息心窍就像被一坨大油所蒙蔽，呆傻了。举族上下谁也耗不起大体力了，奚麻要也赞成草草埋葬爸团俩，但她却凭一己之力将她阿爸和阿兄的墓堆做大，以免她阿妈清醒时见又多了一层心酸。

结婚四十多年的查埔人奚柏庐，心里头牵挂着老老少少一家人，为何会将自己反锁在豆油厂的三楼上？到底是受不了饥饿的煎熬而自杀，还是犯什么错被关了禁闭死于非命？后生奚筐更是傻得可怜，明明手里拿着大饼却活活饿死在半路上……晓事以来，马缨花第一次昏沉沉躺在眠床上，任凭奚麻要哭着摇晃她、呼喊她，她的身体都没有半点知觉，脑海里怎么也抹不去不该死的两个人，却死在那样不合常理的情景之中……

“阿妈你好歹嘬一点米汤、吃一口水……”不管奚麻要如何哀求，再深的睡眠按说也摇得醒，可马缨花就那样直挺挺的不见动静，“阿妈你可千万死不得，这大三山小三山有多少人指望着你活呀！”奚麻要安排孙辈细团们到床头阿嬷长阿嬷短的，孙辈后生子请求阿嬷要好好活着，日后也好为他说亲操办婚事。长大的查某团都出嫁了，赶回来看望阿妈，有的是流不完的泪水，可她们顾虑婆家的细团，顾虑娘家供不起吃的，内心不堪却又只能离去。奚麻要甚至请了嘎山小学的老师戴乐如前来劝说，苦口婆心的，一样不见半点效用。最小的查某团也十六岁了，“听阿姊的，就放开哭你的，你再不把阿妈哭活，过几年看谁为你找婆家，看谁为你准备嫁妆，看谁为你张罗出嫁……”查某团刚经历阿爸奚柏庐和阿兄奚筐的离世，眼下阿妈也不想活了，无限的惨痛涌了上来，便撕心裂肺地号啕。奚麻要想起丫叉口的缪先生，阿妈最信服的就是他了，若他还在世上该有多好啊！“阿妈你这是不讲理，畲厝的外公九十岁还爽朗活着！外公最舍得为你花钱，你出嫁时的‘全厅面’，几百年来是第一次，过几百年也不可能再有的了！外公上心的就是阿妈你的孝敬，你倒图轻松想撒手撇清！丫叉口的缪先生先前给阿妈留下‘锦囊’小袋，可是要等到你八十岁那年才准许打开的，里面装的是要你代办的事，还说好日子在后头哩，你可不能不讲信用，只顾着你自己，不想管一大家子的事了！”查某团的号啕加上奚麻要一把鼻涕一把泪的哭诉，终于让马缨花幽幽回魂，睁开了恍若隔世的眼睛。就在这时，畲厝马家的新妇邵红珠拨颠着身子穿过红娘桥，赶到嘎山奚家，见马缨花躺在眠床上，一下就急眼了：“我的小姑子啊，我知道你心里难受躺着不想起来。可畲厝你阿爸已连续几顿不吃饭，只吃几口茶水打湿喉咙。说他老不中用了，不想再浪费了，要节约口粮给下辈人活命。你说我这个当新妇的还能怎么办？除了你这个大家倌的心头肉，还有谁能劝得动他？！”“外公九十岁的人了，哪经得起这样的折磨？”奚麻要趁机递上半碗米汤，说，“耽搁不得的，阿妈你快嘬点米汤，到畲厝看外公去！”

除了小辈偶尔捧来一瓯茶，马长溪接过轻轻呷一口外，他已没有别的任何需求了。阿嫂邵红珠在前头走，由养女奚麻要搀扶着马缨花，跨进畲厝娘家的大厝。在厅堂里，马长溪与当年阿公马彦一样，就那样无声无息坐在太师椅上，他的时空好像已于此刻静止。马缨花叫了一声“阿爸”，还没有跪地就歪倒了。马长溪从口袋里掏出一颗人参，让新妇邵红珠切片熬了米汤，敦促查某团马缨花吃下，这才正经开口说：“心云懂得世故却拘泥人情，我死后，缨花你要回畲厝主持丧事。记住不要任何仪式，烧一炷引魂香送我上山头就可以了。个个腹肚空无米粮，棺材要用薄板才抬得动。饥荒年头，任何劳民伤财都违逆天理。”见马缨花点头答应，邵红珠生气了：“小姑子你昏头了，不是要你好好劝阿爸开口吃点米糜吗，你怎么缺心少肺的反倒商讨起丧事来了？！”马缨花说：“阿嫂我明白你这是孝心，可你知道我阿公、阿爸都活过九十岁了还没病没灾的，一辈子在意的就是‘心安’两个字。偌大一个家庭，我阿爸要是想活，也不差那点口粮对不对？”

“丫叉口的缪先生，他与小三山有着极深的渊源。天时地利人和，他都能理喻透彻，为奚、马两家可说是耗尽了他的心血。缨花你可别忘了每年清明都要去祭扫他。”马长溪说，“还有缨花你的小弟心言、小叔子柏生，这些年音讯全无的，若是哪一日回头了，你要给他俩有个妥当的安顿。你侄子登承还在‘劳教’，就不要通知他了。”马缨花说：“本来查某团都不想活了，可阿爸你又有了这么多的交代，我想不活也不行了。”马长溪说：“奚、马两家没有谁都行，要是没有缨花你，嘎山、畲厝就缺了主心骨了。”

奚麻要被外公与阿妈说话的情景所吸引，听起来令人陶醉。隔日马长溪便坐在太师椅上溘然长逝。自身没有丝毫的苦痛，后辈也觉得他只是长眠于另一个世界。自从大家蒲叶坐化升天，马缨花便明白一个人能善始善终，对团孙后代太重要了。查埔人奚柏庐、后生奚筐去世的凄惶，毕竟让活着的人太过揪心了。新中国成立后各圩镇的杠房、吹打馆即使没有取缔，饥荒之年怕也请不起了。几日后出殡，马心云手持引魂香带路，听消息从各地赶来的亲朋戚友，个个近前，灵柩是肩扛手托的，也不忌讳随时停歇，蚂蚁搬粮一样簇拥着送上山头。奚麻要的眼泪不禁啪啪啪地往下掉。觉得同样是一具肉身，有的人死了，留给家人的是万般无奈与厌畏凄惶；外公马长溪死了，还能给后人如此平和温蔼的心境，也不知道他生前做下的是多大的功德！

从运动到改革开放

135

从一九五九年下半年到一九六一年上半年，在三山一带因饥荒引起的腹水浮肿，育龄查某闭经、子宫脱垂，细囝营养不良；罹患或加重肝病、痨病喘、肺痨等疾病而导致死亡，百者逾三。饱暖生淫欲，这期间旱涝不断，乡民奄奄一息于饥病寒燠之际，三万几千人口的三山公社竟见不到一个查某怀孕生育。到了这一年的冬天，广大农村这才确定了“公社、大队、生产队”三级制，以生产队为独立核算单位。一九六二年五月，马缨花的重孙奚少强出生，虽体弱多病，眉眼间却透出一股清秀。若将二叔奚和二姆子取彩算上，嘎山奚家已是五代同堂。久违的喜气，又因为重孙奚少强的出生悄悄回到奚家。马缨花、奚麻要对奚少强自是倾力呵护，疼爱得不行。

农村社队开展清理账目、清理仓库、清理财物、清理工分为主要内容的社会主义教育运动，接着是清政治、清经济、清组织、清思想的“四清”运动。到了一九六六年贯彻中央《5・16通知》，“文化大革命”随之爆发。学校、政府机关、企事业单位的墙壁贴满了大字报，各地开展“大鸣、大放、大辩论”。广播里反复播放《东方红》《大海航行靠舵手》《我们是毛主席的红卫兵》《毛泽东思想放光芒》《伟大的社会主义祖国在前进》等十几二十首歌曲。不少学生自发组织“先头部队”，奔赴全国各地“大串联”，遇上人群、村社、厂矿，就停下脚步进行演讲、编演剧目宣传“文革造反经”。路上拦车搭车，见食堂吃饭，遇旅社住宿，全部免费。有的甚至一路向北，跑到首都天安门得到伟大领袖毛主席的亲切接见。就连三山地区各地，也会猛不丁来百几十个头戴军帽、臂套“红卫兵”三字红袖章的后生子查某团，看起来多半是中学生，一手红宝书，一手红白棍，押着挂纸牌戴高帽、被串联捆绑的一溜走资派、反动派，嘴里喊着“毛主席万岁万万岁！”“打倒党内走资本主义道路的当权派！”“打倒一切反动学术权威！”“工人阶级必须领导一切！”“打倒一切牛鬼蛇神！”……“破四旧，立四新”很快形成一股浪潮，闯入地、富、反、坏、右的家中翻箱倒柜，把搜出来的书籍、信件、金银细软、古董，当作“反攻倒算”的变天账加以践踏或没收。见庵庙、祖厝、旧学堂，不是扒拉就是乱砸一气。嘎山崖雾松庵的观音金身被撬翻在地，跌成碎块。在“承安楼”外墙上，每来一回都会用红漆、黑漆写上一条标语。“将无产阶级文化大革命进行到底！”“要斗私批修！”“打倒现行反革命！”……特别是“邛康要复辟资本主义，我们坚决不答应！”这一条标语出现在楼墙上时，马缨花就知道被炸飞一条手臂的那个邛师傅凶多吉少了。

几日后的三更天，有人敲了“承安楼”紧闭的楼门，开门一看竟是邛三，门外墙根还躺着一个浑身血渍的汤漏子！将汤漏子抬进门厅，灯光下邛三形同野人，扑入马缨花怀里泣不成声。原来已经转业到地方任职的汤漏子、邛三翁某俩都成为揪斗对象。造反派的头目之一，也就是当年裘大脚的徒弟郝松的后生郝军，在批斗会上举报汤漏子通匪，私放土匪的眼线——也就是马缨花同妳石阿弇的侄子石海，当场便宣判汤漏子为现行反革命，往死里拷打逼供。对立阵营的“保守派”看不下去了，用计抢出汤漏子，连夜雇船送到襄摇圩，才掉头回县城。这也就是说，从襄摇圩到嘎山，这个已撑不起身架子的汤漏子，是由邛三摸黑背过来的！马缨花赶快给汤漏子铺床，奚麻要敦促邛三喝水吃食。二叔马慎源从畲厝赶了过来，诊断过后说：“还好只是外伤，要是内出血就怕救不活了！”邛三听了喜极而泣：“我阿爸被揪斗游街，眼下连去向死活我都不知道！要是漏子再有个三长两短，汤、邛两家就剩下寡妇、细团了！”马缨花抱紧邛三说：“你邛三当年带着两家老少上山打游击都挺过来了，眼下这小小的挫折算啥货哩？！”邛三说：“缨花阿妈你不知道，这一次不一样，这一次是人民内部矛盾，全家人都被冤枉了，可我连个辩白的地方都找不到！”马缨花说：“不怕，你这是暂时委屈，事实总会有澄清的一日！”邛三说：“缨花阿妈你知道吗，我邛三总觉得自己会有报答缨花阿妈恩情的时候，偏偏一直以来只有麻烦和拖累你！”“邛三你说的是什么傻话！”马缨花说，“不管什么时候，只要人活着就行！”灌了汤漏子几口米汤后，年逾八旬的马慎源颤颤巍巍的，内服外敷双管齐下，留下药交代几句就回畲厝去了。邛三冲洗了身子，换上干净衫裤。安顿完正要熄灯，突然楼外火光冲天，传来了嘈杂的叫喊声。马缨花、邛三几个跑到三楼窗口，见楼前出现几十个举火把的红卫兵，押着胸前挂“漏网土匪”纸牌的石海，码齐向大门紧闭的“承安楼”反复喊话：“窝藏现行反革命汤漏子，就是公然与人民为敌！”“站稳革命阵营，交出现行反革命汤漏子！”“‘承安楼’里的人听着，拒不配合革命行动，红卫兵将发起强有力的冲击！”……“为首那个就是郝松的后生郝军！”邛三说，“没想到他们这么快就跟了过来，缨花阿妈这可怎么办才好？”马缨花叹口气说：“老办法只好再用一次了！”马缨花的话音一落，奚麻要便将一只马灯挂上三楼窗口，浃溪边上的校园当即响起了长长一串急促的钟声。等畲厝方向的六七十个查埔查某，个个扁担、锄头、劈草刀，举着火把，呼喊着穿越“红娘桥”——就快冲到嘎山奚家时，“承安楼”也楼门洞开，一样冲出举着火把、手里都有家伙的几十个查埔查某，将红卫兵紧紧夹在中间，场面才安静下来。趴在三楼窗口的马缨花喊道：“郝军你把石海放了，否则的话等我当众揭开你的老底，你就走不掉了！”

“保存革命实力，撤退！”被马缨花一句话击中要害，见势不妙的郝军示意放开石海，手臂一挥，“革命不在一时，回头再算总账！”话音一落几十个举火把的红卫兵一阵风离开嘎山，奚、马两族这才各自收兵。

在“承安楼”里，石海低头挨了他阿姑石阿弇的一顿臭骂：“你当年造下的孽，也不知道多少人要受你祸害！”马缨花说：“用竹梯缚一副担架抬漏子，看这情形漏子、邛三、石海你三个都住不得‘承安楼’了，还是上砬山崖觇园一阵子，先保命要紧！”当下挑了族内五六个身强力壮的查埔团轮流抬汤漏子，背上能应付几日的吃食，马上动身。“邛三你要节省安排，随后我再派人送米粮上砬山崖。广播里天天喊‘抓革命促生产’，实际上人人无心耕作，就算全年勒紧裤腰带过日子，也还有一两个月的缺口。”邛三说：“缨花阿妈用不着太费心，一回到三山，就算我与石海轮流去掏山也能让漏子活命！”为避开耳目，马缨花催促八九个人赶快上路，估计走到牤牯岭下天就亮了。

以为事情过去了，不想县里从各部门抽调人选成立专案组，很快进驻三山公社。到嘎山“承安楼”调查时，马缨花说：“临解放那年，‘承安楼’遭到国民党自卫军和民团的围攻，村民对当时所受惊吓还记忆犹新。前天几十个红卫兵三更半暝围住‘承安楼’喊话，也不知道是谁跑到小学敲响了报警的钟声，睡梦中的乡亲还以为又出了什么事故，畲厝、嘎山都拿家伙跑出来救援，后来才看清是红卫兵，还有人认出领头的郝军，是国民党自卫军队长郝松的后代，他大概是怕被揭了老底，就带上红卫兵灰溜溜走了。”专案组长听后说：“从目前掌握的材料看，汤漏子、郝军的性质一样严重。马缨花你若还想起什么线索，要及时向专案组举报。”原来这个专案组长是三山人，其爸母的婚事正好由马缨花出面提亲保媒所促成。他初中毕业参军，转业后安排县委机关，眼下是县革委会成员。这次回三山办案，专案组长的老爸私下威胁后生说：“只要你还认我这个老爸，就别找缨花大姊的麻烦！”专案组没有深究，把材料做成因误会引起冲突、所幸没有酿成大错，就回县城去了。

七八日后的暗暝，尚未痊愈的汤漏子与邛三悄悄走下砬山崖来到“承安楼”，翁某俩一起在马缨花面前流了泪，汤漏子说：“我和邛三竟不知道柏庐阿爸、奚筐小弟死于三年饥荒，全然不顾缨花阿妈你内心有多伤痛，一遇上难事就又来拖累你！”“这事怪不了谁，当时不该死的人多了。”马缨花说，“判断一个人的好坏我心中有数，只要漏子、邛三你俩咬紧牙，事情总会过去的……”

一个月后全面实行军管，兜螺到丰浦的公路通车，漏子、邛三下山与马缨花告别，搭车悄悄回县城去了。到了撤销红卫兵组织、革命大联合时，县、公社、大队同时换上革委会的牌子。邛三这才被告知，她年事已高的阿爸邛康，被揪斗时旧伤复发，没能及时救治，已病故于监狱。漏子、邛三下放到农场劳动改造，日时下地暗暝参加毛泽东思想学习班。武斗被禁止了，只是隔三岔五还押去现场批斗、戴高帽挂纸牌游街，在声讨、高喊口号的批斗中低头认罪，被捆缚跪地、吐口水、拳打脚踢成了家常便饭。俎春的爸母、郧小妍没有经历“文革”就前后去世了，新社会留在他们心中是纯粹的翻身做主人的感觉。汤保、邛山初中毕业后，安排县招待所和供销社工作，到婚龄便找对象结婚生囝。后汤保受爸母的影响，降职摒扫食堂卫生。邛山因是烈士后代，不怎么受外公、阿姑姑丈的牵连，由采购干起干到供销社副主任。乡村是贫下中农管理学校，接近文盲的俎春，因出身佃农当了县一中党支书记。这期间汤家幸好还有俎春暗中照应，总算能凑合维持。

日子虽然不好过，但社会的确在日新月异发生变化。马心云被三山保健院那些培训半个月就能看病开药的医生吓坏了，恰好全社会贯彻毛主席把医疗卫生工作的重点放到农村去的“6·26”指示精神，便申请回畲厝开一间合作医疗站，培养族内年轻的“赤脚医生”。到了在广播里听说党中央粉碎阴谋篡党夺权的“林彪反革命集团”时，三山革委会已拥有一辆汽车、一辆大型拖拉机和几辆手扶拖拉机，还有与县城每日对开一个班次的客车。随着水运的逐步退出，嗥头墩荒废了。丰浦县从各地召集大批人马，为三山建了水电站，家家户户拉上了电灯；建了三山中学，细囝们不出山地就能读到高中毕业。“农业学大寨”时，呼啦来了几百号人，日暝奋战为三山一带的某个小村落平整土地。

自留地被视作“资本主义尾巴”的十年间，马缨花让前后当了嘎山生产小队长的后生、孙子变通办法，将自留地暂时收为集体所有，统一派工，划片种上瓜果蔬菜、番薯、槟榔芋等作物，收成按人口同时也侧重劳力分配。建石墙草寮集体养猪。畲厝生产小队也照搬了这一做法。因为辅粮充足，嘎山、畲厝供应到兜螺圩“三山中学”寄宿读书的子弟每月三十斤白米。还按时不声不响地给嘎山小学的老师补贴部分米粮肉菜。对马缨花来说，一九七〇年是她最重要的一个年份，因为这一年她的重孙奚少强入学读嘎山小学一年级。奚少强很争气，不管什么科目的考试，他都能拿第一。奚麻要惊喜万分地看到，她阿妈心里曾经的阴霾就在奚少强抑扬顿挫的读书声中一扫而尽，已经七十一岁的阿妈身心轻盈，活现出来竟是几十年前马缨花的身影。

五年后马缨花带上奚麻要亲自送重孙奚少强到“三山中学”寄宿读书。经过襄摇到兜螺的路上，“缨花姆子”“缨花阿婆”“缨花婆太”不停有人叫着，无一例外口气极是恭敬。“为何会有这么多人认识嬷太？”奚少强十分讶异。奚麻要说：“少强你知道吗，你嬷太是三山最了不起的一个人！”奚麻要历数沿途地点曾经发生过的故事，差不多都可以和他嬷太马缨花扯上关系。重孙奚少强脑门洞开，听得如痴如醉。自此后周六日或假期，奚少强便不停从眼前这个老姑婆奚麻要嘴里，听到了三山地区近百年来的世情人事。外家马彦、马长溪、马心云、马登承以及“畲厝大药房”，还有与香城“敦仁大药房”的郇杞怀、郇叔如、尹双芊那些传奇般的关联；嘎山奚家的大头家奚园、蒲叶大姆和“奚记豆油庄”；姑婆太奚寄奴与小姑亭、雾松庵；算命先生凌子罟、缪百寻和缪家老宅、砬山崖、丫叉口、水碓房；响廓山杈口坪、嗥头墩、蒲头溪“苏园”与袁抹刀、袁绞阵、袁绞齐、汤稀、涂娄；“旋风拳头馆”、乡公所与裘大脚、郝松；还有汤奓、郧瘸子、邛康、汤漏子、邛三、俎春……特别是对他无限疼爱的嬷太马缨花的生平事迹，竟可以三暝三日也讲不完。人因故事鲜活，故事因人生动，似乎近可触摸，不时在奚少强脑海里得到梳理展现、活动复活，他的嬷太马缨花太了不起了，似乎每时每刻都能在他的心际惊起一个波澜壮阔的场面来。

奚少强读“三山中学”初中二年级的一九七六年，远在北京的周总理、朱委员长、毛主席相继去世，而后是“四人帮”垮台。社会似乎又处于激剧的变革之中，对民众影响最大的当属恢复高考。当时初、高中是四年制，一九七八年八月初，奚少强收到来自省城师范大学的录取通知书，成了小三山第一个大学生。年近八旬的嬷太马缨花年和年近花甲的老姑婆奚麻心里乐开了花，一起欢喜成查某团了。先是给嘎山小学、三山中学摆了拜师宴，接着嘎山、畲厝各房均置办宴席，请嬷太马缨花与重孙奚少强坐上位，老少同庆，轮流宴请半个月，这才欢欢喜喜送奚少强到兜螺圩车站搭车，赶赴省城读书。

次年六月，丰浦县革委会纠正错划错管四类分子，为四类分子摘帽。听说汤漏子、邛三不但恢复工作，还调到香城地区当官去了。戴乐如老师是第一批落实政策的对象，因他已退休六七年，照顾安排他的后生戴少钦到县农械厂工作，爸团俩在嘎山、畲厝两地的欢送下迁往县城。马登承也在落实知识分子政策中得到平反，坐诊内科，几个月后恢复副院长的职务。生产小队先是包产到组，胆大的干脆包产到户了，化肥时不时就有一批自由市场的议价供应，土地发挥了前所未见的能量。身边没人的时候奚麻要说:“阿妈你可别光顾着高兴，忘了当年缪先生留下的那个‘锦囊’小袋了！”马缨花忘了自己年已八十，一听赶快让奚麻要翻出压在箱底的小袋，迫不及待地想看小袋里的那封信。

“缨花贤能而荣显于后，得享遐龄，五代同堂。亲眼得见孙辈读书出仕，官至五品。奚、马两家积德深厚，将繁衍广布、开枝散叶于各地。不必挂心雾松庵损毁，日后修复自有其时。”

母女俩读后喜难自禁。“阿妈你好大的福分！”奚麻要说，“这‘孙辈读书出仕，官至五品’，肯定应在少强身上！”“我知道缪先生的推断向来是准的，只是这秘密可千万得守住。”马缨花说，“人活过百岁，肯定是阎王爷的命簿漏记了，可是叫嚷不得的，惊动了阎王爷好事就破了。一家伙财丁贵、福禄寿占全，怕是老天爷瞌睡时从指缝掉下来的好处，只能放在心里暗暗烧高香求保庇。要是你得意过头说开了，就会招人指摘说项，老天爷醒了就把这疏漏收回去了。”“阿弥陀佛！”奚麻要听了吐了舌头，赶紧将那封信再次园入箱底。

138

大后生奚松得了重病，老母马缨花和小妹奚麻要日暝陪伴在他身边。奚松去世时六十七岁。马缨花对奚麻要说：“又是白发人送黑发人，活把阿妈心疼死了！”奚麻要说：“我也不是不心疼大兄。只是阿妈你想想看，大兄一辈子用不着任何担当，除了饥荒三年，他过的都是好日子。大兄的长辈健在，还不必他费多少心，身后团孙成群，和和美美的，并没有什么可缺憾的。要我说，阿妈你心疼一下就行了。”“麻要你说得对，”马缨花说，“只是天下哪有做老母不疼团儿的！”

全面实行家庭联产承包责任制这一年暑假，公路已于年前通往襄摇圩，嘎山奚家收到奚少强大学毕业的信，却不说什么日子回来，成天叨念的嬷太马缨花正盼望着，重孙奚少强带着几大包行旅回到嘎山。尽管每个寒暑假奚少强都会回嘎山，但这一次奚少强是大学毕业。奚少强二十一岁了，他的爸母辈到了这茬年纪早该考虑结婚了。可此刻的奚少强却是个时代感很强的大学生，有想法也有眼光，让他迫切的是工作岗位而不是终身大事。嬷太马缨花、老姑婆奚麻要先是亲自动手做了几顿好吃的，过了奚少强嘴馋的瘾，这才探询道：“少强大学毕业了，国家会给你安排什么工作？”奚少强说：“按说师范生毕业都得回本县某一所中学教书，可也有个别能耐的留在省城、地区政府部门工作的。”马缨花说：“依少强你的想法呢？”“我的首选当然是省城那个大地方。留省城政府部门工作，视野、心胸就会大不一样。可我不认识谁，连门缝都摸不着。”奚少强说，“若是回到丰浦，特别是回到三山中学，就怕要当一辈子的老师了。可我觉得自己不适合当老师，加上地方偏远，发挥的余地很小，这辈子就糟蹋了。”马缨花说：“少强放心，你嬷太一辈子没求过谁，这次要为咱家的少强跑一趟丰浦、跑一趟香城！”奚少强赶忙说：“我也就随口说说，嬷太年纪大，哪撑得住长途的劳累？这事不提了！”奚麻要说：“不是还有老姑婆我在身边伺候着吗？再说让你嬷太认起真来了，还有什么事难住她？”

事不宜迟，几日后嬷太、老姑婆、重孙子仨人大早便在襄摇车站登上客车，一路往丰浦赶去。奚少强蹭着嬷太的脸颊说：“嬷太你真了不起！”八十多岁的嬷太活如细囝，左边坐血气方刚的重孙，右边坐六十多岁査某团，竟顶得住暑热还一路好奇，任由颠簸也不晕车，还惊叹说：“比以前搭船，快了大半日！”到丰浦车站下车，三人先去县医院找人。阿姑、表姊、表孙三个突然登门，马登承赶快找饮食店安排午顿。问清进城的缘由，马登承说：“少强若想在县城工作，我倒可以打听看看有没有单位要人。”“你有几分把握？”奚麻要不放心问道。马登承说：“打听过后，还要能找到熟人才知道。”午后马登承得上班，祖孙仨告别出来的路上，奚少强说：“这样懵里懵懂找人，毕业分配的路子怕是难找得很了。”自从马登承到香城学医后多年不回小三山，马缨花对他的厚望就慢慢淡薄了：“原本我就不指望你这个表公有什么能耐。你看他连家庭也没有调理齐整，你那个表婆连脸都不给露一下，只能在饮食店请咱三个饭顿。你这个表公还是读书人爱面子的心性，做分内功课没得说，倒腾别的可就为难他了。再说他恢复工作也才几年，人际关系生疏，能摆弄出什么来？”

说着话走着，不多时就到俎春的住处了。俎春见老家三山她最想念的人从天而降，抱着马缨花竟喜极而泣：“要不是缨花阿姨你今日肯来，我一拖再拖几十年，都没脸回三山看望你老人家了！”马缨花说：“日子过得够快，没想到俎春你也是七旬老人了！”俎春扶马缨花入座，说：“我时常在心里想着，论长辈就剩下缨花阿姨你了！缨花阿姨八十开外身体还这样硬朗，我俎春有多幸运啊！要不是现在不时兴，我真想跪下来给你老人家磕三个响头！”“你阿姨不要俎春磕什么响头，我这次是替奚家的少强有事相求来的。”马缨花指着奚少强说了来意。俎春抓住奚麻要的手说：“这几十年来，总算有个麻要小妹尽心照顾在缨花阿姨身边，汤、邛、符三家真该好好感谢一下麻要小妹你！”奚麻要说：“俎春大姊忘了你的缨花阿姨可是我的亲妈！”俎春接着抓住奚少强的手说：“少强你放心，你这个俎春姑婆是在教育局副局长任上退休的，还说得上话，只要你想回丰浦工作，全县哪一所中学任由你挑！”久别重逢，还没有泡茶待客，已经说了一大堆话。听说奚少强喜欢省城，俎春说：“这也不难，叫我后生邛山派车，明天就送你三个到香城找漏子、邛三，他俩肯定会有办法的！”

暗顿饭俎春带后生新妇和孙子在新开的丰浦饭店办了一桌宴席，为缨花阿姨祖孙三代接风。席间她让孙子叫马缨花嬷太。县商业局长邛山上前给马缨花深深鞠了一躬：“缨花阿嬷，孙子邛山给你老人家叩安！”又端起酒瓯说：“祝缨花阿嬷身体健康，快快乐乐活三百岁！”马缨花说：“邛山自小就很争气，可我还真没想到，嘎山小学会读出一个局长来！”邛山说：“说到读书，咱家少强这个大学高才生才算得上！”奚少强说：“可我惭愧得很，还在为工作犯难呢。”邛山说：“不怕，你有一个不得了的老嬷太，连我那个当了地区领导的姑丈也要尊她一声缨花阿妈哩！”奚麻要说：“邛山说说看，你这个局长是几品官？你当地区领导的姑丈是几品官？”邛山说：“按古代官阶，县委书记、县长是七品，我姑丈是六品，我这个小小局长还是不列级。”奚麻要说：“那五品官是多大？”邛三说：“按序往上推，五品应是厅局级的官，香城地委书记称得上五品官了。”马缨花笑道：“麻要第一次出远门，见到最大的官就是邛山局长了！”在嘘寒问暖间说说笑笑，一顿饭吃得十分热乎。马缨花问起戴乐如爸团，想去看看他。俎春说：“戴乐如在内山待太久了，漏子一家调往香城，他就没有别的相识了，磕磕碰碰的，一有事就往我这里跑。”“缨花阿嬷你还是先办正事要紧，等香城回来再见戴老师也不迟。”邛山说，“戴乐如是我老师，我知道他挺难的，办什么事都由我出面替他招呼找人。可戴老师谦卑过了头，絮絮叨叨个没完，弄得我每次总想躲开他。”“好，我听邛山的。”马缨花说，“回头我要戴乐如请我这个老相识吃顿饭！”

139

吃过暗顿，组春带祖孙仨踅丰浦廊桥、三角街，还特意安排马缨花住老地方。县招待所已改名丰浦宾馆，房间还是那些房间，只是涂漆粉刷一新，床铺垫了席梦思。汤漏子听说马缨花到了县城，便打电话给宾馆经理，安排了首长套间。套间配有会客室、卫生间。马缨花、奚麻要睡主卧大床，奚少强睡外间的勤务铺，不但整洁阔气，还交代说次日会免费送来米糜、煮鸡蛋、豆浆、油条、咸菜、酱花生做早顿饭菜。“嬷太你好有面子！”奚少强大为感叹。奚麻要说：“少强你这下放心了吧，凡事只要嬷太肯出面，就没有做不下来的！”马缨花说：“解放初我到县城开‘妇代会’，住的也是这里，当时叫招待所，我和三山区妇女主席吕佩芝住一个房间。谁想三十年过去了，也就粉刷换床、改了个名字，还是老样子。”毕竟劳累了一日，祖孙仨轮流洗完澡，母女俩很快睡了，奚少强又看了几页书才熄灯。次日天亮起床，奚少强见嬷太的精神状态比年轻人还要爽快，也就放心了。吃罢早顿，组春、邛山都来送行。邛山说：“缨花阿嬷你一百个放心，沿路看看改革开放的新风貌，司机小陈会开车直接送你到香城人委巷的梧桐楼，我姑丈专门请假在家等候你老人家哩！”

到了香城人委巷的梧桐楼，司机说还有别的事，车掉头就往回开走了。将祖孙仨迎入楼，在客厅里，已是中年查埔团的汤保叫了缨花阿嬷，叫了麻要阿姑，邛三抓住奚少强的手说：“响当当的大学生，给我这个当姆婆的争了多大的面子！”汤漏子响亮地给马缨花敬了军礼，说：“我要向缨花阿妈申请一个拥抱！”“都过七十的人了，还这么淘气！”马缨花笑道，“看来邛三这些年还是没有把你管教好！”邛三说：“离休前省委特地给了他副专员的级别，看把他都欢喜成细团了！”汤漏子拥抱了马缨花，说：“每次见到缨花阿妈，我都会有好运气！”马缨花说：“偏我这次是来给你添麻烦的。”汤漏子说：“好说好说，我正寻思着，都快退休了，就是一次也还没有报答过缨花阿妈你哩！”让客人洗一把脸，吃过茶水，在宾馆上班的新妇翠花也回家了，按规矩认了一遍客人，正好在灶间忙活的保姆说饭菜齐了，七个人便到饭厅的圆桌旁分主次坐下。马缨花对漏子、邛三说：“你俩的孙子呢？”汤漏子说：“你是说汤满大啊，他高中没读完就去毛纺厂上班了，午顿在厂里吃，暗暝你就能看到他了。”桌上的肉菜是精心烹调的，五香、双糕润、卤面是香城出了名的小吃，海鲜有烫小管、蚵仔煎、清蒸鲑鱼，还有一大土埚的“佛跳墙”，全是内山吃不到的。保姆轮流为各位盛饭舀汤，汤漏子强调各取其便，不讲客套。邛三给奚少强夹了一碗头的菜，说：“少强你在大学表现怎样？有没有什么特长？”奚少强老实答道：“我在大学入了党，在报刊上发表过文章，当副班长，是优秀毕业生。”汤漏子听了哈哈大笑：“不得了，咱家少强不但是党员笔杆子，还是个学生官、高才生，有这样的条件还怕找不到好职业！”奚麻要说：“话虽这么说，你这个当叔公的可别掉了轻心才行。”马缨花说：“咱家少强按政策规定是要回丰浦哪一所中学教书的。想留在省城，漏子你可不能大咧咧的，得用上全力才行。”汤漏子说：“我有老首长、老战友、老部下在省城任职，我明日就带上少强赶往省城，就不信替少强跑个工作单位会有什么困难！缨花阿妈你就由邛三、麻要小妹陪着踅香城看光景，开开心心等候消息好了！”这话可把马缨花给哄哭了，泪花四溅抓住汤漏子的手说：“谁想得到，六十多年前那个小淘气，现如今竟当了六品大官，敢夸海口了！”汤漏子说：“汤漏子有今日，除了感谢党的培养，最要感谢的一个人，就是缨花阿妈你呀！”接着那张嘴又凑近马缨花耳边，低声说：“丫叉口的缪先生，漏子只能放在心里暗暗感激！”马缨花说：“漏子你放心，也是先前你阿妈交代的，每年清明我都给丫叉口的缪先生、给浃溪边上你外公扫墓。”这话汤漏子听了，情绪低落了下来，说：“只可惜嘎山崖的雾松庵被破坏得差不多了，我心中的念想大都破坏得差不多了！”“大家吃菜、吃菜，漏子我要警告你，缨花阿妈难得来一趟香城，你不好好伺候，可别又要影响大家吃饭的心情！”邛三说，“缨花阿妈你可能不知道，漏子现在享福了，可他平时最爱念叨的，还是丫叉口的石墙草厝和浃溪边上的水碓房。他也不害臊，说小时候他还说过不许缨花阿妈你嫁给柏庐阿爸的事哩！”马缨花笑了：“漏子小时候爱调皮捣蛋，我出嫁那天，他趁人不注意溜入我坐的花轿，对我说‘我不许缨花阿姨嫁给奚柏庐！’我一听乐了，把他搂在怀里，小声说‘场面这么热闹，阿姨我哪能不嫁’啊？”汤漏子说：“我那时候就是想不通，那么漂亮的缨花阿姨为何不等我长大了嫁给我？”邛三说：“人还小不丁点，心就野成那样，还好意思说！”汤漏子说：“小时候我哪管得住自己会那样想！”七老八十的，坦承了觋园在内心深处的私隐，让过往的心情变成可以回味的岁月糖浆，当真难为情得很。奚少强正这样想着，听见他嬷太说：“心野才是做大事的料。别看咱家少强斯斯文文的，也是心野得不行，三山是装不下他了，只好跑到香城找漏子、邛三来了！”“让我佩服的还有缨花阿妈的眼光，那可是一看一个准！”汤漏子说，“缨花阿妈你这么看重少强，少强就肯定是个人才！我这个当叔公的要不逞能一下，怎么说得过去？”

14

梧桐楼是一栋带院子的双层楼房，大小七八个房间。午休后汤保与查某翠花上班走了。保姆在灶间忙着准备食材，为暗顿煮好吃的。汤漏子、邛三翁某俩执意要亲自伺候茶水，四个人看看现在想想过去，慨叹着，有着说不完的话题。不小心说到邛康，邛三一下就哭得不行了。当听众的奚少强，见他们时而开怀大笑时而抹泪伤感，每一个细节无不印证着此前老姑婆所说的有关嬷太种种真实而稀奇的传闻。提到戴乐如，几个人都觉得对他是个亏欠。马缨花说：“漏子、邛三你俩若是方便要多帮戴老师一把。他查某沈虹为保护几个细囝牺牲了，他的心就丢在嘎山了。经历‘反右’‘文革’，他的胆生生给整没了。眼下年纪大了，世道也不知道翻了几回新，以前他的一点见识早就不管用了。后生少钦又不争气，我替他提过几次亲他都不接纳，上卌了也没娶新妇，真够可怜叹的。现如今爸团俩的情形是每一件也叫人看不上眼——唉，都是没有办法的事，想想也是怪不得戴老师的。”这样一说又把大家给闷住了。还好就在这时汤满大下班回来了，叫了一声缨花嬷太后，马缨花的表情就讶异得不行了：这个汤满大，分明和他公太汤豥是一模子脱下来的：“太像了，太像了！咱家的漏子，身形是随他走山的阿妈郧小妍的，身手劲道灵活；满大的身形是随他公祖汤稀、公太汤豥的，力大如牛，山一样强壮。中间隔了几代人，又让嬷太见到了由来，多好的事啊！”见没人插嘴，马缨花接着说：“当年在响廓山杈口坪，他公祖汤稀的查某被叛徒涂娄所害，汤稀饿着腹肚拼死跑了几十里路回到山上，竟能左手拎一个，右手举着涂娄，大吼一声，将两个叛徒摔下崖磡，还把另一个叛徒当场活活吓死哩！”汤满大听了瞪大眼睛，说：“那可比我威猛多了。我在毛纺厂当搬运工，两百斤的货包，几个人才抬得动，可我自己就能装卸！”邛三说：“这就难怪了。我与漏子，还有后生新妇都中等身材偏低，竟生了个一米九多的汤满大，壮得像头牛，我还以为是汤家变种了！”奚少强说：“这叫隔代遗传，是有科学依据的。”“缨花嬷太你能来真好！”汤满大说，“之前我看着满厝里矮人，还以为我是抱养的呢！”没想到几句不经意的话，居然解了迷惑一家人近二十年的心结。

因要跑长途，次日一早汤漏子与奚少强就坐上地委小车班派出的吉普车，往省城进发。马缨花、邛三、奚麻要三个头戴草笠慢腾腾走大街串小巷，累了就吃街边的大碗茶歇凉，饿了就品尝小吃店里的美食。府埕古街、香城百货、人民广场、文庙，游走叫卖的，摆小摊吆喝的，似乎满大街都是不停招徕顾客的商贩。邛三说：“眼下政策松动，提一只栲栳卖茶叶蛋也能赚钱。”马缨花说：“人就这样，吃到甜头，心眼儿就活了。”路过“八里弦歌”，已不见当年的迷离声色，不过普普通通一条居民小街罢了。奚麻要说：“听说从前凌子罟、缪百寻师徒俩到香城，就专程找这条街的铁嘴‘金吊桶’，‘金吊桶’的神算名不虚传，把师徒俩吓得不轻！”邛三说：“我也听说过，从前‘八里弦歌’是香城的红灯区，解放后这条街上的婊子间、鸦片烟馆、算命卜卦、弦歌馆全部取缔，从业人员收容的收容，遣散的遣散，这条街就荒废了。”看着光景的母女和契查某团一路走着，感叹着，天黑前回到梧桐楼，刚好听到铃声响，邛三将话筒递马缨花，在省城那一头的汤漏子说：“事情办过半了，请缨花阿妈放心。明日暝昏前我和少强就回香城了。”“那就好，那就好。”马缨花冲着话筒说，“漏子你也老大不小了，可要注意身体，别太辛苦了！”

暗顿后擦了澡，闲话说累了就睡囫囵觉去了。天亮起床，吃馒头配猪肝粉脏汤。这日一出巷口便坐上人力车，走中山桥过香江，游玩了南山寺、西山动物园，返程路过小商品市场，不经意东挑西拣的，由邛三砍价付钱，买了不少心适物件。到人委巷见梧桐楼灯亮着，就知道汤漏子、奚少强回来了，进门一看他俩当真坐在客厅里吃茶。邛三劈头就问：“漏子怎么样，少强的事搞定了没有？”奚少强抢先答道：“省卫生厅调了我的档案，领导已经拍板要接收我了！”奚麻要一听走到沙发后面，为汤漏子拿捏肩背说：“你这个当叔公的，称职！”汤漏了说：“省卫生厅刚好需要一支笔杆子，等通知一到，咱家少强就是省厅办公室的一名干部了！”马缨花说：“漏子你这次给的人情比天都大，也不知道老太婆我有多感激！”“缨花阿妈你要这样说可就太见外了，漏子不爱听！”汤漏子从沙发上站起来，“缨花阿妈作为普普通通的百姓，为革命、为抗日、为新中国所做出的贡献，别说三山地区，就是整个丰浦也找不出第二个！我汤漏子就为缨花阿妈的后代推荐个工作单位，再怎么说也是应该的，我这可不是徇私走后门！”邛三笑道：“看他一副小人得志的样子，缨花阿妈别见怪才好！”

141

事情办出了理想的结果，马缨花就不想再烦扰汤漏子一家了。见留不住客，邛三说：“日后缨花阿妈不管什么事，只要我和漏子办得来的，你就到大队部、到邮电所打电话，一时打不通梧桐楼，就打给我侄子邛山，由他转话由他帮忙都行。”马缨花说：“少强的工作有了着落，我就不愁别的了。”汤漏子拥抱一下马缨花说：“缨花阿妈保重，我过些日子离休，就回嘎山看你！”说完将大包礼物放上后备箱，派车送祖孙仨回丰浦，还打了电话要求县委办接待这个对革命有着特殊贡献的“老接头户”，安排车辆送祖孙仨回三山。

吉普车开到丰浦，县委办果然派了一个曾干事负责接待，还请戴乐如老师前来作陪，在宾馆吃了日昼顿。等曾干事给祖孙仨安排完套间后离开，司机也掉头开车回香城去了，戴乐如这才真情流露，泪汪汪的。奚麻要说：“戴老师你跟后生入城，都还好吧？”戴乐如说：“我有退休金，少钦工资也过得去，不缺钱花。只是厂里安排的住房小，正在申请大的。眼下急的是给后生张罗新妇，再不找就怕太晚了。”马缨花说：“戴老师有事别忘了找俎春、邛山帮忙，也可以给汤漏子、邛三打电话。我侄子登承的医院里，有不少查某护士，就算是二婚的也不要紧，你找他了解了解情况，方便时给牵牵线。”戴乐如说：“我七老八十才入城，举头一看以前相识的，调走的调走，也有处境比我还差的，加上老的死的，凡事也就只能厚着脸皮找他们几个了。”戴乐如说了这些话，无形中就变得有点委琐。奚少强想起邛山说过的，不管办一件什么事他都会帮这个戴老师，可也总想躲开他的话。又想起嬷太替他设身处地的另一番话，便开口说：“戴老师你教书育人，嘎山、畲厝几代人都受教于你，这是多大的功德啊，想想就是一件值得自豪的事！”“教书育人的确对当地出了力。只可惜少强读小学时我退休了，专心看护水碓房了，也没教上你这个高才生。”经戴乐如这样一说，话头似乎又断了。“马大姊劳累了一日，还是早点歇睏吧。”顿了一下，戴乐如也就觉得该起身告辞了。

送走客人后奚麻要说：“戴老师被烟熏过一样黕黕的内心，和他说话总要憋着一股难受。”“想当初他留在嘎山小学时多好，细团们都喜欢他。也多亏他一句提醒，嘎山、畲厝早有防备，闹饥荒三年保住了多少条生命！只可惜戴老师想要的平淡日子没过上，反倒背了一辈子的晦气。”马缨花说，“他不像漏子，吃苦、面对困难都能顶过场。更不像咱家少强，心里就想着能有一番作为的天地。”奚麻要说：“眼前就嬷太和我，少强你要详细说说看，那个漏子叔公带你到省城，到底是怎样找人的？”见嬷太也是期待的眼神，奚少强说：“那日到了省政府门口，漏子叔公给门岗看了证件就让行了，车在一栋小楼前停下，又见扛枪站岗的，通报后到了二楼门外，漏子叔公就啪一声立正：‘报告首长，汤漏子来了！’还没有得到允许，漏子叔公就进去了，将手上提的纸包放在办公桌上，坐上头那个头发全白的老货打开它取出五香咬了一口说‘嗯，不错，是老福祥’！这才打量我问道：‘漏子你身边这学生娃是谁？’漏子叔公说：‘奚少强，闽西南游击区马缨花的重孙！’白发老货说：‘就是那个为了支持抗日动员婆家、娘家卖掉几百亩良田的马缨花？’漏子叔公说：‘正是。马缨花这个重孙可不得了，是党员学生官，还是个笔杆子高才生，可他读的是省师大，毕业得回三山教书，漏子觉得不能这样埋没了，就给首长送人才来了！’白发老货说：‘漏子你还是给李凡送去吧，他卫生厅办公室正好欠一支笔杆子。’漏子叔公说：‘我大早几百里跑过来，还想吃老首长一杯大红袍哩。’白发老货说：‘你赶李凡办公室吃吧，迟点他就下班走了。’到了卫生厅，李凡厅长很客气，又是泡茶又是问长问短的，等漏子叔公说给他送来了笔杆子，他就记下我的姓名、毕业的学校和特长，说漏子叔公是雪中送炭，更何况这高才生是为革命做出贡献的马缨花后人，只是他一个人说了不算，得卫生厅党组研究通过才行。从卫生厅出来，漏子叔公就往香城打电话，说事情办过半了，要缨花阿妈放心。我倒觉得这事还挺悬的。漏子叔公的几个老部下在龙江酒店为他接风洗尘，李厅长也赶了过来，一见面就说：‘好你个汤漏子，这么点事也惊动老头子！不过也好，有了老头子的鸡毛令箭，还有谁敢阻拦不办？’漏子叔公说：‘我来省城不去看望老首长，可就说不过去了；他问我到省城公干，我哪来胆量不说实话？’李厅长拍了我的肩膀说：‘回到家，替我给你曾祖母问好！告诉她你的事我已经交代相关部门调取档案，你在家里等候通知就行了。’我连忙对李厅长表示感谢，开宴后还专门敬了他一瓯酒。”奚麻要说：“咱家少强真行，看得懂也对应得了场面！”马缨花说：“少强你这个漏子叔公难得，凡事用心争取，还不死缠。”

祖孙仨洗完澡，俎春、邛山、马登承也送来了礼物，听说事情有了着落，明日县委办还会派车，便全都松口气庆幸了一番。

142 双喜临门

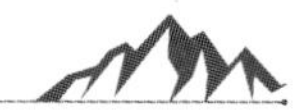

新中国成立三十几年来人口翻番，三山地区一分为二，襄摇乡辖襄摇圩、小三山、上肆溪口、大莽山；兜螺镇辖兜螺圩、鹩山崖、三旗门、响廓山。开始严格执行计划生育。公路已通至后山的砬山崖，划入郤市。公社改为乡、镇，大队改为村。奚少强到省城上班时，三山地区全面实行家庭联产承包责任制，兜螺、襄摇、上肆溪口、三旗门恢复错开七日一圩的习惯。公路也从襄摇圩接到嘎山、畲厝。供销系统推行了经营承包责任制，农村取消粮食统购统销，接着五交化公司、副食品公司和百货公司也实施体制改革，推行各种形式的经营承包责任制。一时间社会上遍地可见个体商贩，特别是发放了身份证后，连证明都不用开，大至开店、办厂、经营公司，小到蹲地摊或提只栲栳、挑副担子走村串户零买零卖。很快又有消息传来，香城的“敦仁大药房”已由郇家后人重整开张。只可惜郇叔如去世时后辈没能接上茬，断了传承，重整开张做的更多的只能是门面，像郇杞怀、郇叔如那样的名医，一时是出不来了。被摘下几十年的“奚记豆油庄”“畲厝大药房”两块牌子，经嘎山、畲厝两地众多后人之手，先是出现在襄摇、兜螺的几个圩镇。香城地区改为香城市这一年，因有马登承、俎春、邛山、邛三、汤保等亲朋接头牵线，这两块牌子随后又挂到丰浦县城、香城府地去了。小三山的后代，身后的家底较之别的村寨殷实，读过嘎山小学、三山中学，断文识字加上家学渊源，要么独当一面要么三两合作，差不多都能派上用场。年轻稚嫩却更放得开，不多想，往往租下场地摆了阵势，连小家庭也带外头去了。偶尔回畲厝、嘎山，便个个都带礼物去孝敬马心云、马缨花、奚麻要、邵红珠几个长辈。阿公、公太，阿嬷、嬷太，舅公、舅公太、妗婆、妗婆太、姑婆、姑婆太，几个老人有了各种身份，常常被叫得内外不分。马心云趁着自己还走得动，便由一个高中刚毕业的重孙带着，与邵红珠一起，钦差一样到各地巡游了“奚记豆油庄”和“畲厝大药房”，回来对小妹马缨花说：“时代不同了，细团们的事不用你我再管了。日后细团们回嘎山、畲厝，说什么你我只管听着，别轻易摇头点头。眼下交通发达，家家店面安电话，他们人多路子广，就算出了差错他们也都能相互通气，帮衬着料理，比从前管用也活络多了。”细团们见了世面，更懂得体贴长辈，有人发起筹资，分别给马心云、马缨花买了电视机、安了电话，还有一辆火力小三轮。有事没事都打电话回来问安。那辆火力小三轮供族里公用，由一个能开的载重搬物，方便往返。

在乡民们还拿不太准的时候，政府部门公布了县级文物保护单位，浃溪上的“红娘桥”和水碓房、塔尖山鞍的“小姑亭”、嘎山崖的雾松庵一应入选。邵红珠拿出后辈孝敬她的红包钱，要请戏班在丫叉口开演歌仔戏。马缨花听说，便由奚麻要出面，也送去她的红包钱凑了份子。这是改革开放后三山地区的第一场古装戏，一时间嘎山上人来人往。戏连演三场，观众场场爆满。戏棚下大埕中央放一只修缮雾松庵的功德箱，捐款伍拾元以上就勒碑记存于庵庙墙壁，不想应者竟空前踊跃。邵红珠又逐一向在外开店、办厂、经营公司的奚、马两地族人，打电话通报此事，也不拘多少，个个都认了捐。有了大把钱，当年建造庵庙、雕塑观音金身那帮工匠的后人主动找上门来，称工钱好说，主要是为了重现祖辈技艺的荣耀，用意甚是虔诚。历经半年修缮，观音金身不是丝毫不差而是形象更好，衣冠更加华丽，庵庙外表的装潢更加堂皇耀眼。完工当日，照例要请傀儡戏做修复庆典。蔡大麻、蔡细麻爸团已无后人，由上洲蔡姓族人恢复的“上洲蔡”，照样是傀儡戏班最好的。傀儡戏在嘎山崖开演的暗暝，马心云、邵红珠、马缨花、奚麻要都没露面，大概是几个长辈年纪大了，走动不便不想凑这个热闹了。谁想隔日天光，马心云、邵红珠正吃着早茶，也不知是一个什么样的时刻，翁某俩如同瞌睡，面相慈祥坐在太师椅上不动了。几个在家的后生新妇伸手试了试，早就不喘气了。一个细团机灵，飞一般骑脚踏车到嘎山“承安楼”报知姑婆太马缨花去了。前后不到两刻钟，马缨花、奚麻要母女俩由火力小三轮送到娘家的马家大厝。马缨花握一下兄长的手，握一下阿嫂的手，开声哭道：“兄、嫂去了！”然后吩咐几个上了年纪的侄子、侄子新妇说：“在大厝正厅铺板床，趁着身躯还温软，赶快平放，拭洗清气换寿衣，焚香点上长明灯。”又对那个机灵的重侄孙说：“你给那些在外面赚吃的阿公、叔公、阿伯、阿叔、老爸、阿兄打电话，就说该回一趟家了，老公太、老嬷太百年了。”

近在兜螺、襄摇、上肆溪口、三旗门几个圩镇开店办厂的，接到电话便关了门，有骑脚踏车、摩托车的，雇了车辆的，不到一个时辰就陆续有人回到畲厝了。等拭洗完换上寿衣，立了神主牌位，由一个男丁代替长房马登承焚香点上长明灯，逝者派下的查某辈，这才扯大嗓门哭起丧来。这是一九九二年夏五月，马心云享年九十五，邵红珠八十八。马缨花给兄嫂续了一炷香，由查某团奚麻要搀扶回“承安楼”去了。奚少强闻讯于次日匆匆赶回，在母舅公妗婆太的灵前烧香磕头，回“承安楼”在嬷太面前吃了一顿饭，说有急事不能耽搁，就又连暝带夜的赶往省城。三日后奠祭出殡，马缨花又由奚麻要搀扶着赶了过去，娘家人见了连忙在大埕上给她摆了太师椅，由两个重孙辈的伺候她茶水，为她撑伞。这一日族人齐聚，派下众多，亲朋戚友从各地赶来。仪式一半新法一半遵循旧礼，方方面面倒也妥帖。奠祭完将灵柩扛往山头时，马缨花起身送别几步后，就由奚麻要搀着回嘎山了。

143

到了一九九二这一年，从大队支书退下已有七八年的二后生奚堂，跑到丰浦县城带孙子去了。这一年马缨花高龄九十二，奚麻要七十又一。回到家里马缨花叹一口气对奚麻要说：“你阿妈我估计也差不多了。”奚麻要说：“这是什么话，阿妈的寿命是一百二十岁，缪先生说了，阿妈你能看得到咱家少强当上五品大官那一日！”马缨花说：“你看看我兄嫂俩，身体爽朗，耳聪目明，说到离世也是眨眼间的事。”奚麻要说：“这不能相比的，阿舅阿妗老了就一味收心养性，活得太过淡薄了。舅妗俩没有阿妈的精气神，更没有阿妈活得兼容！”“最主要是我兄嫂没像麻要一样贴心的查某囝。”马缨花说，“想起来是千不该万不该，不该一辈子都把麻要拴在身边，太自私了！”奚麻要说：“可我就想供阿妈使唤，几日不见阿妈，我活着就没半点意思了！”马缨花说：“麻要你肯定是上辈子欠了阿妈的钱，现世给阿妈做牛做马还债来了。”奚麻要说：“肯定是上辈子阿妈借了查某囝的财物不还，现世把我养大了不算，还要把我养成糟老婆子！”

母女俩正说着，铃声响了，电话是从省城打来的：“嬷太，我是少强。昨日顶晡厅党组宣布我当办公室主任的任命，我必须在场，前日才那样匆促离开，我知道嬷太要责备少强不识礼体了！”“嬷太还以为咱家的少强找到对象了，原来是当上办公室主任了。”马缨花说，“嬷太知道少强吃的是公家饭，哪能事事随心？嬷太不怪你！”电话那头的奚少强说：“嬷太放心，少强从今日开始就留心找对象，年底就把嬷太的重孙新妇带回家。”马缨花说：“少强你要说话算话，嬷太可是等不及了。”直到那头的奚少强说了“我保证”才让挂电话。奚麻要说：“阿妈你看看，咱家少强又升官了！”马缨花说：“也不知道办公室主任是个什么官？”奚麻要说：“我向邛山打听过，三四年前从科长升办公室副主任，是副处级，八品；

办公室主任是正处级，七品，放在丰浦县就是县长了。”马缨花说：“我像少强的年纪，他的阿公奚松读完三年私塾，都到兜螺圩学做豆油去了。可少强忙着做公家的功课，重孙新妇连个影子都没见着！”奚麻要说：“阿妈你说这话没全对，咱家少强在省城工作，看重的是事业，建立家庭只好推后些。”话虽这么说，马缨花的内心却也觉得有一种说不出来的不情愿。

这一日午后，马缨花冷不丁说：“睏中昼[1]我做了个梦，看见邛三远远跪在楼前的石埕上，不管怎么叫她都不理睬，我一生气就醒了。”奚麻要安慰说：“邛三八十一岁的老人了。大概是路途远，想回来看望阿妈又没体力，只好在梦中相见了。”也就前后半月时间，在香城的邛三病逝，深受打击的汤漏子也住院去了。接电话的奚麻要刻意隐瞒消息，只悄悄通知在省城的奚少强，在香城做生理的奚、马两家几个后辈，去参加邛三的追悼会，去看望住院的汤漏子。又过七八日的后半暝，马缨花呻吟一声醒了，摸索着坐起来大口喘气。奚麻要拉亮灯，轻轻拍打她的后背说：“阿妈你怎么啦？”马缨花说：“我做梦了，汤漏子喊着‘缨花阿妈’，在水碓房上空飘了几个来回，我正想叫住他，他就不见了。”奚麻要背着马缨花给汤保打了电话，汤保说他老爸喊了几个人的名字，就闭眼追他阿妈去了。奚麻要不敢作声，意识到阿妈连日来都有点昏沉，比以前嗜睡，那样的情形把她给吓不轻。果然隔日早起，马缨花又打着哈欠说：“漏子、邛三来过‘承安楼’了，请我随他俩去一个所在，偏偏缪先生不让，将我带上丫叉口，几个还受气吵架，郧瘸子和小妍提了棍棒，就把漏子、邛三给打跑了。缪先生说：‘缨花你下山吧，你家少强带你的重孙新妇回家了。’”马缨花慵懒说着，人似乎还在梦境中出不来。奚麻要疑虑重重，这些天在阿妈梦里纠缠的，怎么全是那些过世的人？!

趁着马缨花熟睡，奚麻要给省城的奚少强打电话，说了马缨花做的几个梦和醒后的情形。“居然会有这种事！”奚少强前些日子回嘎山吊唁舅妗，嬷太的精神状况挺好的，怎么转眼就落寞了呢？“少强你要是有合适的，就找个对象回来，给你嬷太冲一下喜。”奚麻要说，“你嬷太就那

① 睏中昼：睡午觉。

样，她爱热闹，喜欢与正派有能耐的人打交道。少强你要是能带个漂亮聪明的重孙新妇回来，让你嬷太的心眼儿活转过来，她就又能管住自己的心魂了。”奚少强说：“老姑婆你放心，少强一定留心努力！”这一日奚少强接待采访厅长的报社记者巫映云，因为接触过多次，他与同是丰浦籍的记者巫映云已是朋友。巫映云说：“奚主任你接的是老家打来的电话吧？”奚少强简要说了原委，巫映云觉得不过瘾，要求奚少强请她吃暗顿，她还想听奚少强夸耀一番他心目中那个世间罕见的老嬷太。奚少强请巫映云到海鲜城吃火锅，这一顿饭，泡在马缨花传奇里、泡在与马家相关联的香城“敦仁大药房”的故事里，竟吃了五六个钟头。送巫映云回到宿舍楼下，巫映云说：“我干四五年记者了，也算走南闯北了，可你那个老嬷太还是大大地震撼了我。”奚少强说：“不瞒你说，老嬷太一直都是我的精神靠山哩。”巫映云说：“这一顿饭我也不能白吃，奚主任什么时候需要，我就冒充一回你的对象，回老家嘎山给你老嬷太冲一下喜，也让我好好见识一下她。”

隔日奚少强给巫映云打电话：“你昨晚说的话当真？”巫映云说：“虽然吃了几杯酒，可说过的话也不能不认啊。”奚少强说：“那我们明日就去领结婚证，几日后我就带你回嘎山。”巫映云说：“你这样也太野蛮了，连条项链也不买，就像我嫁不出去似的。”不想下班回到宿舍，奚少强便拎了一小包过来，金项链、手镯、戒指一股脑买齐。巫映云说：“这么快，别是给前女友准备的——临时转手给我的吧？”奚少强说：“自从认识了巫大记者，她发在日报上的通讯报道每一篇我都认真细读，这还不够吗？”巫映云说：“不够，充其量也就是个热心读者。”奚少强说：“每次到卫生部门采访，我都明抢暗夺去接待，难道你没看出来？”巫映云说：“这不正是你办公室的本职工作吗？”奚少强说：“只要有三五日没在日报上看到你的文字，我就会茶饭不香、坐立不安，活得很辛苦。”“做惯了党八股，能这样表白也算难为你了。”巫映云说，“领了结婚证，就请婚假到丰浦县城我爸母家住两日，到嘎山‘承安楼’住三日，然后转道回省城接着上班，如何？”

奚少强给县城开“奚记豆油庄”的二叔公奚堂打电话，完了又往嘎山打：“嬷太，我五日后就带对象回‘承安楼’结婚。少强是国家干部，婚事要简办，摒扫一个房间，安一铺床就可以了。”还好马缨花早做准备，“承安楼”二楼的一个房间被粉刷一新，奚少强的老爸从镇上拉回一车婚用家私，新房转眼就布置出来了。奚少强带巫映云回到嘎山，穿戴朴素休闲，一进门便在马缨花面前行了叩拜大礼：“少强、映云请嬷太大安！”“新社会不兴这个。”马缨花眉开眼笑的，让他俩赶快起身吃桂圆莲子汤，给重孙新妇巫映云的礼物是红绸包裹的十二个光绪元宝。巫映云说：“这是老古玩，嬷太给我的礼物太贵重了！”站在一边同样眉开眼笑的奚麻要说：“给你的任务也很重大啊，刚才你吃的是‘贵子汤’，嬷太想抱玄孙了！”巫映云说：“我和少强向嬷太、姑婆保证努力完成任务！”马缨花说：“咱家少强生性忠厚，映云你可别欺负他。”奚少强对巫映云说：“你看看，连嬷太都看出来了，你还不收敛一点。”巫映云说：“嬷太你放心好了，少强是政府官员，不欺负我就算好的了。”马缨花说：“看得住自家查埔人也好，别太过分就行了。”巫映云对奚少强说：“还不给我老实一点，嬷太批准我要好好看住你！”奚少强说：“别得意，嬷太的话在后头呢。”果然马缨花接着说：“我喜欢映云的性子。这一点像邛三，平时对汤漏子看得紧，危急的时候比查埔囝还管用。”巫映云叹了一口气说：“绕了个弯，老嬷太还是心疼少强！”“连外嫁的查某囝也算上，嬷太的派下有两百多，她最看重的就少强一个。”奚麻要说，“说起来映云你可能不相信，这七八十年来，谁一旦让你嬷太看重了，谁就会奔个好前程！”巫映云说：“我相信，像邛三、汤漏子、俎春，还有畲厝那个表公马登承……”奚少强很感激，巫映云用心留意有关嘎山的一切，扮演一个孝顺的重孙新妇。

婚宴也简办。除了奚少强的二叔公、爸母及亲兄妹，就是嘎山、畲厝在家的长辈，凑满三桌，敬了酒说了祝愿的话，便不再有别的客套，吃得随意而尽兴，是大家庭那种温情满满的一派和美。次日一早，马缨花就把外面工作和做生理的后辈们全打发走了。巫映云给奚麻要使了眼色，搀着马缨花说：“嬷太你要带我去浃溪看水碓房、看‘红娘桥’，还有嘎山小学。”眼前这个九十多岁的嬷太，身材适中，口齿清楚，迈的差不多是中年人的脚步，气定神闲的，更难得的是身上没有任何陈年腐味，反而葆有查某团那种清纯的气息。在嘎山婆家与畲厝娘家交界的浃溪边上，水碓房、‘红娘桥’和嘎山小学一步步走来，只言片语中所牵涉的既往人事，与奚少强所说的相映成趣。在所有的故事里，出现次数最多的就是那个叫缪百寻的缪先生。缪先生的出现，使嘎山、畲厝成了三山这片广阔山地的人文中心。特别是站在“红娘桥”上，回头近望“承安楼”、翠屏山、嘎山崖上的雾松庵、丫叉口、塔尖山鞍的“小姑亭”，远望屹立在嘎山后方的大莽山、响廓山、鹁山崖，从奚少强嘴里打捞到的种种说辞，便在这触目可及的时空中时隐时现。巫映云非常吃惊地感觉到，马缨花尽量在避开自己，却又无一例外不处于那些接近于传奇的故事中心，正是她职业所处的做新闻时非常强调的身临现场的那种感觉。巫映云说：“嬷太你知道吗，你老人家是少强的精神靠山，每次和你通完电话，少强都要幸福小半日。”马缨花说：“闹完三年人饥荒，奚、马两家是一张张菜青脸色，仓廪空无粒粟，身上亏空了气力，头顶的日光也会压垮一个人，就算几步路也会长得走不完，难挨的日子就像死对头一样让人过不下去。人人都陷入无望的时候，少强哇一声落地，看他那活脱脱的聪明样，一下子整座‘承安楼’的喜气就回来了。”听马缨花话语的鲜活，完全不像是一个耄耋老人。

在“承安楼”里，奚麻要翻出五十多年前缪百寻留下的“锦囊”小袋，取出那封信悄悄递给奚少强：“少强你看看这封信。”“缨花贤能而荣显于后，得享遐龄，五代同堂。亲眼得见孙辈读书出仕，官至五品。奚、马两家积德深厚，将繁衍广布、开枝散叶于各地。不必挂心雾松庵的损毁，日后修复自有其时。”奚麻要说：“信里说的每一件，就剩少强你官至五品等着印证，别的都应验了。”看了信的奚少强大为惊叹：“这个缪先生，能推算身后百年，的确世所罕见！”奚麻要说：“缪先生生前留下的这封信，你嬷太当作是天机园入箱底，少强你可千万泄露不得！”奚少强做了一个肯定的表情，说：“我把重孙新妇娶回来冲喜，嬷太却不像姑婆你说的那样有任何不妥。”奚麻要说：“接到少强你要带对象回嘎山结婚，这消息可是不得了的，你嬷太的心劲一下子就跑回来了！”

睏了中昼后起床，巫映云要奚麻要带她去参观丫叉口、嘎山崖上的雾松庵、塔尖山鞍的“小姑亭”。马缨花见只有重孙陪在自己身边，喜滋滋地开口说：“咱家的少强好运气，这个巫映云十分难得，聪明有主见，

缪先生的出现，使嘎山、畲厝成了三山这片广阔山地的人文中心。特别是站在“红娘桥”上，回头近望“承安楼”、翠屏山、嘎山崖上的雾松庵、丫叉口、塔尖山鞍的“小姑亭”，远望屹立在嘎山后方的大莽山、响廓山、鵜山崖，从奚少强嘴里打捞到的种种说辞，便在这触目可及的时空中时隐时现。

还懂得装温顺。”奚少强说：“温顺是装的，嬷太还说难得，这是什么道理？”马缨花说：“映云有学问有见识，还能在百无一用的老货面前装温顺，说明她心目中看重咱家的少强哩！”奚少强听了只好服气，说：“我给映云说过有关嬷太的各种经历，她对嬷太你是佩服在先恭敬在后，不温顺点可不行。”

在暗暝的新房里，巫映云说：“午后我到嘎山崖雾松庵，站在那里有被崖磡高高举起没入云端的感觉，心想那座观音金身虽局限于俗世观念，形象却极尽完美，估摸着是我听过你那个姑婆太的故事，我眼前的形象就在那一瞬间幻化了，成了你也没见过的那个美到不食人间烟火的奚寄奴了。”“‘此姝花名奚寄奴，嘎山大户奚园之女也。奚寄奴眉远青山，目含慈慧，唇似点染；面丰不满，体盈不腴，有世人所艳羡一双肥美小脚，心云惊为天人矣！其身心静谧，清怀虚缈，隐约有宝光相伴随，岂凡间一女子乎？心云乃一介书生，俗骨皮囊，可望而不可即矣！不若小妹缨花烟火心性，踏实性情，为寻常人家可依托也……’”奚少强背诵了上面一段话后，说，“对那个姑婆太，我舅公太的这段评价应该最为精当。我读初中时听了故事，便缠着麻要姑婆要看那段文字。嬷太见我死迷，回娘家跟母舅公借了记事本，让我一睹为快。”巫映云听后感叹说：“嘎山奚家当真是奇妙得很！”奚少强说：“只是舅公太对我嬷太的评价，我却不敢苟同。”巫映云说：“我凭一个女性的直觉——学术一点说，你嬷太是一个有着自然浑圆人格魅力的查某人。”“这样的话是标榜高深，我听不出所以然。”新婚查某对嬷太这样的评价，引起奚少强深厚的兴趣。巫映云说：“比如摄影、照镜子，你总是选择有利的位置和光线，留下最佳的影像。可你嬷太不用，她给你的是全方位，即使不是最佳也是最恰当的。”奚少强说：“读初中后，我就会时不时地去思考一番嬷太。后来我觉得嬷太有个显著的特点，那就是一个人一旦遇上什么事，有的会拼全力去克服，有的会规避，有的会随遇而安，而我嬷太则是随遇而力求完美，却从来都是顺其自然而非强求。”“前提是你嬷太的行为必须是非功利的。她的一生，对有能耐的人都能随心亲近，做事全凭内心而不损其余，这种能力是与生俱来的，加上时遇，便是谁也仿制不了。”巫映云说，“知道你嬷太为什么对香城的郇叔如和尹双芊念念不忘吗，那是因为他俩的珠联璧合，其智慧和才情不就是另一个缪百寻吗？同时也是她自身意愿达到的一种向往。你表公无意中阻断了你嬷太与郇叔如和尹双芊之间的信息关联，这才是你嬷太对你表公马登承抱有成见的重要原因之一。你嬷太是一个喜欢有故事的人，并且要求这故事必须是有头有尾的。你表公马登承成了时代的‘替罪羊’，无意中给阻断了。”

奚少强被一语点破同时，他还吃惊地清晰了这样一条脉络，那就是维系嘎山奚家的，上自嬷祖蒲叶大姆、嬷太马缨花、姑婆奚麻要，包括眼前的巫映云，哪一个不是查某的比查埔的强？

144 老嬷祖的腰椎

修缮过的雾松庵，说来奇怪，庵后岩壁长着的那根天然石笋，又让虔诚的查某团攥出水滴来；那道石缝又时断时续地渗水，渴望婚姻的后生子都伸长一张嘴去承接那股冷不丁涌出的清泉。揣着求偶秘密的后生子查某团，在雾松庵观音座前烧香点烛，掣签问验，在庵后岩壁前膜拜许愿，往功德箱添加香油钱。邻近有一个老货自愿住雾松庵摒扫看护，后来有人道破玄机，单凭香油钱一件这老货就闷声发了大财。秘密被揭穿，为了获得看护的权利便时时引发争执，偃跤扭打也不在话下，之间的纠纷甚至闹到襄摇乡政府。七八个从乡政府、中小学、供销社退休的当地人，为完备手续报请上级相关部门批准，自发成立了“嘎山崖雾松庵管理委员会”。为雾松庵的维护与发扬光大，制定的管理章程包括完善财务制度、统一管理香油钱和捐献财物，记录整理庵志，形成捐献勒碑记存程序，以当初雾松庵落成之时为一年一度的庵庆日。此外购置音响设备，用于播放佛乐禅音。创建“雾松庵奖学金”，每年一度现金若干奖给襄摇乡应届考上大学的学生。一时间，雾松庵比从前更为灵圣，信众众多。

几年前丰浦县发起搜集整理民间文学三套集成计划，组织了文化专干、业余作者、教师一批人到各地寻访采录，厚厚几卷的民间故事、歌谣、谚语和歇后语，编辑出版与读者见面。在当代民间故事专辑里，写凌子罟、缪百寻的《山地师徒传奇》，写奚寄奴的《雾松庵由来始末》，写奚园的《从零卖担子到奚记豆油庄》，写畲厝马家的《名医辈出的畲厝大药房》，写马缨花的《"红娘桥"与"小姑亭"》《嘎山、畲厝大户为抗战卖光良田》《游击区时期的马缨花》，特别是那篇《山地最受欢迎的月老》，因为马缨花健在，当年被撮合的那帮翁某们又一个个自行对上了号。多数人感叹几十年来虽粗茶淡饭过日子，却也没有什么大起大落，幸亏当年请得动马缨花出面保大媒，总算娶亲成家孝敬得了爸母，家室团儿俱全，你还能有什么贪求？山地乡民不光想念，而是又开始迷信马缨花了。最初男方由爸母带着后生到"承安楼"给鉴定一眼，就算央求过马缨花了。只是谁都知道，年过九旬的马缨花不想费力走路了，即便有车坐，她身边的查某团——老姑婆奚麻要也会拦着不让她出远门。这样一来女方爸母带着查某团也到"承安楼"给马缨花过个眼，想更周全一点，便又到雾松庵掣签求证一下稳妥。到后来干脆变成一种仪式，由男女双方约定时间，各提礼物一起到马缨花面前给过个法眼，就高高兴兴议定完婚去了。

巫映云为了评上高级记者的职称，偷偷采取了避孕措施。半年后被奚少强发现，又拿她没有办法，一急竟要给远在老家的嬷太打电话。巫映云立马认输说："好了好了，我投降，只求你别告知嬷太她老人家！"恰好在这时候，经历价格双轨制下的"官倒"、行业恶性竞争和产品滞销的奚、马两族生理人，深感生意一日比一日难做，便选派了以奚堂为首的三个代表赶赴省城找奚少强和巫映云夫妇俩。为了弥补自己的这个过错，由见多识广的巫映云提议、牵线及打通各个环节，抢先给嘎山奚家、畲厝马家分别注册了“奚记豆油”和“畲厝大药房”两枚商标。两枚商标，只要与奚、马两族是血缘关系，知会一声便可共用。此外翁某俩还撺掇奚、马两族在外做生理的商家，成立了一个类似商会的“奚马联谊会”的组织，拟了简单的几条章程，每年一会，平时信息、商机互通共享，遇事参商帮衬，力往一处使，果然没多久便大见功效。

马缨花知道后，为有巫映云这样的玄新妇大感欣慰。过了一年又半载，马缨花的玄孙奚环出生。满四十日就带回嘎山，马缨花欢喜无限，由奚麻要协助抱了小半日，嘴里不停叨念着：“我当老嬷祖了！这细团分明就是小时候的少强哩！”与此同时，马缨花和奚麻要都没说出口的是，这玄孙和奚少强小时候虽极为相像，神情却多出一丝不易觉察的忧郁。奚少强出生不久，明亮的眼神和嘴角都挂着一丝温和的笑意，这一点她的玄孙奚环不但没有，还隐约浮现一丝忧郁。在“承安楼”住了一个暗暝，翁某俩又将奚家的查埔孙带回省城去了。身后马缨花远送的目光久久没能放下，不无担心说：“我老爸生前说过，这样的眼神是体虚内怯的症状。我这玄孙日后怕要给少强添烦恼了！”马缨花和奚麻要欢喜之余担心了多半年。过度晬后几日就是春节了，玄孙奚环牙牙学语，能歪歪扭扭走路了，小两口就又带后生回嘎山，承欢老嬷祖膝下。这一次，奚环的眼神变得笃定，那一丝不易觉察的忧郁不见了，“先天不足后天补，”马缨花一颗心终于放下，喜不自禁说，“多难得啊，祖宗保庇，咱家的奚环到底壮健勇武了！”

每到春节，是各路外出都会回老家大团圆的日子。“承安楼”一下子多了百几十号人，像赴圩一样热闹，马缨花、奚麻要母女俩收的年礼和红包堆积如山。过第一个新年的奚家第五代孙奚环，收到的压岁钱非但来自奚家，畲厝外家也一个没落下。巫映云完全没有心理准备，她当众清点了压岁钱，居然有一万五千元之巨。要知道当时奚少强、巫映云的月工资加起来满打满算也就一千五百元左右。巫映云对嬷太说：“我觉得给奚环的压岁钱太多了，这不能要！”马缨花说：“谁说不能要，我们奚环今日当的是玄孙、重孙、孙子、侄子、小弟，无论怎么摆都是最小，大家不疼他疼谁？再说了，奚、马两家这些外出赚吃的，遇到事哪一个不往省城打电话？这些生理人来钱容易立世艰难，映云你和少强要多花心思盯住他们，别让他们走邪路就行了！”巫映云说：“嬷太这你不用操心，他们生理做上道了，个个吃得开世面，往省城打电话也就是通通气，相互间联络联络感情罢了。”奚麻要说：“我知道奚、马两家外出做生理的，一有拿不准的都往省城打听，那个新字眼就叫‘咨询’对不对？我还听说映云的建议往往比少强的管用哩！”奚少强装着没听见麻要姑婆的话。巫映云只好应承说：“瞧咱家奚环这臭小子，才度晬过就闷声发了大财，这压岁钱都超过少强和我的年工资了！”

外出做生理的族人过三十暝热闹了新年，外嫁的查某各辈初二回嘎山省亲，初三就全都走人了。嘎山、畲厝两地基本上就剩下看顾田地的半劳力和部分留老家读小学的细囝了。老嬷太故土难离，照顾她的担子仍由七十多岁的奚麻要担任。细囝们开学后就要春耕播田，留后头的族亲开始农忙，“承安楼”也就常常见不到走动的几个人。这一日午后突然有人在楼外曝粟埕上高喊：“嘎山崖着火烧庵了！”正在下楼梯的马缨花听了膝盖一软摔了下来，接近地面的几坎楼梯不设扶栏，梯道下停放一副舂杵石臼，马缨花仰面朝天，后背正好砸在上面。其实这一日仅仅是雾松庵身后石壁上的草头山着火，在日光下火焰与金碧辉煌的琉璃瓦厝顶连在一起，远远望去跟烧了雾松庵时火势冲天没有两样。糟糕的是，受惊蹓倒的马缨花再没能伸直腰站起来，稍微动弹后背那边便是极痛，只好直接抬上眠床。奚、马两族在家的外出的闻讯纷纷赶到床前，问候这个辈分最高的老嬷祖，你一言我一语讨论如何给她医治。钱不是问题，只要商量出办法，所有人都准备掏口袋。但在面对奚、马两族最为德高望重的老嬷祖时，却没有谁敢轻率做出决定。奚少强接完电话连夜赶路，途经县城带上表公马登承，回到“承安楼”已近三更。吃过几口茶，马登承就开始给阿姑检查诊断。结论很快出来了：要么腰椎摔裂要么摔断，必须立即送县医院！奚少强说：“那就快点缚一副担架，停在楼外的车挑一辆适合停放的，马上出发！”马缨花忍住痛问侄子：“除了送医院，有没有别的办法？”马登承说：“吃药调理，配合康复训练，等候愈合复原也是一个办法。只是以阿姑的年龄，再生能力有限，这种情况即便有时间也会拖得很长。”马缨花说：“送医院就一定治得好吗？”马登承说：“只要不伤及骨髓，最多动个手术，铆上钢板固定住，恢复就会快得多。”“我听懂登承的话了。”马缨花说，“我已经九十六高龄，搬弄不起了，就听天由命在家里静养好了。”奚麻要说：“阿妈眼下这种情况，稍微动弹就痛得不行，我也担心再颠簸五六十里路，撑得住吗？！”奚少强一听也迟疑了。马登承当时就急眼了：“有了病痛就要全力治疗，就要相信医院！可你们这一家伙是什么态度？我还是要坚持自己的意见，代表的也是畲厝娘家的立场，送医院希望会更大，而且越快越好！”马登承没能忍住火气，话就摆到桌面上来了。两难之际，在场的奚家后辈个个低下头来，不敢作声。马缨花说：“登承你别生气。长途搬弄颠簸，保不准还要动手术，都是我经受不起的，谁敢说送医院就没个三长两短？还不如我这样躺着活一口气哩！”马登承说：“你们说这些都是借口！偌大一个奚家，就只能眼睁睁看着你老人家躺在床上无助痛楚，想想就窝囊透了！”“表公说得对，长痛不如短痛！”奚少强说，“要不嬷太你再考虑看看，马上出发？”马缨花说：“我拿定主意了。你们都走吧，该上班的上班，该做生理的做生理。家里头就让麻要辛苦一点，由她照料我就行了。有什么急切的打谁电话谁再回来帮忙，不要所有人都为我这个老太婆操心。”这样一来，奚家各辈便争着对奚麻要表示，说一旦需要无论谁接到电话，都会无条件服从安排。长期以来奚家人听惯马缨花的话，轮到事搁在她老人家自个头上，奚家人就不知道怎么办好了。马登承见了，撇下奚少强，气呼呼地拔腿就要回畲厝。奚麻要追到楼外说：“好表弟你生的是哪门子气，要走也得教教老表姊，我该怎样伺候怎样护理你阿姑才行！”马登承说：“摔断腰的人动不了身子，吃喝、洗澡、屎尿、擦拭都在眠床上，你一个七十大几的老表姊哪翻得动、料理得了？久躺不动就会长褥疮溃烂，到时候就看你奚麻要能长出三头六臂来我才不信！”奚麻要说：“表弟你先别说气话，就告诉我怎样可以避免长褥疮。”马登承说：“讲究患者干净卫生，常翻动、按摩保证舒筋活血。”奚麻要说：“表弟放心，你阿姑多聪明的一个人，要是我难以做到，你阿姑也不会有那样的想法！”马登承说：“全世界也就你一个奚麻要，一生一世都迷信她！”

146

从一开始，嘎山、畲厝的后辈姆婶便会轮流前来给奚麻要打下手，但等到赶回嘎山的各路人马全部离去，奚麻要还是有点傻眼。她让姆婶们翻出那些搁置无用的旧棉襀，放在日头下曝晒后，分割成不规则的大块小块，利用旧衣缝制可以拆洗的外套，用于需要时局部垫支马缨花已经不能站立不能承重的身躯。这个办法虽然有用，但单一个奚麻要显然不行，身边还需要利落的辅助人手，特别是排泄屎尿时，往往手忙脚乱也来不及，每次做完都把奚麻要累散了骨架。马缨花说："就算是年轻人，体力不支也很正常。可我怎么给忘了，你麻要也是七十多岁的老查某了！""我倒不要紧。"见没有旁人在侧，奚麻要说，"只是我当时就想，阿妈一口咬定不去医院，是不是还有别的什么原因？""我就知道瞒不过麻要你。"马缨花说，"奚家做生理的开店、办厂、经营公司，赚了无数钱，这发的是财没错吧？奚家团孙众多，特别是我看到了玄孙奚环前后的转变，又聪明又健康，这是人丁壮旺对吧？少强奔仕途当了国家干部，眼下已是七品官，算得上贵了。可以说嘎山奚家是财丁贵、福禄寿都占全了。麻要你想想看，今日的奚家是不是太过圆满了？月太圆满了就会残缺，奚家这样圆满也该有什么不足才对，思来想去我不能占走团孙们太多的福分，有什么残缺就落在老太婆身上吧，说不定我眼下这样子还是个好事哩！"奚麻要不高兴了："原来阿妈为了福荫后代，把灾祸揽给自己了！"马缨花说："只是这样一来，可把麻要你给拖累了，无论如何也说不过去的。""谁会跟阿妈你计较这个！"奚麻要嘟囔说，"阿妈你可别忘了，缪先生不是说奚、马两家积德深厚吗，阿妈你干吗还要这样折磨自己？"马缨花说："其实麻要你也想得到，送医院折磨的就不只我自己，折磨的是整个嘎山奚家，畲厝外家也会负担不轻。在外赚吃的后辈，个个忙成什么样子，再给他们添麻烦，又何苦来着！"

说到缪先生，奚麻要激灵一下，赶快翻出压在箱底那本“供日后有缘人阅览”的《凌子罟建构图例》。翻开，里面果然有一则是专门为腰伤设计的摇床。当下奚麻要便往香城一个机灵的侄孙打电话，要他立马回嘎山取图册到工厂定制摇床；又往办厂经营公司的两个侄子打电话，要他俩准备支付订购摇床的款项。打完电话奚麻要说：“拜谢天地，也不知道那个缪百寻的上辈子是阿妈的什么人，竟推算得到他师父的这本书对阿妈有用！”马缨花说：“我也不知道，以前不管我遇见什么大事，第一个想起的就是缪先生了。记得麻要你八岁那年，大雨透暝，缪先生被塌下的瓦窑埋了，当时阿妈的心就像被掏空了一样。”

在香城做生理那个机灵的重孙当日赶回，量了阿嬷的身高，记下受伤的位置，取走图册，就又开车走了。付上订金后，厂方参考了图册和医院里的新型病床，按实际需要重新绘制图纸，重金之下日暝赶工，十日后摇床便送到嘎山。摇床装有套板、活栓，前后左右都安了摇手。转了摇手，床就能一头翘起，给患者以坐的姿势。身下从头至尻川礅有一块板，将患者捆缚在板上，转了摇手，板就会缓缓向左或向右翻动，等垫支稳妥再敨开皮带，患者无需用力便能左右侧身而卧。抽了活栓，裆下那块桶盖大小的板就会自行脱落，患者躺着即可便溺。有了摇床，马缨花虽直坐不得，却可斜躺着由奚麻要端碗，她自己舀饭吃每日三顿。坐起、翻身、便溺，做起来到底简单多了，免去了重体力，以奚麻要一己之力照顾马缨花也差不多了。奚麻要开始定时给马缨花擦澡、翻身、按摩，陪她说话、看电视，还不停地要她接听从各地打回来的电话。奚少强打电话回来时，通常都要奚环和老嬷祖也聊上几句。奚麻要无师自通，很快成了精心护理的全能专家。特别是按摩，推、按、抓、捏、拍、抻，轻重节奏在各种手法中合度起落，心脉血气便随她的一双手游走于浑身到处。马缨花说：“我早该摔它个半身不遂，就这样躺着好好享受鬼精麻要的好手段。”奚麻要说：“这算什么话，摔断腰起不了床，天底下图这享受的也只有阿妈你了！”马缨花说：“只是我不明白，麻要你这一双手的能耐到底从哪来的，以前我怎么不知道？”奚麻要说：“阿妈你哪晓得，其实我很小就记事了。小时候我的感觉是所有人都不喜欢我、都不让我活，稍有恶意我便受到惊吓，就像有人在拧我身体，那样一阵阵不停地纠绞。这时候除了大哭，也就只有被阿妈抱在怀里，用你那双温热的手不停地拿捏我的全身，我才可能得到缓解，得到平息。”马缨花说：“跟奚家所有的细团相比，你那时候太可怜了，瘦得跟螃蚜差不多，一发作就是吓人的全身纠绞，哭得一张脸铁青变形，我打又下不了手，只好用力拿捏你。今日听你说了才明白，就像老辈人所说的那样，细团是越小越不能打骂，记仇哩！”“很小我就明白了，天底下只有阿妈懂得我，离开阿妈我肯定活不下去。”奚麻要说，“从小到大都是，我是一定要死缠阿妈你身边的。阿妈喜欢的我也会加倍喜欢。我渴望能像阿妈那样说话、做事，只有跟随阿妈所思所想，我的心才会有着落。一旦离开阿妈几日，我就会昏天暗地，眼前一抹黑了。”马缨花说：“麻要你这是奴才命，真不知道你上辈子做了什么孽，活到七老八十了还要伺候我这老太婆。”“我上辈子定是附在阿妈骨头上的蛆。”奚麻要说，“小时候阿妈拿捏我，等阿妈老了，便由我来拿捏你，这就叫现世报。”

奚家后辈隔三岔五轮流回嘎山看望老嬷祖，在床头放大包小包，往奚麻要手里塞钱，只要躺床的老嬷祖高兴，钱是只管花。年纪与奚麻要相仿的老盖九听说了，带了几味草药从三旗门赶来，交代用那几味草药泡酒，母女俩每三日各吃一小瓯，躺床的可以预防抑郁麻痹，伺候的可以预防燠热着痧。马缨花内心感动，要奚麻要付给他一百元药资。老盖九也不推辞，接过钱就走了。见奚麻要生气，马缨花说：“麻要你这就不对了，老盖九明知我畲厝娘家世代为医，还关心送来草药，可见他为人有多坦诚。人家老盖九并没有讨要药资，是你给他，他接了，那是因为他知道奚家人富裕不缺钱。最重要的一个是，老盖九送的是辨认得了的草药，草酒吃了当真有药效，日后自行采摘就可以了，这中间有多信任、多敬重奚家母女俩的人品啊！”奚麻要掴了自己一个嘴巴，说：“差点冤枉了老盖九的好心！若不是阿妈说破这一层，我还以为老盖九贪财哩！”

马登承放心不下阿姑，起初是半月、一月，后来是三月、半年回嘎山看望一次。马登承惊讶地看到，他年近百岁、腰椎踣伤的阿姑，除了不能直立行走、必须躺床外，非但见不到长褥疮、引发脏器衰竭、老年痴呆各种症状，身体的其他健康指标居然状况良好。马登承不得不感叹说：“麻要表姊你和我阿姑心意相通，融为一体了！”奚麻要不无得意说：

“难怪奚家后辈回嘎山，以前总是跟阿妈汇报、商量，最近在电话里都跟我说这说那了，原来是心意相通，那我就可以代表阿妈发号施令了！”马登承说：“我不得不承认麻要表姊创造了奇迹，你让现代医学都黯然失色了！”

最近一次奚少强回嘎山，见嬷太活得健康舒心，泪花闪闪对奚麻要说：“老姑婆你的功绩太大了，各路奚家后辈能安心在外头打拼，靠的就是老姑婆你为他们保全了这个大后方！”

147 失音哑口

到了比奚少强低一辈的众多第五代出生后，尊马缨花的已是老嬷祖的辈分。安了电话就方便了，奚家后辈们逐渐形成习惯，不管做什么事，都会向老嬷祖“汇报请示”，而他们无一例外得到的都是“好呀，挺好的呀”那样的允准，这才心安理得做去。做得好就会打电话回嘎山，称靠的是老嬷祖的福力；做得差就反省自己不作声。老嬷祖摔断腰椎后，奚家上下采取了报喜不报忧的统一口径。做生理失败负债跑路、破产倒闭，家庭婚姻上的吵架、出轨、离异，伤残病痛、夭折亡故，这些消息即使进入“承安楼”，也只到奚麻要的耳朵为止。二〇〇〇年农历十月十四日，奚、马两族利用电话、手机联络，串通码齐一处，近两百号人蜂拥回到“承安楼”，给老嬷祖、老姑祖祝贺百岁生日，争着跪在摇床前磕头、递礼物送红包，有意不让老嬷祖辨识出到底缺少了谁，拜完寿便又哗啦潮水般离去。留下的只有从省城回来的一家三口。奚少强率查某巫映云后生奚环跪地磕头，给老嬷祖拜大寿。马缨花喜滋滋地拉住玄孙奚环的手不放。七岁的奚环说：“老嬷祖你太了不起了！”马缨花说：“好玄孙你这话是怎么说的？”奚环说：“我生日的时候，也就爸妈买块蛋糕插上小蜡烛，最多再请几个小朋友前来凑热闹。老嬷祖你就不同了，好家伙几百号人，全都给你跪下磕头，还有堆得比山还高的礼物、红包！”“那是老嬷祖活太久了，后辈太多了。”马缨花抚摸着玄孙的头说，“可老嬷祖是个老派婆子，你看就没有谁给我买蛋糕插小蜡烛啊！”奚麻要说：“奚环你知道吗，你老嬷祖每月领‘五老’工资，昨日还有县乡两级政府，派人送来‘百岁人瑞’一面匾额，还给你老嬷祖一个大红包祝寿哩！”巫映云说：“奚环你可别忘了，你老嬷祖这百年来做的，有多少是轰轰烈烈的大事！”小小的奚环也不忘再来一句：“老嬷祖你真伟大！”

难得回一趟嘎山，省城一家三口不离左右陪了老嬷祖一个日暝，直到翌日近午才由县城开来的小车接走。一时间，“承安楼”便又恬寂寂的了。马缨花说：“我这几日想起娘家的小弟马心言、奚家的小叔子奚柏生，这两个同是十五岁出走的少年家，至今杳无音讯，也不知道是死是活。看来我阿爸的交代，我是完不成了。”奚麻要说：“阿妈的小弟偷了兄嫂邵红珠压箱底的嫁妆，小叔子偷了娘家折合给阿妈你的田亩钱，就像我阿公在世时痛骂的——‘分明是自个找死路去了’。阿妈不是也说过，这两个愣头青身拥巨资而少不更事，活在世上的可能性很小的了。”马缨花说：“我已经吃过百岁，想想也该死了。”“阿妈你不准死！要是阿妈死了，我也没意思活了，这就等于阿妈害死自己的查某团了，阿妈你能忍心吗？”奚麻要说，“还有缪先生不是断言阿妈会‘得享遐龄’，会看到咱家的少强官至五品，眼下他才七品，早着哩，想想看也明白阿妈你还有多长的寿命！”马缨花说：“在麻要你的嘴里，我这老太婆连死也死不得，这也太为难人了。”奚麻要说：“阿妈你想想看，你那么多后代在外面打拼，你要是不在了，他们打电话回嘎山没人接怎么办？只要阿妈活着，他们不管跑多远，心也会被嘎山这一头拴着。”马缨花说：“麻要你说来说去，就是让我长尾巴活着就是了。”

奚、马两族大都拖家带口到山外的市面赚吃去了。留守嘎山“承安楼”、畲厝马家大厝的，加起来也就几十个细囝、老货。人气不足，楼、厝的面貌也灰旧得特别快。一晃五六年又过去了。有好几日，马缨花都感到喉咙嘶哑，发不出声来。在每日都有的十几道铃声中，这一日奚麻要接了电话，将话筒递给马缨花：“咱家少强的。”马缨花喂了一声，便听见少强说：“嬷太，我是少强。我当上副厅长了，办公室主任也还兼着。”马缨花说得有点吃力：“这是政府重用少强你哩，少强你要好好工作，为嬷太争更大一口气！”奚少强急了：“嬷太的声音为何这么沙哑？是不是感冒了？”马缨花说：“嬷太没事，可能是虚火上来了。”奚麻要亲了马缨花一口说：“阿妈，咱家少强是六品官了！”马缨花说：“我在想，缪先生神了，他的话全都要应验了。”马缨花感到喉咙不听使唤，她想咽一口唾液，嘴里却干得厉害。奚麻要赶快给她吃了几口茶水。

143

不想过了几日，马缨花便完全失音，再也说不出话来，哑口了。一百零七岁的老嬷祖哑口了，又不停有后辈赶回嘎山看望她，“承安楼”一下子又变得热闹了。匆促赶回的奚少强，途经县城时同样带上表公马登承。详细诊断后，“我阿姑除了腰椎旧伤，身体方面没有别的问题。”马登承说，“失音可能是声带长了息肉的缘故。病因要到医院检查后才弄得清楚。”奚少强说：“现在是如何医治的问题。”马登承说：“只是单纯长了息肉那倒容易，到医院用一把小剔刀伸进喉咙轻轻一刮就行了。”又是个两难选择的时刻，奚少强说：“以嬷太的年纪，还有腰椎的旧患，送县医院来回颠簸百多里地行不行？”马登承说：“不是行不行，是必须！少强你想想看，你嬷太瘫痪在床不能自理，眼下又哑口说不了话，你说这样活着是什么滋味？！”奚少强瞬间泪眼模糊，在这节骨眼儿上，他似乎应该考虑更多更周全些，一下子却又不知道怎么办好。躺在摇床上的马缨花示意查某团奚麻要，用一面薄板垫起纸张，转了摇手让她斜坐起来，拿笔写下“我已这把年纪，不用了”十个字。马登承说：“阿姑你不想麻烦团孙，这我理解。可堂堂嘎山奚家、畲厝马家大几百号人，连阿姑你的病痛也医治不起，这算什么话？！”奚麻要说：“表弟你别急。我阿妈的意思我懂得，她的所思所想我都知道。我阿妈瘫痪在床，我就当她的双手；阿妈哑口说不出话，我就当她的嘴巴，反正由我伺候好她老人家就行了！”娘家、婆家的立场再次抵触，明白马缨花心思的奚麻要赶快解围。与马缨花摔断腰椎那次一样，在场的奚家后辈个个低下头来，不敢作声，再次默认了那些说不出口的事实。“推脱！避重就轻！！不想作为！！！”这一次，已经八十三岁高龄的表公马登承掩面失声，愤而离去。回到省城的奚少强，好几个后半暝都因胸口发堵，在窒息中惊醒过来……

等回嘎山看望老嬷祖的奚家后辈一阵风离去，“承安楼”再次冷落下来，奚麻要对马缨花说：“为何阿妈一定非得用自己的病残，来保庇后代的圆满不可呢？”已开不了口说话的马缨花欣慰点头，抓住查某团奚麻要的手久久不放。为了让远在省城的奚少强放心，奚麻要打电话说：“本来你嬷太心里在想什么，我就能猜透几分。你嬷太耳朵还挺灵，半坐时，我猜中了她就点头，我没说对她就摇头；躺着的时候，我握住你嬷太的手，我猜中了她就握我一下，我没说对她就不给反应。反正两个老太婆有的是时间，一来二去，也没有什么不妥。”电话另一头的奚少强哽咽说：“辛苦老姑婆你了！”

奚家后辈的青壮姆婶，开始不间断被派回嘎山轮值。但最多也只是跑跑腿打打下手。因为不可替代，为主照顾一百多岁老嬷祖的担子，仍旧落在八十多岁的老姑婆身上。难得的是，马缨花除了腰椎伤残和喉咙发不出声，并没有其他明显的不适，她坦然面对，心态乐观又活了五年。这一日奚少强被派香城出差，瞅空悄悄回了趟嘎山。“嬷太，少强回来看你了！”奚少强与嬷太手握着手，脸颊贴着脸颊，感觉得到嬷太对他的期许。然后他挽着姑婆奚麻要来到楼外，说：“因为姑婆以前给我看了算命先生缪百寻留下的那封信，这些年来我刻意不去争取升官，可半个月前经过考核、公示，我还是被任命为省卫生厅巡视员。”奚麻要说：“巡视员是五品官吗？”奚少强说：“可能算是吧，巡视员享受正厅级别。”“少强你太争气了，没想到我阿妈真的能看到她的孙辈官至五品！”奚麻要说，“可这好消息却要隐瞒不报，让你嬷太还有牵挂，好好给活着。”奚少强说：“姑婆想得周全，就听姑婆的。”

149 嘎山马氏

好像早已心知肚明似的，奚少强走后几日，马缨花就开始饮食锐减。奚麻要担心意外，便趁着接奚少强打来的一个电话后，向马缨花公布了她重孙奚少强升任五品官的消息。奚麻要看见马缨花的脸上露出满意的笑容，然后流下两行泪水。奚麻要问："阿妈你高兴吗？"马缨花握了一下查某团的手。奚麻要说："可阿妈你还流了泪水，是不是也在感念缪先生推算的每一件事都灵验了？"马缨花又握了一下查某团的手。从这一日起，马缨花基本上不再进食，只吃少量温水。奚麻要开始给马缨花的团儿辈打电话，接着给孙辈、重孙辈打电话。嘎山奚家外出赚吃的，便很快都在往回赶的路上。

"少强你带上映云、奚环回嘎山吧。你嬷太只吃点水打湿嘴唇，已经几日不进食了。你路上注意安全，但要越快越好！"奚麻要给奚少强打的是最后一个电话。她回过头对马缨花说："阿妈，我给省城的一家子打电话了。"马缨花的手用力握了奚麻要两下，"我知道阿妈在表扬我做得对。另一个握手，是阿妈要和我告别了。"奚麻要哭了起来，说，"阿妈你可急不得，你还有多半后代正在赶回家的路上。"马缨花垂下眼皮，情形就像睡过去一样。为了给马缨花冲吉利，她和摇床一起被抬到楼中央大厝的顶厅。年已八十有五的奚麻要俯身在阿妈耳边说了一番话后，发现她的回应仅剩下弱似游丝的一口气。

老天爷这一次帮了嘎山奚家一个大忙。当奚少强打电话向领导请假说，“我一百一十二岁的曾祖母快不行了，我必须以最快的速度赶回老家见她老人家最后一面”时，领导说：“那你还等什么？单位的事自有人顶着！”因为是私事，奚少强打了大马力出租车，带查某巫映云和后生奚环，从省城跑高速到香城，从香城跑国道到丰浦，从丰浦跑省道到襄摇，再从襄摇跑村道到嘎山，心如同座下四轮一路狂奔，在麻要姑婆允许的时间内意外顺当地回到嘎山。老嬷祖一息尚存，麻要姑婆露出满意的笑容。嘎山奚家近两百口齐聚床前，重孙奚少强贴在老嬷祖耳边一声动情的嬷太，然后号啕大哭起来。奚少强是奚家最有出息的后辈，是老嬷祖的心头肉。随着他的一声号啕，年已八十有五的麻要姑婆也屈膝跪地，奚家上下顿时哭声雷动。

马缨花流了最后一次泪，她面相慈祥，在满祖厝的哭声中离开尘世。长辈辞世，奚家上下一致调到最低辈分，统称马缨花为“老嬷祖”。老嬷祖马缨花享年一百一十二岁。她九十六岁摔断腰椎，躺摇床十六年了。她失音言语不得，哑口也有五六年了。但她一直都坚忍地活着，心态健康地活着。这中间，奚麻要发挥了重大的作用。奚麻要自呱呱坠地起，便始终伴随在老嬷祖左右，伴随老嬷祖走完漫长的一生。奚少强把长跪在地的麻要姑婆搀扶起来，请她坐在太师椅上，说：“我二叔公的意见是，老嬷祖的身后大事，一切听凭老姑婆的吩咐。”底下立即响起一片附和声。奚麻要也不谦让，当下站起来说：

“快，趁老嬷祖身体还温着，当后生的快给她塞含口钱；当阿嬷的，当阿妈的，快上前给她老人家沐浴、换寿衣！老嬷祖德高望重，五代同堂，衫裤可穿九重；鞋就穿我纳的那双万福千层底，——老嬷祖成佛了！”临了大事，麻要姑婆的口气有点惶急。她想了想，又扭过头来对奚少强说：“好少强呐，这几日你要多吃苦多忍耐些：老嬷祖的丧事要按旧礼来操办！”奚少强毕恭毕敬说：“一切听凭老姑婆的安排，就按旧礼来操办！”

一时间，奚家上下当得了事的人均自觉肃立一旁，听候奚麻要的安排。奚麻要吃惊了。本来以为这个在省城当官的奚少强，定有诸多忌讳，谁料他比谁都通情达理。只见奚麻要颤巍巍地走到摇床前，——也许这是最后一次的了，她俯身在老嬷祖的耳边大声说:“阿妈呀你听见了吗，咱家的少强多好啊，你老人家多有福气多体面呐！”

“奚家别的男丁怕经不起阵势，只好委曲少强你了。”回到座位上，奚麻要说，“请日师看了棺殓时辰后，明天大早就由少强陪你二叔公去畲厝老嬷祖的娘家报大丧。”奚少强说:“姑婆放心，规矩我知道的，一定要走老嬷祖当年嫁过来的路线，步行去报丧。”奚麻要松了一口气，接着说:“其余报丧，就按各自的姻亲线路寻思着去吧。”奚家后辈大都心里明白，麻要老姑婆这样安排的深意。老嬷祖的两次病痛，都没有送医院医治，把畲厝娘家人的心给深深刺痛了。不料奚麻要接着说:“奚家人可别忘了，传了几代人的另一件事，也要同时处理好！”奚麻要指的是老嬷祖百年后，翠屏山小姑坟二次葬的事。一经她的提醒，凡是晓得其中深浅的成年人全都为此倒吸了一口气。

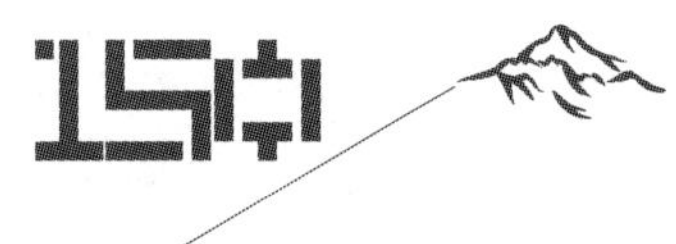

奚少强与当过小三山大队支书的二叔公奚堂一起步行前往畲厝外家报丧。

奚少强离开嘎山三十年了。虽然他每年都会回几次家，但每一次要么有事要么就是来去匆匆。小三山已变得厉害，但浃溪上的廊桥还在。历经近百年风雨的考验，这座“红娘桥”虽面目沧桑，却依然稳固。桥头勒碑称“红娘桥”为县级文物保护单位。奚少强与二叔公奚堂坐在廊桥的板椅上，打火点了一支烟。奚少强被烟呛了一下，把一双缓缓朝四周搜寻的眼睛给呛模糊了。

老嬷祖的娘家畲厝到了，但马家大厝的门却紧紧关着。年近九旬的奚堂，因为老母在堂，他只好手脚轻便，还不敢说老。报丧的这一日，他也只是侄子身份，心里畏怯问侄孙怎么办，奚少强说:“不是说好了吗，按旧礼办。”就这样奚少强扶着二叔公在马家大厝门小心跪下，祖孙俩手托黑白两块布，喊道：“外祖，外祖啊！”马家大厝恬寂寂的不见声响，奚少强说：“二叔公，大点声，再来！”叔孙俩于是再次高声喊道：“外祖，——外祖啊！”两道报丧声过后，引来了几个围观的马家族亲。但马家大厝依旧没有丝毫的动静。奚少强说：“二叔公呀，我都想哭了。”二叔公说：“我也想。说到底奚家是伤了老嬷祖娘家人的情分了。”奚少强说：“那就哭着喊吧。”

“外祖啊，——外祖！”

马家大厝的门终于开了。走在前面的是表公马登承，他身后黑压压站着八七十号马家人。改革开放后，马家人已散居于府地香城、县城丰浦及邻近乡镇，此际在老家畲厝集合，不为别的，就是想为他们马家争一点颜面，为他们的老姑祖争这最后一口气。一反往日的气度，马登承戴上老花镜，说：“门前跪的是不是在省城当官的奚少强呀？听说已是上了级别的高干了，有出息啊！”奚少强在地上磕了三个响头，把黑白两块布举过头顶，说：“不肖子孙不争气，让老嬷祖一辈子拖累受苦，请外祖家宽宥！”在闽南乡下，在二十一世纪的今日，行旧礼丧葬，给外家的也是极大的面子。马登承犹豫片刻，这场面也该过了，几个人于是上前搀起奚堂、奚少强，收了白布，又让人取来清水给奚家祖孙俩漱口。过了这道礼节，已说明外家暂且原谅奚家了，祭奠之日定会前往吊丧。奚家祖孙俩再次跪下磕头称谢。站在院里的表婆说：“登承呀，快让表兄和少强进来吃茶、吃一碗甜蛋汤吧！”“不用了。叩谢老嬷祖的娘家人！”至此报丧已毕，奚家祖孙俩赶紧抽身而退。

“白布接是接了，可我担心外家还会在老嬷祖出殡时闹场面。”回程路上二叔公不无忧虑说。奚少强说：“还不至于，关键是奚家要懂得争气，懂得给外家面子。”回程奚少强搀扶二叔公慢慢地走芒岭官道。到了塔尖山鞍的过山亭，奚家祖孙俩在过山亭的固定椅条上坐下歇息。经百年风雨的剥蚀，“小姑亭”早已面目全非、破烂不堪了。定为县文物古迹后，由雾松庵管委会出资修旧如旧，总算较为完整保存了下来。此刻穿山风着了妖似的，枯枝落叶到处翻飞，凄凉的情景令人感伤。“有山有水有田有地有庙有亭，却不及那畲厝一弱女子！无法无天无德无行无仁无义，谁曾想是嘎山大好家庭？”祖孙俩几乎同时想起，曾有人题在“小姑亭”上的那一副对联。对联的墨迹随岁月消逝已然无存，其内容却在三山地区口口相传。奚少强叹了一口气，抬头眺望斜对面嘎山崖上被修葺一新的雾松庵，在日光下熠熠生辉。奚少强说：“二叔公，后天老嬷祖出殡，同时也是翠屏山老姑祖那座‘小姑坟’发掘的日子，你悄悄帮我捎个话，就说我忙完老嬷祖的丧事，那边再行开棺，我要亲眼看个究竟。”

151

当记者的重孙新妇巫映云，她回的是婆家。平时是极受奚、马两族恭敬的，但这一日似乎有点不同，她走进嘎山奚家这个大家庭时，便觉得自己更像是一个局外人。奚家治丧，要么因为陌生要么因为格格不入，什么事她也插不上手。这一次回到奚家，查埔人奚少强转个身便撇下她不管不顾了，除了歇睏、被派出去办事，奚少强差不多时时刻刻都伺候在老姑婆奚麻要的身边。巫映云在心里笑自己的查埔人，这个机关干部此次回老家的确摆正了他这个当重孙的位置，让她看到了稳重成熟的另一个侧面。奚少强完成了报丧任务，回来得到老姑婆奚麻要一个抚背的奖赏：“少强呐，你知道老嬷祖一辈子都挂在嘴上说的一句话吗？——‘人心是一杆秤’呐！近百年来我们奚家上下心里不是不懂得想，只是想了却拿不出能力来！——可这一次好了，我们奚家的少强回嘎山撑场面来了！”“老姑婆你放心，这一次咱奚家一定要做好！”奚少强抓住老姑婆的双手，一张脸埋进她的双掌之中，居然是一副受用不尽的样子。

举办葬礼的大早，披麻戴孝的奚家后辈手持苦楝树枝做的丧杖，凄凄戚戚地先行买水开了魂路，举办繁复的家祭后，便听见奚家外嫁的姑婆、阿姑、姊妹、查某孙各辈回嘎山娘家奔丧的“哭路头”声：

“阿妈呀——娘妳！你也不肯多活他十年八年！做查某团的不孝，也没饲你一口饭也没饲你一匙汤，还没孝敬你呢，你咋就走了呢！——阿妈呀！你听见了吗，你查某团在大声哭喊哩，你可别急着这就走哇……”

“阿嬷呀！我查某孙也没来得及见阿嬷一面，你就去了；你养我这恁大了，我拢没听阿嬷的话，总是气苦阿嬷你啦，我认错要乖巧了呐！就想着要孝敬阿嬷你呐，可阿嬷你倒好，不回头就走了……”

“嬷祖啊，你老人家走了，是不想管我的了，我心犹不甘呐！嬷祖呀！……”

“老嬷祖呀，我就是你那个小小孙呐，我哭你老祖宗来了，我哭了真个伤心呐！老嬷祖呀！……”

……

巫映云听查埔人奚少强说过，闽南乡下的女性，出嫁时有节制的压抑的哭嫁，回娘家奔丧时放开的“哭路头”，都会受到乡邻的特别关注。前者表示对养育之恩的依恋，后者可以看出她对娘家血脉的无法割舍。乡邻甚至凭哭声作出花样繁多的注解，并从中折射出种种的心态世相。这一日奚家几十个外嫁的查某各辈，差不多个个赶了大早，哭声在嘎山的四面路口参差响起，就像约定似的同时回到娘家。老的八旬有余，已当过多年的阿嬷、嬷太，但今日她的身份是查某团，她还可以装点嫩，还可以撒点娇，便由她一个能瞻前顾后的小辈搀着一路跌撞而来；少的不过二十左右年纪，到了路口哭声响起，她加快了脚步，祭奠时上供的牲礼担子则落在查埔人肩上，在身后百几十步外远远跟着。她们个个戴尖顶芡头，从头至脚穿白，到了“承安楼”前便往大门蜂拥而入，争相扑向楼内大厝顶厅的摇床，把老嬷祖拥簇出一朵巨大的白花，让这朵白花在她们放肆的哭声中战栗着绽放开来。

知识分子巫映云猛的喉管发硬，一股再也抑制不住的、相当陌生的、似乎是遥不可及的、那种痛快淋漓的哭声终于从自己的身体深处爆发了出来。她知道，这种哭声在城里已经找不到了。换句话说，城里已经不可能有这种哭声了。城里人矜持的有节制的哭，要么抹抹泪，要么抽泣几声，悲伤得很文雅很压抑因之也很苍白。所以她每次去参加人家的追悼会，感觉就像去开一个例会，去应酬一次面子。这一日的巫映云体味了一次真正的哭，惊天动地的、身心皆悲的哭。然后她举目搜寻，看见丈夫奚少强

的脸上同样也挂着稠密的泪帘。

“好了好了，都别哭了，平日里懂得孝敬就行了！”老姑婆奚麻要发话了，“我要发老嬷祖的‘手尾钱’了！咱家的少强说了，老嬷祖的‘手尾钱’外嫁的查某团也个个有份！”在闽南乡间，长辈去世，留在身后的现钞便被称为“手尾钱”。“手尾钱”是不论多少，能分到“手尾钱”，一是认你在这个家族中的位置，二是这“手尾钱”一直被视作日后发家致富的源头。按乡俗这“手尾钱”只发给死者的男性团儿——也就是各房各户的当家人。但这一日老姑婆奚麻要采纳了奚少强的建议，查埔查某平等，全都有份。这让奚家外嫁的查某各辈深感意外，一个个撩起白茨头，睁着一双双泪眼齐刷刷望向奚少强。在嘎山奚家，奚少强的辈分很低，却是众望所归的主心骨。巫映云相当吃惊地对那个老姑婆奚麻要敬佩了起来。这个表面上依附于一个大家族的孤寡老人，她服膺于一种挚爱而跟定老嬷祖一个人，在长期的挚爱和被爱中，而获得被尊重和人格的完整。老嬷祖去世了，她把对老嬷祖的爱全部转移到奚少强身上，而实现她对老嬷祖最后一次的敬重和爱的实施。

分毕“手尾钱”，把守在路口的二叔公奚堂派人急匆匆赶回来通报：畲厝的外家到了。

152

“接外家”，必须是丧家中最体面最有分量的查埔团，到村口设香案跪接。这个任务自然又落在二叔公奚堂和奚少强的身上。香案上放了没有点燃的香烛，祖孙俩手持丧杖，身穿全麻重孝，跪迎外家。马登承率族侄族孙三个稳步而来，却不见他们肩挑祭奠时上供的牲礼担。二叔公对奚少强说：“看来老嬷祖的娘家人要给奚家脸色看了。”站在奚少强身后的堂弟见状飞也似的禀报老姑婆奚麻要去了。

这一日老嬷祖的娘家是有备而来的。马登承三个取了香烛，迈大步往“承安楼”走去。进了楼中央大厝，但见顶厅密匝匝地跪满了奚家后辈。马登承见表姊奚麻要也要跪地，连忙搀起她说：“连老表姊也要跪迎，畲厝的娘家人可担当不起！这几十年来要不是老表姊不离左右的照顾，我阿姑别说能活到现在，就连骨头怕也在地里没渣了！”奚麻要听了不高兴，用力甩开马登承的手说：“表弟你这是什么话，难道我就不是老嬷祖的团儿了？”马登承不与老表姊纠缠，几步走到摇床前，轻轻撩开白布罩盖。奚少强与二叔公奚堂赶紧向马家三人陈述了老嬷祖善终的经过。

因是母丧，外家“亲视含殓”来了，马登承轻轻撩开白布罩盖时，嘎山奚家人的心便都提上嗓子眼儿。据说嫁出的查某团死后，当她面对娘家人时，各种遗容都是有说法的。流泪的，表示她生前受委屈或有伤心事。死不瞑目的，又有几种情形：两眼圆睁的，表示她对后辈不孝的愤怒；惊惧的，表示她生前受过虐待；死鱼般黯然的，说明她是受折磨或挨饿致死。面相狰狞的，则可能死于暗害。体表浮肿浊青，便与毒药有关……凡此种种，外家均有权检视，对忤逆的后辈有权棍棒训斥与惩罚，甚至报官。幸好这一日老嬷祖让她娘家人看到的，是她清新爽朗的体表和意满慈丰的遗容。马登承转身面向众人说：“嘎山奚家听着，对畲厝马家的老姑祖生前若有不孝的，趁她还听得见，就给磕几个响头吧！”不想马登承的话音未落，厅堂上到处响的便是咕咚咕咚的磕头声。马登承见状，接着说：“好了好了，我也没话可说了，赶快安排祭奠吧，以免误了时辰！”奚家人一听，眨巴眼间散开，就又分头忙碌去了。

祭奠仪式就安排在“承安楼”门外——夏、冬两季收割时，可铺开百几十领谷笪的曝粟埕上。大埕四周站满了从三山各地赶来观望的乡民。大埕南面摆的是来自省、市、县、乡、村各级政府部门及亲朋戚友的花圈二百三十余具，挽幛、挽联无数。东面是奚家外嫁女性出资延请的哀乐八音十七阵、锣鼓十四阵，自顶晡八时开始便在大埕上此起彼落吹打个不停。大埕上列放族亲、姻亲、表亲“送礼敬”的大银烛、糕仔封无数，奚家后辈牲礼九十余担。大埕中央由两条高凳架起灵柩，棺材为整板杉木，船形结构，抬头且做得好，漆了乌金墨，气势不减当年。这副被细心呵护了近百年的棺材，不用说就是当年马缨花出嫁时陪嫁的那一副了。据说不管奚家人谁亡故了也不敢占用这副棺材，一直都为他们的

祭奠仪式就安排在“承安楼”门外——夏、冬两季收割时，可铺开百几十领谷笪的曝粟埕上。大埕四周站满了从三山各地赶来观望的乡民。

老嬷祖留着。灵柩前放一顶纸糊魂轿。祭案是由四张八仙并成的大桌，神主牌立于祭案的后半部，有专人撑伞挡护。百岁人瑞，五代同堂，是乡邻们艳羡不已之喜丧，奔丧者络绎不绝，孝眷的阵容大得令人惊叹。穿麻的是后生、孙子辈男丁；重孙穿麻衫系红腰带；玄孙辈穿红衣戴红帽，仅在帽顶上挂一颗小巧的麻球；外嫁的查某各辈，则白衣裙白茭头系麻腰绳；囝婿孙婿重孙婿玄孙婿，则一色蓝长衫系麻腰带；外家是蓝长衫，胳膊上系白布条。以上成人均穿草鞋，未成年则男穿黑女穿白。其余族亲表亲就随意多了，或头裹一圈白，或臂缠白布条均可。冷眼旁观的人发觉孝眷队伍比预想的要大得多。细加辨认，原来是受过老嬷祖生前恩惠的，或附近乡邻因人丁稀少难养的，想傍奚家人气的便来认老嬷祖当干妈、当干嬷、当干嬷太的，又个个去穿孝服，混进孝男孝女的队伍。祭奠之前，孝男孝女们或伏身抚棺，或五体投地，或默哀或流涕，或号或啕，或啼或哭，悲伤情状催人泪下。

老姑祖死后享有如此风光大葬，既是百年不遇，今后也不可能再有了，成为绝响了。银须飘忽的马登承见了这阵势，内心大为震撼，流的泪也不知是什么滋味。所幸这一日，畲厝马家也没有失去阵脚。就在即将祭奠之时，便见嘎山路口开来了五辆车，从各地汇集的马家男丁女眷四十几个，自备蓝衫白布条，牲礼担三十余肩，花圈数十具，下了车，挑的挑扛的扛，往曝粟埕直奔而入。突如其来的一溜队伍，吸引了众人的目光，正在吹打的哀乐阵停住了手，只见两壮汉引路拨开孝眷，一齐抚棺叫喊道：“老姑祖啊，娘家人来了，你要一路走好啊！”接着又齐刷刷地跪下来磕了头，这才给孝男孝女们让出位置，站一旁观礼去了。

一时间场面极其安静，也不知道是谁记起传说中九十多年前迎娶马缨花时的情景，便有人高呼：“起乐呀！”于是三十几支哀乐阵顿时乐声大作，与哭声连成一片。引魂幡的奚堂与侄孙奚少强来到马登承面前，马登承抢先开口说：“场面太大了，牲礼担太多了。我想就这样吧，内家的牲礼不管户头，按辈分来，囝、孙、重孙、玄孙轮番上供祭奠，外家的集中一次祭奠，其余亲朋作一次祭奠，否则的话拖到天黑也祭奠不完！还有，老表兄你年纪大了走动不便，就由少强来引魂幡吧！”

得到外家权威人士马登承的允准，祭奠便开始了。

徒弟吹喇叭伴奏，摇铃击磬的师公，先是唱了《往生咒》的民间版，接着又现编现唱了死者的生平，唱了出身名门的她知书识礼，感念因她而有了“红娘桥”，唱了她为国为家、行善积德、良心无亏的往事，唱了她生育团儿、拖家带口、操持生计的艰辛，唱了她忍辱负重、白发人送黑发人的万般无奈，唱了她受尽疾苦的折磨依然乐观勇敢地活着，唱了她教导的团孙一个个与人为善、勤勉而又争气……循着铃磬之声，引魂幡的奚少强带孝眷队伍，围绕装裹着老嬷祖的灵柩，一圈圈五体着地不停地跪磕。年纪大的很快难以承受，只好站在一边乞饶般地喘气。在闽南乡下，这一天的师公是拥有特权的，他的现编现唱，既可以对死者生前的善恶作评判，也可以对死者后辈人的仁义礼智信加以褒扬，也可以对死者后辈人的忤逆不孝进行百般地挖苦嘲讽。这师公为知根知底的山地人，他的唱词甚至于死者生前就开始收集整理，对嘎山老嬷祖的崇敬是日积月累的，见了这一日出殡开吊的场面，可以说后辈人是极其争气的了，没有给老嬷祖丢脸，他的现编现唱也就适可而止了。

围着灵柩恸哭的孝眷，由几个晓事的接引，按内外家、辈分分成十几拨人，分别到祭案前上供祭奠。因牲礼太盛，祭案搁置不下，就连地上也堆出一座小山。司仪的左礼生读祭文，右礼生半跪着代替丧家或其亲朋呈献祭品。老嬷祖辈分高，所以不单是丧家和外嫁的各辈，即便是外家和戚友，献祭时也都行了跪磕大礼。祭奠礼毕，师公从奚少强手中取了魂幡，来到灵柩前。徒弟吹喇叭，师公摇着魂幡与铜铃，至此他诵唱的经文，便多是死者安息后人多福的好话了。

接着便是封棺打钉。封棺打钉者，给面子的外家，可以派一个有威望的代表来担任，也可以由土公代替。师公也就是道士，但诵读的经文却释道兼有之。土公则是入殓抬棺筑坟者。丧家当中，后生辈男丁只有年老的奚堂，明显体力不支，只得由重孙奚少强率玄孙奚环，背插挂梢的竹枝，头顶托盘，托盘上放一把系红布条的斧头、系红丝线的五枚钉子和给封棺打钉者的红包，跪请点钉。马登承毕竟年纪大了，犹豫了小片刻这才走过来，跪满一地的孝眷们一齐磕谢。马登承探手取斧时念道：“良辰吉时，盘古开天，鲁班先师来敕斧，万事平安大吉昌！有啊无啊？”点钉时念道：“一点东方甲乙木，团孙万代受福禄！有啊无啊？二点南方丙丁火，团孙万代有官做！有啊无啊？三点西方庚辛金，团孙万代富万金！有啊无啊？四点北方壬癸水，团孙世代大作为！有啊无啊？再点团孙钉，团孙万代吉盛昌！有啊无啊？”收斧时念：“开天斧收起来，团孙万代添丁又发财！有啊无啊？”跪在底下的孝眷们便“有啦”“好啦”“进啦”“发啦”争相应承着。

点完钉，孝眷们再次恸哭，在师公摇着魂幡，响着铜铃和吹喇叭、诵读经文的引导下，一步一个不舍地顺时针逆时针各旋棺三圈与老嬷祖依依作别。然后孝眷们围着灵柩打大圆圈，转过身来朝外一个跪磕，意在感谢前来送葬的亲朋戚友及乡邻们。至此祭奠仪式已告完毕，上杠绞棺，师公的一声“起灵”，浩浩荡荡的送葬队伍便开始启动，缓缓地将老嬷祖送往塔尖山的墓地。

送葬队伍错落有致，散纸钱的与师公师徒开道，接着是旌旗挽幛、花圈、哀乐，送葬的亲朋戚友，最后是哭哭啼啼的孝眷们。人们不免要惊叹，这一日的送葬队伍是何等壮观，与当年迎娶马缨花的场面作了前后呼应，可算是一个圆满的交代了。

也不知道是什么时候，在灵柩前引魂幡的已是十九岁的玄孙奚环了。奚少强悄悄从送葬队伍中脱出身来，一路往翠屏山急匆匆赶去。临上翠屏山，奚少强转过身来一看，打头的送葬队伍已到塔尖山鞍，末端却还在嘎山村口接续移动。这个见多识广的国家干部肯定没有想到，送葬队伍居然可以花花绿绿至此，哭声、哀乐震天动地，声势其浩大把他给惊呆了。连毛孔也冒着职业敏感的巫映云，随后几步也来到奚少强身边。在翠屏山上，“小姑坟”墓穴早已个底朝天，也用不着等奚少强前来才发棺，因为墓里不但没有尸体或骨殖，见不到棺材碎渣，就连泥土的颜色都没有改变。几个土公早就离开了，参加老嬷祖的葬礼去了。奚少强说：

“真没有想到，一个美丽而吓人的传说竟然是子虚乌有。”巫映云说：“那个算命先生缪百寻到底想要干什么？”“相距一个世纪的事情，已经无法说得清了。”奚少强报以一声叹息，想起算命先生缪百寻生前留给嬷太的那封信，不管对嬷太是暗示也好，是念想也好，重要的是，嬷太自始至终都是深信不疑的。巫映云说：“你这个谨小慎微的机关干部，这次回老家大搞封建迷信活动，难道就不怕影响仕途了吗？”奚少强答非所问说：“老嬷祖失音前那年我回嘎山，她对我说‘好少强呐，我死后你要是能回来办理丧事，我这一生就算过圆满了’。我当时不理解老嬷祖的话，到今日我就全明白了。老嬷祖一生行得端坐得正，属于她的因果，她必须要有这样一个交代！”

154

两天后奚少强一家三口赶回省城。

半个多月过去了，在省城工作的奚少强接到二叔公打来的一个电话，电话称：“这十几二十年来，你老姑婆太累了，老嬷祖过世后，看起来她是一下子年老不懂得收拾自己了。给老嬷祖过了三七的第二日，你老姑婆的精神好像又回来了，开始给自己梳洗打扮。不想隔日竟不见她起床，到眠床边一看她已经作古了。你姑婆是留有遗书的，遗书就压在她的枕头底下。遗书说，老嬷祖仙游去了，她的生意也没有了。她死后不用举行葬礼，也不可劳烦少强你再回嘎山，只求在老嬷祖的墓旁做一个小坟堆，还能伴随老嬷祖的左右，她就心满意足了。”片刻后表公马登承也打来电话，对奚少强说：“真的拿麻要老表姊没有办法。——唉，这个顾自心性的人！”

停了片刻，奚少强给二叔公奚堂打回电话说：“老嬷祖出殡那天，把翠屏山的小姑坟也挖了，可暴露在世人眼下的却是一座空穴，乡邻对此有没有什么看法？”二叔公说：“有的。就连嘎山奚家也有人在猜测，说翠屏山的小姑坟，不过是奚家祖辈和那个算命先生缪百寻联手唱的一出空城计，实际上是暗中把老姑祖安葬在雾松庵了。眼下雾松庵灵验得很，大家都认为这种猜测比较合理。”

二〇一三年二月二十三日至二〇一四年六月三日初稿
二〇一四年六月七日至七月十四日修改
二〇一四年十月七日第三稿
二〇一七年十二月六日第四稿

图书在版编目（CIP）数据

嘎山 / 何也著．-- 北京：作家出版社，2018. 10（2018.12重印）
ISBN 978-7-5212-0144-4

Ⅰ. ①嘎… Ⅱ. ①何… Ⅲ. ①长篇小说－中国－当代 Ⅳ. ①I247.5

中国版本图书馆CIP数据核字（2018）第167494号

嘎　山

作　　者：何　也
策划编辑：郑建华
责任编辑：乔永真　李　雯
装帧设计：翟俊峰　何　畅
插　　画：杨振坤
出版发行：作家出版社
社　　址：北京农展馆南里10号　　邮　　编：100125
电话传真：86-10-65930756（出版发行部）
86-10-65004079（总编室）
86-10-65015116（邮购部）
E-mail:zuojia@zuojia.net.cn
http://www.haozuojia.com（作家在线）
印　　刷：中煤（北京）印务有限公司
成品尺寸：165×240
字　　数：340千
印　　张：24.75
印　　数：3001-5000
版　　次：2018年10月第1版
印　　次：2018年12月第2次印刷
ISBN 978-7-5212-0144-4
定　　价：49.80元